व्यास कथा

(महाभारत के पात्र)

व्यास-कथा

डॉ. शोभा निगम

वाणी प्रकाशन

वाणी प्रकाशन का 'लोगो'
विख्यात चित्रकार मक़बूल फ़िदा हुसेन की
कूची से

ISBN : 978-81-8143-817-1

वाणी प्रकाशन
21-ए, दरियागंज, नयी दिल्ली-110002
द्वारा प्रकाशित

फोन : 0091#11#23273167, 23275710
फैक्स : 0091#11#23275710
ई-मेलः vaniprakashan@gmail.com
vani_prakashan@yahoo.com
वेबसाइट : www.vaniprakashan.com
प्रथम संस्करण : 2008

आवरण : वाणी प्रकाशन
जय भारत प्रिंटिंग प्रेस, शाहदरा, दिल्ली-110032
द्वारा मुद्रित

मूल्य : 350.00

VYAS-KATHA
by : Dr. Shobha Nigam

भूमिका

अनन्त रत्नों को अपने गर्भ में छिपाये किसी महासागर के समान हमारा महाभारत संसार के श्रेष्ठतम् विचारों से भरा ग्रन्थ है। संसार के प्राचीन ग्रन्थों में यह सबसे विशाल है। यद्यपि ऊपरी तौर पर यह किसी इतिहासगाथा को बताने वाला ग्रन्थ लगता है किन्तु वस्तुतः यह केवल इतिहास या कथा कहानियाँ बताने वाला ग्रन्थ नहीं है। यह तो भारतीय संस्कृति के श्रेष्ठतम् मूल्यों को प्रदर्शित करने वाली हमारी अमूल्य धरोहर है। नीति, राजनीति, धर्म, संस्कृति आदि पर इसमें गहन चिन्तन हुआ है जिससे आज तक भारतीय समाज, धर्म, साहित्य प्रभावित होता आया है। अवश्य इसमें एक रोमांचक कथा और कुरू-वंश का इतिहास है किन्तु यह कथा, यह इतिहास, एक विशेष उद्देश्य को लेकर लिखे गए हैं...वह उद्देश्य है, धर्म-अधर्म की व्याख्या करना। इसीलिए इसे पवित्र धर्मग्रन्थ कहा गया है। वस्तुतः महाभारत के पात्र धर्म और अधर्म का प्रतिनिधित्व करते हैं। पाँचों पाण्डव, द्रौपदी एवं कुन्ती सहित, धर्म का पक्ष है, जबकि धृतराष्ट्र-पुत्रों का पक्ष अधर्म का पक्ष है। जब अधर्म शतशः कौरव बनकर पंच पाण्डवों पर हावी होने की कोशिश करता है तब प्रारम्भ में धर्म अवश्य वनवास की स्थिति में पहुँचता है किन्तु कृष्ण की सहायता से अन्ततः वह विजयी हो सामने आता है। महाभारत अधर्म पर धर्म की विजयगाथा है।

महाभारत के साथ दुर्भाग्य यह रहा है कि अकारण ही यह मिथ्या धारणा लोगों के मन में घर कर गई कि इसे न तो घर में रखना चाहिए न इसे पढ़ना चाहिए अन्यथा घर में कलह होता है। संभवतः इसीलिए न तो लोग स्वयं इसे पढ़ते हैं, न ही पुराण, भागवत या रामायण के समान पण्डितगण इसका प्रवचन करते रहे हैं। किन्तु इस वर्जना के बावजूद महाभारत का मिथक भारतीय जनमानस को सदा उद्वेलित करता रहा है। इसीलिए यह वाचिक एवं लोक-परम्परा में जीवित रहा है, साथ ही बौद्धिक समाज ने निरन्तर इस पर विचार-मंथन किया।

इधर आधुनिक काल में महाभारत को लेकर अनेकानेक उपन्यास और काव्य लिखे गये हैं। इन रचनाओं में व्यास की दृष्टि से हटकर, कहीं-कहीं तो व्यास से बिल्कुल उलट, इसके पात्रों का चित्रण हुआ है। स्पष्ट है कि इससे व्यास के उद्देश्य

को धक्का लगा है और लोग इन्हें ही सत्य मानकर या तो महाभारत में ऐसा ही लिखा है, यह मानते हैं, अथवा महाभारतकार की धर्म-दृष्टि पर सन्देह करते हैं। विडम्बना यह है मूल महाभारत के स्थान पर ये आधुनिक कृतियाँ ही पढ़े-लिखे भारतीय मानस में अधिक प्रभावशाली हो गईं हैं और हमारे लिए महाभारत की कथा इन्हीं रचनाकारों की कथा हो गई है। उदाहरणार्थ, कर्ण को नायक बनाकर लिखे गए एक प्रसिद्ध उपन्यास 'मृत्युंजय' को पढ़कर लोग सोचते हैं कि वास्तव में कर्ण बड़ा धर्मात्मा था, अधर्म तो पाण्डवों ने किया है। कर्ण यद्यपि शूरवीर और दानवीर था किन्तु उसने अधर्म का साथ देकर अधर्म को बल प्रदान किया था। जो अधर्म का साथी हो उसे धर्मात्मा भला कैसे कहा जा सकता है? इसी प्रकार और भी अनेक ख्याति प्राप्त लेखकों ने मनमाने तरीके से महाभारत के पात्रों को गढ़ा है। द्रौपदी को लेकर तो सबने यही कहा कि वही महाभारत युद्ध की जड़ थी...वह यदि दुर्योधन को अंधे का अंधा पुत्र नहीं कहती और न ही कर्ण का सूत-पुत्र कह कर अपमान करती, तो महाभारत नहीं होता। किन्तु सत्य यह नहीं है। द्रौपदी पर लगे ये दोनों ही आरोप पूर्णतः मिथ्या हैं, पर हम यह तभी समझ सकते हैं जब व्यास की महाभारत को विस्तार से पढ़ें। किन्तु प्रायः लोग यह जहमत नहीं उठाते।

धर्मग्रन्थों को लेकर लिखे गए आधुनिक रचनाओं के सम्बन्ध में एक बात और कहना चाहूँगी...यदि किसी दबे-ढके चरित्र को ये उभारना चाहते हैं, जिससे कि मूल्यों का संवर्धन होता हो, तब तो उनका स्वागत है पर उसे उभारने के लिए किसी अन्य पात्र का चरित्र हनन करना या उनका अवमूल्यन करना पूरे धर्मग्रन्थ के उद्देश्य का अवमूल्यन करना है। जैसे, रामकथा की एक पात्र उर्मिला है, जिसका उल्लेख रामायण एवं रामचरित मानस में हाशिये में है किन्तु इसी पात्र को लेकर मैथिलीशरणगुप्त ने 'साकेत' जैसी महान कृति की रचना की है। इसमें उर्मिला के चरित्र को उन्होंने विशेष रूप से उभार कर प्रस्तुत किया है किन्तु इस रचना के दौरान उर्मिला की श्रेष्ठता स्थापित करने के लिये सीता या अन्य किसी पात्र के चरित्र को विरूपित नहीं किया है। जबकि महाभारत पर लिखे अनेक आधुनिक रचनाकारों ने, प्रतीत होता है कि जानबूझकर ऐसा किया है। इस ग्रन्थ में हमने ऐसी रचनाओं का सन्दर्भ-सहित उल्लेख किया है। दूसरी ओर कुछ लेखकों ने यदि किसी पात्र को श्रेष्ठ रूप में प्रस्तुत किया है तो उनका भी यथास्थान उल्लेख किया है।

महाभारत के प्रसिद्ध पात्रों, द्रौपदी, कुन्ती, भीष्म, द्रोणाचार्य, गांधारी, धृतराष्ट्र, कर्ण, युधिष्ठिर, कृष्ण, वेदव्यास तथा कुरूवंश के प्रारम्भिक राजाओं को लेकर मैंने प्रस्तुत ग्रन्थ लिखा है। इसमें इन पात्रों को व्यास की दृष्टि से महाभारत का उद्धरण देते हुए प्रस्तुत किया गया है...इस तरह यह पुस्तक पात्रों के माध्यम से एक तरह से व्यासकथा की ही प्रस्तुति है। इसके साथ ही आधुनिक व्याख्याकारों के मतों को भी इस सन्दर्भ में उद्धृत किया है जिससे इनके और व्यास के मतों का मूल्यांकन करते

हुए एक समेकित दृष्टिकोण के साथ महाभारत के प्रमुख पात्रों को समझा जा सके। यही इस पुस्तक की मौलिकता एवं विशेषता है जो मेरे विचार से जनसामान्य के साथ विशिष्ट पाठकों को भी आकर्षित करेगी।

एक बात और...व्यास एक और कारण से विशेषरूप से प्रणम्य हैं। वह है उनके द्वारा चित्रित नारी पात्रों के चरित्र की गरिमा और उच्चता। महाभारत की कोई भी नारी न तो दबी हुई है और न ही तत्कालीन समाज से भयभीत है। वस्तुतः सभी नारी चरित्र में उनकी तेजस्विता स्पष्ट दिखाई पड़ती है। चरित्र का ओछापन तो किसी भी नारी-पात्र में कहीं भी नहीं दिखाई देता है। गांधारी का चरित्र अधर्म पक्ष की जननी होने के बाद भी अत्यन्त श्रेष्ठ है। ऐसी महिमामयी नारी की भी अनेक आधुनिक लेखकों ने चरित्र-हत्या की है। इसी तरह कुन्ती, माद्री और द्रौपदी का चरित्र भी अनेक लेखकों ने निम्न बनाया है, और तो और विदुर की पत्नी तक के चरित्र को, जिसे भक्ति-साहित्य ने अत्यन्त श्रेष्ठ-भक्त बताया है, एक लेखक ने अत्यन्त विकृत किया है। अस्तु, हमने यथास्थान इनका उल्लेख किया है।

अन्त में धन्यवाद ज्ञापन...इस ग्रन्थ को लिखते समय मैंने अनेक विद्वद्जनों से विचारविमर्श किया था जिससे निश्चय ही मुझे लाभ मिला। रामकृष्ण मिशन, विवेकानन्द आश्रम रायपुर के सचिव स्वामी सत्यरूपानन्द, दैनिक समाचार-पत्र देशबंधु के प्रधान सम्पादक श्री ललित सुरजन, पदुमलाल पुन्नालाल बख्शी शोधपीठ पं. रविशंकर शुक्ल विश्वविद्यालय, रायपुर के पूर्व अध्यक्ष प्रो. राजेन्द्र मिश्र, औरंगाबाद के सेवानिवृत प्राध्यापक, डॉ. बह्मानन्द देशपाण्डे ने समय-समय पर मेरा मार्ग-दर्शन एवं उत्साह वर्धन किया है, एतद् हेतु मैं इन सबकी आभारी हूँ।

अपने पति डॉ. एल.एस. निगम, प्रोफेसर, प्राचीन भारतीय इतिहास पुरातत्त्व एवं संस्कृति, पं. रविशंकर शुक्ल विश्वविद्यालय, रायपुर के प्रति मैं विशेष रूप से धन्यवाद ज्ञापित करती हूँ जो निरन्तर इस रचना के साथ जुड़े रहे हैं।

—शोभा निगम

अनुक्रम

महाभारत : एक परिचय

प्राचीन भारतीय मेधा से उद्‌भूद दो महाकाव्य हमारे देश के संस्कृत साहित्य में हीरे से दमकते हैं... नाम हर कोई जानता है.... एक है, वाल्मीकिकृत रामायण और दूसरा है व्यासरचित महाभारत। ये दोनों हमारे पवित्र धर्मग्रंथ हैं। एक से भारतीय धर्म ने मर्यादा पुरुषोत्तम राम पाया तो दूसरे से पूर्णावतार वासुदेव। पंचमवेद के नाम से विख्यात इस ग्रंथ महाभारत की अनेक विषेताएँ हैं। रामायण के समान ही सुंदर गेय पदों में, वह भी एक लाख पदों में, आबद्ध होने के कारण यह 'महाकाव्य' कहलाता है। वैसे महाभारत की ख्याति जनसामान्य में काव्यग्रंथ होने की अपेक्षा इतिहासग्रंथ होने के कारण अधिक है। हम सब जानते हैं कि महाभारत कौरवों का इतिवृत्त है, जिसमें मुख्य रूप से भरतवंश के इस सर्वाधिक प्रभावशाली राजवंश के आपसी वैमनस्य का तथा इसके फलस्वरूप कुरुक्षेत्र के मैदान में हुए युद्ध का वर्णन है। इस युद्ध में तत्कालीन भारतवर्ष के प्रायः सभी राजवंशों ने भाग लिया था। महाभारत में इनका विस्तृत वर्णन है। इस तरह हमें इससे तत्कालीन भारत के इतिहास एवं भूगोल का भी ज्ञान होता है। वैसे इसमें कुरु-वंश का, जो भरत-वंश भी कहलाता है, इतिहास विस्तृत रूप से दिया गया है।

किंतु महाभारत केवल इतिहास ग्रंथ नहीं है। वस्तुतः इसका महत्व धार्मिक एवं सांस्कृतिक दृष्टि से अधिक है। इसमें प्रगट भक्ति और अध्यात्म उसे धार्मिक बनाते हैं तो नीति, दर्शन, राजनीति, दंडनीति आदि पर इसमें अभिव्यक्त गंभीर विचारों ने भारतीय चिंतन एवं संस्कृति को लगातार प्रभावित किया है। इतना ही नहीं, अर्थशास्त्र, कामशास्त्र, आदि पर भी इसमें गूढ़ विचार हैं। इसके अतिरिक्त शिक्षा, चिकित्सा, दान, नदी, पर्वत, पुण्य देश, तीर्थस्थल, ग्रह-नक्षत्र तारे आदि के परिमाण और प्रमाण आदि भी इसमें हैं। रणव्यूह रचना, सामारिक विज्ञान, दौत्य नीति का भी इसमें वर्णन है। पर्यावरण के प्रति भी चिंता इसमें स्पष्ट झलकती है। कुरुवंश की मुख्य कथा के साथ इसमें अनेकों शिक्षाप्रद उप-कथाएँ भी जुड़ी हुई हैं... जो रोचक तो हैं ही, नीति एवं वर्णाश्रम धर्म की शिक्षा भी देने वाली भी हैं। कुल मिलाकर कहें तो यह ग्रंथ धर्म, अर्थ, काम, मोक्ष इन चार पुरुषार्थों की उपलब्धि कराने वाला है जिसे भारतीय मनीषियों ने मानवजीवन का लक्ष्य माना है। यह संसारशास्त्र और मोक्षशास्त्र दोनों है। इसमें श्रेय और प्रेय दोनों का अपूर्व निरूपण हुआ है। इस विषय में महाभारत में ही कहा गया है कि 'यदिहास्ति तदन्यत्र यन्नेहास्ति न तत् कुत्रचित्' अर्थात् जो यहाँ है, वह अन्यत्र है और जो यहाँ

नहीं है, वह कहीं नहीं है। यह भी कहा जाता है कि 'व्यासोच्छिष्टं जगत्सर्वम्' अर्थात् सारा जगत् (साहित्यिक जगत्) व्यास की जूठन है। महाभारत में ही कहा गया है कि संसार में जितने भी श्रेष्ठ कवि होंगे, उनके काव्य के लिए यह मूल आश्रय होगा। जैसे मेघ संपूर्ण प्राणियों के लिए जीवनदाता है, वैसे ही यह अक्षय भारतवृक्ष होगा। 'महत्त्वाद् भारवत्त्वाच्च महाभारतमुच्यते' महत्व और रहस्यरूपी असाधरण भार के गौरव के कारण इसे महाभारत कहा गया है।

इस तरह विषयों की विविधता के कारण यह भारतीय संस्कृति का एक ऐसा विश्वकोश (इनसाइक्लोपीडिया) बन गया है जिसमें भारतीय जीवन के विविध पक्षों का सर्वांगपूर्ण वर्णन हुआ है। पर महाभारत की सबसे बड़ी ख्याति यह है कि यह जनसामान्य को लगातार प्रभावित करता रहा है। वेद तो सबके लिए सुलभ नहीं थे पर व्यास ने बहुत बड़ा उपकार किया कि मोक्ष के द्वार रूप इस पंचमवेद को सर्वसुलभ किया। श्री डी. डी. हर्ष के शब्दों में, 'उत्तरवैदिककालीन प्रारंभिक ब्राह्मण कट्टरता के विरुद्ध मानव-धर्म की यह क्रांतिकारी जयघोष यात्रा थी।'

महारभारत की कथावस्तु की रोचकता एवं महत्व के कारण प्राचीन काल से ही अनेक रचनाएँ महाभारत की मुख्याकथा तथा उपकथाओं को आधार बनाकर लिखी गईं। इनमें 'दूतकाव्य', 'दूतघटोत्कच', 'उरूभंग', 'कर्णभारम्', 'पंचरात्रम्' और 'मध्यमव्यायोग' ये छः नाटक तो अकेले महाकवि भास (450 ई.) ने लिखे हैं। इसके अतिरिक्त भारवि का 'किरातार्जुनीयम', कश्मीर के क्षेमचंद्र का 'महाभारत मंजरी', आनंदभट्ट का 'महाभारत चंपू', वासुदेव का 'युधिष्ठिरविजय', अमरचंद्रसूरी का 'कीचकवधम्', श्रीहर्ष का 'नैषधेयचरितम्' (नल-दमयंती की कथा पर आधारित यह रचना संस्कृत के पांच महाकाव्यों में गिनी जाती है), महाकवि कालिदास का 'अभिज्ञानशाकुंतलम्' (विश्व के श्रेष्ठ साहित्य में इसका स्थान स्वीकारा जाता है), भट्टनाराण का 'वेणी संहार' आदि महाभारत की कथाओं के आधार पर लिखे गए कुछ श्रेष्ठ ग्रंथ हैं।

रामायण के समान महाभारत को हमारे देश की प्रायः सभी प्रमुख भाषाओं में प्राचीन काल से ही प्रस्तुत किया जाता रहा है। हिंदुएतर धर्म के कवियों ने भी क्वचित् परिवर्तन के साथ इसे प्रस्तुत किया है। उल्लेखनीय है कि सम्राट अकबर ने इसका फ़ारसी भाषा में अनुवाद करवाया था। भारतवर्ष की सीमा के बाहर सुदूर देशों में इसकी मुख्य कथा लोकप्रिय रही है।

वर्तमान काल में भी महाभारत की लोकप्रियता कम नहीं है। अनेक भाषाओं में मुख्य महाभारत की कथा पर या उपकथाओं के आधार पर उपन्यास, नाटक, काव्य आदि लगातार लिखे जा रहे हैं। इतना ही नहीं दूरदर्शन पर भी इसकी प्रस्तुति होती रहती है। महाभारत की जनप्रियता का प्रमाण इसका लोकगायन भी है। छत्तीसगढ़ की श्रीमती तीजनबाई तथा श्री पूनाराम निषाद ने पण्डवानी शैली में गाकर इसे विश्वप्रसिद्धि दिलाई

है। इसी हेतु इन्हें पद्‌मश्री एवं पद्‌मभूषण से सम्मानित किया गया है।

उल्लेखनीय है कि विश्वप्रसिद्ध ग्रंथ श्रीमद्‌भगवत्‌गीता, महाभारत का ही एक अंग है। इसे महाभारत रूपी समुद्र से निकलने वाले रत्नों में सर्वश्रेष्ठ रत्न कहा जाता है अथवा कह सकते हैं कि यह महाभारत रूपी अद्वितीय सुंदर मंजूषा का सर्वश्रेष्ठ रत्न है।

महाभारत के रचयिता का प्रश्न थोड़ा विवादास्पद है। कृष्ण द्वैपायन व्यास का नाम इस ग्रंथ के रचयिता के रूप में परंपरा से प्रचलित है। यद्यपि यह कोई आत्मकथा नहीं है, न ही यह आत्मकथात्मक शैली में रची गई है किंतु इसकी मुख्य कथा से मत्स्य-कन्या सत्यवती एवं पाराशर ऋषि के पुत्र 'कृष्ण द्वैपायन व्यास' गहरे तक जुड़े हैं। वे महाभारत के नायक पांडवों एवं प्रतिनायक दुर्योधनादि कौरवों के पितामह भी हैं। कौरव वंश की संतानहीन विधवा बहुओं, अंबिका एवं अंबालिका को (तथा एक दासी को भी) उन्होंने ही नियोग प्रथा द्वारा पुत्र-लाभ दिया था। इस तरह धृतराष्ट्र, पांडु एवं विदुर उन्हीं की संतान हैं। इसीलिए जब भी कुरु-वंश पर संकट पड़ा है, व्यास बराबर उपस्थित हुए हैं। कौरवों और पांडवों के युद्ध को रोकने हेतु उन्होंने अपनी ओर से पर्याप्त प्रयत्न भी किया था।

कहते हैं कि व्यास ने यह कथा सबसे पहले अपने पुत्र शुकदेव को सुनाई थी। तत्पश्चात्‌ अपने शिष्य वैशम्पायन को सुनाकर मनुष्य लोक में इसके प्रचार व प्रसार का आदेश दिया। वैशम्पायन ने राजा जनमेजय के सर्प-यज्ञ में उपस्थित जनसमूह को इसे सुनाया। यहीं इसे कथा-वाचक उग्रश्रवा सौति ने सुना और फिर नैमिषारण्य में एकत्रित लोगों को सुनाया। यहाँ उल्लेखनीय है कि 'महाभारत' में कथा का प्रारंभ नैमिषारण्य से ही होता है। उग्रश्रवा जब वहाँ उपस्थित ऋषियो से बताते हैं कि उन्होंने सर्प-यज्ञ में अति पवित्र 'महाभारत' की कथा सुनी है तब ऋषिगण उनसे विस्तार से कथा कहने का आग्रह करते हैं और इस तरह कथा प्रारंभ होती है।

यहाँ यह भी उल्लेखनीय है कि 'महाभारत' के रचयिता तो व्यास मुनि हैं, किंतु लेखक वे नहीं हैं। इसका लेखन गणेशजी ने किया है। इस संबंध में महाभारत में रोचक प्रसंग है। हिमालय की तलहटी में पवित्र गुफा के भीतर शुद्ध पवित्र हो व्यास ने कुशआसन पर ध्यानस्थ हो इस भारतसंहिता के स्वरूप का मन-ही-मन ध्यान किया। फिर उन्होंने सोचा कि इसे कैसे लोकहित में सर्वजनसुलभ करुं... तभी अचानक वहाँ ब्रह्माजी आ गए... और तब उन्हीं के आदेश से इसके लेखन हेतु व्यासदेव ने गणेशजी का आह्वान किया। गणेशजी ने व्यास का लेखक बनना तो स्वीकार किया पर एक शर्त रखी – वह यह कि उनकी लेखनी को विराम नहीं मिलना चाहिए अर्थात्‌ व्यास जी लगातार बोलते जाएँगे और वे लगातार लिखते जाएँगे... यदि बोलना रुका तो लिखना हमेशा के लिए रुक जाएगा।

शर्त कठिन थी... लगातार कथा को कहना कठिन था फिर भी व्यास जी ने इसे

मंजूर कर लिया... पर साथ में अपनी एक शर्त रखी – वह यह कि गणेशजी उनके कहे श्लोकों का अर्थ समझकर ही लेखनी चलाएँगे... यदि अर्थ समझने में कुछ विलंब हुआ तो लेखनी को विश्राम देना पड़ेगा।

बुद्धि के अधिपति गणेश ने व्यास की यह शर्त तुरंत स्वीकार कर ली... और फिर इस परम-पवित्र एवं अत्यंत विशाल ग्रंथ के लेखन का सिलसिला शुरू हुआ। तीन वर्ष तक यह सिलसिला चलता रहा... पर लगातार नहीं, बीच में थोड़े-थोड़े समय के लिए अनेक बार गणपति की कलम ने विश्राम किया। पर यह क्योंकर संभव हुआ? गणेशजी ने तो कलम को विश्राम न देने की बात की थी... फिर वे रुकते क्यों थे? महाभारत के अनुसार वह इसलिए कि व्यासजी बीच-बीच में इतने गूढ़ श्लोक कहते थे कि गणेशजी की बुद्धि को उनका अर्थ सोचने के लिए समय लेना पड़ता था, इस तरह लेखनी को विराम देना पड़ता था... और इसी बीच व्यासजी आगे की कथा श्लोक-रूप में स्मृति में संजो लेते थे। (कहते हैं महाभारत में ऐसे 8800 गूढ़ अर्थ वाले श्लोक हैं जिनका रहस्यभेदन आज भी टेढ़ी खीर है!) इस तरह तीन वर्ष तक गणेशजी को एक लाख श्लोकों का यह विशाल ग्रंथ 'महाभारत' लिखना पड़ा था।

वैसे अधिकांश विद्वानों का मानना है कि एक लाख श्लोकों का यह महाकाव्य न तो एक काल में रचा गया है और न एक व्यक्ति द्वारा प्रस्तुत हुआ है। इसके विषय में कहा जाता है कि यह एक जीवित शरीर की भाँति बढ़ता गया है। पहले इसके श्लोकों की संख्या करीब 9000 थी, फिर 24000 हुई, फिर अंत में 1,00,000 हुई। इसका नाम भी क्रमशः बदलता गया। प्रारंभ में इसे 'जय' कहा गया। फिर इसे 'जयभारत' कहा गया और अंत में यह 'महाभारत' के नाम से प्रसिद्ध हुआ। इनमें से प्रथम 'जय' के रचयिता महामुनि कृष्ण-द्वैपायन व्यास, 'जयभारत' के वैशम्पायन और 'महाभारत' के उग्रश्रवा सौति माने जाते हैं। इस तरह हम इसे तीन लेखकों की रचना कह सकते हैं। किंतु संपूर्ण महाभारत में व्यास के मूलप्रयोजन, सिद्धांत एवं वर्णन-शैली में एकरूपता होने के कारण इसे व्यास की ही रचना माना जाता है।

विद्वानों का यह भी मत है जय 'जय' में कौरवों और पांडवों के युद्ध का तथा युद्ध के परिणामस्वरूप पांडवों की जय का वर्णन था। तत्पश्चात् इसमें कौरवों और पांडवों के भरत-वंश का सविस्तार वर्णन जोड़ा गया, जो 'जयभारत' कहलाया। अंततः उपाख्यान एवं नीति कथाएँ इसमें जुड़ती गईं और यह 'महाभारत' के रूप में भारतीय धर्म और संस्कृति का विशाल कोष, एक तरह से विश्व-कोष बन गया।

महाभारत न केवल हमारे देश का बृहत्तम् ग्रंथ है वरन् विश्व के बृहद् ग्रंथों में भी सर्वाधिक बृहद् होने का श्रेय इसे ही है। विश्व के बृहतम् ग्रंथों के रचयिता प्रसिद्ध ग्रीक महाकवि होमर की रचनाएँ 'इलियड' और 'ओडिसी' दोनों को मिला दिया जाए तो भी वे महाभारत का आठवां अंश ही ठहरती हैं। महाभारत में ही यह भविष्यवाणी की गई

है कि 'अस्य काव्यस्य कवयो न समर्था विशेषणे' अर्थात् संसार के बड़े-से-बड़े कवि भी इस काव्य से बढ़कर कोई रचना नहीं कर सकेंगे। पर हमें स्मरण रखना चाहिए कि केवल बृहत्तम् होने के कारण इसकी ख्याति नहीं है... न ही प्राचीन ज्ञान का विश्वकोश होने के कारण इसका महत्व है... इसका महत्व इसलिए है कि यह जिस ज्ञान को प्रस्तुत करता है वह देश और काल की बाधाओं को पार कर हर हमेशा मानव जाति को सुसंस्कृत करने योग्य है। स्वामी विवेकानंद लिखते हैं, 'रामायण और महाभारत प्राचीन आर्य जीवन और ज्ञान के दो ऐसे विश्वकोष हैं जिनमें ऐसी उन्नत सभ्यता का चित्र खींचा गया है जो मानव जाति को अब भी प्राप्त करनी है।' एक विदेशी विद्वान् पीटर ब्रुक ने विदेशी कलाकारों को लेकर इसकी नाट्य प्रस्तुति की है। इसकी भूमिका में उन्होंने कहा था, 'हम एक ऐसी कृति का उद्घाटन करने जा रहे हैं जो भारत में ही रची जा सकती थी पर जिसमें सारी मनुष्य जाति के लिए प्रतिध्वनियां थी।' सर एडविन आर्नाल्ड इसे 'पूर्व का बेशकीमती रत्न' कहते हैं। प्रसिद्ध इतिहासज्ञ रमेशचंद्र दत्त के शब्दों में, 'यह एशिया की कल्पानाशील सृजनात्मकता की महानतम कृति है।'

महाभारत का रचनाकाल भी एक विवादास्पद प्रश्न है वस्तुतः यह निर्धारित करना कठिन भी है। यदि हम यह स्वीकार कर लें कि 'महाभारत' क्रमशः विस्तृत होते-होते वर्तमान रूप को प्राप्त हुआ है, तब भी इसका रचनाकाल जानना सरल नहीं है। अंतः-बाह्य साक्ष्यों के आधार पर अनेक विद्वानों ने इसका रचनाकाल 3000 ई.पू. से लेकर 500 ई.पू. के मध्य स्वीकार किया है। ईसा के पांच सौ वर्ष पूर्व के 'आश्वालायन गृह्य-सूत्र में महाभारत नाम का उल्लेख मिलता है, इसका मतलब है तब तक यह वर्तमान रूप में आ चुका था।

महाभारत कुल अठारह अध्यायों में विभक्त है जिन्हें पर्व कहा जाता है। ये अठारह पर्व हैं – आदिपर्व, सभापर्व, वनपर्व, विराटपर्व, उद्योगपर्व, भीष्मपर्व, द्रोणपर्व, कर्णपर्व, शल्यपर्व, सौप्तिकपर्व, स्त्रीपर्व, शांतिपर्व, अनुशासनपर्व, अश्वमेधपर्व, आश्रमवासिकपर्व, मौसलपर्व, महाप्रस्थानपर्व, स्वर्गारोहणपर्व। इन 18 अध्यायों में महाभारत के मुख्य पात्रों का चरित्र जगह-जगह बिखरा हुआ है। अगले अध्यायों में हम व्यास के इन्हीं चरित्रों की छवि देखेंगे।

ऊपर हमने महाभारत का लेखक गणेशजी को बताया है... यह तो मिथक हुआ, किंतु वास्तव में किसने, कब, इसे प्रारंभ में लेखबद्ध किया, यह अज्ञात है क्योंकि इसका कोई ऐतिहासिक प्रमाण नहीं मिलता। इतना अवश्य कहा जा सकता है कि इसकी लोकप्रियता के कारण यह अत्यंत प्राचीन काल से लिखा जाता रहा है। इस पर अनेक

विद्वानों ने टीकाएँ भी लिखी हैं। विमलबोध, अनंत भट्ट, अर्जुन मिश्र, नीलकंठ आदि कुछ प्रसिद्ध टीकाकार हैं। महाभारत की उपलब्ध हस्तलिखित पोथियों के आधार पर आधुनिक काल में महाभारत के चार संस्करण कलकत्ता, बंबई, मद्रास, पुणे से प्रकाशित हुए हैं। चारों प्रामाणिक माने जाते हैं। इनके अतिरिक्त गीता प्रेस गोरखपुर से प्रकाशित श्री रामनारायण दत्त शास्त्री द्वारा संपादित एवं हिंदी अनुवाद किया गया महाभारत भी प्रामाणिक माना जाता है। प्रस्तुत पुस्तक में हमने इसी संस्करण के आधार पर व्यास कथा को प्रस्तुत करने का प्रयास किया है।

1

परीक्षित—जनमेजय

कुरु-वंश के धृतराष्ट्र-पुत्रों एवं पांडु-पुत्रों के मध्य हुए 18 दिन के महासमर का क्या परिणाम हुआ, यह हम सब जानते हैं। निश्चित रूप से यह अधर्म पर धर्म की जय थी। किंतु युद्ध आखिर युद्ध होता है। इसमें जो हारता है वह तो हानि उठाता ही है, पर जो जीतता है वह भी विशेष लाभ में नहीं रहता है। वस्तुतः जीतने वाले की जय का आनंद युद्धभूमि में शहीद हुए अपने आत्मीयजनों की स्मृति में दब सा जाता है।

महाभारत युद्ध में यद्यपि धृतराष्ट्र के पूरे सौ पुत्र मारे गए थे और पाँचों पांडव जीवित बच गए थे किंतु यह विजयश्री उन्हें बड़ी महँगी पड़ी थी। युद्ध ने उनके वंश-वृक्ष को जैसे जड़ से ही खत्म करके रख दिया था। द्रौपदी से उत्पन्न पांडवों के पाँच पुत्र तथा अर्जुन-सुभद्रा का वीर पुत्र अभिमन्यु इस युद्ध में शत्रुओं के द्वारा बड़ी निर्ममता से मारे गए थे। इससे भी ज्यादा दुःखद बात थी, पांडवों की वंश-परंपरा को आगे बढ़ाने वाले उत्तरा के गर्भ में पल रहे शिशु का अश्वत्थामा द्वारा ब्रह्मास्त्र से खात्मा करना। किंतु अंततः पांडवों के सदा-सहायक वासुदेव ने उत्तरा के मृत पैदा हुए बालक को जीवन-दान दिया। परिक्षीण (समाप्त) होते हुए कुरु-कुल को इस बालक से नया जीवन मिला था, इसलिए इसका नाम रखा गया, परीक्षित। महाभारत का अंत पांडवों द्वारा इसी बालक परीक्षित को हस्तिनापुर के राज्य-सिंहासन पर अभिषक्त कर स्वर्ग-गमन से होता है।

उल्लेखनीय है कि इसी राजा परीक्षित के अंत की कथा से महाभारत का प्रारंभ हुआ है। महाभारत के प्रथम पर्व अर्थात् आदिपर्व में बताया गया है कि महाभारत-कथा का प्रथम वाचन मुनि वैशम्पायन ने जिस राजा, जनमेजय, के सर्प-सत्र में पहली बार किया था, वह जनमेजय और कोई नहीं, इन्हीं राजा परीक्षित का ही पुत्र था। जनमेजय ने अपना सर्प-सत्र राजा परीक्षित की मृत्यु का बदला लेने के लिए ही किया था। अश्वत्थामा के ब्रह्मास्त्र से बचे परीक्षित के भाग्य में शायद अकाल-मृत्यु का ही योग था, तभी तो तमाम इंतजाम के बाद भी अंततः राजा परीक्षित सर्प-दंश द्वारा ही मारे गए।

राजा परीक्षित की मृत्यु तथा जनमेजय के सर्प-यज्ञ की कथा आदिपर्व में बहुत विस्तार से दी गई है। यहाँ हम संक्षेप में इस सुंदर कथा का अवलोकन करेंगे।

राजा परीक्षित एक बार शिकार खेलने जंगल गए। वहाँ उन्होंने एक हिंसक पशु को अपने बाण से बींध तो दिया, किंतु वह पशु बड़ी तेजी से भागकर गहन वन में छिप गया। उसकी खोज में व्याकुल परेशान राजा ने जंगल में एक ओर चुपचाप बैठे ऋषि से पूछा कि क्या उन्होंने कहीं बाण से बींधा पशु देखा है, पर ऋषि ने राजा की बात का कोई उत्तर नहीं दिया। इस पर भूख-प्यास से व्याकुल राजा बड़े क्रोधित हो उठे। तब क्रोध में उन्होंने एक मरे हुए साँप को उठाकर ऋषि के गले में डाल दिया और स्वयं राजधानी लौट आए।

ये ऋषि थे 'शमीक'... प्रचंड क्रोधी ऋषि शृंगी के पिता। ऋषि ने उस समय वस्तुतः मौन-व्रत धारण कर रखा था, इसलिए राजा के प्रश्न पर वे चुप थे... और इसलिए उन्होंने राजा की क्रोधवश की गई इस हरकत का बुरा नहीं माना था किंतु सारा वृतांत जानकर शृंगी ऋषि मौन रह नहीं सके... उन्होंने तुरंत राजा को श्राप दिया "आज से सातवें दिन वह व्यक्ति अवश्य ही तक्षक सर्प-दंश द्वारा मृत्यु को प्राप्त होगा जिसने मेरे निरपराध पिता के गले में मरा हुआ साँप डाला है।'

यहाँ इस कथा का सुंदर पक्ष यह है कि राजा को मिले इस श्राप की सूचना उन्हें स्वयं ऋषि शमीक ने ही भिजवाई थी। दरअसल दयालु ऋषि को अपने अपमान के लिए पुत्र द्वारा राजा को दिया गया शाप कुछ ज्यादा ही भयंकर लगा था, इसीलिए उन्होंने यह सूचना भेजने के साथ-साथ राजा को आगाह भी किया था कि वे सावधान रहें अर्थात् अपने बचाव की व्यवस्था कर लें।

और फिर सचमुच मौत से घबराकर राजा ने ऐसा महल बनवाया जहाँ हवा भी संभलकर प्रवेश कर पाती थी... पर संपूर्ण सावधानी के बाद भी सर्पराज तक्षक एक नन्हें कीट का रूप धारण कर एक फल में से निकलकर राजा को डँसने में सफल हुआ।

तो यह थी परीक्षित के अंत की कथा। इस कथा के माध्यम से व्यास स्पष्ट करना चाहते हैं कि कोई संपूर्ण पृथ्वी का स्वामी क्यों न हो, पर यदि उसने किसी का... विशेषकर किसी ऋषि का, अकारण अपमान किया है, तो उसे उसका फल अवश्य मिलेगा। वस्तुतः यह भारतीय धर्म का भी सर्वमान्य मत रहा है।

किंतु परीक्षित के पुत्र जनमेजय ने सर्प-यज्ञ क्यों किया? तक्षक को तो राजा के कुकर्म ने स्वयं ही डँसने के लिए आमंत्रित किया था। इसमें क्या तक्षक का कोई दोष था?

जी हाँ, एक कारण से यहाँ तक्षक अपराधी था... किंतु वह दूसरी कथा है।

उन दिनों 'काश्यप' नामक एक ब्राह्मण सर्प-विष को उतारने की विद्या में बड़ा पारंगत था। उसे जब सर्प-दंश द्वारा राजा परीक्षित की संभावित मृत्यु का समाचार मिला

तो वह शीघ्रतापूर्वक राजा के पास पहुँचने के लिए निकला, किंतु मार्ग में ही उसे सर्पराज तक्षक मिल गया। तक्षक राजा को डँसने के लिए जा रहा था। उस समय उसने भी ब्राह्मण का वेश बना रखा था। रास्ते में बातचीत के दौरान जब तक्षक को काश्यप के हस्तिनापुर जाने का प्रयोजन ज्ञात हुआ, तो वह सावधान हो गया और उसने काश्यप की परीक्षा लेने के लिए सहज रूप धारण कर एक विशाल बरगद के वृक्ष को डंस लिया। देखते-ही-देखते समूचा वृक्ष सूख गया। तब उसने काश्यप से कहा कि इस वृक्ष पर अब अपना प्रभाव दिखाकर बताओ?... और दूसरे ही क्षण तक्षक चमत्कृत रह गया जब उसने देखा कि काश्यप ने अपनी मंत्र-शक्ति से उस वृक्ष को पुनः हरा-भरा कर दिया है! इससे स्पष्ट था कि काश्यप अवश्य ही तक्षक के विष-प्रभाव से राजा परीक्षित को मुक्त कर सकता था!

तब तक्षक ने एक चाल चली। उसने काश्यप से पूछा कि वह राजा को जिलाने पर कितने धन की आशा करता है। काश्यप द्वारा अपनी इच्छा प्रकट करने पर तक्षक ने उसे और भी ज्यादा धन देते हुए यह कहकर वापस घर भेज भिजवा दिया कि राजा की मृत्यु तो शाप-वश निश्चित ही है... तुम उसे जिलाने का व्यर्थ श्रम मत करो।

किंतु तक्षक ने ऐसा क्यों किया? आखिर उसे क्या दुश्मनी थी राजा परीक्षित से?

राजा जनमेजय को भी इस प्रश्न ने सोच में डाल दिया। अंततः उन्होंने यही अनुमान लगाया कि तक्षक ने अवश्य ही अपनी श्रेष्ठता प्रदर्शिन करने के लिए वैसा किया था। यदि उसके विष को कोई उतार देता तो अन्य सर्पों की तुलना में उसकी महत्ता कैसे स्थापित होती?

और तब अत्यंत क्रोधित हो राजा जनमेजय ने संकल्प लिया कि वे सर्प-यज्ञ करवाएँगे जिसमें सर्पराज तक्षक को हर हालत में सशरीर भस्म होना होगा।

अंततः वह दिन भी आया जब काले-काले वस्त्र पहने अनेकों ऋषि मंत्रोच्चार करते हुए प्रज्वलित अग्नि में होम करने लगे। देखते-ही-देखते हजारों सर्प चारों दिशाओं से आ-आकर उस अग्निकुंड में गिरने लगे... पर जिसका इंतजार था उस तक्षक का दूर-दूर तक कहीं अता-पता नहीं था।

वस्तुतः भयभीत तक्षक ने पहले ही इंद्र की शरण ले रखी थी। यह जानकर जनमेजय ने ऋत्विजों को कहा कि वे इंद्रासन सहित तक्षक को यज्ञ कुंड में गिराने का मंत्रोच्चार करें। पर जब इंद्र ने देखा कि सर्प-यज्ञ में वह भी स्वाहा होने जा रहा है तब वह तक्षक को त्यागकर अपना आसन छोड़ भाग खड़ा हुआ... और इस तरह तक्षक भयानक चीत्कार करता हुआ अकेला ही मौत के मुख की ओर बढ़ चला... पर तभी 'आस्तीक' नामक एक ऋत्विज ने राजा द्वारा दिए गए वर के द्वारा तक्षक के प्राणों की रक्षा की... और इस तरह तक्षक बच गया।

यहाँ प्रश्न उंठता है कि एक से बदला लेने के लिए सर्प-जाति का यह महाविनाश कहाँ तक उचित था? व्यास ने महाभारत में एक छोटे से कीट के प्रति भी स्नेह दिखाया

है... अकारण उसका वध न केवल गर्हित बताया है वरन् पापदायक भी बताया है। फिर सर्पों के ऐसे संहार को वे यज्ञ का रूप कैसे देते हैं? महाभारत में इसका स्पष्टीकरण इस प्रकार दिया गया है कि उस समय सर्प पृथ्वी पर अत्यधिक बढ़ गए थे, अतः ब्रह्मा स्वयं उनका विनाश चाहते थे। दूसरी बात सर्पों को उनकी माता कद्रु की आज्ञा न मानने के कारण स्वयं कद्रु द्वारा शाप मिला हुआ था... अर्थात् सर्पों का नाश तो होना ही था।

कहते हैं, सर्पिणी अपने ही बच्चों को खा जाती है, संभवतः महाभारत का कद्रु द्वारा अपने बच्चों को दिए गए शाप का मिथक इस तथ्य पर ही आधारित रहा है।

इस कथा के प्रसंग में एक रोचक प्रश्न और उठता है। तक्षक के उस षडयंत्र का पता जनमेजय को कैसे चला जिसमें उसने विष उतारने वाले ब्राह्मण काश्यप को राजा परीक्षित के पास जाने से रोका था? तक्षक ने तो किसी को बताया नहीं होगा। जाहिर है उक्त ब्राह्मण ने भी यह बात किसी को नहीं कही होगी क्योंकि यह तो सीधा-सीधा राजा से विश्वासघात था। फिर क्या कोई और भी वहाँ था जो चुपचाप तक्षक तथा ब्राह्मण की बातचीत सुन रहा था? जी हाँ, बात यही थी। उस वृक्ष पर (जिसे तक्षक ने डसकर सुखा दिया था और काश्यप ने मंत्र पढ़कर पुनर्जीवित किया था) एक व्यक्ति पहले से बैठा हुआ था। वृक्ष के साथ वह भी मरा-जिया था। इसी ने सारी बातें परीक्षित के महल तक पहुँचाई थी।

यहाँ एक प्रश्न और उठता है। परीक्षित पांडव-वंश के थे, कृष्ण की बहन सुभद्रा और अर्जुन के पौत्र थे... उनसे इतना बड़ा प्रमाद कैसे हो गया? एक तपस्यारत ऋषि के गले में मरा साँप डालना परीक्षित के संस्कारों में तो नहीं दिखता। व्यास इस संबंध में मौन हैं किंतु भागवत में इसका सुंदर कारण बताया गया है... वह यह कि एक बार राजा परीक्षित ने अपने राज्य में एक शूद्र को एक गाय तथा बैल को डंडे से पीटते देखा। दोनों की आँखों में अश्रु थे। बैल का केवल एक ही पैर था। उसी के सहारे वह किसी तरह चल रहा था। तब राजा ने शूद्र को मारने को तलवार निकाल ली... यह कहते हुए कि मेरे राज्य में पशुओं पर ऐसा अत्याचार करने की तुम्हें हिम्मत कैसे हुई? इस पर वह शूद्र तुरंत राजा के शरणागत हो गया और अपना परिचय दिया कि मैं कलियुग हूँ। तब गाय ने कहा कि मैं पृथ्वी माता हूँ और भगवान् के चले जाने के बाद अत्यंत दुःखी हो आंसू बहाती रहती हूँ और बैल ने बताया कि वह धर्मदेव है, पहले उसके चार पैर थे ... तप, पवित्रता, दया और सत्य किंतु अब इनमें से तीन पैर समाप्त हो गए हैं... केवल एक सत्य बचा है... यदि वह भी नष्ट हो गया तो धर्म पूरी तरह नष्ट ही जाएगा, अतः मैं किसी तरह इस एक पैर से ही चल रहा हूँ। (प्रतीकात्मक अर्थ है कि हमें कम-से-कम सत्य की रक्षा अवश्य करनी है, कलियुग में सत्य ही धर्म है।)

अस्तु... तब राजा ने कलियुग से कहा कि तुम मेरी शरणागत हो और मैं शरणागत का वध नहीं करता अतः तुम जहाँ चाहो वहाँ रहो... पर मेरे राज्य में तुम्हारे लिए स्थान

नहीं है। यह महात्मा पांडवों का राज्य है... तुम यहाँ नहीं रह सकते। इस पर कलियुग ने कहा, 'वैसे तो मेरे रहने के अनेक स्थान हैं, जैसे द्यूत, मद्य, परस्त्रीगमन आदि किंतु ये कम पड़ते हैं... अतः मुझे और भी स्थान चाहिए... कृपया मुझे स्वर्ण में रहने दो।' कहते हैं इस पर राजा ने 'तथास्तु' कहा और ऐसा कहते ही कलियुग सबसे पहले राजा के स्वर्णमुकुट में जा बैठा... और तब उस मुकुट ने ही राजा की बुद्धि फेरी... तभी उन्होंने थोड़ी सी बात पर क्रोधित हो शमीक ऋषि के गले में मरा साँप डाल दिया... तथा उसका समुचित फल भी पाया।

2

दुष्यंत–भरत

महाभारत में भरत-वंश के अंतिम राजा परीक्षित एवं उनके पुत्र जनमेजय की कथा के बाद इस वंश के प्रसिद्ध राजा दुष्यंत की कथा विस्तार से दी गई है। वस्तुतः इन्हीं के पुत्र भरत के नाम पर यह वंश भरत-वंश और यह भूखंड 'भारतवर्ष' कहलाया। भरत की माता थी महर्षि कण्व की पालिता-पुत्री शकुंतला।

वैसे दुष्यंत-शकुंतला की प्रेम-कथा भारत में बड़ी प्रसिद्ध है। भारत में ही क्यों, कवि कालिदास की कालजयी रचना 'अभिज्ञानशाकुंतलम्' ने तो इसे विश्व-प्रसद्धि बना दिया है। किंतु कालिदास ने महाभारत की मूलकथा से पर्याप्त अंतर करते हुए अपनी रचना प्रस्तुत की है। 'महाभारत' में आई कथा भी कम सुंदर नही हैं यहाँ कथा इस प्रकार है।

कुरु-वंश के चक्रवर्ती सम्राट दुष्यंत एक बार अपनी चतुरंगी सेना के साथ एक जंगल से गुजर रहे थे। रास्ते में एक रमणीय आश्रम देखकर वे रुक गए। ज्ञात होने पर कि यह आश्रम महर्षि कण्व का है, राजा उनके दर्शनार्थ आश्रम के भीतर पहुंचे। महर्षि का दर्शन-लाभ तो नहीं हुआ, किंतु महर्षि के स्थान पर अपने स्वागत के लिए एक अनुपम सुंदर बाला को उपस्थित देख राजा चमत्कृत रह गए। उस रूप से अभी राजा मोहाच्छादित हो ही रहे थे कि उनके कानों में बाला का मधुर स्वर सुनाई दिया... मैं शकुंतला हूँ... महर्षि कण्व की पुत्री... आश्रम में महाराज का स्वागत है।

कन्या के वचन सुन राजा फिर आश्चर्यचकित हुए... भला यह कन्या अखंड ब्रह्मचारी महर्षि कण्व की कैसे हो सकती है? तब उनकी जिज्ञासा का समाधान करते हुए स्वयं शकुंतला ने ही अपने जन्म की कथा बताई कि वह महर्षि की पालित-पुत्री है, उसके जनक और जननी तो विश्वामित्र मुनि तथा मेनका हैं।

ओह! तो यह अप्सरा मेनका ओर विश्वामित्र की पुत्री है! तब तो यह ब्राह्मण-कन्या नहीं, क्षत्रियकन्या हुई! (विश्वामित्र जन्म से क्षत्रिय थे।)

शकुंतला का यह वास्तविक परिचय जान राजा का मोह फिर बढ़ने लगा। राजा ने अपने मन की बात उससे छिपाई नहीं... तुरंत प्रणय-निवेदन करते हुए उन्होंने क्षत्रियों द्वारा स्वीकृत गंधर्व-विवाह का प्रस्ताव शकुंतला के सामने रखा।

दुष्यंत जैसे परम प्रतापी राजा को पति रूप में पाना शकुंतला के लिए परम सौभाग्य की बात थी, किंतु अपने धर्म-पिता कण्व की अनुमति के बिना वह ऐसा कैसे कर सकती थी? उसने राजा से कहा भी कि वह महर्षि कण्व की प्रतीक्षा करें किंतु राजा के लिए यह प्रतीक्षा असह्य थी। तब शकुंतला एक शर्त पर गंधर्व-विवाह हेतु राजी हुई... राजा का अर्थात् हस्तिनापुर के राजसिंहासन का उत्तराधिकारी उसी का पुत्र होगा! राजा ने तत्क्षण शकुंतला की शर्त स्वीकार कर ली। इस तरह दुष्यंत इस अप्सरा-पुत्री को पाने में सफल हुए।

किंतु महर्षि कण्व की अनुमति लिए बिना, उनके ही आश्रम में उनकी धर्म-पुत्री से इस प्रकार विवाह करना क्या उचित था? दुष्यंत ने शकुंतला को तो भली-भाँति समझा दिया था कि इसमें कुछ भी बुराई नहीं है... पर मन-ही-मन वह स्वयं दुविधाग्रस्त थे। इसी से वह ऋषि के आने के पूर्व ही। शकुंतला को यह आश्वासन देकर कि शीघ्र ही तुम्हें हस्तिनापुर बुलवा लूँगा... आश्रम छोड़कर चले गए।

इधर ऋषि के आने पर शकुंतला लज्जा-वश उनके सामने नहीं गई किंतु त्रिकालज्ञ महर्षि से कुछ छिपा नहीं रहा। अपने तप-बल से शकुंतला के गर्भस्थ शिशु का उज्जवल भविष्य जानकर कण्व ऋषि ने बिटिया को मन से आशीर्वाद दिया। पिता को प्रसन्न जान पतिव्रता शकुंतला ने राजा दुष्यंत तथा उसके वंश के लिए भी आशीर्वाद माँगा।

किंतु जिस पति की हित-कामना अब शकुंतला के जीवन का उद्देश्य बन गई थी, वह उसे संभवतः राजधानी पहुंचते ही भूल चूका था। एक-एक कर दिन, माह एवं वर्ष बीतते गए। पति के बुलावे के इंतजार में शकुंतला की आँखें पथराने लगी... यहाँ तक कि दुष्यंत से उत्पन्न उसका पुत्र भरत बारह वर्ष का हो गया। दूर-दूर तक उसे कोई चिह्न नहीं दिखता था जो उसे कम से कम इतना आश्वासन तो देता कि राजा उसे याद रखे हुए हैं। यद्यपि उसका पुत्र बालक होते हुए भी अत्यंत बलशाली एवं निडर था (अनेक दैत्यों तथा हिंसक पशुओं का दमन करने के कारण वह 'सर्वदमन' के नाम से ख्यात हो चला था) तथा उसके जन्म पर स्वयं इंद्र आकर यह भविष्यवाणी कर चुके थे यह चक्रवर्ती सम्राट बनेगा... किंतु फिर भी दुष्यंत की याद में शकुंतला का हृदय दिन-रात जला करता था। उसकी यह दीन-हीन दशा देखकर अंततः कण्व ने उसे कुछ तपस्वियों के साथ उसके ससुराल हस्तिनापुर बिदा कर दिया... सदा सौभाग्यवती एवं सुखी होने का हृदय से आशीर्वाद देकर।

पर पता नहीं कहां गुम हो गया स्नेहिल पिता का वह आशीर्वाद! हस्तिनापुर की इस भावी महारानी के लिए तो महल का रास्ता तीक्ष्ण काँटों से भरा था। वनवासिनी भोली-भाली शकुंतला के लिए अत्यंत लज्जाजनक एवं पीड़ादायक था पति से वर्षों बाद का मिलन। क्या ये ही उसके प्रेम में पागल दुष्यंत थे? वहाँ तो राजसिंहासन पर मानों कोई और ही विराजमान था... जिसकी आँखों में उसके लिए कहीं से भी परिचय का लेश नहीं था।

शकुंतला इससे आहत थी किंतु दीन एवं लाचार नहीं। हस्तिनापुर के राज-दरबार में हमें शकुंतला का एक दूसरा ही, अत्यंत भव्य रूप देखने को मिलता है। बेटे की अंगुली थामे पहुँची इस तपस्विनी बाला को दुष्यंत जैसे ही पहचानने से इंकार करते हैं, वह भभक उठती है। तब उसका रौद्र रूप देखते ही बनता है। शकुंतला श्रेष्ठ पतिव्रता है किंतु इसका मतलब यह नहीं कि उसे पति की हर हरकत को आंख मूंदकर सहन करना चाहिए। (व्यास की सारी पतिव्रताएँ ऐसी ही हैं।)

व्यास द्वारा इस संदर्भ में शकुंतला से कहलवाया गया एक-एक वाक्य निश्चय ही उन्हें प्रणम्य बनाता है। प्राचीन भारतीय नारी का यह रूप हमारे लिए गर्व का विषय है। शकुंतला एवं दुष्यंत की कथा की अपेक्षा उन दोनों के मध्य हुआ समूचा संवाद अत्यंत श्रेष्ठ है, अतः निश्चय ही पठनीय है। इसकी कुछ झलकें प्रस्तुत हैं।

दुष्यंत के दरबार में पहुँचकर शकुंतला ने अपने पुत्र को धीरे से कहा कि यह राजा तुम्हारे पिता हैं, इन्हें प्रणाम करो... साथ ही उसने स्वयं भी राजा को प्रणाम किया। तब राजा ने उससे आगमन का कारण पूछा। इस पर शकुंतला ने बतलाया कि मेरे गर्भ से उत्पन्न यह आपका पुत्र है। अपनी प्रतिज्ञा के अनुसार अब आप इसका युवराज पद पर अभिषेक कीजिए।

मेरा पुत्र!... आश्चर्यचकित रह गए राजा। जिस सुंदरी को देख राजा कभी प्यार में पागल हो रहे थे, उसके लिए राजा की आँखों में केवल अपरिचय का भाव ही नहीं था... वहाँ तो रोष भी झलक रहा था। राजा ने उसे फटकारते हुए कहा... कौन हो तुम? मैं तुम्हें जानता तक नहीं... मेरा तुमसे कब समागम हुआ है? मुझे तो तनिक भी स्मरण नहीं है। यह मेरा पुत्र नहीं हो सकता।

तब अत्यंत क्रोधित हो शकुंतला बोल पड़ी—

'जानन्नपि महाराज कस्मादेवं प्रभाषसे।
न जानामिति निःशंकं यथान्यः प्राकृतो जनः॥ (आदि पर्व, 74.25)

अर्थात्, महाराज! आप जान-बूझकर भी अन्य निम्न कोटि के मनुष्यों की भाँति निःशंक होकर ऐसी बात क्यों कहते हैं कि मैं तुम्हें नहीं जानता? (तुलना—वाल्मीकि रामायण में सीता भी राम को इसी तरह निम्न कोटि के मनुष्य के समान कहती हैं, जब लंका में वे सीता के चरित्र पर संदेह करते हैं। 'त्वया तु नृपशार्दूल रोषमेवानुवर्तता। लघुनेव मनुष्येण स्त्रीत्वमेव पुरस्कृतम्॥' युद्धकांड 116 दृ 14 अर्थात् नृपश्रेष्ठ! आपने ओछे मनुष्य की भांति रोष में आकर मेरे शील-स्वभाव को ध्यान में नहीं रखा, आपने केवल निम्नकोटि की स्त्रियों के स्वभाव को ध्यान में रखकर ही मेरे चरित्र पर संदेह किया है... आपने यह भी ध्यान में नहीं रखा कि मैं जनक की कन्या हूँ। मैं भूमि-सुता हूँ, अतः दिव्य हूँ।)

अस्तु... आगे शकुंतला, दुष्यंत से कहती है, 'इस विषय में क्या सच है, क्या झूठ है, इसे केवल आपका हृदय जानता होगा। उसी को साक्षी बनाकर सही-सही बता कहिए।' (वही, 74.26)

'आप समझ रहे हैं कि मैं उस समय अकेला था, कोई देखने वाला नहीं था, किंतु आपको पता नहीं है कि वह परमात्मा सबके हृदय में अंतर्यामी रूप से विद्यमान है और आप उसी के निकट पाप कर रहे हैं।' (वहीं, 74.28)

'मैं स्वयं आपके पास आई हूँ, ऐसा समझकर मुझ पतिव्रता का तिरस्कार न कीजिए। मैं आपके द्वारा आदर पाने योग्य हूँ और स्वयं आपके निकट आई हुई आपकी पत्नी हूँ, तथापि आप मेरा आदर नहीं करते हैं।' (वही, 74.34)

'आप किसलिए नीच पुरुषों की तरह भरी सभा में मुझे अपमानित कर रहे हैं? मैं अरण्यरोदन तो नहीं कर रही हूँ? तब फिर आप मेरी बात क्यों नहीं सुनते?' (वही, 74. 35)

दुष्यंत के अब भी मौन रहने पर शकुंतला उन्हें शाप देती है–

'महाराज दुष्यंत! यदि मेरे द्वारा उचित याचना करने पर भी आप मेरी बात नहीं मानेंगे तो आज आपके सिर के सैकड़ों टुकड़े हो जाएँगे।' (वही, 74.36)

इस पर भी दुष्यंत को चुप बैठे देख शकुन्दला पुत्र का वास्ता देते हुए कहती है–

'चीटियाँ भी अपने अण्डों का पालन ही करती हैं, उसे नष्ट नहीं करती, फिर आप धर्मज्ञ होकर भी अपने पुत्र का भरण-पोषण क्यों नहीं करते? ये मेरे ही अंडे हैं समझकर कौए भी कोयल के अंडों को सेते हैं, फिर आप तो सर्वज्ञ हैं, अपने पुत्र को कैसे नहीं अपना रहे हैं?' (वही, 74.55)

'अपने शिशु को हृदय से लगा लेने पर उसका स्पर्श जितना सुखदायक जान पड़ता है, वैसा सुखद स्पर्श न तो कोमल वस्त्रों का है, न रमणीय सुंदरियों का और न शीतल जल का है।' (वही, 74.56)

'आपका यह पुत्र कितना प्यारा है। अपने अंगों से लिपटाकर इसका स्पर्श करें। संसार में पुत्र के स्पर्श से बढ़कर सुखदायक स्पर्श और किसी का नहीं है।' (वही, 74.58)

'प्रायः देखा जाता है कि प्रवास से लौटा पुरुष घर आने पर सबसे पहले अपने पुत्र को गोद में उठाकर उसके मस्तक को सूंघकर आनंदित होता है... और आप चुपचाप बैठे हैं?' (वही, 74.61)

यहाँ शकुंतला एक बहुत ही सुंदर बात कहती है। यूँ तो व्यास ने पूरे महाभारत में पति के लिए पत्नी की रक्षा हेतु अनेक स्थानों पर यह कहा कि वह जाया है, पति के पुत्र की माता है, उसके कुल की रक्षक है, इसलिए वह रक्षणीया है, किंतु यहाँ वे शकुंतला से अद्भुत बात कहलवाते हैं–'तस्मात् भार्यां नरः पश्येन्मातृवत् पुत्रमातरम्' अर्थात् मनुष्य को चाहिए कि वह अपनी उस धर्मपत्नी को, जो उसके पुत्र की माता बन

चुकी है, माता के ही समान देखे। निश्चय ही यहाँ माता के समान देखने का मतलब उसका माता के समान आदर करना है।

आगे शकुंतला अपने माता-पिता का परिचय देते हुए कहती है कि मेरी माता ब्रह्माजी से उत्पन्न श्रेष्ठतम अप्सरा मेनका है और पिता कुलीन महर्षि विश्वामित्र है।

अब तक मौन बैठे राजा शकुंतला का यह परिचय सुन उसे अत्यंत कठोर वाणी में कहते हैं कि तुम एक कामी ऋषि तथा वेश्या अप्सरा की संतान हो... तुम झूठी व व्याभिचारिणी हो... मैं तुम्हे नहीं अपना सकता।

इस पर शकुंतला न रोती-धोती है न घबराती है वरन् अत्यंत कुपित हो कह उठती है... अहो राजन्! आपको दूसरों के सरसों के दाने के बराबर पाप तो खूब दिखाई देते हैं पर अपने बेल के बराबर पाप नहीं दिखते? इतना जान लो, 'ममैवोद्रिच्यते जन्म दुष्यंत तव जन्मनः' आपके जन्म और कुल से मेरा जन्म और कुल बढ़कर है।

'राजेंद्र! आप केवल पृथ्वी पर घूमते हैं किंतु मैं आकाश में भी चल सकती हूँ। तनिक ध्यान से देखिए... मुझमें और आप में सुमेरू पर्वत एवं सरसों का सा अंतर है।'

आगे शकुंतला, दुष्यंत को क्षमायाचना सहित लोक में प्रसिद्ध एक दृष्टांत सुनाती है—"कुरूप मनुष्य जब तक दर्पण में अपना मुँह नहीं देख लेता, तब तक अपने को दूसरों से रूपवान समझता है। किंतु जब कभी दर्पण में वह अपने विकृत मुख का दर्शन कर लेता है, तब अपने और दूसरों में क्या अंतर है, यह उसकी समझ में आ जाता है।" (वही, 74.78-78)

'यदि आपकी झूठ में ही आसक्ति है तो मैं स्वयं ही चली जाती हूँ, मेरा आप जैसे व्यक्ति के साथ रहना उचित नहीं है।'

यह कहकर शकुंतला सचमुच जाने लगती है पर जाते-जाते राजा को चेतावनी देना नहीं भूलती है 'महाराज दुष्यंत! मैं एक बात कह देती हूँ, आपके सहयोग के बिना भी मेरा यह पुत्र चारों समुद्रों से घिरी हुई हिमालय रूपी मुकुट से सुशोभित समूची पृथ्वी का पालन करेगा।' (वही, 74.108)

किंतु पुत्र की दृढ़तापूर्वक अंगुली थामे राजमहल से बाहर निकलती उस तेजस्विनी तपस्विनी ऋषि-पुत्री को अंततः जाना नहीं पड़ा। राजा भले मौन बैठे रहे पर देवता मौन न रह सके... शकुंतला के पीठ फेरते ही राजमहल में आकाश से देववाणी हुई कि शकुंतला निष्पाप है। यह पुत्र दुष्यंत का ही है। आकाशवाणी से देवताओं ने दुष्यंत को यह भी कहा कि हमारे कहने से तुम इसका भरण-पोषण करोगे... इसलिए तुम्हारा यह पुत्र भरत कहलाएगा।

यह आकाशवाणी सुन दुष्यंत को आश्चर्य और ग्लानि होना चाहिए थी... अपने विस्मरण और अपनी करतूत पर... किंतु इसके विपरीत वे अत्यंत प्रसन्न हुए। प्रसन्नवदन उन्होंने शकुंतला को लौटने का आग्रह किया और अपने मंत्रियों तथा पुरोहितों से कहा,

'आप लोग इस देववाणी को भली-भांति सुन लें। देववाणी झूठ नहीं कहती। यह मेरी पत्नी और पुत्र है।' पत्पश्चात् राजा सिंहासन से उतरे... शकुंतला का समुचित सत्कार किया और अपने पुत्र भरत को बड़े प्रेम से गले लगाया।

फिर किसी शुभ मुहुर्त में दुष्यंत ने शकुंतला को सादर अपनी पटरानी बनाया तथा भरत को युवराज घोषित किया। कुरु-वंश के राजाओं में यह संभवतः सर्वाधिक सुखांत कथा है।

यहाँ एक प्रश्न उठता है... क्या दुष्यंत सचमुच शकुंतला को भूल गए थे? कवि कालिदास के अनुसार सचमुच वैसा हुआ था। शकुंतला को मिले एक श्राप के कारण राजा उसे भूला बैठे थे। हुआ यह था कि दुष्यंत के वियोग में आश्रम में गुमसुम बैठी शकुंतला को ध्यान ही नहीं रहा कि उसकी कुटिया के बाहर कोई अतिथि ऋषि बड़ी देर से भिक्षा मांगते खड़े हैं। तब अपनी उपेक्षा से नाराज हो शकुंतला को ऋषि ने श्राप दिया... जिसकी याद में खोई हुई तुम अतिथि का अपमान कर रही हो वह तुम्हें भूल जाएगा। किंतु फिर शकुंतला द्वारा क्षमा-याचना करने पर उन्हीं ऋषि ने यह वर भी दिया कि तुम राजा की दी हुई अँगूठी उन्हें दिखाना तो सब कुछ उन्हें याद आ जाएगा। पर शकुंतला का दुर्भाग्य! राजा के पास आते हुए नदी पार करते समय वह अँगूठी नदी के पानी में गिर गई और उसे पता ही नहीं चला। शकुंतला अब कैसे राजा को विश्वास दिलाती कि उसके गंधर्वविवाह में दी गई अगूंठी गुम हो चुकी है? पर शकुंतला का भाग्य थोड़ा अच्छा था कि एक मछुआरा वह अगूंठी लिए उसी समय महल में आ पहुँचा जब शकुंतला रोते हुए महल छोड़कर जा रही थी। अँगूठी उसे मछली काटते समय उसके पेट में मिली थी। राजचिह्न देख वह डरते-डरते राजा के पास पहुँचा था। उसे देखते ही ऋषि का श्राप नष्ट हो गया ओर राजा को सब कुछ याद आ गया। तब दुष्यंत ने क्षमा-याचना सहित प्रेम से पत्नी और पुत्र को गले लगाया।

किंतु व्यास का दुष्यंत कुछ भूला नहीं होता है। उसे सब कुछ याद था, पर वह जानबूझकर स्वयं शकुंतला को नहीं अपनाना चाहा रहा था। यहाँ दुष्यंत अपनी सफाई में शकुंतला से कहता है, "मैं यदि तुम्हें तुरंत अपनाता तो लोग तुम्हारे चरित्र तथा बालक की शुद्धता पर संदेह करते। मैं चाहता था यह बात स्वयं देवता कहें। (पाठकगण यहाँ वाल्मीकि के राम से तुलना कर सकते हैं, जिन्हें सीता की पवित्रता पर कोई संदेह नहीं था किंतु लोगों की संतुष्टि के लिए उन्होंने सीता की अग्नि-परीक्षा ली थी। वे चाहते थे कि अग्निदेव स्वयं कहें कि सीता पवित्र है ताकि किसी को कोई संदेह न हो। 'अवश्यं चापि लोकेषु सीता पावनमर्हति'... लोगों में सीताजी की पवित्रता का विश्वास दिलाने के लिए उनकी यह अग्नि-परीक्षा आवश्यक थी, अन्यथा मैं तो जानता था कि प्रज्ज्वलित अग्निशिखा के समान सीता किसी के लिए भी अलभ्य है... रावण तो उन्हें छू भी नहीं

सकता था।) अस्तु... कालिदास ने 'अभिज्ञानशाकुंतलम्' में कथा को सुंदर मोड़ तो दिया है किंतु उनकी शकुंतला निश्चय ही व्यास की शकुंतला से उन्नीस है। थोड़े ही श्लोकों में व्यास ने जिस शकुंतला को प्रस्तुत किया है वह मानों अग्निशिखा है... वहाँ वासनाजन्य ताप नहीं वरन् तपस्याजनित अग्नि है... भरतवंश की आगे वाली पीढ़ी की रानी अग्निरूपा याज्ञसेनी द्रौपदी मानों शकुंलता के ताप से ही तप्त हुई है।

3

राजा ययाति – पुरु

महाभारत के युद्ध के विषय में सामान्यतः कहा जाता है कि यह कौरवों एवं पांडवों के मध्य हुआ था। किंतु यह कहना क्या एक दृष्टि से गलत नहीं है, क्योंकि पांडव भी तो अंततः कौरव ही थे? वस्तुतः धृतराष्ट्र एवं पांडु, दोनों के पुत्र एक ही वंश, कुरु-वंश के थे, अतः दोनों ही कौरव थे। 'कुरु' इस वंश के एक प्रतापी राजा हुए थे।

वैसे यह वंश 'पुरु-वंश' भी कहलाता था और इसे ही 'भरत-वंश' भी कहते थे। ये दोनों नाम कुरुवंश के ही दो प्रतापी राजा, क्रमशः राजा पुरु एवं राजा भरत के नाम पर पड़े थे।

यहाँ उल्लेखनीय है कि इस अति प्रसिद्ध राजवंश के उपरोक्त तीन नाम, जिन राजाओं के नाम पर पड़े हैं, अर्थात् भरत, पुरु और कुरु, उनके जीवन-चरित्र का व्यास-कथा में विशेष विस्तार से वर्णन नहीं है। इनकी तुलना में इसी वंश के कुछ अन्य राजाओं यथा, ययाति, दुष्यंत, शान्तनु, भीष्म, धृतराष्ट्र, पांडु तथा धृतराष्ट्र-पुत्रों और पांडु-पुत्रों का चरित्र यहाँ पर्याप्त विस्तार से वर्णित हुआ है।

इन राजाओं में राजा ययाति, दुष्यंत (पूर्व अंक) के पश्चात् राजा ययाति के जीवन-चरित्र का अवलोकन कर रहे हैं, जिनकी संतान 'पुरु' से 'पुरु वंश' तो चला ही, एक अन्य संतान 'यदु' से 'यदु-वंश' भी चला, जिसमें श्रीकृष्ण का जन्म हुआ था।

परम प्रतापी एवं धर्मात्मा राजा ययाति की दो पत्नियां थी, एक असुर-गुरु शुक्राचार्य की पुत्री देवयानी, दूसरी असुर-राजा वृषपर्वा की पुत्री शर्मिष्ठा। महाभारत में ययाति का इनसे विवाह का प्रसंग बड़ा ही रोचक है।

देवयानी असुरों के आदरणीय गुरु शुक्राचार्य की अत्यधिक लाड़ली इकलौती कन्या थी। यौवन में यह अपने पिता के पास शिक्षा हेतु आए 'कच' नामक युवक के प्रति आकर्षित थी किंतु 'कच' ने उसका प्रणय निवेदन अस्वीकार कर दिया था। तब अचानक ही राजा ययाति उसकी जिंदगी में आए जिन्होंने उसके प्रेम को स्वीकार कर उसे अपनी पटरानी बनाया... पर उसके साथ दासी के रूप में आई शर्मिष्ठा को भी बाद में अपनी रानी बना लिया था।

किंतु यह 'कच' कौन था? उसने आखिर क्यों शुक्राचार्य जैसे महान् आचार्य की अनुपम सुंदरी कन्या का प्रणय-प्रस्ताव ठुकराया था? महाभारत की यह भी एक रोचक कथा है।

कच देवताओं के गुरु बृहस्पति का पुत्र था, जिसे स्वयं देवताओं ने शुक्राचार्य के पास उस संजीवनी विद्या को सीखने भेजा था जिससे मृतक जीवित किए जा सकते थे। कच को देवताओं ने सिखा रखा था कि शुक्राचार्य से यह विद्या उन्हें प्रसन्न कर ही सीखी जा सकती है... और उन्हें तभी प्रसन्न किया जा सकता है जब उनकी लाड़ली कन्या देवयानी को हर तरह से संतुष्ट रखा जाए। इसीलिए कच अपनी इस गुरु-पुत्री के करीब रहने की, उसका प्रिय बनने की हमेशा कोशिश किया करता था... अब उसे क्या मालूम था कि उसकी गुरु-पुत्री इसका कुछ और भी मतलब निकाल सकती है? इसीलिए संजीवनी विद्या सीखने के पश्चात् जब कच लौटकर जाने लगा तब देवयानी के प्रणय-निवेदन को सुनकर आश्चर्यचकित रह गया। उसके मन में तो ऐसा कोई भी भाव नहीं था। उसने उसे हमेशा गुरु की पुत्री के रूप में, इस तरह अपनी बहन के रूप में देखा था। फिर, वह उसी के उदर में रह चुका था जिसके वीर्य से देवयानी का शरीर बना था, अतः वह उसकी सहोदरा भी हो चुकी थी।

किंतु कच शुक्राचार्य के उदर में कैसे रहा था? आइए मुख्य कथा के पूर्व इस उपकथा को देखें।

कच, शुक्राचार्य के पास संजीवनी विद्या सीखने आया था ताकि असुरों के साथ युद्ध में मारे गए देव-गणों को पुनः जीवित किया जा सके, पर असुर-गण भला यह क्यों होने देते? पर शुक्राचार्य से वे डरते थे, अतः उन्हें कुछ नहीं कह सकते थे। तब उन्होंने कच को ही समाप्त करने की योजना बनाई। अपनी संजीवनी विद्या से आचार्य कच को पुनर्जीवित न कर दें, यह सोचकर दानवों ने कच के शरीर के टुकड़े-टुकड़े कर उसे सियारों और कुत्तों को खिला दिया। किंतु देवयानी के अनुनय पर जब शुक्राचार्य ने अपनी विद्या का प्रयोग किया तो कच के शरीर के टुकड़े कुत्तों और सियारों का पेट फाड़कर निकल आए... और देखते-ही-देखते कच जीवित हो उठा। तब असुरों ने नई चाल चली। उन्होंने कच को मारकर जला दिया और उसके जले शरीर का चूर्ण बनाकर उसे मदिरा में मिलाकर शुक्राचार्य को ही पिला दिया... यह सोचकर कि अब कच को जीवित करने शुक्राचार्य स्वयं को थोड़े ही मरने देंगे।

सचमुच अबकी बार शुक्राचार्य बड़ी दुविधा में पड़ गए... पर उनसे ज्यादा दुविधा में थी देवयानी। पिता व प्रेमी, दोनों में से किसी को भी खोना उसके लिए सह्य नहीं था... रो-रोकर बुरा हाल हो गया उसका। अंततः बेटी का दुःख दूर करने शुक्राचार्य को एक उपाय सूझा। उन्होंने अपने उदर में स्थित कच को आवाज देकर कहा कि मैं तुम्हें संजीवनी विद्या दे रहा हूँ, ध्यान से ग्रहण करो... फिर मैं तुम्हें जीवित कर दूँगा। किंतु

ऐसी स्थिति में तुम मेरा शरीर फाड़कर ही बाहर आ पाओगे। इससे मेरी मृत्यु हो जाएगी... पर तुम फिर मुझे अपनी संजीवनी विद्या के बल पर जीवित कर देना।

कच के लिए इससे ज्यादा सौभाग्य की बात और क्या हो सकती थी। उसने पूरी एकाग्रता से विद्या ग्रहण की।

और इस तरह देवयानी का प्रियतम जीवित बच गया। किंतु उसे तो इस बात का ध्यान भी नहीं था कि इस तरह उसके पिता के उदर में रहने के कारण कच उसका सहोदर हो जाएगा!... बहुत रुष्ट हुई थी देवयानी कच के इस तरह मुख मोड़कर चले जाने पर। वस्तुतः यही कहकर कच कक्षा माँगते हुए उसके जीवन से चला गया था कि प्रथम तो तुम मेरी गुरु-पुत्री होने के कारण पूज्य हो... फिर, अब तुम मेरी सहोदरा होने के कारण बहन हो गई हो, मैं तुम्हें स्वीकार नहीं कर सकता।

तब फिर उसकी जिंदगी में आए थे ययाति। ययाति से उसकी भेंट एक विचित्र परिस्थिति में हुई थी। हुआ यह कि एक बार वह अनेक बालाओं के साथ एक तालाब में स्नान कर रही थी। स्नान के पश्चात् जब वह अपने वस्त्र पहनने गई तो देखा कि उसके वस्त्र असुर-राज की पुत्री शर्मिष्ठा पहने हुए थी। यह देखकर देवयानी अचानक ही क्रोधित हो शर्मिष्ठा को बुरा-भला कहने लगी। अब शर्मिष्ठा भी क्यों चुप रहती... एक तो वह राजकन्या, दूसरे उसने कोई जानबूझकर तो देवयानी के वस्त्र नहीं पहने थे... सो उसने भी देवयानी को जी-भर कर सुनाया... उसे भिखमँगे की बेटी तथा ऐसे बाप की बेटी कहा जो उसके पिता की स्तुति करते रहते हैं... और फिर दोनों में यह वाक्‌युद्ध इतना बढ़ा कि अंततः शर्मिष्ठा ने गुस्से में देवयानी को एक कुँए में ढकेल दिया।

देवयानी के सौभाग्य से वह कुँआ जल-शून्य था, अतः देवयानी बच गई। किंतु कुँआ कुछ गहरा था। देवयानी किसी के सहारे के बिना वहाँ से निकल नहीं सकती थी... और फिर यहीं पर उसकी राजा ययाति से भेंट हुई। संभवतः उस समय राजा देवयानी के सौभाग्य से ही वहाँ से गुजर रहे थे। उन्होंने उसे अपने अजानबाहु का सहारा देकर बाहर निकाला। कन्या के सौंदर्य पर वे मुग्ध हो उठे किंतु उसका परिचय जान उनकी हिम्मत देवयानी को कुछ कहने की नहीं हुई। संभवतः देवयानी ने राजा के मन के भाव पढ़ लिए थे, इसलिए उसने स्वयं राजा से प्रणय-निवेदन किया... और इस तरह राजा ययाति को सहज ही परम् विद्वान् शुक्राचार्य की असाधारण कन्या देवयानी सहज ही प्राप्त हो गई।

पर फिर शर्मिष्ठा उन्हें कैसे मिली? वह भी सहज ही मिल गई थी। दरअसल देवयानी ने अपने क्रोध के कारण ही अपनी सौत को निमंत्रित किया था। राजा से भेंट के बाद निश्चय ही एक नन्हा प्रेमांकुर देवयानी के मन में खिल उठा था किंतु इस पर भी शर्मिष्ठा द्वारा किए अपने अपमान की आग उसके हृदय में बरकरा थी... और यही उसके दुर्भाग्य का कारण बनी।

शर्मिष्ठा के उस कृत्य के कारण देवयानी को राजा ययाति मिले थे, अतः उसे शर्मिष्ठा के प्रति कृतज्ञ होना चाहिए था... किंतु शर्मिष्ठा ने केवल उसका नहीं, उसके प्रिय जनक का भी अपमान किया था, अतः देवयानी किसी तरह शर्मिष्ठा को क्षमा करने को तैयार नहीं हुई। शुक्राचार्य ने तरह-तरह से देवयानी को समझाया... पर देवयानी ने अंततः पिता को राजी कर ही लिया कि वे असुरराज वृषपर्वा को त्याग दें... कहीं और चलें। किंतु शुक्राचार्य तो असुरों की नैया के असली खेवैया थे। उनके बिना तो असुर राज की नाव का रसातल में पहुँचना निश्चित था। अब क्या हो? इसका एक ही उपाय था। भार से डूबती नाव को बचाने जैसे अतिरिक्त सामान फेंक दिया जाता है, वैसे ही असुरराज ने इस सारे विवाद की जड़ अपनी पुत्री शर्मिष्ठा को त्यागने का निश्चय कर लिया। यहाँ व्यास ने वृषपर्वा के मुख से एक अत्यन्त सुंदर श्लोक कहलवाया है, जो अर्थ की महत्ता के कारण बड़ा प्रसिद्ध हुआ है—

'त्यजेदेकं कुलस्यार्थे ग्रामस्यर्थेकुलं त्यजेत्।
ग्राम जनपदास्यार्थे आत्मार्थे पृथिवीं त्यजेत् ॥'

अर्थात् कुल के हित के लिए एक मनुष्य को त्याग दें। गाँव के हित के लिए एक कुल को छोड़ दें। जनपद के लिए एक गाँव की उपेक्षा कर दें और आत्मकल्याण के लिए सारी पृथ्वी को त्याग दें। (यही बात विदुर ने भी धृतराष्ट्र से दुर्योधन को त्यागने के लिए कही थी।)

किंतु असुरराज को अपनी ओर से बेटी को कुछ कहने की जरूरत नहीं पड़ी। पिता के मन को पढ़कर शर्मिष्ठा ने स्वयं आगे बढ़कर अपने अपराध की तुलना में कहीं ज्यादा कठोर दंड स्वीकार किया। एक सहस्र कन्याओं के साथ वह देवयानी के पास गई... उससे निवेदन किया... इन सबके साथ मैं तुम्हारी दासी बनने को तैयार हूँ... तुम कहीं न जाओ। जहाँ तुम्हारा ब्याह होगा वहाँ भी हम सब दासी के रूप में ही तुम्हारे साथ चलेंगी।

देवयानी को आश्चर्य हुआ... राजकन्या होकर तुम मेरी दासी बनकर कैसे रहोगी? तब शर्मिष्ठा ने कहा... मैं ऐसा कर लूँगी क्योंकि 'येन केनचिदार्तानां ज्ञातीनां सुखमावहेत्' अर्थात् जिस किसी भी उपाय से संभव हो, अपने विपद्-ग्रस्त भाईयों को सुख पहुंचाना चाहिए। (निश्चय ही यहाँ शर्मिष्ठा की बुद्धिशीलता प्रगट होती है। अपने इस गुण के कारण गुरुपुत्री की तुलना में यह असुरराज कन्या अंततः लाभ में रहती है।)

अस्तु... इस तरह देवयानी की दासी बनी शर्मिष्ठा, देवयानी और ययाति के विवाह के साथ ययाति के महल में दासी के रूप में पहुँची।

पर फिर यह दासी ययाति की रानी कैसे बनी?

उल्लेखनीय है कि शर्मिष्ठा राजा ययाति की केवल रानी ही नहीं बनी, हस्तिनापुर की राजमाता भी बनी, क्योंकि इसी का छोटा पुत्र 'पुरु' ययाति के बाद हस्तिनापुर का सम्राट बना... और इसी से धृतराष्ट्रों तथा पांडवों का 'पुरु वंश' चला।

पर यह सब आसानी से नहीं मिला था शर्मिष्ठा और पुरु को। राज्य का उत्तराधिकार भला पुरु को मिल भी कैसे सकता था? वह एक दासी का पुत्र था... वह भी सबसे छोटा। वह तो स्वप्न में भी ऐसा नहीं सोच सकता था।

शर्मिष्ठा द्वारा रानी बनने की तथा पुरु द्वारा राजगद्दी पाने की कथा महाभारत की एक महत्वपूर्ण कथा है।

राजा ययाति अपने महल में देवयानी के साथ उसी तरह निवास करते थे जैसे देवलोक में इंद्र शचि के साथ हो। परम सुखी थे वे दोनों प्राणी। सभी सुखी थे उस स्वार्गोपम राज-भवन में। एक दुःखी थी बेचारी शर्मिष्ठा। यद्यपि यहाँ देवयानी उसे एक दासी के समान नहीं, वरन् एक सखी के समान ही रखती थी... उसके लिए उसने एक पृथक् महल भी बनवा दिया था और अक्सर अपनी भव्य अशोक-वाटिका में वह उसे लेकर विहार भी करती थी... पर युवा राजकन्या भला इतने से ही संतुष्ट कैसे रह सकती थी? देवयानी ने हर सुख में तो उसे सहभागी बनाया... पर संतान-सुख तो वह अकेली ही भोग रही थी। वह पीड़ा जब शर्मिष्ठा के सहन से बाहर हो गई तब उसने एक दिन राजा ययाति से संतान हेतु प्रणय-दान, माँगा... उसे याद दिलाया कि आपने तो घोषणा कर रखी है कि 'यस्य यस्य यथा कामस्तस्य तस्य ददाम्यहम्' जिसकी जैसी इच्छा होगी, उसे मैं उसकी कामना की वस्तु प्रदान करूँगा। अब जो मैं माँग रही हूँ मुझे दीजिए। शर्मिष्ठा आगे कहती है कि यदि आप मुझे प्रणय-दान नहीं देंगे तो मिथ्यावादी कहलाएँगे।

किंतु प्रणय-दान अन्य दान की तुलना में कितना कठिन था राजा के लिए। यद्यपि वे समझते थे कि शर्मिष्ठा निर्दोष है और उसकी माँग पूर्णतः जायज है किंतु उसको संतुष्ट करने का मतलब था... एक अन्य वचन को भंग करना! उल्लेखनीय है कि ब्याह के समय ही शुक्राचार्य ने ययाति से वचन ले रखा था कि वे शर्मिष्ठा को हर सुख देंगे... पर उसे कभी भी अपनी अंकशायिनी नहीं बनाएँगे।

इस वचन को याद कर राजा अत्यंत दुविधा में थे। तब शर्मिष्ठा ने ही अनेक तर्कों द्वारा राजा की दुविधा समाप्त की। यहाँ शर्मिष्ठा का एक तर्क उल्लेखनीय है जो इस बात पर बल देता है कि प्राचीन भारत में घर का स्वामी ही संपूर्ण धन का अधिकारी होता था... पत्नी, दास एवं पुत्र के धन पर भी उसी का अधिकार होता था। शर्मिष्ठा कहती है–

'त्रय एवाधना राजन् भार्या दासस्तथा सुतः।
यत् ते समधिगच्छन्ति यस्यैते तस्य तद् धनम् ॥' (संभवपर्व 82.22)

अर्थात् तीन व्यक्ति धन के अधिकारी नहीं होते हैं – पत्नी, दास एवं पुत्र। ये जो धन प्राप्त करते हैं, वह उसी का होता है, जिसके अधिकार में ये हैं।

शर्मिष्ठा आगे कहती है, "मैं देवयानी की सेविका हूँ और वह आपके अधीन है, अतः उसके समान मैं भी आपके द्वारा सेवन करने योग्य हूँ।"

तब राजा ने शर्मिष्ठा को पहले धर्मानुसार अपनी भार्या बनाया... और उसे संतुष्ट कर चुपचाप अपने महल में चले गए।

फिर देखते-ही-देखते शर्मिष्ठा एक के बाद एक तीन बच्चों की माँ बन गई। देवयानी के पूछने पर वह यही कहती कि उसे ये बच्चे एक धार्मिक महात्मा से प्रसाद के रूप में मिल रहे हैं। पर अंततः देवयानी को असलियत पता चल ही गई। वैसे तो शर्मिष्ठा के बड़े होते बच्चों के चेहरे–मोहरे देखकर देवयानी को प्रायः शंका होती रहती थी... पर एक दिन स्वयं उन भोले-भाले बच्चों ने ही उसकी शंका पर पक्की मोहर लगा दी। पिता का नाम पूछने पर उन्होंने बड़े गर्व से बताया – महाराज ययाति।

फिर तो बिफरी शेरनी-सी देवयानी तभी शांत हो पाई जब उसकी शिकायत पर पिता शुक्राचार्य ने राजा ययाति के उस यौवन का हरण कर लिया जिसके चलते उन्होंने उनकी आज्ञा का उल्लंघन कर शर्मिष्ठा को अंकशायिनी बनाया था। उन्होंने ययाति को शाप दिया... तुमने धर्मज्ञ होकर भी अधर्म को प्रिय मानकर उसका आचरण किया है। इसलिए तुम्हें वृद्धावस्था शीघ्र ही धर दबाएगी, जिसे जीतना कठिन है।

और फिर सचमुच अपरिमित यौवन एवं ऊर्जा से भरपूर वह सुदर्शन राजा देखते-ही-देखते एकदम वृद्ध हो गया... अनगिनत झुर्रियों से भरा हुआ शरीर, बर्फ के समान श्वेत सिर के केश, दंत-विहीन मुख और झुकी कमर।

किंतु राजा ययाति ने यह भयंकर शाप क्या चुपचाप ग्रहण कर लिया? अपने पक्ष में उन्होंने क्या कुछ भी नहीं कहा?

नहीं, ऐसा नहीं था। राजा ने सारी बात सिलसिलेवार शुक्राचार्य के सामने रखी। यह भी कहा कि मैंने धर्म-सम्मत मानकर ही यह कार्य किया है... यदि मैं शर्मिष्ठा की इच्छा पूरी नहीं करता तो मुझे भ्रूण-हत्या का पाप लगता... और मैं वचन-भंग का दोषी भी ठहराया जाता क्योंकि यह मेरा वचन है कि जो मुझसे जैसी याचना क़रेगा... उसे मैं अवश्य पूरी करूँगा।

राजा की बात में दम था... आचार्य कुछ पिघले, पर फिर भी उन्होंने राजा को दोषी ठहराते हुए कहा यदि ऐसा था तो मुम्हें मेरे आदेश की प्रतीक्षा करनी चाहिए थी क्योंकि तुम मेरे अधीन हो।

अस्तु... जो होना था वह तो हो चुका। अब प्रश्न भविष्य का था। राजा ने दीन-भाव से कहा कि अभी तो आपकी पुत्री के साथ विहार से मैं तृप्त नहीं हो पाया हूँ, अतः मुझे इस बुढ़ापे से किसी तरह मुक्ति प्राप्त करने का रास्ता बताइये।

इस पर असुराचार्य ने राजा को कुछ सहूलियत देते हुए कहा कि यदि कोई युवा व्यक्ति अपना यौवन तुम्हें दे तो तुम पुनः जवान हो सकते हो, पर जब तक तुम जवान रहोगे,... तुम्हारा यह बुढ़ापा उसे ढोना पड़ेगा।

राजा जानते थे कि यह बहुत कठोर कर्म है। कोई भी व्यक्ति भला अपनी जवानी

देकर उनका बुढ़ापा क्यों लेना चाहेगा? फिर भी उन्होंने इस विषय पर अपने पुत्रों को आजमाने की सोची। यदि कोई पुत्र सचमुच उनका बुढ़ापा लेने को तैयार हो तो उसे कुछ बड़ा पारितोषिक दे देंगे, उन्होंने मन-ही-मन सोचा। यह पारितोषक होगा, उनके राज्य का उत्तराधिकार। संभवतः यह सोचने पर राजा के मन में यह विचार भी आया कि कहीं देवयानी का कोई पुत्र उनका बुढ़ापा ने ले... और शर्मिष्ठा का कोई पुत्र ले ले, तब क्या होगा? तब कहीं इस बात को लेकर ये बाप-बेटी उन पर फिर कुपति न हो जाएं... इसलिए राजा ने आचार्य से इस बात का अनुमोदन करवा लिया कि जो मुझे अपना यौवन देकर मेरा बुढ़ापा लेगा, वह मेरे पुण्य और कीर्ति का भागी होने के साथ ही मेरे राज्य का भी भागी होगा।

आचार्य ने राजा की बात का न केवल अनुमोदन किया वरन् ऐसे श्रेष्ठ पुत्र को अपनी ओर से यह आशीर्वाद भी दिया कि 'आयुष्मान कीर्तिमांश्चैव बह्वपत्यस्तैव च' वह दीर्घायु यशस्वी तथा अनेक संतानों से युक्त होगा।

राजा ययाति का संदेह सचमुच ठीक था। देवयानी के दोनों पुत्रों ने उनका बुढ़ापा लेने से स्पष्ट शब्दों में इंकार कर दिया। सबसे पहले बड़े पुत्र यदु से उन्होंने पूछा था। उसका उत्तर था, 'जरायां बहवो दोषाः पान भोजनकारिताः' अर्थात् बुढ़ापे में खाने-पीने के अनेक दोष प्रगट होते हैं, अतः मैं आपका बुढ़ापा नहीं लूँगा। मैं उस बुढ़ापे को लेने की इच्छा नहीं रखता जिसके आने पर दाढ़ी-मूँछ के बाल सफेद हो जाते हैं, शरीर पर झुर्रियाँ पड़ जाती हैं... युवतियाँ तथा जीविका पाने वाले सेवक भी तिरस्कार करते हैं।

किंतु राजा ययाति कोई हमेशा के लिए तो उसे बुढ़ापा नहीं दे रहे थे। अपनी इच्छा पूरी कर लेने पर वे पुनः उसकी जवानी लौटाकर उससे बुढ़ापा ले लेते।

अस्तु... दूसरे पुत्र तुर्वसु ने भी पिता को निराश करते हुए कहा – 'न कामये जरां तात' कामभोग प्रणाशिनीम्... काम-भोग का नाश करने वाली जरा मुझे नहीं चाहिए पिता। यह बल और रूप का अंत कर देती है तथा बुद्धि एवं प्राण-शक्ति का भी नाश करने वाली है।

देवयानी के पुत्रों से रुष्ट होकर फिर ययाति शर्मिष्ठा के ज्येष्ठ पुत्र द्रुहयु के पास गए, पर उसने भी इंकार में उत्तर देते हुए कहा – 'न गजं न रथं नाश्वं जीर्णो भुंक्ते न च स्त्रिय'... बूढ़ा आदमी हाथी-घोड़े और रथ पर नहीं चढ़ सकता और फिर उसकी वाणी भी लड़खड़ाने लगती है, अतः मैं आपकी वृद्धावस्था नहीं ले सकता।

तब निराश ययाति शर्मिष्ठा के मँझले बेटे अनो के पास पहुँचे। उसने भी यह कहते हुए उनका प्रस्ताव अस्वीकार कर दिया कि 'जीर्णः शिशुवदादत्तेऽकालेऽनमशुचिर्यथ'... बूढ़ा व्यक्ति तो बच्चों की तरह असमय भोजन करता है, अपवित्र रहता है तथा समय पर अग्निहोत्र नहीं करता, पिताश्री मुझे क्षमा करें... मैं आपका बुढ़ापा नहीं ले सकता।

अंततः बड़ी आशा से ययाति अपने सबसे छोटे बेटे पुरु के पास पहुँचे। इस बार

उनकी आशा पूर्ण हुई। पुरु ने बिना क्षण भर भी विचार किए पिता से कहा—"महाराज! मैं आपके वचन का अवश्य पालन करूँगा क्योंकि गुरुजनों की आज्ञा का पालन मनुष्य के लिए पुण्य, स्वर्ग तथा आयु प्रदान करने वाला है।"

सचमुच पिता का आदेश पालन करने पर पुरु को यह सब मिला। हमारे इतिहास में यद्यपि श्रवण कुमार मातृ-पितृ भक्ति का आदर्श नाम है, किंतु राजा पुरु का यह कृत्य निश्चित ही उन्हें पितृ-भक्तों में श्रवण कुमार के समकक्ष पहुँचाने वाला है।

अस्तु... फिर राजा ययाति का क्या हुआ? ययाति ने पुत्र का यौवन लेकर 1000 वर्ष तक यौवन के सारे सुख भोगे... किंतु फिर भी उन्हें तृप्ति नहीं हुई... घी पड़ी आग के समान उनकी तृष्णा थी कि समाप्त होने का नाम ही नहीं लेती थी। फिर एक दिन उन्हें लगा कि वे पुरु के साथ अन्याय कर रहे हैं... वह बेचारा मेरा बुढ़ापा कब से ढो रहा है। अब मुझे उसे उसका यौवन लौटा देना चाहिए। अब मैं वन में जाकर कठोर तपस्या करूँगा... और फिर अक्षय स्वर्गलोक की प्राप्ति करूँगा।

और फिर एक दिन ययाति ने पुरु को अनेकानेक आशीष देते हुए उसे उसका यौवन लौटा दिया... और साथ में अपना राज्य भी दिया। यद्यपि ब्राह्मणों ने आरंभ में यह कहकर इसका विरोध किया कि यह तो अधर्म है... राज्य का उत्तराधिकारी ज्येष्ठ पुत्र होना चाहिए... पुरु तो सबसे कनिष्ठ है। इस पर ययाति ने उत्तर दिया कि पुत्र वह है जो 'पुत्रवद् यश्च वर्तते पितृमातृषु' जो मात-पिता के प्रति पुत्रवत् व्यवहार करता है। इसने मेरी आज्ञा का पालन किया... मित्र-रूप होकर इसने मेरी समस्त मनोकामनाएँ पूरी कीं, अतः यही मेरे राज्य का उत्तराधिकारी है... और फिर शुक्राचार्य ने पहले ही इस बात की सहमति दे दी है।

इस तरह भरत-वंश को पुरु-वंश का नाम देने वाला राजा पुरु ययाति के बाद राजा बना... जिसने पिता के आशीर्वाद से 1000 वर्षों तक राज्य किया।

तो ययाति की कहानी यहाँ समाप्त हो जानी चाहिए... किंतु हुई नहीं है। व्यास-कथा के अनुसार ययाति ने जितने साल यौवन का सुख भोगा उतने ही साल यानि 1000 वर्ष कठोर तपस्या की... और इस तरह स्वर्ग पहुँचे। यहाँ उन्होंने तरह-तरह के अलौकिक सुख भोगे... किंतु एक दिन यहाँ से उन्हें निष्काषित होना पड़ा। ययाति के निष्कासन की छोटी-सी कथा सुंदर सीख देती है। हुआ यूँ कि स्वर्ग में एक बार इंद्र ने पूछा कि तुमने इतने वर्षों तक बड़ी कठोर तपस्या की है। तुम अपनी तपस्या को किसके समान पाते हो? इस पर ययाति ने कहा कि देवता, मनुष्य, गंधर्व और ऋषिगण... 'आत्मनस्तपसा तुल्यं कंचित् पश्यामि नाहं वासव', इनमें से किसी को भी मैं अपनी तपस्या में बराबरी करने वाला नहीं पाता हूँ।

ययाति ने बड़े गर्व से यह बात कही थी किंतु यह कहते ही उनके शरीर में जैसे कंपन होने लगा... वह हिलने लगे... तब इंद्र ने कहा – राजन्! तुमने यह क्या कह

दिया? तुम क्या अन्यों की तपस्या जानते हो? यह तो तुम आत्म प्रशंसा कर रहे हो... और तुम्हारी यही आत्म प्रशंसा तुम्हारे पुण्यों को क्षीण कर रही है... अब तुम स्वर्ग में रहने योग्य नहीं रहे।

और दूसरे ही क्षण ययाति स्वर्ग से पृथ्वीलोक की ओर गिरने लगे। वह तो उनके तप का कुछ प्रभाव शेष था कि वे ऐसी भूमि की ओर गिरे जहाँ ऋषिगण तपस्यारत थे।

किंतु इस तरह राजा को स्वर्ग से गिरते देख ऋषिगण आश्चर्यचकित थे। तब अष्टक ऋषि ने पृथ्वी से ही उनके पतन का कारण पूछा। इस पर ययाति ने कुछ भी नहीं छिपाया... सब कह दिया। उनकी गाथा सुन अष्टक ने उनका पृथ्वी पर गिरना रोक दिया और अपने पुण्य देकर पुनः स्वर्ग भेजना चाहा किंतु ययाति ने यह कहकर अस्वीकार कर दिया कि मैं क्षत्रिय हूँ... मैं देना जानता हूँ लेना नहीं।

अस्तु... तब क्या हुआ राजा का?

यहाँ कथा दिलचस्प मोड़ लेती है... अचानक वहाँ अष्टक की तपस्विनी माता पहुँचती है। बेटे और राजा के मध्य हुए संवाद को सुन वह राजा को अपना परिचय देते हुए प्रणाम करती है कि मैं आपकी पुत्री माधवी हूँ और यह अष्टक मेरा पुत्र और आपका दौहित्र है। फिर वह कहती है कि आप अष्टक का और मेरा भी पुण्य ग्रहण कर स्वर्ग प्रयाण करें। इसमें आपको संकोच करने की आवश्यकता नहीं है... यह शास्त्रसम्मत है।

और तब राजा ययाति दौहित्र का पुण्य ग्रहण कर पुनः स्वर्ग लोक पहुँच जाते हैं।

अस्तु... ययाति के स्वर्ग से पतन की इस छोटी-सी कथा के माध्यम से व्यास यह बताना चाहते हैं कि आत्म प्रशंसा किस तरह व्यक्ति के पतन का कारण बनती है।

4

प्रतीप–शान्तनु

हमारे देश का इतिहास बताता है कि राजागण प्रायः काम-लोलुप रहे हैं। भरत-वंश के राजा भी इस दुर्गुण से बरी नहीं थे। दुष्यंत और ययाति के प्रसंग में हम यह देख चुके हैं। आगे भी शान्तनु, विचित्रवीर्य, धृतराष्ट्र, पांडु आदि के चरित्र का यह दोष हम देखेंगे। भरत-वंशी राजाओं में एकमात्र 'भीष्म' ही अपने चरित्र को लेकर आकाश पर विराजमान हैं। भीष्म के अतिरिक्त एक अन्य भरत-वंशी का नाम इस कोटि में रखा जा सकता है, जिसका उल्लेख महाभारत में यद्यपि थोड़ा ही है, किंतु उसकी चारित्रिक उज्ज्वलता उल्लेखनीय है। ये राजा थे, भीष्म के पितामह सम्राट प्रतीप। प्रतीप ने एक बार गंगा नदी से उद्भूद हुई एक दिव्य सुंदरी का प्रणय-निवेदन महज इसलिए अस्वीकार कर दिया था क्योंकि वह अचानक आकर उनकी उस दाहिनी जंघा पर बैठ गई थी, जो पुत्र और पुत्री का आसन होती है। इस बात से अनभिज्ञ उस सुंदरी ने भरत-वंश की महारानी बनने की याचना की। तब राजा बड़ी दुविधा में पड़ गए। अंततः उन्होंने एक प्रस्ताव रखा... पुरुष की दाहिनी जंघा पुत्र व पुत्री के समान पुत्र-वधु का भी आसन है, अतः मैं तुम्हें पुत्र-वधू के रूप में स्वीकार करता हूँ... किंतु इस हेतु तुम्हें कुछ प्रतीक्षा करनी होगी।

तब उस कन्या ने राजा प्रतीप का प्रस्ताव इस शर्त के साथ स्वीकार किया कि मेरा प्रत्येक आचरण आपके पुत्र को स्वीकार करना होगा, मेरे किसी कृत्य को वह नहीं रोकेगा।

शर्त कठिन थी, पर राजा ने उस सुंदरी को 'तथास्तु' कहकर विदा किया।

किंतु राजा ने आखिर उसे प्रतीक्षा करने को क्यों कहा? क्या उस समय उनका पुत्र विवाह योग्य आयु का नहीं था? नहीं, ऐसी बात नहीं थी। वस्तुतः उस समय राजा का कोई पुत्र था ही नहीं। तब राजा ने पुत्र हेतु कठोर तपस्या प्रारंभ की और अंततः एक देवोपम सुंदर बालक प्राप्त किया, जिसका नाम रखा गया 'शान्तनु'। शान्तनु के युवा होने पर प्रतीप ने उसे सुंदरी को दिया गया अपना वचन बताया और उसे आज्ञा दी कि

गंगा-तट पर यदि तुम्हें कोई दिव्य कन्या दिखे तो तुम उसके वचनों को स्वीकार कर उसे अवश्य अपनी पत्नी बनाना।

पर वह दिव्य कन्या आखिर थी कौन? क्या वह कोई देवी थी जिस पर आयु का कोई प्रभाव नहीं होता... अन्यथा पिता को युवावस्था में मिली कोई कन्या उसके उस पुत्र की पत्नी कैसे बन सकती थी जो अभी पैदा ही नहीं हुआ था!

सचमुच वह कोई साधारण मानुषी नहीं थी, वह देवी ही थी... गंगा देवी... जो ब्रह्मा वे कोप से धरती पर निवास करने को बाध्य थी। वैसे ब्रह्मा के कोप का कारण वह नहीं, राजा महाभिष थे। महाभारत की यह छोटी-सी कथा भी बड़ी सुंदर है।

एक बार ब्रह्मा की सभा में देवताओं के साथ इक्ष्वाकु-वंश के स्वर्गस्थ राजा महाभिष भी उपस्थित थे। अचानक ही वहाँ उपस्थित देवी गंगा का उत्तरीय पवन के झोंके के कारण खिसक गया। यह देख सभी देवताओं ने अपनी आँखें नीची कर ली... केवल महाभिष लगातार गंगा देवी की ओर ताकते रहे। शायद महाभिष यह भूल गए कि उनका यह कृत्य उनके पुण्यों को क्षीण कर रहा है... होश उन्हें तब आया जब ब्रह्मा को उन्होंने श्राप देते सुना... महाभिष! इस अभद्र आचरण के दंडस्वरूप तुम्हें कुछ काल तक पृथ्वीलोक में रहना होगा तथा जिस गंगा को देखकर तुम मोहित हुए हो, वहीं गंगा पृथ्वी लोक में तुम्हारे प्रतिकूल आचरण करेगी।

यही महाभिष राजा प्रतीप के महल में शान्तनु के रूप में जन्मे थे।... और फिर एक दिन गंगा-तट पर उन्हें एक सुंदरी मुस्कुराती हुई दिखी। सुंदरी ने उन्हें प्रणाम कर अपना परिचय दिया, बताया... 'मैं वही हूं जिसे कुलवधू बनाने को आपके पिता वचनबद्ध हैं। 'भला शान्तनु को क्या आपत्ति होती... पिता की तो स्वीकृति थी ही... सुंदरी के कामबाण से वे तत्क्षण घायल भी हो गए थे। सहर्ष वे गंगा को अपनाने तैयार हो गए। तब सोचे-समझे बिना उन्होंने गंगा की यह शर्त भी स्वीकार कर ली कि उसके हर आचरण को शान्तनु चुपचाप सहेंगे... जिस दिन शान्तनु ने टोका... उस दिन वे पत्नी से हाथ धो बैठेंगे... वैसे भी वे पिता को हर हालत में गंगा को अपनाने का वचन दे चुके थे।

किंतु राजा शान्तनु गंगा को दिए अपने वचन की रक्षा नहीं कर सके। वैसे उनके स्थान पर कोई भी मनुष्य होता तो वह भी नहीं कर पाता। फिर भी शान्तनु ने बहुत सहा। सात-सात बार अपने नवजात कुमार की हत्या होते भला कौन मनुष्य देख सकता है? फिर शान्तनु राजा थे, प्रजा के लिए आदर्श। जब-जब गंगा अपने नजवाज शिशु को नदी में प्रवाहित करने जाती, तब-तब राजा खून के आँसू पीते। आखिर आठवीं बार राजा से रहा नहीं गया। जैसे ही गंगा हँसती हुई पुत्र को नदी में विसर्जित करने लगी, राजा ने उसे रोका... तुम मानुषी हो या कोई राक्षसी जो इस तरह अपने ही पुत्रों की हत्या करती जा रही हो? आखिर क्या पाप किया है मैंने जो मुझे ऐसा कठोर दंड दे रही हो

तुम?... नहीं बस और नहीं... मैं यह शिशु तुम्हें नहीं बहाने दूँगा... कहते हुए राजा ने शिशु को रानी के हाथ से छीन लिया।

तभी जैसे चमत्कार हुआ... रानी ने दैवीय रूप ले लिया और राजा की स्मृति के पट खोलते हुए उन्हें बताया कि तुम वास्तव में शान्तनु नहीं महाभिष हो... साथ ही उन्हें उनकी करनी का स्मरण कराते हुए ब्रह्मा के श्राप का भी स्मरण दिलाया। ओह! जैसे राजा की तीसरी आँख खुल गई... तो इतना कठोर दंड मिला उन्हें किसी नारी के अनावृत शरीर पर लोलुप-दृष्टिपात करने का।

किंतु उन्हें दंड देने हेतु गंगा ने जो शिशु-हत्या का जघन्य कृत्य किया... क्या उसे उसका पाप नहीं लगेगा?

तब गंगा ने ही उन्हें बताया कि मैंने इन शिशुओं के कहने पर ही उन्हें शरीर से मुक्त किया है। ये आठ शिशु और कोई नहीं आठ 'वसु' थे जिन्हें वशिष्ठ मुनि ने उनकी गाय 'नंदिनी' का अपहरण करने के कारण मानव-लोक में जन्म लेने का श्राप दिया था। तब वसुओं के अनुरोध पर गंगा ने पृथ्वीलोक में उनकी माता बनना स्वीकार किया था। वसुओं ने उनसे यह अनुरोध भी किया था कि हम ज्यों-ज्यों जन्म लें, तुम स्वयं हमें अपने जल में डाल देना।

तो यह कारण था गंगा का अपने शिशुओं की हत्या करने का। यह सब सुनने के बाद गंगा के प्रति राजा का रोष समाप्त हो गया, किंतु वचन-भंग तो हो चुका था... गंगा सदा के लिए उन्हें छोड़कर जाने लगी... आठवाँ शिशु उसकी गोद में था। पर उसने राजा को विश्वास दिलाया कि उनके इस शिशु को वह शरीर से मुक्त नहीं करेगी... शिशु छोटा है, अतः वह उसे अपने साथ ले जाएगी, पर थोड़ा बड़ा होते ही अवश्य ही उसे राजा को लौटा देंगी। उसका यह पुत्र एक ऐसा पुत्र होगा जिस पर राजा सचमुच गर्व कर सकेंगे। अपने पुत्र का गंगा ने राजा के सामने नामकरण भी कर दिया "गंगादत्त"। एक और नाम रखा था गंगा ने अपने पुत्र का, 'देवव्रत'। किंतु भरत-वंश के इतिहास में गंगा का यह पुत्र एक तीसरे ही नाम से प्रसिद्ध हुआ... वह नाम था "भीष्म"।

गंगा-पुत्र का यह भीष्म नाम क्यों पड़ा, यह एक अलग कहानी है। भरत-वंश की इस गौरव-गाथा का तथा भरत-वंश के इस महानायक के विस्तृत चरित्र का उल्लेख हम यथा–स्थान करेंगे... यहाँ एक प्रश्न... गंगा का यह आठवाँ पुत्र भी तो अन्य सात वसुओं के समान ही एक वसु था, तब फिर अपने अन्य भाइयों के समान उसे जल्दी मुक्ति क्यों नहीं मिली? उसे क्यों एक अति कठोर, दीर्घ जीवन जीने को बाध्य होना पड़ा?... अपने विशाल कुल का विनाश न केवल अपनी आँखों देखना पड़ा, वरन् इस विनाश में स्वयं भी भागीदारी निभानी पड़ी?

ऊपर हमने इस बात का उल्लेख किया है कि वशिष्ठ की प्रिय गाय नंदिनी की चोरी करने के कारण वसु-बंधुओं को पृथ्वीलोक में जन्म लेने का श्राप मिला था। इस

चौर्य-कर्म में वस्तुतः मुख्य भूमिका "द्यो" नामक एक वसु की थी। उसी ने इसकी योजना बनाई थी। इसीलिए उसे दीर्घकाल तक पृथ्वी में रहने का विशेष श्राप मिला था ताकि वह अपने कर्मों का फल भुगते। गंगादत्त वस्तुतः यही 'द्यो' था।

पर फिर एक प्रश्न! द्यो को आखिर ऐसी क्या कमी थी जो वह नंदिनी की चोरी हेतु प्रेरित हुआ? वस्तुतः इस हेतु उसे उसकी पत्नी ने प्रेरित किया था, पर फिर प्रश्न... वसु-पत्नी को इसकी क्या जरूरत थी? वस्तुतः वसु-पत्नी ने जब यह सुना कि नंदिनी का दुग्ध इतना प्रभावशाली है कि इसे पीने वाला चिरकाल तक युवा बना रह सकता है, तो वह इसे पाने को विकल हो उठी। किंतु स्वर्ग में तो यूँ भी सभी चिरयुवा बने रहते हैं फिर वसु-पत्नी ने यह लालच क्यों किया? वस्तुतः वसु-पत्नी अपने लिए नंदिनी का दुग्ध नहीं चाहती थी, वह इसे मनुष्य-लोक निवासिनी अपनी सखी राजकुमारी जितावती को देना चाहती थी। इस तरह पत्नी के सखी-प्रेम ने 'द्यो' से यह चौर्य-कर्म करवाया था। स्पष्ट है कि भीष्म पूर्व-जन्म के कोई महाचोर नहीं थे... परोपकार के लिए उन्होंने यह दुष्कर्म किया था... शायद पूर्व-जन्म की यही आदत थी जो भीष्म ताउम्र परोपकार करते रहे। अस्तु... महासमर के इस महानायक की विस्तृत कथा हम अगले अध्याय में देखेंगे।

5

भीष्म—सत्यवती

कुरु-वंश में राजा शान्तनु के बाद गंगापुत्र देवव्रत को राज्यभार सँभालना था। हर तरह से योग्य थे देवव्रत हस्तिनापुर के भावी सम्राट के लिए। गंगा ने अपने प्रण को निभाते हुए राजा शान्तनु को जो तेजस्वी बालक सौंपा था वह सर्वगुण संपन्न था। गंगा के दिए सारे जख्म राजा भूल गए जब उन्होंने गंगा-तट पर गंगा की अँगुली थामे सूर्य के समान तेजस्वी बालक को आते देखा। बालक देवतुल्य था अतः राजा को सहसा विश्वास ही नहीं हुआ कि यह उनका ही पुत्र है।

सचमुच गंगा ने अपना प्रण बखूबी निभाया था। बालक को महिर्ष वसिष्ठ से छहों अंगों समेत समस्त वेदों का अध्ययन करवाया था तो असुर गुरु शुक्रचार्य तथा देव गुरु बृहस्पति से नीति की शिक्षा भी दिलवाई थी। जमदग्निदन परशुराम से बालक ने समस्त धनुर्विद्या का ज्ञान प्राप्त किया था। गंगा के कहने पर कि 'गृहाणेमं महाराज मया संवर्धितं सुतम् 'राजन्' मेरे द्वारा संवर्धित अपने पुत्र को ग्रहण कीजिए... राजा ने पुत्र का हाथ थामा। हृदय की चिरसंचित अभिलाषा प्राप्ति से तृप्ति का अनुभव कर गंगा के प्रति वे नतमस्तक हुए... किंतु कहाँ थी गंगा वहाँ? मानों राजा की कृतज्ञेता अस्वीकार करती वह राजा के नतमस्तक होते ही अंतर्ध्यान हो गई।

शायद देवी गंगा अपने बालक का भविष्य जानती थी... तभी जाने कितनी बार उन्हें आना था अपने पुत्र को अपने आंचल की छाँह देने। शान्तनु आज नतमस्तक हैं उसके सामने, किंतु कल ये ही उसके इस बालक को कुरु-वंश के उत्तराधिकार से वंचित करेंगे... और फिर उनके जिस वंश को उसका बेटा सींच-सींचकर पल्लवित-पुष्पित करेगा... वह वंश ही अंत समय में उसे कंटकों की शैया पर सुलाएगा... तब तो फिर उसे अपने लाल की अंतिम प्यास बुझाने उसके पास आना है। नियति को स्पष्ट देख रही गंगा ने शायद इसीलिए राजा से कोई वचन नहीं लिया।

अस्तु... राजा ने गंगा के इस तरह अंतर्ध्यान हो जाने पर कोई विलाप नहीं किया।

गंगा के प्रति इस बीच उनके मन की सारी वासनाएँ और सारी कटुताएँ जाती रही थी क्योंकि राजा ने यह समय विरह में नहीं वरन् तपस्या में बिताया था। अंततः पुत्र 'देवव्रत' को पाकर राजा निहाल हो गए।

पुत्र-प्रेम में राजा की जिंदगी अभी आनंद से बीत ही रही थी कि अचानक जैसे वज्राघात हुआ उनके हृदय पर। इस बार राजा के हृदय पर बिजली गिराने वाली थी, एक निषाद-पुत्री 'सत्यवती'। वैसे इस बार कन्या को देखे बिना ही राजा उस पर मोहित हो गए थे। पर इस बार बिजली गंगा के नहीं यमुना के तट पर गिरी थी। यमुना-तट पर विचरण करते हुए एक अवर्णनीय सुगंध उनकी नासिका से होते हुए दिल में ऐसे समाई थी कि वे मदहोश ही हो गए। सुगंध के उद्गम का पता लगाते हुए जब वे यमुना के उस पार पहुँचे तो प्रकृति के इस अनुपम पुष्प को देखकर चमत्कृत रह गए। सुगंध का यह खजाना और कोई नहीं, निषादराज की यही देवोपम कन्या सत्यवती थी जो यमुना में धर्मार्थ नाव चलाया करती थी। उसी से उसका परिचय पूछ राजा तुरंत उसके पिता के पास पहुँचे व अविलंब कन्या के पाणिग्रहण की इच्छा जताई।

निषादराज के लिए अपनी कन्या हेतु राजा से अच्छा जामाता भला और कौन हो सकता था? राजा के प्रस्ताव से उसके तो जैसे भाग्य ही खुल गए। किंतु चतुर-चालाक निषादराज ने अपनी खुशी प्रकट नहीं की। राजा के प्रस्ताव पर उसने सहमति तो जताई, किंतु एक शर्त के साथ। राजा उस समय काम-पीड़ित थे किंतु काम ने अभी उनकी विवेक-बुद्धि को इतना मोहित नहीं किया था कि राजा दशरथ के समान बिना सोचे-समझे वे निषादराज की शर्त स्वीकार कर लेते। उन्होंने निषादराज से शर्त पूछी और यह भी कहा कि 'दातव्यं चेत् प्रदास्यामि न त्वंदेयं कथंचन' मानने योग्य होगी तो ठीक, अन्यथा मैं उसे कदापि स्वीकार नहीं करूँगा। तब निषादराज ने राजा को अशांत कर देने वाली यह शर्त रखी, "मेरी बेटी के गर्भ से उत्पन्न पुत्र ही आपका उत्तराधिकारी बनेगा।"

बड़ी दारुण थी निषादराज की यह शर्त शान्तनु के लिए। भला गंगा-पुत्र जैसे वीरवर ज्येष्ठ पुत्र के रहते वे किसी अजन्मे बच्चे को अपना उत्तराधिकारी कैसे घोषित कर सकते थे? यद्यपि उस समय राजा कामाग्नि से जल रहे थे किंतु उन्होंने निषादराज की शर्त स्वीकार नहीं की।

अंततः राजा लौट आए। पर सत्यवती के बिना जीवन जैसे सूना लगने लगा, तबीयत विकल रहने लगी।

पिता की यह विकलता पुत्र से भला कैसे छिप सकती थी? अनुरोधपूर्वक देवव्रत ने इसका कारण पूछा। पर अपने दिल की बात राजा युवा पुत्र को कैसे कहते? बार-बार पूछने पर केवल इतना कहा, "तुम मेरे इकलौते पुत्र हो। हमेशा युद्ध में उलझे रहते हो। डरता हूँ कि कहीं तुम्हें कुछ हो गया तो हमारा वंश न समाप्त हो जाए।"

किंतु इसमें चिंता की क्या बात है, देवव्रत समझ नहीं पाए। पिता पुनः विवाह कर अन्य संतान के पिता बन सकते हैं। उन्हें कन्या की क्या कमी। नहीं, वास्तविक कारण अवश्य कुछ और है।

वास्तविक कारण का पता लगाने के लिए फिर देवव्रत ने अपने मंत्री एवं सारथी से बातें की। उन्हीं से पता चला कि राजा किसी विशेष कन्या से विवाह करना चाहते हैं... यह निषादराज की कन्या सत्यवती है।... पर इसमें रुकावट क्या है? क्या यह निषादराज अपनी कन्या देने तैयार नहीं? देवव्रत ने पूछा।

"ऐसी बात नहीं है कुमार। वस्तुतः उस निषाद ने कन्या का शुल्क रखा है... वह है, उसके गर्भ से उत्पन्न बालक ही इस देश का भावी सम्राट यानी राजा का उत्तराधिकारी बनेगा!" ....मंत्री ने झिझकते हुए कहा।

बस इतनी सी बात! देवव्रत उसी वक्त निषादराज के पास जाने को रवाना हुए। निषादराज ने बड़ी आवभगत की उनकी। दिल का दुःख भी बताया कि शान्तनु जैसा दामाद न पा सकने का कितना दुःख है उसे। काश राजा उसकी शर्त स्वीकार कर लेते!

पर आखिर रखी क्यों थी निषादराज ने वह शर्त? देवव्रत ने पूछा तो नहीं पर निषादराज ने स्वयं बताया, "आपकी अति वीरता से भयभीत होकर मैंने शर्त रखी है। आप जिस पर कुपति हों, वह गंधर्व हो या असुर, क्या कभी बच सकता है? सत्यवती का पुत्र यदि राजा होगा तो शायद आपके कोप से बचा रहेगा।" यही उस निषाद-बुद्धि का निष्कर्ष था।

देवव्रत चाहते तो निषादराज के भावी दौहित्र को अपनी ओर से अभय का वचन दे सकते थे, पर उन्होंने तत्क्षण प्रतिज्ञा की... राजा बनने का अपना अधिकार मैं त्यागता हूँ, तुम्हारी सत्यवती के गर्भ से उत्पन्न बालक ही भावी सम्राट होगा।

पर वह दुर्बुद्धि निषाद इतने से संतुष्ट नहीं हुआ। यद्यपि उसने देवव्रत की प्रतिज्ञा पर प्रसन्नता प्रगट की, पर यह आशंका भी जाहिर की कि कहीं आगे चलकर उनका पुत्र सम्राट बनना चाहे... अपना हक माँगे... तब क्या होगा?

तब कुछ सोचकर देवव्रत ने एक बड़ी कठोर प्रतिज्ञा की। निषादराज के साथ ही समस्त ऋषियों, देवताओं, अंतरिक्ष के प्राणियों तथा भूमिपालों को सुनाते हुए उन्होंने कहा, "राज्य तो मैं पहले ही छोड़ चुका हूँ, अब मैं संतान के लिए अटल निश्चय कर रहा हूँ 'अद्यप्रभृति मे दाशा ब्रह्मचर्य भविष्यति...' अर्थात् 'आज से मेरा अखंड ब्रह्मचर्य व्रत चलता रहेगा। जब तक मेरे शरीर में प्राण रहेंगे, मैं पुत्र उत्पन्न नहीं करूँगा। मैं स्त्री सहवास से ही दूर रहूँगा। मैं हमेशा उर्ध्वरिता रहूँगा। अब आप अपनी कन्या मेरे पिताजी के हाथ में दे दीजिए।'

मातृ-पितृ भक्तों में हमारे यहाँ सर्वोपरि नाम श्रवण का लिया जाता है, सोचा जाए तो भीष्म की पितृ-भक्ति भी श्रवण से कम नहीं है। कुरु कुल के ही ययाति के पुत्र पुरु

ने अवश्य पिता का बुढ़ापा लेकर श्रेष्ठ पितृभक्त होने का परिचय दिया था किंतु ययाति एक निश्चित समय के बाद उसे उकसा यौवन लौटाने वाले थे... साथ ही पुरु को इस त्याग के बदले उत्तराधिकार भी मिलने वाला था। किंतु गंगापुत्र ने तो पिता के लिए सारी उम्र ब्रह्मचर्यव्रत की प्रतिज्ञा ली थी... इस तरह पिता के उत्तराधिकार का स्वेच्छा से त्याग किया था। उस वक्त यह सुनकर स्वयं निषादराज के 'सम्प्रहृष्टतनूरुहः' रोंगटे खड़े हो गए थे।

देवव्रत (भीष्म) की कथा से परिचित हम सब जानते हैं कि उन्होंने अपनी प्रतिज्ञा बड़ी दृढ़ता से निभाई थी। स्वयं माँ सत्यवती के कहने पर भी उन्होंने प्रतिज्ञ नहीं तोड़ी। एक राजकन्या अंबा का कठोर श्राप उन्होंने सिर-माथे पर लिया... पर अपनी प्रतिज्ञा में अटल रहे। यही वह कठोर प्रतिज्ञा थी जिसके कारण उनका नाम 'भीष्म' पड़ा था। वस्तुतः उनकी प्रतिज्ञा सुन स्वयं देवताओं और ऋषियों ने कहा था 'भीष्मोऽयं' यह तो भीष्म है। वैसे भी तो 'भीष्म' शब्द का अर्थ ही कठिन होता है किंतु हमारे देश में इन्हीं आदरणीय पुरुष के नाम पर किसी के द्वारा भी की गई कठोर प्रतिज्ञा "भीष्म प्रतिज्ञा" कही जाती है। इस भीष्म प्रतिज्ञा के कारण ही देवव्रत को पिता के द्वारा इच्छा-मृत्यु का वरदान मिला था।

किंतु देवव्रत से यह भीष्म-प्रतिज्ञा करवाकर अंततः निषादराज को क्या मिला? भरत-वंश में सत्यवती के पुत्रों की कथा निश्चय ही एक दुःखद अध्याय है। आगे चलकर भरत-वंश के पतन का मार्ग परोक्ष रूप से इसी के द्वारा प्रशस्त हुआ।

राजा शान्तनु से सत्यवती को दो पुत्र हुए, एक चित्रांगद दूसरा विचित्रवीर्य। चित्रांगद शौर्यवान था किंतु अपने शौर्य का उसे बड़ा घमंड था, इतना कि बिना सोचे-विचारे वह किसी से भी भिड़ जाता था। अंततः कम उम्र में ही चित्रांगद नाम के ही एक गंधर्व से युद्ध करते हुए वह मारा गया।

सत्यवती का दूसरा पुत्र विचित्रवीर्य कामदेव के समान सुंदर था। शायद इसीलिए उसमें अति कामलोलुपता थी, जो युवावस्था में ही उसकी मृत्यु का कारण बनी। सत्यवती के इन पुत्रों के लिए भीष्म ने क्या कुछ नहीं किया। अपने गुरु परशुराम तक से युद्ध किया था। अंबा के प्रसंग में हम इस कथा पर विस्तार से चर्चा करेंगे। कुल मिलाकर इन दोनों भाइयों के लिए उन्होंने बहुत पापड़ बेले... काशीराज की तीन कन्याओं के स्वयंबर में गए... सबने व्यंग्य किया कि इस बुढ़ापे में देवव्रत अपनी प्रतिज्ञा छोड़ विवाह करने आए हैं किंतु उन्होंने किसी की परवाह न कर काशीराज की तीन कन्याओं का मंडप से अपहरण किया तथा दो (अंबिका और अंबालिका) से विचित्रवीर्य का विवाह किया... किंतु नतीजा शून्य रहा... हस्तिनापुर की दो विधबाओं की सूनी गोद से हस्तिना का राजसिंहासन भी मानों उदास हो गया।

सत्यवती के दुःख की सीमा न थी। संतानहीन हो जाने का उसे असीम दुःख था

ही, पर इससे भी बड़ा दुःख उसे कुरु वंश के समाप्त हो जाने का था। चित्रांगद अविवाहित ही मरा था और विचित्रवीर्य काशीराज की दो-दो कन्याओं, अंबिका और अंबालिका के साथ सात वर्ष तक प्रेमविहार करने के बाद भी निःसंतान ही मरा था। अब क्या हो? जिस राज्याधिकार को सत्यवती के पिता ने उसके विवाह हेतु शुल्क रखा था, वह राज्य क्या अब निर्मूल हो जाएगा? नहीं... ऐसा नहीं हो सकता। कुछ-न-कुछ समाधान तो करना होगा। सत्यवती सोच में पड़ गई।

तब वह इस नतीजे पर पहुँची कि इसके दो उपाय हो सकते हैं... एक उपाय तो यह कि देवव्रत विवाह करें। किंतु इतने वर्षों के साथ से सत्यवती भीष्म को अच्छी तरह समझ गई थी, अतः उसे स्वयं ही विश्वास नहीं था कि भीष्म इस हेतु तैयार होंगे। दूसरा उपाय था कि उसकी युवा पुत्र-वधुएँ किसी तरह पुत्र उत्पन्न करें। पर कैसे? क्या इस हेतु नियोग का सहारा लेना उचित होगा? पर यह कार्य कुल के ही किसी श्रेष्ठ पुरुष को करना चाहिए और इस कुल में तो अब केवल भीष्म ही बचे थे। वे श्रेष्ठतम थे अतः इस हेतु योग्यतम थे। सत्यवती जानती थी कि भीष्म ने उसे हमेशा सगी माँ से भी बढ़कर माना है और उसके पुत्रों तथा राज्य की भलाई के लिए वे सब कुछ करने को तत्पर रहे हैं... किंतु इस कार्य के लिए उन्हें मनाना क्या सहज होगा? ओफ! कैसी दारुण स्थिति में फँस गई सत्यवती। वही तो भीष्म को राज्य के उत्तराधिकारी से वंचित करने हेतु निमित्त बनी थी। उसी के कारण भीष्म विवाह से, स्त्री-सुख से, संतान से और राज्य से भी वंचित हुए थे। अब यह उनसे कैसे कहे कि राज्य का उत्तराधिकारी उत्पन्न करो? पर कहना तो होगा ही। काश! उसके दुर्बुद्धि पिता जीवित होते। तब तो वह इस कार्य हेतु उन्हें ही भीष्म के पास जाने को कहती। वे भी देखते कि अपनी संतान का अतिमोह कितना घातक होता है। अस्तु... अब तो उसे ही कुछ करना होगा।

अंततः सत्यवती हिम्मत कर भीष्म के सामने दोनों प्रस्ताव रखती है।

वह भीष्म से कहती है, 'महाबाहो! कुल की संतान परम्परा को सुरक्षित रखने के लिए तुम राज्य पर अपना अभिषेक कर लो और धर्मानुसार विवाह भी कर लो किंतु पितरों को नरक में मत गिरने दो... अथवा तुम स्वयं ही इन दोनों के गर्भ से पुत्र उत्पन्न करो। मेरी आज्ञा से तुम यह धर्म कार्य अवश्य करो।'

पर हमेशा माता की आज्ञा को अपना धर्म समझकर मानने वाले भीष्म यहाँ स्पष्ट इंकार कर देते हैं। वे कहते हैं... पृथ्वी भले ही अपनी गंध छोड़ दे, जल अपने रस का परित्याग कर दे, तेज रूप का, वायु स्पर्श का और आकाश शब्द का त्याग करें, सूर्य अपनी प्रभा, चंद्रमा अपनी शीतलता छोड़ दे, इंद्र अपने पराक्रम की और धर्मराज अपने धर्म की उपेक्षा करें किंतु मैं किसी भी प्रकार सत्य छोड़ने का विचार भी नहीं कर सकता। सारे संसार का विनाश हो, मुझे त्रिलोकी का राज्य मिले या अमरत्व मिले, मैं अपने किए हुए प्रण को नहीं तोड़ सकता।

इस पर सत्यवती कहती है, 'जानामि चैवं सत्यं तन्मदर्थे यच्च भाषितम्' मैं तुम्हारे दृढ़ संकल्प की साक्षी हूँ पुत्र! मुझ अभागिन के लिए ही तो तुमने वह घोषणा की थी... पर क्या कोई आपद्धर्म नहीं होता पुत्र! तुम तो शुक्राचार्य और बृहस्पति दोनों के शिष्य रहे हो... तुम्हें इस संकट से मुझे पार लगाना होगा। फिर, जिस राज्य की रक्षा का भार तुमने उठाया है, उसे क्या उत्तराधिकारी के बिना छोड़ जाने पर तुम्हारी प्रतिज्ञा भंग नहीं होगी?

माता के दीन वचन सुन भीष्म पुनः उनसे करबद्ध प्रार्थना करते हैं कि वंश परंपरा को जीवित रखने के लिए मैं संतान उत्पत्ति नहीं कर सकता, आप मुझे अपने धर्म से विचलित न करें, हाँ... इस हेतु मैं कोई अन्य धर्मयुक्त उपाय बताऊँगा।

तब भीष्म अपनी माता को वही उपाय बताते हैं जिस पर वे स्वयं भी चिंतन कर रही थी अर्थात् नियोग। इस तरह भरत-वंश की दोनों निःसंतान वधुएँ इस विधि से संतानवती बनीं। इन्हीं दोनों से उत्पन्न हुए थे नेत्रहीन धृतराष्ट्र तथा पांडुवर्ण के पांडु।

किंतु भीष्म ने तो नियोग हेतु स्वयं को अप्रस्तुत किया था, तब किसके द्वारा वह कार्य संपन्न कराया गया? किस श्रेष्ठ पुरुष को भीष्म ने इस हेतु योग्य समझा था?

वस्तुतः इस हेतु भीष्म को सोचने का अवसर ही नहीं मिला। भीष्म के कहने पर कि किसी गुणवान ब्राह्मण को धन देकर हम इस कार्य हेतु नियुक्त करेंगे, सत्यवती स्वयं एक अत्यंत श्रेष्ठ व्यक्ति का नाम सुझाती है... 'महर्षि कृष्ण-द्वैपायन व्यास', जो सत्यवादी, शांत एवं पाप-शून्य तपस्वी के रूप में समूचे आर्यावर्त में ख्यात थे... फिर कुछ शर्माते हुए सत्यवती भीष्म पर यह रहस्योद्‌घाटन भी करती हैं कि व्यास उसी के पुत्र हैं।

सत्यवती अपनी पूर्व-कथा बताते हुए कहती है, 'मैं राजा वसु की मछली के गर्भ से उत्पन्न संतान हूँ, जिसे निषादराज ने पुत्रीवत पाला था। युवावस्था में मैं धर्मार्थ नाव चलाया करती थी। एक बार नाव से यमुनापार करते वक्त महर्षि पाराशर मुझ पर मोहित हो गए और वहीं प्रणय निवेदन करने लगे। ऋषि के शाप के भय से मैं उनका अनुरोध नहीं टाल सकी... जिससे परिणाम स्वरूप मैं गर्भवती हो गई। उनके इस कृत्य से मैं दुःखी थी, भयभीत भी थी। तब ऋषि ने मुझे यह वरदान देकर प्रसन्न किया कि एक तेजस्वी बालक को जन्म देने के बाद भी मैं कन्या ही बनी रहूँगी। 'पर बच्चे का क्या होगा? मेरे लिए और मेरे पिता के लिए तो यह लोकलाज का कारण बनेगा?... तब मैंने उनसे दीन होकर पूछा था। इस पर ऋषि ने कहा कि तुम उसे यमुना के ही द्वीप पर त्याग देना, उसके बाद वह मेरा उत्तरदायित्व होगा... विश्वास रखो, हमारा यह पुत्र अत्यंत सत्यवादी, तेजस्वी और वेदों का विस्तार करने वाला होगा। जगत में यह वेदव्यास कहलाएगा। कृष्ण वर्ण का होने के कारण तथा द्वीप में रहने के कारण यह 'कृष्ण-द्वैपायन व्यास' के नाम से भी प्रसिद्ध होगा।

'तब मेरे शरीर से निकलती मत्स्य दुर्गन्ध को भी पाराशर मुनि ने वरदान द्वारा

सुगंध में बदल दिया... संभवतः यह सोचकर कि मेरे पिता किसी श्रेष्ठ पुरुष के हाथों मेरा हाथ दे सकें'... सतयवती ने अपनी सुगंध का राज बताते हुए भीष्म से कहा।

किंतु देह की सुगंध से बढ़कर किसी स्त्री के लिए संतान की ममता होती है। तब उसने रोते हुए ऋषि से पूछा था, '...मेरी ममता का क्या होगा मुनिवर?... मेरा पुत्र क्या मुझसे कभी नहीं मिलेगा?' इस पर उन्होंने कहा था 'जब कभी उसका स्मरण करोगी... वह अवश्य तुम्हारे पास आएगा... किंतु अकारण उसका स्मरण मत करना... संकट में पड़ो तभी करना... वह तुम्हारी सहायता करेगा।'

अस्तु... मेरे लिए यही बहुत था। सत्यवती आगे भीष्म से कहती है... आज मुझे लगता है मैं जिस संकट में पड़ गई हूँ, उसका निराकरण तुम्हारे यही भ्राता कृष्ण कर पाएँगे। अब तुम्हारी इच्छा और अनुमति मिलने पर ही यह कार्य हो सकता है... या फिर जैसा तुम कहो।

सत्यवती के मुख से यह सब सुन भीष्म इस बात पर प्रसन्नता प्रगट करते हैं कि भरत-वंश की रक्षा के लिए आपने एक अत्यंत योग्य व्यक्ति का नाम सुझाया है। आप ऋषिप्रवर को अवश्य बुलावाइए।

फिर सब कुछ सत्यवती की इच्छा के अनुसार ही होता है। सत्यवती के चिंतन करते ही व्यासदेव वहाँ पहुँच जाते हैं... और माँ की इच्छा का आदर करते हुए इस हेतु तैयार भी हो जाते हैं। बड़ी बहू अंबिका को भी सत्यवती तब इस हेतु तैयार कर लेती है। किंतु सत्यवती तब अत्यंत दुःखी होती है जब स्वयं व्यास उसे बताते हैं कि अंबिका के गर्भ में आया बालक दस हजार हाथियों के समान बल रखने वाला तथा सौ पुत्रों का जनक होते हुए भी एक दोष से युक्त होगा... वह है अंधत्व?

पर ऐसा हुआ कैसे? वेद-व्यास जैसे ज्ञानचक्षु संपन्न ऋषि की संतान अंधी कैसे हो सकती थी? वस्तुतः यह व्यास के नहीं, अंबिका के दोष से हुआ था। पीली जटा-जूट से युक्त, कृष्णवर्णी, तेल से चुपड़ी व्यास की देह देखकर अंबिका सहसा भयभीत हो गई थी... भय से उसकी आँखें व्यास का स्पर्श करते ही अपने आप बंद हो गई थीं... और उसी का दुष्परिणाम था अंधा गर्भ... धृतराष्ट्र!

तब एक वर्ष उपरांत सत्यवती ने स्वस्थ पौत्र के मोह में व्यास को पुनः बुलाया। इस बार उसने समझा-बुझाकर दूसरी बहू अंबालिका को उनके भास भेजा। सुकुमारी अंबालिका ने किसी तरह आँखों को तो खुला रखा किंतु हृदय पर उसका बस नहीं चला... व्यास की आकृति ही ऐसी थी कि लाख कोशिश करने पर भी वह हृदय से भय को नहीं हटा पाई... सारा गात उसका जैसे पीला पड़ गया... अतः शिशु पांडु-वर्ण का होना तय था... और इस तरह कुरु-वंश में एक और रोगग्रस्त राजकुमार उत्पन्न हुआ, पांडु।

सत्यवती ने तब एक वर्ष के उपरांत पुनः व्यास को कष्ट दिया... ताकि अंधे शिशु

की माता अंबिका एक बार और माँ बन सके। पर अंबिका को पहला अनुभव इतना भयानक हुआ था कि उसने सास की आज्ञा की अवहेलना करते हुए अपने स्थान पर सजा-संवराकर चुपचाप अपनी शूद्रा दासी को भेज दिया... और इस तरह भरत-वंश के लिए व्यास ने तीसरा पुत्र दिया।

पर वह दासी इन राजरानियों से कहीं अधिक समझदार थी। उसने बड़े आदर से व्यास को ग्रहण किया। अंततः उसका पुत्र ही सबसे अधिक बुद्धिमान, सबसे अधिक चरित्रवान और सबसे अधिक नीतिज्ञ हुआ... यही था विदुर... व्यास का मानसपुत्र। निश्चय ही कृष्ण के बाद महाभारत का यह सबसे सुंदर चरित्र है।

महाभारत के अनुसार विदुर पूर्वजन्म में धर्मराज थे जिन्हें माण्डव्य ऋषि ने पृथ्वीलोक में जन्म लेने का शाप दिया था। वस्तुतः हुआ यह था कि माण्डव्य ऋषि को एक बार किसी राजा ने शूली पर बैठने की सजा दी... ऋषि ने वहाँ भी अपनी तपस्या जारी रखी। जब राजा ने उनसे क्षमा माँगते हुए उन्हें शूली से उतरवाया... किंतु अब तक शूली उनके शरीर में भीतर तक जा चुकी थी। राजा ने उसे निकलवाने का प्रयत्न किया किंतु इसमें सफल न होने पर उसे कटवा दिया... तब उस शूल के अग्रभाग को शरीर में लिए-लिए ही ऋषि ने तपस्या द्वारा पुण्य लोक की प्राप्ति की। किंतु मन में विचार बना रहा कि आखिर किस बात का उन्हें यह दंड मिला है? न इस जीवन में, न पूर्व जीवन में उन्होंने कोई पाप किया है!... आखिर नहीं रहा गया तो एक बार उन्होंने यही बात धर्मराज से पूछी... उत्तर उन्हें मिला... तुमने एक बार बाल्यकाल में एक फतिंगे के पुच्छभाग में सींक घुसेड़ दी थी... तुमने अपने कर्मों का फल ही पाया है माण्डव्य! इस पर माण्डव्य ने क्रोधित होते हुए कहा, 'किंतु उस समय तो मैं छोटा था... करीब बारह वर्ष का... इस उम्र के बच्चे के पाप का तुमने कुछ ज्यादा ही दंड दिया है धर्मराज! यह तुमसे अन्याय हुआ है अतः मैं तुम्हें शाप देता हूँ कि तुम पृथ्वीलोक जाओगे, एक शूद्रा के गर्भ से तुम्हारा जन्म होगा... और हाँ... आज से मैं एक मर्यादा स्थापित करता हूँ... 'आ चतुर्दशकाद् वर्षान्न भविष्यति पातकम्' अर्थात् चौदह वर्ष की उम्र तक किसी को पाप नहीं लगेगा... उससे अधिक आयु में पाप करने वाले को ही दोष लगेगा।'

अस्तु... भीष्म अपने इन भाइयों को पाकर प्रसन्न थे। धृतराष्ट्र नेत्र-विहीन थे अतः उन्हें राजा नहीं बनाया जा सकता था। विदुर शुद्रा के गर्भ से पैदा हुए थे, अतः वे भी राजा नहीं बन सकते थे। तब राज्य के उत्तराधिकारी पांडु घोषित हुए। पांडु पीत वर्ण के अवश्य थे किंतु हर तरह से राजा बनने योग्य थे। भीष्म उनके हाथ में राज्य की बागडोर सौंपकर संतुष्ट थे। किंतु राजा होते हुए भी पांडु दोनों अग्रजों के निर्देशन में ही चलते थे। भीष्म तो राजा न होते हुए भी वस्तुतः हस्तिनापुर के वास्तविक कर्णधार थे ही, धृतराष्ट्र भी हस्तिनापुर में राजा के समान ही थे। कहीं कोई मनोमालिन्य नहीं था... संभवतः एक राज्य के तीन राजा इतने प्रेम से रहे हों ऐसा इतिहास में कम ही

देखने में आता है पांडु की सहायता से लगातार अवश्वमेध यज्ञ कर भीष्म कुरु-वंश की कीर्ति एवं साम्राज्य बढ़ा रहे थे। उधर विदुर अपने ज्ञान एवं नीतिमीमांसा के बल पर सबके चहेते बने हुए थे। भीष्म हो, धृतराष्ट्र हो अथवा पांडु, सभी उनका आदर करते थे... राज्य के एवं स्वयं के जीवन के नीतिगत निर्णय भी वे प्रायः विदुर से पूछकर ही लेते थे। कुरु-राज्य के वे महामंत्री थे। कुरुवंश का यह स्वर्णिम काल था। सत्यवती संतुष्ट थी अपने इस वंश-वृक्ष की उन्नति देखकर। बस पुत्रवधुएँ और आ जाएँ... यही मन में कामना रह गई थी।

उन दिनों प्रायः स्वयंवर में ही राजकन्याएँ अपना वर चुनती थी। अक्सर ऐसे स्वयंवर के निमंत्रण कुरु देश में भी आते थे... किंतु अंधे के गले में कौन राजकन्या अपनी वरमाला डालेगी!... संभवतः यही सोचकर धृतराष्ट्र ने किसी स्वयंवर में भाग नहीं लिया था। सत्यवती के सामने धृतराष्ट्र के विवाह की समस्या बहुत बड़ी थी... और तब उसने देवव्रत को यह कार्य संपन्न करने का अनुरोध किया।

अंततः भीष्म ने अनुज हेतु स्वयं जाकर किसी राजकन्या का हाथ माँगने का निश्चय लिया। फिर बहुत सोच-विचार के बाद उन्होंने सुदूर गांधार देश की राजकन्या लाने का निर्णय लिया। वस्तुतः यहाँ की राजकुमारी की बहुत कीर्ति उन्होंने सुन रखी थी... सुना था कि सुबल की यह कन्या सुंदर, सुशील तो है ही, इसने महादेव को प्रसन्न कर उनसे सौ पुत्रों का वर भी पाया है। ज्यादा-से-ज्यादा अष्टपुत्र सौभाग्यवती का आशीर्वाद पाती रही हैं स्त्रियां... सौ पुत्रों के वरदान वाली तो इतिहास में कहीं नहीं होगी। भीष्म और सत्यवती यह सोचकर ही प्रसन्न हो गए कि कैसा समुद्र सा विस्तृत होगा उनका कुरु-वंश यदि सुबल-पुत्री उनकी कुलवधू बन कर आएगी!... सौ-सौ राजकुमार जब महल के प्रागंण में खेलेंगे तब कितना अद्‌भुत होगा वह दृश्य... सचमुच अद्‌भुत था वह सब... किंतु कितना अलग था सत्यवती और भीष्म की कल्पना से आने वाला भविष्य!

अस्तु... सुखद कल्पनाओं के साथ इस तरह कुरु-वंश में लंबे समय बाद कोई राजकन्या बहू के रूप में आई। आते ही उसने पतिव्रत धर्म का नायाब उदाहरण प्रस्तुत करते हुए अंधे पति के साथ स्वयं भी अंधत्व स्वीकार किया। पति में मुझे कोई दोष न दिखे इसलिए उसने काले रेशमी कपड़े की तह कर अपनी आँखों पर पट्टी बाँध ली।

पांडु के लिए राजकन्याओं की कमी नहीं थी... पहले कुंतिभोज की कन्या कुंती और फिर मद्रदेश की माद्री पांडु की रानियाँ बनीं।

किंतु स्वयं भीष्म का जीवन सूना ही रहा। एक समय ऐसा भी आया कि विवाह हेतु एक राजकन्या अंबा ने उन्हें धर्मसंकट में डाल दिया था किंतु किसी तरह उन्होंने उसे दूर किया... यद्यपि अंत में यही अंबा पुनर्जन्म लेकर उनके अंतिम प्रयाण का कारण बनी।

पर हम इसे भीष्म के जीवन का दुःखद अध्याय नहीं कह सकते। भले ही उन्हें पिता से इच्छा-मृत्यु का वरदान मिला था किंतु कभी-न-कभी तो उन्हें देह छोड़नी ही थी ... और क्षत्रिय के लिए युद्धभूमि में लड़ते हुए प्राण त्यागना तो स्वर्ग का द्वार ही था ... अतः अपनी इस मृत्यु का उन्हें कोई मलाल नहीं था... मलाल था तो अपने कुरु-वंश के उस भयावह विनाश का जो अंतिम समय में उनकी आँखों के सामने ही हुआ था. .. इसके न केवल वे प्रत्यक्षदर्शी थे वरन् उन्होंने स्वयं इस विनाश में सहभागिता निभाई थी। ताड़ के वृक्ष से वे तो तने रहे किंतु नियति ने इस बीच क्या क्या दांव-पेंच नहीं खेले उनके हस्तिनापुर के सिंहासन के साथ। उनके चहेते पांडु ने वन में हरिण को एक तीर क्या मारा... सब कुछ उलट-पुलट हो गया... कुंती और माद्री के साथ राजपाट त्याग वे सदा के लिए वनवासी हो गए।

भीष्म के लिए बड़े कठिन दिन थे वे। राज्यसिंहासन को खाली तो रखा नहीं जा सकता था, अतः अंध धृतराष्ट को उस पर बैठाया गया। पांडु के रहने से जो निश्चितता भीष्म को थी, वह अब समाप्त हो गई। सारा राज्य का भार अब उन पर आ गया। किंतु इसी बीच आशा की किरण सा गांधारी का गर्भवती होना हुआ... और फिर वह समय भी आया कि वंश में कभी एक पुत्र के लिए तरसती सत्यवती के सामने सौ-सौ नन्हे-नन्हे पौत्र खेलने लगे। इनमें ज्येष्ठ दुर्योधन जैसा भी था... वीरता में कम नहीं था। शेष भी वीर थे... भाई के अनुगामी थे। शायद भीष्म संतुष्ट रहते दुर्योधन के हाथों सत्ता सौंप कर... किंतु नियति महारानी तो उनसे संतुष्ट नहीं थी। अचानक पांडु की मौत और पांचों पांडवों के हस्तिनापुर पहुंचने पर राजमहल में सत्ता के लिए खींचतान शुरू हो गई। युधिष्ठिर ज्येष्ठ था, योग्यतम था वीर और विनीत था... सारे हस्तिनापुर के लोग उसे ही युवराज बनाना चाहते थे। तब धृतराष्ट्र को भी इस विषय में कोई आपत्ति नहीं थी। था तो वह राज्य पांडु का ही। फिर धर्मपुत्र के गुणों पर वे स्वयं भी कम मोहित नहीं थे।

किंतु धीरे-धीरे धृतराष्ट्र का पुत्र-मोह बढ़ता गया। दुर्योधन को मामा शकुनि और मित्र कर्ण का सहारा मिला और कुटिल राजनीति हस्तिनापुर के महल में पैर पसारने लगी। कुटिलता इतनी बढ़ी कि भीष्म को पता नहीं चला और माता सहित पांडवों को जीते जी अग्निदाह करने पूरा इंतजाम कर लिया गया। भीष्म तो कुछ न कर सके किंतु विदुर ने इस अधर्म से कुरु-वंश को बचाया... पर कब तक भला वे भी बचाते? कुरु-वंश की वृक्ष के जड़ पर कुल्हाड़ी चल चुकी थी।

वैसे इस अग्निकांड ने अवश्य पांडवों को पांचालों का जामाता बनाकर और भी दृढ़ कर दिया था। कमलगंधा पांचाली कुरु-वंश में नई पीढ़ी की बड़ी बहू बनकर आई... भीष्म ने मन से उसे आशीर्वाद दिया... पांचालों से रिश्ता होना गर्व की बात थी। पांडवों के साथ थोड़े अन्याय हेतु भी वे सहमत हो गए कि उन्हें खांडववन तथा आस-पास का इलाका नई राजधसनी इन्द्रप्रस्थ बनाने दे दिया जाए। भीष्म जानते थे कि पांडव बहुबली

हैं धर्म से बँधे हैं, अपने राज्य को समुन्नत कर वह कुरु-वंश का गौरव ही बढ़ाएँगे।... सबसे बड़ी बात, माता कुंती और पत्नी पांचाली ने उन्हें एक हाथ की पाँच अँगुलियों के समान एक साथ बाँध रखा है।

सचमुच पांडव शीघ्र ही मजबूत मुट्ठी बन गए। बीहड़ खांडववन को भव्य इंद्र की सभा के समान इंद्रप्रस्थ बना लिया। युधिष्ठिर ने चारों दिशाओं में चारों भाइयों को भेज दिग्विजय का परचम लहराया... फिर धूमधाम से राजसूय यज्ञ किया। यज्ञ में पांडव भीष्म की अग्रणी पूजा कराना चाहते थे किंतु उन्हीं की सहमति से फिर कृष्ण की पूजा हई... शिशुपाल-वध से यज्ञ में थोड़ा व्यवधान जरूर हुआ किंतु पांडव अब आर्यावर्त के शक्तिशाली राजा बन गए।

चलो... जो हुआ अच्छा हुआ, सोचकर भीष्म अभी चैन की सांस ले ही रहे थे कि विनाशकारी द्यूत का आयोजन हुआ... पांडव वनवासी हुए, इसका उन्हें दुःख तो था... पर अधिक दुख पांचाली के अपमान का था... और इस अपमान के समय स्वयं के कापुरुष के समान मौन दृष्टा बने रहने का था। वे दैवीय संतान थे, पवित्र गंगादेवी के पुत्र थे... फिर भी कूलवधू के अपमान को चुपचाप देखते रहे! बात पांचाली के धर्मतः हारे जाने की नहीं थी... बात थी कुलवधू के अपमान की। उनसे कहीं श्रेष्ठ तो शूद्रा के पुत्र विदुर निकले जिन्होंने दुर्योधन की गालियाँ खाने के बाद भी द्रुपद-नंदिनी के पक्ष में जोर-शोर से आवाज उठाई थी।

अस्तु... कहीं-न-कहीं पितामह इस पाप के भागी थे... इसलिए उनका रक्त बहना आवश्यक था। वैसे उन्हें इसका कोई मलाल नहीं था। अपनी अंतिम शर शैय्या को उन्होंने प्रायश्चित के रूप में विनीत भाव से स्वीकारा था... तभी तो फिर वे सूर्य के उत्तरायण में आने के पूर्व अपने प्रिय हस्तिनापुर के भावी राजा युधिष्ठिर को मृत्यु पूर्व राजनीति और धर्मनीति की शिक्षा दे पाए थे... दुर्योधन ने उनकी कोई भी बात कभी सुनी कहाँ थी? विदुर ने तो इस युद्ध से पहले ही पल्ला झाड़ लिया था, (संभवतः विदुर इतने खुले तौर पर पांडवों के साथ थे कि कौरवों ने उन्हें युद्ध हेत आमंत्रित करने का सोचा भी नहीं होगा... वैसे व्यास इस विषय में मौन हैं।) पर वे ऐसा नहीं कर पाए थे... पर हाँ उन्होंने मूर्ख दुर्योधन को युद्ध प्रारंभ होने के पूर्व ही बता दिया था कि वे किसी पांडव के प्राण नहीं लेंगे। फिर भी उसने उन्हें ही सेनापति बनाया था।

यहाँ प्रश्न उठता है कि जब युद्ध भूमि में उतरना ही था... और युद्ध पांडवों से ही था तब यह क्या बात हुई कि पांडवों को वे हताहत नहीं करेंगे? क्या यह अधर्म नहीं था? संभवतः नहीं था... कारण वे जानते थे कि पांडवों का पक्ष धर्म का पक्ष है... यदि धर्म का नहीं होता तो कृष्ण उस पक्ष में नहीं होते। और फिर पितामह यह भी जानते थे कि जितने पांडव उनके हृदय के करीब हैं उतने वे भी पांडवों के हृदय के करीब हैं। उन्होंने अवश्व पांडवों के प्राण नहीं लेने की बात दुर्योधन से की थी पर वे अच्छे से

जानते थे कि पांडव भी उनके प्राण नहीं लेना चाहेंगे। चलो माना कि अन्य किसी पांडव में ताकत नहीं थी कि उनके प्राण ले सकते... पर मध्यम पांडव तो उन पर भारी था। इन तेरह वर्षों में इस पार्थ ने जो शक्ति अर्जित की थी उसका प्रमाण विराट युद्ध में देख चुके थे। शिखण्डी तो बहाना था वरना क्या अुर्जन में उन्हें मारने की क्षमता नहीं थी? पर बेचारा अर्जुन... वे जानते थे कि यह पार्थ उनसे पितृवत् स्नेह करता है... वह तो उनके समान सबके सामने प्रतिज्ञा भी नहीं कर सकता था कि मैं पितामह को नहीं मारूँगा... आखिर उसी पर तो पांडव पक्ष के युद्ध का सारा भार था।

सचमुच पितामह का सोचना बिल्कुल ठीक था। व्यास मानों पूरे युद्ध के वर्णन में अर्जुन की बेचारगी के प्रति स्वयं सदय हो उठते हैं... महाभारत का एक बड़ा भाग कुरुक्षेत्र के मैदान में हुए युद्ध का वर्णन ही है जो अनेक स्थानों पर बहुत बोझिल लगता है किंतु पितामह और अर्जुन का युद्ध बड़ा हृदयस्पर्शी बन पड़ा है। होता यह था कि पितामह के समाने पड़ते ही इस मध्य पांडव के बाण मानों उसके मन के समान ही कोमल हो जाते थे... इतने कोमल कि स्वयं वासुदेव को कठोर होकर अर्जुन को डाँटना पड़ता था कि तुम युद्ध कर रहे हो या खेल कर रहे हो पार्थ?

कृष्ण के डाँटने पर भी पार्थ ने जब स्वयं को नहीं बदला तो कृष्ण शस्त्र न ग्रहण करने का अपना प्रण तोड़ अपने चाबुक को ही शस्त्र बना रौद्र रूप धारण कर भीष्म को मारने दौड़ पड़े... सारे लोग यह अद्‍भुत दृश्य देख क्षण भर युद्ध करना ही भूल गए... महाभारत का यह बिंब व्यास ने इतनी खूबसूरती से गढ़ा है कि इसे पढ़ते ही अपने आप ही यह दृश्य चलचित्र सा पाठक की आँखों में झूल जाता है... एक ओर कृष्ण हाथ में सुदर्शन या चाबुक लिए भीष्मवध हेतु दौड़ रहे हैं और दूसरी ओर भीष्म की महानता देखिए कि वे स्वयं रथ छोड़कर मुस्कुराते हुए दोनों हाथ जोड़ कृष्ण की ओर बढ़ रहे हैं... कृष्ण की प्रतिज्ञा-भंग (शस्त्र नहीं उठाऊँगा) पर उन्हें न क्रोध है न कृष्ण के उस रूप से कोई भय है... कृष्ण जरूर क्रोधित हैं किंतु भीष्म तो उनके उस रूप पर मोहित हैं... तभी तो वे उन्हें कमलनयन संबोधित कर कह रहे हैं–

'एहि एहि पुंडरीकाक्ष देवदेव नमोऽस्तुते।
मामद्य सात्वतश्रेष्ठ पातयस्व महाहवे ॥'

आओ आओ पुंडरीकाक्ष! देवाधिदेव आपको नमस्कार है!... आज इस महासमर में मुझे मार गिराइए। आपके द्वारा मारे जाने पर मेरा तो सब तरफ से कल्याण ही होगा। 'प्रहरस्व यथेष्टं वै दासोऽस्मि तव चानघ'... हे अनघ! आप अपनी इच्छानुसार मुझ पर प्रहार कीजिए... मैं तो आपका दास हूँ। इससे सुंदर मृत्यु और क्या हो सकती है?

किंतु तभी अर्जुन भी भागा-भागा कृष्ण के पीछे आकर उनके चरण पकड़कर विनती करता है 'ना ना केशव!... मुझे क्षमा करो... मेरे कारण प्रतिज्ञा भंग मत करो ... विश्वास करो, अब मैं पूरे मनोयोग से युद्ध करूँगा... चलो रथ पर चलो।'

पर पार्थ के लिए यह बड़ा कठिन था। कैसे भूल जाए वह किए उनके पिता के पिता हैं, पिता से बढ़कर पिता हैं। उसे आज भी याद है कि अपनी तोतली भाषा में जब भी वह उन्हें 'तात' कहता, पितामाह विहँसते हुए कहते... तात नहीं मैं तुम्हारे तात का तात हूँ... पितामह हूँ तुम्हारा... पितामह कहो मुझे। पर नन्हा अर्जुन उन्हें फिर भी तात ही कहता। कितनी ही बार अपने धूल से सने वस्त्रों से उसने इनकी गोद में बैठकर उनके राजसी वस्त्रों को मलिन किया है... कभी तो पितामह ने उसे फटकारा होता... पता नहीं क्यों पितामह का सबसे ज्यादा दुलारा 105 पोतों में से उसी के हिस्से में आया था... अब कैसे वह उसे भूलें! अंतर्यामी सखा क्यों नहीं उसके मन को समझते हैं।

दूसरे दिन के युद्ध में अर्जुन फिर कोमल रहा ...फिर कृष्ण रौद्र हुए ...इस बार युद्ध भूमि में पड़े रथ के चक्र को उठा कर सुदर्शन बना लिया... भीष्म फिर हाथ जोड़े हुए मृत्यु का वरदान पाने वासुदेव के समक्ष हर्षित होकर पहुंचे ...पर फिर अर्जुन ने पैर पकड़ कर प्रतिज्ञा कर कि नहीं अब चूक नहीं होगी ...किसी तरह केशव का मनाया।

अंत में भीष्म जिन बाणों से धाराशायी हुए वे वस्तुतः इस सव्यसाची के ही बाण थे। उस समय तो पांडवों ने शिखण्डी को आगे कर चारों ओर से उन्हें घेरकर बाणों की वर्षा प्रारंभ कर दी थी पर सैकड़ों बाणों में से अर्जुन के बाण कौन से हैं इसे समझने में भीष्म को थोड़ी सी गलतफहमी नहीं थी।... जिस तरह केकड़ी के बच्चे माँ की देह विदीर्ण कर बाहर निकलते हैं उसी तरह मेरे शरीर को पीड़ित करने वाले बाण निश्चय ही अर्जुन के ही हैं... भीष्म ने अपने सारथी से कहा भी था। अंततः जब शरीर में दो अंगुल जगह भी बिना बाणों के नहीं बची तब भीष्म दाहिनी ओर रथ से गिर पड़े।

भीष्म के गिरते ही पूरी युद्धभूमि में कोहराम मच गया। कौरव-पांडव दोनों ही पक्षों में खलबली मच गई... अघोषित युद्धविराम हो गया। सबने अपने हथियार डाल दिये। यह बात दूसरी थी कि एक पक्ष जहाँ प्रसन्न था वहाँ दूसरा पक्ष मातम मना रहा था। द्रोण तो यह सुन मूर्छित ही हो गए थे, कृपाचार्य रोने लग गए थे और दुर्योधन सर्प के समान गहरी सांसें लेने लगा। तुरंत उसने पितामह के शरीर से बाण निकलवाने और घावों को ठीक करने वैद्यों को बुलवाया... किंतु पितामह संभवतः थक चुके थे... तन से भी मन से भी... नहीं... अब और नहीं... इन तीरों के साथ ही मुझे चिताग्नि देना पुत्र! वैद्यों को यथोचित धन देकर बिदा करो... अब मुझे युद्ध से विराम दो। मैं शांति से कुछ समय इन्हीं बाणों की शैय्या पर विश्राम करना चाहता हूँ... शायद सूर्यदेव की यही इच्छा है कि अंत तक इस युद्ध को देखूं... अभी वे दक्षिणायन में है... उनके उत्तरायण में आने तक मैं इसी शैय्या पर पड़ा रहूँगा... पिता से पाया इच्छामृत्यु का वरदान है ना मेरे साथ... चाहे जब तक जीवन धारण किये रह सकता हूँ।... हाँ मेरा सिर लटक रहा है पुत्र... इसके भी विश्राम की व्यवस्था करो... और हाँ थोड़ा जल देना मेरा गला सूखा जा रहा है... पितामह ने किसी तरह कहा।

तब दुर्योधन स्वयं दौड़कर अपने शिविर से मुलायम तकिए और सोने के पात्र में शुद्ध जल ले आया... और अपने हाथों पितामह के सिर को सहारा देने और जल पिलाने आगे बढ़ा... पर आंखों के इशारे से पितामह ने मना किया... उनकी नजरें किसी को ढूँढ़ने लगी... दूर कोने में आँसू बहाते खड़े अपराधबोध से ग्रस्त सव्यसाची को देख उन्होंने उसे पास बुलाया और सिर को सहारा देने तथा पानी पिलाने को कहा। क्षण भर को दुर्योधन की सारी संवेदना मानों मर गई... जिसने उनकी ऐसी दुर्दशा की उसी पार्थ पर पितामह का इतना स्नेह! मैं क्या इतना नालायक हूँ... रोष से निकलते आँसुओं से गला रुंध गया दुर्योधन का... पर अगले ही क्षण उसे अपनी भूल का अहसास हो गया जब उसने अर्जुन को गांडीव से पितामह के सिर के नीचे तीन तीर जमीन में धंसाकर उनके लटकते सिर को सहारा देते देखा... इतना ही नहीं फिर उसने पितामह की परिक्रमा कर उनकी दाहिनी ओर की भूमि में एक तीर ऐसा मारा कि स्वयं गंगा की शीतल धारा वहाँ से निकलकर पितामह के मुख को तर करने लगी। सममुच तब दुर्योधन बहुत शर्मिंदा हुआ। किंतु शर्मिंदा होने से क्या... पितामह के अंतिम अनुरोध की रक्षा वह मूर्ख कहाँ कर सका कि अभी भी बहुत नहीं बिगड़ा है... भाइयों से संधि कर लो ... युद्ध बंद कर दो... मेरे इस अंतिम प्रयाण को कुछ तो सुकर करो!

अस्तु... दुर्योधन ने कहा कुछ नहीं, न मुखाकृति से कुछ जाहिर किया... पर पितामह समझ गए कि उनका बलिदान काम नहीं आएगा। अतः उन्होंने सबको अपने अपने शिविरों में जाने की आज्ञा दे विश्राम की इच्छा की... और शीघ्र ही शरशैय्या पर लेटे वे वर्तमान को भूल भूत में खो गए। चलचित्र सा भूत उनकी आँखों के सामने गुजरने लगा। दुर्योधन ने जाने के पूर्व उनके चारों ओर खाई खुदवाकर पहरेदार नियुक्त कर दिए ताकि कोई जानवर पितामह को कष्ट न दे।

अचानक आधी रात को पितामह को लगा कि किसी ने आकर उनके हाथों को छुआ है... ये तो किसी कौन्तेय के हाथ हैं!... पर किसके? भीष्म चौंक गए। भीम को छोड़ सभी आकर जा चुके थे... निश्चय ही यह भीम के हाथ नहीं थे... फिर कौन.. मुश्किल से उन्होंने आँखें खोली... देखा सूर्यपुत्र कर्ण आँसू बहाता हुआ खड़ा है। ओह! तो तुम हो ज्येष्ठ कौंतेय... आओ सूर्यपुत्र! मेरे गले लगो... भीष्म ने पितृवत कहा।

सूर्यपुत्र! अब चौंकने की पारी कर्ण की थी... तो आप भी मेरी वास्तविकता जानते थे पितामह? फिर भी आहत हुआ हूँ... रोष से कर्ण के आँसू निकल आए।

जानता हूँ पुत्र! इस अंतिम बेला में उसके लिए क्षमा-पार्थी भी हूँ... नारद और महर्षि व्यास ने मुझे पहले ही सब कुछ बता दिया था... पर पांडवों से तुम द्वेष रखते थे... कौरवों पर विशेष स्नेह था तुम्हारा... इसलिए तुम्हारे तेज को नष्ट करने के लिए मैं तुम्हें बार-बार सूतपुत्र कहता था! इस युद्ध से तुम्हें विरत करने के लिए ही मैंने युद्ध के प्रारंभ में ही तुम्हें अपमानित किया था! तुम्हें भड़काने के लिए ही मैंने तुम जैसे

महारथी को अर्धरथी कहा था... अब भी समय है पुत्र... तुम अभी तक युद्ध से दूर रहे हो... अब भी दूर रहो। मेरे बाद दुर्योधन को तुम्हारा ही भरोसा है... भ्रातृहत्यारे मत बनो!

किंतु कर्ण विगत में खो गया... एक बार फिर कर्ण के तन-मन पर भीष्म के वे वाक्य चाबुक की तरह पड़ने लगे... कितने उत्साह से वह युद्ध की तैयारी कर रहा था... जैसे उसकी चिर-संचित अभिलाषा पूरी होने का समय था। क्या कुछ नहीं कहा था उन्होंने उसे... जैसे, यह घमंडी है, बड़बोला है युद्ध में पीठ दिखाने वाला है... इसे तो मैं अतिरथी तो क्या, रथी की कोटि में भी नहीं रखता। सहज कवच-कुंडलों से इसकी जो शक्ति थी, उसे भी यह अपनी मूर्खता से गंवा चुका है! परशुराम के अभिशाप से ब्रह्मास्त्र भी इसका व्यर्थ है। इसे मैं अर्धरथी ही कहता हूँ दुर्योधन... इसके भरोसे तुम युद्ध नहीं कर सकते। तब बूढ़े द्रोणाचार्य ने भी पितामह की हाँ में हाँ मिलाते हुए उसे अर्धरथी कहा था। कितना तिलमिलाया था तब वह। इसी से उसने भी पितामह को भला-बुरा कहने में कोई कमी नहीं की थी... और उसी समय प्रतिज्ञा की कि जब तक भीष्म युद्ध करेंगे वह युद्धभूमि में नहीं जाएगा। इन दस दिनों में वह जैसे प्रतिदिन मरा था कौरव सेना का विनाश होते देखकर... केवल इसी भीष्म के कारण। रोष से कर्ण के आँसू निकल आए।

पर फिर वास्तविकता पर ध्यान गया जो मुँह खोली सामने थी। शरशैय्या पर लेटे इस ताड़ से महान कौरव ने उसके ही हित हेतु तो अर्धरथी कहा था... ताकि वह भ्रातृहत्या के दोष से बच सके। क्षण भर को कर्ण का मस्तक पितामह के सामने श्रद्धा से झुक गया... पर नहीं... अब कुछ भी नहीं हो सकता। प्रगट में उसने केवल यही कहा... पितामह। अब बहुत देर हो चुकी है। आप जानते हैं यह युद्ध अब नहीं रुक सकता... मैं चाहूँ भी तो नहीं रुक सकता। कौंतेय होते हुए भी मैं सारी जिंदगी राधेय कहा गया... इसका मुझे थोड़ा भी दुःख नहीं है किंतु सूर्यपुत्र की जगह सूतपुत्र बनाकर नियति ने मेरे साथ जो परिहास किया है वह मुझे हमेशा सालता रहा है पितामह! और नियति को क्यों दोष दूँ मैं? मैं तो माता कुंती को... स्वयं आपको और नारद तथा व्यास जैसे महर्षियों को ही दोष क्यों न दूँ जिन्होंने यह भेद जगजाहिर नहीं किया!... या फिर शायद नियति की यही मंशा है कि आर्यावर्त के क्षत्रिय इस युद्ध के बहाने अपने धर्म के प्रति सजग हों... रोगग्रस्त रहकर बिस्तर पर मौत क्षत्रिय को शोभा नहीं देती... चलो मैं ही बायस सही इसका... कहते हुए वह सूर्यपुत्र पितामह को प्रणाम कर एकाकी अपनेशिविर की ओर बढ़ गया।

तब भीष्म की आँखें इस ज्येष्ठ कुंतीपुत्र के लिए आंसुओं से भरी थी... और हृदय में था उसके लिए केवल असीम आशीर्वाद। हस्तिनापुर के साम्राज्य को विध्वंस की कगार पर पहुँचाने वाला यदि उनके ही आराध्य सूर्यदेव का पुत्र है, तो वे क्या कर सकते हैं। सहसा सूर्यदेव की प्रथम किरण को अपने चेहरे पर महसूस कर पितामह ने किसी

तरह दोनों हाथ जोड़कर उन्हें प्रणाम किया... और निद्रित हो गए... शायद सूर्यदेव भी चाहते थे कि अब गांगेय विश्राम करें। स्वयं तो पता नहीं कितने युगों से इस मनुष्य-लोक में इस तरह के युद्ध देख रहे हैं... पता नहीं उन्हें कब तक यह सब और देखना है... मूर्ख मानव कभी अपनों का रक्त बहाना बंद नहीं करेगा... सोचते-सोचते सूर्यदेव अपने सात घोड़ों के रथ पर सवार हो आकाश मंडल में बढ़ चले।

और फिर वह सयम भी आया कि पूरे युद्ध के साक्षी बने पितामह ने युधिष्ठिर के राज्यारूढ़ होने का सुसमाचार सुना... मानों अंधेरे आकाश में प्रकाश की किरण चमकी। विनीत भाव से यह ज्येष्ठ पांडव सबसे पहले उन्हीं के पास आया... न केवल आशीर्वाद लेने वरन् राज्य संचालन एवं शेष जीवन के समुचित संचालन हेतु ज्ञान लेने। वैसे जब युधिष्ठिर उनके पास आए थे उस समय भीष्म का रोम-रोम शरशैय्या के कारण जल रहा था... शरीर में बिंधे बाण मानों विष और आग बन गए थे। ऐसे में वे बेचारे उस मन को कहाँ स्थिर रख पाते जो धर्म की शिक्षा दे सके... इसीलिए कृष्ण द्वारा युधिष्ठिर को धर्म की शिक्षा देने का अनुरोध करने पर पितामह ने कराहते हुए अपनी असमर्थता जतलाई थी... तब कृष्ण ने उन्हें आशीर्वाद देकर उनके सारे शरीर की पीड़ा हर ली। और फिर दूसरे दिन से प्रसन्नचित्त हो भीष्म ने ज्ञान की जो गंगा धर्मराज के समक्ष प्रवाहित करना शुरू की तो वह 56 दिन तक बहती रही... जब तक कि सूर्य उत्तरायण में नहीं आ गए... इस तरह बृहस्पति और शुक्राचार्य के इस शिष्य ने अपनी जन्म भर की संचित ज्ञान की पूंजी पांडवों को सौंपते हुए इस नश्वर संसार में अपनी नश्वर देह का त्याग कर सबसे विदा ही।

व्यास की लेखनी का सौंदर्य इस भीष्म-प्रवचन में तरह-तरह की कथाओं और उपकथाओं के माध्यम से देखते ही बनता है। किसी भी देश की संस्कृति के अधिकतम मूल्यवान उपदेशों की कोटि में हम इन्हें रख सकते हैं। भीष्म की मेधा यहाँ सूर्य सी चमकती है। सारे पांडव कृतकृत्य थे भीष्म की वाणी सुनकर। किंतु व्यास अंत में यह प्रश्न करवाना नहीं भूलते कि यह सारा ज्ञान कहाँ गया था भीष्म तुम्हारा जब पांचाली ने एक प्रश्न रखा था कि क्या मैं धर्मतः हारी गई हूँ? व्यास इस प्रश्न के द्वारा संभवतः यह बताना चाहते हैं कि हमारा सारा ज्ञान तब काम नहीं आता जब हम अधर्म का पक्ष लेते हैं। अधर्म नमक बनकर हमारे खून में मिल जाता है... और इस तरह हमारे मन और तन दोनों को प्रभावित करता है... उसका बहना जरूरी है। भीष्म यह उपदेश तभी दे पाते हैं जब यह नमक खून के साथ बह जाता है... और तब महाभारत का यह बालिश व्यक्तित्व हमारे सामने जैसे अत्यंत भव्य... दैवीय एवं आकाशीय हो उठता है... और सहसा वह हमारे लिए प्रणम्य बन जाता है।

अस्तु... तो इस तरह अथ से इति तक भीष्म की कथा संपन्न हुई। सुहृदय जनों को बिलखते छोड़ गंगापुत्र ने जीवन यात्रा संपन्न कर स्वर्गलोक की ओर महाप्रयाण

किया पर उनकी माता सत्यवती का क्या हुआ? और कुरुकुल की वे दो वधुएँ कब कहाँ गई जिनके पौत्रों में यह भयावह महासमर हुआ था? क्या प्रतिक्रिया थी उनकी इस सारे हंगामे में? पर प्रतिक्रिया तो तब होती जब वे यह सब देखती। मृत्युदेवी ने उन्हें उठा लिया हो ऐसा नहीं था... वस्तुतः व्यासदेव ने ही उन्हें यह सब देखने नहीं दिया था।

हुआ यह कि युद्ध के पूर्व ही उन्होंने माता सत्यवती से कहा था कि आप वन चली जाएँ... बहुत बुरा समय आने वाला है... धृतराष्ट्र पुत्रों की नीयत ठीक नहीं है... वे पांडवों से लड़ेंगे... और स्वयं मरेंगे। तब दुःखी हो सत्यवती ने यह सब दोनों बहुओं से कह अपना वनगमन का निर्णय सुनाया। इस पर धृतराष्ट्र की माता अंबिका ने भी सास के संग वनवास की इच्छा प्रगट की... भला ऐसे राज्य में रहकर वह क्या करेगी जहाँ उसके बेटे को कोई पानी देने वाला भी नहीं बचेगा! किंतु अंबालिका भी ऐसा राज्य देखने नहीं रुकी... उसने भी रोते हुए बहन का हाथ थाम लिया और फिर दोनों बहनों ने नियति के आगे सिर झुकाते हुए सास का अनुसरण किया... दोनों ने मानों कुंती और गांधारी के लिए राह दिखाई कि ऐसे ही एक साथ अंतिम समय में तुम भी जाना... राजधर्म बहुत कठोर होता है किंतु स्त्री मन को कोमल और द्वेषहीन होना चाहिए... और सचमुच आगे ऐसा ही हुआ था।

सत्यवती से भीष्म को लेकर संबंधों की व्यास-प्रस्तुति में हमने देखा दोनों में कहीं कटुता नहीं थी। सत्यवती प्रारंभ से ही प्रभावित थी देवव्रत की प्रतिज्ञा से... उसे कभी भी ऐसा नहीं लगा कि भीष्म शान्तनु की मृत्यु के बाद राज्य पर अधिकार कर सकते हैं अथवा शान्तनु ही अपनी प्रतिज्ञा तोड़ भीष्म को राज्य दे सकते हैं। वस्तुतः उसे राज्य को लोभ रहा हो ऐसा कहीं व्यास ने नहीं दर्शाया है किंतु महाभारत कथा पर आधारित नरेंद्र कोहली के उपन्यास 'महासमर' में वह एक अत्यंत ईर्ष्यालु महिला है जो पति से बात-बात में झगड़ती है... उन्हें कामुक, झूठा, पापी, अत्याचारी तक कहती है (महासमर, भाग 1, पृ. 101) यहाँ तो वह पूरी कैकेयी है... सदा चौकन्नी कि कहीं उसके हाथ से राज्य न निकल जाए। यहाँ तक कि वह अपने दोनों बच्चों को राजा शान्तनु और भीष्म के साये से भी दूर रखना चाहती है। इतना ही नहीं अपने पति शान्तनु की मृत्यु से प्रसन्न होती है। पति का शव पड़ा है और वह सोच रही है... 'आज इस क्षण से उसका पुत्र चित्रांगद सम्राट हो गया है। हस्तिनापुर का शासन-धन-सम्पत्ति, सत्ता, सेना, सब कुछ उसी का है... अब सत्यवती वस्तुतः राजपरिवार पर अपना नियंत्रण स्थापित करेगी... चक्रवर्ती के साथ विवाह तो एक लक्ष्य की ओर प्रयाण था। वह तो यात्रा का प्रारंभ था। सारा दांपत्य जीवन जैसे यात्रा और यात्रा के अंत की प्रतीक्षा था। लक्ष्य तक तो वह अब पहुंची है...।' (वही पृ. 118) किंतु सत्यवती के सारे सपने चूर-चूर हो गए... सत्यवती लाड़-प्यार में अपने दोनों कुमारों को इतना बिगाड़ देती है कि एक किसी गंधर्व से लड़कर मर जाता है और दूसरा कम उम्र से ही औरतों से संबंध बनाने के कारण

रोगी हो मर जाता है। निश्चय ही व्यास ने दोनों का चरित्र ऐसा ही दिखाया है किंतु वहाँ यह कहीं नहीं प्रदर्शित है कि उनके चरित्र के लिए सतयवती ही दोषी थी।

नरेन्द्र कोहली के उपन्यास में तो सत्यवती भीष्म पर संदेह भी करती है कि कहीं वह गंगा किनारे जाकर उसके बच्चों की मृत्यु के लिए कोई साधना तो नहीं करता था, किसी मारण मंत्र की सिद्धि। (वही, पृ. 219) पर सत्यवती की मजबूरी थी कि भीष्म को हस्तिनापुर की रक्षा के लिए उसे हस्तिनापुर में बने रहने देना था अन्यथा वह तो पति की मृत्यु के बाद ही उसे निकाल बाहर कर देती। वह विचित्रवीर्य के विवाह हेतु भीष्म की सहायता लेती है और उनके द्वारा काशीराज के स्वयंवर से लाई गई अंबिका और अंबालिका को अपनी बहू बनाती है किंतु विचित्रवीर्य के निधन होने पर उसे आशंका होती है कि भीष्म ने जानबूझकर उसके पुत्र को मारने के लिए ही दो-दो कन्याओं से उसका विवाह करवाया था। यहाँ तक कि धृतराष्ट्र के जन्म पर भी वह भीष्म को ही दोष देती है कि यह कैसी अभागिन राजकुमारी को हर कर लाया जो आते ही पति को खा गई और अब पुत्रों के नेत्रों का प्रकाश भी पी गई। (वही पृ. 257)।

अपने दोनों पुत्रों के असमय निधन के बाद यहाँ सत्यवती नियोग हेतु व्यास को इसलिए बुलवाती है कि हस्तिनापुर की गद्दी का उत्तराधिकारी उसकी कोख में जन्मे पुत्र का पुत्र ही बने। वह सोचती है... उसके एक पुत्र की संतान राज नहीं कर सकी तो दूसरे पुत्र की करे। वह द्वैपायन को जीवन का सुख नहीं दे सकी तो उसके वंशजों को साम्राज्य सौंपकर उसकी क्षतिपूर्ति करे।... और जब भीष्म कहते हैं कि इस संबंध में बहुओं की सम्मति ली जाए तो वह क्रोधित होकर बोल पड़ती है, उनकी इच्छा का क्या अर्थ... तुम कहोगे कि नियुक्त पुरुष के संबंध में भी उनकी सम्मति ली जाए ताकि वे चाहें तो अपने पूर्व-प्रेमियों को आमंत्रित कर अपनी संतान को हस्तिनापुर के राजसिंहासन पर बैठाकर उसे दूषित करें...। (वही पृ. 229)

इसी तरह के कितने ही प्रसंग और वाक्य 'महासमर' में है जो सत्यवती को अत्यंत दंभी, मूर्ख और स्वार्थी महिला सिद्ध करते थे... किंतु वेद-व्यास की माता ऐसी रही होगी, यह संभव नहीं है, ना व्यास ने माता के इन अवगुणों का कहीं अपनी कथा में उल्लेख किया है। यदि सत्यवती ऐसी रही होती तो सहज ही व्यास के कहने पर महासमर के पूर्व वनगामिनी नहीं हो जाती जैसाकि व्यास ने अपनी कथा में लिखा है... न ही बहुओं के सास से बुरे संबंध होने पर वे अंत समय में सास की अनुगामिनी बनती। सच तो यह है कि व्यास की कोई भी नारी कहीं भी कठोर एवं बदमिज़ाज नहीं है।

6

अंबा

किसी भी देश की संस्कृति और सभ्यता की श्रेष्ठता का मापदंड उसके द्वारा नारी को दिया गया सम्मान होता है... और किसी भी देश का साहित्य इस बात का प्रमाण होता है कि वहाँ नारी की क्या स्थिति रही है।

जहाँ तक भारतीय साहित्य का प्रश्न है, प्राचीन भारतीय साहित्य में यद्यपि कहीं-कहीं नारी-निंदा का प्रसंग है तथा पुरुष के समान उसे स्वतंत्रता का अधिकार नहीं प्राप्त है, किंतु फिर भी स्थिति उतनी बुरी नहीं है। अन्य देशों के साथ हम तुलना न करें, अपने ही देश में देखें तो मध्य युग की तुलना में प्राचीन युग की नारी का समाज में कहीं अधिक श्रेष्ठ स्थान प्रतीत होता है। मध्ययुग के कवियों ने तो जी-भरकर नारी को कोसा है। इस संबंध में 'रामचरितमानस' एवं 'रामायण' का तुलनात्मक अध्ययन करें तो स्पष्ट होता है कि मानस के नारी-निंदा विषयक सैकड़ों वाक्यों की तुलना में उसी प्रसंग में 'रामायण' में मुश्किल से एकाध वाक्य इस तरह का मिलेगा।

जहाँ तक 'महाभारत' का प्रश्न है, इस अति प्राचीनकाल की घटनाओं को प्रस्तुत करने वाले ग्रंथ की प्रमुख नायिका द्रौपदी को जुए की बाजी में लगाने की घटना से ऐसा लगता है मानो उस काल में ऐसा होता रहता था, किंतु ऐसी बात नहीं है। उल्लेखनीय है कि पूरे महाभारत में इस तरह का एकमात्र प्रसंग केवल द्रौपदी का है, जिसकी महाभारत में ही पर्याप्त निंदा हुई है।

द्रौपदी के अतिरिक्त महाभारत की अन्य प्रसिद्ध महिला पात्र है, सत्यवती, अंबा, गांधारी, कुंती, सुभद्रा, आदि। आगे हम इनमें से कुछ चरित्र का विस्तार से अवलोकन करेंगे, जिससे व्यास-कथा तो प्रस्तुत होगी ही, महाभारत तथा प्राचीन भारत में भी नारी की स्थिति पर प्रकाश पड़ेगा।

प्रारंभ अंबा से करेंगे। भीष्म के प्रसंग में हम देख चुके हैं कि उन्होंने मत्स्यराज की कन्या सत्यवती से अपने पिता शान्तनु का विवाह करवाने के लिए आजीवन अविवाहित रहने की प्रतिज्ञा की थी। फिर भीष्म ने सत्यवती के पुत्र विचित्रवीर्य हेतु काशीराज की

तीन कन्याओं का उनके स्वयंवर मंडप से अपहरण किया था। वैसे उस काल में इसे बुरा नहीं माना जाता था। ऐसी कन्याएँ 'पराक्रम शुल्क' देकर लाई गई कही जाती थीं।

किंतु काशीराज की तीन कन्याओं में से अंबिका और अंबालिका का ही विचित्रवीर्य से विवाह हुआ था, बड़ी अंबा ने विचित्रवीर्य से विवाह करने में अनिच्छा प्रगट की थी।

यहाँ हम इसी 'अंबा' की उत्तर-गाथा देखेंगे।

अंबा ने विचित्रवीर्य से विवाह हेतु इसलिए अनिच्छा प्रगट की थी क्योंकि इस हेतु उसका मन पहले ही कहीं और बँधा था। वस्तुतः वह सौभ विमान के धारक शाल्वराज में अनुरक्त थी... और शाल्वराज से अपनी अनुरक्ति का प्रत्युत्तर पाकर उसका अनुराग द्विगुणित हो चुका था। काशीराज भी इस बात को जानते थे। अन्य बहनें तो हाथ में वरमाला लिए सोच ही रही थीं कि स्वयंवर-मंडप में उपस्थित किस ग्रीवा की शोभा इससे बढ़ाए, पर अंबा का तो लक्ष्य तय था। बुरा हो भीष्म का जिन्होंने उसकी वरमाला शाल्वराज के गले तक पहुँचने के चंद क्षण पहले ही झपट ली तथा उसे और उसकी दोनों बहनों को बलात् उठाकर रथ में बिठा लिया... और वहाँ उपस्थित राजाओं को ललकारते हुए कहा, जिसमें दम हो वह मुझे रोक ले... इन तीनों राजकन्याओं को मैं अपने भाई विचित्रवीर्य के लिए ले जा रहा हूँ।

भीष्म का विरोध करने की शक्ति भला किसमें थी? फिर भी अंबा में अनुरक्त शाल्वराज ने हिम्मत जुटाई और उनके नेतृत्व में राजाओं के एक दल ने भीष्म को आगे बढ़ने से रोका भी... किंतु प्रतापी भीष्म के सामने शाल्वराज अधिक देर टिक न पाए। अंततः भीष्म तीनों बहनों को हस्तिनापुर लाने में सफल हुए।

उल्लेखनीय है कि उस काल में सामान्यता ऐसे पराक्रमी राजा को राजकन्याएँ पसंद करती थीं। इस तरह से अपहरण का वे बुरा नहीं मानती थी और अपहरणकर्त्ता या उनके परिवार के किसी सदस्य से वे खुशी-खुशी विवाह कर लेती थीं। यहाँ यह भी उल्लेखनीय है कि अर्जुन ने सुभद्रा से तथा कृष्ण ने रुक्मिणी से इसी प्रकार विवाह किया था। अंबा का हृदय यदि शाल्वराज में अनुरक्त न होता तो उसे भी इस विवाह से कोई आपत्ति नहीं होती... किंतु हृदय तो हृदय था... अंबा हृदय की बात मन में न रख पाई। भीष्म को सब कुछ बता दिया। भीष्म ने भी उदारता दिखाते हुए अंबा के हृदय के अनुराग का सम्मान किया... उसे सादर शाल्वराज के पास भिजवा दिया।

तब अंबा सहसा विश्वास न कर सकी कि वह भीष्म के बंधन से छूट चुकी है... पर सत्य यही था। शीघ्र ही पिया-मिलन की कल्पना से अंबा रोमांचित उठी। पर उस बेचारी को यह क्या मालूम था कि उसका रथ उसे शाल्वराज की बाहों में नहीं, एक ऐसे अंधेरे गर्त में ढकेलने ले जा रहा है... जहाँ अपमान का दलदल लबालब भरा है... फिर जन्म-जन्मांतर की तपस्या करनी पड़ेगी उसे इस दलदल से निकलने के लिए!

अंबा को बिल्कुल गुमान नहीं था कि शाल्वराज उसे इस तरह टका-सा जवाब दे

देंगे। कितना क्रूरतापूर्ण था शाल्वराज का कथन कि तुम वापस उसी भीष्म के पास चली जाओ जिसकी बाहों में चढ़कर तुम हँसते हुए रथ में बैठी थीं?'

'मैं! और हँसते हुए भीष्म के रथ में बैठी!' अंबा शाल्वराज के वचन सुन आश्चर्यचकित-सी रह गई। वह तो असहाय अवस्था में रोती हुई भीष्म के रथ में चढ़ी थी। अंबा ने अपना मस्तक छूकर कसम भी खाई कि मैंने आज तक आपके सिवाय किसी दूसरे वर का विचार तक नहीं किया है... किंतु व्यर्थ। शाल्वराज तो अंबा को ऐसे त्याग रहे थे जैसे 'जीर्णां त्वचमिवोरगः' अर्थात् सर्प अपनी पुरानी केंचुल को छोड़ता है।

किंतु क्या शाल्वराज अंबा से प्रेम नहीं करते थे? अंबा क्या एकतरफा इस डोर में बंधी थी? नहीं ऐसी बात नहीं थी प्रेम वहाँ भी था... किंतु शाल्वराज कृष्ण या अर्जुन तो नहीं थे जो हर हालत में अपने प्रेम की रक्षा करते... उनमें तो अंबा सा साहस भी नहीं था।

वस्तुतः शाल्वराजा भीष्म से भयभीत हो गए थे। भीष्म के तीखे बाणों का स्वाद उन्होंने हाल ही में तो चखा था। यद्यपि अंबा ने यह भी कहा कि वह भीष्म से पूछकर, उनकी आज्ञा लेकर ही शाल्वराज के पास आई है, किंतु शाल्वराज किसी तरह अंबा को अपनाने को तैयार नहीं हुए।

अंततः अंबा रोती, बिलखती शाल्वराज का नगर छोड़ वन की ओर चल पड़ी। रास्ते में वह सोचने लगी... इस पृथ्वी पर कोई ऐसी स्त्री होगी जो मेरे समान भारी संकट में पड़ी हो। अपनी इस विपत्ति के लिए मैं किसे कोसूँ? दुर्जय भीष्म को, जिसने मेरा अपहरण किया? अपने मूढ़ पिता को, जिसने मुझे स्वयंवर-मंडप में खड़ा किया? शाल्वराज को, जिसने मुझे अस्वीकार किया? स्वयं को, जो शाल्वराज के लिए भीष्म के चलते रथ से कूद नहीं पड़ी?... या फिर उस विधाता को जिसकी दुर्नीतियों के कारण मैं इस भारी विपत्ति में फँस गई हूँ!

आगे काशी-कन्या सोचती है, 'मुझ पर हुए अन्याय का मुख्य कारण शान्तनुनंदन भीष्म ही है, अतः मेरे लिए अब यही उचित होगा कि मैं तपस्या अथवा युद्ध... किसी भी तरह, भीष्म से बदला लूँ।' किंतु युद्ध में भीष्म को कैसे परास्त किया जा सकता है? अंबा को दूर-दूर तक ऐसा कोई राजा नहीं दिखाई दिया जो युद्ध में भीष्म को पराजित कर सके। ऐसा कोई होता तो अंबा उस राजा की शरण लेने के विषय में सोच सकती थी।

इन्हीं सब दुश्चिंताओं से घिरी अंबा जंगल में पहुँच गई। वहाँ कुछ तपस्वियों ने उसे रोका, उसका परिचय जाना और सहृदयतापूर्वक उसकी विपत्ति-गाथा भी सुनी। पर इस मामले में वे तपस्वी भी भला क्या कर सकते थे। उन्होंने यही सलाह दी कि अब तुम पिता के पास लौट जाओ, वे ही तुम्हारा भविष्य तय करेंगे, तुम जैसी सुकुमारी कन्या के लिए इस वन में तपस्यारत् रहना कदापि योग्य नहीं है।

किंतु ऐसी स्थिति में अब पिता के घर मुझे क्या सुख मिलेगा? नहीं, वहाँ तो मुझे अवश्य ही अपमानित होकर रहना पड़ेगा... मैं कदापि वहाँ नहीं जाऊंगी। मैं आप तपस्वीजनों से सुरक्षित हो तपस्या ही करूंगी, ताकि परलोक में मुझे ऐसे दुर्भाग्य का सामना न करना पड़े।

अंबा का यह दृढ़ निश्चय था, किंतु वे तपस्वीजन उसे लेकर आशंकित थे, उलझन में थे। तब उनकी इस उलझन को दूर किया अचानक ही वहाँ पधारे राजर्षि होत्रवाहन ने।

होत्रवाहन अंबा के नाना थे। तब अपनी दौहित्री की विपत्ति के समाधान के लिए उन्होंने उसे अपने सखा परशुराम के पास भेजा, जो समूचे आर्यावर्त में भीष्म से टक्कर लेने में समर्थ एकमात्र व्यक्ति थे।

किंतु भीष्म परशुराम के प्रिय शिष्य रह चुके थे। फिर स्वयं अंबा ने बताया कि भीष्म ने उसकी इच्छा का मान करते हुए ही शाल्वराज के पास भेजा था, अतः परशुराम को भीष्म से अकारण युद्ध करना उचित प्रतीत नहीं हुआ। अंततः परशुराम ने अंबा को मना लिया कि वह भीष्म के पास वापस जाए, उनके कहने से भीष्म अवश्य उसे रख लेंगे।

किंतु अंबा आश्वस्त नहीं हुई... यदि भीष्म ने नहीं रखा तो?... तब परशुराम ने युद्ध में भीष्म को मार अंबा से संकल्प किया।

पर अंबा का दुर्भाग्य! परशुराम जैसे वीर भी उसके सहायक न हो सके। भीष्म ने पर-पुरुष में अनुरक्त स्त्री को स्वीकार करने से स्पष्ट इंकार कर दिया... भले ही इस हेतु उन्हें गुरु पर हथियार उठाना पड़े। पर-पुरुष में अनुरक्त स्त्री के विषय में भीष्म कहते हैं, 'ऐसी स्त्री सर्पिणी के समान भयंकर होती है। कौन ऐसा पुरुष होगा जो ऐसी नारी को अपने घर में स्थान देगा। परपुरुष-अनुराग स्त्री का ऐसा दोष है जो महान् अनर्थ-कारी है। फिर, वे स्वयं जिस ब्रह्मचर्य व्रत को ग्रहण किए बैठे हैं, उसे कैसे तोड़ सकते हैं?

कुल मिलाकर बात बनी नहीं। तब कुरूक्षेत्र के मैदान में उन दो गुरु-शिष्य वीरों का घमासान युद्ध प्रारंभ हुआ जो लंबे समय तक चला। दोनों ओर से दिव्यास्त्रों का प्रयोग होने लगा। चारों ओर हाहाकार मच गया। अंततः देवताओं और पितरों ने बीच-बचाव किया। पहले उन्होंने परशुराम से शस्त्र रखने को कहा। बहुत हुआ... ब्राह्मण होकर इस तरह क्षत्रिय मत बनो। अपने ही शिष्य से ऐसा युद्ध क्यों कर रहे हो? अब बस भी करो राम!... पर परशुराम भला युद्ध में पीठ दिखाएँगे! कदापि नहीं। हाँ भीष्म यदि पहले शस्त्र रख दे तो वे भी युद्ध से निवृत्त हो सकते हैं, यह आश्वासन उन्होंने अवश्य दिया। पर भीष्म भी भला क्यों मानने चले? यह तो क्षत्रिय धर्म नहीं है। तब फिर देवगण परशुराम के पास गए और अनुनय-विनय कर अंततः उनसे शस्त्र नीचे रखवा ही

लिया। यह देख शिष्य ने आकर उन्हें प्रणाम किया और उनका आशीर्वाद भी पाया। भीष्म के पराक्रम से परशुराम बड़े संतुष्ट हुए।

किंतु अंबा अब क्या करे? गुरु-शिष्य के इस मिलन ने अंबा की सारी आशाएँ चकनाचूर कर दी। परशुराम शिष्य के पराक्रम से प्रसन्न थे किंतु अंबा की सहायता न कर पाने का उन्हें दुःख भी कम नहीं था। दीनतापूर्वक उन्होंने अंबा से पूछा, 'अंबे! भीष्म को मारने के सिवा और कोई तरीका तुझे संतुष्ट करने का हो तो बता... मैं अवश्य करूँगा।'

बेचारी अंबा! अब भला वह क्या कहती? परशुराम ने उसकी आँखों के सामने ही जी-प्राण से यह विकट युद्ध किया था। नहीं... अब पराए-भरोसे पर नहीं रहूँगी... अब मैं स्वयं ऐसी शक्ति अर्जित करूँगी ताकि अजेय भीष्म को मार सकूँ... बस इसी संकल्प के साथ अंबा परशुराम को, अपने नाना को, तथा उपस्थित तपस्वियों को प्रणाम कर सबकी नज़रों से दूर जंगल में तपस्या करने चली गई।

किंतु भीषण गंगा-पुत्र को मारना क्या सरल था? एक जन्म की तपस्या इस हेतु कम थी। इसीलिए मृत्योपरांत अंबा ने वत्स देश में कन्या रूप में पुनः जन्म लेकर फिर इस हेतु कठोर तपस्या तथा महादेव की आराधना प्रारंभ की। अंततः महादेव से भीष्म-वध हेतु विजय का वरदान लेकर ही उसने दम लिया।

पर महादेव के वरदान के बाद भी वह वत्स-कन्या अपने को कन्या रूप में होने के कारण निस्तेज पाती थी। अतः उसने महादेव से पुरुषत्व का वरदान माँगा और उनसे 'तथास्तु' का वचन सुन शीघ्र ही आत्मदाह द्वारा अपने शरीर का त्याग कर दिया, ताकि अगले जन्म में पुरुष शरीर पा सके।

फिर सब कुछ अंबा की इच्छानुसार ही हुआ... किंतु सब कुछ सरलता से नहीं बहुत कठिनाई से हुआ। अंबा का तीसरा जन्म, जो पांचाल देश के महापराक्रमी राजा द्रुपद के महल में हुआ था, कन्या रूप में था... किंतु शीघ्र ही उसने पुरुषत्व प्राप्त किया और गुरु द्रोण से उसने शस्त्र-विद्या ग्रहण की... फिर अंततः महाभारत-युद्ध में भीषण युद्ध करते हुए भीष्म की मृत्यु का कारण बनी। द्रुपद के महल में जन्म लेने वाली अंबा इस बार किस नाम से विख्यात हुई थी, इसे संभवतः पाठकगण जानते होंगे... जी हाँ, इस बार वह शिखण्डी अथवा शिखण्डिनी के नाम से जानी गई।

महाभारत के इस प्रसिद्ध पात्र की कथा भी बड़ी रोचक है। आइए इसे जानने पांचाल देश चलते हैं।

पांचाल-नरेश द्रुपद ने एक बार पुत्र-लाभ की कामना से अपनी पटरानी के साथ महादेव की बड़ी आराधना की। अंततः महादेव ने उन्हें पुत्र का वरदान दिया... किंतु एक विचित्र शर्त के साथ...वह यह कि राजा को उसे पहले पुत्री के रूप में ग्रहण करना होगा... समय आने पर वह अपने आप पुत्र रूप में बदल जाएगा।

और फिर सचमुच ऐसा ही हुआ। महादेव के वचनों पर विश्वास कर राजा ने कन्या को पुत्र रूप में ही प्रचारित किया और उसे शिक्षा-दीक्षा तथा संस्कार भी पुत्र के ही दिए... यहाँ तक कि उसके युवावस्था में प्रवेश करते ही दशार्ण देश की सुंदरी राजकन्या से उसका विवाह भी संपन्न कर दिया।

किंतु यह अंतिम कार्य द्रुपद के लिए बड़ा भारी पड़ा। द्रुपद भूल गए थे कि शिखण्डी अभी भी स्त्री रूप में है। बेचारी दशार्ण-नंदिनी! भला कब तक यह दुःख सहती? अंततः मायके से साथ आई धाय से लजाते-सकुचाते उसने बता ही दिया कि उसका पति पुरुष नहीं है।

और फिर देखते-ही-देखते यह बात दशार्ण-राज तक जा पहुँची। मारे क्रोध के दशार्ण-राज ने तुरंत द्रुपद के पास खबर भेजी कि वे अवश्य ही इस छल और अपमान का बदला लेंगे... पाँचाल-नरेश युद्ध हेतु तैयार रहें।

सारा दोष द्रुपद का था, अतः वे किसे क्या कहते! पर इस दोष की जड़ तो शिखण्डी ही था अंततः पिता की असहाय स्थिति देख शिखण्डी प्राण-त्याग हेतु महल छोड़कर चला गया।

किंतु महादेव का वरदान भला व्यर्थ कैसे जा सकता था? वन में शिखण्डी के साथ कुछ ऐसा हुआ कि प्राण-हानि के स्थान पर उसे नव-जीवन मिला। उसे वह पुरुषत्व मिला जिसके लिए उसने विगत दो जन्मों से तपस्या की थी।

पर यह सब हुआ कैसे? वस्तुतः यह एक चमत्कार हीं था। वन में एक सुंदर महल देख शिखण्डी अपने दुःख को क्षण भर के लिए भूल गया था। जिज्ञासावश ही वह उस महल में घुसा था। वहाँ महल के स्वामी स्थूणाकर्ण नामक एक यक्ष से उसकी भेंट हुई। सहृदय यक्ष ने शिखण्डी के उदास मुख को देख जब उदासी का कारण पूछा तो शिखण्डी से रहा नहीं गया... भरे गले से उसने द्रुपद के महल में घटित अपने सारी व्यथा-कथा उसे सुना दी। कथा सुन वह यक्ष ऐसा पिघला कि बिना अधिक सोचे-विचारे यह शिखण्डी की सहायता करने को तत्पर हो गया। उसने शिखण्डी से कहा, 'थोड़े काल के लिए मैं तुम्हारा स्त्रीत्व लेकर तुम्हें अपना पुरुषत्व दे सकता हूँ, किंतु यह परिवर्तन केवल थोड़े समय के लिए ही होगा। अपने राज्य तथा अपने बंधु-बांधवों की दशार्ण-राजा के कोप से रक्षा करने के पश्चात् तुम यथाशीघ्र लौटकर मुझे मेरा पुरुषार्थ लौटा देना।'

अब अंधे को भला क्या चाहिए... दो न सही, एक आँख ही मिल जाए तो काफी है। थोड़े समय के लिए भी पुरुषत्व मिलना शिखण्डी के लिये बहुत बड़ा प्राप्तव्य था... इसीलिए यथाशीघ्र पुरुषत्व लौटाने का आश्वासन देकर वह उस यक्ष का पुरुषत्व लेकर, पुरुष के रूप में अपने महल में खुशी-खुशी लौट आया।

सारा वृतांत जानकर द्रुपद की साँस-में-साँस आई। पांचाल की सीमा तक पहुँच आए दशार्ण के पास द्रुपद ने शीघ्र ही दूत भिजवाए कि आपको गलत खबर मिली है... मेरा कुमार पुरुष ही है, आप चाहे तो परीक्षा ले सकते हैं।

द्रुपद की बातों पर दशार्णराज हिरण्यवर्मा को विश्वास नहीं हुआ, अतः उसने कुछ सुंदर युवतियों को यह जानने के लिए द्रुपदराज के महल में भेजा कि शिखण्डी स्त्री है या पुरुष।

फिर तो हिरण्यवर्मा उन युवतियों से यह जानकर बहुत प्रसन्न हुए कि शिखण्डी अत्यंत प्रभावशाली पुरुष है। अब लज्जित होने की बारी हिरण्यवर्मा की थी। किसी तरह अनेकानेक रत्नादि तथा पशु आदि की भेंट देकर उन्होंने अपने समधी व जामाता को प्रसन्न किया... और एकांत में अपनी पुत्री को झूठी खबर भिजवाने के कारण झिड़का भी।

अस्तु... द्रुपदराज इस मान-भंग के बाद भी दशार्ण-राज पर कुपति नहीं हुए वरन् उनका सम्मान ही करते रहे। वे जानते थे कि दैव ने उनकी लाज रख ली वर्ना गलती तो उनकी ही थी, दशार्ण-राज ने वही किया था जो कोई भी कन्या का पिता करता। उधर दशार्ण-नरेश इसे द्रुपदराज की उदारता व अपना अहोभाग्य मानकर अपने देश खुशी-खुशी रवाना हुए।

माहौल कुछ शांत हाने पर शिखण्डी स्थूणाकर्ण का पुरुषत्व लौटाने उसके महल में पहुँचा... किंतु इसे शिखण्डी का सौभाग्य कहें या स्थूणाकर्ण का दुर्भाग्य... अब स्थूणाकर्ण चाह कर भी अपना पुरुषत्व लेने में असमर्थ था!

पर यह हुआ कैसे? क्या इसी बीच स्थूणाकर्ण शापित हो गया था? जी हाँ... बात कुछ ऐसी ही हुई थी। हुआ यह कि शिखण्डी के जाने के थोड़े ही समय बाद यक्षों का स्वामी घूमते हुए स्थूणाकर्ण के महल में पहुँचा। वहाँ स्थूणाकर्ण के सेवकों ने कुबेर का यथायोग्य स्वागत किया किंतु कुबेर आश्चर्य में थे कि स्वयं स्थूणाकर्ण उनके स्वागत के हेतु क्यों नहीं आ रहा है... और फिर उनके रोष की सीमा नहीं रही जब उन्हें ज्ञात हुआ कि स्थूणाकर्ण किसी स्त्री का स्त्रीत्व ग्रहण करने के कारण स्त्री बना बैठा है, इसीलिए लज्जावश सामने नहीं आ रहा है। फिर तो कुबेर ऐसे कुपित हुए कि तुरंत उस यक्ष को शाप दे डाला कि अब तुम हमेशा स्त्री ही बने रहोगे। बेचारा स्थूणाकर्ण! होम करते हाथ जला बैठा।

तब शिखण्डी अपने पुरुषत्व सहित पुनः अपने महल में लौट आया... और फिर उसमें स्थित अंबा भीष्म से बदला लेने को व्याकुल हो उठी। द्रोणाचार्य के पास जाकर उसने मन लगाकर इसी हेतु शस्त्र-विद्या भी सीख ली।

अंततः महाभारत के महान् युद्ध का काल भी आया जब शिखण्डिनी ने भी बड़ी बहादुरी से एक के बाद एक कई-कई बाण पितामह पर बड़े आक्रोश में भरकर चलाए... पर हतभागी अंबा का यह दुर्भाग्य नहीं तो और क्या था कि एक भी बाण भीष्म की कठोर छाती को नहीं भेद सका... वैसे भीष्म अंततः उन्हीं बाणों से धराशाई हुए थे

जो उसकी ओर से चलाए गए थे, किंतु वे बाण अंबा के कहाँ थे? वे बाण तो उस सव्यसाची के थे जो उसके पीछे बैठा उन्हें भीष्म की ओर छोड़ रहा था।

अस्तु... अंबा अंततः भीष्म की मृत्य का निमित्त तो बनी। पितामह की मृत्यु पर सारा कौरव एवं पांडव पक्ष दुःखी था... जय की दुंदुभी एकमात्र महाबली भीम बजा रहे थे... संभवतः इस विजयोल्लास में अंबा का भी स्वर रहा होगा... पर निश्चय ही आँसुओं के साथ! ये आँसू तीन जन्मों की बैराग्नि के शमित होने के आँसू थे... या इतने प्रयास के बाद भी स्वयं भीष्म को न मार पाने के आँसू थे... या शाल्वराज को न पा सकने के आँसू थे... या फिर भीष्म के अंत समय में उन्हें देख यह बोध होने पर बहने वाले आँसू थे कि गंगापुत्र बहुत गलत कहाँ थे? व्यर्थ ही उसने उनसे इतना जन्मों तक बैर रखा! आखिर उसी के कहने पर ही तो उन्होंने उसे राजा शाल्व के पास भिजवाया था। सचमुच वह शाल्व में अनुरक्त थी... अब यदि शाल्व ने उसे अस्वीकार किया तो दोष बेचारे देवव्रत का कहाँ था? दोषी तो शाल्व था... शायद यही सब सोच शिखण्डिनी की आँखें नम थीं... या फिर विधाता ही ठीक से इसको जानता है... तभी तो यह बताने में व्यास भी मौन रह गए।

7

पांचाली

महाभारत युद्ध के विषय में आम भारतीयों की धारणा यह रही है कि गृह-कलह से उत्पन्न इस युद्ध का कारण एक स्त्री थी... और वह थी कुरु-कुल की पुत्रवधू, पाँचाल देश की राजकुमारी, पांचाली। पाँचाल-नरेश द्रुपद की कन्या होने के कारण वह द्रौपदी कही गई। कहते हैं पांचाली ने यदि अपने राजसूय यज्ञ में दुर्योधन का अपमान नहीं किया होता, उसे अंधे का अंधा पुत्र कहकर सबके सामने उसकी हँसी नहीं उड़ाई होती, तो द्यूत-सभा में दुर्योधन कभी उसका अपमान नहीं करता। तब न प्रचंड पांडव भीम दुर्योधन को भाइयों सहित मार डालने की प्रतिज्ञा करता और न ही महाभारत का वह समूचे आर्यावर्त के क्षत्रियों का संहारक महासमर होता।

पांचाली पर यह आरोप भी लगाया जाता है कि उसने अपने स्वयंवर-मंडप में सूर्य-पुत्र महा तेजस्वी कर्ण का अपमान कर उसे अपने और पांडवों के विपक्ष में कर लिया था। यदि वह ऐसा नहीं करती तो सच्चरित्र कर्ण द्यूत सभा में हुए उसके अपमान में कभी भागीदार नहीं बनता... न ही वह युद्ध में दुर्योधन के पक्ष में जाता। और यह तो स्पष्ट है कि यह कर्ण ही था जिसके बाहुबल पर दुर्योधन को सर्वाधिक भरोसा था। यदि उसे कर्ण का साथ नहीं मिलता तो वह पांडवों से युद्ध का हौसला रख ही नहीं सकता था। महाभारत के कुछ व्याख्याकार पांचाली के इन दोषों के लिए उसे बदमिज़ाज तथा घमंडी कहने से भी नहीं चूके हैं।

किंतु पांचाली पर लगाए गए ये सारे आरोप निश्चय ही निराधार एवं दोषपूर्ण हैं। महाभारत की द्रौपदी वस्तुतः एक अत्यंत विदुषी, ओजस्वी, दीप्तशिखा सी प्रज्ज्वलित एवं समस्त श्रेष्ठगुणों से परिपूर्ण आदर्श नारी है। वस्तुतः हमारा आम भारतीय समाज, जो नारी पर अत्याचार करना अपना अधिकार समझता है, उन नारियों का ही गुणगान करता है जो अत्याचार को चुपचाप सहती हैं। इसीलिए धरती के समान सब कुछ चुपचाप सहने वाली सीता उसके लिए आदर्श सती है। यह सुखद बात है कि हमारे प्राचीन मनीषियों ने अत्याचार का डटकर मुकाबला करने वाली नारियों को उतना ही

मान दिया है। इसीलिए महाभारत युद्ध का तथाकथित कारण पाँच पांडवों की पत्नी द्रौपदी को भी उन्होंने सती की कोटि में रखा है... निश्चय ही यह स्तुत्य है।

यह सत्य है कि पांचाली ने अपने पतियों को युद्ध हेतु बराबर प्रेरित किया था... कौरवों के विरुद्ध अपने पतियों को शांत होते देखकर उसने अत्यंत कठोर शब्दों में उन्हें अक्सर फटकारा भी था। किंतु यह सब उसने तब किया था जब कौरवों ने उसके यज्ञ-पूत पवित्र शरीर का अत्यंत अभद्र तरीके से अपमान किया था। महाभारत कथा से परिचित हम सब जानते हैं कि पांचाली के पतियों को उनका वास्तविक अधिकार नहीं मिला था। वैभवशाली हस्तिनापुर का राजा धृतराष्ट्र था किंतु उसका युवराज पांडु पुत्र युधिष्ठिर घोषित हुआ था। तब राज्य देने से बचने के लिए ही कौरव-पक्ष पांडवों की जान का दुश्मन बन गया था। इन कांटों को रास्ते से हटाने के लिए कौरव उन्हें वार्णावत भेजकर लाक्षागृह में जीवित-दग्ध करने का नृशंस कृत्य भी कर चुके थे। किंतु किसी तरह विदुर के सहयोग से उन्होंने अपने प्राण बचाए... और फिर पांचाली को विजित कर वे हस्तिनापुर लौटे। तब न पांडवों ने, न ही माता कुंती ने किसी बात की कोई शिकायत की। अब तो उन्हें हस्तिनापुर का कम-से-कम आधा राज्य मिलना था... किंतु उसके बदले उन्हें अत्यंत भयानक पशु-पक्षियों से परिपूर्ण खांडववन राज्य शासन हेतु दिया गया। इस सारे पारिवारिक अन्याय के विरुद्ध द्रौपदी ने एक शब्द नहीं कहा... पर उसके ही कुल के लोग उसकी अस्मत् से सबके सामने राजसभा में वह भद्दा खेल करें, यह पांचाली भला कैसे सह सकती थी? पवित्र अग्नि से उत्पन्न वह याज्ञसेनी यह सह ही नहीं सकती थी। यज्ञाहुत अग्निशिखा से निर्मित उसके शरीर से खिलवाड़ करने वाली कौरव सभा को उसने उसी समय जलाकर भस्म नहीं कर दिया, यही बहुत था।

महाभारत की इस तेजस्विनी नायिका पांचाली को ठीक से समझने के लिए आइए चलते हैं उसके जन्मस्थल सुसमृद्ध देश पांचाल, जहाँ के अत्यंत शक्तिशाली नरेश द्रुपद ने यज्ञ की पवित्र वेदी से इस देवोपम कन्या को प्राप्त किया था। कृष्ण वर्ण की होने के कारण उसका नाम रखा गया था कृष्णा। यज्ञ से उत्पन्न होने के कारण यह श्यामासुंदरी याज्ञसेनी भी कही गई।

वैसे द्रुपद को यह कन्या अनायास ही मिली थी। यज्ञ तो उसने अपने चिर शत्रु कौरवों के गुरु द्रोणाचार्य को मारने में समर्थ पुत्र प्राप्त करने के लिए करवाया था... और इस यज्ञ से द्रुपद की यह मनोकामना भी पूरी हुई थी... उसे ऐसा पुत्र धृष्टद्युम्न के रूप में मिला था जिसने महाभारत के संग्राम में भीषण युद्ध कर रहे द्रोणाचार्य का वध किया था। इसी धृष्टद्युम्न के साथ जुड़वां बहन के रूप में यज्ञदेव ने कृष्णा को प्रगट किया था... उद्देश्य था आर्यावर्त के 'क्षत्रियाणां क्षयं' क्षत्रियों का संहार।

यज्ञ से यह अनुपम कन्या अपने संपूर्ण यौवन एवं सौंदर्य के साथ ही प्रगट हुई थी। तब इस अप्रतिम सौंदर्य की देवी को योग्य वर के हाथों सौंपना द्रुपद का पहला कर्त्तव्य

बन गया... यद्यपि द्रुपद ने अपनी इस कन्या के जन्मते ही उसके वर के रूप में पांडु-नंदन अर्जुन का चयन कर लिया था... उसी अर्जुन का जिसने कभी उन्हें बंदी बना कर द्रोणाचार्य के कदमों में किसी अपराधी सा डाला था! वीर पांचाल नरेश के लिए यद्यपि यह अपमान मृत्यु-तुल्य था किंतु उनका रोष द्रोण पर था... अर्जुन पर नहीं। अर्जुन से तो वे प्रसन्न थे। युद्ध के मध्य ही वे उसके पौरुष, बल एवं धनुर्कला पर जैसे मोहित से हो गए थे। उसे देख मन में यही विचार था कि काश उनकी कोई कन्या होती तो जामाता के रूप में इसे पाकर वे कितने धन्य होते। सोचो तो कितना विचित्र था द्रुपद का मन... जिसे अपना जामाता बनाने की कामना रखता है... और इस हेतु योग्य पुत्री की याचना करता है, उसके ही प्राणों से प्रिय गुरु के वध की कामना भी करता है... और इस हेतु योग्य पुत्र भी चाहता है। जो हो, यह द्रुपद का मन था। लोग चाहे जो कहे, व्यास के अनुसार इसमें निश्चय ही कोई राजनीति नहीं थी।

इस तरह विधाता ने द्रुपद की मन की इच्छा पूरी करते हुए उन्हें योग्य पुत्र तो दिया ही, अर्जुन जैसे वीर के योग्य कन्या भी दी। पर दुर्दैव ने उसी समय यह समाचार सुनाकर उनकी सारी आशाओं पर तुषारापात कर दिया कि अर्जुन सहित सारे पांडव वार्णावत के लाक्षागृह में जल मरे हैं। सचमुच द्रुपद फूट-फूटकर रो पड़े थे यह समाचार सुनकर। किंतु उनका दिल गवाही नहीं दे रहा था कि वे तेजपुंज पांडव यूँ जलकर मर सकते हैं... और तभी उनके मन में विचार आया कि अपनी दुलारी के लिए ऐसे स्वयंवर का आयोजन करें जिसमें आर्यावर्त का श्रेष्ठतम् धनुर्धर ही सफल हो सके... श्रेष्ठतम् धनुर्धर अर्थात् अर्जुन... अर्जुन यदि जीवित होगा तो अवश्य स्वयंवर में आएगा... वह नहीं तो कोई नहीं... और तब द्रुपद ने ऐसा आयोजन करने में देर नहीं की।

दूर-दूर देशों से आर्यावर्त के प्रायः सभी प्रतापी राजा इस भव्य स्वयंवर में पहुँचे थे। अब जो साक्षात् यज्ञ की वेदी से जन्मी हो, रूप का सागर हो, जिसकी देह से नीलकमल की मदहोश करने वाली सुगंध एक कोस (4 मील) दूर तक फैलकर लोगों को दीवाना बनाती हो... ऐसी अद्वितीय श्यामा सुंदरी के लिए आर्यावर्त के राजाओं की कामना स्वाभाविक ही थी। जरासंध, शिशुपाल, शल्य, राजकुमार उत्तर सहित राजा विराट, भाइयों सहित भूरिश्रवा, सोमदत्त, जयद्रथ, शकुनि, कर्ण तथा अनेक वीर भाइयों के साथ दुर्योधन आदि इस स्वयंवर रूपी गगन-मंडल के प्रमुख नक्षत्र थे ही, इन नक्षत्रों के अधिपति चंद्रमा के समान यहाँ वृष्णिवंशी श्रीकृष्ण अपने भाई बलराम तथा साम्ब आदि पुत्रों के समान विशेष रूप से शोभायमान थे।

उल्लेखनीय है कि महाभारत में श्रीकृष्ण का पदार्पण यहीं से होता है। कुंती के भाई ने स्वयंवर में पधारे जिन प्रमुख राजाओं के नामों की घोषणा की थी, उसमें द्वारकाधीश श्रीकृष्ण भी थे किंतु पूरे स्वयंबर में कृष्ण अथवा उनके पक्ष के किसी व्यक्ति ने भाग नहीं लिया। लीला-पुरुष कृष्ण के लिए लक्ष्य बेध कर द्रौपदी का पाना निश्चय ही कठिन

नहीं था किंतु उन्होंने ऐसी कोई रुचि नहीं दिखाई थी। इसका कारण क्या हो सकता है? द्रौपदी रिश्ते में कृष्ण की बहन भी नहीं लगती थी। संभवतः यज्ञ-पुरुष कृष्ण के लिए पवित्र यज्ञवेदी से उत्पन्न होने के कारण कृष्णा अवर्णनीय रही हो। उल्लेखनीय है कि द्रौपदी कृष्ण को हमेशा अपना सखा और स्वयं को कृष्ण की सखी कहा करती थी।

अस्तु... द्रौपदी के स्वयंबर से परिचय रखने वाले हम सभी जानते हैं कि द्रौपदी को पाने की विशेष शर्त थी... वह थी एक विशाल शिव-धनुष पर पाँच बाण चढ़ाकर एक विशेष लक्ष्य को बेधना। सीता-स्वयंवर के शिव-धनुष के समान यह भी अत्यंत भारी था। अनेक बलशाली राजा तो उसे उठा भी नहीं पाए! दुर्योधन ने उसे उठा तो लिया किंतु इस पर प्रत्यंचा चढ़ाते ही उसकी अंगुली में ऐसा झटका लगा कि वह चारों खाने चित्त गिर पड़ा।

जहाँ तक कर्ण की बात है, महाभारत के दक्षिणात्य पाठ तथा नीलकंठ पाठ में यह उल्लेख है कि कर्ण ने धनुष तो उठाया, पर धनुष पर बाण नहीं चढ़ा पाया, जबकि अन्य पाठों में कहा गया है कि कर्ण ने धनुष उठाकर उस पर पाँचों बाण चढ़ा लिए थे और उसकी स्फूर्ति देखकर लोग सोच रहे थे कि कर्ण अवश्य ही लक्ष्य बेध पांचाली को पा लेगा... किंतु अभी वह लक्ष्य-बेध करने जा ही रहा था कि सहसा स्वयंवर-मंडप से श्वेत कमल की जयमाला हाथ में लिए खड़ी पांचाली का स्वर गूंज उठा, 'नाहं वारयामि सूतं' अर्थात् मैं सूत से शादी नहीं करूँगी।

तब अत्यंत अमर्ष से भरा कर्ण चुपचाप धनुष का त्याग कर अपने आसन पर आ विराजमान हुआ। इस समय किसी ने भी द्रौपदी की बात का विरोध नहीं किया... और स्वयंवर का कार्यक्रम पूर्ववत् चलता रहा... जब तक कि ब्राह्मण वेशधारी अर्जुन ने लक्ष्य बेध कर द्रौपदी को पा नहीं लिया।

उल्लेखनीय है कि महाभारत के अनुसार कर्ण के बाद ही शिशुपाल, शल्य और जरासंध जैसे प्रतापी राजा लक्ष्य बेध हेतु धनुष के पास पहुँचे थे... दुर्योधन सबसे अंत में गया था।

दुर्योधन के चित्त हो जाने के बाद फिर किसी राजा की हिम्मत धनुष को छूने की नहीं हुई। जरासंध ने तो उसी समय अपने देश के लिए प्रस्थान कर लिया। सारी सभा में सन्नाटा-सा छा गया। तब ब्राह्मण समुदाय के बीच बैठा हुआ ब्राह्मण वेशधारी अर्जुन उठा और धीर गंभीर चाल से धनुष तक पहुँचा। जो काम बड़े-बड़े क्षत्रिय राज नहीं कर सके, उसे करने यह ब्राह्मणकुमार क्यों जा रहा है?... ब्राह्मण समुदाय चिंतित हो उठा, यद्यपि कुछ ने हर्षध्वनि कर उसे प्रोत्साहित भी किया... और तब शिव का ध्यान कर एवं कृष्ण को नमन कर सव्यसाची ने लक्ष्य बेधने में देर नहीं की। इस संदर्भ में व्यास कहते हैं, 'रूक्म, सुनीथ, कर्ण, दुर्योधन, शल्य, शाल्व जैसे धनुर्धर पुरुष-सिंह जिस धनुष की प्रत्यंचा नहीं चढ़ा पाए थे, उसे अर्जुन ने पलक मारते ही चढ़ा लिया और फिर

बात-की-बात में पाँच बाण हाथ में लेकर उनसे लक्ष्य-बेध कर लिया।'... पता नहीं कितनी देर तक लोगों की आँखें फटी सी रह गई होंगी!

और तब चित्रलिखित से वातावरण में हलचल हुई। श्वेत कमलों की जयमाला हाथ में लिए नीलोत्पल वर्णी द्रुपदराज-नंदिनी मंद-मंद मुस्कुराते हुए आगे बढ़ी। प्रसन्नतापूर्वक उसने अर्जुन के कंठ में वैसे ही जयमाला पहना दी जैसे सीता ने राम के गले में और दमयंती ने नल के गले में डाली थी। तभी शेष पांडवों के साथ ब्राह्मण-समुदाय प्रसन्नता से जयकार कर उठा... पर अन्य राजागणों के लिए इससे अधिक अपमान की और क्या बात हो सकती थी कि कोई ब्राह्मण क्षात्रधर्म में उन्हें पराजित करे। तुरंत उनकी तलवारें, धनुष-बाण हरकत में आ गए। ब्राह्मणों से तो वे कुछ नहीं कह सके, सारा रोष उन्होंने द्रुपद पर निकाला... आखिर उसने एक ब्राह्मण को लक्ष्य-बेध का अवसर ही क्यों दिया? इतने राजाओं की तलवारों में घिरा बेचारा द्रुपद उसी लक्ष्य-बेधी ब्राह्माण के पीछे दुबक गया... किंतु लक्ष्य-बेधी ब्राह्मण और उसके साथ बैठे तेजस्वी ब्राह्मण केवल कमंडल धारी ब्राह्मण नहीं थे... थे तो वे वीर पांडव।

और तब अर्जुन और भीम ने सबका डटकर मुकाबला किया... और दिखा दिया कि बाहुबल में भी वे किसी से कम नहीं है। अंततः कृष्ण और बलराम के बीच-बचाव करने पर... यह कहने पर कि ब्राह्मण-कुमार ने शर्त जीतकर कृष्णा को पाया है, किसी तरह स्वयंवर-मंडप युद्धभूमि होने से रुका... और इस तरह पांचाली का यह विचित्र स्वयंवर निपटा।

यह सच है कि द्रौपदी के इस स्वयंवर के अवसर पर सबसे ज्यादा अपमानित अंगराज कर्ण हुआ था किंतु इसके लिए द्रौपदी कहाँ तक दोषी थी, आइए इस पर विचार करें।

कर्ण को नायक बनाकर लिखी गई शिवाजी सावंत की प्रसिद्ध रचना 'मृत्युंजय' अत्यंत चर्चित, प्रशंसित और पुरस्कृत भी हुई है। संभवतः आज हमारे देश में महाभारत से ज्यादा इसके पाठकों की संख्या होगी। निःसंदेह कई दृष्टिकोण से यह एक श्रेष्ठ रचना है किंतु पाठकों को यह अवश्य जानना चाहिए कि महर्षि वेद-व्यास ने महाभारत में कर्ण का चरित्र किस रूप में चित्रित किया है... अर्थात् कर्ण का वास्तविक चरित्र क्या था... ताकि हम यह समझ सकें कि शिवाजी सांवत ने कर्ण के चरित्र में कितना परिवर्तन किया है। इस परिवर्तन से महाभारत के अन्य अनेक पात्र, जैसे, द्रौपदी, अर्जुन आदि भी प्रभावित हुए हैं, अतः यह जानना निश्चय ही आवश्यक भी है। इसी हेतु हम यहाँ तथा आगे भी कहीं-कहीं, 'मृत्युंजय' के कर्ण को तुलना हेतु प्रस्तुत करते रहेंगे।"

उल्लेखनीय है कि 'मृत्युंजय' में कर्ण दुर्योधनादि राजाओं के बाद लक्ष्य-बेध करने पहुँचता है और बड़ी सरलता से उस विशाल तथा अत्यंत गुरु शिव-धनुष को एक हाथ से आकाश में फेंककर दूसरे हाथ से झेल लेता है। फिर बड़ी आसानी से वह उस पर

प्रत्यंचा चढ़ा लेता है किंतु उस पर सूची बाण चढ़ाकर जैसे ही वह लक्ष्य बेध को प्रस्तुत होता है, पांचाली अपने कंठ की नसें फुलाकर कठोर वाणी में कह उठती है, आप लक्ष्य बेध नहीं कर सकते... मैं एक क्षत्रिय कन्या हूँ, शूद्र सारथी कन्या नहीं!

पाठक यहाँ ध्यान दें। महाभारत की द्रौपदी ने इस संदर्भ में केवल एक लघुवाक्य कहा था, 'नाहं वारयामि सूतं' अर्थात् मैं सूत[1] पुरुष का वरण नहीं करूँगी।

अस्तु... द्रौपदी ने चाहे जिस तरह से अपनी इच्छा प्रगट की हो... यहाँ प्रश्न उठता हे कि क्या इस हेतु वह इतनी दोषी थी कि कर्ण भरी सभा में बाल पकड़कर लाई गई कौरव-कुल की वधू को नग्न करने की आज्ञा दुःशासन को दें? द्रौपदी का बड़े-से-बड़ा दोष भी उसके अपमान के सामने तुच्छ था... जबकि मेरी समझ में तो द्रौपदी पूर्णतः निर्दोष थी... सो कैसे?

आइये इस पर विचार करें। किसी भी व्यक्ति के कथन को उसके देश और काल के परिप्रेक्ष्य में देखा-परखा जाना उचित होता है। द्रौपदी के समय में जो सामाजिक व्यवस्था थी उसके अनुसार कन्या का विवाह उसके वर्ण और कुल के अनुरूप ही किया जाता था। विशेषकर प्रतिष्ठित परिवार की कन्या का। बेमेल वर्ण की स्थिति में कन्या का उससे उच्च वर्ण के व्यक्ति से विवाह संबंध स्वीकार कर लिया जाता था किंतु उससे निम्न वर्ण के व्यक्ति से विवाह गर्हित था। कमोबेश यह स्थिति आज भी हमारे देश में बनी हुई है, अर्थात् क्षत्रिय कन्या किसी ब्राह्मण युवक से तो विवाह कर सकती थी पर वैश्य या शूद्र से नहीं। ऐसी स्थिति में द्रौपदी का सूत-पुत्र कर्ण को वरण करने से इंकार करना बहुत गलत नहीं था।

यहाँ कहा जा सकता है कि यदि ऐसी ही बात थी तो राजा द्रुपद ने वह प्रतिज्ञा ही क्यों की थी कि जो वीर धनुर्धर लक्ष्य-बेध करेगा उसे ही मैं अपनी कन्या दूँगा? कर्ण का

---

[1]सूत – प्राचीन भारत में प्रतिलोम विवाह से उत्पन्न सूत एक वर्णसंकर जाति थी। यह ब्राह्मणी स्त्री और क्षत्रिय पुरुष से उत्पन संतान थे। इनके दो पेशे, माने गए। पहला राजाओं की स्तुति करना तथा पुराणों का अध्ययन कर कथा सुनाना। महाभारत की कथा सुनाने वाले लोमहर्षण सूत के पुत्र उग्रश्रवा थे। राजाओं और ऋषियों की वंशावलियों को रक्षित करने का काम भी सूत पौराणिक ही करते थे। सूतों को वेद पढ़ने का अधिकार था। सूतों का दूसरा पेशा सारथ्य करना था। इन्हें अधिरथी भी कहा जाता था। कुंती द्वारा त्यागे जाने पर कर्ण का लालन-पालन एक अधिरथी ने ही किया था, इसीलिए उसे अधिरथी-पुत्र या सूत-पुत्र कहा गया। महाभारत मीमांसा के लेखक चिंतामणि वैद्य का मत है कि ब्राह्मण की संतान होने के कारण सूतों को वेदों से एक दर्जे नीचे पुराणों के अध्ययन का काम दिया गया होगा, इसी तरह क्षत्रिय पिता से उत्पन्न होने के कारण उन्हें युद्ध-कला भी सिखाई गई होगी किंतु युद्ध में भी क्षत्रिय से एक दर्जे नीचे सारथ्य का काम सौंपा गया होगा।

पक्ष लेने वाले अक्सर यह प्रश्न उठाते हैं। किंतु वे यह भूल जाते हैं कि स्वयंवर प्रारंभ होने के पूर्व द्रौपदी को साथ में लेकर स्वयंवर-मंडप में उपस्थित हुए द्रुपद-पुत्र धृष्टद्युम्न ने पिता की प्रतिज्ञा को दुहराने के पूर्व एक और महत्वपूर्ण बात कही थी। उसने कहा था,

'एतन्महत् कर्म करोति यो वै कुलेन रूपेण बलेन युक्तः।
तत्याद्य भार्या भगिनी ममेयं कृष्णा भवित्री न मृषा ब्रविमी॥' (आदि पर्व, 184.36)

अर्थात्, जो उत्तम कुल, रूप और बल से युक्त यह महान् कार्य करेगा उसे मैं अपनी बहन कृष्णा धर्मपत्नी के रूप में दूँगा।

उल्लेखनीय है कि कर्ण रूप और बल में अवश्य किसी से कम नहीं था किंतु सभी लोग कर्ण के कुल के विषय में यही जानते थे कि वह किसी सारथी का पुत्र है। दुर्योधन की कृपा से वह अंग देश का राजा बन गया है अर्थात् वह क्षत्रिय-पुत्र नहीं है। ऐसी स्थिति में कर्ण को धनुष चढ़ाते देख द्रौपदी की वह प्रतिक्रिया क्या स्वाभाविक नहीं कही जाएगी?

द्रौपदी के पक्ष में एक और बात... महाभारत के अुनसार कर्ण अत्यंत भव्य व्यक्तित्व का स्वामी था। जन्मजात कवच-कुंडलों के कारण उसकी विशिष्ट शोभा थी। रूप सुंदर तो इतना कि जब वह गंगा-स्नान हेतु निकलता था तो हस्तिनापुर की स्त्रियाँ उसे देखने के लिए प्रातः अपने गवाक्षों पर खड़ी रहती थीं।

दुर्योधन की कृपा से वह विशाल अंग देश का राजा भी बन गया था और महान कुरुवंशियों का दाहिना हाथ समझा जाता था। द्रौपदी ने ऐसे प्रतापी और सुदर्शन राजा का त्याग कर उससे अधिक श्रेष्ठ किसी अन्य राजा का वरण नहीं किया था बल्कि उस समय उसने कर्ण की तुलना में अत्यंत तुच्छ प्रतीत होने वाले मृगचर्मधारी, भिक्षावृत्ति से जीवनयापन क्ऱने वाले एक ब्राह्मण का वरण किया था। इस ब्राह्मण द्वारा लक्ष्य बेधते ही अत्यंत नाजों में पली उस राजकन्या ने तत्क्षण अपने हाथों में रखी श्वेत कमल की जयमाला प्रसन्नतापूर्वक उसके गले में डाल दी थी... और फिर बिना कुछ विचार किए अपना विशाल राजमहल त्याग पैदल ही वह उस भिक्षुक के पीछे-पीछे चल पड़ी थी। यह सब क्या उसने अपने देश धर्म और काल धर्म के अनुसार नहीं किया था?

हम सब जानते हैं कि द्रौपदी को विवाहोपरांत बड़े कष्ट उठाने पड़े थे। अपने कष्टों के लिए द्रौपदी ने कई बार व्याकुल होकर विधाता कीं, तथा अपने पतियों की भर्त्सना भी की, किंतु पूरे महाभारत में एक भी ऐसा प्रसंग नहीं है जहाँ द्रौपदी को इस बात का पछतावा हुआ हो कि उसने कर्ण को लक्ष्य-बेध करने से क्यों मना किया था।

शिवाजी सावंत के 'मृत्युंजय' की द्रौपदी इस हेतु न केवल पछताती है वरन् कर्ण के प्रति उसके मन में कामना भी जाग उठती है। अपनी दासी से वह कहती है 'हिरण्यमती! इन कवच-कुंडलों का पत्नीत्व प्राप्त करने का सौभाग्य यदि मुझे प्राप्त होता

तो मेरे जीवन में जाने कितने वसंत खिल जाते!' आगे सावंत जी एक बड़ी विचित्र बात द्रौपदी से कहलवाते हैं, 'अंगराज यदि पति के रूप में मिल जाते तो पाँच पतियों के सहवास में विषमता से बाँटे गए वर्ष दो-दो महीने से सम सहवास में विभक्त न हो जाते।' (पृ. 391) यहाँ समझ में नहीं आता कि कर्ण यदि द्रौपदी को पति रूप में प्राप्त होता तो शेष पांडवों से उसका ब्याह कैसे होता? उपरोक्त कथन से तो यही प्रतीत होता है कि सावंतजी के अनुसार द्रौपदी पाँचों पांडवों के अतिरिक्त कर्ण का भी सान्निध्य चाहती थी।

अस्तु, पाँच पतियों की पत्नी होते हुए भी द्रौपदी जो भारतीय मनीषियों के द्वारा सती नारी कही गई है, वह इसलिए कि वह दृढ़ मन से इनके साथ बंधी हुई थी। कर्ण के प्रति उसका झुकाव दिखाना निश्चय ही उसका अपमान करना है। उल्लेखनीय है कि प्रसिद्ध उड़िया लेखिका प्रतिमा राय ने भी अपने उपन्यास 'याज्ञसेनी' में द्रौपदी को कर्ण के प्रति आकर्षित बतलाया है। हालांकि यह रचना प्रसिद्ध 'मूर्ति पुरस्कार' से सम्मानित है तथा अनेक दृष्टि से सचमुच यह एक अत्यंत श्रेष्ठ रचना है किंतु मुझे लगता है कि ऐसा लिखना द्रौपदी का, समस्त भारतीय नारी जाति का और हमारी संस्कृति का अपमान करना है।

द्रौपदी का बहुपतित्व भी एक गंभीर विचार का विषय है किंतु उस पर हम आगे कहीं यथास्थान विचार करेंगे। अभी तो हम द्रौपदी द्वारा दुर्योधन के उस तथाकथित अपमान पर विचार कर रहे हैं जिसे कर्ण तथा दुर्योधन के पक्षधर द्रौपदी के विरोध में बार-बार प्रस्तुत करते हैं।

कहा जाता है कि युधिष्ठिर के राजसूय यज्ञ के समय मयदानव के द्वारा निर्मित एक माया-महल में द्रौपदी ने अपने अतिथि दुर्योधन के सरोवर में गिर जाने पर अपनी सखियों के साथ उसकी खिल्ली उड़ाई थी... उसे अंधे का अंधा पुत्र कहकर सबके सामने न केवल उसका वरन् धृतराष्ट्र का भी अपमान किया था। द्रौपदी का यह वाक्य और उसकी हँसी फिर दुर्योधन के कानों में लगातार गूँजते रहे... उसके हृदय में शूल बनकर चुभते रहे। दुर्योधन इससे तभी मुक्त हो पाया जब उसने द्रौपदी को अपनी सभा में दासी के रूप में पाया... इसीलिए उसने भरी सभा में द्रौपदी का वैसा अपमान किया था... मतलब कि द्रौपदी के साथ जो कुछ हुआ वह सब उसके अपने कर्मों का फल था।

इस घटना को महाभारत पर लिखे प्रायः सभी उपन्यासों में द्रौपदी के विरुद्ध बहुत बढ़ा-चढ़ाकर लिखा गया है। शिवाजी सावंत के उपन्यास 'मृत्युजंय' में ही देखिए, 'दुर्योधन के सरोवर में गिरते ही सोपान पर उपहासात्मक हँसी का फौव्वारा छूट पड़ा। दुर्योधन पर तिरस्कारपूर्ण जलती हुई दृष्टि डालकर अपनी सखियों को लक्ष्य कर द्रौपदी व्यंग्य करती हुई बोली, अंधे पिता के पुत्र भी अंधे ही होते हैं। इस पर उसकी सखियाँ खिलखिला पड़ीं मानों पक्षियों का झुंड चहचहाने लगा।'

मृत्युजंय में यह संपूर्ण घटना कर्ण द्वारा कहलवाई गई है। आगे कर्ण कहता है, 'उसके इस कुत्सित एवं व्यंग्यपूर्ण कथन से मुझे उससे अत्यंत घृणा हुई। उसके शरीर में होगी सुगंध किंतु मन में निकृष्ट दुर्गंध के अतिरिक्त हमको कभी और क्या दिखाई दिया? दुर्योधन के प्रति उसने अपना क्रोध उसके अंधे पिता की प्राकृतिक कमी का मर्मभेदी उल्लेख करके प्रदर्शित किया था। तब मेरे मन में विचार उठा कि हर दशा में स्त्री की मर्यादा होनी चाहिए। कम-से-कम राजवंशीय स्त्री की तो होनी ही चाहिए। और कुछ नहीं तो गुरुजनों के संबंध में बोलते समय तो उसे अपनी जीभ पर अकुंश रखना चाहिए।'

यहाँ कर्ण की प्रतिक्रिया स्वाभाविक ही कही जाएगी। किसी भी कुलवधू की एक मर्यादा तो होनी ही चाहिए। दुर्योधन के गिरने पर द्रौपदी वैसा कहती तो वाकई बहुत बुरा करती किंतु द्रौपदी ने ऐसा कुछ कहा ही नहीं था। दुर्योधन को अंधे का अंधा पुत्र कहना तो दूर, द्रौपदी उसके गिरने पर हँसी तक नहीं थी। सत्य तो यह है कि जिस वक्त दुर्योधन पानी में गिरा उस वक्त वह वहाँ मौजूद ही नहीं थी। कहते हैं किसी झूठ को बार-बार दुहराया जाए तो वह सत्य का रूप ले लेता है। इसे हम द्रौपदी का दुर्भाग्य ही कहेंगे कि जो अपराध उसने किया ही नहीं, वह इतनी सदियों से उसके माथे मढ़ा जाते रहा है।

इस संदर्भ में मूल महाभारत को ही देखते हैं। इसके द्यूतपूर्व में उल्लेख है कि

'जले निपतितं दुष्टवा भीमसेनो महबलः।
जहास जहसुश्चैव किंकराश्च सुयोधनम् ॥' (सभापर्व, 47.7)

अर्थात्, दुर्योधन को सरोवर में गिरता देखकर पहले महाबली भीमसेन और उसके सेवक हँसे थे। आगे उल्लेख है कि फिर 'अर्जुनश्च यमौ चो भौ सर्वे ते प्राहसंस्तदा' अर्जुन तथा दोनों यमज नकुल और सहदेव भी हँस पड़े थे। पांडवों की हँसी पर दुर्योधन को बुरा लगना स्वाभाविक था किंतु उस समय वह खामोश था... मतलब कि बात बहुत गंभीर नहीं थी।

महाभारत के इस प्रसंग में यह उल्लेख कहीं नहीं है कि चारों पांडवों के अतिरिक्त वहाँ द्रौपदी भी उपस्थित थी, तब उसके हँसने या कुछ कहने का प्रश्न ही नहीं उठता। स्पष्ट है कि यहाँ किसी ने भी दुर्योधन को अंधे का अंधा पुत्र नहीं कहा था।

यह सच है कि इस यज्ञ से लौटते वक्त दुर्योधन बहुत खिन्न एवं उदास था किंतु इसका कारण पांडवों के द्वारा किया गया उसका अपमान नहीं था। वस्तुतः इसका कारण पांडवों का वह वैभव एवं मान-सम्मान था... जिसका उसने यज्ञ में प्रत्यक्ष दर्शन किया था। यज्ञ में युधिष्ठिर ने उसे (उसके ही शब्दों में) ज्येष्ठ और श्रेष्ठ समझकर चारों दिशाओं से आए राजाओं द्वारा भेंट में लाए गए अनमोल रत्न तथा और भी अनेक दामी उपहारों का ग्रहण करने को काम सौंपा था (जबकि शिवाजी सावंत का कर्ण पांडवों से

इसलिए नाराज था कि उन्होंने दुर्योधन जैसे श्रेष्ठ राजा को महज एक ग्वाले के समान गोधन गिनने का उबाऊ काम दिया था।) अस्तु... यज्ञ में मिले उपहार इतने अधिक थे कि दुर्योधन के हाथ तो क्या, संपूर्ण शरीर इन्हें ग्रहण करते-करते थक गया था। किंतु इससे अधिक थका था उसका ईर्ष्यालु मन।

यज्ञ के बाद हस्तिनापुर लौटते समय दुर्योधन अपने मन की जलन मामा शकुनि को बताते हुए कहता है कि अर्जुन के प्रताप से जीती हुई यह सारी पृथ्वी युधिष्ठिर के वश में हो गई है। युधिष्ठिर का राजसूय यज्ञ तो वैसे ही संपन्न हुआ जैसे कि देवराज इंद्र का हुआ था। यह सब देखकर मैं ईर्ष्या से जला जा रहा हूँ। अपनी इस ईर्ष्या पर मेरा कोई बस नहीं चल रहा है, मैं क्या करूँ? अपने शत्रुओं के हाथ में आई उत्कृष्ट संपत्ति को देखकर मुझे अब जीना बड़ा कठिन जान पड़ रहा है, अतः अब मैं अग्नि में प्रवेश कर जाऊँगा या विष खा लूँगा अथवा जल में डूब मरूँगा। (सभापर्व, 41.31)

दुर्योधन पांडवों के वैभव के कारण उत्पन्न अपने हृदय की जलन को शकुनि के सामने कई तरह से प्रगट करता है। इस बीच केवल एक बार वह अपने उपहास की बात शकुनि से कहता है,

'सोऽहंश्रियं च तां दृष्टवा सभा तां च तथाविधाम्।
रक्षिभिश्चावहासं तं परितप्ये यथाग्निना ॥' (सभापर्व, 47.39)

अर्थात्, मैं उस राजलक्ष्मी को, उस दिव्य-सभा को तथा रक्षकों द्वारा किए गए अपने उपहास को देखकर निरंतर संतप्त हो रहा हूँ, मानों आग में जलता होऊँ।

पाठकगण यहाँ ध्यान दें, दुर्योधन केवल रक्षकों द्वारा किए गए उपहास पर खिन्नता प्रगट कर रहा है... भीमादि पांडवों के द्वारा किए गए उपहास पर नहीं।

अस्तु... शकुनि तब दुर्योधन को समझा-बुझाकर तथा यह आश्वासन देकर कि मैं अपनी द्यूत-विद्या के बल पर पांडवों की राजलक्ष्मी तुम्हारे चरणों में डाल दूँगा... उसे किसी तरह हस्तिनापुर ले आता है।

यहाँ प्रश्न उठता है कि यदि द्रौपदी दुर्योधन के उपहास में शामिल नहीं थी तब उसका नाम कैसे इस हेतु घसीटा गया... और फिर यह बात प्रचारित कैसे हुई? वस्तुतः यह सारी कहानी हस्तिनापुर में गढ़ी गई थी।

हस्तिनापुर पहुँचकर शकुनि ने ही धृतराष्ट्र से बात प्रारंभ की। पहले तो अपने स्वर में दर्द भरकर उसने धृतराष्ट्र से कहा, 'आजकल आपके ज्येष्ठ पुत्र दुर्योधन के चेहरे की कांति फीकी पड़ती जा रही है। वह दिनों-दिन दुबला होता जा रहा है। अवश्य ही उसे कोई हार्दिक संताप है... आप समय रहते उसके दुःख के कारण का पता लगाइये तथा उसे दूर कीजिए... ऐसा न हो कि आपको अपने ज्येष्ठ पुत्र को खोना पड़े।'

इस पर ममता से अत्यंत व्याकुल होकर राजा ने जब कारण पूछा तो दुर्योधन ने तरह-तरह से पांडवों के वैभव का वर्णन करते हुए स्वयं ही अपने हृदय की जलन, जो

पांडवों की राज्यलक्ष्मी को देखकर उसके मन में पैदा हुई थी, स्पष्ट शब्दों में बतला दी। यह भी कहा कि यदि मुझे पांडवों का वैभव किसी तरह नहीं मिला तो मैं अपने प्राण त्याग दूँगा... और फिर उसी ने अपने मन की जलन के शमन का उपाय भी बतलाया... वह था द्यूत के द्वारा छलपूर्वक पांडवों को हराना। किंतु धृतराष्ट्र को न तो दुर्योधन की जलन उचित जान पड़ी और न ही उसके शमन का उपाय ही पसंद आया। उन्होंने दुर्योधन को समझाते हुए कहा भी कि पांडव हर दृष्टि से श्रेष्ठ हैं, 'मा पांडवा द्विषः' अर्थात् पांडवों से द्वेष मत करो क्योंकि द्वेष रखने वाला मनुष्य मृत्यु के समान कष्ट पाता है। धृतराष्ट्र को जुए द्वारा छलपूर्वक पांडवों को हराने का विचार भी नहीं भाता है। वह कहते हैं, 'इस तरह दूसरों के धन की स्पृहा करना नीच पुरुष का काम है... ये पांडु-पुत्र तुम्हारी भुजाओं के समान हैं, इन्हें मत काटो।' और भी कई तरह से धृतराष्ट्र ने पुत्र को समझाया किंतु दुर्योधन का हठ और भी बढ़ता गया।

तब अपनी बातों से पुत्र को रुष्ट होते देख धृतराष्ट्र कहते हैं कि वे द्यूत के संबंध में विदुर से पूछकर ही कोई निर्णय लेंगे।

और फिर कौरव-सभा में इस विषय पर विचार-विमर्श हुआ। विदुर, भीष्म, द्रोणाचार्य, सभी ने द्यूत को बुरा कहते हुए एक स्वर इस प्रस्ताव को अस्वीकार कर दिया।

बात यहाँ समाप्त हो जानी चाहिए थी किंतु पिता को मनाने का हठी दुर्योधन का प्रयास जारी रहता है। अंत में वह पिता से युधिष्ठिर के माया-महल में अपने अपमान की बता को बढ़ा-चढ़ाकर कहता है और इस अपमान में वह चारों पांडवों के साथ द्रौपदी का भी नाम लेता है। बेटे को कोई भले क्षमा कर दे पर बहू द्वारा किया गया अपमान भला किसे सहन होता है? इतना ही नहीं दुर्योधन ने तो यहाँ श्रीकृष्ण का नाम भी घसीट लिया–

तत्र मां प्राहसत् कृष्णः पार्थेन सह सुस्वरम्।
द्रौपदी च सह स्त्रीभिर्व्यथयन्ती मनो मम ॥' (सभापर्व, 50.30)

अर्थात् वहाँ मेरी ओर देखकर श्रीकृष्ण अर्जुन के साथ जोर-जोर से हँसने लगे। स्त्रियों सहित द्रौपदी भी मेरे हृदय को चोट पहुँचाती हुई हँस रही थी।

वस्तुतः चालाक दुर्योधन जानता था कि कौरव-पक्ष के सभी व्यक्ति, यहाँ तक कि उसके अंधे माता-पिता भी, कृष्ण के प्रति श्रद्धा-युक्त आदर-भाव रखते हैं। कृष्ण का प्रभाव वह युधिष्ठिर के राजसूय यज्ञ में देख चुका था। शिशुपाल का कृष्ण के सुदर्शन चक्र से वध उसके ही सामने हुआ था। यह मामूली बात नहीं थी कि राजा न होते हुए भी उन्हें आर्यावर्त के तमाम राजाओं में सर्वोपरि मानकर पांडवों ने उनकी अग्रपूजा की। (इस बात का विरोध करने के कारण ही तो वस्तुतः शिशुपाल छिन्नमस्तक हुआ था।) पांडव तो पांडव भीष्म, विदुर तथा अन्य तमाम राजागण तथा अनेकानेक महर्षियों को

भी उसने कृष्ण के आगे नतमस्तक होते देखा था। अभागा दुर्योधन जीवन-पर्यंत यह समझ नहीं पाया कि उस तुच्छ, कलूटे, ग्वाले पर सब कोई आखिर इतनी श्रद्धा क्यों करते हैं। माया-महल में उसके गिरने पर हुई हँसी में कृष्ण के सम्मिलित होने की मनगढंत बात वह कृष्ण के प्रभाव को माता-पिता तथा अन्य लोगों के मन से... शायद अपने मन से भी, कम करने के लिए कहता है।

अस्तु... एक बात और। अंधे का अंधा पुत्र वाली मनगढंत बात भी द्रौपदी का नाम लेकर दुर्योधन ने पिता से नहीं कही थी... उसने भीम का नाम लेकर कहा था कि 'भीमसेनेन तत्रोक्तो धृतराष्ट्रात्मजेति च' अर्थात् भीम ने मुझे धृतराष्ट्र का पुत्र कहा है। इसका स्पष्ट अर्थ है कि भीम ने दुर्योधन को अंधे का अंधा पुत्र कहा क्योंकि वह अंधवत् गिर गया था। वह बात महाभारत के प्रथम पर्व अर्थात् आदिपर्व में भी आई है जहाँ महाभारत की मुख्य कथा संक्षेप में प्रस्तुत है। यहाँ उल्लेख है–

'यज्ञे विभूतिं तां दृष्टवा दुःखामर्षान्वितस्य च।
दुर्योधनस्यावहासो भीसेन च सभातले ॥
यत्रास्य मन्युरूद्भतो येन द्यूतमकारयत्।' (आदिपर्व, 2.136,137)

अर्थात् यज्ञ में पांडवों का वैभव देखकर दुर्योधन दुःख और ईर्ष्या से मन-ही-मन जलने लगा। इसी समय सभातल पर गिरने पर भीमसेन ने उसका उपहास किया जिसके कारण दुर्योधन के भीतर क्रोधाग्नि जलने लगी, जिसके कारण द्यूत का षड्यंत्र रचा गया।

इसका मतलब है कि पांचाली ने दुर्योधन को चिढ़ाने की ऐसी कोई हरकत नहीं की थी। अब हम इसे उसका दुर्भाग्य ही कहेंगे कि बिना किसी अपराध के उस पर वह आरोप निरंतर (आज तक) लगता रहा है। वैसे भी सोचने की बात है कि किसी के गिरने पर कोई हँस तो सकता है किंतु एक सामान्य नारी भी अपने जेठ की यह कहते हुए खिल्ली नहीं उड़ा सकती है कि वह अंधे की अंधी संतान है जबकि पांचाली राजकन्या थी, यज्ञ से जन्मी थी, सुसंस्कृत थी और सबसे बड़ी बात द्रुपद ने उसे समस्त शास्त्रों का ज्ञान कराया था... आज की भाषा में कहें तो पढ़ी-लिखी विदुषी महिला थी... वह दुर्योधन को ऐसे शब्द सबके सामने कहेगी, संभव नहीं है। (उल्लेखनीय है कि श्रीमद्भागवत के दशम स्कंध में भी इस संदर्भ में द्रौपदी का कोई उल्लेख नहीं है। यहाँ श्लोक है, 'जहास भीमस्तं दृष्टवा स्त्रियो नृपतयोऽपरे। निवार्यामाणा अप्यंग राज्ञा कृष्णानु मोदितः ॥' 75-38 अर्थात् भीम, स्त्रियाँ और दूसरे नृप हँसने लगे, यद्यपि युधिष्ठिर ने उन्हें रोका किंतु इशारे से कृष्ण का अनुमोदन मिल चुका था।)

अस्तु... हम सब जानते हैं कि दुर्योधन अंततः अंधे राजा को मनाने में सफल होता है कि वे धर्मराज को द्यूत हेतु आमंत्रित करें... आमंत्रण लेकर पांडवों के सबसे बड़े हितैषी विदुर को ही जाना पड़ता है। बड़े दुःखी मन से वे जाते हैं। उनकी महाराज को

दी गई सारी सीख व्यर्थ गई थी। कितना समझाया था उन्होंने अपने अंधे भाई को कि पुत्रमोह में पड़कर अधर्म मत करो। द्यूत के इस आयोजन में छल है। इससे कुल में कलह ध्रुव है। ... किंतु सारे नीतिवाक्य व्यर्थ गए थे। अंततः हथियार डालते हुए बुझे मन से विदुर चुप हो गए थे। अब जब अंधा राजा यह दर्शन रखे कि 'धात्रा तु दिष्टस्य वशे किलेदं सर्व जगच्चेष्टिति न स्वतंत्रम्' अर्थात् विधाता का बनाया हुआ यह संपूर्ण जगत् दैव के अधीन होकर चेष्टा कर रहा है, स्वतंत्र नहीं है... विदुर क्या कह सकते थे?

अंततः उस प्राज्ञ सज्जन को अपने प्रिय भ्रातृ-पुत्र युधिष्ठिर को द्यूत हेतु निमंत्रण देने का कठोर कर्म अनिच्छा से करना पड़ा। युधिष्ठिर उसे स्वीकार करते हैं और पाँचों भाई तथा महारानी द्रौपदी एवं अन्य सेवकगणों के साथ भव्य शोभायात्रा करते हुए हस्तिनापुर के लिए प्रस्थान करते हैं... काश वे जानते कि यह उनकी अंतिम शोभायात्रा है और वे हस्तिनापुर नहीं, अपने दुर्दैव की नगरी जा रहे हैं।

यहाँ प्रश्न उठता है कि युधिष्ठिर तो धर्मराज थे... आखिर वे ऐसे जुए में बाजी लगाने ही क्यों आए थे जिसकी भर्त्सना स्वयं वेदों ने अनेकानेक बार की है? फिर विदुर ने तो उन्हें सावधान भी किया था कि दुर्योधन शकुनि की सहायता से तुम्हारा धन हड़पने के लिए ही द्यूत का आयोजन कर रहा है। फिर भी उन्होंने धृतराष्ट्र का आमंत्रण क्यों स्वीकार किया? (इस बात को लेकर हमेशा युधिष्ठिर से हिसाब माँगा जाता रहा है और कर्ण और दुर्योधन के आधुनिक प्रेमी तो इसे ही सारे फसाद की जड़ कहते हैं।)

अस्तु... महाभारत में इसका उत्तर यूँ मिलता है, पहली बात तो धृतराष्ट्र युधिष्ठिर के लिए पितृतुल्य थे। युधिष्ठिर सोच ही नहीं सकते थे कि पिता कभी पुत्र का अहित कर सकता है। वे विदुर से कहते हैं, 'इष्टो हि पुत्रस्य पिता सदैव' अर्थात् पुत्र का इष्ट पिता को सदैव प्रिय होता है। दूसरी बात, उनका सिद्धांत था, 'आहूतोऽहं न निवर्ते कदाचित्' अर्थात् बुलाए जाने पर मैं कभी पीछे नहीं हटूँगा। इसे युधिष्ठिर अपना शाश्वत् नियम कहते थे।

कुछ लोग युधिष्ठिर के बालिश व्यक्तित्व को ओछा करते हुए यहाँ उन पर जुआरी होने का आरोप लगाते हैं किंतु ऐसी बात नहीं थी कि वे आदतन जुआरी थे। विदुर के आमंत्रण पर पहला वाक्य वे यही कहते हैं, 'द्यूते क्षत्तः कहलो विद्यते नः को वै द्यूतं रोचयेद् बुध्यमानः' अर्थात् द्यूत में तो झगड़े ही होते हैं। कौन समझदार व्यक्ति जुआ खेलना पसंद करेगा? इससे स्पष्ट है कि धर्मराज न तो जुआरी थे न ही वे जुआ खेलने हस्तिनापुर जाना चाहते थे। यदि वे जुआरी होते तो निश्चय ही व्यासदेव उन्हें धर्मराज नहीं कहते।

किंतु बात केवल इतनी ही नहीं थी। द्रौपदी को जुए में दाँव पर लगाने के प्रसंग में युधिष्ठिर के चरित्र को समझने के लिए हमें थोड़ा पीछे चलना होगा।

महाभारत के अनुसार राजा युधिष्ठिर के राजसूय यज्ञ की समाप्ति के पश्चात्

महर्षि व्यास विदा के पूर्व उनके महल में गए। वहाँ उन्होंने युधिष्ठिर के सामने भविष्य को जो चित्र खींचा, उसे देख राजा की राजसूय यज्ञ की सारी प्रसन्नता जाती रही। उन्होंने देखा कि 13 वर्ष पश्चात् समूचे आर्यावर्त के क्षत्रियों का संहारक एक महासमर होने वाला है... इससे भी दुःखद बात यह थी कि इस युद्ध के मुख्य शत्रु होंगे कौरव और पांडव... और इससे भी बड़ा धक्का युधिष्ठिर को तब लगा जब उन्होंने व्यास के मुख से यह सुना कि यह महायुद्ध उन्हें ही निमित्त बनकर लड़ा जाएगा। तब अत्यंत दुःखी होकर युधिष्ठिर ने उसी समय देहत्याग का निश्चय किया। किंतु व्यास ने उन्हें यह कहते हुए रोका कि 'कालो हि दुरतिक्रमः' अर्थात् काल सबके लिए दुर्लंध्य होता है। फिर अश्रुमुख से द्रौपदी तथा भाइयों के आत्महत्या से निवृत्त होने के आग्रह को सुन वे रुक गए थे... पर तभी उन्होंने कठोर प्रतिज्ञा की—

'न प्रवक्ष्यामि परषं भ्रातृनन्यांश्च पार्थिवान्।
स्थितो निदेशे ज्ञातीनां योक्ष्ये तत् समुदाहरन् ॥' (सभापर्व 46.27)

अर्थात् मैं आज से अपने भाइयों से तथा अन्य राजाओं से कभी कड़वी बात नहीं बोलूँगा तथा बंधु-बांधवों की आज्ञा में रहकर प्रसन्नतापूर्वक उनकी मुँह-माँगी वस्तुएं लाने में संलग्न रहूँगा।'

एवं मे वर्तनामस्य स्वसुतेष्वितरेषु च।
भेदो न भविता लोके भेदमूलो हि विग्रहः ॥ (सभापर्व 46.26)

अर्थात्, इस प्रकार समतापूर्ण व्यवहार करते हुए मेरा अपने पुत्रों तथा दूसरों के प्रति भेदभाव न होगा क्योंकि संसार में लड़ाई-झगड़े का कारण भेदभाव ही है।

अस्तु... यद्यपि उपरोक्त विवरण से द्रौपदी को दाँव पर लगाने का युधिष्ठिर का दोष कम नहीं होता किंतु फिर भी युधिष्ठिर के पक्ष में कहा जा सकता है कि संपूर्ण आर्यावर्त के क्षत्रियों को महाविनाशक युद्ध से बचाने के लिए ही उस समय वे स्वयं को तथा अपने प्राणप्रिय जनों को हारते रहे... शायद इसीलिए उस वक्त भीम को छोड़ सभी पांडव खामोश थे... स्वयं द्रौपदी ने भी उस वक्त उसे दाँव पर लगाने के लिए ज्येष्ठ पांडव को दोष नहीं दिया था।

इस भूमिका के बाद आइए उस अत्यंत कुत्सित नाटक पर दृष्टिपात करें जो हस्तिनापुर की उस राज्यसभा में कौरव-कुल की ज्येष्ठ एवं श्रेष्ठ वधूटी के साथ खेला गया था, जिसे कभी देवयानी, कौशल्या, मधुमति, सुनंदा, ज्वाला, रथंतरी, शकुन्तला, सुवर्णा, यशोधरा, तपती, शुभांगी, गंगा, सत्यवती, अंबिका, अंबालिका आदि श्रेष्ठ कुरु-वंशी नारियों ने शोभायमान किया था।

भारी भीड़ थी उस द्यूतसभा में। कौरव-वंश के राजपुरुषों के अतिरिक्त और भी कई शूरवीर राजागण एवं वेदवेत्ता गुरुजन बैठे थे वहाँ। सबसे पहले युधिष्ठिर ने अपना समुद्र के आवर्त से उत्पन्न सर्वोत्तम हार दाँव पर लगाया जिसे धूर्त शकुनि ने पासे फेंकते

ही 'जितमित्येव', लो यह दाँव मैंने जीत लिया, कहते हुए तुरंत लपक लिया... फिर तो युधिष्ठिर एक के बाद एक अपनी अकूत संपत्ति, जैसे, निष्कों (स्वर्ण मुद्रा) से भरी अनेक पेटियां, रथों में सर्वोत्तम जैतत्र नामक रथ, श्रेष्ठ स्वर्णाभूषणों से युक्त चौंसठ कलाओं की ज्ञाता एक लाख तरुण दासियाँ, कार्य-कुशल एक लाख दास, एक लाख मतवाले हाथी, श्रेष्ठ अश्वों एवं रथियों से युक्त एक लाख रथ आदि दाँव पर लगाते गए... और हर बार शकुनि पांसे फेंकते हुए कुटिल मुस्कान के साथ 'जितमित्येव' कहते हुए उन्हें दुर्योधन की झोली में डालते गया। दाँव कहीं संपत्ति से आगे न बढ़ जाए यह सोचकर विदुर ने धृतराष्ट्र को चेतावनी देते हुए द्यूत को रोकना चाहा। धृतराष्ट्र के खामोश बैठे रहने पर उन्होंने दुर्योधन को समझाया। इतना तक कहा, 'तुम समय-समय पर पांडवों से धन लेते रहो, जैसे चतुर माली उन बागों से फूल लेता है जिन्हें वह पहले सावधानी से सींचता है। तुम उस मूर्ख राजा के समान मत बनो जिसने अधिक स्वर्ण के लोभ से सोना उगलने वाले पक्षी को ही मार डाला था... और फिर बाद में पछताता रहा था।' आगे विदुर शकुनि से भी निवेदन करते हैं कि वह अपने गांधार देश चले जाएँ, छल-युक्त पासों से युधिष्ठिर को जीतकर कौरव-वंश में फूट के बीज न डालें... किंतु जीत के उल्लास में दमकता दुर्योधन बड़े कठोर शब्दों से विदुर की बात काटकर युधिष्ठिर को पुनः दाँव लगाने को प्रेरित करता है... और क्षण भर के लिए रुका वह महानविनाशकारी पासा फिर शकुनि के हाथ में मचलने लगता है। काश कपट-पाश फेंकते समय शकुनि को उसके भाग्य-विधाता युद्धभूमि में उसका भविष्य दिखाते... जहाँ पासे के समान ही उसका सिर एक दिन महासमर में काट कर फेंका जाएगा और उसकी वे भुजाएँ, जिनमें वह पासों को कपट करने के लिए मंत्रबद्ध कर रहा है, समरभूमि में सिर काटने के बाद भी ख़्हीं बख्शी जाएँगी। (सचमुच कुरुक्षेत्र के मैदान में माद्री-पुत्र सहदेव, जिन्होंने शकुनि के वध की प्रतिज्ञा की थी, केवल उसके वध से संतुष्ट नहीं हुए थे... उन्होंने शकुनि की भुजाएँ काट कर ही उससे पूरा बदला लिया था... अथवा कहें कि शकुनि को उसके दुष्कर्म का समुचित फल दिया था।)

अस्तु... धीरे-धीरे युधिष्ठिर अपनी संपूर्ण संपत्ति के साथ अपने नगर, अपने जनपद, और फिर अत्यंत मेहनत से बसाया गया अपना इंद्रप्रस्थ हार जाते हैं... और फिर जैसे व्याल के मंत्रों से मंत्रबद्ध से हुए वे धर्मराज एक-एक कर अपने चारों प्राणप्रिय भाइयों को दाँव पर लगा देते हैं... और हार जाते हैं। चारों भाइयों के बिना युधिष्ठिर का कोई अस्तित्व नहीं था अतः कुरु-वंश के उस यशस्वी राजा ने स्वयं को भी दाँव पर लगाकर दुर्योधन की दासता स्वीकार कर ली... शायद यह सोचकर कि चलो पांडव भले मिट जाएँ कुरु-वंश के तथा आर्यावर्त के अन्य क्षत्रिय तो बचे रहेंगे। किंतु इतनी आसानी से धर्मराज भला उस भवितव्य को कैसे शांत कर सकते थे जो असंख्य क्षत्रियों के खून की प्यासी थी? शायद इसीलिए शकुनि धर्म की दुहाई देते हुए बोल पड़ा, 'अभी

तो आपका सर्वश्रेष्ठ धन बाकी है धर्मराज! अभी आप कैसे शांत हो सकते हैं... अंतिम दाँव के रूप में अपनी प्रिया पांचाली को लगा दीजिए... शायद अब आप अपना सब कुछ वापस पा लें!

सारी सभा शकुनि की इस चाल पर धिक्कार उठी किंतु धर्मराज तो जैसे सब कुछ स्वयं ही होम करने तैयार होकर आए थे... और तब अत्यंत दीन स्वर में वे बोल पड़े, 'जो न नाटी है न लंबी, न कृष्णवर्णा है न रक्तवर्णा, जिसके नील केश घुंघराले हैं, ऐसी प्रिया को दाँव पर लगाता हूँ।'

'पांचाली के नेत्र शरद ऋतु के प्रफुल्ल कमलदल के समान सुंदर एवं विशाल हैं। उसके शरीर से शारदीय कमल के समान सुगंध फैलती रहती है। वह शरद-ऋतु के कमलों का सेवन करती है। वह रूप में साक्षात् लक्ष्मी है।'

'पुरुष जैसी स्त्री प्राप्त करने की अभिलाषा रखता है उसमें वैसा ही दयाभाव है, वैसी ही रूप-संपत्ति है तथा वैसा ही उसका शीलस्वभाव है। वह प्रियंवदा समस्त सद्‌गुणों से संपन्न है। मुनष्य धर्म, अर्थ और काम की सिद्धि के लिए जैसी पत्नी की इच्छा करता है वह वैसी ही है।'

'वह ग्वालों और चरवाहों से भी पीछे सोती है और सबसे पहले जागती है। कौन-सा कार्य हुआ, कौन-सा नहीं, इन सबकी वह जानकारी रखती है।'

'उसका स्वेदबिंदुओं से विभूषित मुख कमल के समान सुंदर और मल्लिका के समान सुगंधित है। उसका मध्यभाग वेदी के समान कृश दिखाई देता है। विशालकेशी पांचाली के ओष्ठ अरुणवर्णी हैं तथा उसके अंग रोमरहित हैं।'

'सुबलपुत्र! ऐसी सर्वांगसुंदरी द्रुपद-तनया को दाँव पर लगाकर मैं तुम्हारे साथ जुआ खेलता हूँ, यद्यपि ऐसा करने में मुझे अत्यंत कष्ट हो रहा है।'

और इस तरह युधिष्ठिर ने अपनी प्रिया पांचाली को दाँव पर लगा दिया।

इस दाँव का परिणाम चालबाज शकुनि जानता था.. शायद वहाँ उपस्थित सभी लोग जानते थे। निश्चय ही दुर्योधन के समर्थकों के दिल इस दाँव से बल्लियों उछल रहे होंगे जबकि पांडव-पक्ष के लोग भविष्य की भयावह अनहोनी की आशंका से काँप रहे होंगे... एक निर्विकार थी तो बेचारी पांचाली, जो इन सब से बेखबर कुरुओं के उस विशाल महल के एक कोने में एकाकी बैठी हुई थी। पता नहीं भविष्य के किस ताने-बाने में उस समय वह उलझी हुई थी कि अचानक दुर्योधन का एक प्रातिकामी (अनुचर) दुर्योधन की आज्ञा से उसके पास पहुँचा। कुरु-कुल के वीरों की तुलना में वह प्रातिकामी अवश्य ही कहीं अधिक सुसंस्कृत और सभ्य था... तभी तो उसने अपने मालिक के मनोभावों से सर्वथा विपरीत द्रौपदी को प्रणाम कर धीरे से सारी बातें उससे निवेदित की और आग्रह किया कि वे दुर्योधन के आदेश से उसके साथ राज्यसभा में चलें। (वैसे पहले दुर्योधन ने यह काम विदुर को सौंपा था किंतु कड़े शब्दों में विदुर के द्वारा फटकारे

जाने के बाद उसने प्रातिकामी को इस हेतु भेजा था। उस समय विदुर ने दुर्योधन को चेतावनी दी थी कि जैसे बाँस अपने ही नाश के लिए फूल धारण करता है वैसे ही तूने अपनी मौत को आमंत्रित करते हुए यह जुए का खेल अपनाया है। तेरे सिर पर कोप से भरे हुए महान् विषधर सर्प चढ़ आए हैं। तू उनका कोप बढ़ाकर यमलोक जाने को उद्यत मत हो!)

अस्तु... यह समाचार पांचाली के लिए अवश्य ही किसी वज्राघात से कम नहीं रहा होगा... इसे सुनकर उसका मृतप्राय होना स्वाभाविक ही था... किंतु फिर दूसरे ही क्षण अपने को सँभालकर उस बुद्धिमती नारी ने प्रातिकामी से कहा कि वह जाकर युधिष्ठिर से यह पूछे कि पहले आप अपने को हारे हैं या मुझे?

सुहृदय प्रातिकामी चुपपाप लौट गया और भरी सभा में उसने द्रौपदी का प्रश्न युधिष्ठिर के सामने रखा, किंतु उत्तर देने के लिए युधिष्ठिर की निष्प्राण झुकी गर्दन तनिक भी ऊंची नहीं उठी। तब दुर्योधन बोल पड़ा... जाओ प्रातिकामी, द्रौपदी से कहो कि अपना प्रश्न सभा में आकर पूछे ताकि सभी सभासद उसका प्रश्न तथा युधिष्ठिर का उत्तर, दोनों सुन सकें।

बेचारा प्रातिकामी! ऊपर से कठोर बनकर वह व्यथित चित्त से पुनः महारानी द्रौपदी के पास गया। तब धर्मशील द्रौपदी ने सुख-दुःख दोनों को विधाता का विधान मानते हुए विधाता से कल्याण की प्रार्थना की... और फिर प्रातिकामी को यह कहते हुए पुनः सभा में भेजा कि तुम मेरी ओर से सभा में उपस्थिति सभी कुरुवंशियों से यह पूछो, 'अब मुझे क्या करना है? आप लोग जैसी आज्ञा देंगे मैं वैसा ही करुँगी!'

प्रातिकामी ने पुनः सभा में आकर द्रौपदी का प्रश्न रखा किंतु दुर्योधन के भय से पूरी सभा एकदम मौन रही... तब प्रातिकामी को भयभीत जान दुर्योधन ने दुःशासन को आज्ञा दी कि वह जाकर पांचाली को पकड़कर सभा में लाए।

और फिर देखते-ही-देखते दुष्ट दुःशासन पवित्र यज्ञ से उत्पन्न याज्ञसेनी के यज्ञ के मंत्रपूत जल से सिचिंत लंबे-लंबे केशों को पकड़कर घसीटते हुए उसे द्यूतसभा में ले चला। द्रौपदी ने उससे निवेदन भी किया कि रजस्वला होने के कारण वह केवल एक वस्त्र पहने हुए है अतः ऐसी स्थिति में उसे गुरुजनों के समक्ष न ले जाए... किंतु दुःशासन के लिए तो यह अधिक आनंद की बात थी... अत्यंत भद्दे शब्दों में द्रौपदी की भर्त्सना करते हुए उसने रोती-बिलखती, एक वस्त्र से किसी तरह अपने शरीर को

---

2 द्रौपदी ने इस घटना के बाद अपने खुले केश खुले ही रखे थे तथा दुःशासन के रक्त से सिंचित करने के बाद ही बाँधने की प्रतिज्ञा की थी, यह बात बहुत प्रसिद्ध है, किंतु महाभारत में इसका कोई उल्लेख नहीं मिलता। हाँ, संधि के लिए हस्तिनापुर जाते समय कृष्ण को अवश्य यह अपने खुले बाल दिखाते हुए कहती है कि इन्हें दुष्ट दुःशासन ने खींचा था, संधि करते समय इनका ध्यान रखना।

छिपाती उस निरपराध द्रुपद-सुता को भरी सभा में लाकर ही दम लिया। ...काश उस समय दुःशासन को भी व्यासदेव उसका भविष्य दिखाते कि जिन हाथों से आज तू इस असहाय नारी के केश पकड़कर खींच रहा है... वे हाथ एक दिन दंड-स्वरूप मूल से उखाड़ लिए जाएँगे... और ये खुले केश अब तभी बँधेंगे जब तेरी छाती के रक्त से कुरुक्षेत्र की भूमि सिंचित होंगी![2] ... किंतु यह तो शुरुआत थी। पांचाली के केश पकड़कर घसीटने का दुःशासन का अपराध तो कुछ भी नहीं था... उस अपराध... की तुलना में जो आगे कर्ण के उकसाने पर दुःशासन करने वाला था... द्रौपदी के चीर-हरण का अपराध जो केवल द्रौपदी के प्रति ही नहीं था, आर्यावर्त की प्रत्येक नारी के प्रति था... और आने वाले हर युग की नारी के प्रति था। काश दुःशासन को मिला दंड विधाता हर उस पुरुष को देते जो नारी की अस्मत से खिलवाड़ करते हैं!

अस्तु... एकमात्र वस्त्र से किसी तरह शरीर को ढाँपती रोती-बिलखती द्रौपदी ने अपना प्रश्न सभासदों के सामने पुनः दोहराया... क्या मैं धर्मतः हारी गई हूँ?

पांचाली का प्रश्न स्पष्ट था किंतु फिर भी सारी सभा जड़-सी बैठी रही। उसकी दुर्दशा पर उस दुष्ट चांडाल-चौकड़ी को छोड़ शेष लोग बड़े शर्मसार थे, दुःखी थे, किंतु क्या कहें, समझ नहीं पा रहे थे। तब उनके मौन से उत्साहित दुःशासन हँसते हुए द्रौपदी को 'दासी, दासी' कहते हुए झकझोरने लगा... उस वक्त उसकी इस वीभत्स हँसी में एक और व्यक्ति अपने स्वर मिला रहा था... और वह था दुर्योधन का परम मित्र अंगराज कर्ण! (शिवाजी सावंत के 'मृत्युंजय' के अनुसार कर्ण अब तक द्यूतसभा के बाहर ही था... उसे पता ही नहीं था कि पासों द्वारा शकुनि छलपूर्वक पांडवों को जीत रहा है। द्रौपदी की दुर्दशा देखकर एकमात्र वही सबसे ज्यादा दुःखी था, सबसे ज्यादा दुःशासन से नाराज था। द्रौपदी के दिए हुए घावों को भूलकर वह सोचता है कि किस तरह इसकी सहायता करूँ। पर वह द्रौपदी तो उससे सहायता की पुकार ही नहीं कर रही है। सबसे यह सहायता माँग रही है केवल उसे छोड़कर... क्या इसलिए कि वह सूतपुत्र है? काश केवल एक बार वह उससे स्वयं को बचाने की प्रार्थना करती तो वह अवश्य दुःशासन की भुजाओं को काट फेंकता! (पृ. 396) शिवाजी ने यहाँ एक और मनगढ़ंत कथा लिखी है कि कर्ण को जानबूझकर कौरवों ने प्रारंभ में सभा से दूर रखा था क्योंकि पासे जरासंध की हड्डियों के बने थे... यदि कर्ण उस समय सभा में होता तो वे थरथरा जाते क्योंकि कभी कर्ण ने द्वंद्वयुद्ध में उसे पछाड़ा था। (पृ. 409) क्या खूब कल्पना की है शिवाजी ने यहाँ। यदि कर्ण की उपस्थिति में पासे थरथराते तो भीम की उपस्थिति में उन्हें और भी थरथराना था क्योंकि भीम ने ही तो द्वंद्वयुद्ध में उसके प्राण लिए थे।)

अस्तु... तब कुछ क्षण पश्चात् कौरव कुल के सबसे ज्येष्ठ कौरव पितामह भीष्म ने द्रौपदी को सुभगे (सौभाग्यशालिनी बहू!) संबोधित करते हुए कहा, 'धर्म का स्वरूप अत्यंत सूक्ष्म होने के कारण मैं तुम्हारे इस प्रश्न का ठीक-ठीक विवेचन नहीं कर पा रहा

हूँ। तुम्हारे पति युधिष्ठिर स्वयं को दाँव पर लगाकर हार चुके थे अतः उन्हें पराए धन को दाँव पर लगाने का कोई अधिकार नहीं था (दास का कोई धन नहीं होता) ... किंतु स्त्री सदा स्वामी के अधीन रहती है... अतः तुम्हारे प्रश्न का मैं विवेचन नहीं कर सकता।' (वाह पितामह! क्या बढ़िया उत्तर दिया आपने! पर पितामह ने आखिर ऐसा क्यों किया, इस पर हम पृथक् से विचार करेंगे।)

द्रौपदी पितामह के उत्तर से तनिक भी संतुष्ट नहीं हुई। सभासदों की ओर देखते हुए उस बुद्धिमति ने पुनः कहा, 'भोले-भाले महात्मा युधिष्ठिर को दुष्ट दुरात्माओं ने मिलकर छला है। इन्होंने ही युधिष्ठिर को मुझे दाँव पर लगाने को प्रेरित किया है... मैं कुरु-वंशियों के सामने पुनः अपना प्रश्न रखती हूँ... क्या मैं धर्मतः जीती गई हूँ?'

इसे हम द्रौपदी की महानता ही कहेंगे कि इतनी बुरी स्थिति में भी उसने विवेक-बुद्धि का परित्याग नहीं किया। उसने सबके सामने न अपने राजा युधिष्ठिर की लांछना की न उन पर किसी प्रकार का दोषारोपण किया... किंतु कुरुवंशियों में अंधड़ की तरह चलने वाला भीम अब चुप न रह सका। अब तक हमेशा अपने ज्येष्ठ भ्राता का चुपचाप अनुसरण करने वाला भीम कुरुवंशियों की इस क्लीबता पर जैसे फट पड़ा... और सबसे पहले उसने अपनी हाथी के समान चिंघाड़ती आवाज अपने अग्रज के विरुद्ध ही उठाई, 'बहुत हुआ... आपने सारी राज्यलक्ष्मी दाँव पर लगाई और हार गए, मुझे दुःख नहीं हुआ, आपने मुझे तथा अपने सभी अनुजों को दास बना दिया, मैं चुप रहा क्योंकि मैं आपको अपने सर्वस्व का स्वामी समझता था... किंतु आपने पांचाली को दाँव पर लगाकर बहुत ही अनुचित कर्म किया है... आज आपके कारण पांचाल-सुता दुर्योधन के द्वारा इतना अपमान पा रही है। अब मैं सारा क्रोध आप पर ही छोड़ता हूँ। मैं आपकी दोनों बाँहें जला डालूँगा...'

और भीम थर्राते हुए अनुज को आज्ञा देते हैं, 'सहदेवाग्निमानय', सहदेव! अग्नि लेकर आओ!

यह सुन सारी सभा में जैसे तूफानपूर्व सन्नाटा पसर गया। इस पर सहदेव तो अधोमुखी बैठा रहा किंतु अब तक ज्येष्ठ भ्राता के अनुसरण में चुपचाप बैठा अर्जुन, जो अपने गांडीव द्वारा पृथ्वी को क्षण भर में जलाने की सामर्थ्य रखता है, धीमे स्वर में भीम से बोला, 'तात! अपने ज्येष्ठ भ्राता पर क्रोध कर शत्रुओं की कामना सफल मत करो। महाराज युधिष्ठिर ने क्षत्रिय धर्म के अनुसार ही जुआ खेला है।'

और तब अंधड़ के समान बहकता भीम अचानक शांत हो गया।

भीम के शांत होते ही एक बड़ी धीर और गंभीर वाणी द्रौपदी के पक्ष में उन अंधों और बहरों की सभा में गूँजी... यह वाणी न तो किसी पांडव की थी, न पांडवों के किसी हितैषी गुरुजन की थी और न ही सभापति अंधे धृतराष्ट्र की ही थी... आश्चर्य यह वाणी धृतराष्ट्र के ही सौ दुरात्म पुत्रों में से एक की थी, यह था, विकर्ण!... और तब सारी सभा

को ललकारते हुए विकर्ण बोला, 'भूमिपालों! याज्ञसेना ने जो प्रश्न उपस्थित किया है, उसका उत्तर आप लोग दें! यदि आप लोगों ने इस प्रश्न का ठीक-ठीक विवेचन नहीं किया तो हमें नरक भुगतना पड़ेगा।'

द्रौपदी का यह प्रश्न अत्यंत महत्वपूर्ण था। जैसाकि हमने प्रारंभ में लिखा, उसने यह प्रश्न कर उस विपद घड़ी में अपनी बुद्धिमत्ता का परिचय दिया था किंतु महाभारत पर लिखे ग्रंथ 'युगांत' की लेखिका, प्रसिद्ध समजाजशास्त्री इरावती कर्वे, द्रौपदी को इस प्रश्न के लिए उसे मूर्ख बताते हुए लिखती हैं कि द्रौपदी का यह प्रश्न बेतुका ही नहीं भयानक भी था। इसका जो उत्तर आता वह उसके लिए उपकारक नहीं हो सकता था। कर्वे के अनुसार, पति यदि दास हो गया तो पत्नी पर से उसका अधिकार नष्ट नहीं होता, अतः द्रौपदी को यह प्रश्न पूछना ही नहीं चाहिए था। आगे वे लिखती हैं... 'बुद्धिमत्ता बघारकर उसने जो विकट प्रश्न पूछा वह राजसभा में किसी को पसंद नहीं आया। युधिष्ठिर के लिए तो इस काँटें को जिंदगी भर भूलना संभव नहीं था।' (पृ. 78, 79)

यहाँ उल्लेखनीय है कि महाभारत में कहीं भी, किसी भी पांडव ने कभी भी पांचाली को इस प्रश्न के लिए उलाहना नहीं दिया है। न ही उस चांडाल चौकड़ी को छोड़ कोई अन्य पांचाली की इस प्रश्न के लिए निंदा करता है... बल्कि मन-ही-मन सभी पांचाली के प्रश्न की प्रशंसा करते हैं... किंतु दुर्योधन के भय से कहें या उसका नमक खाने के कारण, कोई सभासद इस प्रश्न पर विचार करने की हिम्मत नहीं दिखाता है... दिखाता है तो अंधे राजा का ही एक पुत्र विकर्ण।

अस्तु... विकर्ण केवल इतना कहकर ही खामोश नहीं हुआ... वह आगे पितामह भीष्म, पिता धृतराष्ट्र की भी भर्त्सना करता है कि आप लोग चुप क्यों बैठे हैं। गुरु द्रोण तथा कृपाचार्य की भी वह उनके मौन के लिए निंदा करता है। विकर्ण सभा में उपस्थित राजाओं को भी ललकारता है कि वे निर्भीक होकर अपनी बुद्धि के अनुसार पांचाली के प्रश्नों का उत्तर दें। किंतु फिर भी जब कोई कुछ नहीं कहता तब हाथ मलते तथा लंबी सांस लेते हुए वह क्रोधपूर्वक कहता है, 'आप लोग इस विषय में कुछ कहो या न कहो, मैं जो न्याय-संगत है वह अवश्य कहूँगा... मेरी समझ में पांचाली धर्मतः हारी नहीं गई है।' अपने मत के समर्थन में विकर्ण तीन तर्क प्रस्तुत करता है—

1. द्रौपदी समस्त पांडवों की समान रूप से पत्नी है, केवल युधिष्ठिर की नहीं... अतः युधिष्ठिर को उसे दाँव पर लगाने का कोई हक नहीं था।

2. युधिष्ठिर पहले स्वयं को हार चुके थे, अतः पांचाली को उनके द्वारा दाँव पर लगाना अनुचित था।

3. शकुनि ने ही युधिष्ठिर को इस हेतु प्रेरित किया था।

आगे विकर्ण कहता है कि इन सब बातों पर विचार कर मैं कृष्णा को जीती हुई नहीं मानता।

विकर्ण की बातें सुन सारे सभासद उसकी प्रशंसा और शकुनि की निंदा करने लगे... सभा मुखर होने लगी... और तब माहौल को बदलता देख अत्यंत क्रोधित हो कर्ण विकर्ण की सुंदर बाँहें झकझोरते हुए बोला, 'विकर्ण! तुम तो बड़े कुलघातक निकले! जैसे लकड़ी से उत्पन्न आग उसे ही जला देती है, जैसे शरीर में पलने वाला रोग शरीर का नाश कर देता है, जैसे पशु उसी घास को पैरों तले रौंदते हैं जिसे चरते हैं, उसी तरह तुम अपने ही पक्ष को हानि पहुँचा रहे हो। इस सभा में उपस्थित आचार्य द्रोण, पितामह भीष्म, कृपाचार्य, राजा धृतराष्ट्र, विदुर या गांधारी से तुम अधिक बुद्धिमान हो? पांचाली के बार-बार प्रेरित करने पर जब ये कुछ नहीं बोल रहे हैं तब इसका तात्पर्य यही है कि यह उसे धर्मतः जीती हुई समझते हैं। अब तुम चुपचाप बैठ जाओ। कृष्णा को अधर्म द्वारा जीती कहकर अपनी मंद बुद्धि का परिचय न दो।'

आगे कर्ण कहता है कि कृष्णा तो तभी जीत ली गई थी जब युधिष्ठिर ने अपना सर्वस्व दाँव पर लगाया था क्योंकि कृष्णा उनके सर्वस्व के भीतर ही है। जहाँ तक अन्य पांडवों का प्रश्न है, जब युधिष्ठिर ने द्रौपदी को दाँव पर लगाया तब सभी चुप थे, इसका मतलब कि उनका मौन समर्थन उन्हें प्राप्त था, अतः किस कारण से तुम उसे अविजित मानते हो? फिर कर्ण द्रौपदी के प्रति एक अत्यंत निम्न बात कहता है, 'स्त्रियों के लिए एक ही पति का विधान देवताओं ने किया है, अतः पाँच-पाँच पतियों की पत्नी पांचाली निश्चय ही वेश्या है। इसलिए इसे सभा में लाना कोई अनोखी बात नहीं है। यह एकवस्त्रा है तो क्या वस्त्रहीन भी होती तो भी सभा में लाई जा सकती थी। मेरा स्पष्ट मत है कि शकुनि ने इसे, पांडवों को तथा उनके धन को धर्मपूर्वक जीता है।'

नीच-बुद्धि कर्ण को इतने से ही संतोष नहीं हुआ। दुर्योधन को प्रसन्न करने के लिए वह आगे दुःशासन से कहता है, 'यह विकर्ण है तो मूर्ख किंतु विद्वानों की सी बातें कहता है... तुम इसकी बातों पर ध्यान मत दो और पांडवों के तथा इस पांचाली के भी वस्त्र उतार लो।'

कर्ण के इन कठोर वचनों को सुनकर पाँचों पांडवों ने चुपचाप अपने वस्त्र उतारकर रख दिए किंतु बेचारी एकवस्त्रा पांचाली के लिए तो यह असंभव था! घायल हिरणी सी तड़फती वह अपने शरीर पर स्थित एकमात्र वस्त्र को भयभीत हो कसकर लपेटने लगी किंतु मदमस्त हाथी के समान दुःशासन से भला वह अपने को कब तक बचा सकती थी? शीघ्र ही दुःशासन उस अबला के एकमात्र वस्त्र का छोर पकड़कर उसे खींचने लगा।

और तब हर ओर से निराश्रित हुई द्रौपदी को महात्मा वसिष्ठ के वचनों का स्मरण हुआ कि विपत्ति पड़ने पर भगवान हरि का स्मरण करना चाहिए। असहाय द्रौपदी तब श्रीकृष्ण की पुकार करने लगी—

'गोविंद द्वारकावासिन् कृष्ण गोपीजन प्रिय।
कौरवैः परिभूतां मां किं न जानासि केशव ॥
हे नाथ हे रमानाथ ब्रजनाथार्तिनाशन।
कौरवार्णवमग्नां मामुद्धरस्व जनार्दन ॥' (सभापर्व 68. 41–42)

अर्थात्, हे गोविंद! हे द्वारिकावासी कृष्ण! हे गोपी वल्लभ कृष्ण! कौरव मेरा अपमान कर रहे हैं! क्या तुम नहीं जानते? हे नाथ! हे ब्रजनाथ! हे जर्नादन! मैं कौरवरूप समुद्र में डूबी जा रही हूँ, मेरा उद्धार कीजिए।

'कृष्ण कृष्ण महायोगिन् विश्वात्मन् विश्वभावन।
प्रपन्नां पाहि गोविंद कुरुमध्येऽवसीदतीम् ॥' (सभापर्व 68.43)

अर्थात्, हे कृष्ण! हे महायोगी! हे विश्वात्मन! हे विश्वभावन! हे गोविंद! कौरवों के बीच में कष्ट पाती हुई मुझ शरणागत अबला की रक्षा कीजिए।

कहते हैं सच्चे मन से की गई प्रभु की प्रार्थना व्यर्थ नहीं जाती। द्रौपदी की भी नहीं गई। तभी सारी सभा ने जैसे एक चमत्कार देखा! दुःशासन ने जैसे ही द्रौपदी के एकमात्र वस्त्र को उसके शरीर से पृथक् किया... सारी सभा यह देखकर चकित रह गई कि द्रौपदी का शरीर एक अन्य अत्यंत सुंदर वस्त्र से आच्छादित हो गया! जोश में दुःशासान ने इस ईश्वरीय वस्त्र को भी अपनी भुजाओं से खींचा... आश्चर्य! वहाँ फिर एक नया वस्त्र उपस्थित था! फिर तो यह सिलसिला चलता रहा, चलता रहा... तब तक, जब तक कि गर्वीले दुःशासन की भुजाओं का दम चुक नहीं गया! तब अत्यंत लज्जित होकर वह चुपपाच बैठ गया।

किंतु इस चमत्कार से सारी सभा में भारी खलबली मच गई... लोग द्रुपद-नंदिनी की प्रशंसा और दुःशासन की निंदा करने लगे।

अपनी प्रिया का यह संकट पाँचों पांडव पता नहीं कैसे झेल रहे होंगे! किंतु हर चीज की हद होती है। यद्यपि द्रौपदी की लाज ईश्वर ने बचा ली थी किंतु धार्तराष्ट्रों का अपराध पांडवों के लिए अब अक्षम्य हो चला था। तब सबसे पहले क्रोध से फड़कते ओठों से महाबली भीम ने प्रतिज्ञा की '... हे देश देशांतर के निवासी क्षत्रियों! मेरी बात पर ध्यान दो! ऐसी बात न तो आज तक किसी ने कही होगी और न दूसरा कोई कहेगा। यह दुष्ट बुद्धि दुःशासन भरत-वंश के लिए कलंक है। मैं युद्ध में बलपूर्वक इस पापी की छाती फाड़कर इसका रक्त पीऊँगा। ऐसा न करूँ तो मुझे अपने पूर्वजों की श्रेष्ठ गति न मिले।' (सचमुच भीम ने ऐसा ही किया था। महाभारत का यह दृश्य इतना वीभत्स था कि युद्धरत जितने सैनिकों ने उसे देखा वे भीम को राक्षस समझ 'राक्षस' कहते हुए मारे भय के युद्ध छोड़ भाग खड़े हुए थे।)

अस्तु... भीम की इस प्रतिज्ञा से सारी सभा थर्रा उठी। लोग धृतराष्ट्र और दुःशासन की निंदा करने लगे। तब विदुर ने अपनी दोनों भुजाओं को उठाकर सभा को शांत किया

और पुनः कृष्णा का प्रश्न सभा में रखते हुए सभासदों को उत्तर देने को प्रेरित किया। (यहाँ उल्लेखनीय है कि इस पूरे प्रकरण में विदुर पहली बार बोले हो, ऐसा नहीं है। सच कहा जाए तो महाभारत का यह पात्र सिवाय कृष्ण के सर्वाधिक ज्ञानी, सर्वाधिक नीति-निपुण था। सबसे बड़ी बात, यह मुँह देखी नहीं बोलता था। द्यूत प्रारंभ होने के पूर्व ही विदुर ने धृतराष्ट्र को चेतावनी दी थी कि कुल-विनाशक द्यूत का आयोजन मत करो। फिर द्यूत-सभा में भी उन्होंने इस आयोजन के लिए दुर्योधन तथा धृतराष्ट्र को फटकारा था। और जब द्रौपदी को जीतकर मदमस्त हुए दुर्योधन ने दास्य कर्म हेतु द्रौपदी को पकड़कर लाने का आदेश विदुर को दिया तब भी उन्होंने कड़े शब्दों में दुर्योधन की निंदा करते हुए अपना अभिमत स्पष्ट रूप से व्यक्त किया था कि स्वयं को हार कर राजा युधिष्ठिर पांचाली को दाँव पर लगाने का अधिकार खो चुके हैं, अतः द्रौपदी धर्मतः हारी नहीं गई है। विकर्ण द्वारा द्रौपदी के प्रश्न का उत्तर देने हेतु सभा को प्रेरित करने के बाद विदुर ने भी सभा को संबोधित कर कहा था—

'जो धर्मज्ञ पुरुष सभा में जाकर वहाँ उपस्थित हुए प्रश्न का उत्तर नहीं देता वह झूठ बोलने के आधे फल का भागी होता है।'

'जिस सभा में निंदा के योग्य मनुष्य की निंदा की जाती है वहाँ सभापति निष्पाप हो जाता है तथा सभासद भी पाप से मुक्त हो जाते हैं और सारा पाप, पाप करने वाले को ही लगता है।'

'जो काम, क्रोध तथा भय से प्रश्नों का उत्तर नहीं देता वह अपने ऊपर वरुण देवता के सहस्रों पाश डाल लेता है।'

अस्तु... विदुर के प्रेरित करने पर भी सारी सभा मौन धारण किए रही... पर हर जगह मौन अच्छा नहीं होता। यहाँ के मौनव्रती शायद नहीं जानते थे कि उनके इस दोष का दंड वरुण देवता अवश्य ही उन पर सहस्र पाश डालकर कुरुक्षेत्र के मैदान में लेंगे। बड़ी देर बाद एकमात्र पितामह ने मुख खोला... किंतु उन्होंने भी अत्यंत दुःखी होकर वही बात दोहराई कि मैं द्रौपदी के प्रश्न का उत्तर देने में असमर्थ हूँ! द्रौपदी को संबोधित उनके शब्द थे, 'कल्याणि! मैं पहले ही कह चुका हूँ कि धर्म की गति बड़ी गहन होती है, "धर्मस्य परमा गतिः" ...अतः मैं तुम्हारे प्रश्न का विवेचन नहीं कर सकता!' आगे भीष्म कहते हैं, 'अवश्य ही इस कुल का शीघ्र ही विनाश होने वाला है क्योंकि समस्त कौरव लोभ और मोह के वशीभूत हो गए हैं। वे पांचाली की प्रशंसा करते हुए कहते हैं, 'इस भारी संकट के समय भी तुम धर्म की ओर देख रही हो। द्रोण आदि धर्मज्ञ तो इस समय चुपचात निष्प्राण से बैठे हैं... अतः मेरी राय में इस प्रश्न के निर्णय के लिए धर्मराज युधिष्ठिर ही "प्रमाणमिति" प्रमाण है। तम्हारे प्रश्न का उत्तर उन्हें ही देना चाहिए।'

भीष्म के यह कहते ही चालाक दुर्योधन बोल पड़ा, 'ठीक है। द्रौपदी के प्रश्न का उत्तर पांडव ही दें... या तो युधिष्ठिर कह दे कि मैंने अधर्मपूर्वक जुआ खेला है... तब पांचाली दास्य-भाव से मुक्त समझी जाएगी... या फिर शेष पांडव ही यह बात कह दें कि युधिष्ठिर ने अधर्म किया है! ऐसी स्थिति में कृष्णा दासी नहीं रहेगी। 'दुर्योधन का कथन सुनकर अनेक सभासद उच्च स्वर से उसकी प्रशंसा करने लगे तथा वस्त्र हिला-हिलाकर उसका स्वागत करने लगे। ... अंधे सरदार के सभासदों से अन्य उम्मीद भी क्या की जा सकती थी। पर जो थोड़े बहुत समझदार थे वे दुर्योधन की चालाकी समझकर हाहाकार कर उठे।

सचमुच यहाँ दुर्योधन ने अत्यंत चालाकी से काम लिया था। ऊपरी तौर पर तो दुर्योधन के कथन से प्रतीत होता है कि वह द्रौपदी का प्रश्न उसके पतियों पर छोड़कर ही कर रहा है किंतु वस्तुतः यहाँ वह बड़ी चालाकी से एक पत्थर से दो शिकार कर रहा था। यदि युधिष्ठिर कह देते कि मैंने पांचाली को अधर्मपूर्वक दाँव पर लगाया है तो उनकी धर्मराज के रूप में अर्जित ख्याति तुरंत मिट्टी में मिल जाती और द्रौपदी के साथ हुए सारे अत्याचार के वे ही दोषी बन जाते... शेष पांडव भी इस हेतु उनसे ही नाराज होते। वस्तुतः अपने इस अग्रज से शेष अनुज धर्म के कारण ही इतनी दृढ़ता से बँधे हुए थे। दुर्योधन ने दूसरा मौका शेष पांडवों को दिया था। द्रौपदी उनकी भी पत्नी थी। यदि वे ही अपने अग्रज के विरुद्ध खड़े हो जाते तो भी दुर्योधन की कामना सफल होती... वह तो चाहता ही था कि पांडवों में आपस में फूट पड़े। भीम के तेवर वह देख ही चुका था। याज्ञसेनी ने पाँचों पांडवों को एकता की डोर से बाँध रखा था इसीलिए तो उससे विवाह के बाद से पाँचों लगातार आगे ही बढ़ रहे थे... और यही दुर्योधन की ईर्ष्या, द्वेष और क्रोध का कारण था। इसीलिए पांचाली को लेकर पांडवों में विवाद कराने हेतु दुर्योधन ने उसका प्रश्न बड़ी चतुराई से पांडवों पर ही छोड़ दिया... और लोगों की वाहवाही भी लूट ली।

किंतु दुर्योधन की मंशा पूरी नहीं हो पाई... न युधिष्ठिर ने मुख खोला न शेष पांडवों ने। बड़ी देर की चुप्पी के बाद वायुपुत्र भीम ने हलचल की... किंतु सबको, विशेषकर दुर्योधन को निराश करते हुए उन्होंने अपने अग्रज में आस्था जताई और यह भी कहा, 'मेरे पितृतुल्य पुण्य-तप व प्राणों के प्रभु ज्येष्ठ भ्राता के गौरव ने मुझे रोक रखा है अन्यथा मैं अभी पांचाली के केश को छूने वाले दुःशासन को भाइयों सहित बिना तलवार के अपने हाथों से मसल देता!'

तब भीष्म, द्रोण आदि ने भीम की प्रशंसा करते हुए उन्हें शांत किया।

माहौल को बदलते देख कर्ण ने फिर एक घृणित चाल चली। दुर्योधन को प्रसन्न करने के लिए उसने पांचाली से कहा, 'दास स्वामी के अधिकार में होते हैं अतः आज

से तुम्हारे लिए आदेश है कि "प्रविश्य राज्ञः परिवारं भजस्व" अर्थात् दुर्योधन के परिवार में जाकर सबकी सेवा करो। अब से पार्थ नहीं, धार्तराष्ट्र तुम्हारे स्वामी होंगे। अब तुम शीघ्र ही दूसरा पति चुन लो... ये हारे हुए पांडव तुम्हारे पति नहीं रहे।'

कर्ण के ये वचन सुन किसी तरह अपने को संयत रखकर बैठे भीम फिर उखड़ गए। क्रोध से रक्त-वर्ण हुए नेत्रों से युधिष्ठिर को दग्ध करते हुए वे बोल पड़े, 'राजन्! मुझे सूत-पुत्र कर्ण पर क्रोध नहीं आता। सचमुच ही दास-धर्म यही है जो उसने बताया है। महाराज! यदि आप इस पांचाली को दाँव पर लगाकर द्यूत नहीं खेलते तो क्या ये शत्रु हम लोगों के सम्मुख ऐसे वचन कह सकते थे?'

भीम की गर्जना सुन युधिष्ठिर और शेष पांडव तो मौन बने रहे किंतु दुर्योधन प्रसन्न हो गया और तब पांडवों को और अधिक भड़काने के लिए उसने कर्ण की ओर देख इशारों में उससे सलाह करके अपने खंबे जैसी मोटी, वज्र के समान कठोर बाईं जंघा को वस्त्र से अनावृत्त कर पांचाली की ओर मुस्कुराते हुए अश्लील दृष्टि से देखा... मुख से यद्यपि उसने कुछ नहीं कहा किंतु उसकी इस घिनौनी हरकत से भीसमेन के तनबदन में जैसे आग लग गई... बस यही वह क्षण था जब भीमसेन के हाथों दुर्योधन की क्रूरतापूर्वक हत्या तय हो गई थी... भीम ने तत्क्षण सबके सामने गरजते हुए प्रतिज्ञा की, 'यदि महासमर में तेरी इस जांघ को अपनी गदा से न तोड़ डालूँ तो मुझ भीमसेन को अपने पूर्वजों के साथ उन्हीं के समान पुण्यलोक की प्राप्ति न हो।' उस समय भीम के रौद्र रूप का वर्णन करते हुए व्यास कहते हैं कि उनके रोम-रोम से चिंगारी निकल रही थी, सारी इंद्रियों से आग की लपटें निकल रही थी, ठीक उसी तरह जैसे जलते हुए वृक्ष के कोटरों से आग की लपटें निकलती दिखाई देती हैं। भौंहें तनी होने के कारण मूर्तिमान यमराज की भाँति उनके भयानक मुख की ओर देखना भी कठिन हो रहा था।

अस्तु... हम सब जानते हैं कि 18 दिनों तक चलने वाले उस महाविनाशक महाभारत युद्ध के अंतिम दिन अपने सारे महारथियों और सेना को खोने के बाद दुर्योधन किसी तरह प्राण बचाते हुए पानी में छिपकर बैठा था। तब पांडवों ने उसे ललकार कर बाहर निकाला... युद्ध हेतु उसे प्रेरित किया। हालांकि दुर्योधन ने विनय की कि अब मैं बंधु-बांधवों से हीन हो चुका हूँ... युद्ध की इच्छा नहीं रखता हूँ, अतः अब तुम्हें पृथ्वी सौंपकर वनगमन करना चाहता हूँ... किंतु यह तो सौ चूहे खाकर बिडाल के तीर्थ में जाने के समान था... और तब युधिष्ठिर ने दुर्योधन को ललकारते हुए पानी से बाहर निकलने और युद्ध करने को बाध्य किया। अंततः वासुदेव के एक इशारे पर भीम ने दुर्योधन की जंघा पर गदा से वार कर उसे तोड़कर उसकी जीवन-लीला समाप्त की... इतना ही नहीं उसके राजमुकुट को पैर की ठोकर से उछालकर भीम ने दुर्योधन के गर्वीले मस्तक पर लात से प्रहार भी किया। भीम का यह कृत्य अधर्म था क्योंकि युद्ध के नियम के विपरीत था, इसीलिए बहुतों ने उस समय भीम की निंदा भी की... और तो और युधिष्ठिर ने भी

इस हेतु भीम को फटकारा... बलराम ने तो इस हेतु भीम के साथ-साथ कृष्ण को भी फटकार लगाई क्योंकि यह सब उन्हीं के इशारे पर हुआ था... किंतु ऐसा तो होना ही था ऐसा नहीं होता तो अधर्म होता! दुर्योधन यदि भीम की कठोर गदा का वार छाती पर खाकर प्राण त्यागता तो पांचाली के उस अपमान का क्या होता जो दुर्योधन ने भरी सभा में अपनी अनावृत जंघा दिखाकर उसके प्रति किया था? कृष्णा तन से पाँचों पांडवों की पत्नी थी किंतु मन से कहीं बहुत गहरे वह श्रीकृष्ण से भी बँधी थी... इतने गहरे तक कि वह अपने को कृष्ण के समतुल्य समझती थी इसीलिए वह स्वयं को श्रीकृष्ण की सखा कहती थी। द्यूत-सभा में पाँच-पाँच वीर पतियों के होते हुए भी उसकी लाज की रक्षा आखिर उसके सखा कृष्ण ने ही तो की थी। तो ऐसी पांचाली का वह वीभत्स अपमान क्या स्वयं कृष्ण का अपमान नहीं था? वस्तुतः इसीलिए अधर्म के कलंक को सिर माथे पर लेते हुए उसके अपमान का प्रतिकार करने के लिए ही कृष्ण ने अर्जुन को माध्यम बनाकर भीम को उकसाया... और उसे दुर्योधन की जंघा पर वार करने को कहा था। (वैसे व्यासदेव ने दुर्योधन की जंघा-प्रहार द्वारा की गई हत्या की वैधता एक और कथा द्वारा पुष्ट की है। वनवास पश्चात् पांडवों से संधि करने की शुभेच्छा लिए हस्तिनापुर पधारे महर्षि मैत्रेय को दुर्योधन ने इसी जंघा पर ताल ठोककर कहा था कि वह किसी तरह पांडवों से संधि नहीं करेगा... उस क्षण भी उसकी जंघा इस तरह के प्रहार हेतु शापित हो गई थी।)

अस्तु... भीम के बाद अर्जुन ने भी मुँह खोला... किंतु अभी वह अपना क्रोध प्रगट करने जा ही रहा था कि कौरव-सभा में भयानक अपशकुन प्रगट होने लगे। धृतराष्ट्र की अग्निशाला में गीदड़ 'हुआ' 'हुआ' का स्वर करने लगे जिसे सुनकर गधे जोर-जोर से रेंकने लगे। दूसरी ओर गीध आदि पक्षी भी चारों ओर से कोलाहल करने लगे। यह सब सुनकर सारे सभासद, धृतराष्ट्र व गांधारी भी भयभीत हो उठे। सारी सभा में तरह-तरह की बातें होने लगी। तभी अचानक धृतराष्ट्र सबको शांत रहने का आदेश देते हुए अपने स्थान पर खड़े हो गए... तब सारी सभा में सन्नाटा छा गया।

चलो... कुल-वधूटी के करुण विलाप से न सही, विविध प्राणियों की अशुभ बोलियों से तो अंध राजा की आँखें खुली! और फिर उसने अपने पुत्रों को फटकारने तथा पुत्र-वधू का सम्मान करने में कोई कमी नहीं की।

दुर्योधन को फटकारते हुए तब उन्होंने कठोर शब्दों में कहा, 'रे मतिमंद दुर्योधन! तू तो जीते जी ही मारा गया! तू श्रेष्ठ कुरुवंशियों की सभा में अपने ही कुल की बहू, वह भी पांडवों की धर्मपत्नी को लाकर उससे अपमानपूर्वक बातें कर रहा है!' आगे धृतराष्ट्र अपने कुल को महाविनाश से बचाने के लिए पांचाली को सांत्वना देते हुए कहते हैं, 'वधू पांचाली! तुम मेरी पुत्रवधुओं में सबसे श्रेष्ठ एवं धर्मपरायण सती हो। तुम्हारी जो इच्छा हो, उसके अनुसार मुझसे वर माँग लो।'

यद्यपि धृतराष्ट्र ने मुँह खोलने में बहुत देर लगाई थी; कह सकते हैं कि उस समय अग्निशाला में होने वाले तरह-तरह के अपशकुनों से डरकर अंधे राजा ने यह कहा था... किंतु उसका यह कृत्य यह सिद्ध करता है कि कुल मिलाकर कुरु-वंश का यह राजा उतना बुरा नहीं था। प्रकृति ने अंधा बनाकर उसे हस्तिनापुर के राजसिंहासन से वंचित कर दिया था। उसके अंधे होने के कारण ही कनिष्ठ होते हुए भी पांडु राजा बने थे। धृतराष्ट्र के मन में इस बात को लेकर मलाल होना स्वाभाविक ही कहा जाएगा किंतु पांडु जब तक रहे उनके मन में भाई के प्रति थोड़ा भी मालिन्य नहीं था। हाँ, पांडु के बाद पुत्र-मोह के कारण उनके मन में हस्तिनापुर के राजसिंहासन पर दुर्योधन को स्थापित करने की आकांक्षा लहरें मारने लगी थी... सोचा जाए तो यह भी अस्वाभाविक नहीं था। अस्वाभाविक था तो द्रुपद-सुता का कौरव-सभा में वह वीभत्स अपमान!

अस्तु... बात द्यूत-सभा के कठिन क्षणों में धृतराष्ट्र की भूमिका की चल रही थी। धतराष्ट्र अंधे थे पर एकदम बुद्धिहीन नहीं थे। द्रौपदी के अपमान में उन्होंने तुरंत भावी युद्ध को पढ़ लिया, इसीलिए पांचाली को शांत करने के लिए उन्होंने अपनी ओर से पांडवों को मुक्त करने के बजाय, द्रौपदी को ही शांत करने का प्रयत्न किया... और इसीलिए उसे वर देकर पांडवों को इस विपत्ति से मुक्त करने का मौका दिया।

धृतराष्ट्र के वचन सुनकर कृष्णा को कुछ सांत्वना मिली। धृतराष्ट्र को 'भरत-वंश शिरोमणि' संबोधित कर उस प्राज्ञी ने कहा, 'यदि आप मुझे वर देना चाह रहे हैं तो मैं यही माँगती हूँ कि संपूर्ण धर्म का आचरण करने वाले राजा युधिष्ठिर दास-भाव से मुक्त हो जाएँ... जिससे मेरे मनस्वी पुत्र प्रतिविन्ध्य को अज्ञानवश दूसरे राजकुमार यह न कहें कि यह दासपुत्र है।' इस पर धृतराष्ट्र ने तुरंत, 'एवं भवतु कल्याणि' कहा। किंतु मात्र इतने से उन्हें संतोष नहीं हुआ, अतः उन्होंने द्रुपद-नंदिनी से पुनः कहा, 'तुम एक वर पाने योग्य नहीं हो। मेरा मन मुझे प्रेरित कर रहा कि मैं तुम्हें एक और वर दूँ, अतः मैं तुम्हें दूसरा वर देता हूँ, इसे भी माँग लो।'

तब पांचाली ने कुछ सोचकर कहा, 'भीम, अर्जुन तथा दोनों यमज अपने रथ एवं धनुष-बाण सहित दास-भाव से मुक्त एवं स्वतंत्र हो जाएँ।'

धृतराष्ट्र ने तुरंतु 'तथास्तु' कहा... किंतु इतने पर भी उन्हें संतोष नहीं हुआ... भतीजों की अथाह संपत्ति और विशाल राज्य तो अभी भी उनके पुत्र के कब्जे में थे। पांचाली क्या इसे वापस नहीं चाहती? कुछ सोचकर उन्होंने पुनः द्रौपदी से कहा, 'कल्याणि! तुम मुझसे तीसरा वर भी माँग लो। मेरी पुत्रवधुओं में तुम सर्वश्रेष्ठ एवं धर्मशीला हो, मैं समझता हूँ कि केवल दो वर से तुम्हारा पूरा सत्कार नहीं हुआ है। 'किंतु बुद्धिमति पांचाली ने तीसरा वर लेने से इंकार कर दिया... किसी दंभ या क्रोध या वैमनस्य के कारण नहीं वरन् धर्म के कारण! वह कहती है,

'लोभो धर्मस्य नाशाय भगवन् नाहमुत्सहे।
अनर्हा वरमादातुं तृतीयं राजसत्तम् ॥' (सभापर्व 71.34)

अर्थात्, लोभ परलोक का नाशक होता है, अतः अब मेरे मन में वर माँगने का उत्साह नहीं रह गया है और तीसरा वर लेने का मुझे अधिकार भी नहीं है।

आगे पांचाली कहती है, 'धर्म में क्षत्रिय स्त्री को केवल दो ही वर माँगने का अधिकार दिया है अतः मैं तीसरा वन नहीं माँगूँगी। मेरे ये पति दास-भाव को प्राप्त होकर भारी विपत्ति मे फँस गए थे... अब उससे पार हो गए। मुझे विश्वास है कि इसके बाद अपने पुण्यकर्मों से ये लोग स्वयं अपना कल्याण प्राप्त कर लेंगे।'

अस्तु... वरों के इस लेन-देन में वर देने वाले राजा धृतराष्ट्र की श्रेष्ठता तो प्रमाणित होती है, पांचाली के चरित्र की श्रेष्ठता भी प्रमाणित होती है। प्रथम वर को ही देखें, जिस युधिष्ठिर के कारण पांचाली इतनी अपमानित हुई थी, उसके ही कल्याण का ध्यान उसे सबसे पहले आया। वह जानती थी कि अंततः युधिष्ठिर राजा हैं, अग्रज हैं... और सभी अनुज तभी तक जीवित हैं जब तक अग्रज जीवित है, इसीलिए उसने सबसे पहले उन्हें ही दासत्व से मुक्त किया।

द्रौपदी अपने दूसरे वर में शेष पांडवों को दासता से मुक्त कराती है क्योंकि वह जानती थी कि किसी क्षत्रिय राजा के लिए दासता मृत्यु से भी ज्यादा विदारक होती है।

तीसरे वर में पांचाली की उच्च्य धर्म-बुद्धि झलकती है। इतनी भयानक विपत्ति में वह यह नहीं भूली कि क्षत्राणि को केवल दो वर ही प्राप्त करने का अधिकार होता है तथा लोभ धर्म का नाशक होता है। काश! धृतराष्ट्र-पुत्र और कर्ण यह देख पाते कि जिस राज्य के लिए उन्होंने अपने ही बंधुओं की छलपूर्वक इतनी दुर्गति की है... उसके प्रति पांचाली कितनी निःस्पृह है! ...वह चाहती तो तीसरे वर में धृतराष्ट्र से अपना समूचा धन और राज्य वापस माँग सकती थी।

यहाँ एक प्रश्न उठता है कि पांचाली ने धृतराष्ट्र से न्याय क्यों नहीं माँगा? उसने स्वयं को अपमानित करने वालों को दंड देने को क्यों नहीं कहा? क्या वह अपना अपमान भूल गई थी? नहीं, ऐसी बात नहीं थी... इस अपमान में तो वह सारी जिंदगी जलती रही थी। युद्ध के पूर्व अनेक बार वह अपने दिल में लगे घाव अपने सुहृदजनों को दिखलाती रही थी। अपने सखा कृष्ण से तो निम्न बात वह एक नहीं अनेक बार कहती है।

'कथं नु भार्या पार्थानां तव कृष्ण सखी विभो।
धृष्टद्युम्नस्य भगिनी सभां कृष्येत मादृशी ॥' (वनपर्व 12.61)

अर्थात् 'कृष्ण! मेरे जैसी स्त्री जो पार्थों की पत्नी, आपकी सखी और धृष्टद्युम्न की बहन हो, क्या उस तरह खींचकर सभा में लाई जा सकती थी?'

कहने का तात्पर्य यह कि द्रौपदी अपना अपमान भूली नहीं थी, पर वह समझती

थी कि बूढ़े धृतराष्ट्र में इतना दम नहीं है कि वह अपने उद्दंड पुत्रों को दंड दे सके... और फिर शायद उसके मन में यह इच्छा भी रही हो कि जिन पतियों के कारण वह अपमानित हुई हे, वे ही उसके अपमान का बदला लें!

जहाँ तक राज्यलक्ष्मी का प्रश्न है, ऐसा नहीं कि इस ओर से वह सर्वथा निर्लिप्त थी... वन में अपने पतियों को दरिद्रावस्था में रहते देख वह हमेशा अपने पुराने वैभव को याद कर दुःखी हुई है किंतु इस वक्त पतियों की मुक्ति के सामने उसके लिए राज्यलक्ष्मी तुच्छ थी और वह जानती थी कि उसके पति इतने पौरुष-संपन्न अवश्य हैं कि अपनी खोई हुई राज्यलक्ष्मी को अवश्य प्राप्त कर लेंगे।

अस्तु... पांचाली ने अपने पतियों को दासता से मुक्त करा लिया। सज्जनों ने चैन की साँस ली। किंतु दुर्जनों को भला यह कैसे भाता? सबसे ज्यादा कर्ण को पांडवों की मुक्ति खल रही थी... तभी तो पांडवों को भड़काते हुए वह द्रौपदी की प्रशंसा के बहाने कह उठता है... यह पांचाली तो बहुत अद्‌भुत स्त्री है। आज अथाह जल में थपेड़े खा रही पांडवों की नाव को इसने, एक स्त्री ने पार लगाया है।

कर्ण के कथन पर भीमसेन खामोश न रह सके। दुःख से बोल पड़े, 'हाय! पांडवों को उबारने वाली एक स्त्री हुई! ...' वह अभी और भी कुछ कहते पर अर्जुन ने उन्हें रोक दिया, यह कहते हुए, 'भारत! श्रेष्ठ पुरुष नीच पुरुषों द्वारा कही या न कही गई कड़वी बात का कभी उत्तर नहीं देते।'

धृतराष्ट्र के उपकारों को स्मरण कर अर्जुन आगे कहते हैं, 'प्रतिशोध का उपाय जानते हुए भी सत्पुरुष दूसरों के उपकारों को याद रखते हैं... न वैराणि अर्थात् वैर को नहीं। ऐसे साधु पुरुषों को सबसे सम्मान प्राप्त होता है।

किंतु अर्जुन के इस उपदेश का भीमसेन पर कोई असर नहीं हुआ। मूर्तिमान यमराज के समान वह धृतराष्ट्र-पुत्रों को यमलोक पहुँचाने के लिए कटिबद्ध हो गरजते रहे... काश अग्रज उन्हें आँख का केवल एक इशारा कर देते।

अंततः इतनी देर तक गूँगे की भाँति चुपचाप बैठै अग्रज ने मुँह खोला... किंतु इसलिए कि अनुजों को शांत कर सकें, 'भारत! ऐसा न करो! शांतिपूर्वक बैठ जाओ।' और फिर युधिष्ठिर अपने स्थान से उठे... बद्धांजलि हो वे राजसिंहासन की ओर चल पड़े... जहाँ कुरु-कुल के वयोवृद्ध राजा धृतराष्ट्र महारानी गांधारी सहित विराजमान थे।

और फिर अत्यंत विनीत भाव से युधिष्ठिर ने कहा, 'राजन! आप हमारे स्वामी हैं। आज्ञा दीजिए कि हम क्या करें? हम लोग सदा आपकी आज्ञा के अधीन रहना चाहते हैं।'

युधिष्ठिर के विनय-भाव से मुग्ध होकर धृतराष्ट्र ने और भी अधिक उदारता प्रगट करते हुए कहा, 'अजातशत्रो! तुम्हारा कल्याण हो। तुम बिना किसी विघ्न-बाधा के अपने हारे हुए धन के साथ अपनी राजधानी वापस जाओ तथा मेरी आज्ञा से अपने

राज्य पर शासन करो। पत्थर या लोहे पर कुल्हाड़ी नहीं पड़ती। लोग उसे लकड़ी पर ही चलाते हैं। "यतो बुद्धिस्ततः शांतिः प्रशमं गच्छ भारत" अर्थात् जहाँ बुद्धि है वहाँ शांति है, भारत, तुम शांत हो घर जाओ। जो कुछ हुआ उसे भूल जाओ।'

आगे धृतराष्ट्र देर तक युधिष्ठिर को शांत रहने का अनुरोध करते हुए सुंदर शब्दों में क्षमा का महत्व समझाते हैं। उनका एक सुंदर कथन यहाँ उल्लेखनीय है, 'नीच पुरुष साधारण बातचीत में कटु वचन बोलने लगते हैं। मध्यम वे होते हैं जो पहले तो कटु वचन नहीं कहते किंतु प्रत्युत्तर में कहने लगते हैं। किंतु श्रेष्ठ पुरुष वे होते हैं जो किसी के कटुवचन बोलने या न बोलने पर भी अपने मुख से कभी कठोर एवं अहितकर बात नहीं कहते।' युधिष्ठिर से वे यह भी कहते हैं 'जिसके तुम शासक हो और बुद्धिमान विदुर मंत्री है वह कुरु-वंश कदापि शोक मनाने योग्य नहीं है। तुममें धर्म है, अर्जुन में धैर्य है, भीमसेन में पराक्रम है और दोनों यमजों में सेवा और श्रद्धा का भाव है। अजातशत्रो! तुम्हारा कल्याण हो। अब तुम खांडव प्रस्थ जाओ। दुर्योधन आदि बंधुओं के प्रति तुम्हारे मन में, "अस्तु सौमात्रं" सौमनस्य बना रहे तथा धर्म में तुम्हारा मन सदा लगा रहे।'

और अब धर्मराज युधिष्ठिर धृतराष्ट्र को प्रणाम कर उनके आदेश से अपने भाइयों और द्रौपदी को साथ लेकर मेघ के समान शब्द करने वाले वेगवान रथ में बैठकर प्रसन्न मन से इंद्रप्रस्थ की ओर चल पड़े। किंतु शायद युधिष्ठिर के रथ का वेग इतना नहीं था कि उन्हें अपने गन्तव्य तक पहुँचा पाता... या फिर हम इसे नियति का दोष कहें कि दिल्ली उनके लिए अभी बहुत दूर... बहुत ही दूर थी।

इधर पांडवों के जाते ही कौरव-सभा में खलबली मच गई। पांडवों को अपने जाल में फँसाने के लिए चांडाल-चौकड़ी ने पुनः कुटिल चालों पर विचार करना प्रारंभ कर दिया... और अंततः बेचारे पांडवों का मुँह तक आया कौर फिर छिन गया।

हुआ यूँ कि पांडवों के इस तरह चले जाने पर दुर्योधन और उसके सहयोगी बड़े दुःखी एवं निराश हो गए। फिर आपस में सलाह करके वे धृतराष्ट्र के पास पहुँचे।

पिता के समक्ष दुर्योधन ने अपना कथन अर्जुन के बल-प्रताप के बखान से प्रारंभ किया, 'महाराज! अर्जुन ने पूर्व में जो अचिन्त्य साहसपूर्ण कार्य किए हैं उनका वर्णन करता हूँ, सुनो। पहले तो अर्जुन ने अपने पराक्रम से द्रुपद-नंदिनी को प्राप्त किया... फिर नागराज कन्या उलूपी तथा बलराम की भगिनी सुभद्रा भी उसे प्राप्त हुई। चारों धामों की यात्रा कर अर्जुन अत्यंत शक्तिशाली होकर लौटा। खांडव वन का दहन कर उसने अग्निदेव को संतुष्ट किया और मयासुर से अनुपम सभा-भवन प्राप्त किया। उसने उत्तर दिशा में जम्बूद्वीप पर विजय प्राप्त की तथा सभी राजाओं को अपने बस में कर लिया। संसार में कहीं ऐसा पुरुष नहीं है जो पराक्रम में अर्जुन से समानता रखता हो।'

दुर्योधन द्वारा अर्जुन की इतनी प्रशंसा करने का मतलब यह नहीं था कि वह हृदय

से अर्जुन के पराक्रम की प्रशंसा कर रहा था... वस्तुतः वह अर्जुन की प्रशंसा कर ही नहीं रहा था। वह तो पिता के समक्ष अर्जुन के पराक्रम से उत्पन्न अपने भय को बतलाना चाहता था, साथ ही पिता को भी भयभीत करना चाहता था। आगे वह कहता है, 'ऐसे पराक्रमी अर्जुन का नाम लेते ही मैं भय से उदिग्न हो जाता हूँ। मैं उससे इतना भयभीत हूँ कि मुझे हर ओर केवल अर्जुन ही नजर आता है। सारा नगर मुझे अर्जुनमय दिखता है। यहाँ तक कि स्वप्न में भी पार्थ को देखकर मैं अचेत हो जाता हूँ... इतना ही नहीं 'अ' अक्षर से प्रारंभ होने वाले शब्द, अस्त्र, अश्व और अज, आदि भी मेरे मन में भय उत्पन्न करते हैं। यदि युद्ध में कभी हमारा उससे सामना हो तो वह अवश्य ही हमारे सभी सैनिकों को नष्ट कर देगा। पूर्वकाल में जिस तरह मारीच को राम से भय हो गया था वैसे ही मुझे अर्जुन से हो गया है।'

पुत्र के वचन सुन अर्जुन से भयभीत होने के बजाय धृतराष्ट्र ने उसे समझाते हुए कहा, 'मैं अर्जुन के महान् पराक्रम को जानता हूँ। उसका सामना करना अत्यंत कठिन है, अतः तुम उसके प्रति कोई अपराध न करो। उसके प्रति कटु वचनों का प्रयोग मत करो वरन् उसके प्रति स्नेहपूर्वक व्यवहार करो। इस पृथ्वी पर पार्थ के साथ जिसके संबंध मधुर होंगे "तस्य नास्ति भयं किंचित त्रिषु लोकेषु भारत" उसको तीनों लोंकों में किसी से भय नहीं होगा।'

किंतु ईर्ष्यालु दुर्योधन पांडवों से संधि चाहता ही नहीं था। उसका तो एकमेव लक्ष्य उनका सर्वनाश था। उसने इसी उद्देश्य से पिता से बात शुरू की थी, अतः पिता की सीख अनसुनी करते हुए उसने कहा, 'जुए में हम लोगों ने अर्जुन के प्रति जो छल-कपट का व्यवहार किया है उसे वह की भी नहीं भूलेगा। देवगुरु बृहस्पति ने नीति बताई है कि क्रोधित सर्प के समान क्रोधित शत्रु अवश्य बदला लेता है। पाँचों पांडव अत्यंत क्रोधित होकर यहाँ से गए हैं। फिर पांचाली को जो कष्ट हमने दिए हैं उसे तो उनमें से कोई भी चुपचाप नहीं सहेगा। अब हमारी भलाई इसी में है कि हम अभी ही उन्हें दबा दें।'

आगे दुर्योधन पांडवों को छलने के लिए पुनः द्यूत का सहारा लेने को कहता है। वह कहता है इस बार हम केवल एक बाजी खेलेंगे... और शर्त यह होगी कि जो बाजी हारेगा उसे बारह वर्ष तक वनवास करना होगा और एक वर्ष अर्थात् तेरहवें वर्ष अज्ञातवास में रहना होगा... यदि अज्ञातवास भंग हुआ तो फिर दोबारा बारह वर्ष तक वनवासी बनना होगा।

दुर्योधन पिता को आश्वासन देता है कि मामा शकुनि इस बार भी बाजी अवश्य ही जीत लेंगे। तब तेरह वर्ष तक हम अपने राज्य को इतना मजबूत कर लेंगे कि यदि पांडव तेरहवें वर्ष का अज्ञातवास पूरा कर भी लें तो भी हम उन्हें उनका राज्य वापस नहीं देंगे... उन्हें युद्ध में परास्त कर देंगे!

अंततः न चाहते हुए भी धृतराष्ट्र दुर्योधन के इस प्रस्ताव से सहमत हो गए... और

फिर तुरंत प्रातिकामी को युधिष्ठिर के रथ के पीछे भिजवाया गया ताकि वह इंद्रप्रस्थ पहुँचने के पूर्व ही युधिष्ठिर को धृतराष्ट्र की ओर से पुनः द्यूत का निमंत्रण देकर उन्हें अपने साथ हस्तिनापुर ले आए।

वैस धृतराष्ट्र के इस कृत्य का भीष्म, विदुर, द्रोणाचार्य, कृपाचार्य, अश्वत्थामा तथा धृतराष्ट्र के ही दो पुत्रों विकर्ण और युयत्सु ने एक स्वर से विरोध किया था... किंतु अंधे के साथ बहरे बन चुके राजा के लिए सारे स्वर अनसुने थे। यहाँ तक कि गांधारी ने भी धृतराष्ट्र को समझाया कि अपने कुलांगर पुत्र दुर्योधन के कहने पर मत चलो... शांत हो चुके पांडवों को मत छेड़ो... बँधे हुए फलों को मत तोड़ो... बुझने जा रही आग को भला कोई भड़काता है? अच्छा होगा कि राजा अपने पुत्र का ही त्याग कर दें।' ... किंतु तब तक तीर कमान से निकल चुका था... अंधे राजा अब उसे रोकने में असमर्थ थे। प्रातिकामी पांडवों को बुलाने जा चुका था!

बस थोड़ी ही दूर रह गया था पांडवों का प्रिय इंद्रप्रस्थ... अभी वे चैन की सांस ले ही रहे थे कि अचानक दुर्योधन का प्रातिकामी धृतराष्ट्र का संदेशा लिए उन तक आ पहुँचा। युधिष्ठिर जानते थे कि इस बार का द्यूत अवश्य ही उनके कुल का विनाशक होगा, किंतु वे विवश थे। अपने भाइयों से वह कहते हैं 'नातिक्रमितुमुत्सहे' अर्थात् मैं धृतराष्ट्र की आज्ञा का उल्लंघन नहीं कर सकता।

तब पाँचों पांडव द्रौपदी के साथ फिर एक बार वही नाटक दुहराने हस्तिनापुर पहुँच गए। कौरव-सभा में फिर एक बार चौपड़ बिछी... फिर सारी सभा विशिष्ट जनों से भर गई। सुहृदजनों ने बार-बार युधिष्ठिर को द्यूत खेलने से रोका किंतु परिणाम जानते हुए भी युधिष्ठिर शकुनि की शर्त पर द्यूत खेलने बैठ गए... क्योंकि पितृतुल्य ताऊ की आज्ञा पालन करना वह धर्म समझते थे।

इस बार केवल एक़ बाजी लगानी तय हुई थी... और वैसा ही हुआ। इस बाजी का परिणाम प्रत्येक सभासद जानता था... फिर भी सबकी साँसें जैसे शकुनि द्वारा पासा फेंकते ही रुक सी गई... और फिर अगले ही क्षण शकुनि 'जितमित्येव' यह लो मैं जीत गया... कहते हुए अपने भांजों सहित खुशी से उछल पड़ा... बेचारे पाँडवों की गर्वीली गर्दनें फिर झुक गईं।

और पवित्र आर्यावर्त की भूमि पर एक बार फिर राजपुरुषों द्वारा अपने राज्य का त्याग कर लंबे समय के लिए वनवास जाने का कारुणिक दृश्य उपस्थित हुआ। अयोध्या के राजकुमार राम अपने भाई लक्ष्मण और पत्नी वैदेही के साथ चौदह वर्ष के लिए वनवास हेतु जाते समय जिस प्रकार निर्विकार थे वैसे ही युधिष्ठिर भी अन्य पांडवों तथा पांचाली के साथ मृगचर्म पहनकर तेरह वर्षों के लिए वन जाते समय निर्विकार थे... किंतु केवल ऊपर से। भीतर तो सबके अंधड़ चल रहे थे। उधर हस्तिनापुर की सारी प्रजा एवं पांडवों के प्रियजन वैसे ही आकुल-व्याकुल थे जैसे राम-गमन के समय अयोध्या की प्रजा

और राम के प्रियजन थे। पर हाँ, यहाँ भी चंद लोग इस अवसर पर खुशियां मना रहे थे। अंतर इतना था कि अयोध्या में राम के वन-गमन पर कैकेयी और मंथरा केवल मन-ही-मन खुशी मना रही थे जबकि यहाँ दुर्योधन और दुःशासन नाच-नाचकर अपनी खुशी प्रगट कर रहे थे... पांडवों के जले पर नम झिड़कने के लिए उन्हें जंगली, वनवासी, थोथे तिल, आदि कह कर उनकी हंसी उड़ा रहे थे। युधिष्ठिर की चुप्पी के कारण शेष पांडव चुपचाप उनके व्यंग्य-बाण सह रहे थे। किंतु जब दुःशासन ने पुनः पांचाली का अपमान किया, उससे कहा कि अपने नपुंसक पतियों को छोड़ हममें से किसी को पति बना लो... तो भीमसेन से खामोश रहते नहीं बना। दुःशासन के करीब पहुँचकर गरजते हुए उन्होंने कहा, 'आज जिस प्रकार अपने व्यंग्य-बाणों से तू मेरे मर्मस्थल को चोट पहुँचा रहा है, याद रखना किसी दिन मैं अवश्य ही इसका हिसाब तुझसे चुकाऊँगा।' भीम ने अपनी यहाँ पूर्व-प्रतिज्ञा पुनः दुहराई, 'यह कुंतीपुत्र भीमसेन युद्धभूमि में दुःशासन की छाती फाड़कर उसका रक्त उसी प्रकार न पिए जिस प्रकार सिंह मृग का रक्त पीता है तो मुझे पुण्य लोकों की प्राप्ति न हो।' फिर भीम ने दुर्योधन को गदा से मारने तथा उसके मस्तक को पैर से ठोकर मारने की प्रतिज्ञा की और शेष पांडवों को भी इसी प्रकार प्रतिज्ञा करने को प्रेरित किया। अर्जुन ने युद्धभूमि में कर्ण को मारने, सहदेव ने शकुनि का वध करने तथा नकुल ने पृथ्वी को समस्त धार्तराष्ट्रों से सूनी कर देने की प्रतिज्ञा की।

अत्यंत क्रोधित पांडवों की इस सिंह-गर्जना से सारा हस्तिनापुर जैसे काँप-सा गया। एक शांत थे तो ज्येष्ठ पांडव युधिष्ठिर। प्रतिज्ञा करते-करते उनके बंधु कहीं अभी ही हस्तिनापुर को युद्धभूमि में न बदल दें, सोचकर युधिष्ठिर ने शीघ्रतापूर्वक अपने दोनों हाथ जोड़कर सबसे वन-गमन की आज्ञा माँगी। पितामह भीष्म, विदुर, द्रोणाचार्य, कृपाचार्य, अश्वत्थामा तथा धृतराष्ट्र के साथ-साथ उन्होंने जब दुर्योधन और दुःशासन से भी विदा ली तो क्षण भर के लिए दुर्योधन एवं दुःशासन लज्जा से गड़ गए। कौरव-पक्ष के अन्य लोग युधिष्ठिर से कुछ कह तो नहीं सके किंतु मन-ही-मन उन्होंने 'कल्याणं दध्युस्ते धीमतः' अर्थात् उस बुद्धिमान के कल्याण की कामना की। शायद दुष्ट से दुष्ट मनुष्य में भी कहीं-न-कहीं सद्व्यवहार के लिए बड़प्पन का भाव थोड़ा ही सही, शेष रहता है।

पर इतने लोगों में एक विदुर ही थे जो सच्चे मन से पांडवों से बँधे थे... उनके लिए हृदय से दुःखी थे। इस समय पांडवों को अपनी वाणी से बल प्रदान करते हुए उन्होंने वनवास हेतु आवश्यक शिक्षा दी... युधिष्ठिर को समझाया 'नाधर्मेण जितः कश्चिद् व्यथते वै पराजये' अर्थात् अधर्म से पराजित होने वाला कोई भी पुरुष अपनी उस पराजय से दुःखी नहीं होता। इसके साथ ही विदुर ने पांडवों से उनकी वृद्ध माता कुंती को अपने ही पास रखने का अनुरोध भी किया। हालांकि इतने दुर्दांत शत्रु के राज्य में

कुंती को छोड़ने का पांडवों का मन नहीं था किंतु अपने सदा के हितैषी विदुर की बात वे टाल नहीं सके।

और फिर सारे हस्तिनापुरवासियों, ममतामयी माँ तथा अन्य सुहृदजनों को दुःख के अथाह सागर में छोड़ पाँचों पांडवों ने तेरह वर्षों की लंबी अवधि के लिए हस्तिनापुर से प्रस्थान किया। अत्यंत वैभव में पली पद्मगंधा पांचाली ने भी अपने पाँचों पुत्रों को छोड़ चुपचाप उसी युधिष्ठिर का अनुसरण किया जिसके कारण वह इस दयनीय स्थिति में पहुँची थी।

जाते समय पांचाली की हृदयविदारक स्थिति का चित्रण महाभारत के इस अर्धश्लोक से स्पष्ट होता है – शोणितारक्तैवसना मुक्तकेशी विनिर्ययौ (सभापर्व) अर्थात् उसके शरीर पर एक ही वस्त्र था जिसका कुछ भाग रक्त से सना था तथा उसके लंबे बाल बिखरे हुए थे। इन बालों से उसने अपने कमलमुख को ढाँक रखा था। इसी अवस्था में वह अंतःपुर से बाहर निकली।

अंधे राजा धृतराष्ट्र भी इन सारी घटनाओं से व्यथित थे। किंतु जैसे अंधी प्रवृत्तियों को रोकना कठिन होता है वैसे ही दुर्योधन के आगे पुत्र-मोह को उनके लिए रोकना कठिन था, यद्यपि जब तक वे ज्ञानी विदुर की सहायता ले रहे थे। (अंधी प्रवृत्तियों के दास हम भी यदा-कदा विदुर यानी बुद्धि की सहायता लेते हैं।) यह विदुर के वचनों की प्रतिध्वनि ही उन्होंने सभा-भवन में घटने वाली अशुभ घटनाओं में सुनी थी... अन्यथा उतने उदार बनकर वे पांडवों को स्वेच्छा से द्यूत में जीता राज्य नहीं लौटा देते। (दुर्योधन के जन्म के समय इसी तरह गधों के रेंकने और गीदड़ के रोने की आवाज सुन विदुर ने कहा था कि यह पुत्र कुलघातक निकलेगा, इसे त्याग दीजिए।) उधर दुर्योधन के प्रभाव से भी तो वे मुक्त नहीं हो पा रहे थे बेचारे धृतराष्ट्र। अच्छा बनने का प्रयत्न करते हुए भी बुरे के मार्ग पर ही चलते थे। दुर्योधन के दबाव में उन्होंने पुनः द्यूत का आयोजन कर पांडवों से उनकी लक्ष्मी छीनकर उन्हें वनवास तो दे दिया किंतु मन में भय, व्यथा और उत्सुकता की उत्ताल तरंगें मचलने लगी... क्या भाव थे वन जाते समय पांडवों के ... अंधे होने के कारण पांडवों का वनगमन तो वे नहीं देख पाए... न ही जाते समय पांडवों ने उनसे विदा ली... केवल युधिष्ठिर ने जाते समय उन्हें प्रणाम किया था... पर वे किस मुँह से उनके मस्तक पर आशीर्वाद का हाथ रखते... अन्यथा शायद अंधे होते हुए भी उन्हें युधिष्ठिर के मनोभाव जानने में देरी नहीं लगती। आखिर नहीं रहा गया तो उन्होंने सदा के सहायक विदुर को बुलवाया... यह जानने के लिए कि किस भाव को लेकर पाँचों पांडवों ओर पांचाली ने हस्तिनापुर से विदाई ली। ...और तब हमेशा की तरह धृतराष्ट्र को खूब खरी-खोटी सुनाकर विदुर ने उस दृश्य का यूँ वर्णन किया... युधिष्ठिर ने जाते समय अपना मुख अपनी हथेलियों से ढाँप रखा था क्योंकि आपके पुत्रों ने उनके साथ जो छल किया था उसे लेकर उनके मन में असीम रोष था। कहते हैं हमारा रोष

आँखों से पहले प्रगट होता है। धर्मराज ने अपने नयन इसलिए मूँद रखे थे क्योंकि वे जानते थे कि इस समय उन्होंने अपनी दृष्टि किसी पर डाली तो वह जरूर भस्मीभूत हो जाएगा... धर्मराज तो अपराधी के प्रति भी सहृदय थे फिर हजारों लोगों को, जो आँसू बहाते हुए उनके साथ चल रहे थे अथवा विदा देने पहुँचे स्नेहीजनों को वह कैसे भस्मीभूत कर सकते थे? इसीलिए उन्होंने अपने नयन ढाँप रखे थे।

महाबली भीम अपनी दोनों विशाल भुजाओं पर दृष्टि जमाए चल रहे थे... शायद शत्रुओं को दिखाना चाहते थे कि मेरी दोनों भुजाएँ ही तुम्हारा समूल नाश करने के लिए पर्याप्त हैं।

सव्यसाची दोनों अग्रजों के पीछे चल रहे थे... उस समय उन्होंने दोनों अंजुलियों में सिकता भर रखी थी जिसे वे अपने दोनों ओर धीरे-धीरे गिराते हुए बढ़ रहे थे... संभवतः यह बतलाने के लिए रेत के कणों के समान एक-एक कर असंख्य बाण समय आने पर मैं तुम लोगों पर छोडूँगा।

सहदेव, जो अपनी विशेष मेधा के लिए ख्यात थे, अग्रज जिनसे हमेशा सलाह लेकर ही काम करते थे... और जो पंचपांडवों की बुद्धि थे... समझ ही नहीं पा रहे थे अचानक यह सब क्या हो गया। संभवतः यह सोचकर कि कोई मुझे पहचाने मत, उन्होंने अपने मुख पर मिट्टी पोत ली थी... और सबसे छोटे, सबके दुलारे, सबसे सुंदर नकुल भी यमज के समान ही चेहरा छिपाकर जा रहे थे... पर कारण दूसरा था। इस दुःखद स्थिति में स्त्रियां कहीं उनका सुंदर चेहरा ही न देखती रहें, इसीलिए उन्होंने उस पर धूल डाल ली थी।

पाँचों पांडव ऊपर से खामोश थे... पर पांचाली जाते समय चुप नहीं थी... निराभरण, एकवस्त्रा, लंबे खुले केश अपने चेहरे पर बिखराए उस राजरानी ने जो कहा उसे धृतराष्ट्र को बताते समय विदुर की भी छाती काँप गई... उसने कहा, 'जिनके अन्याय के कारण आज मैं इस दशा में रोते हुए हस्तिनापुर को छोड़कर जा रही हूँ, आज से चौदहवें वर्ष उनकी स्त्रियाँ इसी दशा में हस्तिनापुर में प्रवेश करेंगी।'

वस्तुतः यह पांचाली का महासमर का उद्घोष था जिसका अंत भी तय था। उस महासमर में शत्रु-पक्ष की लाशें बिछेंगी... और अंततः उनकी पत्नियों को उसके ही समान रोना होगा... काश इतनी स्पष्टता से पांचाली के शब्दों में कौरवों का भविष्य बताने वाले विदुर की बातें अंधे राजा समझ पाते और एक बार फिर अपनी कुलवधू का सत्कार करते... तो संभवतः महासमर टल जाता।

अस्तु... पांचाली का पतियों के साथ वन में नया जीवन आरंभ हुआ। काम्यक वन की ठंडी बयार और हरी-भरी वादियों ने उसके रिसते घाव को कुछ शीतल किया। पांचाली पाँचों पतियों की सेवा में जुट गई। न अतिथि सत्कार में कोई कमी होती न यज्ञ-पूजा में। सूर्यदेव ने शायद इसी हेतु एक ऐसा चमत्कारिक पात्र पांचाली को दिया

था जिसमें पांचाली बिना किसी खाद्य-पदार्थों के तब तक भोजन बना सकती थी जब तक कि वह अंत में स्वयं खा-पीकर उसे साफ कर नहीं रख देती। कृष्ण कभी रानियों के संग आते तो माहौल बदलता। कृष्ण की रानियाँ द्रौपदी की कर्म-निष्ठा की प्रशंसा करती... उससे पतियों को प्रसन्न रखने के गुर भी पूछती... बड़ा सम्मान था उनके मन में पांचाली के प्रति जिसे वे शब्दों मे प्रगट भी करती... किंतु इन सबने पांचाली के हृदय के घाव को भर दिया हो ऐसी बात नहीं थी। नए वातावरण में अपने को ढालने के बाद भी पांचाली अपने कटु कल को भूली नहीं थी। उसका और उसके पतियों का अपमान रह-रह कर उसके जख्मों को कुदेरते रहता था। चित्र सा सब कुछ उसकी आँखों में तैरता रहता था... किरकिरी बन आँख में गड़ता रहता था। पांचाली पतिव्रता थी किंतु अंध-पतिभक्त नहीं थी। द्यूत-सभा में सबके सामने उसने यद्यपि अपने पतियों से कुछ नहीं कहा था... बल्कि धृतराष्ट्र द्वारा प्राप्त वर से उनकी सहायता ही की थी ... किंतु यह बात वह कभी नहीं भूली थी उसके अपमान का कारण उसके पति ही थे। उसके जी की जलन तभी मिट सकती थी जब उसके पति उसके अपमान का बदला कौरवों से लेते। इसीलिए वह वनवास की अवधि में तथा उसके बाद भी (युद्ध प्रारंभ होने के पूर्व तक) अपने पतियों को अपने हृदय पर अपमान के लगे घाव जब-तब दिखाती रहती थी। जब कभी उसके पति क्षमा, शांति, और संधि की बात करते, घायल शेरनी सी वह तड़फ उठती। इस संबंध में महाभारत के अनेक प्रसंग उल्लेखनीय हैं जो उस अग्निकन्या के तेजस्वी व्यक्तित्व को उद्‌घाटित करते हैं।

वन में अपने पतियों को खामोशी से तरह-तरह से कष्ट उठाते देख तथा अपने अपमान का स्मरण कर द्रौपदी के दुःख की सीमा नहीं थी। फिर भी वह मन-ही-मन घुटती हुई चुपचाप पतियों की सेवा में जुटी रहती थी। एक बार वन में अचानक अपने आराध्य, अपने सखा, अपने सच्चे बंधु कृष्ण को अपने सम्मुख पा द्रौपदी का दुःख मानों उसकी छाती चीरकर बाहर निकल आया। दुःखद समय में आत्मियों से मिलन तत्क्षण तो दुःख के आवेग को एकदम बढ़ा देता है किंतु वस्तुतः इसी से व्यक्ति के हृदय पर पड़ा बोझ भी कम होता है। अत्यंत दर्द भरे स्वर में द्रौपदी वासुदेव से प्रश्न करती है–

'कथं नु भार्या पार्थानां तव कृष्ण सखी विभो।
धृतटद्युम्नस्य भगिनी सभां कृष्येत मादृशी ॥' (वनपर्व 12.61)

'भगवन्! मेरी जैसी स्त्री जो पार्थो की पत्नी, आपकी सखी, धृष्टद्युम्न की बहन हो, क्या इस तरह सभा में घसीटकर लाई जा सकती थी?

'स्त्रीधर्मिणी वेपमाना शोणितेन समुक्षिता।
एकवस्त्रा विकृष्टास्मि दुःखिता कुरूसंसदि ॥' (वही, 62)

'मैं रजस्वला थी, मेरे वस्त्र पर रक्त के छींटे पड़े थे, शरीर पर एक ही वस्त्र था एवं

भय तथा लज्जा से मैं थरथरा रही थी, उस दशा में मुझे कौरवों की उस सभा में घसीटकर लाया गया था!'

'राज्ञां मध्ये सभायामां तु रजसातिपरिप्लता।

दृष्टा च मां धार्तराष्ट्र प्राहसन् पापचेतसः ॥' (वही, 63)

'भरी सभा में राजाओं की मंडली के बीच अत्यंत रजस्राव होने के कारण मैं रक्त से भीगी जा रही थी, उस दशा में धृतराष्ट्र के पापात्म पुत्रों ने मुझे देखकर मेरी हँसी उड़ाई थी।'

'दासीभावेन मां भोक्तुमीषुस्ते मधुसूदन।

जीवत्सु पांडुपुत्रेण पंचालेषु च वृष्णिषु ॥' (वही, 64)

'मधुसूदन! पांडवों, पाँचालों और वृष्णिवंशी वीरों के जीते जी धृतराष्ट्र के पुत्रों ने मेरा अपमान किया, दासी भाव से मेरा उपभोग करने की इच्छा प्रगट की।'

आगे द्रौपदी अपने अपमान का मूल कारण अपने पतियों की निंदा करती है—

'गर्हये पाण्डवांस्त्वेव युधिश्रेष्ठान् महाबलान्।

यत्क्लिश्यामानां प्रेक्षन्ते धर्मपत्नीं यशस्विनीम् ॥' (वही, 66)

'मैं तो संग्राम में श्रेष्ठ इन महाबली पांडवों की ही निंदा करती हूँ जो अपनी यशस्विनी पत्नी को शत्रुओं के द्वारा सताया हुआ देख रहे थे।'

'धिग् बलं भीमसेनस्य धिक् पार्थस्य च गाण्डिवम्।

यौ मां विप्रकृतां क्षुद्रैर्मर्षयेतां जनार्दनं ॥' (वही, 67)

'जनार्दन! भीम के बल को धिक्कार है, अर्जुन के गांडीव को भी धिक्कार है जो उन नराधमों द्वारा मुझे अपमानित होती देखकर भी सहन करते रहे।'

आगे द्रौपदी पति द्वारा पत्नी क्यों रक्षणीय है, इस विषय में सुंदर बात कहती है। 'पत्नी की रक्षा करने पर संतान सुरक्षित रहती है और संतान की रक्षा होने पर आत्मा की भी रक्षा होती है। पति की अपनी आत्मा ही स्त्री के गर्भ में जन्म लेती है, इसीलिए वह जाया कहलाती है। पत्नी को भी अपने पति की रक्षा इसलिए करनी चाहिए कि वह किसी प्रकार मेरे उदर से जन्म ग्रहण करे।'

पुनः द्रौपदी अपने दिल के घाव दिखाते हुए कहती है, 'जर्नादन! इन पाँचों पतियों से उत्पन्न मेरे महाबली पाँच पुत्र हैं। इनकी देखभाल के लिए भी मेरी रक्षा आवश्यक थी। किंतु आज मैं इन सबके होते हुए भी अनेक प्रकार के क्लेश भोगती हुई अत्यंत दुःख में डूबी रहकर धौम्यजी को आगे रखकर वन में निवास करती हूँ। ये सिंह के समान पराक्रमी पांडव बल-वीर्य में अपने शत्रुओं से सर्वथा बढ़े-चढ़े हैं। इनसे सर्वथा हीन कौरव मुझे भरी सभा में कष्ट दे रहे थे, तो भी इन्होंने मेरी उपेक्षा क्यों की? मधुसूदन! मैं श्रेष्ठ और सती-साध्वी होते हुए भी इन पाँच पांडवों के देखते-देखते केश पकड़कर घसीटी गई!'

यह कहते-कहते दुःख संतप्त पांचाली कमल-कोश के समान अपने कांतिमान एवं कोमल हाथों से अपना मुँह ढाँपकर फूट-फूटकर रोने लगी। कुपित हुई द्रौपदी बार-बार सिसकती और आँसू पोंछती हुई रुद्ध कंठ से बोली, 'मधुसूदन! मेरे लिए न पति है न पुत्र है न बांधव है न भाई न पिता है और न ही आप हैं! क्यों आप लोग नीच पुरुषों द्वारा हुए मेरे अपमान की उपेक्षा कर रहे हैं? ऐसा लगता है इसके लिए आपके हृदय में तनिक भी दुःख नहीं है। उस समय कर्ण ने जो मेरी हँसी उड़ाई थी उससे उत्पन्न दुःख अभी भी मेरे हृदय से दूर नहीं होता।'

आगे द्रौपदी कृष्ण से कहती है कि तुम्हें चार कारणों से मेरी रक्षा करनी चाहिए थी, 'सम्बंधाद्, गौरवात्, सख्यात्, प्रभुत्वात्, अर्थात् एक तो आप मेरे संबंधी हैं, दूसरे अग्निकुंड में उत्पन्न होने के कारण मैं गौरवमयी हूँ, तीसरे आपकी सखी हूँ और चौथे आप मेरी रक्षा करने में समर्थ हैं।

पर कृष्ण को यह सब बताने की आवश्यकता नहीं थी। उसके ये आँसू, उसका यह दर्द भला कृष्ण कभी सह सकते थे। वह तो उनकी अंतरंग आत्मा थी, उनकी प्राण-सखी थी तभी तो उन्होंने उस महासभा में उसकी लज्जा बचाकर दुःशासन के घमंड को चूर-चूर किया था। द्रौपदी का अपमान कृष्ण का ही अपमान था। इसीलिए द्रौपदी के मन की भड़ास निकल जाने पर कृष्ण ने प्रतिज्ञा की 'यत् समर्थं पांडवानां तत् करिष्यामि मा शुचः' अर्थात् पांडवों के हित में जो कुछ होगा, वह सब करूँगा, तुम शोक न करो। 'सत्यं ते प्रतिजानामि राज्ञां राज्ञी भविष्यसि' अर्थात् मैं सत्य प्रतिज्ञापूर्वक कहता हूँ कि तुम राजरानी बनोगी। कृष्ण कौरवों के नाश की भी प्रतिज्ञा करते हैं। तब पांचाली को कुछ सांत्वना मिलती है।

कृष्ण की यह प्रतिज्ञा अन्यों में भी जोश भरती है और अर्जुन तथा पांचाली के भाई धृष्टद्युम्न भी कौरवों के विनाश की प्रतिज्ञा करते हैं... किंतु धर्मराज अब भी शांत रहते हैं।

युधिष्ठिर की इसी शांति ने पांचाली को पुनः विकल करना प्रारंभ कर दिया। कृष्ण के जाने के बाद युधिष्ठिर अपेक्षाकृत अधिक शांत द्वैतवन में सबके साथ जा पहुँचे ताकि वनवास के बारह वर्षों का समय शांतिपूर्वक व्यतीत कर सकें। सचमुच यहाँ के ब्राह्मणों के साथ वेद-मंत्रों का पाठ करते हुए वे बड़ी शांति से रहने लगे... मानो दुर्योधन को उन्होंने क्षमा कर अपनी नियति से समझौता कर लिया हो। किंतु याज्ञसेना के लिए इस प्रकार समय बिताना असह्य था। अतः एक दिन बहुत सोच-विचारकर उसने बुद्धिमति नारी के समान पति की प्रशंसा और शत्रु की निंदा करते हुए बात प्रारंभ की। 'राजन! मैं समझती हूँ कि उस क्रूर स्वभाव वाले दुरात्मा धृतराष्ट्र के पापी पुत्रों के मन में हम लोगों के लिए तनिक भी दुःख नहीं होगा... आप सुख भोगने के योग्य हैं, दुःख भोगने के कदापि नहीं, किंतु वह दुरात्मा आपको दुःख में डालकर मित्रों सहित आनंदित हो

रहा है। जब आपने राजसी वस्त्रों का तयाग कर मृगचर्म धारण किए थे तब उपस्थित सभी लोगों की आँखों में आंसू थे... केवल चार पापात्माओं, दुर्योधन, दुःशासन, कर्ण और शकुनि को छोड़कर।'

यद्यपि पांडवों ने पहले भी बहुत दुःख एवं दैन्य देखे थे किंतु पांचाली ने तो विवाह के पश्चात् पतियों के राजभोग तथा वीरता ही देखी थी। अतः अपने पतियों के पूर्वकाल के महलों के ऐश्वर्य तथा वर्तमान की वनवासजनित स्थिति की तुलना करते हुए पांचाली अपने मन की पीड़ा व्यक्त करते हुए युधिष्ठिर की उदासीनता पर आश्चर्य करते हुए कहती है, 'आज आपको कुश्चटाई में सोते देखकर मैं आपकी पहले की राजोचित शैय्या का स्मरण कर शोक से भर जाती हूँ। आपके भाई भी दुःख भोग के योग्य नहीं हैं। आज उन्हें दुःख में देखकर मेरा चित्त किसी भी प्रकार शांत नहीं हो पा रहा है। महाराज! वन में रहकर दुःख भोगते हुए, अपने भाई भीमसेन का स्मरण कर क्या शत्रुओं के प्रति आपका क्रोध नहीं बढ़ता?

'जिसके शस्त्रों के प्रताप से समस्त भूपाल नतमस्तक हो आपके यज्ञ में ब्राह्मणों की सेवा के लिए उपस्थित हुए थे, उन्हीं इन देव-दानव पूजित पुरुषसिंह अर्जुन को चिंता-मग्न देखकर आपको क्रोध क्यों नहीं आता?'

जो युद्ध में ढाल और तलवार से लड़ने वाले वीरों में श्रेष्ठ है, उन्हीं सहदेव को आज वन में कष्ट पाते देखकर आपका क्रोध कैसे नहीं बढ़ता?

'माद्री के परम सुंदर पुत्र शूरवीर नकुल को वनवास का दुःख भोगते देखकर आप शत्रुओं को क्षमा कैसे कर सकते हैं?'

अंततः पांचाली अपने कष्टों को प्रस्तुत करते हुए कहती है, 'मैं द्रुपद-कुल में उत्पन्न हुई महात्मा पांडु की पुत्रवधू और धृष्टद्युम्न की बहन तथा महान् वीर शिरोमणि पांडवों की धर्मपत्नी हूँ, मुझे इस प्रकार वन में कष्ट उठाते देखकर आप शत्रुओं के प्रति क्षमा-भाव कैसे धारण कर सकते हैं? भरत श्रेष्ठ! निश्चय ही आपके हृदय में क्रोध नहीं है अन्यथा मुझे और अपने भाइयों को इस स्थिति में पड़ा देखकर आपको अवश्य ही व्यथा होती। महाराज! आपको शत्रुओं के प्रति इस प्रकार क्षमा-भाव नहीं धारण करना चाहिए। तेज से ही उनका वध किया जा सकता है। इसमें संदेह नहीं।'

पांचाली के उपरोक्त कथन का तात्पर्य यह नहीं कि वह क्षमा-भाव को गर्हित समझती थी... क्षत्रियों को भी समय पर क्षमा-भाव रखना चाहिए, वह यह समझती थी, इसीलिए आगे वह कहती है, 'क्षमा करने योग्य समय आने पर जो क्षत्रिय क्षमा नहीं करता वह सब प्राणियों के लिए अप्रिय हो जाता है। तथा इंद्रलोक और परलोक में भी उसका नाश नहीं होता।'

आगे पांचाली क्षमा के साथ तेज के महत्व पर भी जोर देते हुए प्रह्लाद और उनके

पौत्र बलि के मध्य हुए संवाद को प्रस्तुत करती है। महाभारत के वनपर्व में आया यह संपूर्ण संवाद पठनीय है। इसकी कुछ सुंदर पंक्तियाँ देखिए–

असुर राज प्रह्लाद से जब बलि पूछता है कि तेज और क्षमा में कौन श्रेष्ठ है, तब प्रह्लाद कहते हैं, 'तात! न तो तेज ही सदा श्रेष्ठ है और क्षमा ही। इन दोनों के विषय में मेरा ऐसा ही निश्चय जानो। इसमें संशय नहीं है।'

'वत्स जो सदा क्षमा करता है उसे अनेक दोष प्राप्त होते हैं। उसका भृत्य, शत्रु तथा उदासीन व्यक्ति सभी तिरस्कार करते हैं। कोई भी प्राणी कभी विनयपूर्वक उससे बर्ताव नहीं करता। अतः तात! क्षमा करना विद्वानों के लिए वर्जित है।'

'सेवकगण उसकी अवहेलना करके बहुत से अपराध करते रहते हैं। इतना ही नहीं वे मूर्ख भृत्यगण उसके धन को भी हजम करने का हौसला रखते हैं।'

'स्वामी का जितना आदर होना चाहिए उतना आदर वे किसी प्रकार भी नहीं करते। इस संसार में सेवकों द्वारा अपमान तो मृत्यु से भी अधिक निंदित है।'

किंतु इसका मतलब यह नहीं कि व्यक्ति को हमेशा कठोर व्यवहार करना चाहिए। उसके मन में क्षमा-भाव भी होना चाहिए। समयानुसार क्षमा न करने वाले का दोष बताते हुए आगे प्रह्लाद कहते हैं, 'क्रोधी मनुष्य रजोगुण से आवृत्त रहकर योग्य या अयोग्य अवसर का विचार किए बिना ही उत्तेजित स्वभाव से लोगों को नाना प्रकार के दंश देता रहता है। 'उत्तेजना से व्याप्त मनुष्य मित्रों से विरोध पैदा कर लेता है तथा साधारण लोगों और स्वजनों का द्वेष-पात्र बन जाता है।'

क्षमा कब करनी चाहिए इस पर प्रह्लाद कहते हैं, 'जिसने पहले कभी तुम्हारा उपकार किया हो उससे यदि कोई भारी अपराध हो जाए तो भी पहले के उपकार का स्मरण कर उसे क्षमा कर देना चाहिए क्योंकि, 'सर्वत्र पांडित्यं सुलभं पुरुषेण वै', अर्थात् सर्वत्र बुद्धिमानी सुलभ हो ऐसा संभव़ नहीं है। किंतु जो जानबूझकर किए हुए अपराध को अनजान में हुआ बतलाते हैं, उन्हें क्षमा नहीं करना चाहिए। जानबूझकर अपराध करने वालों को राह में लाने के लिए क्षमा का नहीं, दंड का प्रयोग करना चाहिए।'

आगे पांचाली युधिष्ठिर से कहती है कि धृतराष्ट्र के पुत्रों ने हमेशा आपका अपमान किया है, आपका उपहास किया है। अब उनके प्रति क्षमा का कोई अवसर नहीं है, अब आपको उन पर तेज का प्रयोग करना चाहिए।

किंतु द्रुपदसुता के ये वचन सुनकर भी युधिष्ठिर शांत ही बने रहते हैं। अपने स्वभाव के अनुरूप पुनः क्रोध की निंदा एवं क्षमा की प्रशंसा करते हुए वे अपना दृढ़ अभिमत व्यक्त करते हैं कि हमें क्रोधित नहीं होना चाहिए। व्याकुल द्रौपदी युधिष्ठिर की बुद्धि, धर्म एवं ईश्वर के न्याय तक पर आक्षेप करती है। युधिष्ठिर पुनः उसे ईश्वरीय-विधान को स्वीकार करने की प्रेरणा देते हैं किंतु द्रौपदी पुरुषार्थ की ही प्रशंसा करती है। द्रौपदी और युधिष्ठिर के मध्य हुए संवाद को अब तक चुपचाप बैठे सुन रहे भीमसेन अचानक

आवेश में आ जाते हैं और वे भी पांचाली का समर्थन करते हुए युधिष्ठिर को युद्ध हेतु उत्तेजित करते हैं। तब युधिष्ठिर भीम को समझाते हैं कि वर्तमान स्थिति में कौरव पक्ष हमसे ज्यादा सबल होगा अतः इस समय युद्ध करने का कोई लाभ नहीं होगा। इसी समय व्यासदेव आकर सबको शांत करते हैं। वे अर्जुन को दिव्यास्त्र की प्राप्ति हेतु प्रेरित करते हैं तब कहीं जाकर पांचाली के जी की जलन कुछ शांत होती है। द्रौपदी, युधिष्ठिर एवं भीम के मध्य हुआ यह सुंदर संवाद कुछ ज्याद लंबा है, अतः यहाँ हम इसके कुछ अंशों का ही अवलोकन करेंगे।

युधिष्ठिर को धृतराष्ट्रों के प्रति क्षमा एवं दया-भाव रखते देख द्रुपद-नंदिनी आवेश में आकर कहती है, 'नमो धात्रे विधाते च यौ मोहं चक्रतुस्तव' अर्थात् धाता (ईश्वर) और विधाता (प्रारब्ध) को नमस्कार है जिन्होंने आपकी बुद्धि में मोह उत्पन्न किया है।

'आपने जिन सद्गुणों, क्षमा, दया, कोमलता, विनय आदि का सहारा लिया है, उनसे कभी धन और ऐश्वर्य की प्राप्ति नहीं हो सकती। इन सद्गुणों के कारण ही आप पर यह दुःखद संकट आ पड़ा है जिसके योग्य न तो आप हैं और न आपके वीर भाई हैं। आपने हमेशा धर्म का पालन किया है किंतु उस कपट-द्यूत-जनित पराजय के समय आपकी बुद्धि विपरीत हो गई थी। इसी कारण आप राज्य, धन, आयुध तथा भाइयों और मुझको भी दाँव पर लगाकर हार गए। आप सरल, कोमल, उदार, लज्जाशील हैं। जाने कैसे आपकी बुद्धि में जुआ खेलने का व्यसन आ गया! आपके इस दुःख और भयंकर विपत्ति का विचार कर मुझे अत्यत मोह प्राप्त हो रहा है।'

आगे पांचाली कहती है कि उसकी बुद्धि में मोह ईश्वर को लेकर है। अक्सर लोग कहते हैं कि विधाता ईश्वर ही सबके पूर्व कर्मों के अनुसार प्राणियों के लिए सुख, दुःख, प्रिय, अप्रिय स्थिति की व्यवस्था करते हैं, उन्हें कठपुतली के समान नचाते हैं। हमारा जीवन स्वतंत्र नहीं है, वह 'शकुनिस्तन्तुबद्ध', डोरे में बद्ध पक्षी की भाँति कर्म के बंधन में बंधा होने से परतंत्र है। वह ईश्वर के ही वश में होता है। 'मणिसूत्र इव प्रोतो नस्योत इव गोवृषः' अर्थात् सूत में पिरोई हुई मणि के समान अथवा नाक में नथे बैल के समान, जीव सदा ईश्वर के आदेश का ही अनुसरण करता है क्योंकि वह उसी में व्याप्त और उसी के अधीन है। 'यथा वायोस्तृणाग्राणि वंश यान्ति बलीयसः' अर्थात् जैसे क्षुद्र तिनके वायु के वश में उड़ते-फिरते हैं वैसे ही समस्त प्राणी ईश्वर के अधीन ही आवागमन करते हैं। जैसे बालक खिलौने से खेलता है उसी प्रकार शक्तिशाली भगवान् सब प्राणियों के साथ उनका परस्पर संयोग-वियोग कराते हुए लीला करते हैं।

यहाँ तक तो याज्ञसेनी सामान्य लोगों के मान्य विचार रखती है किंतु आगे दुःख से बावली सी हुई वह ईश्वर पर पक्षपात का आरोप लगाते हुए कह पड़ती है, 'राजन मैं तो समझती हूँ कि ईश्वर समस्त प्राणियों के प्रति माता-पिता के समान दया एवं स्नेहयुक्त व्यवहार नहीं कर रहे हैं। वे तो दूसरे लोगों की भाँति रोष से ही व्यवहार कर

रहे हैं। इस संसार में श्रेष्ठ व्यक्ति कष्ट पाते हैं तथा दुष्ट सुख भोगते हैं यह देख मेरी उक्त धारणा पुष्ट होती है।'

दूसरों का नहीं स्वयं युधिष्ठिर का ही उदाहरण देते हुए पांचाली कहती है, 'कुंती-नंदन! आपकी इस आपत्ति तथा दुर्योधन की समृद्धि को देखकर मैं उस विधाता की निंदा करती हूँ जो विषम दृष्टि से देखता है। यदि किया हुआ कर्म कर्ता को ही मिलता है, "तेन पापेन लिप्यते नूनमीश्वरः" अर्थात् तब तो ईश्वर अवश्य ही पाप के भागी होंगे... और यदि ऐसा नहीं होता तो इसका कारण अवश्य ही बल है अर्थात् ईश्वर के शक्तिशाली होने के कारण ही उन्हें पाप नहीं लगता। ऐसी स्थिति में तो मैं दुर्बलों के लिए शोक करती हूं।'

द्रौपदी की बात सुनकर युधिष्ठिर उसे बड़े धीरज और प्रेम से समझाते हैं कि इस समय तुम दुःख के कारण नास्तिक मत का प्रतिपादन कर रही हो। पांचाली के इस प्रश्न का कि विधाता उन्हें उनके अब तक के सद्कर्मों का यह विपरीत फल क्यों दे रहे हैं, उत्तर देते हुए युधिष्ठिर कहते हैं, 'मैं कर्मों के फल की इच्छा रखकर उसका अनुष्ठान नहीं करता, अपितु देना कर्तव्य है, यह समझकर दान देता हूँ। मैं धर्म का फल पाने के लिए लोभ से धर्म का आचरण नहीं करता वरन् शास्त्रीय मर्यादा का उल्लंघन न करके स्वभाव ही मेरा मन धर्मपालन में लगा रहता है। जो मनुष्य कुछ पाने की इच्छा से धर्म करता है वह निंदनीय है।'

किंतु इसका मतलब यह नहीं कि युधिष्ठिर का धर्म के सुफल मिलने में विश्वास नहीं था। वे कहते हैं, 'यदि धर्म निष्फल होता तो धर्मात्मा मोक्ष नहीं पाते, कोई विद्या की प्राप्ति में नहीं लगता, न ही कोई प्रयोजन की सिद्धि में लगते और सभी पशु का सा जीवन व्यतीत करते। "स नायमफलो धर्मो नाधर्मोऽफलवानपि" अर्थात् धर्म निष्फल नहीं होता और अधर्म भी अपना फल दिए बिना नहीं रहता। धर्म का फल तुरंत दिखाई न दे तो इसके कारण धर्म व देवता पर आशंका नहीं करनी चाहिए। "कर्मणां फलमस्तीह तथैतद् धर्मशासनम्" अर्थात् कर्मों का फल यहाँ अवश्य मिलता है, यह धर्मशास्त्र का विधान है।'

अंत में युधिष्ठिर द्रौपदी से कहते हैं, 'तुम नास्तिक विचारों का त्याग कर दो। तुम्हें ईश्वर की अवहेलना किसी तरह नहीं करनी चाहिए।'

ऐसा नहीं कि द्रौपदी यह सब नहीं समझती थी, वह सब समझती थी, पर उसे युधिष्ठिर की अकर्मण्यता को देखकर बहुत रोष था। इसीलिए आगे वह कहती है, 'मैं धर्म की निंदा अथवा अवहेलना किसी प्रकार नहीं कर सकती फिर ईश्वर की निंदा कैसे कर सकती हूँ? भारत! आप ऐसा समझ लें कि मैं शोक से आर्त्त होकर प्रलाप कर रही हूँ। मैं इतने से ही चुप नहीं रहूँगी और भी विलाप करूँगी। आप प्रसन्नचित्त होकर मेरी बात सुनिए।'

आगे द्रौपदी कर्म की श्रेष्ठता का बखान करते हुए कहती है, 'ज्ञानी पुरुष को भी इस संसार में कर्म अवश्य करना चाहिए। गायों के बच्चे भी माता का दूध पीते हैं और छाया में जाकर विश्राम करते हैं। सभी प्राणी अपने उत्थान को समझते हैं और कर्मों के प्रत्यक्ष फल का उपयोग करते हैं। यह जो जल के समीप बैठकर बगुला मछली के लिए ध्यान लगा रहा है, उसी के समान यहाँ सभी प्राणी अपने उद्योग का आश्रय लेकर जीवन धारण करते हैं। अतः 'स्वकर्म कुरु मा ग्लासीः' अर्थात् आप अपना कर्म करें, उसमें ग्लानि नहीं करें। यदि समस्त प्रजा इस संसार में कर्म करना छोड़ दे तो सबका संहार हो जाए। संसार में जो केवल भाग्य के भरोसे रहकर कर्म नहीं करता है और सोचता है कि जो कुछ मिलना होगा वह मिल जाएगा, वह मूर्ख है। 'कर्म बुद्धि प्रशस्यते' अर्थात् जिसकी बुद्धि कर्म में लगी रहती है वही प्रशंसा का पात्र है। जो दुर्बुद्धि प्रारब्ध या भाग्य का भरोसा रखकर उद्योग से मुँह मोड़ लेता है और सुख से सोता है उकसा विनाश कच्चे घड़े में रखे जल की गति का हो जाता है।'

इसी संवाद में पांचाली पुरुषार्थ की प्रशंसा करते हुए इस बात पर भी बल देती है कि कार्य की सिद्धि में पुरुषार्थ के अतिरिक्त प्रारब्ध और दैव भी सहायक होते हैं किंतु पुरुषार्थ किए बना किसी भी प्रकार की सिद्धि नहीं होती। वह कहती है, 'महाराज! कार्य में सिद्धि प्राप्त होगी या असिद्धि, ऐसा संदेह मन में रखकर कार्य न करें। यह उचित नहीं है क्योंकि बहुत से कारण एकत्र होने पर ही कर्म में सफलता मिलती है।'

'कर्म में कोई कमी रह जाने पर थोड़ा फल हो सकता है। यह भी संभव है कि फल मिले ही नहीं किंतु कर्म का प्रारंभ न करने पर तो फल दिखाई ही नहीं देगा... और न कर्ता का गुण, शौर्य आदि ही दृष्टिगोचर होंगे।'

'वीर पुरुष को चाहिए कि मन से अभीष्ट वस्तु का निश्चय करके फिर कर्म के द्वारा स्वयं बुद्धिपूर्वक उन्हें प्राप्त करे। विद्वान् पुरुष पहले निश्चय कर लेता है कि तिल में तेल है, गाय के भीतर दूध है और काष्ठ के भीतर अग्नि है, तत्पश्चात उसकी सिद्धि का उपाय करता है।

'मनुष्य स्वयं अपना अनादर न करे। अपने को छोटा न समझे। जो स्वयं ही अपना अनादर करता है उसे उत्तम ऐश्वर्य की प्राप्ति नहीं होती है।'

पांचाली के उपर्युक्त वचनों का प्रभाव युधिष्ठिर पर जैसा वह चाहती थी, वैसा तो नहीं पड़ा, हाँ, इस संवाद को सुन रहे भीमसेन अवश्य उत्तेजित हो उठे। जिस खांडववन को उन्होंने अपने वीर भाइयों के साथ मिलकर विशाल इंद्रप्रस्थ राज्य में परिणत कर दिया था, उसे शत्रुओं द्वारा छलपूर्वक छीना जाना उन्हें यूँ भी पीड़ित कर रहा था। क्या पाँचों पांडव इतने नपुंसक हो गए हैं कि अपना राज्य छोड़कर वन-वन भटक रहे हैं? पांचाली के इतना कहने के बाद भी अग्रज की चुप्पी भीमसेन को पीड़ित कर जाती है और वे सारी मर्यादा भूलकर उन्हें भला-बुरा कहने से नहीं चूकते। वे कहते हैं, 'जैसे लूलों

के पास से उनके बेल, फल और पंगुओं के पास से उनकी गायें छीन ली जाती है और वे जीवित रहकर भी कुछ नहीं कर पाते उसी प्रकार आपके कारण हमारे राज्य का अपहरण कर लिया गया और हम कुछ नहीं कर पाए।'

'आपके शासन को मानकर जो हम लोगों ने उसी समय उन धृतराष्टों को नहीं मार डाला, उसी का आज हमें संताप हो रहा है। राजन! मृगों के समान अपनी इस वनचर्या पर दृष्टिपात कीजिए। दुर्बल मनुष्य ही इस प्रकार वन में रहकर समय बिताते हैं। बलवान मनुष्य वनवास का सेवन नहीं करते।'

भीमसेन जानते थे कि युधिष्ठिर धर्म से बँधे हैं। भीमसेन यह भी नहीं चाहते थे कि उनके पूज्य भ्राता धर्म का बँधन तोड़ दें किंतु भीमसेन उनकी धर्म की इस व्याख्या से सहमत नहीं थे कि धर्म केवल क्षमा, दया, विनय जैसे कोमल सद्गुणों में निहित होता है। जो अपनों को कष्ट दे भला वह कोई धर्म है? इसीलिए भीम कहते हैं—

'कर्शनार्थो हि यो धर्मा मित्राणामात्मनस्तथा।

व्यसनं नाम तद् राजन न धर्मः सं कुधर्म तत् ॥' (वनपर्व 33.21)

'राजन! जो धर्म अपने तथा मित्रों के लिए क्लेश उत्पन्न करने वाला हो, वह तो संकट है... वह धर्म नहीं है, कुधर्म है।'

धर्म के विषय में अपना मत रखते हुए भीमसेन आगे कहते हैं, 'धर्म की साधना यज्ञ, दान आदि से होती है किंतु उन्हें करना तब तक संभव नहीं है जब तक कि हमारे पास प्रचुर मात्रा में धन न हो। ब्राह्मण तो याचना के द्वारा धर्म की प्राप्ति कर सकता है किंतु क्षत्रिय के लिए इसका निषेध है। अतः आप तेज द्वारा धन की प्राप्ति का प्रयत्न कीजिए। बड़े दुःख की बात है कि आज हम आपके कारण इस दुरावस्था में पहुँच गए हैं। अब तो आपको रथ में बैठकर शीघ्र ही युद्ध के लिए यहाँ से निकल पड़ना चाहिए।'

तब भीम की बातों से अत्यंत मर्माहत हो युधिष्ठिर कह उठते हैं, 'भारत! तुम मुझे अपने बाणों से पीड़ित कर रहे हो। शायद यह ठीक नहीं है। तुम्हारी बातें मेरे प्रतिकूल हैं फिर भी मैं तुम्हारी निंदा नहीं करता क्योंकि मेरे ही कारण तुम लोगों पर यह विपत्ति आई है।'

किंतु आगे युधिष्ठिर बीती बातों का स्मरण कर भीमसेन को उलाहना भी देते हैं, 'जब मैंने दूसरी बार दुर्योधन की वनवास की शर्त पर द्यूत खेलना स्वीकार किया तो तुमने मुझे रोका क्यों नहीं? उस समय तो तुम सब मेरे पीछे चलकर आए, तब अब क्यों मुझे ऐसे कठोर वचन कहते हो?'

'भारत! मुझे इस बात का बड़ा दुःख है कि हमारी पांचाली को शत्रुओं द्वारा इतना क्लेश दिया गया और हम अपनी आँखों से देखते हुए भी उसे चुपचाप सहते रहे। जैसे कोई विष घोलकर पी ले फिर पीड़ा से कराहने लगे, वैसी ही वेदना इस समय मुझे हो रही है। किंतु कौरवों के बीच मैंने जो प्रतिज्ञा की है उसे स्वीकार कर लेने के बाद इस

समय उन पर आक्रमण नहीं किया जा सकता है। जैसे बीज बोने वाला किसान अपनी खेती के फलों के पकने की बाट जोहता है उसी प्रकार तुम भी उस समय की प्रतीक्षा करो जो हमारे लिए सुख की प्राप्ति कराने वाला है।'

किंतु तेरह वर्षों तक प्रतीक्षा करना कोई मामूली बात तो थी नहीं। विशेषकर क्षण भर में अंधड़ से बन जाने वाले वायुपुत्र भीम के लिए तो यह बहुत ही दुष्कर कार्य था। इसीलिए वह तुरंत कह उठते हैं, 'महाराज! आप फेन के समान नश्वर, फल के समान पतनशील तथा कुल के बंधन में बंधे मरणधर्मा मनुष्य हैं, तो भी आपने लंबे काल को बीच में देकर दुर्योधन के साथ संधि क्यों की? एक-एक निमेष में जिसकी आयु क्षीण हो रही है, यह क्षणभंगुर मनुष्य समय की क्या प्रतीक्षा करेगा? काल की प्रतीक्षा तो वही कर सकता है जो अपनी आयु की निश्चित संख्या जानता हो। राजन! तेरह वर्षों तक हमें जिसकी प्रतीक्षा करनी है वह काल हमारी आयु को क्षीण करके हम सबको मृत्यु के निकट पहुँचा देगा। देहधारी की मृत्यु उसके शरीर में ही निवास करती है, अतः मृत्यु से पहले ही हमें राज्य-प्राप्ति के लिए चेष्टा करनी चाहिए।'

यद्यपि युधिष्ठिर ने बाजी हारकर प्रतिज्ञानुसार यह वनवास स्वीकार किया था किंतु दुर्योधन भीमसेन की दृष्टि में वध्य था क्योंकि उसने छल से जुआ खेला था। ऐसे व्यक्ति को मारकर भले ही नरकवास करना पड़े, पर भीम की दृष्टि में स्वर्गवास के तुल्य ही था। अपने मन की पीड़ा प्रगट करते हुए आगे भीमसेन कहते हैं, 'दुर्योधन के प्रति मेरे मन में जो अमर्ष है, उससे मुझें जो संताप होता है, वह आग से भी बढ़कर जलाने वाला है। इसके कारण न तो मुझे रात को नींद आती है न दिन को। इससे ज्यादा दुःखदाई स्थिति और क्या होगी कि नीच ओर दुर्बल शत्रु हम बलवानों का राज्य छीनकर उसका उपभोग कर रहे हैं!'

बाहर वर्ष वनवास में किसी तरह कट भी जाएँगे पर फिर एक व्ऱ्ष के अज्ञातवास का क्या होगा? भीम को यह चिंता भी थी। अज्ञातवास में वह पहचान लिए गए तो फिर वही सिलसिला क्या आगे नहीं चलेगा? और उनका पहचाना जाना कितना सहज है! भीम कहते हैं, 'आपके द्वारा अज्ञातवास के समय हम लोगों को छिपाकर रखने का प्रयत्न तो वैसा ही होगा जैसे कोई एक मुट्ठी तिनके से हिमालय को ढाँकना चाहे या सूर्य को आकाश में छिपाकर रखना चाहे!'

अंततः भीमसेन सलाह देते हैं कि मास भी संवस्तर (वर्ष) के प्रतीक माने गए हैं... अब तक हम तेरह मास वनवास कर चुके है, इसे तेरह वर्ष मानकर अब यदि हम धृतराष्ट्र-पुत्रों पर आक्रमण कर दें तो कोई अधर्म नहीं होगा।

किंतु भीमसेन की बातों में न आकर धर्मराज उन्हें फिर समझाते हैं, 'ऐसा करना व्यावहारिक दृष्टि से भी सही नहीं होगा क्योंकि इस समय दुर्योधन का पक्ष ज्यादा प्रबल है। पितामह भीष्म, द्रोणाचार्य, कृपाचार्य आदि यद्यपि हम पर स्नेह रखते हैं किंतु अन्न

वे कौरवों का ही खाते हैं, अतः वे अवश्य ही युद्ध में कौरवों का ही साथ देंगे। वे सब दिव्यास्त्रों के ज्ञाता है। फिर, उनके पक्ष में सुरक्षित कवच से युक्त कर्ण भी है जिसके स्मरण से मुझे रात में ठीक से नींद नहीं आती है। इस बीच दुर्योधन ने अनेक वीरों को अपने पक्ष में कर लिया है, ऐसी स्थिति में अभी हम युद्ध में उन्हें कदापि नहीं जीत सकते।'

यहाँ युधिष्ठिर की बात बिल्कुल ठीक थी। दुर्योधन ने बड़ी चालाकी से अनेक वीरों तथा भीष्म आदि से गुरुजनोचित व्यवहार कर उन्हें अपने पक्ष में कर लिया था। अतः इस समय उससे युद्ध करना बुद्धिमानी नहीं थी। किंतु शत्रु के बल का भय क्षत्रिय को कमजोर बनाता है। युधिष्ठिर के मन में यह भय था... जिसका नाश आवश्यक था, इसीलिए अंतर्यामी व्यासदेव अचानक वहाँ आ पहुँचे और उन्होंने युधिष्ठिर को वह उपाय बताया जिसके अनुष्ठान से उनकी मानसिक चिंता समाप्त हुई। उन्हें व्यासदेव ने 'प्रतिस्मृति' नामक विद्या भी दी और यह आदेश दिया कि वे इसे अर्जुन को सौंपे ताकि वह इंद्र, रुद्र, वरुण आदि से दिव्यास्त्र की प्राप्ति कर सके।

तब युधिष्ठिर व्यास के आदेश का पालन करते हैं और इस सारे वाद-विवाद में मौन बैठे अर्जुन अंततः द्रौपदी के मन को सांत्वना प्रदान करते हुए दिव्यास्त्रों की प्राप्ति के लिए प्रस्थान करते हैं।

अस्तु... उपरोक्त संवादों में द्रुपद-नंदिनी के तेज और बुद्धि की धार स्पष्ट दिखाई देती है। यज्ञ जाया का व्यक्तित्व यहाँ मानों तीक्ष्ण अग्निशिखा सा दिपदिपाता है।

अब आइये पांचाली के एक और तथाकथित दोष का दर्शन करें। पांचाली के विषय में अक्सर कहा जाता है कि पाँचों पांडवों की पत्नी होते हुए भी वह अर्जुन से अधिक प्रेम करती थी। महाभारत में और कहीं तो नहीं, पर अंतिमपर्व, स्वर्गारोहणपर्व, में इस बात का उल्लेख अवश्य है। पाँचों पांडवों के साथ स्वर्गलोक की आरे जाते समय जब हिमालय की बर्फ पर गिरकर पांचाली के प्राण-पखेरू उड़ जाते हैं तब व्याकुल होकर भीमसेन युधिष्ठिर से पूछते हैं... हमारी प्रिया कृष्णा ने तो कभी कोई पाप नहीं किया था फिर वह स्वर्गलोक की यात्रा पर हमारे साथ क्यों नहीं आ पाई? इस पर युधिष्ठिर उत्तर देते हैं, 'पक्षपातो महानस्या विशेषेण धनंजय' अर्थात् द्रौपदी के मन में अर्जुन के प्रति अधिक पक्षपात था। आज यह उसी का फल भोग रही है।

किंतु क्या ऐसा करना द्रौपदी का कोई अपराध था? सहृदयतापूर्वक सोचें तो निश्चय ही हमें इसे द्रौपदी का पाप या अपराध कहने में संकोच होगा... बल्कि अर्जुन के प्रति पांचाली के मन में प्रेमाध्यिक का होना सहज स्वाभाविक लगता है। आखिर अर्जुन ही तो उसका काम्य-पुरुष था। उसके वरमंडप में जब कोई राजा लक्ष्य बेध नहीं कर सका... जब पिता, भाई और वह स्वयं व्याकुल थे कि कोई लक्ष्य-बेध कर भी पाएगा या नहीं... तब ब्राह्मण वेशधारी अर्जुन ने ही तो उसके मन के बुझते दीपों को रौशन

किया था। फिर उसने इस बात की परवाह किए बिना कि उसका विजेता एक गरीब ब्राह्मण है, प्रसन्नवदन हो उसके गले में श्वेत कमलों की वह अनुपम जयमाल पहना दी थी। यह तो नियति ने उसे शेष पांडवों की भी पत्नी बनने को बाध्य कर दिया (जिसे उसने भी धर्म समझकर स्वीकार कर लिया था) वर्ना वह तो अर्जुन की ही थी। फिर, अर्जुन पाँचों पांडवों में सर्वाधिक वीर भी तो था, अतः पांचाली का उसके प्रति आकर्षण स्वाभाविक ही कहा जाएगा। डॉ. प्रतिभा राय के उपन्यास 'याज्ञसेनी' में द्रौपदी द्वारा अर्जुन के अतिरिक्त शेष पांडवों को भी पति-रूप में स्वीकार करने की पीड़ा का बड़ा सुंदर चित्रण है। यहाँ विवाह के पूर्व से ही पांचाली में आसक्त अर्जुन भी उम्र भर यह पीड़ा मन में रखे रहता है कि पांचाली केवल उसकी नहीं है, उसके भाइयों की भी है। चित्रा चतुर्वेदी ने भी अपने ग्रंथ 'महाभारती' में यही चित्रित किया है। 'अर्जुन और द्रौपदी दोनों की यह पीड़ा हमें स्वाभाविक लगती है, इसीलिए महाभारत के स्वर्गारोहण पर्व में उसे पाप की संज्ञा देना कुछ ठीक नहीं लगता।

किंतु आश्चर्य की बात तो यह है कि पूरे महाभारत में ऐसा कोई स्पष्ट प्रसंग नहीं दिखाई देता है जहाँ पांचाली शेष पांडवों की तुलना में अर्जुन को ज्यादा प्रेम करती हो या उसका ज्यादा ध्यान रखती हो... न ही यहाँ ऐसा कोई प्रसंग है जहाँ अर्जुन द्रौपदी पर शेष पांडवों के स्वामित्व से नाराज दिखते हो... और न ही ऐसी कोई चर्चा है कि शेष पांडवों की तुलना में उनका मन द्रौपदी से अधिक बँधा था या वे अन्यों की तुलना में उसके सुख-दुःख का अधिक ख्याल रखते थे। सच कहा जाए तो पाँचों में पांचाली के प्रति जो सर्वाधिक संवेदनशील थे, तो वह थे, वृकोदर भीमसेन! तभी तो पांचाली अपने सुख-दुःख, अपने तन-मन पर लगे घाव, केवल भीम को ही दिखाती थी। और क्यों न दिखाती? आखिर उसका प्रिय लगने वाला काम करना हो अथवा उसके आँसू पोंछने या उसके अपमान का बदला लेने की बात हो, यह द्वितीय पांडव भीम ही तो थे जो सदा आगे रहते थे। अर्जुन तो ऐसे तमाम अवसरों पर अपने अग्रज युधिष्ठिर का ही मुँह देखते थे।

महाभारत के अनेकानेक प्रसंग इस बात के प्रमाण हैं। कौरवों की कलंकित द्यूत-सभा में हम देख चुके हैं कि पांचाली के अपमान के समय जब धनंजय पूरी तरह युधिष्ठिर के अनुगामी बने अधोमुख बैठे रहे तब यह भीमसेन ही थे जो सारी मर्यादा ताक पर रखकर अपने अग्रज युधिष्ठिर के दोनों हाथ जलाने को उद्यत हो गए थे... उस समय पांचाली के अपमान का बदला लेना तो दूर, अर्जुन भीम के क्रोध को शांत करने को अधिक व्याकुल थे! अर्जुन के समझाने पर ही भीम उस समय खामोश हुए थे किंतु उस वक्त भी यह भीमसेन ही थे जिन्होंने पांचाली को अपमानित करने वाले दुर्योधन और दुःशासन को उसके शेष भाइयों सहित यमलोक भेजने की ताल ठोंककर प्रतिज्ञा की थी।

वनवास के समय भी हम भीम को अनेकानेक बार पांचाली का पक्ष लेते देखते हैं। जैसाकि ऊपर हमने युधिष्ठिर और पांचाली के मध्य हुए संवाद में देखा, युधिष्ठिर को वन में दुर्योधन के प्रति क्षमा-भाव की वृत्ति अपनाते देख पांचाली को अपना अपमान जैसे कई गुना बढ़कर महसूस होता है और वह युधिष्ठिर को क्षमा-भाव त्याग तेज-भाव धारण करने तथा पापी दुर्योधन का नाश करने को प्रेरित करती है। किंतु युधिष्ठिर धर्म की दुहाई देते हुए उल्टे पांचाली को भी क्षमाशील होने की सीख देते हैं। ऐसे समय जब शेष पांडव खामोश रहते हैं तब यह भीम ही थे जो पांचाली के मन की दुःसह पीड़ा को महसूस करते हुए युधिष्ठिर की कड़े शब्दों में निंदा करते हुए उन्हें युद्ध हेतु प्रेरित करते हैं।

वनवास के समय की एक और घटना देखिए। सौबीर नरेश जयद्रथ (दुर्योधन की इकलौती बहन दुःशला के पति) द्वारा पांचाली के बलात् हरण के समय भी द्रौपदी को अत्यधिक अपमान सहन करना पड़ा था। इस समय भी भीम ही उसके अपमान से सर्वाधिक उत्तेजित हुए थे। वे तो जयद्रथ को पटक-पटककर मार ही डालते, यदि अर्जुन युधिष्ठिर की इच्छा को ध्यान में रखते हुए उन्हें ऐसा करने से नहीं रोकते।

वैसे युधिष्ठिर ने धर्म को ध्यान में रखकर ही उन्हें ऐसा करने से रोका था। उनका तर्क था कि जयद्रथ यद्यपि दुरात्मा है किंतु दुःशला एवं गांधारी का स्मरण कर हमें उसका वध नहीं करना चाहिए। उस वक्त युधिष्ठिर के इन वचनों को सुन याज्ञसेनी की समस्त इंद्रियाँ व्याकुल हो गई थीं और तब उसने कुपित होकर कहा भी था, 'कर्तव्यं चेत् प्रियं मम् वध्य स पुरुषाधमः' अर्थात् यदि आप मेरा प्रिय करना चाहते हैं तो उस नराधम को अवश्य ही मार डालिए। वस्तुतः उस समय द्रौपदी के इन्हीं वचनों का स्मरण कर भीम जयद्रथ को मार डालना चाहते थे किंतु बच गया... यद्यपि महासमर में वह अंततः अर्जुन के हाथों ही मारा गया!

अस्तु... पांचाली के प्रति भीमसेन की यह संवेदनशीलता कीचक-वध प्रसंग में भी स्पष्ट दृष्टिगोचर होती है। 12 वर्ष के वनवास के पश्चात् एक वर्ष का आज्ञातवास व्यतीत करने पांडवों ने नाम व वेष बदलकर राजा विराट के महल में शरण ली थी, इस प्रसिद्ध कथा से हम सभी परिचित हैं।

12 वर्ष का वनवास तो जैसे-तैसे कट गया किंतु राजा विराट के महल में द्रुपद-नंदिनी को एक बार फिर दुःसह अपमान के अंगारों पर से गुजरना पड़ा। जो राजकन्या विवाह-पूर्व पांचाल के विशाल महल में तथा विवाह-पश्चात् इंद्रप्रस्थ के मयदावन निर्मित अद्भुत महल में राजरानी बनी घूमती थी, उसे विराट के महल में महारानी सुदेष्णा की सैरन्ध्री (परिचारिका) मालिनी के रूप में एक वर्ष व्यतीत करना पड़ा। इसे भाग्य की विडंबना नहीं तो और क्या कहा जाएगा? फिर भी पांचाली ने यह

सब अत्यंत धीरज से सहा... यह सोचकर कि बस कुछ ही समय बाद उसके पति उसके अपमान का समुचित बदला लेंगे... वह फिर अपने इंद्रप्रस्थ के सुखद दिनों को पा लेगी।

किंतु द्रौपदी का दुर्देव शायद उसके इतने कष्ट से संतुष्ट नहीं था। तभी तो राजा विराट के साले अत्यंत शक्तिशाली कीचक के बहाने उसे फिर कौरवों की द्यूत-सभा में हुए अपमान की ज्वाला से गुजरना पड़ा।

पांचाली के अनिंद्य रूप पर मोहित कीचक ने पहले तो उसे अपने वश में करने के लिए तरह-तरह के प्रलोभन दिए किंतु उसे हमेशा द्रौपदी से प्रताड़ना ही मिली। तब उत्तेजित होकर उसने अपनी बहन सुदेष्णा पर दबाव डाला कि वह किसी तरह इस सैरन्ध्री को उसके एकांत महल में भेजे। सुदेष्णा मालिनी के तेज से प्रभावित थी, अतः वह ऐसा करना तो नहीं चाहती थी किंतु भाई को भी वह नाराज नहीं कर सकती थी... तब उसे मजबूरी में भाई की बात माननी पड़ी। किंतु कीचक अपने मनोरथ में सफल हो पाता इसके पूर्व ही अग्नि-संभूता याज्ञसेनी उसके महल से निकल भागी... किंतु उसका आश्रय रानी सुदेष्णा का महल भी तो सुरक्षित नहीं था तब वह सीधे राजदरबार पहुँच गई... पर दुर्भाग्य के समान कीचक यहाँ भी उसके पीछे-पीछे पहुँच गया... और फिर सबके देखते-देखते उसने याज्ञसेनी के पवित्र शरीर पर पाद-प्रहार कर उसे जमीन पर गिरा दिया। करीब 10 हजार हाथियों का बल रखने वाले दैत्य से विशाल कीचक के पैर की ठोकर कोमलांगी कृष्णा पर निश्चय ही बहुत भारी पड़ी होगी... किंतु उस राजरानी के लिए यह चोट निश्चय ही तन से अधिक मन को लहूलुहान करने वाली रही होगी। पिता और पति के महल में जिसे सूर्य की किरणें भी स्पर्श करने से हिचकती थीं, उसे एक नीच कामुक व्यक्ति के पैरों की ठोकर सहनी पड़े! उसके दुःख की क्या कोई सीमा रही होगी? किंतु इससे भी ज्यादा दुःख की बात पांचाली के लिए यह थी कि कीचक ने उसकी यह दुर्दशा उसके अपने वीर पतियों की उपस्थिति में की थी... और वे चुपचाप तमाशा देखते रहे थे।

वैसे द्रौपदी के सदा-रक्षक भीमसेन यह देख उत्तेजित अवश्य हुए थे, किंतु युधिष्ठिर ने हर बार के समान इस बार भी उनकी उत्तेजना को रोक दिया था। द्रौपदी को अपमानित होते देख युधिष्ठिर की नजरें पहले भीम पर ही पड़ी थी। उस वक्त उन्होंने भीम को लाल-लाल आँखों से एक वृक्ष की ओर टकटकी लगाकर देखते देखा तो वे समझ गए कि महाबली भीम वृक्ष को उखाड़कर कीचक पर आक्रमण करना चाहते हैं... तब उन्होंने तुरंत अपने पैर के अँगूठे से भीम का अँगूठा दबा उन्हें शांत किया। सबके सामने यह रहस्य न खुल जाए इसलिए उन्होंने भीम को उनके नए नाम से संबोधित कर कहा, 'वल्लव! क्या तुम ईंधन के लिए वृक्ष की ओर देख रहे हो? यदि तुम्हें रसोई के लिए लकड़ी चाहिए तो बाहर जाकर वृक्ष से ईंधन ले लो।'

आगे धर्मराज भीम की उत्तेजना शांत करने उसे उपदेश देते हैं, 'जिस हरे-भरे वृक्ष की छाया का आश्रय लेकर रहा जाए उसके किसी एक पत्ते से भी द्रोह नहीं करना चाहिए। उसके पहले के उपकारों को याद कर सदा उसकी रक्षा करनी चाहिए।'

यहाँ युधिष्ठिर का इशारा सहृदय राजा विराट की ओर था। कीचक दुष्ट था किंतु उसकी पत्नी का भाई था... पर केवल इसीलिए विराट कीचक की ज्यादतियों को नहीं सहता था... मुख्य बात तो यह थी कि वह राजा से ज्यादा बलशाली था और मत्स्य देश की रक्षा का भार सँभाले हुए था।

अग्रज का उपदेश सुन उस समय भीम तो शांत हो गए किंतु पांचाली इससे और भी अधिक भड़क उठी।

राजसभा से निकलकर वह सीधे रानी सुदेष्णा के पास पहुँची और क्रोध से उन्मत्त हो उसने रानी के सामने ही प्रतिज्ञा की कि वह अपने गंधर्व पतियों से आज कीचक का वध करवाकर ही रहेगी। पांचाली का यह रौद्र रूप देख रानी ने भयभीत हो भाई की ओर से उससे क्षमा-याचना की और आश्वासन भी दिया कि वह कीचक को उसके किए का समुचित दंड दिलवाएगी... किंतु अपनी प्रतिज्ञा पर अटल रहते हुए पांचाली ररानी से बोल पड़ी 'भ्रातुं प्रयच्छ त्वरिता जीव श्राद्धं त्वमद्य' अर्थात् आज ही वह अपने भाई के लिए जीवित श्राद्ध कर ले।

अपने अपमान का बदला लेने तथा अपनी प्रतिज्ञा पूरी करने के लिए किस पति को प्रेरित करना चाहिए, द्रौपदी को इस विषय में अधिक नहीं सोचना पड़ा। धर्मराज का रुख वह सभा में देख चुकी थी। विराट नगर में बृहन्नला के रूप में रह रहे सव्यसाची को राजकुमारियों को नाच-गाना सिखाने से ही फुर्सत नहीं थी, जिसका पांचाली को बेहद अफसोस भी था, और दोनों यमज तो उसकी दृष्टि में अभी छोटे ही थे... अतः वह अपने सदा-सहायक भीमसेन की शरण लेती है, और रात्रि के गहराने के बाद चुपचाप भीम के कमरे में पहुँचती है।

अर्धरात्रि में द्रौपदी को अपने कमरे में आंसू बहाते खड़ी देख जब भीम उससे रोने का कारण पूछते हैं तब वह मानिनी बड़ी मुश्किल से कह पाती है—

'यत्वं कुस्तस्य यस्ता भर्ता युधिष्ठिरः।
जानन् सर्वाणि दुःखानि किं मां त्वं परिपृच्छसि ॥' (विराटपर्व 18.1)

जिस स्त्री का पति राजा युधिष्ठिर हो वह बिना शोक के रहे, यह कैसे संभव हो सकता है? तुम मेरे सारे दुःखों को जानते हो, फिर भी अनजान के समान मुझसे इस प्रकार क्यों पूछ रहे हो?'

पांचाली के लिए यह और भी दुःखद था कि उसका सदा-सहायक भीमसेन आज उसकी उपस्थिति में हुए अपमान को भूलकर उससे रोने का कारण पूछे!

तब अश्रुमुखी द्रुपद-नंदिनी ने भीम के सामने अपने दिल के सारे दर्द उंडेलकर रख

दिए। सभा में अपमान से लेकर जयद्रथ द्वारा अपहरण, वनवास में कष्ट, विराटनगर में पतियों को निम्न काम करते देखने का दुःख और स्वयं के प्रति कीचक के अत्यंत अभद्र अपमान का वर्णन करते-करते पांचाली कह उठती है, 'को नू जीवति मादृशी' अर्थात् मेरे समान क्या कोई और जीवित होगी?

सचमुच अत्यंत प्रतापी पतियों की विराट राज्य में होती दुर्गति द्रुपद-नंदिनी के हृदय के जख्मों को सदा गहराते रहती थी। यद्यपि इस समय वह युधिष्ठिर से विशेष रूप से नाराज थी किंतु सबसे पहले वह उन्हीं के लिए दुःख प्रगट करते हुए कहती है कि जो राजाधिराज इंद्रप्रस्थ की सभा में पृथ्वी भर के अनेकानेक राजाओं से भेंट पाते थे, वे आज मत्स्यराज की सभा में जुआ खेलकर, उनका मनोरंजन कर अपना पेट भरते हैं, यह देख मेरा मन क्षोभ और दुःख से भर जाता है।

आगे पांचाली स्वयं भीम की तथा अन्य पांडवों की दुर्दशा के विषय में अपने मन के जख्मों को खोलते हुए कहती है, 'जब पाकशाला में तुम भोजन बनाते हो और भोजन बनाकर राजा विराट की सेवा में उपस्थित होकर कहते हो कि महाराज भोजन तैयार है, तब मेरा मन दुःख से व्याकुल हो जाता है... जब विराट नरेश तुम पर प्रसन्न हो तुम्हें हाथियों तथा अन्य जंगली जानवरों से लड़ाते हैं और यह देखकर जब रनिवास की स्त्रियाँ हँसती हैं, तब मेरा मन शोक से व्याकुल हो जाता है। किंतु मेरे इस शोक का रनिवास की स्त्रियाँ कुछ और मतलब निकालती हैं... और जब वे मेरे तथा तुम्हारे संबंधों पर छींटाकशी करती हैं उस वक्त मैं मर सी जाती हूँ।'

अर्जुन को लेकर भी उसके दुःख की सीमा नहीं थी। वह कहती है, 'जिस सव्यसाची के गांडीव की टंकार से समस्त शत्रुं थर्रा उठते थे आज अंतःपुर की स्त्रियों को उनके गीतों और नृत्य पर झूमते देख मेरा हृदय विषाद से भर जाता है। जिस वीर के तेज का सामना सहस्रों अप्रतिम तेज वाले राजा नहीं कर पाते थे, उसी अर्जुन को आज हिजड़े के वेश में सिर पर चोटी धारण कर विराट-कुमारियों की सेवा करते देखना मुझे शोकमग्न कर देता है। माता कुंती को यदि यह पता चलेगा तो उनके हृदय पर कितनी चोट पहुँचेगी, यह सोचकर ही मैं काँप उठती हूँ।'

माद्री-पुत्रों की दुर्दशा भी उसके दिल को मथती है। वह कहती है, 'निष्पाप सहदेव को ग्वाले के भेष में राजा विराट की गायों की सेवा करते तथा राजा का अभिनंदन करते देखती हूँ तो मुझे बुखार चढ़ जाता है। वन में आते समय माता कुंती ने मुझे सहदेव को सौंपते हुए विशेष रूप से कहा था कि इस मेरे अतिप्रिय सुकुमार लाल का तुम विशेष ध्यान रखना, हुए जाओ, इसका हाथ थामे रहना, अपने हाथों से इसे भोजन कराना... उसे ही जब मैं गौशाला में सोते देखती हूँ तब लगता है कि मैं किसलिए जीवन धारण कर रही हूँ? इसी प्रकार अतिसुंदर तथा शस्त्र और मेधाशक्ति से संपन्न नकुल को जब

ग्रंथक बन राजा के घोड़ों की रास खोलते और बाँधते देखती हूँ तो लगता है कि काल की क्या ऐसी भी विपरीत गति होती है?'

आगे पांचाली भीम से कहती है, 'भारत! जान पड़ता है बचपन में मैंने विधाता का निश्चय ही महान् अपराध किया था जिसके फलस्वरूप आज मैं इस दुर्दशा में पड़ गई हूँ।'

विराट के महल में अपनी दुर्दशा का और अपनी पूर्व अवस्था की तुलना करते हुए बड़े मार्मिक शब्दों में पांडव-प्रिया कहती है, 'एक दिन वह भी था जब तुम सब भाई मेरा मुँह निहारा करते थे। आज मैं वही श्रेष्ठ अपने से निकृष्ट दूसरी स्त्रियों का मुँह जोहती हूँ!'

'समय के उलटफेर को तो देखो! एक दिन समुद्र के पास तक की पृथ्वी जिसके अधीन थी वह आज मैं सुदेष्णा के वश में होकर उससे डरती हूँ!'

'कुंती कुमार! मेरा एक दुःख और भी देखो! पहले मैं माता कुंती को छोड़कर स्वयं अपने लिए भी उबटन नहीं पिसती थी ...किंतु वही मैं आज दूसरों के लिए चंदन पीसती हूँ!... और यह सोचकर भय से काँपती रहती हूँ कि पता नहीं राजा इसे पसंद करेंगे या नहीं।'

रोते-रोते हिचकियों के साथ यह कहते हुए कोमलांगी पांचाली अपने दोनों हाथ भीमसेन के सामने फैलाते हुए कह उठती है, 'पार्थ! मेरी ये दोनों हथेलियाँ तो देखो! उबटन पीसते-पीसते कैसे छाले पड़ गए हैं इनमें!'

ऐसा नहीं कि भीमसेन पांचाली के दर्द से बेखबर या निर्लिप्त थे... आज की घटना से वे विशेष उद्विग्न थे... यह तो वे ही जानते थे कि किस तरह खून का घूँट पीकर आज वे विराटसभा से आए थे। इसीलिए पांचाली के सामने बड़ी देर से किसी तरह अपनी भावनाओं पर काबू रखकर वे स्थिर खड़े थे। किंतु प्रिया के अंतिम शब्दों से भीमसेन अंततः टूट गए। कभी कमल से कोमल रहे अपनी प्रिया के दोनों हाथों की दुर्दशा देखकर वे अपने को रोक नहीं पाए। अपने बलिष्ठ हाथों में पांचाली की छालों भरी हथेलियों को लेकर उन्होंने अपनी दोनों आँखें ढाँप ली... और तब पांचाली की दोनों हथेलियों को अपने अश्रुबिंदुओं से भरते हुए कड़ी कठिनाई से वे बोल पाए, 'देवि! मेरे बाहुबल को धिक्कार है और अर्जुन के गांडीव को भी धिक्कार है जो तुम्हारे हाथों की यह दुर्दशा हुई है। आज विराट-सभा में मैं केवल भ्राता युधिष्ठिर के कारण ही चुप रहा वर्ना वहीं पर दुष्ट कीचक का वध कर डालता!'

जो बात सही थी वह भीमसेन ने पांचाली से कह तो दी किंतु वह जानते थे कि इस समय पांचाली युधिष्ठिर से अत्यंज नाराज है। अग्रज के प्रति के प्रति यदि वे कुछ और कहेंगे तो पांचाली का मन और भी अधिक खराब होगा, इसलिए भीम आगे पांचाली से प्रार्थना सी करते हुए कहते हैं, 'कृष्णे! तुम अपने इन सारे दुःखों को राजा युधिष्ठिर से

न कहना क्योंकि यदि वे यह सुनेंगे तो अवश्य ही प्राण त्याग देंगे। इसे सुनकर धनंजय, नकुल और सहदेव भी जीवित नहीं बचेंगे और उन सबके मृत्यु को प्राप्त हो जाने पर भला मैं कैसे जीवित रह सकता हूं! अतः तुम क्रोध का त्याग कर दो। अज्ञातवास समाप्त होने में केवल पन्द्रह दिन बचे हैं... इसके पश्चात् तुम्हारे हर अपमान का बदला ले लिया जाएगा... तुम अवश्य ही राजरानी बनोगी। 'सर्वासां परस्त्रीणां प्रामाण्यं कर्तुमर्हसि' अर्थात् तुम्हें सभी स्त्रियों के सामने स्वयं को आदर्श रूप में प्रस्तुत करना है।

भीम यहाँ जनक-नंदिनी सीता का भी उदाहरण देते हैं जिसने राजरानी होते हुए भी बिना किसी अपराध 14 वर्षों का वनवास तथा लंका में रावण के अत्याचार सहे।

महाभारत में ऐसे बहुत कम प्रसंग हैं जहाँ महाबली भीम अपने बल पर काबू रखते हुए बुद्धि के निर्देशन में चलते हैं... उनमें से एक प्रसंग यह भी है। भीम आँसू बहाए, ऐसा प्रसंग भी महाभारत में एक ही दिखता है।

अस्तु... पांचाली भीम के वचन सुन नाराज नहीं होती वरन् किसी तरह स्वयं पर काबू रखते हुए भीम से कहती है, 'इधर अनेक प्रकार के दुःखों को झेलते-झेलते मेरा सामर्थ्य टूट गया था, इसीलिए मैंने ये आँसू बहाए... अब मैं राजा को कोई उलाहना नहीं दूँगी... पर उस दुष्ट कीचक का क्या करूँ? वह मुझे अवश्य ही जीवित नहीं छोड़ेगा... ऐसी दशा में धर्म के लिए प्रयत्नशील तुम लोगों का महान् धर्म क्या नष्ट नहीं हो जाएगा?'

आगे पांचाली पति के लिए पत्नी की और पत्नी के लिए पति की रक्षा करना क्यों धर्म है, यह बताते हुए बड़ी सुंदर बात कहती है– 'भार्यायां रक्ष्यमाणायां प्रजा भवति रक्षिता' अर्थात् भार्या की रक्षा करने से संतान की भी रक्षा होती है और संतान की रक्षा होने पर अपनी आत्मा सुरक्षित रहती है। आत्मा ही पत्नी के गर्भ से पुत्र के रूप में जन्म लेती है। इसीलिए विद्वान् पुरुष पत्नी को जाया कहते हैं। मैंने वर्ण-धर्म का उपदेश देने वाले ब्राह्मणों के मुख से सुना है कि पत्नी को पति की रक्षा इसलिए करनी चाहिए क्योंकि वह किसी दिन उसके गर्भ से पुत्र रूप में जन्म लेगा। अतः तुम मेरी रक्षा के लिए, अपनी वंश-परंपरा की रक्षा के लिए, कीचक को पटक-पटककर वैसे ही मार डालो जैसे मिट्टी के घड़े को पत्थर पर पटककर तोड़ डाला जाता है। यदि कीचक के जीवित रहते कल सूर्योदय हुआ तो मैं विष घोलकर पी लूँगी... पर कीचक के अधीन नहीं होऊँगी।

पांचाली का दर्द असह्य था। तब उसकी आँखों से निरंतर बहते आंसुओं को अपने कठोर हाथों से पोंछकर, उसे अपने हृदय से लगाकर सांत्वना देते हुए भीमसेन कहते हैं, 'कल अमावस की रात है। कल आधी रात को तुम कीचक को नृत्यशाला में अकेले आने को कहो... बस वहीं मैं उस दुष्ट को उसके मृत बाप दादों के दर्शन करवाऊँगा।'

और फिर दूसरे दिन सचमुच चौबीस घंटे बाद अमावस की काली रात कीचक के लिए काल-रात्रि साबित हुई। नृत्यशाला में भीम रात के अँधेरे में द्रौपदी द्वारा तैयार विशेष शैय्या पर चादर ओढ़कर चुपचाप लेट गए। आधी रात को तरह-तरह से साज-शृंगार कर तथा अत्यधिक मदिरा का सेवन कर पांचाली के बुलाने पर काम से दीप्त कीचक नृत्यशाला पहुँचा। वहाँ भीम को पांचाली समझ वह उसके अंगों को टटोलने क्या लगा... मानों आग में घी डालने लगा... बड़ी दुःखद, मर्म को बेधने वाली एवं प्रचंड क्रोध का आवेग उत्पन्न करने वाली थी यह अनुभूति भीमसेन के लिए! फिर तो कीचक के वध के लिए उन्हें अधिक मशक्कत नहीं करनी पड़ी। दुष्ट कीचक ने महाबली होते हुए भी इस तरह कामांध होकर स्वयं ही अपनी मृत्यु को आमंत्रित किया था।

किंतु इसके बाद भी द्रुपद-दुलारी का कीचक-विषयक दुःख समाप्त नहीं हुआ। कीचक-वध के पश्चात् तो उसके प्रणों पर और भी बन आई... तब एक बार फिर बलशाली भीम ही उसके तारणहार हुए।

हुआ यूँ कि कीचक को मरा देख उसके 105 भाई, जो उपकीचक कहलाते थे, उसकी मौत का कारण सैरन्ध्री को मानकर एक भयंकर निर्णय लेते हैं... इस दुष्टा सैरन्ध्री के कारण ही हमारा भाई मारा गया है, अतः दंडस्वरूप इसे भी भाई के शव के साथ जला दिया जाए... इससे भाई की अतृप्त आत्मा भी शांत होगी।

और फिर देखते-ही-देखते उन दुष्टों ने पांचाली को पकड़कर उसे भी कीचक के शव के साथ ही अर्थी पर बांध दिया... और इस तरह जीवित द्रुपद-नंदिनी की अर्थी श्मशान की ओर चल पड़ी।

इस भयानक स्थिति में द्रौपदी का रोना-चीखना स्वाभाविक था। पर इस विकट स्थिति में भी असली नाम से नहीं, न ही विराट नगर में नाम बदलकर रह रहे अपने पतियों को पुकारा किंतु पांडवों के नाम पुकारे जिन्हें उसने प्रचारित कर रखा था कि ये उसके पाँच गंधर्व पति हैं, जैसे जय, विजय, जयंत, जयस्तेन एवं जयद्वल। पांडव गंधर्व के रूप में अपने इन नामों से परिचित थे... किंतु इस समय पांचाली ने भीमसेन के बजाय अपने धनुर्धर पति अर्जुन को विशेष रूप से पुकारा... शायद यह सोचकर की अर्जुन का गांडीव दूर से भी उन उपकीचकों से उसकी रक्षा करेगा।

किंतु इस बार भी याज्ञसेनी की रक्षा के लिए भीमसेन ही आगे आए। कीचक-वध के बाद वे गहरी निद्रा में सो रहे थे किंतु जैसे ही उनके कानों में प्रिया की करुण आवाज पड़ी, वह हड़बड़ाते हुए उठे और तुरंत उस दिशा की ओर दौड़ पड़े जहाँ से आवाज आ रही थी... प्रिया को मुर्दा कीचक की अर्थी में बँधा देख भीम का क्रोध मानों सातवें आसमान पर चढ़ गया और फिर देखते-ही-देखते केवल एक वृक्ष को हथियार बनाकर वे अकेले 105 उपकीचकों से भिड़ गए... और थोड़ी ही देर में सबको मौत की नींद सुलाकर उन्होंने पांचाली को मृत कीचक के शव से पृथक् किया... किसी तरह उसे

सांत्वना दी... फिर तालाब में स्नान करवाकर, रानी सुदेष्णा के महल की ओर रवाना किया तथा स्वयं अन्य रास्ते से अपनी पाकशाला में आ विराजमान हुए।

तब विराट नगरी में यह बात फैलते देर नहीं लगी कि मालिनी सैरन्ध्री के गंधर्व पतियों ने कीचक को उसके 105 भाइयों के साथ मार डाला है। यद्यपि महल लौटते समय पांचाली स्वयं अत्यंत भयभीत थी तथा दुःख से मूर्छित सी हो रही थी किंतु रास्ते में किसी का साहस उससे कुछ पूछने का नहीं हुआ। महल में राजकन्याओं के साथ बृहन्नला के रूप में खड़े अर्जुन ने अवश्य उसे रोककर जानना चाहा कि कीचक का वध कैसे हुआ और वह उपकीचकों के चंगुल से बचकर किस प्रकार आ गई।

विराट नगर में बृहन्नला के रूप में रह रहे अर्जुन यद्यपि पहचान छिपाने के लिए पांचाली से दूर ही रहते थे किंतु ऐसा नहीं कि उन्हें प्रिया की कोई चिंता नहीं थी। वस्तुतः चिंतित होने के कारण ही उन्होंने पांचाली को रोककर वह प्रश्न पूछा था किंतु दुःख, अपमान और रोष से भरी पांचाली ने सीधे बृहन्नला के प्रश्न का उत्तर देने की अपेक्षा उससे उलाहना देते हुए बात की। इस समय दोनों के मध्य हुए सुंदर संवाद के कुछ अंश यहाँ उल्लेखनीय हैं।

बृहन्नला के उपर्युक्त प्रश्न पर पांचाली कहती है, 'बृहन्नले! अब तुम्हें सैरन्ध्री से क्या काम? कल्याणि! तुम तो मौज से अंतःपुर में इन कन्याओं के साथ रहती हो। सैरन्ध्री जो दुःख भोग रही है उसे तो तुम दूर करोगी नहीं... या फिर तुम्हें उसके दुःख का अनुभव ही नहीं होता। इसलिए मुझ दुखिया की हंसी उड़ाने के लिए तुम मुझसे ऐसे प्रश्न कर रही हो।'

इस पर बड़े दुःख से बृहन्नला कहती है, 'कल्याणि! पशुओं से नीच नपुंसक योनि में पड़कर बृहन्नला भी महान् कष्ट भोग रही है। तुम भोली-भाली हो अतः बृहन्नला के दुःख को समझ नहीं पाती हो। क्या मैं तुम्हारे साथ लंबे समय तक नहीं रही हूँ और क्या तुम मेरे साथ लंबे समय तक नहीं रही हो? फिर मैं तुम्हारे दुःख से बेखबर कैसे रह सकती हूँ?'

इससे आगे बृहन्नला रूपी अर्जुन एक सुंदर बात कहते हैं, 'निश्चय ही कोई अन्य व्यक्ति किसी अन्य व्यक्ति के हृदय को पूर्ण रूप से नहीं समझ सकता, इसी कारण तुम मुझे नहीं समझ पाती हो... न मेरे कष्टों का अनुभव कर पाती हो।

अर्जुन की बात दिल को छूने वाली थी। पांचाली जानती थी कि एक श्रापवश अर्जुन ने यह रूप धारण किया है (स्वर्गलोक में अप्सरा उर्वशी के प्रणय निवेदन को ठुकराने के कारण, जिससे पांचाली के मन में अर्जुन के प्रति सम्मान और बढ़ गया था) किंतु अभी तो उसके हृदय में अतीव हाहाकार मचा था! अतः उसने अर्जुन की बात का कोई उत्तर नहीं दिया और चुपचाप रानी के महल में जा पहुँची।

पांचाली का दुर्भाग्य! यहाँ एक ओर विपत्ति उसकी बाट जोहते खड़ी थी।

वस्तुतः पांचाली के लौटने के क्षण भर पूर्व राजा विराट रानी सुदेष्णा से आकर कह गए थे कि यह सैरन्ध्री मालिनी हमारे विनाश का कारण बन सकती है, अतः उससे आग्रह करना कि वह विराट देश छोड़कर कहीं और जाकर रहे। रानी सुदेष्णा तो पहले ही इस आशंका से भयभीत थी... सैरन्ध्री के आते ही वह उसके संबंध में राजा के शब्दों को दुहराते हुए अपनी ओर से यह भी कहती है... मालिनी! तुम सुंदर युवती हो और पुरुष भोगप्रिय होता है। इधर तुम्हारे गंधर्व पति अत्यंत क्रोधी हैं, अतः तुम जहाँ जाना चाहो, शीघ्र चली जाओ।

विपदा की मारी याज्ञसेना के लिए यह एक नई मुसीबत थी। इस समय वह अकेली कहां जाए? फिर, अज्ञातवास पूरा होने में कुल तेरह दिन ही बाकी थे। इधर-उधर जाने पर दुर्योधन के गुप्तचरों ने अगर पहचान लिया तो तेरह वर्षों की सारी साधना धूल में मिल जाएगी।

तब द्रुपद-नंदिनी बड़ी दीनता से रानी सुदेष्णा से प्रार्थना करती है कि बस कुछ दिन और उसे महल में रुकने की रानी अनुमति दे। राजा विराट ने और स्वयं रानी ने भी गंधर्वों पर बड़ा उपकार किया है ...उसके गंधर्व पति अवश्य ही राजा के प्रति सदा कृतज्ञ बने रहेंगे और इस उपकार का बदला भी अवश्य चुकाएँगे।

द्रौपदी के वचनों में सच्चाई थी... और फिर उसके गंधर्व पतियों का भय भी था... अतः रानी सुदेष्णा ने अंततः उसे कुछ और समय के लिए अपने महल में रहने की आज्ञा दे दी... पर इस अनुरोध के साथ कि 'त्रायस्व मम भर्तारं पुत्रांश्चैव विशेषतः' अर्थात् मेरे पति और पुत्रों की विशेष रूप से रक्षा करना। और इस तरह पांचाली का कीचक-विषयक भयानक कष्ट अंततः भीम के सहयोग से समाप्त हुआ।

विराट नगर में कीचक द्वारा पांचाली के अपमान के प्रसंग में एक प्रश्न उठता है कि यदि याज्ञसेना यज्ञ-संभूता देवकन्या थी, सती नारी थी, तब उसने कीचक को उसी क्षण श्राप देकर क्यों नहीं भस्म कर डालां? यही प्रश्न जयद्रथ द्वारा द्रौपदी के हरण के प्रसंग में तथा कौरवों की द्यूत-सभा में दुःशासन द्वारा चीर-हरण के प्रसंग में भी उठता है।

महाभारत में भी इस प्रश्न पर विचार हुआ है। राजा परीक्षित के पुत्र राजा जनमेजय (महाभारत के श्रोता) वैशम्पायान (महाभारत के वक्ता) से पूछते हैं, 'जब दुरात्मा कीचक ने पांचाली का तिरस्कार किया, उसे लात से मारा, उस समय महाभागा कृष्णा ने उस दुष्ट को 'किमर्थं नाशपत् तं' अर्थात् श्राप क्यों नहीं दे दिया? देवी द्रौपदी तेज की राशि थी वह धर्मज्ञ और सत्यवादिनी थी। उसके जैसी तेजस्विनी स्त्री अपने केश पकड़ लिए जाने पर असमर्थ की भांति चुपचाप सह लेगी, यह संभव नहीं है। यदि उसने चुपचाप यह सब सहा तो इसका अवश्य कोई बड़ा कारण रहा होगा। मैं वह कारण सुनना चाहता हूँ। द्रुपद-नंदिनी के क्लेश की बात सुनकर मेरा मन अत्यंत व्यथित हो रहा है।'

तब जनमेजय के प्रश्न पर वैशम्पायान उत्तर देते हैं–

'क्षरतीति पतः क्रोधहषयो न शपन्ति हि।

जानन्ति वद् यथातत्वं पांचाली न शशाप तम् ॥'

अर्थात्, क्रोध से तपस्या नष्ट होती है इसीलिए ऋषि भी सहसा किसी को श्राप नहीं देते हैं। पांचाली इस बात को अच्छी तरह जानती थी, इसीलिए उसने किसी को श्राप नहीं दिया।

'भर्ताणां मतभाज्ञाय क्षमिणां धर्मचारिणाम्।

नाशपत् तं विशालाक्षी सती शक्तापि भारत ॥'

अर्थात्, क्षमाशील एवं धर्मात्मा पतियों का मत जानकर विशालाक्षी सती-साध्वी पांचाली ने समर्थ होते हुए भी कीचक को श्राप नहीं दिया।

इसी प्रसंग में जनमेजय जयद्रथ द्वारा अपहरण किए जाते समय द्रौपदी द्वारा उसे श्राप न दिए जाने का कारण बताते हुए कहते हैं, 'अपने पतियों की बहन दुःशला का सम्मान करते हुए उसने यह कष्ट सह लिया और सिंधुराज को श्राप नहीं दिया।'

अस्तु... बात द्रौपदी के प्रति भीम के प्रेम की, उनकी संवेदनशीलता की चल रही थी।

उपरोक्त प्रसंग वह सिद्ध करने के लिए पर्याप्त है कि यह भीम ही थे जो द्रौपदी के सदा सहायक थे, उसके प्रति सर्वाधिक संवेदनशील थे। इस संदर्भ में महाभारत् के एक-दो और सुंदर प्रसंग उल्लेखनीय हैं।

घटना वनपर्व की है। अर्जुन द्वारा दिव्यास्त्र की प्राप्ति हेतु चले जाने पर पांचाली सहित चारों पांडव उसके विरह में व्याकुल से रहने लगे थे। कभी-कभी उन्हें अर्जुन का समाचार मिल जाता था किंतु लंबे समय तक कोई समाचार न मिलने पर वे उसकी खोज में तीर्थयात्रा हेतु निकले। विभिन्न तीर्थों का दर्शन लाभ करते हुए वे गंधमादन पर्वत पहुँचे जहाँ अर्जुन से उनकी भेंट होने की संभावना थी। तरह-तरह के शोभायमान वृक्षों से आच्छादित एवं सुंदर पशु-पक्षियों से भरपूर इस पर्वत के प्राकृतिक सौंदर्य ने पांडव-प्रिया को मंत्रमुग्ध कर दिया। एक दिन इसके सौंदर्य का रसपान करते हुए वह विचरण कर रही थी कि अचानक वायु का एक दिव्य सुंगध से भरपूर झोंका आया... और तभी उस पद्मगंधा ने अपने करीब एक अति सुंदर सहस्रदल से युक्त कमल-पुष्प पड़ा पाया। उस पुष्प के अद्वितीय सौंदर्य एवं गंध पर मोहित हो पांचाली वैसे ही और पुष्प पाने के लिए लालायित हो उठी। कहीं दूर से आया होगा, यह अनुमान उस बुद्धिमति ने तुरंत लगा लिया क्योंकि इतने दिनों से गंधमादन में घूमते हुए उसे कभी वैसे पुष्प के दर्शन तो दूर, वैसी दिव्य गंध हवा के किसी झोंके में सूंघने को नहीं मिली। ऐसा दिव्य पुष्प अवश्य किसी विशेष व्यक्ति के संरक्षण में होगा, यह अनुमान भी उसने तुरंत

लगा लिया किंतु एक और ऐसा ही पुष्प तो अवश्य ही उसके पास होना चाहिए क्योंकि यह तो किसी विशेष व्यक्ति को भेंट देने में चला जाएगा।

तब सोच-विचार कर पांचाली भीमसेन के पास पहुँचती है और उनसे कहती है... यदि तुम्हारा मेरे ऊपर विशेष प्रेम है तो ऐसे कुछ और फूल ले आओ। मैं इन्हें काम्यक वन में अपने आश्रम में ले जाना चाहती हूँ। प्रियतमा पर विशेष प्रेम दिखाने का मौका भीमसेन भला क्यों जाने देते? तत्क्षण पवनपुत्र प्रिया के वाक्यों को पाथेय बना सौगंधित पद्मों को लाने के लिए रवाना हो जाते हैं। किंतु इन्हें लाना सहज नहीं था क्योंकि ये कमल कुबेर के सरोवरों में थे, जिनकी रक्षा विकट राक्षसों के जिम्मे थी। पर पांचाली के लिए भीमसेन सारे राक्षसों का संहार कर अंततः कमल लाने में सफल होते हैं। (भीम को इस कार्य से संभवतः विशेष ख्याति मिली थी... तभी तो युद्ध के पूर्व धृतराष्ट्र को याद दिलाते हैं कि जिस भीम ने पांचाली का प्रिय कार्य करने के लिए भयंकर गंधमादन वन में प्रवेश कर राक्षसों का वध किया था, वह भीम पांडवों को बड़ा बल है।)

अस्तु... पांचाली के प्रति भीम के प्रेम का एक उदाहरण तब भी देखने को मिलता है जब महाभारत के भीषण संग्राम में द्रोणाचार्य मारे जाते हैं। नियति ने जैसाकि पहले ही तय कर रखा था, इसका बायस द्रौपदी का भ्राता धृष्टद्युम्न बनता है, जिसे द्रुपद ने द्रोणाचार्य के वध के लिए ही यज्ञ से प्राप्त किया था। किंतु जिस तरह से धृष्टद्युम्न अश्वत्थामा की मृत्यु का समाचार सुन हथियार छोड़कर बैठे द्रोण की हत्या करता है, उससे अर्जुन मर्माहत हो जाता है एक तो द्रोण उसके प्रिय गुरु थे... अतः उनकी मृत्यु उसके लिए दुःखदाई थी ही, ऊपर से युधिष्ठिर ने 'नरो वा कुंजरो वा', इस अर्धसत्य को सत्य मानकर द्रोण ने हथियार डाल दिए थे, यह उसके गुरु के साथ छल था... और फिर धृष्टद्युम्न ने उसके मना करने के बावजूद गुरु की हत्या कर दी थी... इन सारी बातों से अर्जुन इतना दुःखी था कि द्रौपदी के भाई को द्रोण-वध के लिए बधाई देने के बजाय तरह-तरह से प्रताड़ित ही करता रहा... शेष पांडव एवं कृष्ण भी तब अर्जुन के पक्ष में ही खामोश थे... ऐसे में भीम एक बार पुनः द्रुपद-नंदिनी को प्रसन्न करते हुए धृष्टद्युम्न को गले लगाकर द्रोण-वध के लिए बधाई देते हैं और अर्जुन को अपने इस गुरु प्रेम के लिए खूब खरी-खोटी सुनाते हैं। वे कहते हैं, 'तुमने भी तो द्रोण के समान ही हथियार त्याग युद्ध से विरत हो चुके भूरिश्रवा का बायां हाथ काटा था... और ऐसी स्थिति में सात्यकि ने जब भूरिश्रवा का मस्तक छिन्न किया तब तो तुमने कुछ नहीं कहा था बल्कि सात्यकि का ही पक्ष लिया था, फिर अब क्यों तुम धृष्टद्युम्न पर क्रोधित हो रहे हो?'

यद्यपि इस पूरे प्रकरण में पांचाली कुछ नहीं कहती, खामोश ही रहती है, किंतु जाहिर है कि अपने भ्राता के इस कृत्य पर भीम द्वारा उसका पक्ष लिए जाने पर उसे प्रसन्नता ही हुई होगी। (पर हाँ, महाभारत में कहीं भी पांचाली गुरु द्रोण के प्रति पिता का दुश्मन होने के कारण अनादर नहीं दिखाती है... यहाँ तक की द्यूत-सभा में जब वह

भीष्म के समान द्रोणाचार्य से भी पूछती है कि क्या मैं धर्मतः हारी गई हूँ... और वे मौन रहते हैं, तब भी वह उस बात के लिए उन्हें लांछना नहीं देती... जबकि पितामह से मृत्युबेला में अवश्य वह इस बात के लिए उनसे हिसाब माँगती है।)

अस्तु... महाभारत के उपरोक्त कुछ प्रसंगों में भीम और पांचाली के परस्पर प्रेम और विश्वास को दर्शाने का मतलब यह नहीं कि शेष पांडव द्रौपदी से कम प्रेम करते थे अथवा उसके प्रति संवेदनशील नहीं थे... न ही इसका मतलब यह है कि पांचाली शेष चारों के प्रति कम प्रेमिल थी। सत्य तो यह है कि पांचाली पाँचों पांडवों से समान रूप से बँधी थी। वस्तुतः उसके जीवन का उद्देश्य ही पाँचों को समान भाव से बांधे रखना था इसीलिए पाँचों समान रूप से उसका आदर करते थे ओर वह भी पाँचों के प्रति एक ही प्रकार से समर्पित थी। माता कुंती के आदेश से वह छोटे सहदेव का विशेष रूप से आदर अवश्य करती थी और विशालकाय होने के कारण भीम के भोजन का विशेष प्रबंध करती थी, किंतु महाभारत में ऐसा कहीं देखने को नहीं मिलता कि वह अर्जुन का विशेष ध्यान रखती हो। अतः यह कहना कि पांचाली स्वर्ग जाने से इसलिए वंचित रह गई क्योंकि वह अर्जुन को अधिक प्यार करती थी, कुछ ठीक नहीं लगता। (प्रारंभ में हम इसी प्रश्न पर विचार कर रहे थे।)

वनपर्व में अवश्य अर्जुन के दिव्यास्त्र की प्राप्ति के लिए जाते समय द्रौपदी अत्यंत दुःखी होती है। वह यहाँ तक कहती है कि हम लोगों में से कोई भी क्षत्रिय कुल में उत्पन्न न हो, उन ब्राह्मण को नमस्कार है जिनका निर्वाह भिक्षा से हो जाता है। (वनपर्व 37.25) यहीं वह धनंजय से यह भी कहती है कि आपके जाने पर जीवन में अब कोई रस नहीं रह जाएगा... किंतु यह बात वह किसी एकांत में अर्जुन से नहीं कहती है वरन् सबके सामने कहती है। वस्तुतः यह स्थिति केवल पांचाली की नहीं थी, शेष सभी पांडव अर्जुन के वियोग में उतने ही दुःखी थे जितने की पांचाली थी। इसीलिए लंबे समय तक उसका समाचार नहीं मिलने पर सभी व्याकुल हो गए थे और उसकी खोज में गंधमादन पर्वत की ओर निकल पड़े थे... जहाँ के सौगंधिक कमल-पुष्प ने पांचाली का मन मोहा था। इस यात्रा का एक और प्रसंग उल्लेखनीय है।

गंधमादन के घने वनों की यह यात्रा अत्यंत कष्टप्रद थी पर अर्जुन से मिलने की आस में सभी इसे सह रहे थे। अर्जुन के बिना अपनी मनःस्थिति को बताते हुए राजा युधिष्ठिर कहते हैं, 'धनजंय को न देख पाने के कारण मेरे सभी अंग वैसे ही दग्ध हो रहे हैं जैसे रुई का ढेर आग से जल पड़ता है।' वह यह भी कहते हैं कि धनंजय को देखने की प्रबल इच्छा के कारण ही हम यह दुष्कर यात्रा कर पा रहे हैं। पर सुकुमारी द्रौपदी के लिए सचमुच यह यात्रा दुष्कर हो चली थी तभी वह अचानक चलते-चलते बेहोश हो गिर पड़ी... और तब चारों पांडव उसके लिए विकल हो गए। युधिष्ठिर तो उसका सिर अपनी गोद में रख स्वयं को उसकी इस स्थिति के लिए जिम्मेदार ठहराते हुए बाक़ायदा विलाप ही करने लगे। जिस युधिष्ठिर को दिल द्रौपदी के अश्रुओं, व्यंग्य

बाणों और तकलीफों से नहीं पसीजा, वह प्रिया के निष्प्रभ होते ही रो पड़े। दोनों यमजों ने प्रिया के एक-एक कोमल चरणों को अपने हाथों में ले दबाना शुरू किया और भीम प्रिया को कैसे आगे बिना कष्ट के ले जाया जाए इसकी जुगत सोचने लगे... और फिर उन्होंने ऐसे समय अपनी राक्षसी पत्नी हिडिम्बा के गर्भ से उत्पन्न राक्षस पुत्र घटोत्कच का स्मरण किया तथा उसके पहुँचने पर उसे अपनी माता को अपने काँधे पर बैठाने की जिम्मेदारी सौंपी... और तब प्रिया की सुकर यात्रा देख चारों पांडवों की जान में जान आई।

अस्तु... हम सब जानते हैं कि पांचाली पर आई सारी मुसीबत की जड़ ज्येष्ठ पांडव युधिष्ठिर थे। अवश्य इस हेतु अनेक बार वह उन पर रोष प्रगट करती है किंतु उनके प्रति भी उसका सम्मान और प्रेम कम नहीं था। महाभारत में इस सत्य के अनेक प्रमाण मिलते हैं। ऊपर हमने जिस सौगंधिक पद्म की चर्चा की थी, वहाँ हमने देखा था कि एक दिव्य कमल हाथ में होते हुए भी कृष्णा भीम को उसी तरह के और पद्म लाने भेजती है। वह एक पुष्प उसने किसी विशेष व्यक्ति को भेंट में देने को सँभालकर रखा था... वह विशेष व्यक्ति न प्रिय अर्जुन थे न सखा कृष्ण थे, यह वस्तुतः ज्येष्ठ कुंती-पुत्र युधिष्ठिर ही थे!

कौरव-सभा के द्यूत-प्रसंग में भी हम देख चुके हैं कि उतनी कठिन स्थिति में भी पांचाली ने युधिष्ठिर के विरुद्ध लांछना का एक भी शब्द नहीं कहा था... बल्कि धृतराष्ट्र द्वारा प्राप्त वर से उसने सबसे पहले जिसकी दासत्व से मुक्ति की कामना की वह युधिष्ठिर ही थे।

अज्ञातवास में विराट देश में बिताया एक वर्ष पांचाली के लिए अत्यंत कष्टदायक था... एक तो उस सी राजरानी को रानी की दासी बनकर रहना पड़ा, ऊपर से कीचक की कामुक दृष्टि और पदप्रहार भी सहना पड़ा... इससे अत्यंत विचलित हो उसने भीम के सामने युधिष्ठिर को बुरा-भला कहा था... यह हमने ऊपर विस्तार से देखा। पर यहीं पर एक सुंदर प्रसंग युधिष्ठिर के प्रति पांचाली के प्रेम और आदर को दर्शाने वाला भी दिखता है। प्रसंग तब का है जब विराट-नरेश को राजकुमार उत्तर द्वारा कौरवों पर विजयी हो लौटने का समाचार मिलता है। सहसा उन्हें विश्वास ही नहीं होता कि उनका पुत्र इतने महारथियों को अकेले ही धराशायी कर उनका गोधन लेकर लौट रहा है। इस पर कंक बने युधिष्ठिर कहते हैं कि उसका सारथ्य बृहन्नला कर रही थी, अतः विजय तो होनी ही थी... और युधिष्ठिर कुमार के स्थान पर बृहन्नला के शौर्य का बार-बार बखान करने लगते हैं। राजा का क्रोधित होना स्वाभाविक था... यह तो उनके पुत्र का अपमान था... और वे क्रोध में आ कंक पर पासा फेंककर वार करते हैं। इससे युधिष्ठिर की नाक से खून बहने लगता है। तब सैरन्ध्री बनी द्रौपदी दौड़कर एक स्वर्णपात्र ला युधिष्ठिर के रक्त को भूमि में गिरने से रोकती है... साथ ही उसी समय प्रविष्ट राजकुमार उत्तर को इशारों में कहती है कि बृहन्नला को यहाँ आने मत देना। यह सब

इतनी शीघ्रता से घटता है कि विराट-नरेश कुछ माजरा समझ नहीं पाते। कंक का अवश्य वे सम्मान करते थे... पर उनका पुत्र क्यों इतना व्याकुल है उसके लिए... और वह दासी... उसकी हरकतें भी राजा के लिए आश्चर्यकारी थी। अस्तु, कुछ देर बाद राजा को पांडवों की असलियत पता चली... और यह भी उन्होंने जाना कि पांचाली ने इसलिए राजा युधिष्ठिर का खून धरती पर गिरने से रोका था और बृहन्नला यानी सव्यसाची को इसलिए उस समय आने से रोका था कि भाई का खून बहते देख अर्जुन किसी तरह अपने पर काबू नहीं रख पाएँगे... निश्चय ही उस समय वह विराट-नरेश के उपकारों को भुला बैठते और अग्रज के रोकने के पूर्व ही विराट-नरेश के खून से सभा-भवन लाल कर देते!

तो यह थी ज्येष्ठ पांडव के प्रति पांचाली की भक्ति।

इस ज्येष्ठ पांडव के प्रति पांचाली की भक्ति एक और प्रसंग में प्रगट होती है। हम सब जानते हैं कि महासमर का अंतिम दिन पांचाली के लिए सर्वाधिक त्रासदायक था। इसी दिन की अर्धरात्रि में उसने पाँच-पाँच वीर पुत्रों और सहजात भ्राता धृष्टद्युम्न को खोया था। यदि वे युद्ध-भूमि में मृत्यु को प्राप्त होते तो पांचाली धर्म-युद्ध में दी गई आहुति के रूप में उनके मरण को वीरगति मान धैर्यपूर्वक स्वीकार कर लेती किंतु गुरु-पुत्र अश्वत्थामा ने तो धोखे से इनकी हत्या की थी। इसीलिए गुरु-पुत्र के लिए उसके मन में रोष की सीमा न थी।

और तब पांचाली पाँचों पुत्रों के शव के सामने भीषण प्रतिज्ञा करती है... जब तक गुरु-पुत्र जीवित रहेंगे, वह यहीं भूखी-प्यासी प्राण निकलने तक बैठी रहेगी।

किंतु गुरु-पुत्र तो मारे भय के कब के जंगल में भाग चुके थे। युद्ध-भूमि में होते तो कोई भी पांडव उसे तुरंत मौत के घाट उतार देता। अब क्या होगा? द्रौपदी की प्राण-रक्षा के लिए उसे ही समझाना होगा... युधिष्ठिर ने धीरे से उसे समझाने का प्रयत्न भी किया किंतु दुःख के आवेग से अत्यंत संतप्त हो पांचाली की एक ही रट थी... मुझे गुरु-पुत्र की मौत चाहिए। ...चलो किसी तरह गुरु-पुत्र मारे भी गए तो तुम हमारी बात पर विश्वास कैसे करोगी कृष्णा ...क्योंकि वह तो सुदूर जंगल में भाग गए हैं... युधिष्ठिर ने अधीर होकर पूछा। इस पर कृष्णा का उत्तर था, 'उसके मस्तक में जो जन्मजात मणि है, यदि वह लाकर मुझे दिखाई जाए तो मैं विश्वास कर लूँगी।'

वस्तुतः बुद्धिमति पांचाली जानती थी कि जीते जी अश्वत्थामा की मणि कोई नहीं पा सकता, मरने पर ही उसे निकाला जा सकता था। किंतु यह कोई सहज कार्य तो नहीं था। इसीलिए युधिष्ठिर पांचाली द्वारा विश्वास का उपाय बताए जाने के बाद भी अश्वत्थामा की मृत्यु हेतु क्रियाशील होने के बदले निष्क्रिय ही बैठे रहे। और तब पांचाली ने कातर हो अपने सदा सहायक भीमसेन की ओर देखकर कहा, 'मेरे जीवन की रक्षा का भार अब आपके ही हाथ में है भारत!' आँसू भरी आँखों से कहे गए प्रिया के ये वचन सुन भीमसेन खामोश न रह सके और तुरंत उन्होंने नकुल को सारथी बना

अश्वत्थामा की खोज हेतु प्रस्थान किया... और तब एक बार फिर भीम ने ही पांचाली की इच्छा पूरी की (यद्यपि इसमें नकुल, सहदेव, अर्जुन एवं स्वयं वासुदेव भी सहायक थे।)। अंततः अश्वत्थामा की दिव्य मणि को देखकर ही द्रौपदी ने अपना आमरण-अनशन तोड़ा। कहते हैं अश्वत्थामा की वह दिव्य मणि बड़ी प्रभावशाली थी। इसके विषय में स्वयं अश्वत्थामा कहा करता था, 'पांडवों ने अब तक जितने रत्न प्राप्त किए हैं और कौरवों के खजाने में भी जो धन है, मेरी यह मणि उन सबसे अधिक मूल्यवान है। इसे शरीर में बाँध लेने पर शस्त्र, व्याधि, क्षुधा, दानव, नाग, राक्षस, चोर, किसी का भय नहीं रहता।'

उल्लेखनीय है कि इस बहुमूल्य मणि को कृष्णा ने न तो भीम को भेंट में दिया न भीम के साथ गए शेष पांडवों में से किसी को अर्पित किया, न ही पूरे युद्ध में विजय दिलाने वाले अपने प्रभु, अपने सखा वासुदेव को भेंट में दिया... वरन् उसने उस दिव्य मणि को दिया युधिष्ठिर को... क्योंकि वे ज्येष्ठ थे, श्रेष्ठ थे... राजा थे!

द्रौपदी और अश्वत्थामा के इस प्रसंग में भागवत पुराण एवं कपिल पुराण में 'द्रौपदी की क्षमा' का बड़ा सुंदर वर्णन हुआ है। महाभारत में केवल इतना उल्लेख है कि अश्वत्थामा के पास से लौटकर भीम द्रौपदी को उसके मस्तक की मणि देते हुए सच्ची बात बताते हैं कि गुरु-पुत्र होने के कारण हमने उसकी हत्या नहीं की... पर उसकी यह मणि छीनकर हमने उसे मृततुल्य ही कर दिया है'। इस पर भीमसेन से वह मणि ग्रहण करते हुए पांचाली कहती है, 'मेरा बदला पूरा हुआ। 'गुरुपुत्रो गुरुर्मम' अर्थात् गुरु-पुत्र मेरे लिए भी गुरु के समान ही है...' और यहीं द्रौपदी के रोष की बात समाप्त हो जाती है।

कपिल पुराण में उल्लेख है कि अवश्त्थामा भीमादि द्वारा बंदी बनाकर पांडवों के शिविर में लाया जाता है। उसे देखते-ही-देखते वहाँ उपस्थित् लोग दांत पीसते हुए तरह-तरह से चिल्लाने लगते हैं। कोई कहता है, इसे सूली पर चढ़ा दो तो कोई माँग करता है कि इसे आग में झोंक दो... और कोई हाथी के पाँव तले कुचलकर मार डालने का दंड सुनाता है। तब वासुदेव सबको शांत करते हुए कहते हैं, इसे दंड देने का अधिकार केवल कृष्णा को है... और तब जंजीरों में बँधे गुरु-पुत्र को भूखी शेरनी के समान कुछ पल देखते हुए पांचाली चिल्लाती है, 'मेरी गोद सूनी करने वाले पापी! मैं तुझे जीवित नहीं छोड़ूँगी। काश तू भी किसी की माँ होता तो समझ पाता कि माँ के लिए पुत्र वियोग का दुःख कितना हृदयविदारक होता है।'

किंतु अचानक एक परिवर्तन हुआ। चीखती-चिल्लाती पांचाली यह कहते ही शांत हो गई। उसके आँसू थम से गए। निर्निमेष नेत्रों से वह जाने क्या पुरु-पुत्र के अधोमुखी चेहरे में पढ़ती रही। कहीं यह खड़े-खड़े गिर न जाए अतः उसे थामते हुए अर्जुन ने पूछा, 'कृष्णा! चुप क्यों हो गई? कहो हमारे बच्चों के हत्यारे' इस पापी को कैसा मृत्यु-दंड

दिया जाए?' इस पर थकी-हारी कृष्णा यह कहते हुए धीर-धीरे धरती पर बैठ गई कि मैंने इसे क्षमा किया... और मैं चाहती हूँ कि तुम सब भी इसे क्षमा करो।

पर क्यों? ...अर्जुन ने विकलता से पूछा... जिसने हमें निर्वंश कर दिया, उसे तुम क्षमा क्यों कर रही हो? आखिर तुम्हारा क्रोध समाप्त कैसे हो गया कृष्णा?

इस पर पांचाली ने कहा, 'एक क्या, सहस्र अश्वत्थामा मार डाले जाएँ, तब भी मेरे पुत्र जीवित नहीं हो सकते। फिर इसे मारकर मुझे क्या मिलेगा?'

और तब पांचाली के इशारे पर गुरु-पुत्र को बंधन-मुक्त कर चाहे जहाँ जाने के लिए स्वतंत्र कर दिया जाता है... सारे लोग पांचाली के इस निर्णय पर अवाक् से रह जाते हैं। (कहते हैं तब से लेकर अब तक अश्वत्थामा वैसे ही युद्ध का घायल शरीर लिए और मणिहीन मस्तक के दुर्गंधयुक्त घाव को चिंदियों में लपेटे वन-वन की खाक छानते भटक रहा है। इससे बड़ा दंड संभवतः किसी अन्य योद्धा को महाभारतकार ने नहीं दिया है।)

अस्तु... बाद में पांचाली वासुदेव को बताती है कि क्यों उसने गुरु-पुत्र को क्षमा किया। 'ज्योंहि मैंने अश्वत्थामा की जंजीरे खींचते हुए कहा कि काश तू किसी की माँ होता त्योंहि सहसा मुझे गुरु-पत्नी कृपा का ध्यान हो आया! उस बेचारी का सुहाग तो पहले ही लुट चुका था। इसके मरने से वह फिर कलपती... वैसा ही दुःख उठाती जैसा मैं उठा रही हूँ... नहीं मैं नहीं चाहती थी कि यह दुःख किसी दुश्मन को भी हो... इसीलिए मैंने उसे क्षमा कर दिया।'

ठीक यही बात भागवत में कही गई है, 'मा रोदीदस्य जननी गौतमी पतिदेवता। यथाहं मृतवत्साऽऽर्ता रादिभ्यः अश्रुमुखी मुहुः ॥ (भागवतपुराण 7.1)

तब सबने पांचाली की क्षमा की भूरि-भूरि प्रशंसा की ।

अस्तु... बात पांचाली के पांडवों से संबंधों को लेकर चल रही थी।

अब तक के विवरण से स्पष्ट है। कि द्रौपदी पर यह आरोप लगाना कि वह अर्जुन से विशेष प्रेम करती थी, अनुचित है युधिष्ठिर ज्येष्ठ थे, राजा थे, और अन्य सभी पांडव भी उनका सम्मान करते थे, अतः द्रौपदी उनके प्रति अवश्य कुछ अधिक, आदरयुक्त प्रेम प्रदर्शित करती थी। वैसे पांचाली के लिए सभी समान थे। सब पर उसका समान प्रेम था। इसी तरह पाँचों पांडव भी उससे बराबर प्रेम करते थे। हाँ, भीम उसके ज्यादा करीब थे यह बात हम फिर दुहराएँगे।

वैसे एक बार भीम ने अवश्य पांचाली के मन के विपरीत कार्य कर उसे दुःखी किया था। बात 12 वर्ष के वनवास एवं 1 वर्ष के अज्ञातवास कट जाने के बाद की है। पांडवों ने ये 13 वर्ष अत्यंत कठिनाई में गुजारे थे। कौरवों को जैसे ही कीचक के वध का समाचार मिला, उन्होंने अनुमान लगाकर विराटनगर पर धावा बोल दिया कि हो न हो यह भीम का ही कार्य है। यदि भीम वहाँ है तो शेष पांडव भी वहीं होंगे। उन्हें यह भी

मालूम था कि विराटराज अपने बलबूते पर उनसे लोहा नहीं ले सकते... तब अवश्य ही पांडव उनकी रक्षा में आगे आएँगे... और तब वे अज्ञातवास के पहले ही उन्हें पहचानकर फिर शर्त के अनुसार पुनः 13 वर्ष के लिए निष्कासित कर देंगे।

किंतु कौरवों को विराटनगर में मुँह की खानी पड़ी। अर्जुन के द्वारा इस युद्ध में वे सभी बुरी तरह पराजित तो हुए ही, अपमानित हुए सो अलग। अर्जुन ने सबके मूर्छित होने पर उनके उत्तरीय उतार लिए थे... प्रगट में विराटकुमारी उत्तरा की गुड़िया के वस्त्र बनाने... पर संभवतः दुर्योधन को यह संदेश देने के लिए कि जिनके बल पर तुम युद्ध करने की सोच रहे हो... देखो मैंने अकेले उनका क्या हाल किया है यदि मेरे शेष भ्राता और वासुदेव साथ हों तो तुम सबकी क्या गति होगी, इसका ध्यान रखना। शायद यह सोचकर भी सव्यसाची ने यहाँ सबके उत्तरीय उतारे हों कि तुम लोगों ने छल कर द्यूत-सभा में हमारे उत्तरीय उतरवाए थे... लो मैं युद्धभूमि में तुम्हें उसी स्थिति में पहुँचा रहा हूँ!

अस्तु... संदेश गंभीर था... अर्थपूर्ण था। पर दुर्योधन के लिए उसके कोई मायने नहीं थे।

चलो किसी तरह पांडवों का शर्तानुसार 12 वर्ष का वनवास और 1 वर्ष का अज्ञातवास पूर्ण हुआ। पांडव अपना राज्य पाने को स्वतंत्र हो गए। भीष्म ने स्पष्ट शब्दों में विराट-युद्ध के पूर्व ही कह दिया था कि पांडवों का अज्ञातवास का समय पूर्ण हो चुका है किंतु दुर्योधन उनसे सहमत नहीं था... पर फिर भी उसने उत्साहपूर्वक इस बात का डँका नहीं पीटा कि पांडव शर्त हार चुके हैं.... बस एक ही जिद थी अब मैं राजा हूँ.... मैं अपने राज्य का थोड़ा भी हिस्सा उन्हें नहीं दूँगा। वस्तुतः इतने वर्षों तक पांडवों के बाहुबल पर बसाए इंद्रप्रस्थ पर उसने पूरा आधिपत्य जमा लिया था। अब वह उसे छोड़ना नहीं चाहता था। किंतु तब पांडव कहाँ ज़ाते? शर्तानुसार वे केवल अपना राज्य ही वापस चाहते थे। किंतु वे जानते थे कि दुर्योधन आसानी से उन्हें राज्य नहीं देगा इसीलिए उन्होंने युद्ध की भी तैयारी साथ-साथ शुरू कर दी थी।

और फिर शीघ्र ही पांडव-पक्ष का उपप्लव्य नगर में जमावाड़ा होता है। वहीं आगे की रणनीति बनती है। पहले द्रुपद के पुरोहित दूत बनाकर कौरव सभा में इस संदेश के साथ भेजे जाते हैं कि अज्ञातवास पूरा हो गया... शर्तानुसार पांडवों का राज्य उन्हें वापस दिया जाए अन्यथा वे युद्ध के लिए तैयार हैं। इसके उत्तर में वहाँ से संजय धृतराष्ट्र का संदेश लेकर आते हैं कि पांडवों को शांति रखनी चाहिए... अप्रत्यक्ष रूप से संदेश था कि राज्य को भूल जाए और युद्ध की बात मत करें। उस समय तो युधिष्ठिर... संभवतः पहली बार, क्षत्रियोचित भाषा में संजय से दुर्योधन के प्रति संदेश कहलवाते हैं कि हम ऐसे पौरुषहीन नहीं हो गए हैं कि तुम्हारा प्रिय कार्य होने दें... 'ददस्व वा शक्रपुरीं ममैव युध्वस्व वा'... या तो मुझे मेरा इंद्रप्रस्थ लौटा दो या फिर युद्ध करो। जोश में वे यह भी

कहते हैं, 'धर्मार्थयोरलं चाहं मृदवे दारूमाय च'... मैं समयानुसार कोमल भी हो सकता हूं और कठोर भी हो सकता हूँ। द्रौपदी के लिए यह राहत की बात थी, किंतु फिर पता नहीं पांडवों को क्या हो जाता है कि सब-के-सब शांति की ही भाषा बोलने लगते हैं। बात तब उठती है जब कृष्ण को संधि हेतु दूत बनाकर भेजने की बात होती है। सभी पांडव अपना-अपना मत रखते हैं। युधिष्ठिर पहले की तरह शांति और किसी तरह संधि की ही बात करते हैं... कुल का नाश वे हर कीमत पर रोकना चाहते हैं... पाँच गाँव ही दुर्योधन दे दे, इस पर भी वे राजी होने को तैयार थे। अर्जुन हमेशा की तरह अग्रज की ही बोली बोलते हैं... पर द्रौपदी को सबसे ज्यादा बेधते हैं भीम के शब्द... जब वे कृष्ण से शांति हेतु अनुग्रह करते हुए कहते हैं कि 'यथा यथैव शांतिः स्यात् कुरुणां मधुसूदन'... आप कौरवों के बीच वैसी ही बात करें जिससे की शांति स्थापित हो। कृष्ण तक को आश्चर्य होता है कि भीम को आखिर हो क्या गया है? वे कहते भी हैं कि पर्वत यदि चल पड़ता तो मुझे उतना आश्चर्य नहीं होता जितना तुम्हारी शांति की बातें सुनकर हो रहा है पवनपुत्र! क्या तुम्हें युद्ध से भय हो रहा है? तुम्हारी शांति की बातें मुझे आश्चर्य में डाल रही है भीमसेन।

इस पर भीम अपने स्वभाव के विपरीत दयनीय हो कहते हैं... हमारे कारण भरतवंशियों का नाश न हो, मैं यही चाहता हूँ मधुसूदन!

किंतु यही तो वे भरत-वंशी थे जिन्होंने द्यूत-सभा में कृष्ण को शर्मसार किया था। क्या भीमसेन सब कुछ भूल चुके थे? सचमुच कृष्णा के लिए अतीव कष्टकर थे भीम के ये वाक्य। इस अवसर पर कृष्णा के लिए एकमात्र पांडव सहदेव ही आगे आए जिन्होंने कृष्णा के दर्द को महत्व देते हुए संधि के विरोध में अपना मत दिया। कुंती ने जिसका हाथ पकड़कर वन में सदा साथ रखने का वायदा पांचाली से लिया था... उस माद्री-पुत्र सहदेव ने संभवतः इन तेरह वर्षों में प्रिया के दर्द को गहरे तक अनुभूत किया था। इसीलिए वह कह पड़ता है... संधि नहीं; मुझे युद्ध चाहिए, 'अवधेन प्रशाम्येत मम मन्युः सुयोधने' अर्थात् पांचाली के साथ जो सुयोधन ने किया उससे उसके प्रति बढ़ा हुआ मेरा क्रोध केवल उसके वध से ही शांत हो सकता है।

पर एक सहदेव का साथ देने से तो कौरवों से युद्ध नहीं लड़ा जा सकता था? कृष्णा दुःख से आवेग में कृष्ण से कह उठती है–

अयं ते पुंडरीकाक्ष दुःशासनकरोदधृतः।
स्मर्तव्यः सर्वकार्येषु परेषां संधिमिच्छता ॥' (उद्योगपर्व 82.36)

अर्थात्, हे कमललोचन कृष्ण! संधि करते समय मेरे इन खुले बालों को याद रखना... ये वही केश हैं जिन्हें पकड़कर दुष्ट दुःशासन ने मुझे घसीटा था।

आगे वह कहती है, यदि भीमसेन और अर्जुन कायर होकर संधि की कामना करने लगे हैं तो भी युद्ध होगा। तब मेरे वृद्ध पिता मेरे महारथी भ्राताओं के साथ कौरवों से युद्ध करेंगे और अभिमन्यु के सेनापतित्व में मेरे पाँचों पुत्र मेरे अपमान का बदला लेने

कौरवों पर चढ़ाई करेंगे। जब तक मैं दुःशासन की सांवली भुजाओं को धूल में लोटती न देख लूँ, मुझे शांति नहीं मिल सकती। पूरे तेरह वर्षों से दुःशासन के प्रति प्रचंड क्रोध की अग्नि मेरे हृदय में धधक रही है... आज भीमसेन संधि की बात कहकर उस पर जो जल डालने की बात सोच रहे हैं, वह व्यर्थ है। इस तरह तो वे मेरे संपूर्ण शरीर में जैसे आग लगा रहे हैं... यह कहते-कहते कृष्णा रो पड़ी। तब कृष्ण ने मुश्किल से उसे शांत कराया... यह आश्वासन देकर कि जो तुम चाहोगी वही होगा।

पर कृष्ण को यह कहने की आवश्यकता नहीं थी... उन्हें तो वैसे भी दुःख था कि वे पांचाली की पूरी सहायता नहीं कर सके। धृतराष्ट्र की ओर से शांति का प्रस्ताव लेकर आए संजय से वासुदेव पहले ही कह चुके थे कि कृष्णा ने कुरु-सभा में जो मुझे गोविंद कहकर पुकारा था उसका मैं समुचित सत्कार नहीं कर सका... 'ऋणमेतत् प्रवृद्धं मे हृदयान्नापसर्पति' अर्थात् उसका वह मेरे ऊपर ऋण है जो बढ़ता ही जा रहा है... वह कौरवों के संहार के बिना दूर नहीं होगा।

यहाँ उल्लेखनीय है कि पांचाली के अपमान की आग में कुंती भी जली थी... शायद पांडवों से कहीं अधिक! संधि हेतु जब कृष्ण हस्तिनापुर आते हैं तब कुंती उन्हें स्पष्ट कहती है कि समस्त सद्गुणों से संपन्न मेरी पुत्रवधू द्रौपदी मुझे 'सर्वेः पुत्रैः प्रियतरा' है। उसका अपमान मुझे भूलता नहीं है। न मुझे राज्य छिन जाने का दुःख है न पुत्रों के वनवास का, मेरे लिए सर्वाधिक दुःख इसी बात का है कि निर्दोष पांचाली को द्यूतसभा में उस तरह अपमानित किया गया। उस सती ने उसी समय कौरवों को भस्म नहीं कर दिया, यही उसका उपकार था... पर अब नहीं। केशव! तुम मेरे पुत्रों से कहना कि क्षत्राणि इसीलिए पुत्र को जन्म देती है कि वह क्षत्रिय धर्म का पालन करे, कायर के समान हथियार न डाले... कुंती यहाँ विदुला की कथा भी सुनाती है जिसका पुत्र संजय युद्ध से विमुख हुआ था तब उसकी क्षत्राणि माता ने उसे उसके धर्म का ज्ञान कराते हुए उसे युद्ध करने को उत्साहित किया था। अंत में कुंती कृष्ण के द्वारा पांडवों को संदेश भेजती है कि वे 'द्रौपद्याः पदवीं चर' अर्थात् द्रुपद-नंदिनी के बताए मार्ग पर चलें।

अस्तु... पांचाली के प्रति पांडवों के व्यहार के संदर्भ में एक अंतिम बात। भीमसेन अर्जुन की अपेक्षा पांचाली से अधिक बँधे थे, कहने का अर्थ यह नहीं है कि ऐसा कहना इस तृतीय पांडव के प्रति अन्याय होगा। कृष्ण के इस सखा को व्यासदेव भला ऐसा कैसे चित्रित कर सकते थे? अवश्य द्यूत-सभा में भीम के समान उसने गर्जन-तर्जन नहीं किया... न ही तब जब वह कौरवों के प्रति आग उगलता रहा किंतु मन-ही-मन प्रिया के अपमान की आग में वह भी कम नहीं सुलगा था व्यास ने इसे अनेक संकेतों से बताया है। उप्पलव्य नगर में संजय द्वारा धृतराष्ट्र का यह संदेश देने पर कि पांडव शांति धारण करें, कृष्ण कहते हैं कि वे शांति कैसे रखें? उनकी राजरानी का जो अपमान कौरवों ने किया है उसे वे कैसे भूल सकते हैं? तभी कृष्ण अपने सखा के मन की स्थिति बताते

हुए कहते हैं कि द्यूत-सभा में पांचाली के प्रति कर्ण के कहे गए शब्द कि तू अब दासी है, जा कौरवों के महल में दास-कर्म कर अथवा इन पतियों को छोड़ किसी और पति का वरण कर ले... पार्थ के सीने में जैसे बर्छी बनकर घुसे थे... 'कर्णाच्छरो वांग्मयस्तिग्मतेजाः प्रतिष्ठितो हृदये फाल्गुनस्य', तब कान के रास्ते से भीतर घुसकर हड्डियों को छेदते हुए वे अर्जुन के भीतर धँस गए। तीखी कसक पैदा करने वाले वे बाण आज भी उसे सालते हैं।

निश्चय ही अर्जुन भी पांचाली के अपमान की ज्वाला में धधका था किंतु ज्येष्ठ भ्राता के समान वह भी जानता था कि समय उनके अनुकूल नहीं है। भले भीम में दस हजार हाथियों का बल था, स्वयं उसके भी धनुष-बाण मारक थे किंतु द्रोण, भीष्म और कर्ण जैसे योद्धाओं से युद्ध करने विशेष शक्ति की आवश्यकता थी। इसीलिए अंततः वह स्वर्गलोक गया था, कड़ी तपस्या की थी... यदि ऐसा नहीं करता तो क्या वह स्वर्ग की अप्सरा उर्वशी के काम-बाणों को झेल पाता? ...बड़े-बड़े ऋषि-मुनि तक जिसके सौंदर्य के आगे नतमस्तक थे उसके प्रणय-निवेदन को उसने कितने सम्मान से, यह करते हुए कि आप तो मेरे पूर्वजों की माता हैं, अतः मेरी पूज्या हैं... ठुकरा दिया था... भले ही एवज में उसने एक ऐसा श्राप ग्रहण किया था जिसे कोई भी पुरुष किसी भी कीमत में ग्रहण नहीं कर सकता था... वह श्राप था नपुंसक होने का श्राप... जबकि वह तो पौरुष से भरपूर समूचे आर्यावर्त का सर्वश्रेष्ठ वीरपुरुष था।

अस्तु... अपने इन दिव्य अस्त्रों के बल पर ही सव्यसाची विराटराज की गायों के कौरवों द्वारा हरण के समय अकेला ही भीष्म, द्रोण और कृपाचार्य तथा कर्ण सहित दुर्योधन को हरा पाया था... जबकि इस समय उसका सारथ्य वासुदेव नहीं, विराटकुमार, बालक सा उत्तर कर रहा था... जिसे नियंत्रित रखना बीभत्सु के लिए उतना ही कठिन हो रहा था जितना विराट-पुत्र को रथ के घोड़ों को नियंत्रित रखना। (वस्तुतः उत्तरकुमार तो पांचाली के कहने से बृहन्नला को सारथी बनाकर तैश तैश में युद्धभूमि में आ गया था... अब उसे क्या मालूम था कि यह नाच-गान करने वाली बृहन्नला साक्षात् बीभत्सु अर्जुन है और सचमुच वह कौरवों के वीर सेनापतियों से अकेले ही भिड़ने जा रहा है? सबसे बढ़कर वे दिव्य अस्त्र थे जिन्हें उसने स्वयं अर्जुन के कहने पर शमी वृक्ष से उतारा था... उन्हें तो देखकर ही कुमार उत्तर की आँखें फट सी गई थीं। ऐसे दिव्यास्त्रों के स्वामी के रथ की वल्गलाएँ किसी तरह वह सँभाल नहीं पा रहा था... और वह मैदान छोड़ भागने की सोच रहा था।)

अस्तु... छः-छः महारथी थे अकेले अर्जुन के सामने, पर कोई नहीं टिक पाया। दुर्योधन तो वस्तुतः पीठ दिखाकर ही इस युद्ध से भागा था। कहने का मतलब कि वनवास के इन वर्षों में अर्जुन ने कौरवों के विरुद्ध अपनी शक्ति का लगातार अर्जन किया था। उसने भगवान् रूद्र से रौद्रास्त्र, वरुणदेव से वारुणास्त्र, अग्निदेव से आग्नेयास्त्र,

वायुदेव से वायव्यास्त्र तथा इंद्र से स्वयं उनका वज्र ग्रहण किया था। सच कहा जाए तो सारा महासमर युधिष्ठिर ने उसी के भरोसे लड़ा था। दूसरी ओर भीम इन वर्षों में पांचाली के प्रिय कार्य अवश्य करते रहे, समय पड़ने पर किर्मीक आदि राक्षसों का वध भी किया। कौरवों के विरुद्ध लगातार अमर्ष भी पाले रहे, किंतु युद्ध हेतु तैयारी शायद उन्होंने कुछ भी नहीं किया। अवश्य महासमर में वे पूरे 18 दिन प्राणपण से कौरवों से लड़ते रहे... पूरे सौ कौरवों का वध किया... दुःशासन से पांचाली के अपमान का भरपूर बदला भी लिया... किंतु यह भी सच था कि दुर्योधन के साथ युद्ध हेतु उन्होंने अपने को तैयार नहीं किया था। स्वयं वासुदेव यह बात कहते हैं।

उल्लेख है कि महासमर के अंतिम दिन दुर्योधन अपना सब कुछ गंवाने के बाद थक हारकर सरोवर में छिप जाता है। पांडवों को जब उसके छिपने का स्थान ज्ञात होता है तो वह दल-बल के साथ वहाँ पहुँचते हैं। तब युधिष्ठिर अपने स्वभाव के विपरीत उसे बाहर निकलने तथा युद्ध करने हेतु ललकारते हैं... और स्वभावानुसार उन्हें किसी भी एक पांडव से गदा-युद्ध का निमंत्रण दे देते हैं... यह कहते हुए कि यदि एक भी पांडव मारा गया तो महासमर के विजेता तुम बनोगे।

बात सचमुच अबुद्धिमानी की थी... क्या कोई भी पांडव दुर्योधन से गदा-युद्ध करने का सामर्थ्य रखता था? तब कृष्ण इस हेतु युधिष्ठिर को डांट लगाते हैं कि आप फिर जुआ खेल रहे हैं धर्मराज! दुर्योधन क्या कोई सामान्य गदाधारक है? केवल भीम ही उससे लोहा ले सकता है... और उसका भी जीतना केशव संदिग्ध बताते हैं। इसलिए नहीं कि अभी घायल शेर के समान दुर्योधन पूरी ताकत झोंक देगा वरन् इसलिए कि उसने पिछले तेरह वर्षों से अपने आपको इस हेतु निरंतर तैयार किया है। वासुदेव आगे पांडवों पर यह रहस्योद्घाटन करते हैं कि दुर्योधन को भीम के समान कोई और नहीं मिला जिससे वह युद्ध का अभ्यास करता, अतः उसने 'आयसे पुरुषे राजन भीमसेनजिघांसय', ...भीमसेन की लौह-प्रतिमा बनाकर उसके साथ निरंतर गदा-युद्ध का अभ्यास किया है जबकि भीमसेन ने 'नातिक्रतश्रमः' अधिक श्रम नहीं किया है। एक ही गुरु के चेले, एक ही समान बलवान और समान रूप से अमर्षशील होते हुए भी आज मैं इसीलिए दुर्योधन को भीम की तुलना में अधिक बलशाली पाता हूँ जबकि आज अकेला हारा हुआ, तन-मन दोनों से थका, युद्ध हेतु अप्रस्तुत है, पर अभ्यास के कारण दुर्योधन की जीत अधिक निश्चित है... और तब वासुदेव स्वयं सुझाते हैं कि अन्यायी दुर्योधन को तभी मारा जा सकता है जब गदायुद्ध के नियम को भंग करते हुए उसकी जंघाओं पर प्रहार किया जाए... अंततः वही हुआ। इस अधर्म को भी सिर-माथे पर लेते हुए कृष्ण ने दुर्योधन को मरवाया। पर न व्यास ने... न भारतीय जनमानस ने, कभी इस हेतु कृष्ण की निंदा की ...बल्कि हर बार की तरह यहाँ भी व्यास ने यही कहा 'यतो धर्मस्ततो जयः यतो कृष्णस्ततो जयः' ...वस्तुतः यह उद्घोष महाभारत का आदर्श वाक्य है।

तो कुल मिलाकर पांचाली व्यास का एक ऐसा चरित्र है जो मानों आग से बना है... अग्निजाया को ऐसा ही होना चाहिए था। हमने देखा, उस पर लगे सारे आरोप, चाहे वे परम्परा से लगाए गए हों या आधुनिक लेखकों के द्वारा लगाए गए हों, पूर्णतः, बुनियाद है। कुरु-वंश की यह राजरानी द्रुपद-कन्या भारतीय इतिहास का निश्चय ही गौरव है। व्यास ने इसे रचकर भारतीय समाज भारतीय नारी को नई ऊँचाई दी है।

पांचाली का बहुपतित्व–

पांचाली के बहुपतित्व को लेकर लोगों में प्रायः असमंजस की स्थिति रहती है। हिंदू धर्म में नारी की शुचिता को प्रारंभ से ही अत्यंत महत्व दिया गया है। इसीलिए हिंदू स्त्री के लिए पातिव्रत्य सबसे बड़ा धर्म कहा गया है। जाहिर है कि यह पातिव्रत्य एक पति की भक्ति का ही व्रत है। ऐसी प्रतिव्रता नारियाँ हमारे देश में सती के रूप में पूजी गई हैं अर्थात् केवल पति के साथ आग में जलने वाली ही सती नहीं कही गई, हर स्थिति में पति का साथ देने वाली भी सती कहलाई। ऐसी स्थिति में पाँच-पाँच पतियों वाली पांचाली की स्थिति कुछ विचित्र सी लगती है। हमारे मनीषियों ने यद्यपि पांचाली को भी सती की कोटि में रखने का औदार्य दिखाया है किंतु फिर भी पांचाली के बहुपतित्व को लेकर उसके युग से लेकर आज तक अनेक प्रश्न उठते हैं।

द्रौपदी के युग में देखें तो स्वयं उसके पिता और भाई इसके विरुद्ध थे। किंतु बाद में महामुनि व्यास द्वारा समझाए जाने पर इस हेतु वे प्रसन्न मन से तैयार हो गए थे। शायद व्यासदेव की अनुमति के कारण ही कुरुवंशियों तथा अन्य राजाओं ने इस आर्येत्तर परम्परा का विरोध नहीं किया था... न इस हेतु किसी ने पांडवों की या द्रौपदी की भर्त्सना की थी, बल्कि भीष्म और विदुरादि द्वारा प्रेरित किए जाने पर धृतराष्ट्र द्वारा वे सब सादर सहित हस्तिनापुर बुलवाए गए थे। स्वयं विदुर धृतराष्ट्र की ओर से द्रौपदी के लिए दामी़ उपहार लेकर पांचाल देश गए थे। हस्तिनापुर पहुँचने पर पांडवों तथा द्रौपदी का भव्य स्वागत भी हुआ था। गांधारी स्वयं अपनी अन्य बहुओं के साथ पांचाली की अगवानी में पहुँची थी तथा महल में कदम रखती पांचाली को प्रेम से गले लगाया था। (यद्यपि पद्मगंधा पांचाली को गले लगाते ही पहला विचार गांधारी के मन में यही आया था कि इस सुगंधी अग्निशिखा में मेरे बेटे पतंगों के सामन अवश्य ही अपने प्राणों से हाथ धो बैठेंगे! सचमुच गांधारी का भय व्यर्थ नहीं था।)

अस्तु... कहने का मतलब की अंततः सबने द्रुपद-तनया को पांडवों की महारानी के रूप में स्वीकार कर लिया था।

उल्लेखनीय है कि पूरे महाभारत में पाचाली को पाँच पतियों के कारण कहीं भर्त्सना नहीं मिली है... केवल एक स्थान को छोड़कर। वह स्थान था, कौरवों की पाशविक द्यूत-सभा। यहाँ कर्ण, कौरव-कुमार विकर्ण द्वारा द्रौपदी का पक्ष लिए जाने पर कहता है, 'देवताओं ने स्त्री के लिए एक ही पति का विधान किया है किंतु यह पांचाली अनेक

पतियों के अधीन है, अतः यह निश्चय ही वेश्या है।' वैसे कर्ण की इस बात का समर्थन उस समय किसी ने भी नहीं, यहाँ तक की दुर्योधन ने भी नहीं किया था। वस्तुतः यह बात कर्ण ने द्रौपदी को न पाने के कारण तथा पांडवों के प्रति बैर-भाव के कारण कही थी। किंतु यह भी सत्य है कि उस काल में आर्य स्त्रियों के लिए बहुपतित्व निषिद्ध था। स्वयं महाभारत में द्रौपदी के अतिरिक्त और कोई आर्य नारी एकाधिक पतियों वाली नहीं है। व्यास ने भी सामान्य नारियों के लिए इस प्रथा का निषेध किया है। द्रौपदी के संबंध में वे कहते हैं कि उसका विवाह देवविहिति होने के कारण निर्दोष है।

उल्लेखनीय है कि स्वयं व्यास ने पांडवों को एक साथ पांचाली से विवाह करने हेतु प्रेरित किया था। द्रौपदी के पूर्व-जन्म की कथा बताते हुए व्यास ने पांडवों को बताया था कि वह पूर्व-जन्म में एक ऋषि-कन्या थी। अपने अनुकूल पति प्राप्त न करने पर उसने महादेव की कठोर तपस्या की थी। महादेव ने तब प्रसन्न होकर जब उसे वर माँगने को कहा तो उसने अपने अनुकूल सर्वगुणसंपन्न पति का वर माँगा... किंतु अति उत्साह में उसने यह याचना पाँच बार की। इस पर भोले-बाबा ने उसे तुरंत पाँच पति प्राप्ति का वरदान दे दिया।

किंतु बेचारी ऋषि-कन्या पाँच-पाँच पतियों का वरण कैसे कर सकती थी? तब महादेव ने उसे अगले जन्म में द्रुपद-राज के यज्ञ से अयोनिजा कन्या के रूप में जन्म लेने का वर दिया, जहाँ उसे पाँच पतियों का एक साथ पतित्व प्राप्त होगा।

उधर पांडवों के पूर्व-जन्म की घटना ने भी उन्हें इस नियति के लिए प्रेरित किया था। उनकी कथा का विवरण देते हुए व्यासजी ने कहा कि ये पाँचों इंद्र थे जो महादेव के श्रापवश मनुष्य लोक में मानव-शरीर ग्रहण करने के लिए बाध्य हुए थे। पर उन इंद्रों का अपराध क्या था? अपराध यह था कि इन इंद्रों ने एक युवती के पीछे-पीछे आते हुए हिमालय के शिखर पर शिव और शिवा का अपमान किया था। वहाँ उन्हें काम-क्रीड़ा में मग्न देख प्रत्येक ने यही कहा था... मैं इस जगत् का स्वामी हूँ... तुम मुझे सामने पाकर भी इतनी बेहयाई कैसे कर रहे हो? ... किंतु ऐसा कहते ही इंद्रों का शरीर मानों काष्ठ का हो गया था और पुनः उनमें तभी विस्फुरण हुआ जब शिव की आज्ञा से उस युवती ने उनका स्पर्श किया... और फिर वे एक के बाद एक वहाँ स्थित एक गुफा में बंद कर दिए गए। अंतः पाँचवें इंद्र के भी वहाँ पहुँचने पर सबने सलाह की कि किस तरह इस कारागार से छूटें। देवाधिदेव महादेव के सामने स्वयं को जगत् का स्वामी कहने का अपराध तो उनसे हुआ था। कैसे इससे मुक्ति पाएँ? अंततः सबने आपस में सलाह करके महादेव की ही शरण लेना उचित समझा।

कहते हैं सच्चे हृदय का पश्चाताप कभी व्यर्थ नहीं जाता। फिर महादेव तो भोले बाबा ठहरे! इंद्रों की प्रार्थना पर पिघल गए। पाँचों इंद्रों को गुफा से छुटकारा

दिलाया... पर अपराध तो अपराध होता है... अपराध का कुछ तो दंड मिलना चाहिए। सो महादेव ने निश्चित किया कि पाँचों इंद्र कुछ काल के लिए पृथ्वीलोकवासी होंगे। किंतु वहाँ उनका देवत्व व्यर्थ नहीं जाएगा। वहाँ से आसुरिक शक्तियों के नाश में अपना जन्म सार्थक करेंगे... और फिर समय पर अपने स्वर्गलोक को प्राप्त करेंगे। महादेव ने उन्हें एक वरदान भी दिया... जिस स्त्री के आकर्षण में तुम लोग यहाँ तक आए हो वह पृथ्वीलोक में तुम सबकी भार्या होगी।

पर वह स्त्री आखिर कौन थी?

वह वस्तुतः स्वर्गलोक की लक्ष्मी थी... इसे ही पृथ्वीलोक में द्रौपदी के रूप में पांडवों की भार्या बनना था।

तो यह थी वह कथा जिसे सुनकर द्रुपद ने अपनी कन्या का विवाह पाँचों पांडवों के साथ प्रसन्नतापूर्वक कर दिया।

इस प्रसंग में एक बात उल्लेखनीय है। वेदों के सर्वश्रेष्ठ देव इंद्र हैं... इसीलिए वे देवराज कहे गए। वेदों में विष्णु और रुद्र का स्थान इंद्र से भी निम्न है। महाभारत में भी अनेक स्थानों पर इंद्र की प्रशंसा है। यहाँ विष्णु को इंद्र का छोटा भाई माना गया है। अनेक स्थानों पर विष्णु के अवतार कृष्ण को उपेंद्र अर्थात् छोटा इंद्र कहा गया है। किंतु महाभारत में ही अनेक स्थानों पर इंद्र को विष्णु और महादेव की तुलना में निम्न भी बताया गया है। कहने का तात्पर्य यह कि इंद्र की साख का घटना महाभारतकाल में ही प्रारंभ हो गया था। (इंद्र की यह साख आश्चर्यजनक रूप से बाद के काल में भारतीय देवमाला में घटकर निम्नतम् स्थान में पहुँच गई।) उपरोक्त कथा भी यही सूचित करती है। एक और बात... महाभारतकार की यह दृढ़ धारणा रही है कि कर्मफल अवश्य मिलता है... इससे कोई, चाहे देव हो, दानव हो या मानव हो, नहीं बच सकता। इसीलिए देवराज इंद्र हो या वर प्राप्ति में जल्दबाली कर पाँच बार वर की कामना करने वाली तपस्वी कन्या... सबको अपना-अपना कृतत्व ढोना ही पड़ता है। पांचाली और पंच-पांडव की कथा से व्यास अप्रत्यक्ष रूप से यह भी प्रदर्शित करते हैं।

अस्तु... पांचाल-कन्या को पंच-पांडवों से जिस परिस्थिति में विवाह करना पड़ा, महाभारत की उस कथा से हम सभी परिचित हैं। वारणावत के अग्निकांड में कुंती किसी तरह पाँचों बेटों सहित जीवित बच गई थी वर्ना दुर्योधन की चांडाल-चौकड़ी ने तो जतुगृह में उन्हें जलाकर मारने में कोई कसर नहीं छोड़ी थी। संभवतः इस कांड से भयभीत कुंती ने बच्चों के सहित कुछ समय अज्ञातवास में काटने का निश्चय किया था। इसी काल में द्रुपद ने अपनी कन्या हेतु स्वयंवर का आयोजन किया था। इस स्वयंवर में उसके पाँचों पुत्र गए हैं... इस बात का कुंती को स्मरण नहीं था। वह तो यही समझ रही थी प्रतिदिन के समान वे भिक्षार्जन के लिए ही गए हैं। इसीलिए उनके जाने के बाद वह गृह-कार्य में व्यस्त हो गई थी...और जब उसने पुत्रों को कुटिया के बाहर यह कहते सुना

कि माँ देखो हम भिक्षा में आज क्या लेकर आए हैं... तो उसने सहज ही कहा कि 'भुंक्तेति समेत्य सर्वे' अर्थात् सभी मिलकर उसका समान रूप से उपभोग करो। किंतु कुटिया के बाहर निकलते ही द्रौपदी को देख वह बोल पड़ी 'कष्टं मया भाषितं' अर्थात् मेरे मुख से कितनी अनुचित बात निकल गई!

अब पांडवों और पृथा के सामने बड़ी भारी समस्या आ पड़ी। यदि कुंती के वचन की रक्षा होती है तो पांचाली पाप में पड़ती है और यदि पांचाली केवल अर्जुन से ब्याही जाती है तो कुंती का वचन भंग होता है।

तब पांडवों ने क्या किया? यहाँ यह बताने की आवश्यकता नहीं है क्योंकि हम सभी वह बात बहुत अच्छे से जानते हैं। किंतु जिस क्रम में वह सारी घटना घटी, उसे जानना जरूरी है क्योंकि महाभारत को आधार बनाकर लिखे गए आधुनिक उपन्यासकारों ने इस घटना को इतना तोड़मरोड़ कर प्रस्तुत किया है कि यह कुंती, पंच-पांडव तथा पांचाली तथा स्वयं महाभारतकार के माथे पर ही एक बड़ा भद्दा दाग प्रतीत होता है।

वैसे यह सच है कि महाभारत का यह प्रकरण सच्चाई तथा नैतिकता की दृष्टि से कुछ कमजोर प्रतीत होता है। पांचाली कोई उपभोग की सामग्री नहीं थी जिसे पाँचों पांडव माँ द्वारा अनजाने में दी गई आज्ञा का पालन करने के लिए बाँटने के लिए तैयार हो जाते। किसी के भी वचन की रक्षा इतनी महत्वपूर्ण नहीं होनी चाहिए कि कोई भी व्यक्ति, और वह भी कुलवधू, उपभोग की सामग्री समझी जाए।

वैसे सच्चाई कुछ और भी थी। स्वयं व्यास ने स्वीकार किया कि अद्वितीय सुंदरी कृष्णा को देखकर अर्जुन के अलावा शेष पांडवों में भी, संभवतः पूर्व-जन्म की स्मृति के कारण, काम-भाव जाग्रत हो गया था। ऐसी स्थिति में पाँचों उससे विवाह करने को तैयार हो गए थे। किंतु अनुज-वधू को अपनी पत्नी बनाने वाले बाली की राम द्वारा हत्या को आर्य धर्म की रक्षा बतलाने वाले हमारे भारतीय जनमानस ने युधिष्ठिर और भीम जैसे अग्रजों द्वारा अनुज-वधू पांचाली के ग्रहण को कैसे स्वीकार किया?

वस्तुतः महाभारत श्रद्धालु भारतीय समाज के लिए सदियों से धर्मग्रंथ रहा है। इसीलिए उसने व्यास द्वारा प्रस्तुत पांचाली और पांडवों की कथा में विश्वास किया और पाँच पतियों की पत्नी पांचाली को सती की पदवी प्रदान की। हमारे यहाँ पांडवों को चरित्रहीन कहकर कभी नहीं दुत्कारा गया। अवश्य उन्हें देवत्व नहीं मिला, न ही उनका यह कृत्य आदर्श माना गया, किंतु इस हेतु वे निंदित भी नहीं हुए। पर इधर हाल के वर्षों में महाभारत पर आधारित अनेक ऐसे उपन्यास प्रकाशित हुए हैं (जो तरह-तरह से पुरस्कृत भी हुए हैं) जिनमें बड़े कुत्सित तरीके से इस पूरे नाटक को प्रस्तुत किया गया है। यहाँ हम उदाहरण के तौर पर केवल एक कृति 'पर्व', लेखक भैरप्पा (मूलतः कन्नड में लिखित) को प्रस्तुत करेंगे... पर उसके पूर्व महाभारत के पूरे घटनाक्रम को देखेंगे... ताकि तुलना में आसानी हो।

महाभारत में कुंती को जब ज्ञात होता है कि उसने किस प्रकार एक अत्यंत कठिन

आदेश बच्चों को दिया है तो वह युधिष्ठिर से पूछती है कि अब क्या किया जाए ताकि न मेरा वचन झूठा हो और न ही पांचाली को अधर्म की प्राप्ति हो। तब दो घड़ी सोचकर युधिष्ठिर धनंजय से कहते हैं–

'त्वया जिता फाल्गुन याज्ञसेनी त्वयैव शोभिष्यति राजपुत्री।
प्रज्वाल्यतामग्निरमित्रसाह गृहाण पाणिं विधिवत् त्वमस्याः ॥' (आदिपर्व 190.7)

अर्थात्, हे अर्जुन! तुमने याज्ञसेनी को जीता है। तुम्हारे ही साथ इस राजकुमारी की शोभा होगी। वीर तुम अग्नि प्रज्वलित करो और विधिपूर्वक इस राजकन्या का पाणिग्रहण करो।

इस पर तत्क्षण अर्जुन ने उत्तर दिया, 'नरेंद्र आप मुझे अधर्म का भागी मत बनाइए! बड़े भाई के रहते छोटे भाई का विवाह हो जाए यह अधर्म है। पहले आपका विवाह होना चाहिए, फिर भीमसेन का, फिर मेरा'। आगे अर्जुन यह भी कहते हैं कि नकुल और सहदेव भी विवाह कर सकते हैं।

तब अर्जुन के 'भक्ति स्नेह समन्वितम्' भक्ति और स्नेह से भरे वचनों को सुनकर सभी पांडवों ने पांचाली की ओर देखा। उस समय पांचाली भी सबकी ओर देख रही थी... और तब आपस में एक-दूसरे की ओर दृष्टिपात करके सबने 'हृदयैस्तामधारयन्' उसे अपने हृदय में बसा लिया।

और तभी द्रुपद-तनया पर दृष्टि पड़ते ही उन सभी अमित तेजस्वी पांडु-पुत्रों की संपूर्ण इन्द्रियाँ मथकर मन्मथ कामदेव प्रगट हो गया। तब सबके मनोभावों को युधिष्ठिर ने समझ लिया। फिर उन्हें वेद-व्यास के सारे वचनों का स्मरण हो आया। अतः पांचाली को लेकर उन भाइयों में फूट न पड़े, इस भय से युधिष्ठिर ने कहा, 'द्रौपदी हम सबकी भार्या होगी।' अग्रज के इस वचन को सुनकर तब सभी पांडव मन-ही-मन इस बात पर चिंतन करते हुए चुपचाप बैठे रहे। इसी समय श्रीकृष्ण वहाँ पहुँच गए... और तब एक दूसरे का कुशल-मंगल पूछने में पांचाली से पाँचों पांडवों से विवाह की बात वहीं समाप्त हो गई अर्थात् कृष्ण के सामने यह बात नहीं उठी। संभवतः व्यास पंच-पांडवों से पांचाली के विवाह पर श्रीकृष्ण की सहमति का ठप्पा नहीं लगवाना चाहते थे।

फिर यह बात द्रुपद के महल में उठी। राजा द्रुपद बड़े प्रसन्न थे कि अर्जुन से उनकी कन्या का विवाह होने जा रहा है। तब युधिष्ठिर ने उन्हें बताया कि वे सभी पांडव पांचाली से विवाह करेंगे। इस पर राजा द्रुपद की क्या प्रतिक्रिया हुई यह जानने के पूर्व आइये भैरप्पा के अपन्यास 'पर्व' का विवरण देखें जिसकी हमने इस प्रसंग में प्रारंभ में चर्चा की है। यहाँ अर्जुन पांचाली को लेकर सीधे कुटिया के भीतर माँ के पास जाता है और माँ से कहता है, 'तुम तो कहती थी कि तुम्हारी सुंदरता की जोड़ की संसार भर में कोई और स्त्री नहीं है। देखो क्या यह सुंदर नहीं है?' (पृ. 156)

इस पर कुंती द्रौपदी को गले लगाते हुए उसकी प्रशंसा करती है... तब अर्जुन

कहता है, 'मैंने द्रुपद-राज के धनुष को झुका दिया... अब मैं उस राजा के द्वारा यहाँ आकर हमारा सम्मान करने, दान-दहेज देकर बेटी को घर ले जाकर विवाह कराने तक प्रतीक्षा करने नहीं रुकूँगा। तुम्हीं आशीर्वाद देकर कह दो कि विवाह हो गया।' (पृ. 156)

इस पर भीम बोल उठा, 'इस अर्जुन ने भले धनुष उठाया हो किंतु इसे मेरी भी पत्नी बनना चाहिए। भीम इसका कारण बताते हुए कहते हैं कि उन्होंने ही दुर्योधन, कर्ण आदि से पांचाली की रक्षा की वर्ना वे तो इसे मंडप से उठाकर ही ले जाते!' (पृ. 157)

तब अर्जुन क्रोधित हो कहता है, 'शर्त मैंने जीती है। बड़े भाई होने के नाते तुमने छोटे भाई की चीज की रक्षा की होगी, अब उस चीज को अपनी बता रहे हो? तुम्हारी जबान में कीड़े पड़ेंगे।' आगे दोनों में इसी बात पर देरी तक तू-तू मैं-मैं होती है, तब कुंती दोनों को एक घूँसा मारकर डाँटती है... 'मेरे ही पेट से पैदा मेरी संतान एक लड़की के मोह के कारण एक-दूसरे पर टूट पड़े हो? तुम्हें लज्जा आनी चाहिए।' और फिर कुंती धर्मराज से सारा विवरण पूछती है।

किंतु धर्मराज तो स्वयं ही चोरी-चोरी कृष्णा की ओर देख रहे थे! तब अर्जुन मारे गुस्से के बोल पड़ा 'तो इसका मतलब यह हुआ कि इससे विवाह करने की इच्छा तुम्हारी भी है? भैया मैंने तो अभी तक यही समझा था कि न्याय का मार्ग तुम नहीं छोड़ोगे।'

तब कुंती ने सहदेव से कहा, 'सहदेव! धर्म भी इसके मोह में पड़ गया है। इससे इसके मन में न्याय की बात नहीं उठेगी। इसमें न्याय क्या होना चाहिए यह तू ही बता।'

कुछ क्षण की चुप्पी के बाद सहदेव ने कहा, 'माँ! तुमने ध्यान दिया कि इस अँधेरे में भी नकुल किसकी ओर देख रहा है?' इस पर नकुल ने तुरंत कहा, 'माँ! इसी प्रकार इस सहदेव का मन भी इसी तरफ है। तुम यह बात भी समझ लो।'

और तब कुंती द्रौपदी को धीरे से समझाती है, 'मेरे पाँच पुत्रों से तुम एक साथ विवाह कर लो। ये पाँचों वीर्यवान हैं। तुम्हारे समान दाम्पत्य सुख पूरे आर्यावर्त की किसी और स्त्री को प्राप्त नहीं होगा, यह मेरा आशीर्वाद है।'

पहले तो पांचाली यह सुन स्तब्ध रह गई किंतु फिर कुछ सोचकर वह तैयार हो गई। सहसा उसमें उत्साह भर आया। यहाँ भैरप्पा उसके मनोभाव यूं लिखते हैं, 'मुझमें उत्साह उमड़ आया। पाँच पतियों पर एक साथ राज करने का उत्साह... किसी भी आर्य स्त्री को अब तक अप्राप्त समृद्ध-प्राप्ति का उत्साह!' (पृ. 163)

यद्यपि भैरप्पा अपने उपन्यास को शोधपरक प्रस्तुति कहते हैं जिसमें मिथक के बजाय यथार्थ के आधार पर कथानक का चित्रण किया गया है किंतु यथार्थ के नाम पर पौराणिक चरित्रों का ऐसा कुत्सित चित्रण क्या उचित कहा जा सकता है?

अस्तु... बात महाभारत में पाँचों पांडवों द्वारा द्रौपदी से विवाह करने के प्रस्ताव पर द्रुपद की मनोदशा को लेकर चल रही थी। द्रुपद का इस प्रस्ताव पर आश्चर्यचकित एवं

कुछ अपमानित सा होना स्वाभाविक ही था... फिर यह संभव भी कैसे हो सकता था? वेद और लोक इस बात की आज्ञा तो देते हैं कि एक राजा की अनेक रानियाँ हो किंतु एक स्त्री के अनेक पति हों ऐसा तो कहीं सुनने में नहीं आता। द्रुपद युधिष्ठिर से कहते हैं, 'तुम धर्म के ज्ञाता हो, पवित्र हो, अतः तुम्हें वेद और लोक के विरुद्ध कार्य नहीं करना चाहिए।' इस पर युधिष्ठिर उत्तर देते हैं, 'सूक्ष्मोधर्मोमहाराज नास्य विद्मो वयं गति' अर्थात् महाराज! धर्म का स्वरूप अत्यंत सूक्ष्म है, हम उनकी गति को नहीं जानते। फिर, 'न मे वागनृतं प्राह नाधर्मे धीयते मतिः' अर्थात् मेरी वाणी कभी झूठ नहीं बोलती और मेरी बुद्धि भी कभी अधर्म में नहीं लगती... हमारी माता ने भी यही आज्ञा दी है, अतः आपको इस विषय में कोई आशंका नहीं करनी चाहिए।

द्रुपद अभी असमंजस की स्थिति में युधिष्ठिर की इस अनोखी बात पर विचार कर ही रहे थे कि अचानक वहाँ व्यासदेव पहुँचे। तब द्रुपद ने तुरंत अपनी समस्या उनके सामने रखी। किंतु इस पर अपना कोई निर्णय सुनाने के पूर्व व्यास ने सबके विचार पूछे, 'जिसका जो मत हो कहे, मैं पहले सबके मत सुनना चाहता हूँ।'

शुरुआत द्रुपद ने ही की, 'मेरी राय में तो यह अधर्म है क्योंकि यह 'विरुद्धो लोकवेदयोः' अर्थात् लोक और वेद के विरुद्ध है।'

फिर द्रुपद-पुत्र धृष्टद्युम्न ने कहा, 'सदाचारी बड़ा भाई छोटे भाई की पत्नी के साथ कैसे समागम कर सकता है? यद्यपि धर्म की गति सूक्ष्म होने के कारण हम जैसे लोगों के लिए इसका निश्चय करना कठिन है कि यह धर्म है या अधर्म है फिर भी हम किसी भी तरह यह सम्मति नहीं दे सकते कि कृष्णा पाँचों पांडवों की पत्नी बने।'

तत्पश्चात् युधिष्ठिर ने अपने विचार रखे। पूर्ववत उन्होंने कहा, 'मेरी वाणी झूठ नहीं बोलती, न मेरी बुद्धि अधर्म में लगती है। इस विवाह में मेरी प्रवृत्ति हो रही है तथा यह हमारे लिए हमारी परम गुरु माता कुंती की भी आज्ञा है, अतः यह अधर्म नहीं धर्म है।'

द्रुपद द्वारा इसे लोक और वेद के विरुद्ध कहने के प्रश्न पर युधिष्ठिर लोक और वेद के बहुपतित्व को सिद्ध करने वाले पुराणों के दो उदाहरण देते हैं। पहला जटिला का, दूसरा वार्क्षी का। गौतम गोत्र की कन्या जटिला धर्मात्माओं में श्रेष्ठ थी किंतु उसने एक साथ सात ऋषियों से विवाह किया था। इसी तरह कंदु मुनि की पुत्री वार्क्षी ने महान् तपस्वी दस प्रचेता बंधुओं से विवाह किया था।

अंत में कुंती स्वयं युधिष्ठिर की बात का समर्थन करते हुए व्यास से विनती करती है कि वे कुछ ऐसा सुझाएँ जिससे उसकी बात झूठी न पड़े।

तब व्यासदेव द्रुपद को एकांत में ले जाकर उन्हें पांडवों के पूर्व-जन्म की कथा सुनाकर विश्वास दिलाते हैं कि पाँचों पांडवों के साथ पांचाली का विवाह अधर्म नहीं है... और फिर द्रुपद खुशी-खुशी पाँचों के साथ पांचाली का विवाह करते हैं।

तो यह हुई पंच-पतियों से विवाह की मिथक-कथा। आम हिंदू महाभारत एवं इसके रचयिता महर्षि वेद-व्यास पर हार्दिक श्रद्धा रखते हुए इसे अक्षरशः सत्य स्वीकार करते हैं। इसीलिए स्त्री के लिए एक पतिव्रत के कट्टर समर्थक होते हुए भी वह पांचाली को सती की कोटि में रखा जाना सहज स्वीकार करते हैं। किंतु बुद्धिजीवियों की प्रवृत्ति कुछ भिन्न होती है। वे या तो पौराणिक कथाओं के पीछे छिपे गूढ़ अर्थ की खोज करते हैं या फिर इस बात की छान-बान करते हैं कि वास्तविकता क्या रही होगी, जिसे हमारे धार्मिक कथाकार ने मिथकीय बाने में धर्मसम्मत बनाने के लिए प्रस्तुत किया होगा... और इसमें कुछ गलत भी नहीं है।

जहाँ तक द्रौपदी के बहुपतित्व का प्रश्न है, इस संबंध में दोनों ही प्रकार की पड़ताल हमें भारतीय साहित्य में देखने को मिलती है। हमारे बुद्धिजीवियों के एक वर्ग का विचार है कि पाँचों पांडव जिस देश (हिमालय) में पैदा हुए थे वहाँ की जनजातियों में बहुपतित्व का रिवाज था, इसीलिए अपना कृत्य उन्हें अनोखा एवं अधर्मसम्मत नहीं लगा। किंतु क्या केवल कुछ काल तक कहीं रह जाने से व्यक्ति अपनी विवाह संबंधित मान्यताओं में इतना बड़ा परिवर्तन कर सकता है? पांडवों ने तो बचपन का थोड़ा काल ही हिमालय में बिताया था।

इस शंका के समाधान में कहा जाता है कि वस्तुतः हिमालय से पांडवों की जड़ें बंधी थी। हिमालय का उत्तरी भाग, जो इलापर्व कहलाता था, कभी इला नामक राजा का वास-स्थान था जिसका पुत्र दुरूखा कुरु-वंश का प्रमुख राजा था। इस तरह कुरुवंशियों का आदि स्थान हिमालय ही था। कालक्रम से ये लोग आर्यावर्त आए थे।

यहाँ उल्लेखनीय है कि द्रौपदी से विवाह के प्रसंग में स्वयं युधिष्ठिर भी द्रुपद से कहते हैं, 'पूर्वषामानुपूर्व्येण यातं वर्त्मानुयामहे (आदिपर्व 194.29) अर्थात् पूर्व काल में हमारे पूर्वज जिस मार्ग से गए हैं, उसी का हम लोग अनुसरण करते हैं।

यहाँ उल्लेखनीय है कि कुमाऊँ, गढ़वाल तथा हिमालय के प्रांतों, असम तक में बहुपतित्व की प्रथा आज भी प्रचलित है। एक आश्चर्यजनक तथ्य यह है कि अनेक जनजातियाँ आज भी ऐसी हैं जो पांडवों को अपना देवता मानती हैं तथा प्रतिवर्ष समय-विशेष में ये पांडवों का पिण्डदान करती हैं... इस विश्वास के साथ कि पांडवों की आत्मा उन्हें समृद्धि का आशीर्वाद देंगी। ये पांडवों को अपना पूर्वज मानते हैं। (के.एम. कापडिया, भारतवर्ष में विवाह एवं परिवार, पृ. 71) यहाँ यह भी उल्लेखनीय है कि न केवल हमारे देश में वरन् अनेक प्राचीन देशों में यह प्रथा प्रचलित रही है। विवेकानंद लिखते हैं, 'हर राष्ट्र के विकास-क्रम में एक ऐसी अवस्था अवश्य रही है जिसमें बहुपतित्व को मान्यता प्रदान की गई है, जब एक ही परिवार के सब भ्राता मिलकर एक ही स्त्री के साथ वैवाहिक संबंध स्थापित कर सकते थे। यह घटना उसी बहुपतित्व युग की एक झलक है।' (विवेकानंद साहित्य, भाग 7, पृ. 152)।

अस्तु... कहा जा सकता है कि कौरव-कुल के लिए यह प्रथा घृणित एवं अधार्मिक नहीं थी। यह बात इस तथ्य से भी प्रमाणित होती है कि महाभारत में पाँचों पांडवों से एक साथ द्रौपदी से विवाह का समाचार सुनकर कुरु-कुल के पितामह भीष्म, विदुर, धृतराष्ट्र तथा पांडवों में सदा कमजोरी ढूँढ़ने वाला दुर्योधन भी, इस घटना की कोई आलोचना नहीं करते न ही इस पर आश्चर्य प्रगट करते हैं।

किंतु एक बात बहुत स्पष्ट है कि महाभारत के पूर्व से ही ब्राह्मण धर्म में बहुपतित्व बहुत गर्हित माना जाता था। हमें वैदिक धर्म में एक भी उक्ति नहीं मिलती जो यह सिद्ध कर सके कि उस समय बहुपतित्व प्रचलित था। ऐतरेय ब्राह्मण तथा तैत्तरीय संहिता में तो स्पष्ट रूप से इसका निषेध किया गया है। यहाँ यह तो स्वीकार किया गया है कि एक पुरुष की कई पत्नियाँ हो सकती हैं किंतु इस बात को असंभव बताया गया है कि एक पत्नी के अनेक पति हों। स्वयं महाभारत में इस बात को जोर देकर कहा गया है कि पुरुषों द्वारा अनेक पत्नियों को रखना अधर्म नहीं है किंतु एक स्त्री के लिए ऐसा करना अधर्म है। किंतु द्रौपदी के बहुपतित्व को उसके पूर्वजन्म के वरदान के कारण अधर्म नहीं कहा जा सकता।

अनेक विद्वान् यहाँ यह भी कहते हैं कि महाभारत में पांचाली और पांडवों के पूर्व-जन्म का मिथक इसलिए प्रस्तुत किया गया क्योंकि द्रौपदी का बहुपतित्व ब्राह्मण धर्म के सर्वथा विपरीत था। श्री कापड़िया के अनुसार पांडवों की बहुपतित्व की प्रथा उस जनजाति का इतना महत्वपूर्ण सांस्कृतिक लक्षण हो गई थी कि ब्राह्मण लेखकों को उसका वर्णन करने के लिए बाध्य होना ही पड़ा। इसीलिए उन्होंने इसे पूर्व नियोजित कहकर इसका समाधान किया ताकि वह उस समाज द्वारा स्वीकार कर ली जाए जिसके लिए महाभारत की रचना की गई थी।

जहाँ तक युधिष्ठिर द्वारा बहुपतित्व को धर्मसम्मत सिद्ध करने हेतु जटिला और वार्क्षी के उदाहरण प्रस्तुत करने का प्रश्न है, तो इस विषय में विद्वानों का कहना है कि इन कथाओं का कोई ऐतिहासिक या पौराणिक आधार नहीं है। (काणे, धर्मशास्त्र का इतिहास, भाग 1 पृ. 314) वैसे महाभारत में ही एक अन्य स्थान पर जटिला का उल्लेख अवश्य है। विवाह के बाद द्रौपदी का पहली बार हस्तिनापुर आगमन एक भव्य शोभायात्रा के रूप में हुआ था। उस समय हस्तिनापुर की स्त्रियाँ द्रौपदी को देख कह उठती हैं कि द्रुपद-नंदिनी धन्य है जिसे जटिला के समान पाँच वीर पतियों की सेवा का सौभाग्य प्राप्त हुआ है।

आधुनिक भारतीय लेखकों ने इस कथा की प्रतीकात्मकता पर भी विचार किया है। डॉ. नरेंद्र शर्मा ने अपने प्रसिद्ध लघुकाव्य 'द्रौपदी' में बड़े सुंदर ढंग से इसे प्रस्तुत किया है। पाँच पांडवों को वे पंच-तत्वों का प्रतीक बताते हैं। यह प्रतीक उन्हें स्वयं महाभारत से ही प्राप्त हुआ है। अपने काव्यग्रंथ की भूमिका में वे लिखते हैं, 'महाकान्तार से विस्तार वाली महाभारत की कथा में भटकते-भटकते मुझे एक दिन अनायास ही इस

कथा का बीज मिल गया। उद्योगपर्व में धृतराष्ट्र दुर्योधन से कहते हैं, 'बेटा दुर्योधन, जो मैं तुमसे कहता हूँ उस पर तुम ध्यान दो। तुम इस समय अनजान बटोही के समान कुमार्ग को भी सन्मार्ग समझ रहे हो। यही कारण है कि तुम लोक के आधारस्वरूप 'पंचानाम् इव भूतानाम्' पाँच भूतों के समान पंच-पांडवों के तेज का अपहरण करने की इच्छा करते हो।'

डॉ. शर्मा युधिष्ठिर को आकाश का, भीम को वायु का, अर्जुन को अग्नि का तथा नकुल और सहदेव को क्रमशः जल और क्षिति अर्थात् भूमि का प्रतीक बतलाते हैं। वे लिखते हैं, 'युधिष्ठिर आकाश तत्व है। दुनिया के कामकाजी मटमैले धरातल पर उतरने की इच्छा आकाश को नहीं होती। आकाश को पार्थिवता से संकोच होता है। आकाश का गुण शब्द 'नाद' माना गया है। उल्लेखनीय है कि युधिष्ठिर की ध्वजा पर मृदंग का ही चिह्न था जो नाद का प्रतीक है। आकाश के बाद पवन, अग्नि, जल एवं थल का अनुक्रम है। आकाश ही शेष चारों का आश्रय है। इसी तरह शेष पांडव भी युधिष्ठिर के अनुचर एवं आज्ञाकारी हैं। पवन-पुत्र भीम को पवन का बल विक्रम प्राप्त है। यह अग्नि-रूपी अपने अनुज अर्जुन का सहायक है। अपने अग्रज पवन-पुत्र हनुमान से वह अर्जुन के रथ पर बैठने की प्रार्थना करते हैं। भीम भोले हैं, महाबली हैं। अग्नि के प्रतीक अर्जुन का एक नाम धनंजय है। धनंजय शब्द अग्नि का ही पर्याय है। कहा गया है कि स्वर्ग में जो इंद्र है वही पृथ्वी पर अग्नि है। अग्नि तत्व ही पृथ्वी और स्वर्ग को जोड़ने वाली कड़ी का काम करता हैं दिव्यास्त्रों की यात्रा के लिए अर्जुन की स्वर्ग यात्रा प्रसिद्ध है।

नकुल जल का प्रतीक है। जल रसवंत माना गया है। अश्व जल का प्रतीक है। उल्लेखनीय है कि नकुल अश्वविद्या विशारद कहे गए हैं। (अज्ञातवास के समय राजा विराट के महल में वह अश्वों की देखभाल करते थे।)

सहदेव क्षिति के समान ही शीलवंत, संकोची और मितभाषी हैं। इसीलिए कुंती का उन पर विशेष प्रेम है। वनगमन के अवसर पर वह द्रौपदी से संकोची सहदेव का विशेष ध्यान रखने को कहती है।

अग्नि, पवन और आकाश उच्च स्तरीय तत्व हैं। जल-थल रूपी जुड़वाँ तत्त्व निम्न श्रेणी में आते हैं। अश्विनी कुमार, जिनका आह्वान कर माद्री ने नकुल और सहदेव को जन्म दिया था, निम्न दैवत् माने जाते हैं। डॉ. शर्मा के अनुसार होमकुमारी द्रौपदी इन पाँचों तत्त्व रूपी पाँच पांडवों की जीवन-शक्ति है जो इनके लुप्त हो चुके सत्त्वों को पुनः प्राप्त कराने इन्हें दी गई है।

'द्रौपदी जीवन शक्ति सौंप दी गई पाँच तत्त्वों को
या कहा नियति ने पार्थ! करो अब प्राप्त विलुप्त तत्त्वों को।'

द्रौपदी-रूपी जीवनशक्ति ही इन पंच तत्त्वों को संलिष्ट करके इनमें चैतन्य की ज्वाला भरती है। जब तक उसने इनका वरण नहीं किया पाँचों पांडव ब्राह्मण वेश में

भिक्षाटन करते हुए दैन्य जीवन भोग रहे थे। स्वयंवर के संयोग से जैसे ही पाँचों का योग होम कुमारी से हुआ, वे पाँचों चैतन्य की लपटों से आंदोलित हो उठे। आकाश पुरुष श्रांत युधिष्ठिर के मन में स्पंदन हुआ। भीम अर्थात् वायु के प्राणों में प्रचंड कंपन हुआ। अर्जुन के हृदय में अग्नि के स्फुलिंग उठने लगे। नकुल रूपी जल के हृदय में आलोड़न और विलोड़न हुआ और पृथ्वी रूपी सहदेव के प्राणों में सौरभ की कलियाँ खिलने लगी। और तब पाँचों पांडव बोल पड़े।

स्वागत है आगत देवि तुम्हारा अभिनंदन है स्वागत!

किंतु पंच-तत्त्वों को मिली इस जीवन-शक्ति का उद्देश्य क्या था? डॉ. शर्मा के अनुसार धृतराष्ट्र की अंधवासना बीज से उत्पन्न शत् कामना, काम, क्रोध, लोभ, आदि रूप दुर्योधन और दुःशासन के पशुबल से यह धरती शासित थी। एक घुटन, एक बैचेनी की जिंदगी भोग रही थी। पशुबल जीवन-शक्ति का चीर-हरण कर रहा था। अतः इसकी बलि आवश्यक थी।

शासित पशुबल से भूमि यज्ञ में देनी होगी पशु-बलि।

अस्तु... कहा जाए तो यह सृष्टि एक यज्ञ है जिसमें पशु-बलि की आहुति अनिवार्य है। याज्ञसेनी की ही प्रेरणा से पांडव धर्म की रक्षा, न्याय की स्थापना और मंगल प्रसार के लिए युद्धरूपी सृष्टि-यज्ञ में पशु-बलि देते हैं... उन पर विजय प्राप्त कर लोक-मंगल की स्थापना करते हैं। कुरुक्षेत्र का धर्मयुद्ध इसी अर्थ में है।

महाभारत की तुलना हम अनेक अनमोल रत्नों से युक्त असीम एवं अतल महासागर से भी कर सकते हैं। जैसे महासागर को पार करना या उसकी गहराई में पैठना हर एक के बूते की बात नहीं होती, उसी तरह महाभारत का गहन अध्ययन भी प्रत्येक के लिए संभव नहीं है। हालाँकि महाभारत के अपने अध्ययन को मैं सागर के किनारे बैठ कर उसकी लहरों के पानी को छूने जैसा ही मानती हूँ किंतु फिर भी पांडवों और पांचाली को लेकर इसमें जो प्रतीक मुझे दिखाई दिए हैं उसे मैं यहाँ प्रस्तुत करना चाहूँगी।

यह सर्वज्ञात है कि पाँचों पांडव सगे भाई नहीं थे। फिर भी पाँच अँगुलियों के समान वे एक-दूसरे से दृढ़ता से जुड़े थे, एक-दूसरे के प्रति समर्पित थे। धृतराष्ट्र की महाभारत में उनके प्रति उक्ति है, 'तुम आपस में एक-दूसरे के प्रिय हो। शत्रु तुममें भेद या फूट नहीं डाल सकता।' सचमुच संकट का समय पाँचों पांडवों को एक-दूसरे के और भी करीब ला देता था। अज्ञातवास के समय महाभारतकार टिप्पणी करते हैं, 'वहाँ ये ऐसे रहते थे मानों माता के गर्भ में एक साथ निवास कर रहे हों।'

महाभारत में पाँचों पांडव पाँच ऐसे श्रेष्ठ गुण के प्रतीक बताये गए हैं जो एक साथ मिलकर ही किसी मानव को श्रेष्ठ मानव की कोटि में रखते हैं। इन पाँचों में युधिष्ठिर निश्चय ही धर्म की मूर्ति थे तो दस हजार हाथियों का बल रखने वाले भीम पराक्रम की मूर्ति थे। किंतु धर्म और पराक्रम के साथ धैर्य का होना भी आवश्यक इसीलिए तृतीय

कुमार अर्जुन अद्वितीय पराक्रम होते हुए भी धैर्य के मूर्त्त-स्वरूप थे। द्यूत-सभा में अपनी प्रिया पांचाली के अपमान का बदला वे उसी समय ले सकते थे किंतु धर्म से बँधे होने के कारण वे धैर्यपूर्वक अपने सखा कृष्ण के भरोसे बैठे रहे थे। एक अक्षौहिणी विशाल नारायणी सेना को छोड़कर निःशस्त्र कृष्ण के हाथों अपने युद्ध-रथ की बागडोर सौंपने का संकल्प वही ले सकता है जो धैर्य का मूर्त्त-स्वरूप हो। मूर्ख उतावला दुर्योधन तो फूला नहीं समा रहा था निहत्थे कृष्ण के बदले उनकी विशाल वाहिनी को पाकर! यहाँ यह बताने की जरूरत नहीं है कि अंततः जीत किसकी हुई।

इन तीनों ज्येष्ठ पांडवों के दो अनुज नकुल एवं सहदेव जैसे इन्हें पूर्ण बनाने के लिए ही थे। माता माद्री ने अंतिम यात्रा के पूर्व जिस विनम्रता और विश्वास के साथ उन्हें कुंती के हाथ सौंपा था, वह गुण इनमें कूट-कूटकर भरा था। अपने तीनों अग्रजों को वे छाया के समान ही अनुसरण करते थे। दोनों वस्तुतः श्रद्धा और सेवा के मूर्त्त रूप थे। उल्लेखनीय है कि हमारी भारतीय संस्कृति व्यक्तित्व की पूर्णता धर्म पराक्रम एवं धैर्य तक ही सीमित नहीं मानती, श्रद्धा और गुरु-सेवा का भाव भी वह आवश्यक बताती है। निश्चय ही ये गुण दोनों यमजों में पूर्णता के साथ विद्यमान थे। माद्री-पुत्रों के कुंती-पुत्रों के प्रति ये भाव जगजाहिर थे, तभी तो दुर्योधन स्पप्न में भी नहीं सोच सकता था कि पांडव-रूपी पंजे की इन दो अँगुलियों को किसी तरह काटकर, अलग कर, उन्हें कमजोर किया जा सकता है। हाँ, एक बार उसके मन में यह जरूर आया था कि पांचाली को इनसे फोड़ ले किंतु यह और अधिक दुष्कर कार्य था क्योंकि यज्ञ की पूर्णाहुति से उत्पन्न याज्ञसेनी ही वह तत्व थी जो उन्हें एकता के सूत्र में पिरोकर रखे हुए थी, उन्हें पूर्णत्व की प्राप्ति कराने वाली थी। महाभारत में द्रौपदी के विषय में एक स्थान पर कहा गया है कि 'बहिश्चरं हृदयं पांडवानाम्' वह बाहर प्रगट हुई पांडवों की अंतरात्मा थी।

ऊपर हमने पंच-पांडवों में जिन पाँच गुणों का वर्णन किया है उनका उल्लेख महाभारत में स्वयं धृतराष्ट्र करते हैं। वे युधिष्ठिर से कहते हैं, 'त्वयिधर्योऽर्जुने धैर्यं भीमसेन पराक्रमः। श्रद्धा च गुरुसुश्रूषा यमजेः पुरुषाग्रययोः॥' अर्थात् तुममें धर्म है, अर्जुन में धैर्य है, भीम में पराक्रम है तथा नकुल और सहदेव में श्रद्धा और विशुद्ध रूप से गुरु-सेवा का भाव है। निश्चय ही ये सब गुण जहाँ पर होंगे वहाँ जय का होना निश्चित है। उल्लेखनीय है कि 'यतो धर्मस्ततो जयः' यह महाभारत का मुख्य विचार है। पर धर्म कहाँ है? यह बताने में भी महाभारतकार स्पष्ट है कि 'यतो कृष्णस्ततो जयः' यह दोनों वाक्य महाभारत के अनेक पात्र, अनेक बार दुहराते हैं जिनमें कौरव पक्ष के संजय, गांधारी, भीष्म, विदुर आदि सम्मिलित हैं। बताने की आवश्यकता नहीं कि कृष्ण पांडवों के पक्ष में थे अतः उनकी जय निश्चित थी।

इस तरह हम कह सकते हैं कि कृष्ण की सखी पांचाली पाँचों पांडवों की क्रियात्मक शक्ति थी, उन्हें पूर्ण बनाने वाली थी।

८

कुंती

पाँच महावीर पांडवों की यशस्वी माता कुंती, महाभारत में प्रसिद्ध पात्रों में से एक है। कुरु-वंश की इस राजमाता को नियति ने शायद तराजू में तौलकर सौभाग्य और दुर्भाग्य, यश और अपयश बराबर मात्रा में दिए थे। कुंती का जन्म मथुरा के उस प्रसिद्ध यादवराज शूरसेन के महल में हुआ था जिसके पौत्र स्वयं भगवान् कृष्ण थे.... इस तरह कुंती कृष्ण की बुआ थी। यह उसका बड़ा भारी सौभाग्य था किंतु उसका दुर्भाग्य कि बचपन में ही उसे अपनी मथुरानगरी छोड़कर भोजनगरी में आकर रहना पड़ा था... वह इसलिए कि उसके जन्म के पूर्व ही पिता शूरसेन अपने मित्र एवं आत्मीय स्वजन निःसंतान भोज-नरेश कुंतिभोज से प्रतिज्ञा कर चुके थे कि मेरी पहली संतान तुम्हारी होगी। समय आने पर शूरसेन ने अपनी यह प्रतिज्ञा सहर्ष निभाई। लेने वाले को संकोच हो रहा था किंतु देने वाले ने शुद्ध मन से नन्हीं पृथा की अंगुली स्वयं अपने हाथों से मित्र के हाथ में थमाकर उसे भोजनगरी रवाना किया... और तब कुंतिभोज ने भी पृथा को भगवान् के वरदान के रूप में सम्मानपूर्वक ग्रहण किया। स्नेह, लाड-प्यार और दुलार देने में कहीं भी कमी नहीं की कुंतिभोज ने... यहाँ तक कि अपना नाम भी उन्होंने पृथा को दिया। कुंतिभोज की दुलारी अब कुंती कही जाने लगी। किंतु कुंतिभोज बेचारे क्या करते यदि उनकी दुलारी के लिए उनेक विशाल राजमहल में एक अनजाना दुर्भाय उसकी अगवानी में हाथ पसारकर बैठा था... पर यहीं पर तो वह सौभाग्य भी था जिसने उसे हस्तिनापुर की महारानी तथा पाँच-पाँच वीर पांडवों की यशस्वी माता बनाया था!

कुंतिभोज के महल में किशोरी कुंती पर विशिष्ट अतिथियों की सेवा का भार था। कुंती इसे पूरी श्रद्धा, भक्ति और प्रसन्नता से निभाती थी। अब दुर्वासा जैसे ऋषि को जिसने प्रसन्न कर लिया हो उसकी अतिथि-सेवा कितनी पूर्ण रही होगी, सोचा जा सकता है। दुर्वासा को प्रसन्न करने पर सबने कुंती के सौभाग्य की सराहना की।

पर सबको क्या पता कि यहीं पर उसका दुर्भाग्य मुस्कुरा रहा है। कोई भी नहीं जान पाया कि अबोध कुंती को दुर्वासा की यह सेवा कितनी महँगी पड़ी थी। वस्तुतः ऋषि

ने प्रसन्न होकर उसे जो 'देवाहुति मंत्र' दिया था वही उसके कलंक, उसकी लज्जा और उसकी उम्र भर की टीस का कारण बना था। इस मंत्र में इतनी शक्ति थी कि जिस देव का नाम लेकर वह उसे उच्चारित करे, वह देव आकर उसे तेजस्वी पुत्र दे सकता था। देवता से पुत्र पाना! कुंती को रोमाँचक लगना स्वाभाविक था। पर यह कैसे संभव हो सकता है? अत्रि और अनुसूइया के प्रसिद्ध पुत्र दुर्वासा के वचनों पर सहसा विश्वास नहीं हुआ कुंती को। तब कौतुहलान्विता कुंती ने अचानक ही आकाश में स्थित सूर्यदेव का आह्वान कर लिया!... और देखते-ही-देखते प्रकाशपुंज सूर्यदेव उसके समक्ष आ खड़े हुए! मुस्कुराते हुए भुवन—भास्कर ने कहा 'देवि! कहो मैं तुम्हारा क्या प्रिय करूं?'

दुर्वासा के मंत्र का यह प्रभाव देखकर कुंती रोमाँचित हो उठी... किंतु फिर शीघ्र ही उसे होश आ गया... उसे सूर्यदेव के आगमन के असली उद्देश्य का स्मरण हो आया। ओफ! अब क्या होगा? कुंती उस समय छोटी थी, पर इतनी भी छोटी नहीं थी कि यह न समझ सके कि कुंवारी अवस्था में माँ बनना मानव-समाज में कलंक है, अपराध है! न ऐसी माँओं का आदर होता है, न ऐसे पुत्र ही वैध माने जाते हैं... भले ही वे किसी देवता के क्यों न हों... ऐसे पुत्र 'कानीन' कहे जाते हैं और इससे माता के समस्त बंधु-बांधव कलंकित होते हैं। अत्यधिक भय व लाज से भरी कुंती ने अंततः सूर्यदेव की शरण लेना ही उचित समझा। देवता के चरणों पर शीश धरते हुए वह अश्रु-मुख से बोल पड़ी... दया प्रभु! मैंने तो दुर्वासा ऋषि के मंत्र की परीक्षा लेने के लिए आपका आह्वान किया था... मुझे क्षमा करें क्योंकि 'योषितो ही सदा रक्ष्याः स्वापराद्धापि नित्यशः' अर्थात् स्त्रियों से अपराध भी हो जाए तो उनकी सदा रक्षा करनी चाहिए।

किंतु सूर्यदेव भी क्या करते! उनके अकारण आह्वान करने से भी तो कुंती को दोष लगता! तब उन्होंने समझाया, 'मुझसे समागम करने पर भी तुम्हें कोई दोष नहीं लगेगा। पुत्र को जन्म देने के बाद तुम पुनः कन्या भाव को प्राप्त हो जाओगी... और जो पुत्र तुम प्राप्त करोगी, वह अत्यंत पराक्रमी, महादानी तथा स्वाभिमानी होगा। साथ ही वह माता अदित के दिव्य कुंडल तथा मेरे अभेद्य कवच से भी युक्त होगा। वह मेरे ही समान तेजस्वी होगा।'

सचमुच बालक सूर्य के समान ही प्रकाशपुंज था! उसके दोनों कानों में दिव्य कुंडल और सीने में स्वर्णिम कांति वाला अभेद्य कवच था... दिप-दिप दमकता। किंतु बच्चे का अति सुंदर दैवीय रूप भी कुंती में यह हिम्मत नहीं भर पाया कि वह सबके सामने इसे अपने पुत्र के रूप में घोषित कर सके। अंततः कुल की मर्यादा के लिए अपनी ममता का गला घोंटकर कुंती ने उसे रात के अँधेरे में चुपचाप एक पेटी में कुछ धन के साथ रख अश्वमती नदी में उसके भाग्य के सहारे बहा दिया... नदी में जल की धारा के साथ-साथ कुंती के अश्रुओं की धार भी बह रही थी... पर कब तक वह अपने लाल को अपने अश्रुओं के सहारे भेजती? अंततः अश्रुवदन से ही उसने दशों दिशाओं तथा सभी

देवी-देवताओं से, विशेषकर बच्चे के पिता आदित्यदेव से, उसकी रक्षा की प्रार्थना की... और मनों भारी कदमों से चुपचाप महल लौट आई। किंतु दोष तो दोष ही होता है। बीज रूप में यह पता नहीं कहाँ छिपा होता है और कब वृक्ष रूप में परिणत होकर फलों के रूप में पहचाना जाता है। इसका निर्णय शायद विधाता ही करता है।

बेचारी कुंती! अभागिन का जल में विसर्जित वह नन्हा छौना मरा नहीं... वर्षों बाद वह उसे यौवन और शक्ति से भरपूर, साक्षात् सूर्य सा तेज-पुंज, वही दिव्य कुंडल व कवच से युक्त उसके ही राज्य हस्तिनापुर के क्रीडांगन में मिला। उसे देखते ही कुंती के हृदय में सुप्त ममता का सागर अचानक हिलौरे मारने लगा... किंतु तब तक बहुत देर हो चुकी थी। अश्वमती नदी का बहुत सा जल इस बीच बह गया था।

सचमुच क्रूर नियति ने बहुत देर तक दी थी उसे कुंती तक पहुँचाने में। पुत्र को अचानक सामने देख कुंती का उत्तरीय वस्त्र गीला हो गया... जिसमें आँसुओं की धार के साथ-साथ तिरस्कृत बच्चे के भाग्य के हिस्से का छाती से रिसता दूध भी था... किंतु दुर्देव तो जैसे कुंती के हर सौभाग्य पर मुस्कराता तुरंत आ धमकता था... कुंती पुत्र को पा अभी सुख की साँस ले ही रही थी कि सामने खड़ी वास्तविकता ने जैसे उसकी सांसें ही रोक दी... काल एक विशाल दंड लिए उसके और पुत्र के बीच खड़ा था। कैसे झुठलाए वह वर्तमान को... काश वह स्वप्न होता।... या तो कर्ण का पुनः मिलना अथवा उसका पंच-पांडवों की माता बनना!

और वह वहीं निस्तेज हो गिर पड़ी। आँखें खुलने पर कुंती ने पाया कि उसका यह सूर्य के समान दिपदिपाता ज्येष्ठ पुत्र राजकुमारों के लिए आयोजित क्रीड़ा-प्रतियोगिता में स्वयं उसके ही पुत्रों के प्रतिद्वंदी के रूप में खड़ा है। अपने अन्य पुत्रों के समान ही अपने प्रथम पुत्र को बलशाली देखना कुंती का सौभाग्य था किंतु यह बराबर बल ही तो वह दुर्भाग्य लेकर आया था जो फिर मृत्यु पर्यन्त कुंती के हृदय को घन बनकर कूटता रहा था। उस क्रीड़ागंन में कितनी लांछना झेलनी पड़ी थी कर्ण को... अवश्य दुर्योधन ने वहीं उसका अंगराज के रूप में राजतिलक किया था जिससे कुंती को तसल्ली होनी चाहिए थी कि चलो उसका पुत्र कहीं का राजा तो बना ... किंतु उसके अपने पुत्र तो किस बुरी तरह सूत-पुत्र कहकर उसका अपमान कर रहे थे... कृपाचार्य उसका वर्ण पूछकर उसे प्रतियोगिता से बाहर कर रहे थे... और दुर्योधन! अपने मतलब के लिए ही वह कर्ण को अंगराज बना रहा था। ओफ्! कितना कठिन था कुंती के लिए यह सब देखना... तभी तो उस समय वह अपना होश खो बैठी थी। किंतु यह तो शुरुआत थी... कर्ण को लेकर आखिरी घन तो उसे युद्ध-भूमि में झेलना था!

वैसे पृथा कर्ण को जन्म देने के बाद भी दुर्वासा एवं स्वयं सूर्यदेव के कथनानुसार कुंवारी ही थी। वह स्वयं को ऐसा मानती भी थी। इसीलिए कुंवारी माँ बनने का अपराध-बोध उसमें अधिक नहीं था... यदि ऐसा न होता तो वह स्वयंवर में इच्छानुसार

तत्कालीन आर्यावर्त के सर्वश्रेष्ठ राजा पुरुवंशी पांडु का चुनाव नहीं करती। पृथा के भाग्याकाश में असली सूर्योदय तो इसी समय हुआ था। पांडु की श्रेष्ठता इसी से प्रमाणित होती है कि उनका वरण करने के बाद स्वयंवर में आए सैकड़ों राजाओं में से किसी की हिम्मत उनके विरुद्ध तलवार खींचने की नहीं हुई, जैसाकि प्रायः होता था।

यहाँ उल्लेखनीय है कि प्राचीन भारत में कहने को तो राजकुमारियों का स्वयंवर हुआ करता था किंतु अपनी इच्छानुसार वे पति का वरण कम ही कर पाती थीं... या तो पिता ही कोई शुल्क तय करते थे, जैसे जानकी और द्रौपदी के स्वयंवर में हुआ था या फिर वीर क्षत्रियजन कन्या की इच्छा जाने बिना ही 'पराक्रम शुल्क' द्वारा स्वयंवर-मंडप से कन्या का हरण कर लाते थे, जैसा भीष्म ने काशीराज की कन्या या दुर्योधन ने कलिंग राजकन्या का किया था। इसमें प्रायः तलवारें चलती ही थीं। जो जीतता, कन्या, को वह ले जाता। वैसे कभी-कभी उस स्थिति में भी तलवारें चलती थीं जब पिता अपनी ओर से कोई शर्त रखता था जिसे वर पूरी भी कर लेता था जैसा द्रौपदी के स्वयंवर में हुआ था। मत्स्य-लक्ष्य-भेदन कर लेने पर भी अर्जुन को उपस्थित राजाओं से युद्ध करना पड़ा था। यही हाल कन्या द्वारा स्वेच्छा से वर का वरण करने के पश्चात् भी प्रायः होता था।

इस मामले में कुंती सौभाग्यशाली थी। बिना किसी रक्तरंजन के वह हस्तिनापुर की राजरानी बनकर चली आई थी। इधर जेठ धृतराष्ट्र के नेत्रहीन होने के कारण पति पांडु छोटे होते हुए भी हस्तिनापुर के विशाल साम्राज्य के राजा थे, अतः राजमहिषी का गौरवशाली उपहार भी उसे नियति ने औदार्यपूर्वक दिया था। शायद अंतिम समय उसकी नियति में खून की नदियों से गुजरना लिखा हो... इसीलिए इस समय विधाता ने उसके साथ इतनी उदारता दिखाई थी ...तथा उसके मार्ग में अनगिनत फूल बिछवाकर हस्तिनापुरवासियों द्वारा उसका स्वागत करवाया था।

अस्तु... कुंती के जीवन में वसंत के दिन ये ही थे। यद्यपि दिग्विजय के लिए निकले पांडु शीघ्र ही शल्यराज की बहिन माद्री को भी ब्याह लाए थे, किंतु कुंती को इससे कोई शिकायत नहीं थी। राज-पुरुष एक म्यान में भले ही एक ही तलवार रखते हों, किंतु महल में एक ही रानी रखें, ऐसा कम ही होता था। कुंती के लिए यही पर्याप्त था कि वह पांडु की पटरानी थी। पांडु भले ही पीत वर्ण के थे क्योंकि माँ व्यास से समागम के समय घबरा गई थी। किंतु वे वीर, धीर, गंभीर एवं पौरुष से भरपूर थे। यदि ऐसे न होते तो उनका रथ आर्यावर्त के एक-से-एक राजाओं को चुनौती देता हुआ चारों दिशाओं में अपनी विजय-पताका फहराकर नहीं लौटता। तब कुंती ने सारे हस्तिनापुर के साथ पलक-पांवड़े बिछाकर उनका स्वागत किया। लंबे समय के पश्चात् कुरु—वंश का कोई राजा दिग्विजय कर लौटा था, अतः आनंद स्वाभाविक था। भीष्म का तो जैसे जीवन ही सार्थक हो गया था। वे स्वयं आगे बढ़कर पांडु की अगवानी हेतु गए थे। धृतराष्ट्र ने भी भाई को खुशी से गले लगाया। भाई के सहयोग से उन्होंने पूरे सौ अश्वमेघ यज्ञ किए।

खुले हाथ से दान-दक्षिणा दी... कहीं कोई मनो-मालिन्य की छाया नहीं थी कुरु-वंश में। ऐसे में कुंती का परम संतुष्ट रहना स्वाभाविक था।

पर स्वाभाविक नहीं था तो कुंती के दैव का संतुष्ट रहना! खुशी के पल वह अभी सहेज ही रही थी कि दिग्विजय से थके पांडु ने विश्राम एवं मन-बहलाव हेतु हिमालय के दक्षिण भाग में स्थित ऊँच-ऊँचे शाल वनों से सुशोभित जंगलों में चलने को कहा। कुंती को भला क्या आपत्ति होती। परम प्रसन्नता से माद्री को भी साथ लिए वह पति के साथ घने जंगलों में पहुँची... अब उसे क्या मालूम था कि उसकी यह प्रसन्नता नागिन बन उसे डँसने तैयार खड़ी है... यह प्रवास बड़ा लंबा होने वाला है... वह जिस प्रिय हस्तिनापुर को छोड़कर जा रही है वहाँ उसे बड़ी अप्रिय स्थिति में लौटना है... फिर बच्चों को उनका अधिकार दिलाने के लिए उसे दर-दर भटकना है... और अंततः अपने ही बंधु-बांधवों... नाती-पोतों की लाशों के सैलाब से होकर फिर अंतिम यात्रा हेतु पुनः वन में पहुँचना है!

काश कुंती भविष्य-दृष्टा होती! तब शायद वह पांडु के चलाए लाखों बाणों में उस एक बाण को अवश्य ही रोक लेती जिसे हिमालय के उस जंगल में मृगया के लिए घूमते पांडु ने उस विशेष मृग पर चलाया था, जिसका शाप राजा की मृत्यु का कारण बना था। पर पांडु को ही यह कहाँ मालूम था कि वह मृग वस्तुतः ब्राह्मण है? उन्होंने तो उसे मृग समझकर ही बाण चलाया था। फिर मृगया तो क्षत्रिय धर्म के प्रतिकूल नहीं था। तब उन्हें शाप क्यों मिला? बात सही है कि पांडु को यह नहीं मालूम था, किंतु उन्हें यह तो मालूम था कि वह मृग अपनी मृगी के साथ काम-क्रीड़ा में निमग्न है? बस यही राजा के शापित होने के लिए पर्याप्त था। ... और जैसे-को-तैसा के न्याय के मुताबिक राजा को शाप मिला कि वह भी काम-क्रीड़ा नहीं कर पाएगा... करेगा तो अकाल मृत्यु को प्राप्त होगा!

फिर सचमुच ऐसा ही हुआ।

भारतीय संस्कृति के इस पहलू पर हम थोड़ा विस्तार से चर्चा करेंगे। 'काम' भारतीय संस्कृति में एक पुरुषार्थ माना गया है। काम को देवता का पद भी दिया गया है... वह इसलिए क्योंकि 'काम' विश्व में संतान-प्रवाह को अर्थात् जीवन को आगे बढ़ाता है। यह सृजन का द्वार है। यह खत्म हो जाए तो सृष्टि ही वीरान हो जाए। इसलिए हमारी संस्कृति ने काम को, चाहे वह मनुष्य में हो अथवा पशु में, कभी घृणित नहीं कहा, बल्कि पूज्य ही कहा। इतना ही नहीं इसमें बाधक तत्त्वों की वर्जना भी की है। उल्लेखनीय है कि 'रामायण' के रचयिता वाल्मीकि ने भी उस निषाद को शाप दिया था जिसने प्रणयरत क्रौंच युगल में से एक को तीर का निशाना बनाया था... और फिर करुणा विगलित ऋषि के श्रीमुख से जो वाणी प्रस्फुटित हुई थी उसी से रामायण जैसी कालजयी काव्यधारा का श्रीगणेश हुआ था।

अस्तु... राजा हो या तुच्छ निषाद... किए का दंड तो हर किसी को स्वयं भुगतान पड़ता है। राजा पांडु भी इसीलिए शापगस्त हुए थे।

पर जब 'काम' नहीं तो 'अर्थ' का भी क्या प्रयोजन? यही सोचकर राजा पांडु ने राज्य का भी त्याग कर दिया और जीवन के शेष दिन जंगल में निर्द्वंद्व भाव से बिताने का निश्चय किया। कुंती और माद्री को वापस हस्तिनापुर चले जाने का आग्रह करते हुए उन्होंने प्रतिज्ञा की "मैं अब प्रिय-अप्रिय, निंदा-स्तुति आदि में सम रहूँगा... न आशीर्वाद की कामना करूँगा न नमस्कार की उपेक्षा करूँगा... एक आदमी बसूले से मेरी बांह काटता हो और दूसरा मेरी बाँह पर चंदन छिड़कता हो तो उन दोनों में से मैं न एक का अकल्याण और न दूसरे का कल्याण सोचूँगा। मैं न जीवन का अभिनंदन करूँगा और न मृत्यु से दुःख करूँगा। मैं ऋषि-मुनियों की सेवा करते हुए संन्यासी बनकर तपस्यारत रहूँगा।" अस्तु... राजा ने पुनः अपनी रानियों से आग्रह किया कि वे हस्तिनापुर लौट जाएँ और भीष्मादि को सारा वृतांत बताएँ... तथा शेष जीवन वहीं बिताएँ।

किंतु पति बिना पत्नी का महलों में क्या काम? भारतीय नारी के लिए वैभव तभी सुखदायक रहे हैं जब वह पति के साथ भोगे जाएँ। जनक-नंदिनी के समान कुंती ने भी तत्क्षण निर्णय ले लिया कि वह भी पति के साथ वनवास ही करेगी। तपस्या करने के लिए जरूरी नहीं कि संन्यास लिया ही जाए। वानप्रस्थी के साथ जैसे उसकी पत्नी रहती है वैसे ही वह भी इंद्रिय-संयम रखते हुए राजा के साथ रह लेगी।

तब माद्री भला क्यों पीछे रहती। उसने भी शपथ ली कि मैं भी पूरी तरह इंद्रिय-संयम करूँगी... मुझे अपने से दूर मत करिए।

अंततः पांडु मान गए और बड़ा कठोर व्रत लेकर ये दो नारियाँ तपस्वी पति के साथ वन में रहने लगीं।

पांडु ने संन्यास लेने का मन तो बनाया था किंतु पत्नियों के साथ कैसा संन्यास? संयम अपनी जगह था पर घर-गृहस्थी तो थी ही... और घर-गृहस्थी बिना बच्चों के कहाँ अच्छी लगती है? पर सवाल केवल अच्छे या बुरे लगने का ही नहीं था। पांडु को बड़ी चिंता यह थी कि उन्होंने पितृ-ऋण नहीं चुकाया है... इसके बिना स्वर्ग में प्रवेश हो ही नहीं सकता था। पर पितृ-ऋण चुकाना... अर्थात् संतान उत्पन्न करना उनके लिए असंभव था।

तब अचानक ही उन्हें ख्याल आया कि स्वयंभू मनु ने तो यह आदेश दिया कि स्वयं पुत्रोत्पत्ति में असमर्थ होने पर मनुष्य किसी श्रेष्ठ पुरुष के संबंध से अपनी पत्नी द्वारा पुत्र की प्राप्ति कर सकते हैं। अतः वे कुंती से आग्रह करते हैं कि वह पर-पुरुष से उनके लिए पुत्र प्राप्ति करें।

किंतु पति-परायण कुंती को राजा की बात पसंद नहीं आती है यद्यपि स्वयं पांडु और धृतराष्ट्र नियोग प्रथा के द्वारा ही उत्पन्न हुए थे किंतु पति के प्रेम में डूबी कुंती को

पर-पुरुष से समागम के विचार से ही ग्लानि होती है। फिर राजा से श्रेष्ठ भूतल पर कोई पुरुष होगा, वह सोच भी नहीं सकती थी। अतः वह राजा से किसी अन्य उपाय द्वारा संतान प्राप्ति की बात कहती है। अचानक उसे प्राचीन कथा याद आती है जहाँ एक भद्रा नामक विधवा रानी ने तपस्या द्वारा अपने मृत पति की देह से संतान प्राप्ति की थी। इसका तात्पर्य यह हुआ कि तपस्या के द्वारा सब कुछ संभव है। अतः वह राजा से कहती है।

'तथा त्वमपि मय्येवं मनसा भरतर्षभ।
शक्तो जनयितुं पुत्रांस्तपोयोगबलान्वितः ॥' (आदिपर्व 120.37)

अर्थात्, आप भी इसी प्रकार मेरे गर्भ से मानसिक संकल्प के द्वारा अनेक पुत्र उत्पन्न कर सकते हैं क्योंकि आप तपस्या और योगबल संपन्न हैं।

पांडु इस कथा को जानते थे किंतु वे यह भी जानते थे कि वे पति-पत्नी देवताओं के समान तपस्वी थे... वे कहते हैं, हमारा तप उतना प्रबल नहीं है पृथा। तुम मेरी इच्छा को अपना धर्म मानकर पत्नी का कर्त्तव्य पूरा करो।

राजा द्वारा पुनः हाथ जोड़कर प्रार्थना करने पर कुंती से रहा नहीं गया। तब अचानक उसे दुर्वासा का वह मंत्र याद हो आया। उसने मंत्र-प्राप्ति की कथा राजा को सुनाई। राजा प्रसन्न हो उठे और उन्होंने धर्मदेव का विधिपूर्वक आह्वान करने हेतु कुंती से आग्रह किया, ताकि उन्हें ऐसा पुत्र मिले जो धर्मबुद्धि का हो क्योंकि 'न चाधर्मेण धर्मज्ञे शक्याः पालयितुं प्रजा' अधर्म से प्रजा का पालन नहीं किया जा सकता है। धर्म से ही किया जा सकता है... और कुंती ने ऐसा ही किया। फिर थोड़े ही समय में पांडु को कुंती ने धर्मराज युधिष्ठिर सौगात में दिया जिसे हृदय से लगाकर पांडु ने मानों जीवन का परम के फल पाया।

किंतु साल बीतते न बीतते पांडु न मन में फिर पिता बनने की लालसा हिलोरे लेने लगी... मन में यह विचार भी था कि धर्म के साथ बल भी होना चाहिए तभी कोई राज्य समुन्नत हो सकता है? तब राजा ने कुंती से वायुदेव से समागम कर पुनः एक पुत्र की याचना की... और इस तरह पवनपुत्र भीम का जन्म हुआ। भीम के बल का उदाहरण राजा को दस दिन बाद ही मिल गया जब सिंह की गर्जना सुन भयभीत कुंती के हाथ से वह छूट गया था... तब यह देख राजा अनहोनी की आशंका से काँप गए थे किंतु राजा का भय एवं आश्चर्य कुछ ही क्षण में प्रसन्नता में बदल गया जब उन्होंने शिशु को तो स्वस्थ किंतु उस चट्टान को कई टुकड़ों में विभक्त देखा, जिस पर शिशु गिरा था। राजा संतुष्ट थे ऐसे बलशाली भीम को पाकर।

फिर वर्ष भर बाद राजा के मन ने कहा, धर्म और बल के साथ प्रजापालन हेतु तेज का होना भी आवश्यक है। क्या ही अच्छा होता जो कुंती देवराज इंद्र के द्वारा ऐसा ही पुत्र मुझे देती। किंतु देवराज का आह्वान सरल नहीं था। स्वयं राजा ने दीर्घकाल तक एक

पैर पर खड़े रहकर तपस्या की तब कहीं कुंती ने अनुष्ठानपूर्वक इंद्रदेव का आह्वान किया। और तब समूचे आर्यावर्त के सर्वश्रेष्ठ शस्त्रधारी बीभत्सु अर्जुन का आगमन हुआ। देवताओं ने उसके जन्म पर पुष्प-वर्षा की। यह देख पांडु मानों तृप्ति के सागर में डूब गए। फाल्गुन मास में जन्म होने के कारण उसे फाल्गुन भी कहा गया।

किंतु पांडु आखिर मनुष्य ही थे... विचित्र मन से युक्त मनुष्य... जो कभी संतुष्ट होना नहीं जानता! कहाँ तो श्रापग्रस्त होने के बाद स्थितप्रज्ञ हो तपस्वी का बाना पहन संन्यास लेने जा रहे थे... और कहाँ तीन-तीन देवोपम पुत्रों के पिता बनने के बाद भी और एक पुत्र की चाहत से उबर नहीं पा रहे थे। उनकी तुलना में कुंती अवश्य मनस्वी थी... तभी तो राजा ने जब पुनः पुत्र की याचना की तब उसने दृढ़तापूर्वक इंकार करते हुए कहा, "आर्य पुत्र! आपत्तिकाल में तीन से अधिक चौथी संतान उत्पन्न करने की आज्ञा शास्त्रों ने नहीं दी है। इस विधि के द्वारा तीन से अधिक चौथी संतान चाहने वाली स्त्री स्वैरिणी होती है और पाँचवाँ पुत्र उत्पन्न करने वाली तो कुलटा समझी जाती है, अतः कृपया मुझे आप इस अधर्म कार्य में प्रेरित मत कीजिए।"

तब धर्मबुद्धि राजा शांत हो गए।

फिर तीन-तीन प्रतापी पुत्रों के साथ मातृत्व से भरपूर कुंती ने उनके जीवन को जैसे उत्सवपूर्ण बना दिया। किंतु इस उत्सव में राजा से माद्री के मनोभाव छिपे न रहे। राजा के पूछने पर मद्र-नंदिनी ने अपने अधूरेपन के अहसास को राजा से बताने में संकोच नहीं किया... और फिर करबद्ध हो राजा से आग्रह भी किया कि महाराज उसे पुत्र दिलाने हेतु कुंती को प्रेरित करें... आखिर वह भी नारी है, पुत्र के बिना वह भी अधूरी है, वह भी माँ बनना चाहती है।

उदार कुंती से माद्री यदि स्वयं यह कहती तो भी कुंती उसे निराश नहीं करती। अस्तु... प्रसन्न मन से तब कुंती उस दुर्लभ मंत्र द्वारा माद्री को भी मातृत्व-सुख प्रदान करती है। माद्री एक साथ दो यमजों नकुल और सहदेव की माता बनती है। वस्तुतः माद्री ने जिस अश्विनीदेव का आमंत्रण किया था वह एक न होकर दो थे, हमेशा साथ-साथ रहते थे, इसीलिए अश्विनीकुमार कहे जाते थे। देवताओं के वैद्य ये दोनों कुमार अपने रूप के लिए विख्यात थे... संभवतः इसीलिए माद्री कुमारों ने अनुपम रूप पाया था उधर तीनों कौंतेय भी अपने-अपने जन्मदाता पिताओं के श्रेष्ठ गुणों से परिपूर्ण थे।

इस तरह पाँचों पांडवों, पति तथा सपत्नी के साथ कुंती उस वन में भी परम प्रसन्न थी... इसलिए भी कि पांडु पितृ-ऋण से न केवल उऋण हुए थे वरन देवोपम पुत्रों के साथ वे अपने पितृत्व की गरिमा से भरे हुए जैसे और भी पौरुष-संपन्न हो गए थे। सागर के समान परितृप्त राजा को देख कुंती को अपना जीवन धन्य लगता। दुर्वासा से उसे कोई शिकायत नहीं थी... शायद इसी दिन के लिए दुर्वासा ने उसे वह वर दिया था।

जिसे वह शाप समझती थी वह तो उसका सौभाग्य था। कुंती ने नियति को सादर प्रणाम किया।

बेचारी कुंती! उसे क्या मालूम था कि उसका सौभाग्य-सूर्य फिर अस्त होने की तैयारी में है।

एक काले दिन माद्री को एकांत में पाकर पांडु अपनी भावनाओं पर नियंत्रण नहीं रख पाते हैं किंतु क्षण भर का सुख उन्हें माद्री की बाँहों से यमराज की बाहों में पहुँचा देता है। ऋषि कदंम के शाप से बचने के लिए राजा ने राजपाट छोड़ यौवनावस्था में ही संन्यास ले लिया था... वर्षों तक सचमुच उन्होंने संयमित जीवन भी बिताया... किंतु अंततः शाप उन पर भारी पड़ता है। नियति ने संभवतः यहीं तक उनकी जीवन यात्रा निश्चित की थी।

और तब माद्री स्वयं को राजा की मौत का कारण मानते हुए कुंती के बहुत रोकने पर भी राजा के साथ सती हो जाती है।

इसके बाद की कथा से हम सभी परिचित हैं – कुंती अपने तीन तथा माद्री के दो पुत्रों को लेकर कुरु-कुल की विधवा के रूप में बड़े दुःखी मन से हस्तिनापुर लौटती हैं।

इस मुख्य कथा पर आने के पूर्व आइए हम कुंती और माद्री के मध्य हुए उस सुंदर संवाद को देखें जो पांडु की मृत्यु के पश्चात् तथा माद्री के चितारोहण के पूर्व कुंती और माद्री के मध्य हुआ था – इससे कुंती और माद्री, दोनों के चरित्र की श्रेष्ठता प्रतिपादित होती है।

पांडु की मृत्यु के पश्चात् उनके अंतिम संस्कार के समय कुंती और माद्री दोनों ही सती होना चाहती थीं किंतु दोनों एक साथ होती तो बच्चे अनाथ हो जाते... अतः दोनों एक-दूसरे से आग्रह करती हैं, "मैं सती होऊंगी तुम बच्चों का पालन-पोषण करो।" पहले कुंती कहती है, "मैं राजा की ज्येष्ठ धर्मपत्नी हूँ, अतः सती होने का अधिकार मेरा है।" इस पर माद्री स्वयं सती होने के लिए तीन तर्क देती है –

– पहला, मेरे कारण राजा मृत्यु को प्राप्त हुए हैं।

– दूसरा, राजा अंतिम समय में मुझमें आसक्त थे तथा मैं भी काम-भोग से पूर्ण तृप्त नहीं हुई हूँ... स्वर्गलोक में हमारी कामनपूर्ण होने का अवसर मिलेगा।

– तीसरा, मैं आपके पुत्रों के साथ अपने सगे पुत्रों जैसे व्यवहार नहीं कर पाऊँगी।"

माद्री आगे कुंती की प्रशंसा करते हुए कहती है, "आप अरुंधती के समान बद्धिशीला हो अतः मुझे पूरा विश्वास है कि आप समस्त पांडवों का समान रूप से तथा समुचित ढंग से पालन-पोषण कर लेंगी... आप कृपया मुझे ही सती होने का अवसर दें"... और फिर माद्री अपने नन्हें बच्चों नकुल और सहदेव को कुंती के हाथों सुपुर्द करते हुए उनसे कहती है, "कुंती तुम्हारी माता है। मैं तो तुम्हारी केवल धाय रही हूँ। तुम्हारे पिता मर चुके हैं, अब बड़े भाई युधिष्ठिर ही तुम्हारे पिता हैं।" अंत में बड़ी दीन वाणी

में माद्री कुंती से कहती है कि आप धन्य हैं जिन्हें अपने इन अमित तेजस्वी पाँचों पांडवों का बल, पराक्रम और महात्म्य देखने का सौभाग्य प्राप्त होगा।

किंतु इस राजरानी को तो विधाता ने मानों तुला में तौल कर सुख और दुःख समान मात्रा में दिए थे न! माद्री भविष्य देख पाती तो देखती कि अभी कुंती को इन पराक्रमी पुत्रों के साथ कैसे-कैसे अंगारों पर चलना है।

अस्तु... अंततः अपने भाग्य के साथ समझौता कर हस्तिनापुर की राजरानी से वनवासिनी बनी कुंती पुनः अपने राजमहल लौट आई... अपने तीन और माद्री के दो पुत्रों की अँगुलियां थामे।

और फिर कुंती माद्री को दिया वचन मन प्राण से निभाती है। यद्यपि हस्तिनापुर में कुंती के ही परिजन उसके बेटों पर तरह-तरह से कहर ढाते हैं, किन्तु बिना उफ़ किए कुंती के ही पाँचों बेटों का हाथ थामे उन्हें बड़ी दृढ़ता से धर्म, श्रेष्ठता ओर क्षत्रियोचित वीरता के मार्ग पर निरंतर आगे बढ़ाती जाती है। पाँचों पांडव उसकी दृष्टि में बराबर थे। यदि कहीं प्रेम व ममता का आधिक्य था, तो वह माद्री-पुत्रों के प्रति ही था... विशेषकर छोटे सहदेव के प्रति। महाभारत में कुछेक स्थान ऐसे हैं जो कुंती के इस ममताधिक्य को हीरे सा प्रकाशित करते हैं। जैसे, जुए में सब कुछ हारकर द्रौपदी के साथ वनगमन करते समय अपने पुत्रों की दुर्दशा देख कुंती का हृदय फट सा जाता है किंतु सबसे ज्यादा चिंता उसे माद्री-पुत्र सहदेव की थी। विशेष उसके लिए द्रौपदी को वह हिदायत देती है – सहदेवश्च मे पुत्रः सदावेक्षयो' अर्थात् तुम मेरे पुत्र सहदेव की वन में सदा देखभाल करना। आगे दुःख से कलपते हुए कुंती कह उठती है,

"सहदेव! तुम मुझे मेरे शरीर से भी अधिक प्रिय हो, अतः तुम न जाओ, कुपुत्र की भाँति मेरा त्याग न करो। तुम यहीं रहकर मेरे रक्षाजनित धर्म का लाभ प्राप्त करो... तुम्हारे बिना मैं कैसे तेरह बरस जीवन-धारण करूँगी पुत्र?"

माँ के ये उद्‌गार तत्समय उपस्थित लोगों की आँखें नम कर देते हैं... देश और काल की बाधा पार कर आज भी कुंती के ये उद्‌गार हर सुहृदय पाठक की आँखें सजल करने वाले हैं... तब सहदेव के लिए कितने भारी रहे होंगे, सोचा जा सकता है... किंतु पितृवत् अग्रजों को इस मुसीबत की घड़ी में सहदेव अकेले भी तो नहीं छोड़ सकते थे... सो भारी मन से उन्होंने माँ से विदा ली।

इसी तरह नकुल के प्रति भी कुंती की ममता असीम थी। तेरह बरस के वनवास के बाद कृष्ण संधि हेतु दूत बनकर हस्तिनापुर आते हैं, तब वे कुंती से भी मिलने जाते हैं। कुंती तब तो सब पुत्रों के लिए दुःख प्रगट करती है किंतु माद्री-पुत्रों के लिए उसका हृदय सबसे अधिक दर्द-भरा है। नकुल के लिए कलपते हुए वह कहती है, 'देखो तो माधव! जिस नकुल को मैं पहले इतनी देर भी बिना देखे नहीं रह सकती जितनी देर में "यक्ष्म समपातजे" पलक गिरती है... उसी बच्चे को देखे बिना तेरह बरस बीत गए! कैसी निर्मम माँ हूँ मैं!'

माद्रीःपुत्रों के प्रति यह दुःख कुंती को तब भी मथता है जब युद्ध समाप्ति के पश्चात् वह भी धृतराष्ट्र व गांधारी के साथ वनगमन करती है। जाते समय वह युधिष्ठिर से कहती है, 'महाराज! आप कभी माद्री-पुत्रों पर अप्रसन्न न होना।'

वैसे कुंती को यह बात कम-से-कम युधिष्ठिर को कहने की आवश्यकता नहीं थी। युधिष्ठिर जानते थे कि माद्री-पुत्रों के प्रति माता क्यों अधिक ममतातुर है... और माँ की इस भावना का वे भरपूर आदर करते थे। यक्ष-प्रसंग इस बात का प्रमाण है। यक्ष द्वारा मारे गए अपने चारों भाइयों में से जब किसी एक भाई को जीवित करने की बात यक्ष ने युधिष्ठिर पर प्रसन्न होकर की, तब युधिष्ठिर ने झट नकुल को जीवित कर देने की प्रार्थना की... और यक्ष के पूछने पर नकुल को जीवित करने का कारण भी यही बताया कि मैं चाहता हूँ कि जैसे मैं कुंती का एक पुत्र जीवित हूं उसी तरह माद्री का भी कम-से-कम एक पुत्र अवश्य जीवित रहे। निश्चय ही युधिष्ठिर के मन का यह विचार माँ कुंती के द्वारा ही पोषित-पल्लवित हुआ था।

माद्री-पुत्रों के प्रति कुंती के व्यवहार पर 'व्यासपर्व' नामक ग्रंथ की लेखिका दुर्गा भागवत सुंदर टिप्पणी करती हैं कि इनके अस्तित्व के कारण ही कुंती की कर्ण-विषयक निर्ममता नीचता की पराकाष्ठा नहीं कहलाती। संभवतः कुंती को कर्ण-जन्म के कलंक से बचाने के लिए ही व्यास ने इनका जन्म, इनकी माता की मृत्यु और कौंतेयों के संबंध में इनकी निष्ठा का उपयोग किया है। (पृ. 78)

अस्तु... स्पष्ट है कि माद्री ने कुंती का सही आकलन किया था। कुंती ने बच्चों में अपने-पराए का भेद न स्वयं किया, न अपने बच्चों को ऐसा करना सिखाया... तभी तो पाँचों अंत तक एकता की डोर में बँधे रहे। हाँ, भोजन के समय अवश्य कुंती पुत्रों में थोड़ा भेदभाव करती थी। लाक्षागृह-दाह के पश्चात् ब्राह्मण के वेश में एकचक्रा नगरी में जब बच्चे भिक्षा माँगकर अन्न लाते तब कुंती भोजन बनाकर आधा भीम को देती और आधे से शेष पुत्रों को बराबर-बराबर भोजन देती। यही हिदायत उसने वनवास पर जाती द्रौपदी को भी दी थी। पर इसका कारण भीम के प्रति ममताधिक्य नहीं, वरन् विशुद्ध रूप से भीम का वृकोदर होना था... अब जो समय पर अपने दो-दो भाई तथा माँ को एक साथ पीठ पर चढ़ाकर चल लेता हो, हिडिम्ब जैसे राक्षस से अकेला ही सोते हुए माँ और भाइयों की रक्षा कर लेता हो, उसके प्रति इतना पक्षपात तो करना ही पड़ता था! कुंती न केवल भीम से सर्वाधिक काम लेती थी वरन् वक्त पड़ने पर उसकी जान जोखिम में डालते उसे घबराहट नहीं होती थी। एकचक्रा नगरी का ही प्रसंग है। यह बकासुर राक्षस से अपने मेजबान ब्राह्मण की रक्षा करने वह जिस पुत्र को बकासुर का भोज्य बनने भेजती है वह पुत्र और कोई नहीं भीम ही था, हालाँकि कुंती को विश्वास था कि न केवल अपने आपको बचा लेगा वरन् राक्षस को भी मार डालेगा... और समचुच में ऐसा ही हुआ था।

बकासुर राक्षस और भीम का यह रोचक प्रसंग हमारे देश में बड़ा प्रसिद्ध है। अतः उसे दोहराने की आवश्यकता नहीं है। किंतु इस प्रसंग में महाभारत के कुछ सुंदर वाक्य अवश्य उल्लेखनीय हैं। वस्तुतः महाभारत को अमर रचना बनाने वाली उसकी रोचक कथावस्तु नहीं... वरन् ऐसे ही सुंदर विचार हैं।

ब्राह्मण परिवार के घर से अचानक रोने का स्वर सुन कुंती समझ जाती है अत्यंत संतोषी यह परिवार अवश्य ही किसी अति भयंकर संकट में पड़ गया है। तब वह भीम से कहती है कि इस परिवार का हम पर बहुत उपकार है, अतः हमें अवश्य इनकी सहायता करनी चाहिए।

'एतावान पुरुषस्तात कृतं यस्मिन् न नश्यति।
यांवच्च कुर्यादन्योऽस्य कुर्यादभ्यधिकं अतः ॥' (आदिपर्व 156.14)

अर्थात्-पुरुष वही है जो अपने प्रति किए गए उपकार को व्यर्थ नष्ट नहीं होने देता, उसका बदला अवश्य चुकाता है। मनुष्यता तो यह है कि जितना कोई उपकार करे, उससे कहीं अधिक का उसका प्रत्युपकार किया जाए।

माता के वचन सुनकर भीम माता से कहते हैं कि वह चुपचाप जाकर ब्राह्मण परिवार पर आई विपत्ति का पता लगाये... और तब कुंती ब्राह्मण की विपत्ति का कारण जानकर उसके निवारणार्थ भीम को बकासुर का भोज्य बनने भेजकर अपने उपकारी का सुंदर प्रत्युपकार करती है।

इस प्रसंग में ब्राह्मण परिवार के चार सदस्यों (पति, पत्नी, पुत्री और एकदम नन्हा पुत्र) की आपसी बातचीत अत्यंत हृदयस्पर्शी तो है ही, एक आदर्श परिवार का सुंदर चित्र भी प्रस्तुत करती है जहाँ सभी एक-दूसरे के हित की बात करते हुए स्वयं बलिदान देने का हठ करते हैं। इस कथानक से यह भी प्रगट होता है कि प्राचीन भारतीय परिवार में बालिका तथा पत्नी का स्थान कितना ऊँचा था। इस बातचीत के कुछ अंश यहाँ प्रस्तुत हैं।

सबसे पहले घर का मुखिया ब्राह्मण अपने परिवार को यह हृदय विदारक सूचना देते हुए रो पड़ता है कि आज बकासुर के भोजन बनने की पारी हमारे घर के किसी सदस्य की है। जीवन को धिक्कारते हुए वह कहता है – इस जगत् में जीवन को धिक्कार है क्योंकि यह सारहीन, निरर्थक, दुःख की जड़, पराधीन और अत्यंत अप्रिय का भागी है। मैं निर्दयी के समान तुम्हारा त्याग कर सकता हूँ और न ही तुममें से किसी को राक्षस का भोजन बनने भेज सकता हूं। मैं क्या करूँ?

ब्राह्मण की तुलना में ब्राह्मणी अधिक हिम्मतवाली थी। वह कहती है, 'आप जैसे विद्वान् को ऐसा विलाप शोभा नहीं देता। एक-न-एक दिन तो सबको मरना है, अतः 'अवश्यम्भाविन्यर्थे वै संपापो नेह विद्यते' अर्थात् जो अवश्यमभावी है उसके लिए यह संताप का अवसर नहीं है। मैं स्वयं वहाँ चली जाऊँगी। पत्नी का यह कर्त्तव्य है कि वह

अपने प्राणों का निछावर कर भी पति की भलाई करें। फिर मेरे जीवन का उद्देश्य पूर्ण हो चुका है। मैंने आपको गृहस्थ धर्मानुसार संतानवान बना दिया है। दूसरी बात, आपके बिना मेरा जीवन व्यर्थ है, अतः मुझे भोज्य बनने दीजिए।' वह यह भी कहती है 'आपके बिना मैं इन बच्चों का पालन-पोषण किसी तरह नहीं कर पाऊंगी। एक विधवा और उसकी कन्या पर लोगों की वैसे ही दृष्टि रहती है जैसे माँस के टुकड़े पर चील-कौव्वों की नज़र रहती है। जैसे पानी के सूख जाने पर मछलियां नष्ट हो जाती है उसी तरह आपके बिना मैं और हमारे ये दोनों बच्चे नष्ट हो जाएँगे। अतः आप मुझे बकासुर के पास भेजकर पूरे परिवार की तथा अपने कुल की रक्षा कीजिए।'

इस पर ब्राह्मण पत्नी से कहता है, 'तुम मेरी सहधर्मिणी हो, माता के समान मेरा पालन-पोषण करती हो। देवताओं ने तुम्हें मेरी सखी बनाया है। तुम मेरी परम गति हो... तुमने कभी मेरा अपकार नहीं किया है, तुम नित्य मेरे अनुकूल चलने वाली हो, मैं तुम्हारा त्याग कैसे कर सकता हूँ? (उल्लेखनीय है कि महाभारत में अन्य कई स्थानों पर भी पत्नी को पति की देवकृत सखा कहा गया है।) फिर, तुम्हारे माता-पिता ने तुम्हें सदा के लिए मेरे गृहस्थाश्रम की अधिकारी बनाया है। मैंने विधिपूर्वक तुम्हारा वरण करके मंत्रोच्चार के साथ तुमसे विवाह किया है, मैं तुम्हारा त्याग कैसे कर सकता हूँ?'

माता-पिता का यह संवाद सुन रही ब्राह्मण की पुत्री तब दुःखी हो बोल पड़ती है, 'एक-न-एक दिन आपको मेरा त्याग करना है, 'धर्मतोऽहंपरित्यज्या', मैं तो धर्मतः ही परित्यज्य हूँ। अतः आज ही मेरा त्याग कर कुल को बचा लीजिए। संतान की इच्छा इसीलिए की जाती है कि यह हमें संकट से उबारेगी... आज संकट उपस्थित हुआ है, अतः 'तरध्वं प्लवन्मया' नौका के समान मेरे सहारे इस शोक सागर से पार हो जाइए।' यहाँ एक और सुंदर बात वह कहती है... पितर लोग दौहित्र से उद्धार की अभिलाषा रखते हैं ...आज मैं स्वयं ही् पिता की रक्षा करते हुए सबका उद्धार करूँगी। किंतु आगे वह जो हृदय-विदारक बात कहती है वह आज भी हमारे भारतीय गृहस्थी में प्रतिबिंबित देखी जाती है.... 'आत्मा पुत्रः सखा भार्या कृच्छ्रं तु दुहिता किलं' अर्थात्, कहते हैं पुत्र अपना आत्मा है, पत्नी मित्र है किंतु पुत्री निश्चय ही संकट है, अतः आप इस संकट से अपने को बचा लीजिए और मुझे भी धर्म-कार्य में लगाइए।

पुत्री की बात सुन पिता अश्रुमुख से बड़ी सुंदर बात कहता है, 'मैं तेरा त्याग कैसे कर सकता हूँ पुत्री? तुझे तो 'भर्तुरर्थाय निक्षिप्तां न्यासं धात्रा महात्मना' अर्थात् ब्रह्मा ने तेरे भावी पति के लिए धरोहर के रूप में मेरे पास रख छोड़ा है जिसके होने से पितरों के साथ मैं दौहित्रजनित पुण्य लोकों को पाने की आशा रखता हूँ, उसी अपनी बालिका को स्वयं ही जन्म देकर मौत के मुख में कैसे छोड़ सकता हूँ?'

आगे ब्राह्मण कहता है, 'कुछ लोग कहते हैं कि पिता का अधिक स्नेह पुत्र पर होता है, कुछ दूसरे लोग पुत्री पर अधिक स्नेह बताते हैं, किंतु मेरे लिए तो दोनों ही बराबर

हैं। जिस पर पुण्य लोक, वंश परम्परा और नित्य सुख सदा निर्भर रहते हैं, अपनी उस निष्पाप बालिका का त्याग मैं कैसे कर दूँ।'

अंततः ब्राह्मण बकासुर के भोज्य हेतु स्वयं को अर्पित करने का ही निर्णय लेता है किंतु उसे यह चिंता भी थी कि उसके बिना उसके पत्नी, बच्चे सभी मर जाएँगे। तभी कुंती वहाँ पहुँचती है और उन्हें कहती है... आप में से कोई राक्षस के पास नहीं जाएगा, मेरा पुत्र भीम जाएगा और मुझे विश्वास है कि वह न केवल आपके परिवार की सहायता करेगा वरन् सम्पूर्ण नगर को राक्षस के कोप से हमेशा के लिए मुक्त करेगा।

किंतु कुंती सरलेता से नहीं भेज पाई थी भीम को। पहले तो ब्राह्मण देवता ही इसके लिए राजी नहीं हुए... भला कोई अपने मेहमान को मौत के मुख में भेजता है? यह तो पाप होगा। फिर युधिष्ठिर भी यह सुनकर दुःखी होते हैं। माँ से हमेशा उच्च विचारों का पोषण पाए धर्मराज बोल पड़ते हैं, 'परित्यागं हि पुत्रस्य न प्रशंसंति साधवा' अर्थात् पुत्र के परित्याग को साधुजन अच्छा नहीं कहते। आप दूसरे के बेटे के लिए स्वयं के बेटे का त्याग क्यों कर रही हैं? फिर, यह भीम ही तो है जिसके बाहुबल पर हम आज सुरक्षित हैं... सुख की नींद सोते हैं और शत्रु से अपना राज्य पुनः प्राप्त करने की अभिलाषा करते हैं। क्या दुःख के कारण आपकी चेतना और बुद्धि लुप्त हो चुकी है जो आपने यह निर्णय लिया है?

इस पर कुंती कहती है... मैंने सोच-समझकर यह निर्णय लिया है, बुद्धि की दुर्बलता से नहीं। मुझे भीम के बल पर पूरा विश्वास है। फिर, इस ब्राह्मण के उपकार का बदला चुकाने का इससे अच्छा और कोई समय नहीं हो सकता था। हम क्षत्रिय हैं... जो क्षत्रिय ब्राह्मण के कार्य में सहायता करता है वह उत्तम लोकों को प्राप्त होता है... और तब युधिष्ठिर संतुष्ट हो माँ से बोल पड़ते हैं कि तुमने सचमुच बुद्धिपूर्वक कार्य किया है माता!

आगे की कथा हम सब जानते हैं। भीम अपने पौरुष से न केवल उस परिवार के एक सदस्य की रक्षा करते हैं वरन् उस पूरी नगरी को हमेशा के लिए नरभक्षी राक्षस से छुटकारा दिलाते हैं।

अस्तु... अब बात कुंती और कर्ण के संबंधों की करें। कर्ण को लेकर कुंती पर प्रायः निर्दयता का आरोप लगता है... इसमें कितनी सच्चाई है, आइये देखें।

पूर्व में हमने देखा कि मासूम कुंती अनचाहे ही सूर्य-पुत्र की माँ बन गई थी। तब कुल की निंदा के भय से उसे अपने इस प्रथम पुत्र कर्ण को त्यागना पड़ा था... फिर बरसों बाद कर्ण को अपने ही पुत्रों अर्थात् पांडवों के प्रतिद्वंदी के रूप में खड़े देखकर वह बेहोश हो गई थी।

वस्तुतः यह ऐसा समय था जब पांडवों और धातृराष्ट्रों में वैमनस्य प्रारंभ हो गया था... न केवल प्रारंभ हुआ थ वरन् काफी बढ़ चुका था। ऐसे में कर्ण को अपनाना कुंती

के लिए इस मायने में घातक होता कि उसका यह कलंक सीधे पांडवों के माथे पर जा चिपकता। उल्लेखनीय है कि दुर्योधन स्वयं उस धृतराष्ट्र की संतान था जो नियोग-प्रथा से उत्पन्न हुए थे, किंतु जब-तब वह युधिष्ठिरादि के पिता को लेकर, उनकी रगों में कुरु-वंश का रक्त न होने की बात को लेकर, उनका दुष्प्रचार किया करता था... ताकि महाराजा पांडु की संतति के रूप में युधिष्ठिर कुरु-जांगल प्रदेश का भावी सम्राट न बन जाए। कर्ण की जन्म-गाथा मालूम होने पर दुर्योधन को निश्चय ही ऐसे शोलों को हवा देने का मौका मिल जाता।

पता नहीं कुंती ने फिर बरसों तक अपने तेजस्वी प्रथम पुत्र को निरंतर शत्रु-पक्ष में घुलते-मिलते, उनके षड्यंत्रों में न केवल भागीदारी निभाते वरन् पांडवों के खिलाफ दुर्योधन को लगातार भड़काते हुए कैसे देखा होगा! नियति ने कर्ण को राजमहल के बजाय सूत अधिरथ के घर पहुँचा दिया था पर संभवतः वहाँ उसे ऐसे संस्कार नहीं मिले थे कि वह नारी के (द्रौपदी) इतने बड़े असम्मान में खुलकर साथ न दे। इतना ही वीर था कर्ण तो क्यों नहीं उसने शकुनि और दुर्योधन को छलपूर्वक द्यूत द्वारा पांडवों को जीतने से रोक लिया था? इस छल में तो वह शामिल था ही, द्रौपदी के वस्त्र-हरण जैसे निर्ल्लज आचरण में भी उसने अपनी समस्त इंद्रिय, मन और बुद्धि का साथ दिया था।

अस्तु... कुंती सब कुछ चुपचाप सहती रही... उसकी सहनशीलता की सीमा तब पार हुई जब उसने समझ लिया कि उसके पुत्रों को अपने अधिकारों की प्राप्ति हेतु युद्ध-भूमि में जाना ही पड़ेगा। यद्यपि कुंती स्वयं भी यह चाहती थी कि उसके पुत्रों को अपनी राज्यलक्ष्मी प्राप्त करने युद्ध में जाना पड़े, तो वे अवश्य जावें... इस हेतु वह उन्हें प्रेरित भी करती थी... किंतु अंततः माँ थी... पांडवों के साथ-साथ कर्ण की भी माँ थी... और कौन ऐसी माँ होगी जो अपने जाये बेटों को एक-दूसरे का खून बहाते देख सकती है?

अंततः कुंती कर्ण पर यह रहस्योद्‌घाटन करती है... तुम सूर्य-पुत्र हो, सूत-पुत्र नहीं! पांडवों के सहोदर हो... तुम कौंतेय हो, ज्येष्ठ कौंतेय! अतः शत्रुओं का साथ छोड़कर भाइयों से मिल जाओ और उनके साथ कुरुजांगल प्रदेश की राज्यलक्ष्मी का उपभोग करो।

किंतु यह रहस्य तो पहले ही श्रीकृष्ण कर्ण पर उद्‌घाटित कर चुके थे... उन्होंने भी कर्ण को यह आश्वासन दिया था कि पाँचों पांडवो, द्रौपदी के पाँचों पुत्र और सुभद्रा-पुत्र अभिमन्यु... ये सभी तुम्हारी चाकरी करेंगे... तुम अपना पक्ष बदल लो।

संभवतः इस रहस्य से पूर्व-परिचित होने के कारण ही कर्ण कुंती की मातृभावना का समुचित आदर नहीं कर सका था। जब कुंती उससे मिलने गंगा-तट पहुँची तब कर्ण सूर्योपासना में मग्न था। उस समय सूर्य की तेज रश्मियों से लाल हुई अपने लाल की पीठ देख पता नहीं कितने आँसू कुंती ने बहाए होंगे... वर्षों से रेगिस्तान में घमकते ममता

भरे हृदय को कितनी राहत मिली होगी जब उसने कर्ण के उत्तरीय की छांव में क्षण भर विश्राम किया होगा... मानों जुग गुज़र गया होगा। व्यास ने सचमुच एक छोटी सी पंक्ति में अनुपम काव्य रचा है।

'अतिष्ठत् सूर्यतापार्ता कर्णस्योत्तरवाससि।

कौरव्यपत्नी वार्ष्णेयी पद्ममालव शुष्यति ॥' (उद्योगपर्व 114.28)

अर्थात् पांडुपत्नी कुंती वहाँ सूर्यदेव के ताप से पीड़ित हो कर्ण से उत्तरीय की छाया में खड़ी हो गई, मानों कोई कुम्हलाती हुई कमलमाला हो।

वैसे दुर्योधन को छोड़ना सचमुच अब कर्ण के लिए बड़ा कठिन था। वह कुंती से कहता है, "दुर्योधन मुझे नौका बनाकर ही तो सागर-रूपी महासमर को पार करने जा रहा है, अब संकट के समय में मैं उसे कैसे छोड़ दूँ?... फिर, यह क्या अकृतज्ञता नहीं होगी कि जिसने मुझे मेरी सब प्रकार की मनोवांछित वस्तुएँ दी, मुझ सूत-पुत्र को राजपाट दिया, मेरा हर तरह से सम्मान किया, उसके उपकारों को मैं भूल जाऊँ? दुर्योधन का प्रत्युपकार करने का यही तो अवसर मुझे मिला है। अतः मुझे उसके ऋण से उऋण होने से मत रोकिए।' आगे कर्ण कुछ तिक्त स्वर में कहता है, 'आपने तो मेरे लिए जो किया वह मेरा कोई शत्रु भी नहीं कर सकता। आपने मुझे जन्मते ही पानी में बहा दिया! क्षत्रिय कुल में उत्पन्न होते हुए भी मुझे क्षत्रियोचित संस्कार से वंचित रखा... अब आप माँ बनकर मुझे कर्त्तव्य की शिक्षा क्यों दे रही हैं... क्या अपने हित की कामना से?"

बात कटु होते जा रही थी... संभवतः कुम्हलाई कमल-माला के समान उस थकी-हारी राजवधू ने इसी किसी क्षण में कर्ण के दिल के किसी कोने में ममता की नन्हीं लकीर खींच दी... और वह कह उठा, 'न च तेऽयंसमारम्भो मयि मोघो भविष्यति' मेरे पास आने का जो कष्ट आपने उठाया है वह व्यर्थ नहीं होगा... अर्जुन को छोड़कर मैं आपके शेष चारों पुत्रों को संग्राम में वध के योग्य स्थिति में पाकर भी नहीं मारूँगा... पर अर्जुन को नहीं छोड़ूँगा... या तो उसके हाथ मरकर यश का भागी बनूँगा या उसे मारकर संग्राम का फल प्राप्त करूँगा... दोनों ही अवस्था में मैं लाभ में रहूँगा।

शायद पाँच में से एक पुत्र को खोने का दर्द कुंती के चेहरे पर स्पष्ट झलक रहा था... इसीलिए आगे कर्ण कुंती को सांत्वना देता है... किसी भी दशा में आपके पाँच पुत्र बने रहेंगे। 'निर्जुनाः सकर्णा वा सार्जुना वा हते मयि' बिना अर्जुन के कर्ण सहित अथवा मेरे मारे जाने पर अर्जुन सहित।

उल्लेखनीय है कि यह प्रतिज्ञा कर्ण स्वेच्छा से करता है... कुंती उससे नहीं करवाती... जैसाकि कुंती पर प्रायः आरोप लगाया जाता है। हाँ, वह उसे अपनी प्रतिज्ञा पर दृढ़ रहने को अवश्य कहती है। और फिर उसे 'अनामयं स्वस्ति' कहते हुए अर्थात् कल्याण का आशीर्वाद देते हुए भरे मन से लौट आती है।

अंततः कर्ण की बात ठीक निकलती है। कुरुक्षेत्र के मैदान में लड़े गए 18 दिन तक

चले उस महासमर में कुरुदेश की शायद ही कोई क्षत्रिय नारी रही हो जिसने अपने लालों, भाइयों या पति को न खोया हो... बेचारी गांधारी के तो पूरे सौ पुत्र एवं एकमात्र दामाद (सिंधुराज जयद्रथ) मारे गए। द्रौपदी के वीर भाई और पाँचों पुत्र मारे गए और कृष्ण की बहन होते हुए भी सुभद्रा को अपना एकमात्र वीर पुत्र अभिमन्यु गंवाना पड़ा। कुंती भाग्यशाली थी कि उसके पाँचों पांडव जीवित बच रहे थे... किंतु क्या सचमुच वह भाग्यशाली थीं? शायद नहीं... उसके समान दुर्भाग्य भला और किसका होगा जो अपनी ही कोख से जन्मे अपने ज्येष्ठ पुत्र की मृत्यु पर मातम भी न मना सके? लोक-लाज के भय से जिसके जन्म पर खुशी न मना सकी... क्या उसी के भय से वीरगति को प्राप्त उसका ज्येष्ठ पुत्र भाइयों के होते हुए भी बिना तर्पण के रह जाता! अंततः कुंती के भीतर की माँ सारी लज्जा त्याग कर पांडवों से बोल पड़ी, "अपने पराक्रमी एवं सत्यप्रतिज्ञ कर्ण के लिए भी तुम लोग जल दान दो... वह वीर सूर्य के अंश से मेरे गर्भ से उत्पन्न हुआ था... इस तरह तुम सबका अग्रज था।"

माँ के इन वचनों से पांडवों का मर्माहत होना स्वाभाविक था... विशेषकर कर्ण के पौरुष से अत्यधिक प्रभावित तथा कुछ सीमा तक उससे भयभीत से रहने वाले युधिष्ठिर तो इस सत्य को जानकार टूट से गए। तत्क्षण तो उन्होंने कहा भी कि इस महासमर में द्रौपदी के पाँच पुत्रों तथा पाँचालों और कुरु-कुल के नाश से उन्हें जितना दुःख हुआ है, उससे सौ गुणा दुःख उन्हें अपने भाई कर्ण की मृत्यु से हो रहा है... आगे भी इसी प्रकार अनेक बार वे कर्ण की मृत्यु के लिए दुःख प्रगट करते हैं। अनजाने में हुई इस भ्रातृहत्या के लिए वे अपने को फिर कभी क्षमा नहीं कर पाए। सच तो यह है कि मुख्यतः इसी दुःख के कारण उनका विजय-उल्लास जाता रहा था। इसीलिए परम मातृभक्त होते हुए भी युधिष्ठिर उस समय यह राज छिपाने के लिए अपनी माता कुंती को क्षमा नहीं कर पाए। वे सहसा सारी नारी जाति को शाप दे बैठे, 'अतो मनसि यद् गृह्यं स्त्रीणां तन्न भविष्यति' अर्थात् आज से स्त्रियों के मन में कोई गुप्त रहस्य छिपा नहीं रहेगा... किंतु बस इतना ही था माँ के प्रति युधिष्ठिर का क्रोध... इससे ज्यादा वे माँ से कुछ नहीं कहते... न ही शेष पांडव कहते हैं।

इस रहस्योद्‌घाटन पर शिवाजी सावंत क्या कहते हैं देखिए। उनके उपन्यास 'युगन्धर' में अर्जुन यह जानते ही माँ को गालियाँ देता हुआ मार डालने का प्रयत्न करता है। यह दृश्य देखिये, पापिणी... तुमने मुझसे भ्रातृहत्या करवाई है!... चिल्लाते हुए अर्जुन ने अपने दिव्य गाण्डीव का पाश अपनी जन्मदात्री माता के गले में डाल दिया... और अनाप-शनाप बकने लगा... हे दुष्टे! इस गाण्डीव धनुष से मैंने अपने ज्येष्ठ भ्राता का वध किया है। आज इसकी प्रत्यंचा का पाश तुम्हारे कण्ठ में कसकर भ्राता-हत्या के कारण कलंकित हुआ मैं तुम्हें मार डालूँगा! (युगंधर पृ. 819)

शाबास शिवाजी! व्यास ने जिसे नारायण के साथ तपस्यारत नर कहा, उसके मुख से आपने जन्मदात्री के प्रति क्या सुंदर फूल झड़वाए हैं!

अस्तु... बात महाभारत की ही करें। इस प्रसंग में व्यास ने युधिष्ठिर के मनोभावों को एक बड़े सुंदर पूर्व-प्रसंग के माध्यम से प्रगट किया है। इस दुःखद समय में कर्ण की याद करते-करते युधिष्ठिर को अचानक ही ध्यान आता है कि कर्ण में उन्हें कहीं-न-कहीं माता की साम्यता दिखती थी जो उन्हें बार-बार कर्ण के प्रति क्रोधित होने से रोक लेती थी। यह साम्यता चेहरे के किसी अंग में न होकर केवल चरणों में थी। उल्लेखनीय है कि द्यूत-सभा में कर्ण ने पांडवों को अनेक कटु वचन कहे थे। उसने पाँचाली के प्रति भी अत्यंत घृणित वाक्यों का प्रयोग किया था। युधिष्ठिर यह जानते थे कि दुर्योधन की सारी हिम्मत केवल कर्ण के बल पर है (वस्तुतः पांडवों का आक्रोश कर्ण पर इसीलिए सर्वाधिक था), किंतु युधिष्ठिर की नजर जब भी कर्ण के चरणों पर पड़ती, उनका आक्रोश एकदम शांत हो जाता था... और ऐसा इसलिए होता था क्योंकि वे चरण कुंती के चरणों से अद्भुत साम्यता रखते थे! धर्मराज कहते हैं, 'उस समय "कारणं नाधिगच्छामि कथंचिदपि चिन्तयन्" अर्थात् बहुत सोचने के बाद भी मैं इसका कारण नहीं समझ पाया!' काश उस समय धर्मराज ने माँ से ही इसका कारण पूछ लिया होता! तब शायद कुंती हिम्मत कर सब कुछ अपने इस अजातशत्रु बेटे को बता देती!

अस्तु... कर्ण की मृत्यु के कारण उपजा युधिष्ठिर का वैराग्य फिर बड़ी मुश्किल से शांत तो पाया... नहीं शांत हुआ तो कुंती का। वह कुंती जिसने अपने पुत्रों को उनके अधिकार की प्राप्ति हेतु युद्ध करने को लगातार प्रेरित किया.... वही पुत्रों के विजय सुख में मुख्यतः कर्ण की मृत्यु के कारण ही शामिल नहीं हो पाई। अवश्य कुछ वर्ष वह सबके साथ रही किंतु फिर पाँचों पांडवों व द्रौपदी के बहुत अनुनय-विनय करने, बहुत अश्रु बहाने पर भी उसने अंततः संन्यासिनी का बाना पहनकर अपने उन्हीं जेठ-जेठानी के साथ वनगमन किया जिसके पुत्रों ने राज्य-लोभ में उसे तथा उसके पुत्रों और कुल-वधू द्रौपदी को इतना दुःख दिया था! अब वे उसके लिए सास-ससुर बन गए थे, जेठ-जठानी नहीं रह गए थे। यद्यपि गांधारी ने बहुत समझाया... तुमने सुख देखा ही कहाँ है कुंती? आज सुख का समय आया है, अतः बच्चों के साथ सुख भोगो। धृतराष्ट्र ने भी बार-बार यही कहा... किंतु अभागी कुंती का बैरी विधाता भला उसे सुख भोगते देख सकता था?. .. नहीं, अब नहीं... शायद कर्ण के प्रति अपराधबोध था कि अब रहते नहीं बना कुंती से महलों में।

कुंती भी गांधारी और धृतराष्ट्र के साथ वनगमन कर रही है, इसका किसी को गुमान नहीं था । जैसे सब उन्हें विदा करने नगर से बाहर तक आए हैं, वैसे ही माता भी आई हैं, ऐसा सब पांडव सोच रहे थे... किंतु जब उसने उनके साथ लौटने से इंकार कर दिया और धृतराष्ट्र और गांधारी की राह में कदम बढ़ाया तो पांडवों के ऊपर मानों

बिजली सी गिरी। छोटे बच्चों के समान खूब रोए सब... बहुओं ने भी आँसुओं से सास के पैर भिगो दिए! कितना कुछ नहीं कहा युधिष्ठिर ने। आँसुओं से नहीं पिघली तो यहाँ तक कहा कि तुमने हमें उकसाकर युद्ध करवाया... अब जब हमने राज्य और लक्ष्मी प्राप्त की तो संन्यासी बन रही हो? ऐसा की करना था तो हमें भी वन में ही रहने देना था। 13 साल में हम तो आदी हो गए थे वन-जीवन के... इस पर मुश्किल से कुंती बोल पाई कि तुम लोग क्षत्रिय हो, तुम्हारा धर्म, तुम्हारा शरीर जंग खा रहा था। वनवासी बने रहना तुम्हारा धर्म नहीं था... मैं नहीं चाहती थी कि मेरे पति पांडु की संतान किसी तरह नष्ट हो या उनके यश का नाश हो। फिर, यदि तुम युद्ध नहीं करते तो मेरी वधू पांचाली उम्र पर्यन्त उसके साथ हुए अपमान की ज्वाला में जलती। इसीलिए मैंने तुम्हें युद्ध के लिए तैयारी करने कहा था। जब दुःशासन उसे खींच रहा था तो वह निर्दोष केले के पत्ते के समान काँप रही थी तभी मैंने समझ लिया था कि इस कुल का पराभव होकर ही रहेगा. .. इसीलिए मैंने तुम लोगों को युद्ध हेतु प्रोत्साहित किया था।

अस्तु... किसी तरह युधिष्ठिर तथा अन्य पांडव शांत हुए... माँ को जाने की अनुमति दी। किंतु सहदेव किसी तरह वह कुंती के चरण छोड़कर तैयार नहीं होता था। रो-रोकर वह कहता कि द्यूत के बाद वनवास जाते समय आपने मुझे वन जाने से रोका था... कहा था कि निष्ठुर पुत्र के समान तुम मेरी आज्ञा का पालन क्यों नहीं कर रहे हो... पर मैं चला गया था... क्या इसी का बदला ले रही हैं आज मुझसे मेरी माँ? आप तो कहती थी कि पलक के गिरने में जितनी देर लगती है उतनी देर भी मैं तुझे नहीं देख पाती हूँ तो बैचैन हो जाती हो... अब क्यों मुझे सदा के लिए छोड़े जा रही हैं?

सहदेव के दीन वचनों ने सबको और भी रुला दिया।

किंतु कुंती दृढ़ निश्चय करके ही चली थी। अवश्य उसका हृदय अभी भी इस माद्री-पुत्र के लिए ममता से लबालब भरा था... इसीलिए सबसे तो उसने कुछ रुखाई से अपने को अलग कर लिया किंतु इस माद्री-पुत्र को अपने से दूर करना सचमुच कुंती के लिए कठिन हो गया... मानों यह माद्री का वही छोटा सा पुत्र हो जिसकी अँगुली मरते समय माद्री ने उसके हाथों में थमाई थी!

किंतु अब सब बड़े थे। भला किसी एक के साथ कैसे पक्षपात कर सकती थी? एक को साथ आने को कहती तो फिर किसी को नहीं रोक सकती थी... अंततः कठोर बनकर उसने अपने प्रिय सहदेव के हाथ से अपना पल्लू छुड़ाया... और चल पड़ी उस यात्रा पर जो इस संसार से परे जाने का अंतिम पड़ाव था। अब कोई दुःख नहीं, कोई दर्द नहीं... न कोई राज्य, न कोई शत्रु, न कोई मित्र और न ही कोई पुत्र! पांडु ने एक बार कहा था "मैं अब प्रिय-अप्रिय, निंदा-स्तुति आदि में सम रहूँगा... न आशीर्वाद की कामना करूँगा न नमस्कार की उपेक्षा करूँगा... एक आदमी बसूले से मेरी बाँह काटता हो और दूसरा मेरी बाँह पर चंदन छिड़कता हो तो उन दोनों में से मैं न एक का अकल्याण और

न दूसरे का कल्याण सोचूँगा। मैं न जीवन का अभिनंदन करूँगा और न मृत्यु से दुःख करूँगा। मैं ऋषि-मुनियों की सेवा करते हुए संन्यासी बनकर तपस्यारत रहूँगा।" पांडु तो पितृ-ऋण की बात सोचकर ऐसा नहीं कर पाए, कुंती और माद्री से पाँच-पाँच पुत्र पाकर एक तरह से फिर से वन में ही गृहस्थ बन गए... किंतु वह अब सब कर्त्तव्यों से मुक्त हो चुकी है, वह ऐसा कर लेगी।

और सचमुच कुंती ने ऐसा ही किया। अंतिम समय में वनाग्नि से घिरी इस देवी ने अपने जेठ और जेठानी के साथ शांतिपूर्वक प्राण त्याग दिये।

9

गांधारी

हस्तिनापुर के राजमहल में अंबिका और अंबालिका के पश्चात् अगली पीढ़ी में राजरानियाँ आईं, वे थीं, गांधार देश की राजकुमारी गांधारी, भोजनगरी के कुंतिभोज की धर्मपुत्री कुंती और मद्र देश की राजकुमारी माद्री। भीष्म ने बहुत सोच-समझकर धृतराष्ट्र तथा पांडु के लिए इनका चयन किया था। उन्होंने गांधारी को धृतराष्ट्र से तथा कुंती और माद्री को पांडु से ब्याहा था किंतु इस बार तीनो में से कोई भी काशीराज की कन्याओं, अंबिका आदि के समान पराक्रम-शुल्क देकर नहीं लाई गई थीं। संभवतः उस समय के कटु-अनुभव के कारण भीष्म ने इस बार कन्या-पक्ष की इच्छानुसार ही अपने भतीजों का विवाह किया था।

गांधार देश की राजकुमारी की ख्याति सुनकर, विशेषकर यह जानकर कि गांधारी ने महादेव को प्रसन्न करके सौ पुत्रों का वरदान प्राप्त किया है, भीष्म ने दूतों के द्वारा धृतराष्ट्र से विवाह हेतु गांधार-नरेश सुबल को प्रस्ताव भेजा। गांधार-नरेश यह जानकर कि धृतराष्ट अंधे हैं, तुरंत इस प्रस्ताव को स्वीकार न कर सके, किंतु फिर कौरव-कुल की प्रसिद्धि सुनकर उन्होंने दूतों के समक्ष अपनी कन्या का वाग्दान कर दिया... और फिर यथायोग्य रत्नादि की भेंट के साथ सुबल-कुमारी अंधे पति की सेवा में स्वयं आँखों में पट्टी बाँधे हस्तिनापुर चली आई... अपने उसी भाई शकुनि के साथ, जो आगे चलकर कौरव-वंश के महान् विनाश का कारण बना। यदि उसे पता होता कि जिस भाई के साथ वह ससुराल जा रही है वह उसके कुल के नाश का कारण बनेगा तो शायद वह उसे अपने रथ से उतारकर उसी समय वापस गांधार भिजवा देती।

कुछ आधुनिक व्याख्याकार यहाँ टिप्पणी करते हैं कि गांधारी का विवाह सुबल ने भीष्म के भय से किया था... इसीलिए गांधारी ने गुस्से में अपनी आँखों में पट्टी बाँध ली थी... और इसी का बदला शकुनि ने कौरव खानदान को आपस में लड़ाकर लिया था।

ऊपरी तौर से देखें तो बात गलत नहीं लगती है। महाभारत में उल्लेख है कि भीष्म का प्रस्ताव सुन सुबल सोच में पड़ गए थे, हो सकता है भीष्म का भय उन्हें सोच में

डोलने वाला रहा हो... और शकुनि के संबंध में भी माना जा सकता है कि उसकी कौरव-कुल से इस हेतु नाराजगी रही हो... किंतु पूरे महाभारत में गांधारी के चरित्र से यह कहीं भी नहीं झलकता कि उसने गुस्से में अपनी आँखें बंद कर रखी थीं। प्राचीन भारतीय नारियों में गांधारी एक आदर्श नारी है जिसका महाभारत में बड़ा उच्च चरित्र बताया गया है... तब क्या आधुनिक व्याख्याकारों द्वारा इस तरह का मनोवैज्ञानिक विश्लेषण कर किसी चरित्र को छोटा बनाना अनुचित नहीं है? व्यास-कथा के अनुसार गांधारी ने आँखों में पट्टी यह निश्चय कर बाँधी थी कि 'नाभ्यसूयां पतिमहमित्येवं' मुझे कभी पति में कोई दोष न दिखे। जैसे मेरे पति हैं, वैसे ही मैं भी रहूँ... इसी उच्च आदर्श से प्रेरित होकर 'बबन्ध नेत्रे स्वे राजन् पतिव्रतपरायणा' उस पतिव्रता ने अपनी आँखों पर बंधन बाँध लिया था। गांधारी ने यह व्रत स्वेच्छा से लिया था तथा आजीवन इसे स्वेच्छा से निभाया भी था। ऐसा न होता तो निश्चय ही उसकी वाणी में वह शक्ति नहीं उत्पन्न होती जो कृष्ण जैसे दिव्य पुरुष को शाप दे सकती!

उल्लेखनीय है कि महाभारत युद्ध के पश्चात् कुरुक्षेत्र के मैदान में व्यास-प्रदत्त दिव्य-दृष्टि से गांधारी ने अपने पुत्रों और प्रपौत्रों की लाशों को गिद्धों, गीदड़ों एवं कौवों द्वारा नोचे-खसोटे जाते देखा था। फिर इन्हीं आधी-अधूरी लाशों पर अपने कुल की बहुओं को रोते-बिलखते भी देखा। यह सब देख गांधारी के दुःखी हृदय में, जो पहले ही दुःख का सागर बना था... अचानक ही क्रोध के ज्वार आने लगे... और तब व्यास के रोकते-रोकते भी उसने अपनी नयन-पट्टी के निचले कोर से युधिष्ठिर के चरणों के अग्रभाग पर क्रोध-दृष्टि डाल ही दी... और देखते-ही-देखते युधिष्ठिर के गुलाबी सुदर्शन चरण-नख काले पड़ गए! यह था गांधारी द्वारा संचित तप-फल का प्रभाव।

पर यह तो कुछ भी नहीं था कृष्ण को दिए गए श्राप की तुलना में। गांधारी मधुसूदन पर इसीलिए क्रोधित थी क्योंकि उन्होंने सामर्थ्य रखते हुए भी कौरव-कुल के इस महाविनाश को नहीं रोका था बल्कि 'इच्छतोपेक्षितो नाशः' अर्थात् जानबूझकर इस नाश की उपेक्षा की थी। इसका फल उन्हें जरूर मिलना चाहिए... और फिर गुस्से में गांधारी कह उठी थी—

'पतिशुश्रूषया यन्मे तपः किंचिदुपार्जितम्।
तेन त्वां दुरवापेन शप्स्ये चक्रगदाधर ॥' (महाभारत स्त्रीपर्व 25.42)

अर्थात्, चक्र और गदा धारण करने वाले केशव! मैंने पति की सेवा से जो कुछ भी तप प्राप्त किया है, उस दुर्लभ तपोबल से तुम्हें शाप दे रही हूँ... तुम्हारे कुटुम्बीजन भी इसी प्रकार आपस में लड़-झगड़कर मर जाएँगे... और तुम अनाथ के समान वन में विचरण करते हुए किसी निंदित उपाय से मृत्यु को प्राप्त होंगे।

सचमुच छत्तीसवें वर्ष ऐसा ही हुआ। सती का श्राप था, भला व्यर्थ कैसे जाता? युगपुरुष ने उसे सिर-माथे पर लिया।

किंतु गांधारी ने यह सब ममता की मारी होने पर कहा था। काश सौ पुत्रों में से उसके किसी एक पुत्र को ही भीमसेन बख़्श देता! सौ-सौ पुत्रों की लाशों पर से गुजरती गांधारी का दारुण दुःख स्वाभाविक था... किंतु फिर भी गांधारी सामान्य नारी नहीं थी। धृतराष्ट्र को जरूर राज्य का मोह था, पुत्रों का मोह था। ऊपरी तौर पर वे दुर्योधन को बुरा-भला कहते थे, स्वयं को उसके सामने असहाय बताते थे और पांडवों की प्रशंसा करते अघाते नहीं थे किंतु बंद आँखों से वे जय के सपने देखते थे। एक तरह से उनका दोहरा व्यक्तित्व था। किंतु गांधारी इस तरह मोहांध कभी नहीं थी। न उसने अपने कुटिल भाई का कभी पक्ष लिया और न ही अपने बेटों को पांडवों के विरुद्ध भड़काया बल्कि हमेशा वह दुर्योधन को समझाती रही कि पांडवों से बैर न करें...उनसे संधि कर ले।

उल्लेख है कि कृष्ण पांडवों से संधि करवाने जब हस्तिनापुर आते हैं तब कृष्ण के साथ-साथ भीष्म, द्रोण, कृपा और स्वयं धृतराष्ट्र भी दुर्योधन को इस हेतु तरह-तरह से समझाते हैं। पर व्यर्थ... दुर्योधन गुस्से में पैर पटकता यह कहते हुए सभा-भवन छोड़कर चला जाता है कि कोई मेरे सुहृद नहीं है... मेरे पिता भी नहीं! तब धृतराष्ट्र अंतिम प्रयास के रूप में गांधारी को सभा-भवन बुलवाकर दुर्योधन को बुलवाते हैं। गांधारी से वे कहते हैं... अपने बेटे की करतूत देखो महारानी! यह तो किसी की भी नहीं सुनता है। इस पर गांधारी निडर हो कहती है... मेरा पुत्र क्या कहते हैं महाराज! यह दुरात्मा तो आपका ही पुत्र है। आपने ही इसे सिर चढ़ा रखा है। आपको अपना यह पुत्र अत्यंत प्रिय रहा है, अब इसे दोष क्यों देते हैं? पहली बात तो आपको इसे राज्यभार सौंपना ही नहीं था क्योंकि राज्यभार का अधिकारी तो वह होता है जो धर्म और अर्थ का अर्जन करने वाला हो जबकि यह दुरात्मा तो इनका लोप करने वाला है! आगे वह दुर्योधन को कहती है, यदि तुम राजा बन ही गए थे तो तुम्हें राज्य करना सीखना चाहिए था। राज्य पर नियंत्रण तो मन पर नियंत्रण के समान होता है। जिस तरह शरीर और इंद्रियों पर मन का नियंत्रण उसे सही राह पर ले जाता है उसी तरह राज्य-रूपी रथ तभी सही राह में चलता है जब सारथी-रूपी राजा अपने मन की लगाम को अपने हाथ में रखे और सबसे पहले अपने पर नियंत्रण करे अन्यथा दुर्घटना होगी... और याद रखना, मूर्ख सारथी को प्रजा क्षमा नहीं करती, उसे मार डालती है।

यहाँ गांधारी की राजनीतिक बुद्धि स्पष्ट दिखाई देती है। उल्लेखनीय है कि महाभारत के अनुसार गांधारी ने अपने मायके में अपने भाई शकुनि के साथ अर्थशास्त्र का अध्ययन किया था और इसकी पंडिता थी, 'दुर्योधनस्य जननी जज्ञातेऽथेविशारदौ' (आदिपर्व 63.112) यहाँ यह भी उल्लेखनीय है कि प्राचीन काल में अर्थशास्त्र का तात्पर्य राजनीति से ही लिया जाता था। किंतु भाई के समान उसकी बुद्धि कुटिल नहीं थी इसीलिए उसने राजनीति को मूल्ययुक्त अर्थों में ही ग्रहण किया था, जैसाकि उपरोक्त विवरण से स्पष्ट होता है।

अस्तु... आगे गांधारी दुर्योधन से पूछती है कि तम किसके भरोसे युद्ध करना चाह रहे हो पुत्र? पितामह के भरोसे या आचार्यद्वय के भरोसे? तुम सोचते हो कि इन्होंने 'राज्यपिण्डमायत्' राज्य का अन्न खाया है, अतः तुम्हारी ओर से लड़ेंगे? अवश्य तुम सही सोचते हो... वे तुम्हारी ही ओर से लड़ेंगे, किंतु यह मत भूलो कि ये कभी पूरी ताकत से नहीं युद्ध करेंगे क्योंकि इन्हें तुमसे अधिक पांडव प्यारे हैं।

यहाँ गाधारी कोई नई बात नहीं कह रही थी, न ही गुरुजनों के प्रति द्वेषवश ऐसा कह रही थी... सचमुच ऐसा ही था, और ऐसा ही हुआ भी... किंतु बेचारी गांधारी इससे अधिक और क्या कर सकती थी? उसे यदि मालूम होता कि दुर्योधन ऐसा कुल-घातक निकलेगा तो शायद वह एक काली पट्टी उसकी आँखों पर भी बचपन से बाँध देती।

वैसे दुर्योधन के जन्म पर जो तरह-तरह के अपशकुन हुए थे... उन्हें देख विदुर ने धृतराष्ट्र को पहले ही चेतावनी दी थी कि इस पुत्र का त्याग कर दो।

'त्यजेत् कुलार्थे पुरुषं ग्रामस्यार्थे कुलं त्यजेत्।
ग्रामं जनपदस्यार्थे आत्मार्थे पृथिवीं त्यजेत् ॥' (उद्योगपर्व 128.49)

अर्थात्, कुल के हित के लिए एक मनुष्य को त्याग देना चाहिए ... गाँव के हित के लिए एक कुल को छोड़ देना चाहिए... जनपद के लिए एक गांव की उपेक्षा कर देनी चाहिए और आत्मकल्याण के लिए सारी पृथ्वी को त्याग देना चाहिए।

यहाँ आत्मकल्याण का तात्पर्य स्वयं का भौतिक कल्याण नहीं है, यहाँ उस आत्मा के कल्याण की कामना है जो वस्तुतः मानव को सच्चे अर्थों में मानव बनाती है। निश्चय ही इससे सभी का कल्याण होता है इसीलिए इसकी रक्षा सर्वाधिक महत्वपूर्ण है। (उल्लेखनीय है कि यह व्यास का प्रिय श्लोक है। उन्होंने शर्मिष्ठा के प्रसंग में भी इसका उपयोग किया है जब बृहस्पति के कोप से असुरराज पर संकट आया था... उस समय वे यही सोचकर अपनी प्यारी बेटी शर्मिष्ठा को देवयानी की दासी बनाने को तैयार हो गए थे कि त्यजेत कुलार्थे पुरुषं...) वैसे उे समय तो गांधारी स्वयं भी दुर्योधन को नहीं त्याग सकी थी... संभवतः दुनिया की कोई भी माँ अपने नवजात को नहीं त्याग सकती... किंतु दोबारा द्यूत हेतु बुलवाने की चर्चा सुन गांधारी धृतराष्ट्र को फटकारती है, यह कहते हुए कि विदुर ने जन्म के समय ही कहा था कि यह कुल-घातक है, तब नहीं त्यागा इसे, अब त्याग दीजिए 'मा कुलस्य क्षये घोरे कारणं त्वं भविष्यसि' कुल के भयंकर विनाश का स्वयं कारण मत बनिए।

अस्तु... गांधारी के चरित्र की श्रेष्ठता का एक और प्रमाण-हम सब जानते हैं कि महाभारत युद्ध पूरे अठारह दिन चला था। निश्चय ही ये अठारह दिन सर्वाधिक त्रासदायक दुर्योधन के लिए थे। जिन पांडवों को मारने के लिए उसने ग्यारह अक्षौहिणी सेना खड़ी की थी, उन पांडवों के प्रति उसके महारथी दिल से बँधे हों, उन्हें जय का आशीर्वाद दे रहे हों, ऐसी स्थिति में उसका मानसिक त्रास स्वाभाविक था... किंतु उसके

लिए इससे भी बड़ा क्लेश यह था कि उसकी माता भी दिल से उससे नहीं बँधी थी। वह केवल धर्म से बँधी थी। फिर भी वह प्रतिदिन युद्ध प्रारंभ होने के पूर्व हस्तिनापुर के राजमहल जाता था... केवल माँ का आशीर्वाद लेने शीश झुकाकर कहता— 'जयमम्बा ब्रवीतु मे', माँ मुझे जय का आशीर्वाद दो, किंतु गांधारी उसे जय का आशीर्वाद देने की जगह सदा यह कहती 'यतो धर्मस्ततो जयः' अर्थात् जहां धर्म है वहाँ विजय है।

वस्तुतः गांधारी समझती थी कि उसका पुत्र अधर्म की राह पर चल रहा है, उसकी जय हो ही नहीं सकती। शायद पुत्र किसी दिन अपने अधर्म को समझकर उसका त्याग करे... इसी आशा में गांधारी क्षत्राणि होते हुए भी युद्ध-भूमि में जाते हुए पुत्र को जय के आशीर्वाद के स्थान पर उक्त वचन कहती थी।

पर सब कुछ व्यर्थ हुआ। महावेद द्वारा प्राप्त सौ पुत्रों का वरदान जैसे अभिशाप में बदल गया... व्यास से प्रार्थना कर एक पुत्री को पाना भी व्यर्थ गया। जो दुःशला गांधारी को सौ पुत्रों से भी अधिक प्यारी थी, उसे अपने मृत पति सिंधुराज जयद्रथ का सिर ढूँढने इधर-उधर पागलों के समान भटकते देख गांधारी को उसे जन्म देना अवश्य अकारण लगा होगा।

दुःशला के जन्म का प्रसंग महाभारत का एक कोमल प्रसंग है।

व्यास द्वारा सौ पुत्रों के जन्म की व्यवस्था हो जाने पर गांधारी का हृदय खुशी से भरा हुआ था किंतु फिर भी उसके दिल का एक कोना कुछ खाली सा था। वस्तुतः यह कोना एक कोमल बालिका की कामना का था... फिर केवल पुत्री नहीं... दामाद और दौहित्र भी तो थे इस कोने में! गांधारी व्यास से कहती है, 'अधिका किल नारीणां प्रीतिर्जामृता भेवत्' स्त्रियों का दामाद में पुत्र से भी अधिक स्नेह होता है। यदि मुझे सौ पुत्रों के अतिरिक्त एक पुत्री प्राप्त हो जाए तो मैं पुत्र और दौहित्र दोनों से घिरी रहकर कृतकृत्य हो जाऊँगी। यदि मैंने सचमुच तप, दान अथवा होम किया हो तो मुझे पुत्री अवश्य प्राप्त हो... और सचमुच ऐसा ही हुआ... व्यास ने ऐसी व्यवस्था की कि सौ पुत्रों के साथ गांधारी ने एक कन्या भी पाई। उल्लेखनीय है कि श्री पन्नालाल पटेल ने अपने प्रसिद्ध उपन्यास 'पार्थ से कहो चढ़ाए बाण' में गांधारी द्वारा पुत्री की कामना को उसका संतान के प्रति अतिलोभ बताया है, इसीलिए उसे संतानलोभी संबोधित किया है (पांडुकथा पृ. 81) किंतु इसे संतानलोभ नहीं कहा जा सकता, यह तो गांधारी के मन की कोमलता दर्शाता है। गांधारी द्वारा कन्या की कामना का महत्त्व इसलिए भी बढ़ जाता है कि प्राचीन राज परिवारों में कन्या की कामना का और कहीं उल्लेख नहीं मिलता है। कुंती और माद्री दोनों ने पुत्रों की ही याचना की थी... सत्यवती ने भी अपनी बहुओं के लिए पुत्रों की ही कामना की थी... पुत्री न होने का मलाल किसी को नहीं था... ऐसे में गांधारी द्वारा कन्या की याचना करना उसे श्रेष्ठ बनाता है, न कि संतान-लोभी।

अस्तु... इतनी उम्मीदों से पाई गांधारी की इस पुत्री के प्रति जाने क्यों व्यास मौन

रहे हैं? पता नहीं, शायद दुष्ट भाइयों की बहन का भी हृदय भाइयों के समान रहा हो ...जिसे बताकर वे गांधारी के इस पुत्री-प्रेम को कम न करना चाहते हों। (महाभारत में दुःशला का वर्णन कुल दो बार आता है। एक बार तो युद्ध-भूमि में अपने मृत पति के शव को ढूँढती वह विक्षिप्त सी इधर-उधर भागती दिखाई देती है और दूसरी बार वह तब दिखती है जब महासमर के पश्चात् एक बार फिर पांडव अश्वमेघ यज्ञ की कामना से दिग्विजय हेतु निकलते हैं। प्रसंग मार्मिक है अधिकांश देश पांडवों के अश्व का समुचित सत्कार कर पांडवों की अधीनता स्वीकार कर लेते हैं यद्यपि कहीं-कहीं विरोध भी होता है, परिणामस्वरूप न चाहते हुए भी पांडवों को युद्ध करना पड़ता है। ऐसा ही युद्ध सिंधु देश पहुँचने पर अर्जुन को सैंधवों से करना पड़ा। किंतु युद्ध के प्रारंभ होने के कुछ देर बाद ही अचानक सैंधव शांत हो गए... कारण था युद्ध-भूमि में राजमाता का प्रवेश... यह राजमाता और कोई और नहीं विधवा दुःशला ही थी, जो एक नन्हें बालक की अँगुली थामे अर्जुन के सामने अश्रुत बहाते हुए आ खड़ी हुई थी। रोते ही उसने अर्जुन को बच्चे का परिचय दिया कि यह अभागा तुम्हारे भांजे सुरथ का पुत्र है... पर सुरथ कहाँ है? अर्जुन ने पूछा... वही तो अब राजा होगा सिंधु देश का? अर्जुन ने कोमलता से बच्चे को गोद में उठाते हुए पूछा। इस पर और भी ज्यादा अश्रु बहाते हुए दुःशला बोली;... पिता जयद्रथ की मृत्यु के बाद सुरथ ही सिंधु देश का राजा बना था... किंतु पिता की मृत्यु के बाद से ही वह सदमे में था, इसीसे जब उसने सुना कि तुम सेना लेकर आ रहे हो तो उसी क्षण पृथ्वी पर गिरकर मृत्यु को प्राप्त हो गया। तुम्हारा अपराधी मेरा पति था. ..तुमने धर्मानुसार उसे दंड दिया है किंतु अब इस बालक पर कृपा करो। अर्जुन के लिए बड़ी दुःसह घड़ी थी यह... किसी तरह गांधारी-पुत्री को समझाकर, अभय का आश्वासन देकर, स्नेहपूर्वक उसने उसे विदा किया।)

अस्तु... बात गांधारी के पुत्रों की चल रही थी। वैसे सौ पुत्रों में से एक पुत्र धर्मात्मा मिला था सुबल-कुमारी को... विकर्ण... जिसका व्यक्तित्व कौरवों की काली द्यूत-सभा में हीरे सा चमकता है। भीष्म, द्रोण, कृपा जैसे धर्मात्मा और बलशाली पुरुष कितने बौने लगते हैं इस एक गांधारी-नंदन के आगे... जो न केवल पांचाली के प्रश्न का उत्तर देने को सबको प्रेरित करता है वरन् स्वयं स्पष्ट मत तर्क-सहित रखता है कि पांचाली धर्मतः नहीं जीती गई है। (पांचाली के प्रसंग में हमने इस चरित्र पर विशेष चर्चा की है।)

तो कुल मिलाकर व्यास-कथा में गांधारी एक तेजस्वी, मनस्वी और पति-भक्ति की मिसाल कायम करने वाली प्रभावशाली महिला है जिसकी गिनती भारतीय मनीषियों ने महासतियों में की है। किंतु सती होते हुए भी गांधारी की विशेषता यह है कि पति-भक्ति में आँखों पर पट्टी बाँधे रखते हुए भी वह अंधपति-भक्त नहीं है। वह पति के मन में पुत्रमोह को लेकर चल रहे संघर्ष से न अनभिज्ञ है, न उसको बढ़ावा या समर्थन देती है क्योंकि वह जानती है कि इसमें उसके कुल का कल्याण नहीं है।

वैसे गांधारी से भी कभी-कभी प्रमाद हुए हैं। व्यास-कथा का हर पात्र मानुष है, अतः कभी-न-कभी उससे प्रमाद हो ही जाता है। गांधारी का पहला प्रमाद कुंती के पुत्र-जन्म का समाचार सुनकर होता है! इतनी विचलित हो जाती है वह यह सुनकर कि अपने गर्भ को मुक्का मार बैठती है जिससे वह गिर जाता है। वैसे उसकी परेशानी पहले से ही अपने गर्भ को लेकर थी। कुंती के पहले ही वह गर्भवती हुई थी। एक-एक कर नौ माह उसने इसी आशा में काटे कि आने वाले कुरु-वंश का अंकुर उसके गर्भ से बस निकलने ही वाला है... किंतु नौ माह के बाद भी जब दिन, मास और वर्ष भी बीतने लगा तब उसके लिए पल-पल बिताना भारी होता गया, जो किसी भी गर्भवती के लिए स्वाभाविक था। एक वर्ष बाद दूसरा वर्ष भी बीत गया तब भी वह प्रसूता नहीं हुई... उधर कुंती के अचानक ही पुत्रवती होने का समाचार मिला तो उससे रहा नहीं गया ...और कुछ आक्रोश, कुछ दुःख और संभवतः कुछ दर्द के कारण उसने स्वयं अपने गर्भ पर प्रहार कर दिया। पर गांधारी की सारी भावनाएँ मानों भय से जड़ हो गईं जब उसने प्रसूति में कोई बच्चा नहीं देखा... एक माँस का पिंड देखा! भला हो व्यास का कि अचानक ही वे वहाँ पहुँच गए... और फिर उनके निर्देशन में गांधारी ने अपने गर्भ को सौ पात्रों में भरकर रक्षित किया जिससे समय पर 100 नन्हें कुमार निकले... और गांधारी के विशेष आग्रह पर उन्होंने एक कन्या का भी सृजन किया।

गांधारी और दुर्योधन के संबंधों के संदर्भ में हमने ऊपर देखा कि उसने कभी पुत्र का पक्ष नहीं लिया। पति का दोष न देखूँ, कहकर स्वयं आँखों पर पट्टी बाँधी... किंतु पुत्र के दोषदर्शन में वह सदा सतर्क रही। पर अंततः थी तो वह माँ इसलिए हमने यह भी देखा कि अंत में वह सौ पुत्रों के वध से इतनी टूट गई कि कृष्ण को श्राप दे बैठी थी। तब कृष्ण ने यद्यपि गांधारी का श्राप सिर-माथे पर लिया था पर उसे यह कहने से नहीं चूके थे कि पहले आप अपने पुत्र के दोषों को तो देखो सुबल-पुत्री! क्या मैंने अपनी ओर से शांति हेतु प्रयास में कोई कमी की थी? केवल पाँच गांव ही तो माँगे थे पांडवों ने... पर तुम्हारे पुत्र ने क्या कहा था... तीखी सुई के अग्रभाग के बराबर भूमि भी नहीं देंगे। युद्ध की कामना तो उन्होंने ही की थी। और फिर... जैसे ब्राह्मणी तप के लिए, गाय बोझ ढोने के लिए, घोड़ी वेग से दौड़ने के लिए, शूद्रा सेवा के लिए बच्चे पैदा करती है, उसी तरह युद्ध-भूमि में लड़कर वीरगति पाने के लिए ही तो तुम जैसी क्षत्राणि पुत्र पैदा करती है। अतः मृत पुत्रों के लिए शोक मत करो।

अस्तु... किसी तरह गांधारी का शोक और क्रोध शांत होता है। वह अपने किये पर क्षमा माँगती है... तब कृष्ण यह कहकर उसे सांत्वना देते हैं कि यादवों को कोई अन्य नहीं मार सकता है, अतः उनका आपस में लड़कर समाप्त होना तो नियति है ...अतः अपने श्राप पर दुःखी मत हो।

यहाँ एक जिज्ञासा होती है कि गांधारी को दुर्योधन का मोह क्या थोड़ा भी नहीं

था? आश्चर्य होता है। जैसा हो, आखिर वह उसका ज्येष्ठ पुत्र था। वैसे व्यास-कथा में तो ऐसा नहीं दिखता कि वह कभी पुत्र-मोह में थी, विशेषकर पांडवों से उसके बैर को लेकर। किंतु संभवतः लोगों को विश्वास नहीं होता होगा, शायद इसलिए महाभारत के नाम से एक सुंदर कथा इस हेतु जोड़ी जाती है। यह कथा गांधारी का पुत्र के प्रति मोह तो दिखाती है, गांधारी के तेज का बखान भी करती है। ऊपर हमने लिखा कि दुर्योधन प्रतिदिन युद्धारंभ के पूर्व माँ से जय का आशीर्वाद लेने जाता था किंतु माँ हमेशा यही कहती थी कि जहां धर्म है वहाँ विजय है, किंतु कथा है कि अंतिम दिन गांधारी से रहा नहीं गया।... बहुत हुआ... सारे पुत्र मारे गए... अब एक यही तो कुल में दिया जलाने वाला बचा है!... इसलिए अंतिम दिन आशीर्वाद के लिए पहुँचे दुर्योधन से वह कहती है कि तुम शीघ्र स्नान कर मेरे पास आओ, मैं तुम्हें विशेष आशीष दूँगी... और हां ध्यान रखना, मेरे सामने एकदम निःवस्त्र आना... मानों तुमने अभी जन्म लिया हो।

दुर्योधन माँ की आज्ञा शिरोधार्य कर स्नान कर सचमुच ही निःवस्त्र माँ के पास पहुँचने निकला किंतु बड़ी झिझक हो रही थी उसे इस तरह माँ के सामने जाने में। कोई उसके रास्ते में न आए... यह व्यवस्था करने को उसने अपनी रानी को कह रखा था... पर फिर भी इधर-उधर देखते हुए सावधानी से वह जा रहा था। तभी उसकी नजर कृष्ण पर पड़ी। पता नहीं यह मायावी कहाँ से उसके सामने अचानक पहुँचा, मन-ही-मन उसने कृष्ण को गालियाँ दी... पर कृष्ण तो उसे देखते ही लगे खिलखिलाने...हस्तिनापुर का राजा और ऐसा ऐसा नंग-धड़ंग! छी छी!... पागल तो नहीं हो गए दुर्योधन तुम! कहीं युद्ध ने तुम्हारा मानसिक संतुलन तो नहीं बिगाड़ दिया?... मुश्किल से अपनी हँसी रोकते हुए कृष्ण ने कहा।

तब दुर्योधन के लिए सच्ची बात बताए बिना चारा नहीं था। कुछ क्षण के मौन के बाद उसने अपनी नग्नता का राज बता ही दिया... पर महाचतुर कृष्ण को कुछ क्षण भी नहीं लगे गांधारी के मन के इरादे को भाँपने में... और उसका तोड़ ढूँढ़ने में। तुरंत एक केले के पत्ते को तोड़ उसके हाथों में थमाते हुए उन्होंने कहा... बड़े मूर्ख हो दुर्योधन तुम तो... लो, कम-से-कम यह पत्ता ही शरीर पर ढांक लो... माँ ने वस्त्र पहनने से मना किया है... यह कोई वस्त्र थोड़े ही है।

तब जल्दी में दुर्योधन ने वही किया जो कृष्ण ने कहा... और मूर्ख माँ से लौह-शरीर की प्राप्ति के वरदान में एक भयानक चूक कर बैठा। गांधारी ने वर्षों की तपस्या का फल दुर्योधन को सौंपते हुए अपनी आँखों से पट्टी हटाई... तत्क्षण दुर्योधन की सारी देह मानों तनने लगी... अपने आप भारी होने लगी... जैसे चमत्कार हो गया! लौह हो गई थी उसकी देह... और वह प्रसन्नता से माँ के गले लग गया ... किंतु गांधारी की आँखों में आँसू भर आए... मूढ़ पुत्र! मैंने तुझसे निःवस्त्र आने कहा था... तूने यह क्या लपेट लिया देह में?... और तब सहसा दुर्योधन को अपनी भूल का भान हुआ... जहाँ पत्ता लपेटा था

वह भाग तो पूर्ववत ही था... एकदम नरम? दुर्योधन रो पड़ा। पर चिड़िया खेत चुग चुकी थी, छलिया छल कर चुका था... अब पछताने से कोई लाभ नहीं था।

संभवतः द्रौपदी के अपमान का बदला लेने के लिए ही लीलाधर ने यह छल किया था ताकि भीम उसकी उन जांघों पर प्रहार कर उन्हें तोड़ सके जिस पर बैठने का उसने भरी सभा में याज्ञसेना की ओर भद्दा इशारा किया था। किंतु दुर्योधन की इस जंघा पर प्रहार कर उसे मौत की नींद सुलाने वाले भीम से भी गांधारी कम नाराज नहीं थी। वैसे धृतराष्ट्र भी सर्वाधिक भीम से ही नाराज थे। युद्ध के बाद जब सब पांडव डरते-डरते अपने ताऊ के पास उनसे मिलने पहुँचे तो सबसे पहले युधिष्ठिर ने भरे हृदय से उनके पैर छुए... रोते हुए अपने को अपराधी माना। तब होनी को स्वीकार करते हुए, अपने पुत्रों के अपराध को जानकर धृतराष्ट्र ने इस ज्येष्ठ पांडव को तो कुछ नहीं कहा किंतु अगले ही क्षण वे अत्यंत क्रोध में अग्निशिखा की भाँति तपने लगे। अब भीम की बारी थी... कृष्ण ने उन्हें तुरंत खींच लिया और धृतराष्ट्र के सामने भीम की लोहे की उस प्रतिमा को सामने खड़ा कर दिया जिस पर दुर्योधन ने 13 वर्षों तक गदायुद्ध का अभ्यास किया था। धृतराष्ट्र ने उसे ही भीम समझ उसे अपनी भुजाओं में कस लिया और फिर कसते चले गए... कसते चले गए... इतना कि स्वयं उनके ही मुख से, उनकी छाती से खून निकल आया... और फिर वे सबके रोकते-रोकते रोते हुए पृथ्वी पर गिर पड़े... व्यास-कथा का यहाँ सुंदर बिंब देखिए... उस समय खून से सने वे ऐसे लग रहे थे मानों लाल पारिजात का कोई वृक्ष गिरा पड़ा हो!

अस्तु... होश आने पर वे भीम को मरा समझ उसके लिए शोक करने लगे, तब कृष्ण ने उन्हें फटकारा... अपने ही भाइयों के पुत्रों के प्रति आपका यह बैर क्या उचित है महाराज! आप चाहते तो युद्ध रोक सकते थे... आपने अपने पुत्र को काबू में नहीं रखा... अब भीम पर अपना क्रोध क्यों छोड़ रहे हैं?

बात अंधे राजा की समझ में आ गई! तब भीम को बुलाकर उन्होंने स्नेह से गले लगाया... यह कहते हुए कि 'पुत्रस्नेहस्तु बलवान् धैर्यान्मां समचालयत्' अर्थात् पुत्र-स्नेह बलवान होता है जिसने मुझे धैर्य से विचलित कर दिया था।

अस्तु... पांडव जब गांधारी के सामने पहुँचे तो वह भी भीम से ही सर्वाधिक नाराज थी... तब ताई का क्रोध भांप भीम इधर-उधर छिपने लगे... फिर उन्होंने गांधारी के चरण पकड़ उनसे यह कहते हुए क्षमा माँगी कि दुर्योधन को मैं और किसी तरह नहीं जीत सकता था... आपके उस बलशाली पुत्र को भला धर्म से कोई जीत सकता था? इसीलिए मुझे वह छल करना पड़ा माता!... पर उसने जो अधर्म हमारे साथ किया उसे भी तो सोचो रानी माँ... हमारा राज्य छीनकर हमें तरह-तरह के कष्ट दिए... सबसे बड़ी बात, आपकी कुलवधू के सामने अपनी जंघाएँ अनावृत करते हुए उसे बैठने कहा ... क्या वह अधर्म नहीं था? तब यदि मैंने जंघाएं तोड़ी तो अधर्म कहाँ हुआ माँ?

बात ठीक थी। गांधारी भी दुर्योधन के उस कृत्य से शर्मिंदा थी। किंतु दुःशासन? ...उसे तुमने अवश्य धर्मपूर्वक मारा, किंतु उसके हृदय को फाड़कर उसका रक्तपान किया, यह कहाँ तक ठीक था भीम? जिस बच्चे ने मेरा दूध पिया हो उसके रक्त को तुमने सबके सामने यह कहते हुए पिया कि यह माँ के दूध से भी ज्यादा मीठा है। बताओ मैं कैसे तुम पर क्रोध न करूं?

तब भीम ने पुनः गांधारी के चरण पकड़कर कहा, क्षमा करना माँ,... मैंने वह सब कहा अवश्य था... सबके सामने भाई के रक्त को अंजुली में भरकर मुख तक भी ले गया था... पर मैंने उसका पान किसी तरह नहीं किया था 'रुधिरं न व्यतिक्रामद् दन्तोष्ठं मेऽम्ब मा शुचः' वह खून मेरे दाँतों और ओठों को लांघकर आगे नहीं जा पाया। यमराज जानते हैं इस बात को... मैं झूठ नहीं बोलता। मैंने तो पाँचाली के केश खींचने और उसे विवस्त्र करने का प्रयास करने के कारण ही वैसी प्रतिज्ञा की थी... यदि मैं प्रतिज्ञा की रक्षा नहीं करता तो क्षत्रिय-धर्म से गिर जाता माता... मुझे क्षमा करो।

और तब गांधारी ने भी बिल्कुल पति की तर्ज पर अपने क्रोध को कोसा कि मैं क्या करूँ 'पुत्रशोकेन तु बलान्मनो विह्वलतीव मे'... पुत्र शोक के कारण मेरा मन हठात् व्याकुल सा हो जाता है।

कुल मिलाकर कहें तो गांधारी में पुत्रमोह अवश्य था, किंतु वह धर्मशीला थी, तपस्विनी थी।

अस्तु... युद्धोपरांत, युधिष्ठिर राजा बने। उन्होंने अपनी ओर से इस बूढ़े दंपत्ति की सेवा में कोई कसर नहीं छोड़ी... तभी तो वे 16 वर्ष पांडवों के राज में रहे। पर हर चीज का अंत होता है। 16 साल बाद गांधारी सन्यासिनी बनी अंधे पति की अंगुली थामे वनवासिनी हो गई... जहाँ कठोर तप करते हुए उसने पति के साथ ही स्वयं को अग्नि की भेंट कर दिया।

कुल मिलाकर कहें तो व्यासदेव अपनी इस पुत्र-वधू के प्रति कोमल थे... इसी से गांधारी की महानता सिद्ध होती है।

व्यास की इस पतिव्रता श्रेष्ठ नारी को धर्मवीर भारती ने अपने नाट्य-काव्य 'अंधायुग' में बहुत ओछा बताया है। पूरे 100 पुत्रों ओर एकमात्र दामाद को खोने पर गांधारी का अनुताप समझ में आता है, उसका पांडवों और कृष्ण पर क्रोध भी अनुचित नहीं लगता, किंतु उसका युद्ध से लौटे वेश्या-पुत्र युयुत्सु के द्वारा चरण छुए जाने पर व्यंग्य करना, उसे दुत्कारना, उसके व्यक्तित्व के अनुरूप नहीं लगता। व्यास-कथा में जहाँ वह युयुत्सु के चरण छूने पर कहती है कि चलो कम-से-कम तुम तो हमें पानी देने वाले बचे हो, वहाँ अंधायुग में भारतीजी उससे कहलवाते हैं —

'पूछो विदुर इससे/कुशल से है?/बेटा/भुजाएँ ये तुम्हारी/पराक्रम भरी/थकी तो नहीं/अपने बंधुजनों का वध करते करते?

आगे युयुत्सु के हृदय को भेदती हुई गांधारी निष्ठुर स्वर में कहती है–

'चुप क्यों है विदुर यह?/क्या मैं माता हूं इसके शत्रुओं की इसलिए?

इतना ही नहीं, यहाँ गांधारी इतनी कठोर है कि अश्वत्थामा का वह रूप देखना चाहती है जब वह राक्षस के समान सोते हुए पांडवों के शिविर पर हमला कर उनके पाँचों पुत्रों और धृष्टद्युम्न की हत्या करता है।

'काश कि मैं अपनी आँखों से/देख पाती यह?

कैसी ज्योति से घिरा होगा अश्वत्थामा!

संजय के कहने पर कि उसे मत देखो माता, वह कुरूप है, भयंकर है, गांधारी कहती है–

किंतु वीर है/उसने वह किया है/जो मेरे सौ पुत्र नहीं कर पाये/द्रोण नहीं कर पाए। भीषम नहीं कर पाए।

इतना ही नहीं वह इस हेतु अपना पुण्य बल भी उसे देना चाहती है–

संजय, मेरी पट्टी उतार दो/देखूँगी मैं अश्वत्थामा को/वज्र बना दूँगी उसके तन को/संजय लो मैंने यह पट्टी उतार फेंकी/कहाँ है अश्वत्थामा?

गांधारी यह जानकर भी प्रसन्न होती है कि अश्वत्थामा का ब्रह्मास्त्र उत्तरा के गर्भ पर गिरा है– करेगा/वह अपना प्रण पूरा करेगा।'

सौ पुत्रों की माता सुबल-पुत्री क्या इतनी हृदयहीन हो सकती थी? निश्चय ही नहीं। सुबल-पुत्री ही क्यों, व्यास की कोई भी नारी इतनी कठोर हृदय की नहीं है। अवश्य सभी तेज हैं, सबका अपना-अपना-आभा मंडल है, सभी सच्चे अर्थों में क्षत्राणि हैं, पर सभी अंततः माँ हैं... और कोई भी माँ भला गर्भस्थ शिशु की हत्या कैसे बर्दाश्त कर सकती है? गांधारी माँ थी, कोई राक्षसी नहीं।

अंत में गांधारी और कुंती के संबंधों की बात करें। दोनों के संबंधों में कहीं कटुता थी, ऐसा कहीं कोई उल्लेख महाभारत में नहीं है। अवश्य कुंती के पहले माँ बनने के समाचार से गांधारी विचलित हुई थी जिसका हम उल्लेख कर चुके हैं, किंतु बाद में कभी उसने न तो पांडवों के विरुद्ध और न ही कुंती या द्रौपदी के विरुद्ध कोई बुराई की। न ही इनमें से किसी ने गांधारी को कभी बुरा-भला कहा। किंतु आधुनिक उपन्यासकार इनकी कड़ुवाहट को उजागर करने में कोई भी कल्पना करने से नहीं चूकते हैं। एक उदाहरण पन्नालाल पटेल की किताब 'पार्थ से कहो चढ़ाए बाण' का देखिए... वे लिखते हैं, 'आँखों पर पट्टी बाँधे रहने के कारण गांधारी जीवन में दग्ध स्त्री थी इसीलिए वह कुंती पर व्यंग्य करती है कि तुमने और माद्री ने पुत्र प्राप्त कर अच्छा किया। तब कुंती मन-ही-मन सोचती है... यह स्त्री न जाने कुछ पढ़ी-लिखी भी है या नहीं और यदि हो भी तो आँखों पर पट्टी बाँधे बैठी है। न किसी ऋषि-महात्मा की सेवा की, न शास्त्रों का श्रवण किया, इन गहरी बातों की उसे समझ ही कैसे हो सकती है... कुंती उसे कोई

सटीक उत्तर देना चाहती थी किंतु फिर केवल इतना कहा कि हमने तो राज्य का मोह छोड़ दिया था पर नियति का विधान था कि आर्यपुत्र को पुत्रों की कामना हो गई। पटेल आगे लिखते हैं, इस जरा सी बात पर गांधारी को लगा कि जैसे मिर्च की पट्टी आंख में बांध गई हो! पर वह इतना जानती थी कि उसकी सयानी देवरानी बिना मा़रे ही मरी हुई है इसलिए क्यों इसकी बातों को तूल देकर इसे महत्त्व दिया जाए... और वह मौन रह गई। (भाग 1, पांडुकथा, पृ. 97-98)

नरेन्द्र कोहली ने भी अपने उपन्यास 'महासमर' में गांधारी को अत्यंत चालाक और धूर्त महिला बतलाया है जो हमेशा अपने पुत्र के लाभ के लिए धृतराष्ट्र को तरह-तरह से उकसाती है। धृतराष्ट्र द्वारा युधिष्ठिर को युवराज बनाए जाने पर वह नागिन के समान उन पर फुफकारती है। वह कहती है, आपने वर्षों से पोषित मेरी, अपनी, दुर्योधन की... अपने सारे पुत्रों की साध समाप्त कर दी है। किसी और ने किया होता तो शायद मैं धैर्य धारण कर लेती, इसे अपना भाग्य मान लेती किंतु आपने स्वयं अपने पुत्र के अधिकार में आग लगा दी। क्यों किया आपने? (महासमर, भाग 2, पृ. 346)

यहाँ कुंती को वह दासी से अधिक महत्त्व नहीं देती बल्कि उसी के इशारे पर दुःशासन की दासी कुंती का अपमान करती है। यहाँ गांधारी विदुर को भी दासी-पुत्र से अधिक नहीं समझती और तो और कुंती को भी विदुर को दासी-पुत्र मानने की सलाह देती है... और जब कुंती कहती है कि पांडु ने कभी विदुर को दासी-पुत्र नहीं माना, अतः मैं भी उन्हें कुछ और नहीं मान सकती, इस पर गांधारी कह उठती है, विदुर आध्यात्मिकता का बहुत चर्वण करता है न। स्वयं तो कभी राजप्रासादों से तनिक भी दूर नहीं होना चाहता और पांडु को सदा सन्यास का मंत्र देकर कभी हस्तिनापुर में नहीं टिकने दिया। उसी के विकृत चिंतन के कारण पांडु कभी हस्तिनापुर में निवास नहीं कर सका। (वही, पृ. 26)

निश्चय ही ऐसे विवरण भारत की इस श्रेष्ठ नारी को बहुत ओछा बनाते हैं।

10

द्रोणाचार्य

आर्यावर्त के तत्कालीन धनुर्वेद के सर्वश्रेष्ठ ज्ञाता महर्षि भारद्वाज की संतान एवं परशुराम के शिष्य द्रोणाचार्य का बालिश व्यक्तित्व महाभारत में अपने तेज से स्वयं ही दीप्तिमान होता है। अवश्य उनके चरित्र में कुछ कमजोरियाँ हैं जो उनके तेज को हरती प्रतीत होती हैं, किंतु सही संदर्भ में देखा जाए तो यह आचार्य को प्रणम्य बनाने से नहीं रोकती हैं।

हम सब जानते हैं कि आचार्य कौरवों और पांडवों दोनों के गुरु थे किंतु हस्तिनापुर के राजसिंहासन से बँधे होने के कारण उन्हें न चाहते हुए भी पांडवों के विरुद्ध युद्ध करना पड़ा था। 18 दिनों तक चले इस विनाशकारी महासमर में अनेकानेक बार दुर्योधन ने आचार्य पर और पितामह पर भी यह आरोप लगाया था कि वे मन से पांडवों से बँधे हैं, अतः उसके पक्ष में ठीक से युद्ध नहीं कर रहे हैं। यह तो खैर दुर्योधन का आरोप था, द्रोणाचार्य के आधुनिक जीवनी-लेखक भी प्रायः मुखर होकर उन पर यह आरोप लगाते हैं। इतना ही नहीं, द्रोण के प्रति उनके पास आरोपों की और भी फेहरिस्त है, ज़ैसे अर्जुन के प्रति उनके मन में अंध-मोह था... उन्होंने इसी मोह के कारण एकलव्य का अँगूठा कटवाया था... उन्होंने अपने शिष्यों के माध्यम से द्रुपद को बंदी बनाकर अपमानित किया था... ... ब्राह्मण होते हुए भी उन्होंने क्षत्रियोचित धर्म (युद्ध) अपनाया था... किंतु क्या यह पूर्णतः सच है? आइए इसकी परख करें।

यह सच है कि गुरु द्रोण ने यह सब किया था, किंतु इसका मतलब यह नहीं कि वे ओछे व्यक्तित्व के अथवा निम्न चरित्र के थे। वस्तुतः किसी भी व्यक्ति के व्यक्तित्व का विश्लेषण उसके देशगत एवं कालगत स्थिति के परिप्रेक्ष्य में किया जाना चाहए। यदि द्रोणाचार्य में केवल बुराइयाँ ही होतीं तो कृष्ण, व्यास, भीष्म, विदुर आदि श्रेष्ठजन उन्हें प्रणाम नहीं करते।

गुरु द्रोण को ठीक से समझने के लिए आइए हस्तिनापुर चलें, जहाँ उन्होंने एक विशेष उद्देश्य से प्रवेश किया था... पर उसके पहले उस उद्देश्य की पृष्ठभूमि देखते हैं।

महर्षि भारद्वाज के पुत्र द्रोण ने पिता से पर्याप्त विद्या तो पाई थी, किन्तु गृहस्थी को लाने के लिए आवश्यक धन की उनके पास बेहद कमी थी... इतनी कि अपने इकलौते पुत्र को वे दूध तक नहीं पिला सकते थे। दो बार उन्होंने याचक बनकर अपने अर्थाभाव को दूर करने का प्रयत्न किया, पर दोनों ही बार निराशा हाथ लगी। पहली बार यह सुनकर कि परशुराम अपने समस्त धन का दान कर रहे हैं, वे उनके पास पहुँचे। किंतु उनके पहुँचने तक बहुत देर हो चुकी थी, तब तक जमदग्नि-पुत्र परशुराम अपना सब कुछ दान कर चुके थे। किन्तु एकदम निराशा ही यहाँ द्रोण के हाथ लगी हो, ऐसा भी नहीं हुआ। धन न सही, धन से बढ़कर परशुराम की अस्त्र-शस्त्र विद्या द्रोण को तब प्राप्त हुई।

इससे द्रोण परम संतुष्ट थे... किंतु धन की कमी अभी भी बनी हुई थी। तब दूसरी बार याचक बनकर वे पांचालराज द्रुपद के पास पहुँचे। द्रुपद उनका बाल-सखा था। उनके ही पिता का शिष्य था। बचपन में गुरु-पुत्र होने के कारण वे द्रुपद के लिए सखा से भी बढ़कर प्रिय थे। द्रोण का दारिद्रय देख कितनी ही बार द्रुपद ने बचपन में कहा था कि जब मैं पांचाल देश का राजा बनूँगा तो मेरे सारे भोग तुम्हारे होंगे... हम-तुम साथ-साथ राज्य-सुख का उपभोग करेंगे। खैर, राज्य-सुख की द्रोण को कामना नहीं थी... गृहस्थी थोड़ी ठीक से चले, बस इतनी ही इच्छा थी। बड़ी मीठी कल्पना करते हुए चले थे द्रोण... कि पांचाल-नरेश उनके आगमन का समाचार सुनते ही सिंहासन छोड़ दौड़े चले आएँगे... जी भर उन्हें गले लगाकर... फिर हाथ पकड़कर उन्हें अपने सिंहासन पर अपने साथ बैठाएँगे... और उनके सारे दुख-दारिद्रय क्षण भर में दूर हो जाएँगे! कहीं भी थोड़ा भी संदेह नहीं था द्रोण के मन में अपने सखा को लेकर।

किंतु पत्थर पड़े शीशे के समान द्रोण की सारी कल्पना द्रुपद से मिलते ही चूर-चूर हो गई। कुछ देना तो दूर, पांचाल-नरेश द्रुपद को तो द्रोण द्वारा मित्र कहा जाना भी अखर रहा था। अपने गुरु-पुत्र बालसखा से यह कहते उन्हें जरा भी लाज नहीं आई कि उनकी बचपन की मैत्री तो साथ-साथ खेलने व अध्ययन करने के स्वार्थ को लेकर थी। लोक में किसी भी मनुष्य के मन में मैत्री अमिट होकर नहीं रहती। समय एक मित्र को दूसरे से अलग कर देता है। अतः क्षीण होने वाली मैत्री का भरोसा मत करो। सच्ची बात तो यह है कि दरिद्र मनुष्य धनवान का, मूर्ख विद्वान् का और लाचार शूरवीर का सखा नहीं हो सकता। अंत में वह कहते हैं —

'ययोरेव समं वित्तं ययोरेव समं श्रुतं।
तयोर्विवाहः सख्य च न तु पुष्टविपुष्टयोः ।।' (आदिपर्व 130 10)

अर्थात्, विवाह और मैत्री संबंध तो केवल उन्हीं लोगों में हो सकता है जिनके धन समान हैं और जिनकी विद्या एक सी है। धनवान और निर्धन में कभी मैत्री नहीं हो सकती।

यहाँ हम द्रुपद के चरित्र की तुलना कृष्ण के चरित्र से कर सकते हैं। कृष्ण के पास भी उनका गरीब बालसखा सुदामा धन की याचना से नंगे पैर गया था। अपने दरिद्र-आवरण में बड़े सकुचाते हुए, कृष्ण के भुवन-मोहन महल में पहुँचा था सुदामा ...पर उसकी आशा के सर्वथा विपरीत श्रीकृष्ण सिंहासन छोड़ उसकी अगवानी हेतु दौड़े चले आए थे। जल के साथ-साथ अपने आँसुओं से भी कृष्ण ने अपने सखा के धूल और छालों से भरे पाँव को धोया था... और अत्यंत आदरपूर्वक पूरी सुख-सुविधा के साथ उन्हें अपने महल में ठहराया था। कृष्ण जानते थे कि सुदामा उनके पास किसलिए आए हैं, पर मित्र की अवमानना न हो, उसे कुछ ग्रहण करते समय छोटापन न महसूस हो, इसलिए कृष्ण ने उन्हें न आने का कारण पूछा न जाते समय कुछ दिया। अवश्य उनकी वापसी की व्यवस्था उन्होंने ध्यानपूर्वक की... अपने सामने अपने दिव्य रथ पर उन्हें रवाना किया... किंतु उन्हें जाते समय चुपचाप खाली हाथ जाने दिया। वस्तुतः उन्हें मित्र को जो देना था वह हाथों में दिया भी नहीं जा सकता था... उन्होंने जितनी सम्पत्ति सुदामा की रवानगी के पूर्व उसकी पत्नी के पास भिजवा दी थी उसके लिए बेचारे सुदामा की हथेलियाँ बहुत छोटी थीं।

अस्तु... द्रुपद ने जिस ओछी मनोवृत्ति का परिचय दिया था, उसका फल भी पाया। द्रुपद के वचनों से द्रोण का अपमानित होना, आहत होना स्वाभाविक था। कोई कह सकता है कि उनका क्रोधित होना भी स्वाभाविक था... किंतु वस्तुतः यह स्वाभाविक नहीं था, क्योंकि द्रोण ब्राह्मण थे... प्रसिद्ध महर्षि भारद्वाज के पुत्र थे। क्रोध ब्राह्मण का धर्म नहीं है, क्रोध तो क्षत्रिय का धर्म है, यह वे भूल गए थे। ब्राह्माण के लिए न क्रोध धर्म है, न बदला... उसके लिए एकमात्र क्षमा ही श्रेयस्कर है संभवतः यहीं से द्रोण के ब्राह्मणत्व में क्षत्रियत्व का बीज पड़ा था जिसने उन्हें उम्र के अंतिम पड़ाव में युवकों के समान महासमर में युद्ध में बढ़-चढ़कर भाग दिलवाया था।

जो हो, द्रुपद के व्यवहार से उस समय द्रोण न केवल क्रोधित हुए वरन् उसी समय उन्होंने द्रुपद से बदले का, उसके विनाश का संकल्प लिया... और अपने संकल्प की पूर्ति का तुरंत ही मार्ग भी खोज लिया। तब द्रुपद के महल से वे सीधे भीष्म द्वारा रक्षित कौरवों की प्रसिद्ध राजधानी हस्तिनापुर पहुँचे।

परशुराम के इस शिष्य द्रोणाचार्य को हस्तिनापुर में पाकर भीष्म क्षण भर में समझ गए कि अब उनकी तलाश समाप्त हो गई। उल्लेखनीय है कि स्वयं भीष्म भी परशुराम का शिष्य थे और अपने 105 पोतों को धनुर्वेद की शिक्षा देने किसी ऐसे ही गुरु की खोज में थे जो परशुराम का शिष्य रह चुका हो। (वैसे गुरु द्रोण की खोज स्वयं कुमारों ने ही की थी। एक बार खेलते-खेलते उनकी गिल्ली कुंए में गिर गई थी। तब काम की तलाश में हस्तिनापुर पहुँचे द्रोणाचार्य ने सींकों की सहायता से उसे बाहर निकाला था। इससे चमत्कृत हुए बच्चे तब अपने बाबा भीष्म को पकड़कर द्रोणाचार्य के पास लेकर आए थे... कि आप इन्हें हमारा गुरु नियुक्त कीजिए।)

अस्तु... द्रोणाचार्य कौरव-कुमारों के गुरु नियुक्त हुए... और उनका विकट दारिद्रच समाप्त हुआ।

सामान्यतः गुरु के लिए सभी शिष्य बराबर होते हैं। उनका सब पर बराबर स्नेह होता है, जैसा एक माँ का अपने सभी पुत्रों पर होता है। द्रोण के लिए भी सभी बराबर थे, किंतु उन पर प्रायः आरोप लगता है (दुर्योधन और कर्ण तो अक्सर उन पर खुले आम यह आरोप लगाते थे) कि गुरु का मन पांडवों से ज्यादा बांधा है... और वे सर्वाधिक स्नेह अर्जुन से करते हैं।

वैसे यह सच है कि गुरु द्रोण पांडवों का पक्ष लेते थे और यह भी सच है कि उनका अर्जुन पर विशेष स्नेह था किंतु इसे हम द्रोण का दोष न कहकर उनका गुण ही कहेंगे। जैसे माँ हमेशा निर्बल बच्चे का पक्ष लेती है, उसी तरह गुरु द्रोण भी कमजोर पांडवों के पक्ष में थे। वैसे शारीरिक दृष्टि से पांचों पांडव किसी से कम नहीं थे, वे तो सौ कौरवों पर भी भारी पड़ते थे... किंतु गुरु द्रोण जानते थे कि हस्तिनापुर की राज-शक्ति न केवल आंखों से अंधी है, वरन् पुत्र-मोह में भी अंधी है। धृतराष्ट्र मन के उतने बुरे नहीं थे, किंतु किशोर होते बच्चों के सामने वे बेबस पड़ते जा रहे हैं... यह द्रोण ने स्पष्ट देख लिया था। फिर अपना गांधार देश छोड़कर गांधारी का भाई शकुनि अपने भांजों के हक की रक्षा के लिए स्थायी रूप से ही हस्तिनापुर में आ बसा था। वस्तुतः उसी के निर्देशन में दुर्योधन दिनों-दिन पांडवों के प्रति क्रूरतर होते जा रहा था। ऐसी स्थिति में पितृ-विहीन पांडवों को स्नेह-छाया देने वाले द्रोण पर भला कैसे पक्षपात का आरोप लगाया जा सकता है? आरोपित तो वे तब होते जब दुर्योधन का पक्ष लेते। (वैसी स्थिति में उन्हें राज्य की ओर से धन और सम्मान भी ज्यादा मिलता।)

जहाँ तक अर्जुन के प्रति प्रेम का प्रश्न है (जिसे लेकर शिवाजी सावंत के 'मृत्युंजय' का कर्ण, द्रोण से काफी घृणा करता है) वह भी नितांत स्वाभाविक है।

हर श्रेष्ठ गुरु जहाँ निर्बल शिष्य के प्रति मातृ-प्रेम से भरा होता है, वहीं योग्यतम शिष्य के प्रति अतिरिक्त प्रेम भी उसके मन में पनपता है। गुरु के लिए शिष्य के योग्यतम होने की कसौटी विद्या और विनय दोनों में अव्वल होना रहती है। अर्जुन निश्चित रूप से इन दोनों ही गुणों में समस्त राजकुमारों की तुलना में बढ़ा-चढ़ा था। इस बात के प्रमाण पूरे महाभारत में यत्र-तत्र बिखरे हुए हैं।

किसी भी विद्यार्थी की श्रेष्ठता इस बात में निहित होती है कि वह अपने लक्ष्य के प्रति कितना समर्पित है। निश्चय ही अर्जुन अपने लक्ष्य के प्रति पूर्णतः समर्पित था। महाभारत की उस कथा से हम सभी सुपरिचित हैं जिसमें गुरु द्रोण केवल अर्जुन को ही चिड़िया की आँख में निशाना लगाने की आज्ञा देते हैं... शेष शिष्यों में केवल अर्जुन ही ऐसा था जिसकी नजरों के केंद्र में चिड़िया की केवल आँख थी... शेष शिष्यों को तो न केवल पूरी चिड़िया वरन् पूरा वृक्ष और नीला आकाश भी दिख रहा था... ऐसे में गुरु

अर्जुन पर प्रसन्न होकर केवल उसे ही तीर चलाने की आज्ञा नहीं देते तो भला किसे देते? यह तो द्रोण का पक्षपात नहीं था। महाभारत में यह भी उल्लेख है कि अर्जुन अपनी विद्या की पूर्णता के लिए तब भी अभ्यास किया करता था, जब सब थककर सो जाते थे। एक रात इसी प्रकार उसे चुपचाप तीर चलाने का अभ्यास करते देख गुरु द्रोण ने उसे प्रेमपूर्वक आशीर्वाद दिया कि तुम आर्यावर्त के सर्वश्रेष्ठ धनुर्धर रहोगे। (वस्तुतः इसी आशीर्वाद की रक्षा हेतु गुरु द्रोण ने एकलव्य का अँगूठा लिया था।)

अर्जुन की योग्यता पर जहाँ द्रोणाचार्य गद्‌गद् थे, वहीं अर्जुन भी गुरु द्रोण के प्रति सेवा, समर्पण और प्रेम में आकंठ डूबा हुआ था। निश्चय ही अर्जुन एक आदर्श शिष्य था। कथा है कि एक बार द्रोणाचार्य नदी में स्नान कर रहे थे तभी उनके एक पैर को ग्राह ने पकड़ लिया। सारे शिष्य किंकर्त्तव्यविमूढ़ से खड़े देखते रहे पर अर्जुन ने तुरंत अपनी त्वरित बुद्धि का परिचय देते हुए अपने तीखे बाणों से ग्राह को मारकर गुरु की जान बचाई थी। तब अर्जुन पर प्रसन्न होकर गुरु द्रोण ने तीनों लोकों में असाधारण, ब्रह्मशीर नामक अस्त्र अर्जुन को प्रदान किया, इस शर्त के साथ कि इसका प्रयोग किसी अल्पशक्ति वाले पुरुष पर कदापि न करना। इसके साथ ही द्रोण ने उस समय अर्जुन से एक गुरु-दक्षिणा भी ली थी जो उनके चरित्र की ऊँचाइयों को आसमान तक ले जाती है। गुरु जानते थे कि अर्जुन आवश्यकता पड़ने पर भी कभी उनके विरुद्ध शस्त्र नहीं उठाएगा... संभवतः उस तपस्वी आचार्य ने महासमर की आहट पहले ही सुन ली थी अतः उन्होंने गुरु-दक्षिणा माँगी कि 'युद्धेऽहं प्रतियोद्धव्यो युध्यमानस्त्वयानघ' यदि युद्ध-भूमि में मैं तुम्हारे विरुद्ध लड़ने आ जाऊँ तो तुम अवश्य मेरा सामना करना।

अर्जुन ने उस समय गुरु को यह दक्षिणा तो दे दी किंतु गुरु के विरुद्ध उसे कभी हथियार उठाना पड़ेगा, यह उसने स्वप्न में भी नहीं सोचा था। किंतु मानव का सोचा हुआ ही तो हमेशा नहीं होता। कई बार जीवन में बड़े कठोर निर्णय लेने पड़ते हैं। भारतवर्ष के इस सर्वश्रेष्ठ धनुर्धर के सामने भी यह लाचारी आई थी। एक नहीं, दो बार उसे अपने पितृतुल्य गुरु पर प्रहार करना पड़ता था। किंतु उसने उनसे कभी रोषपूर्वक युद्ध नहीं किया... और जब किया भी तो पहले उन्हें प्रणाम किया, फिर युद्ध हेतु आज्ञा ली, फिर मुश्किल से उन पर आघात किया।

विराटपर्व में इसका सुंदर वर्णन है... साथ ही पांडवों के प्रति द्रोण की श्रेष्ठ भावनाओं को भी यह प्रसंग अभिव्यक्त करता है। पांडवों के एक वर्ष के अज्ञातवास में दुर्योधन के गुप्तचर जब उन्हें ढूँढने में असफल रहते हैं तब वह सभा बुलाकर गुरुजनों से पूछता है कि आखिर वे कहाँ हो सकते हैं... वे समुद्र पार चले गए हैं या किसी जंगल में या किसी पहाड़ की गुफा में छिपे बैठे हैं?... वे जीवित भी हैं या नहीं? किसी अजगर के पेट में तो सभी नहीं समा गये?

तब द्रोण बिना दुर्योधन के कोप की परवाह किए कहते हैं कि पांडव शूरवीर, धर्मज्ञ,

कृतज्ञ और जितेंद्रिय हैं 'न तादृशा विनश्यन्ति न प्रयन्ति पराभवम्' अर्थात् ऐसे लोग न नष्ट होते हैं न उनका पराभव होता है... वे अवश्य कहीं-न-कहीं हैं। पर कहाँ? इस पर भीष्म मानों दुर्योधन के सामने पांडवों की श्रेष्ठता का बखान करते हुए उस स्थान का लक्षण बताते हैं– जिस राज्य में युधिष्ठिर होंगे वह राज्य हर तरह से संपन्न होगा, वहाँ मेघ समय पर वर्षा करते होंगे, वहाँ भूमि पर खेती लहलहाती होगी, वहाँ की प्रजा निर्भय होगी, वहाँ शीतल पवन बहती होगी, वहाँ सभी वर्ण के व्यक्ति अपने-अपने धर्म का पालन करते होंगे, सभी स्वस्थ, सत्यपरायण एवं धर्मप्रेमी होंगे... लोग ही नहीं, वहाँ का पशु-धन भी हृष्ट-पुष्ट होगा... वहाँ गायों की अधिकता होगी जिससे दूध-दही की नदियां बहती होंगी... जहाँ ऐसे लक्षण दिखें समझ लो वहीं पांडव हैं।

पितामह की बातों का समर्थन द्रोण ने भी पूरे आत्मविश्वास से किया... किंतु मूर्ख दुर्योधन तब भी नहीं समझा कि ये गुरुजन उससे क्या कहना चाह रहे हैं... हाँ उसने यह पता लगाने में जरूर बुद्धि लगाई कि ऐसे गुण किस देश में हैं... और इस संदर्भ में विराट का नाम आने पर उसे विश्वास हो चला कि पांडव यहाँ हो सकते हैं। यहीं के प्रतापी मल्ल-योद्धा कीचक के वध का भी समाचार उसे कुछ समय पहले ही मिला था। कीचक को मारने वाला भीम ही हो सकता है, और वह दासी अवश्य पांचाली ही होगी जिसके सौंदर्यपाश में उलझने पर भीम ने कीचक के प्राण लिए होंगे... यह तर्क भी पांडवों के विराट देश में होने को पुष्ट कर रहा था।

तब दुर्योधन विराट पर आक्रमण करने की योजना बनाता है... पांडव मिले तो उन्हें नष्ट कर देंगे अथवा विराट का विशाल गोधन लूट में मिलेगा ही... पर दुर्बुद्धि दुर्योधन को न माया मिलती है न राम। अकेला अर्जुन सारी गायों की रक्षा करता है और उसके सभी प्रतापी योद्धाओं को जमीन सुँघाता है। स्वयं उसे उस युद्ध में पीठ दिखानी पड़ती है।

यह तो खैर विराटपर्व की कथा हुई... बात अर्जुन की गुरु-दक्षिणा की चल रही थी कि द्रोण ने उससे प्रण करवाया था कि आवश्यकता पड़ने पर तुम मुझसे युद्ध करने में पीछे नहीं हटोगे। विराट-युद्ध में अर्जुन ने यह प्रतिज्ञा निभाई... किंतु बहुत आदर के साथ। वैसे युद्ध प्रारंभ होने के पूर्व कौरव एक बृहनन्ला को कमर कस रथारूढ़ हो युद्ध हेतु आते देखते हैं तो हँस पड़ते हैं... कहाँ तो वे पांडवों से युद्ध हेतु दलबल के साथ आए और कहाँ एक हिजड़ा युद्ध मैदान में उन्हें ललकारने आया है। किंतु जैसे ही दो बाण सनसनाते हुए द्रोण के रथ के सामने धरती पर आ गड़े और दो सनसनाते हुए उनके दोनों कानों को छूते हुए निकले... द्रोण प्रसन्न हो बोल पड़े, 'अरे यह तो सव्यसाची है... देखो धरती पर दो बाण फेंककर वह मुझे प्रणाम कर रहा है और दो बाणों से वह मुझसे आज्ञा ले रहा है! शाबाश पार्थ! 'इतना ही नहीं आचार्य दुर्योधन से यहाँ तक कहने से नहीं चूके की जिसके रथ की गड़गड़ाहट से यह पृथ्वी काँप रही है वह सव्यसाची के

अतिरिक्त और कौन हो सकता है भला? मुझे तो सारे लक्षण हमारी पराजय के दिख रहे हैं अतः हमारे लिए युद्ध न करना ही अच्छा होगा।

तब कर्ण आचार्य पर बरस पड़ता है कि ये तो हर हमेशा अपने शिष्य का ही गुणगान करते रहते हैं। दुर्योधन से वह यहाँ तक कहता है–

'इष्टा ही पाण्डवा नित्यामाचार्यस्य विशेषतः।

आसयन्नपरार्थाश्च कथ्यते स्म स्वयं तथा ।।' (विराटपर्व, 47.24)

अर्थात्, आचार्य को सदा से ही पाण्डव अधिक प्रिय रहे हैं। उन स्वार्थियों ने अपना काम बनाने के लिए ही आचार्य को आपके पास रख छोड़ा है। इनकी ये बातें मेरे कथन को पुष्ट करती हैं।

इसके साथ ही कर्ण अपनी प्रशंसा भी करता है कि मैं अकेला ही अर्जुन को परास्त करूँगा। इस पर आचार्य तो कुछ नहीं कहते पर उनका पुत्र अश्वत्थामा फूट पड़ता है। खूब खरी-खोटी सुनाता है वह कर्ण को। तब किसी तरह दुर्योधन बीच-बचाव करते हुए आचार्य और उनके पुत्र का रोष दूर करता है।

अस्तु... विराट-युद्ध में अर्जुन ने युद्ध के पूर्व आचार्य के रथ की परिक्रमा की पर तब तक बाण नहीं चलाया जब तक कि आचार्य ने पहला बाण नहीं चलाया। उत्तर को उसने कह रखा था कि मैं कभी अपनी ओर से पहल नहीं करूँगा क्योंकि वे मेरे गुरु हैं... किंतु एक बार युद्ध शुरू होने के बाद फिर युद्ध में उसने कोई कोताही नहीं बरती। गुरु पराजित हुए, शिष्य विजयी हुआ... किंतु कोई मलाल नहीं था गुरु को शिष्य से पराजित होने में। इस युद्ध में सव्यसाची ने न केवल श्रेष्ठ धनुर्धर होने का प्रमाण दिया गुरु को शिष्य से पराजित होने में। इस युद्ध में सव्यसाची ने न केवल श्रेष्ठ धनुर्धर होने का प्रमाण दिया था वरन् स्वयं को नम्र शिष्य भी प्रमाणित किया था। वह चाहता तो इस युद्ध में सबसे प्राण ले सकता था... किंतु उसने ऐसा नहीं किया... हां सबके उत्तरीय वस्त्र उसने जरूर उत्तर से कहकर उतरवा लिए थे... ताकि उसकी बहन उत्तरा उनसे अपनी गुड़ियों के कपड़े बना सके। युद्ध में जाते समय उसने यही तो माँग की थी कि सुना है कौरव बड़े सुंदर वस्त्र पहनते हैं, वे पराजित हो जाएं तो मेरी गुड़ियों के लिए उन्हें उतारकर लाना... और तब उत्तर ने द्रोणाचार्य और कृपाचार्य के शरीर से उनके श्वेत वस्त्र कर्ण के शरीर के पीले वस्त्र और अश्वत्थामा तथा दुर्योधन के नीले रेशमी वस्त्र उतार लिए थे। हां भीष्म के शरीर को हाथ न लगाने की सलाह अवश्य अर्जुन ने उत्तर को दी थी... किसी विशेष सम्मान के कारण नहीं, वरन् इसलिए की जिस सम्मोहनास्त्र को चलाकर उसने सबको चेतनाशून्य कर दिया था, उसका प्रभाव पितामह पर अधिक देर नहीं रहेगा, यह अर्जुन जानता था। यदि वस्त्र निकालते-निकालते पितामह होश में आ जाते तब तो उत्तर को किसी तरह वह पितामह के हाथों नहीं बचा सकता था।

अस्तु... सबके होश में आने के पहले अर्जुन भाग नहीं जाता है वरन् उनके होश में आने की प्रतीक्षा करते एक ओर खड़ा रहता है... ताकि वे चाहें तो पुनः युद्ध कर सकें... किंतु किस मुख से वे उससे युद्ध करते? उत्तरीय वस्त्र से हीन होने के कारण सब-के-सब शर्म से पानी-पानी हो रहे थे। फिर अर्जुन ने सबको इतना थका दिया कि सभी निरुत्साहित हो वापस लौट गये।

अर्जुन की श्रेष्ठता एक अन्य गुरु-दक्षिणा के समय भी प्रमाणित होती है।

बात कौरव-पांडवों की शिक्षा समाप्ति के पश्चात् की है। अब गुरु-दक्षिणा देने का समय था। सभी शिष्य गुरु-दक्षिणा देने को व्यग्र थे। सभी सोच में पड़े थे कि गुरु को क्या दें... तब गुरु ने स्वयं ही समस्या का हल निकालते हुए उनसे कहा, 'मेरी दक्षिणा होगी ...पांचाल नरेश द्रुपद... जंजीरों में बंदी जीक्ति द्रुपद!'

पर द्रुपद को कैद कर लाना कोई मामूली बात नहीं थी। एक तो वे स्वयं वीर थे, फिर वीर भाइयों, पुत्रों और सेनापतियों से घिरे थे... और विशाल पांचाल सैन्य-वाहिनी के अधिपति थे। किंतु बात गुरु-दक्षिणा की थी। सो सभी शिष्य जोश में भरे हुए गुरु का प्रिय करने की इच्छा से पांचाल देश की ओर चल पड़े... अपनी-अपनी योग्यता सिद्ध करने के लिए। अर्जुन ने पहला मौका धार्तराष्ट्रों को दिया। किंतु सारे सौ कौरव द्रुपद से पराजित होकर चुपचाप लौट आए... उनके साथ महावीर कर्ण और चालाक शकुनि भी था। वस्तुतः कौरव पक्ष की पांडवों के साथ युद्ध के मैदान में यह पहली परीक्षा की घड़ी थी... कौरवों के लिए यह एक सबक था कि संख्या में बीसियों गुणा अधिक होते हुए भी वे पांडवों से कमजोर हैं विशेषकर अर्जुन की बराबरी वे कभी नहीं कर सकते... किंतु अहं से ग्रस्त कौरव-पक्ष ने इसे न तब समझा न महासमर के अंत तक समझा।

अस्तु... तब युधिष्ठिर को छोड़कर अर्जुन शेष पांडवों को साथ लेकर द्रुपद से युद्ध हेतु आगे बढ़ा। दोनों यमज बंधु उसके दाएं और बाएं हुए तथा भीम उसके पीछे ... और अल्प-समय में ही लौह श्रृंखलाओं में आबद्ध अभिमानी द्रुपद एक हारे हुए बंदी के रूप में गुरु द्रोण के समक्ष प्रस्तुत थे।

पांचाल-नरेश द्रुपद को इस स्थिति में देख द्रोण का प्रसन्न होना स्वाभाविक था वस्तुतः यह उनकी एकमात्र चिर-संचित लालसा थी। इसीलिए तो वे कौरव-कुमारों के गुरु होकर हस्तिनापुर आए थे। अब जिस शिष्य के बलबूते पर गुरु अपनी हार्दिक लालसा पूरी करे, उसके प्रति अतिरिक्त प्रेम होना स्वाभाविक ही तो कहा जाएगा।

यद्यपि ब्राह्मण होने के कारण द्रोणाचार्य का यह बैर, यह बदला, उचित तो नहीं कहा जाएगा, किंतु अपने बैरी, अपने बंदी, द्रुपद के साथ द्रोणाचार्य ने जो सलूक किया, वह सचमुच प्रशंसनीय है।

अपने सामने दीन-हीन अवस्था में बंदी के रूप में उपस्थित द्रुपद की ओर तत्काल

मित्रता का हाथ बढ़ाते हुए द्रोणाचार्य ने खुलासा किया, मैं तुम्हारा अपमान नहीं करना चाहता था यज्ञसेन! मैं तो सिर्फ तुम्हारी मैत्री चाहता था। पर तुमने जब कहा कि जो राजा नहीं है वह राजा का मित्र नहीं हो सकता, तब मैंने निश्चय किया कि अब स्वयं राजा बनकर तुम्हारे सामने मित्रता का हाथ बढ़ाऊँगा।

किंतु... ! द्रुपद ने आश्चर्य से द्रोणाचार्य की ओर देखा... द्रुपद ने आगे कहा तो कुछ नहीं पर द्रोणाचार्य को द्रुपद के मनोभाव को समझते देर नहीं लगी। हँसते हुए द्रुपद से उन्होंने कहा, 'अब तुम राजा नहीं रह गए, अतः मित्रता अब संभव नहीं है ...यह मत सोचो द्रुपद! तुम्हारी मित्रता प्राप्त करने के लिए मैं तुम्हें तुम्हारा गंगा के दक्षिण प्रदेश का भू-भाग सौंपता हूँ, उत्तर का भू-भाग मैं स्वयं रखूँगा... इस तरह हम दोनों एक धरातल पर खड़े रहकर पुनः पूर्ववतः मित्र बन सकते हैं।'

द्रुपद के लिए इससे अधिक लाभकारी और क्या हो सकता है? तब कुछ झिझकते हुए द्रुपद ने द्रोणाचार्य को धन्यवाद देते हुए उनका मित्रता का बढ़ा हाथ थाम लिया... वस्तुतः इसके अतिरिक्त उनके पास और कोई चारा भी नहीं था। काश द्रुपद अपने पूर्व-कृत्य का स्मरण कर बात यहीं समाप्त कर देते... खुले मन से अपने बाल्यकाल के मित्र को गले लगाकर सारे गिले-शिकवे समाप्त करते। पर द्रुपद द्रुपद थे। द्रोण द्रुपद को आधा राज्य लौटाकर तथा उन्हें मित्र बनाकर भी उनके आंतरिक हृदय पर लगे अपमान के घावों पर थोड़ा भी मलहम नहीं लगा सके। अभिमानी द्रुपद जीवनपर्यंत द्रोण के हाथों हुई अपनी पराजय नहीं भूले। यद्यपि जिसने उन्हें बंदी बनाया, अर्थात् अर्जुन एवं अन्य पांडव, उनके प्रति उनके मन में कोई मलाल नहीं था... बल्कि वर्षों बाद यह जानकर कि उसकी कन्या ने अर्जुन को वरा है, उनकी प्रसन्नता का ठिकाना नहीं था।

अस्तु... बात द्रोणाचार्य के द्रुपद को उसका आधा राज्य लौटाने एवं क्षमादान करने की चल रही थी। द्रोणाचार्य का यह कृत्य क्या उनके उज्ज्वल चरित्र का द्योतक नहीं है? निःसंदेह है।

फिर द्रुपद का क्या हुआ? द्रोणाचार्य के हाथ में गया अपना दक्षिण पांचाल का राज्य द्रुपद की आँखों में काँटे सा चुभता था। द्रोण से पराजय के बाद दिन-प्रतिदिन द्रोण के प्रति उनकी जलन बढ़ती ही गई। इसके शमन का एक उपाय था... द्रोणाचार्य की मृत्यु। किंतु द्रोण एक तो स्वयं अजेय थे... फिर वे अर्जुन जैसे आर्यावर्त के श्रेष्ठ योद्धाओं से घिरे हुए थे। आर्यावर्त में दूर-दूर तक ऐसा कोई नहीं था जो द्रोणाचार्य को मात दे सके। द्रोण को मात तो कोई देव-पुरुष ही दे सकता था। पर कहाँ से लाएँ ऐसा देव-पुरुष? द्रुपद सोच में पड़ गये। अचानक उन्हें एक उपाय सूझा। क्यों न वह ऐसे किसी यज्ञ का अनुष्ठान करें जो उसे द्रोण को मारने में समर्थ पुत्र दे सके? किंतु द्रुपद जानते थे कि ऐसे किसी यज्ञ का आयोजन करना अत्यंत कठिन है। सबसे बड़ी समस्या तो यज्ञ-कर्ता ऋत्विज की थी। आर्यावर्त में भला कौन ऐसा ऋषि होगा जो द्रोणाचार्य के वध हेतु पुत्र प्राप्ति में उनकी मदद करेगा।

सचमुच द्रुपद को इस हेतु बहुत भटकना पड़ा... पर द्रुपद भी धुन के पक्के थे। अंततः उन्होंने ऐसे ऋत्विज को पा ही लिया।

महाभारत में द्रुपद की इस खोज की कथा भी रोचक है।

ऋत्विज की खोज करते-करते द्रुपद दो सहोदर ऋत्विजों के पास पहुँचे। पहले ज्येष्ठ 'याज' से मिले। एकांत में उन्होंने ऋषि से अपनी हार्दिक इच्छा का निवेदन किया और ऋषि को यह प्रलोभन भी दिया कि ऐसे पुत्र की प्राप्ति होने पर वे एक अर्वुद (एक लाख) गायें तथा मुँहमाँगा धन ऋषि को दक्षिणा में देंगे। किंतु अन्य ऋषियों के समान महर्षि याज ने भी द्रुपद को स्पष्ट इन्कार में उत्तर दिया। पर इससे द्रुपद निराश नहीं हुए। वह साल भर तक ऋषि के आश्रम में रहकर उनकी सेवा करते रहे। अंततः कुछ द्रवित होकर महर्षि याज ने कहा—"राजन! मैं स्वयं तो तुम्हारा कार्य नहीं कर सकूँगा... पर हाँ उस ऋषि का नाम बता सकता हूं जो तुम्हारी मदद कर सके!... वह और कोई नहीं स्वयं मेरा छोटा भाई उपयाज है।"

पर इनके छोटे भाई क्यों मेरे ऋत्विज बनेंगे? द्रुपद की शंका समझकर याज ने कहा, "मैंने अपने भाई में एक बार एक दोष देखा है। एक बार जंगल से गुजरते वक्त मैंने देखा कि उसने वृक्ष के नीचे गिरा पड़ा फल उठाकर शीघ्रतापूर्वक खा लिया। उसने क्षण भर भी यह विचार नहीं किया कि जिस भूमि पर यह गिरा है वह शुद्ध है या नहीं। इससे मुझे लगता है कि वह वस्तुओं को ग्रहण करते समय, उसकी शुद्धता पर विचार नहीं करता है।"

उपयाज के इस चरित्र की राजा द्रुपद ने मन-ही-मन निंदा की, किंतु उपयाज की सहायता के लिए बिना उनके पास और कोई विकल्प नहीं था... सो वे उसके पास गए ...विनम्रतापूर्वक अपनी इच्छा निवेदित की और कहा, 'यज्ञ की सफलता पर आपको मैं दक्षिणा में अस्सी हजार गायें दूँगा।" (उल्लेखनीय है कि याज को वे एक लाख गायें देने वाले थे।)

तब कुछ सोचकर महर्षि उपयाज ने अपनी सहमति दे दी।

और तब पांचाल में वह यज्ञ प्रारंभ हुआ जिसके फलस्वरूप द्रुपद को न केवल द्रोण का वध करने वाला अत्यंत वीर पुत्र धृष्टद्युम्न (धृष्ट=अमर्षशील, द्युम्न=क्षात्र तेज से युक्त) प्राप्त हुआ... वरन् एक अद्वितीय तेजस्विनी कन्या भी प्राप्त हुई, जिसका नाम उन्होंने कृष्ण वर्ण की होने के कारण रखा—कृष्णा। शायद यज्ञ-देवता ने धृष्टद्युम्न के कार्य की भूमिका रचने के लिए ही इस श्यामासुंदरी को राजा द्रुपद के हाथों भेंट किया था।

अस्तु... बात गुरु द्रोण के अर्जुन-प्रेम की चल रही थी। निश्चय ही अर्जुन में ऐसी अनेक खूबियाँ थी जिसकी वजह से वह गुरु का सर्वाधिक प्रिय-पात्र था। अर्जुन सर्वश्रेष्ठ धनुर्धर था, लक्ष्य की प्राप्ति में एकाग्रचित्त रहता था, द्रुपद को बंदी बनाकर उसने गुरु

का मान बढ़ाया था... और एक बार उसने उन्हें मृत्यु के मुख में जाने से भी बचाया था। किंतु बात केवल इतनी ही नहीं थी... मुख्य बात यह थी कि स्वयं अर्जुन के मन में अपने गुरु के प्रति असीम, अथाह प्रेम था।

वैसे सभी पांडव गुरु के प्रति हार्दिक प्रेम रखते थे... एक अक्खड़ भीम को छोड़कर... पर अर्जुन तो मोह की सीमा तक गुरु से प्रेम करता था उल्लेखनीय है कि द्रोण के निर्देशन में ही अभिमन्यु की हत्या हुई थी। युद्ध के नियम के विपरीत छः-छः अतिरथियों ने घेरकर अर्जुन के प्रिय पुत्र का वध किया था। यह समाचार अर्जुन के लिए मरणांतक था... इस हेतु दुःख के आवेश में उसने अपने भाइयों को बुरा-भला तक कहा था। जिन्होंने अकेले बालक को चक्रव्यूह में भेज दिया था... किंतु प्रिय गुरु के प्रति तब भी अर्जुन मौन रहा। शत्रु-पक्ष पर उसका क्रोध भड़का था तो जयद्रथ पर, जिसने पांडवों को व्यूह के मुहाने पर ही रोक लिया था। इसलिए अर्जुन ने जयद्रथ-वध की प्रतिज्ञा की थी, वह भी सूर्यास्त के पूर्व... इसके साथ ही असफल होने पर आत्मदाह की प्रतिज्ञा भी उसने की। तब कौरवों का सारा पराक्रम अर्जुन को जयद्रथ तक नहीं पहुँचने देने में सिमट आया था... और इसे हेतु सबसे पहले आचार्य को ही अभेद्य दीवार बनाकर पार्थ के सामने खड़ा किया गया था। तब द्रोण ने अर्जुन को ललकारते हुए रोकना चाहा तो अर्जुन ने बड़ी विनम्रतापूर्वक उनकी परिक्रमा की और विनयपूर्वक उनसे आगे बढ़ने की आज्ञा माँगी 'शिवेन घ्याहि मां ब्रह्मन् स्वस्ति चैव वदस्व मे' अर्थात् आप मेरे कल्याण का चिंतन कीजिए, मुझे स्वस्ति कहकर आशीर्वाद दीजिए। आप मेरे लिए पिता पांडु, भ्राता युधिष्ठिर एवं सखा वासुदेव के समान है 'गुरुर्भवान् न मे शत्रु' आप मेरे गुरु हैं, शत्रु नहीं... यह कहते हुए अर्जुन आगे बढ़ गया किंतु अर्जुन के पीछे पहुँचे भीम को जब आचार्य ने ललकारा तब उसने बिना आचार्य के गुरुत्व की परवाह किए उन्हें रथ समेत दूर फेंक दिया... यह कहते हुए कि मैं अर्जुन नहीं हूं मैं 'भीमसेनोऽस्मि ते रिपुः' भीम हूं, आपका शत्रु! आगे भीम आचार्य से यह कहने में भी नहीं चूका कि आप इस धोखे में मत रहना कि अर्जुन ने आपसे भयभीत होकर युद्ध नहीं किया और विनयपूर्वक आपकी परिक्रमा कर जाने की आज्ञा ली... यह तो उसका बड़प्पन है वर्ना वह तो देवराज इंद्र की सेना में भी घुस सकता है।

अस्तु... सत्य यह है कि अर्जुन अपनी कुछ इन्हीं विशेषताओं के कारण गुरु द्रोण को सर्वाधिक प्रिय था। इकलौते पुत्र अश्वत्थामा के समतुल्य ही था वह आचार्य के लिए। किंतु समूचे आर्यावर्त में सम्मानित इस गुरु के लिए अर्जुन-प्रेम में अंधे होकर एक गरीब निषाद-पुत्र का अँगूठा गुरु-दक्षिणा में लेना क्या अनुचित नहीं था? सच तो यह है कि जैसे बाली-वध के लिए हर युग में राम की आलोचना हुई है वैसे ही एकलव्य से अँगूठा लेने हेतु गुरु द्रोण हर युग में आलोच्य हुए हैं। फिर भी आइये, इस बिंदु पर कुछ विस्तार से चर्चा करते हैं। एकलव्य की कथा से हम सभी इतने सुपरिचित हैं कि उसे यहाँ

दुहराने की जरूरत नहीं है। इस कथा के संदर्भ में द्रोणाचार्य को कठघरे में रखकर प्रायः दो प्रश्न किए जाते हैं।

गुरु द्रोण ने शिक्षा हेतु आए निषाद-पुत्र एकलव्य को शिष्य बनाने से क्यों इंकार किया?

जब उन्होंने एकलव्य को अपना शिष्य बनाया ही नहीं तब उन्होंने गुरु-दक्षिणा माँगी ही क्यों?... और यदि दक्षिणा माँगी थी तो इतनी क्रूर दक्षिणा क्यों माँगी? बिना अँगूठे के तीर चलाना वैसे ही असम्भव होता है जैसे बिना पैर के चलना, क्या द्रोण यह नहीं जानते थे?

पहले प्रश्न के उत्तर में कहा जा सकता है कि गुरु द्रोण कौरवों के वैतनिक गुरु थे। किसी निषाद-पुत्र को अपने साथ किसी भी प्रकार की विद्या सीखने की अनुमति निश्चय ही कौरव-कुमार कभी नहीं देते। संभवतः भीष्म और राजा धृतराष्ट्र भी यह पसंद नहीं करते। महाभारत में इस ओर संकेत भी है। संभवपर्व में एक श्लोक है –

'न स तं प्रतिजग्राह नैषदिरिति चिन्तयन्।
शिष्यं धनुषि धर्मज्ञस्तेषामेवान्ववेक्षया ॥' (संभवपर्व 131.32)

अर्थात्, एकलव्य को निषाद-पुत्र समझकर धर्मज्ञ आचार्य ने अपना शिष्य नहीं बनाया। कौरवों की ओर दृष्टि रखकर ही उन्होंने ऐसा किया।

उपरोक्त तर्क से एकलव्य को शिष्य बनाने से इंकार करने का गुरु द्रोण का अपराध कुछ कम हो जाता है, किन्तु गुरु-दक्षिणा में एकलव्य से अँगूठा लेने हेतु ऐसा ही कोई तर्क ढूँढना सचमुच ही कठिन लगता है।

वैसे महाभारत में इस हेतु एक तर्क है– वह यह कि अर्जुन को द्रोणाचार्य यह वचन पहले ही दे चुके थे कि समूचे आर्यावर्त में उससे श्रेष्ठ धनुर्धर नहीं होगा। किंतु एक छोटी रेखा की बड़ी रेखा से लंबी करने के लिए बड़ी रेखा को मिटाना ही तो जरूरी नहीं होता है... छोटी को बड़ी से अधिक बढ़ा कर भी तो बड़ी रेखा को छोटी किया जा सकता है... पर आर्यावर्त भर में सर्वाधिक सम्मानित भारद्वाज-नंदन द्रोणाचार्य इतनी छोटी सी बात नहीं समझ सके... और उन्होंने अर्जुन को दिए वचन की रक्षा के लिए (या अर्जुन-प्रेम में मोहांध होकर) झट से गुरु-दक्षिणा में एकलव्य से उसके प्राणों के समान प्रिय अँगूठे की माँग कर ली। पर बलिहारी उस निषाद-नंदन की... क्षण भर भी नहीं लगा उसे गुरु को उनकी मनचाही भेंट देने में। पर एकलव्य का केवल इतना ही महत्त्व नहीं है कि उसने अपने प्राण-प्रिय अँगूठे को दिया। इस प्रसंग में उसका महत्त्व यह भी है कि उसने यह गुरु-दक्षिणा 'हृष्टवदनः तथैवादीन मानसः' पहले की भांति प्रसन्नमुख हो तथा बिना किसी दीनता की भावना में लाए दी। सचमुच बड़े बौने दिखते हैं यहाँ आचार्य एक तुच्छ निषाद-पुत्र के सामने।

अस्तु... महाभारत में आगे दो पंक्तियाँ और हैं जिससे गुरु द्रोण के माथे पर लगा एकलव्य विषयक यह कलंक कुछ थोड़ा सा फीका होता है।

'ततः शरं तु नैषादिरगुंलीभिर्व्यकर्षत।

न तथा च स शीघ्रोऽभूद् तथा पूर्वं नराधिप ॥' (संभवपर्व 131.59)

अर्थात्, एकलव्य की गुरु-दक्षिणा से प्रसन्न होकर तब आचार्य द्रोण ने संकेत से उसे यह कला सिखाई कि किस प्रकार बिना अँगूठे के उसे, तर्जनी और मध्यमा के संयोग से बाण पकड़कर धनुष की डोरी खींचनी चाहिए... और तब निषाद-पुत्र बिना अँगूठे की सहायता से शर संधान करने लगा... किंतु अब पहले के समान प्रवीणता उसकी धर्नुविद्या में नहीं रही।

उल्लेखनीय है कि महाभारत युद्ध में एकलव्य ने कौरव-पक्ष की ओर से युद्ध किया था और बहुत बहादुरी से लड़ते हुए वह वीर-गति को प्राप्त हुआ था। उसकी मृत्यु के बाद श्रीकृष्ण ने उसकी तुलना जरासंध और शिशुपाल से करते हुए अर्जुन को बताया कि जिस प्रकार जरासंध और शिशुपाल जैसे वीरों के रहते (जो अवश्य कौरव-पक्ष से ही युद्ध करते) विजयश्री प्राप्त करना कठिन था, वैसे ही एकलव्य के अँगूठा-युक्त होने पर विजय प्राप्ति असंभव थी। इसलिए जैसे मैंने युद्ध के पूर्व छल से जरासंध और शिशुपाल को मृत्यु-पथ में भेजा, उसी प्रकार गुरु द्रोण ने एकलव्य का अँगूठा लिया।

शायद यही महापुरुषों की नियति है कि महत्तर उद्देश्य की प्राप्ति के लिए उन्हें कुछ अपराध अपने सिर-माथे लेने पड़ते हैं।

गुरु द्रोण द्वारा एकलव्य से अँगूठा छिनने की घटना को कुछ विद्वानगण आर्यों द्वारा अनार्यों को दबाए रखने हेतु किए जाने वाले प्रयत्नों से भी जोड़ते हैं। निषाद-पुत्र एकलव्य अनार्य था। उसके जैसे श्रेष्ठ धनुर्धर के नेतृत्व में अनार्य कहीं आर्यों पर हावी होने का प्रयत्न न करें... संभवतः यह सोचकर ही गुरु द्रोण ने एकलव्य का अँगूठा लिया था।

यहाँ उल्लेखनीय है कि केवल अर्जुन को ही नहीं, युधिष्ठिर को भी गुरु के प्रति अत्यंत श्रद्धा और भक्ति थी। इसकी एक सुंदर झाँकी देखने के लिए आइए चलते हैं कुरूक्षेत्र के मैदान में, जहाँ युद्ध के प्रथम दिन कौरव व पांडव सेना युद्ध के लिए सुसज्जित होकर तैयार खड़ी है।

युद्ध शुरू होने के पूर्व की अर्जुन-विषाद की उस अतिप्रसिद्ध घटना से हम सभी सुपरिचित हैं जिसमें अर्जुन ने शत्रु-पक्ष में अपने गुरुजनों, सगे-संबंधियों और मित्रों को युद्धभूमि में खड़े देख यह कहते हुए अपने हथियार डाल दिए थे कि इन्हें मारकर मैं किसी तरह राज्य का उपभोग नहीं करना चाहता। इसका ही सुफल था कि हमें श्रीकृष्ण की अमृतवाणी गीता के रूप में प्राप्त हुई, यह भी हम सब जानते हैं। किंतु इस तथ्य से शायद कम लोग ही परिचित होंगे कि युद्ध प्रारंभ होने के पूर्व युधिष्ठिर ने भी कुछ देर

के लिए अपने अस्त्र-शस्त्र, कवचादि त्याग दिए थे। इतना ही नहीं युधिष्ठिर को इस प्रकार जाते देख चारों भाई और श्रीकृष्ण भी उनके पीछे व्याकुल हो दौड़ पड़े। क्या युधिष्ठिर युद्ध से भयभीत हो शस्त्रों का परित्याग कर कौरवों के पास शरण हेतु जा रहे हैं? यह दृश्य देख न केवल पांडव-सेना में, वरन् कौरव-सेना में भी खलबली मच गई। कुछ लोगों ने शर्म-शर्म के नारे लगाना, युधिष्ठिर को कुल-कलंक, कायर और नपुंसक कहकर धिक्कारना भी शुरू कर दिया किंतु कौरव-पक्ष में कुछ व्यक्ति ऐसे थे जो युधिष्ठिर के मनोभवों को समझ रहे थे... उसके ऐसे आगमन पर मन-ही-मन प्रसन्न हो रहे थे। वस्तुतः वे युधिष्ठिर के ऐसे आगमन की प्रतीक्षा ही कर रहे थे। ये व्यक्ति थे, हृदय से पांडवों से बँधे पितामह भीष्म, गुरु द्रोणाचार्य, कृपाचार्य एवं मद्रराज शल्य (माद्री-पुत्रों के मामा)।

सचमुच इनका अनुमान सही था। युधिष्ठिर इन गुरुजनों के पास युद्ध के पूर्व आशीर्वाद लेने जा रहे थे।

अपने प्रिय गुरु द्रोणाचार्य के पास पहुँचकर युधिष्ठिर ने सर्वप्रथम गुरु को प्रणाम किया, फिर उनकी परिक्रमा की और तब पूछा, 'आचार्य आप मुझे बताइए कि किस प्रकार निरपराध एवं पापरहित होकर युद्ध करूँ? आपकी आज्ञा से शत्रुओं को कैसे जीतूँ?

अपने सामने युधिष्ठिर को इस प्रकार शिष्य रूप में विनीत भाव से खड़े देख द्रोणाचार्य प्रसन्न हो बोल पड़े, यदि युद्ध का निश्चय कर लेने पर तुम मेरे पास आशीर्वाद लेने नहीं आते तो मैं तुम्हें 'शापेयं पराभावाय' अर्थात् पराभाव का श्राप दे देता... मैं तुम पर प्रसन्न हूं, क्योंकि तुमने मेरा आदर किया है। अब कहो, मैं तुम्हारी कौन सी कामना पूरी करुँ? वर्तमान स्थिति में मैं तुम्हारी ओर से युद्ध नहीं कर सकता ...अतः इसे छोड़कर बताओ महाराज 'किमिच्छसि' राजा तुम क्या कहते हो? आगे द्रोणाचार्य दुःखी होकर यह भी कहते हैं—

'अर्थस्य पुरुषों दासो दासत्वर्थो न कस्यचित्।
अर्थात् सत्यं महाराज बद्धोऽस्म्यर्थेन कौरवैः।' (भीष्म पर्व 43.56)

इति, पुरुष अर्थ का दास है, अर्थ किसी का दास नहीं है। महाराज! सच्ची बात यह है कि मैं कौरवों के द्वारा अर्थ से बंधा हुआ हूं इसलिए क्लीबवत अर्थात् नपुंसक के समान तुमसे पूछता हूं 'त्वां युद्धादन्यत् किमिच्छसि' अर्थात युद्ध के अतिरिक्त तुम और क्या चाहते हो? आगे द्रोणाचार्य पांडवों के प्रेम में बँधे यह भी कहते हैं... मैं शरीर से युद्ध दुर्योधन की ओर से करूँगा किंतु जीत तुम्हारी ही चाहूँगा।

युधिष्ठिर को इससे अधिक और क्या चाहिए था? किंतु अपनी जीत के प्रति स्वयं युधिष्ठिर आश्वस्त नहीं थे। इस विराट, अजेय, जीवंत धनुर्वेद गुरु के जीते-जी भला उनकी जीत कैसे संभव है? आखिर हम इन्हें कैसे हरा पाएँगे?

शिष्य के मनोभावों को पढ़ने में गुरु को देर नहीं लगी... तभी तो उन्होंने स्वयं ही अपनी मृत्यु का संभावित सूत्र युधिष्ठिर को थमा दिया, कहा, 'मैं तभी मारा जा सकता हूं जब युद्ध-भूमि में स्वयं ही हथियार डालकर अचेतावस्था में बैठ जाऊं?'

'पर आप हथियार डालेंगे क्यों? युधिष्ठिर ने साश्चर्य पूछा।

'मैं तब हथियार डाल दूँगा जब किसी अति प्रियजन व्यक्ति की मृत्यु का समाचार सुन लूँ... पर शर्त यह होगी कि यह समाचार देने वाला कोई अतिविश्वसनीय हो।'

पता नहीं समर-भूमि के उस कोलाहल में द्रोणाचार्य द्वारा कही गई बात युधिष्ठिर के अंतर्मन को कितने गहरे तक छू पाई... पर यह निश्चित है कि उसी क्षण नियति ने युधिष्ठिर को उस अतिविश्वसनीय व्यक्ति के रूप में चुन लिया था... जिसे सबने मिलकर मजबूर कर दिया था कि 'अश्वत्थामा हतो नरो या कुंजरो वा' यह अर्धसत्य बोलकर गुरु की मृत्यु का कारण बने... और फिर तमाम उम्र इस अर्धसत्य के लिए पछतावा करें।

गुरु की वे विकल आंखें फिर धर्मराज जिंदगी भर नहीं भूल पाए जब भीम के कहने पर कि अश्वत्थामा मारा गया, उन्होंने एकदम अविश्वास से सिर हिला दिया था ...फिर बड़ी बेचैनी से वे युधिष्ठिर को ढूँढते उनके पास आए थे और उनसे पूछा था, 'क्या सचमुच मेरा पुत्र मारा गया है धर्मराज? मैंने तुम्हें बाल्यकाल से अब तक कभी भी झूठ बोलते नहीं देखा है, मुझे विश्वास है कि तीनों लोकों की संपदा के लिए भी तुम झूठ नहीं बोलोगे अजातशत्रु... कहो कि अश्वत्थामा क्या सचमुच मारा गया है?' ...और तब युधिष्ठिर के उक्त वाक्य कहते ही द्रोणाचार्य विकल हो गये थे। काश उस वक्त आचार्य जन्म-मृत्यु को सनातन सत्य समझकर विकल नहीं होते... तब वे संभवतः युधिष्ठिर के स्वर के उतार-चढ़ाव को भी समझकर सत्य का पता लगा लेते क्योंकि उन्होंने अश्वत्थामा मारा गया, यह तो उच्च स्वर से कहा, किंतु वह नर नहीं हाथी है, यह कहते समय उनकी जिह्वा लड़खड़ा गई थी।... पता नहीं संजय ने देखा या नहीं, (क्योंकि धृतराष्ट्र को युद्ध का विस्तृत ब्यौरा देते समय उसने यह वर्णन नहीं किया है) पर मुझे लगता है अवश्य ही उस समय इस अजातशत्रु ज्येष्ठ पांडव का चेहरा शर्म के कारण लाल हो गया होगा और शरीर पसीने से तर-ब-त्तर हो गया होगा।

अस्तु... बेचारे युधिष्ठिर करते भी तो क्या? ऐसा किए बिना गुरु की मृत्यु भी तो संभव नहीं दिख रही थी... फिर अपनी इस मृत्यु का संभावित सूत्र स्वयं द्रोण ही तो युद्ध के प्रारंभ में युधिष्ठिर को पकड़ा गये थे... शायद यही नियति थी। पर नियति को मानकर मनुष्य का मन उसे अपने किए अधर्म के लिए कचोटना तो नहीं छोड़ता। सचमुच इसके लिए धर्मराज का पश्चाताप आयुपर्यंत बना रहा। किंतु पश्चाताप से क्या होता है? सदा के सत्यवादी धर्मराज पर गुरु-हत्या में सहायक बनने का जो कलंक लगा, सो लगा ही रहा। सदियाँ बीत गईं उस घटना को, पर काल हमेशा युधिष्ठिर से उसका हिसाब माँगता रहा है, जबकि स्वयं योगेश्वर कृष्ण ने भी उन्हें यह झूठ कहने को प्रेरित

किया था। वैसे युधिष्ठिर को अपने छल का दंड उसी क्षण मिल गया था। धरती से चार अंगुल सदा ऊपर चलता धर्मराज के रथ का पहिया उनके झूठ बोलते ही धरती पर आ गया था। (वैसे व्यास-कथा में उल्लेख है कि इसका फल धर्मराज को मृत्यु के बाद भी नरकदर्शन के रूप में भुगतना पड़ा था। स्वर्गारोहण पर्व में कथा है कि युधिष्ठिर को सदेह स्वर्ग जाने का सौभाग्य मिला था किंतु स्वर्गलोक में उन्होंने रहने से इंकार कर दिया था क्योंकि वहाँ उनके कोई भी भाईबंधु नहीं थे... वहाँ के राजसिंहासन पर तो दुर्योधन अकड़कर बैठा था। तब वे देवदूतों से वहाँ ले चलने की प्रार्थना करते हैं जहाँ•उनके प्रियजन हो। आश्चर्य! उनकी कल्पना से भी भयानक था वह रास्ता जहाँ से वे गुजर रहे थे... चारों ओर खून और सड़े माँस की नदियाँ, भीषण राक्षस और भयानक पशु-पक्षी ...कर्कश स्वर में रोने-चिल्लाने की आवाजें, भयानक आग की लपटें। थोड़ी दूर तक तो किसी तरह युधिष्ठिर हिम्मत दिखाकर चले... नहीं सह सके तो अंततः देवदूत से पीछे मुड़ने की प्रार्थना करने लगे। देवदूत मानों इसी की प्रतीक्षा कर रहा था... तुरंत पीछे मुड़ा... पर फिर धर्मराज के पाँव कुछ सुनकर थम गये... यह तो उनके भ्राताओं, भीमादि की आवाज थी।... यहीं ठहरे रहो भैया... इस नरक में आपके आने से थोड़ी ही सही, राहत मिली है। आपके आते ही यहाँ कुछ सुगंधित शीतल बयार चलने लगी है, जिससे यहाँ का तेज ताप और भयानक दुर्गंध कम हो गये हैं... हमें मानों प्राण-दान मिल रहा है... मत जाओ भैया! युधिष्ठिर चमत्कृत थे यह सुनकर... उसके भाई और इस स्थिति में? न, न... देवदूत से उन्होंने हाथ जोड़कर कहा... आप आगे बढ़िए... मुझे कहीं नहीं जाना है... जहाँ मेरे प्रियजन हैं वहीं मैं रहूंगा... भले ही कितना भी कष्ट मुझे क्यों न उठाना पड़े।

किंतु धर्मराज को अधिक कष्ट नहीं उठाना पड़ा। दो घड़ी बाद अचानक ही जैसे जादू की कोई छड़ी घूमी... नरक का वह भयानक माहौल अचानक स्वर्ग की खूबसूरत छटा में बदल गया। शीतल बयार दैवीय गीत-संगीत अनुपम महल और सबसे बड़ी बात सभी प्रियजन एकदम स्वस्थ और सुंदर। कैसे हुआ चमत्कार? इस पर उसे देवदूत ने स्वयं को धर्मदेव के रूप में प्रगट करते हुए कहा कि वह सब माया थी पुत्र... तुम अपने बंधु-बांधवों के साथ स्वर्ग के ही अधिकारी हो... कुछ घड़ी जानबूझकर तुम्हें नरकदर्शन कराया गया था... वह इसलिए ताकि तुमने जो अर्धसत्य बोलने का पाप किया है, उसका दंड तुम प्रारंभ में ही भुगत लो।

इन सुंदर घटनाओं के माध्यम से व्यास क्या कहना चाहते थे? शायद यह कि असत्य, चाहे वह अर्ध हो या दैव-पुरुष के निर्देशन में साक्षात् धर्म-पुत्र द्वारा कहा गया हो, कहीं-न-कहीं गर्हित अवश्य है। वैसे व्यास ने यहाँ द्रोण की मृत्यु... या कहें कृष्ण तथा पांडवों के छल को न्यायसंगत बनाने के लिए यह कथा भी जोड़ी है कि द्रोण उस दिन अपनी मृत्यु के लिए स्वयं ही तैयार थे। चार दिन और एक रात लगातार युद्ध करने के

कारण वृद्ध-गात द्रोण ने जब अत्यंत थककर अपनी मुँदती पलकें ऊपर कीं तो उन्होंने आकाश में अनेकानेक नक्षत्रों के समान देदिप्यमान महर्षियों को देखा जो उन्हें युद्ध त्यागकर स्वर्ग आगमन की सलाह दे रहे थे।

'विश्वामित्रो जमदग्निर्भरद्वाजोऽथ गौतमः।

वसिष्ठः कश्यपोऽगित्रश्च ब्रह्मलोकं निनीषवः ॥

अर्थात्, विश्वामित्र 'जमदग्नि, भरद्वाज, गौतम' वसिष्ठ, और अत्रि—ये सब ऋषिगण उन्हें ब्रह्मलोक ले जाने की इच्छा से वहाँ पधारे... और तभी उन्होंने प्राण-त्याग का मन बना लिया था... अश्वत्थामा की मृत्यु तो इस हेतु एक बहाना थी।

वैसे धर्मराज के मुख से पुत्र की मृत्यु का समाचार सुनने के बाद भी सहसा द्रोण को विश्वास नहीं हुआ... किंतु फिर भीम ने बार-बार उकसाया... कैसे पिता हो आप जो इकलौते पुत्र की मौत के बाद भी मृत्यु का तांडव कर रहे हो। अरे आप तो पूज्यनीय ब्राह्मण हो, हम सबके गुरु हो, स्वर्गधाम जाने की उम्र हो चुकी है, वैसे भी आपको युद्ध से विरत हो जाना चाहिए। ब्राह्मण का धर्म हिंसा नहीं, क्षमा है, संतोष है... किंतु आपने अपने पुत्र की जीविका के लिए अपने धर्म का त्याग कर दिया? आप जैसे ब्राह्मण शिरोमणि को क्या यह शोभा देता है? अब तो वह पुत्र भी जाता रहा ... अब बस भी करो गुरुदेव!

बात कहीं गहरे तक आचार्य को छू गई। वैसे भीम ने कुछ गलत भी तो नहीं कहा? सचमुच अब विदा का समय आ गया है... दुनिया जाने को कह रही है इधर ऋषिगण आने को कह रहे हैं... और फिर जहाँ प्राणों से भी प्यारा पुत्र नहीं वहाँ दो-चार घड़ी और रुकने से क्या लाभ... नरसंहार ही तो कर रहे हैं वे अपने दिव्यास्त्रों से... और तब द्रोण ने सारे शस्त्रों का त्याग कर छाती से कवच खोल दिया... गहरी साँस ली... अपने राजा दुर्योधन को आवाज दे बताया कि मैं शस्त्रों का त्याग कर रहा हूं... अब तुम युद्ध सँभालो 'पाण्डवेभ्यः शिवंवोऽस्तु' पांडवों से तुम लोगों का कल्याण हो... और फिर एक बार अश्वत्थामा का नाम उच्चारण कर सभी भूतों का अभय देते हुए वे युद्ध-भूमि में ही अपने रथ के पार्श्वभाग में बैठ गए। आँखें बंदकर पुनः गहरी साँस ली, विष्णु का स्मरण किया. .. और फिर क्षण भर में ही आचार्य के सारे द्वंद्व, सारा उपालम्भ, सारा मोह समाप्त हो गया। कहाँ थी युद्ध-भूमि, कहाँ थे कौरव-पांडव और उनकी सेनाएं, कहाँ था उनका अहं-अभिमान और छल-कपट... और कहाँ था उनका प्रिय पुत्र?... कोई कोलाहल नहीं था... वे ऋषिगण भी नहीं थे जो उन्हें युद्ध छोड़ने के प्रेरित कर रहे थे। उस नीरव शांति में आचार्य 'ओमित्येकाक्षरं ब्रह्म ज्योतिर्भूतो महातपाः' एकाक्षर ब्रह्म ओम् का जप करते हुए ज्योतिस्वरूप हो साक्षात् ब्रह्मलोक चले गये। वर्षों से संचित यह उनका तेज था, ब्रह्मचर्य नित महातप था... अन्यथा युद्ध के उस भयानक कोलाहल और मारकाट में किसी के लिए भी समाधिस्थ होना क्या संभव था?

अस्तु... अपने प्रिय गुरु की छल से की गई हत्या पर अर्जुन की क्या प्रतिक्रिया थी?

महाभारत में अर्जुन को धैर्य की मूर्ति कहा गया है। सचमुच कठिन-से-कठिन स्थिति में भी यह मध्यम पांडव हमेशा अविचलित रहता था... किंतु अपने प्रिय गुरु की हत्या से वह गहरे तक उद्वेलित हो गया था। यदि द्रोणाचार्य की हत्या हेतु प्रपंच स्वयं कृष्ण के आदेश से न रचा गया होता तो अर्जुन अवश्य ही उसी समय अपने अग्रज भ्राता के प्रति बगावत कर चुका होता।

वैसे लगातार चार दिनों से गुरु द्रोण के तीक्ष्ण बाणों से त्रस्त हो चुकी पांडव सेना को द्रोण से छुटकारा दिलाने हेतु जब पहली बार कृष्ण ने छल का सहारा लेने का प्रस्ताव रखा, तब उसी समय अर्जुन ने अपना विरोध दर्ज किया था... किंतु तुमुल ध्वनि में सबके सहमति के स्वर सुन अर्जुन को मौन रहना पड़ा था। पर अपने गुरु की द्रुपद-पुत्र धृष्टद्युम्न द्वारा की गई उस नृशंस हत्या के बाद वह अपने को रोक नहीं पाया... गुरु द्रोण तो बेचारे स्वयं ही योग द्वारा प्राण त्याग करने जा रहे थे फिर क्यों धृष्टद्युम्न ने केश पकड़कर उसके गुरु का शिरोच्छेद किया? कितने जोरों से चीखकर उसने कितनी ही बार कहा था, 'जीवन्तमानयाचार्य मा वधी' अर्थात्, तुम जीवित ही आचार्य को उठा लाओ... उनका वध मत करो... किंतु द्रुपद-पुत्र ने उसकी एक न सुनी।

तब अपने मन का सारा रोष अर्जुन सबसे पहले अपने अग्रज पर ही उँडेलता है। अग्रज के विरुद्ध कभी मुँह न खोलने वाला अर्जुन युधिष्ठिर द्वारा यह सफाई देते ही कि गुरु-पुत्र अश्वत्थामा पिता की मृत्यु का बदला लेने के लिए हमारी सेना पर नारायण अस्त्र का प्रयोग करने जा रहे थे, फट पड़ता है। अत्यंत धारदार शब्दों में वह कहता है, 'महाराज! अपने पाप का फल भुगतने को तैयार हो जाइए। आपने धर्मज्ञ होते हुए भी राज्य के लोभ से झूठ बोलकर महान् पाप किया है। छिपकर बाली का वध करने के कारण राम को जैसे अपयश मिला था, उसी तरह इस झूठ के कारण तीनों लोकों में आपका अपयश चिरकाल के लिए स्थापित हो जाएगा। मेरे आचार्य ने यह समझकर आप पर विश्वास किया था कि उनके शिष्य युधिष्ठिर कभी झूठ नहीं बोलते किंतु आपने तो सत्य का चोला पहनकर आचार्य से झूठ कहा कि अश्वत्थामा मारा गया! उस समय हथियार नीचे रखकर वे कितने व्याकुल हो गये थे, यह आपने भी तो देखा होगा? फिर भी आपने सनातन धर्म की अवहेलना करके उन्हें मरवा दिया?

आगे अर्जुन बड़े करुण स्वर में कहता है, अब हम लोगों की आयु का अधिकांश भाग बीत चुका है और थोड़ा बहुत शेष रह गया है। संभवतः इसीसे हमारा मस्तिष्क खराब हो गया है तभी हमने यह महान् पाप कर डाला है। जो आचार्य हमारी रक्षा पिता की भांति करते थे, जो धर्म की दृष्टि से हमारे पिता के ही तुल्य थे, उन्हें हमने क्षणभंगुर राज्य के लिए मरवा दिया? अवश्य हमारी बुद्धि लोभ से ग्रस्त है, तभी हम नीचों ने राज्य के लिए सदा उपकार करने वाले अपने आचार्य के साथ द्रोह किया है। मेरे गुरु हमेशा सोचते थे कि अर्जुन मेरे लिए पिता, पुत्र, भाई और स्त्री तक का त्याग कर सकता

है... पर मैंने राज्य के लोभ से उनकी मृत्यु की उपेक्षा कर दी। इस अवस्था में तो मैं जीने की उपेक्षा मर जाना ही अच्छा समझता हूं।

अग्रज के प्रति इतने कठोर वचन कहकर अर्जुन वस्तुतः स्वयं के हृदय की व्यथा को प्रगट कर रहा था... अन्यथा वह जानता था कि उसके अजातशत्रु भ्राता भी उसीके समान गुरु की वैसी हत्या से दुःखी हो रहे हैं। अर्जुन यह भी जानता था कि अब उम्र भर धर्मराज को उनका यह असत्य सालता रहेगा... और सचमुच सत्य यही था। तभी तो अर्जुन के इतने कठोर वचनों को सुनकर भी युधिष्ठिर एकदम मौन, जड़ बने रहे।

किंतु सदा के अक्खड़ भीम मौन नहीं रह सके। (वस्तुतः पांचों पांडवों में एकमात्र भीम ही ऐसे थे जिन्होंने युद्ध में कौरव-पक्ष के किसी योद्धा के प्रति कभी कोई सहानुभूति या सम्मान नहीं दिखाया था। यहाँ तक कि द्रोणाचार्य की मृत्यु पर भीम ने जोरों से हर्षनाद भी किया और उनके हत्यारे धृष्टद्युम्न को गले लगाकर उसे द्रोण-वध के लिए उच्च स्वर में बधाई भी दी थी।)

अस्तु... तब व्यंग्य का पुट लिए क्रोध में भरकर भीम ने अर्जुन से कहा, 'अर्जुन! तुम क्षत्रिय हो या ब्राह्मण! क्षत्रिय वह है जो क्षति (संकट) के समय अपना और दूसरों का त्राण करता है। युद्ध में शत्रुओं को क्षति पहुँचाना ही क्षत्रिय की जीविका होती है। तुम्हारी बुद्धि आज जो दयाभाव में रम रही है, यह बड़े सौभाग्य की बात है।'

इसी तरह और भी बहुत कुछ अर्जुन को सुनाते हुए, अंत में उसे फटकारते हुए भीम कहते हैं, 'तुम तो हमारे हृदयों को अपने वचनों से वैसे ही व्यथित किए दे रहे हो जैसे कोई घायल मनुष्य के घाव पर नमक बिखेर दे। तुम जो द्रोण-पुत्र से भय खा रहे हो, सो आज मेरा पराक्रम देख लो... मैं अकेला ही अपनी गदा से उसे परास्त किए देता हूं।'

भीम के इन जोशीले वचनों का सहारा पाकर द्रुपद-पुत्र धृष्टद्युम्न भी क्रोध में भर गया। फिर तो एक के बाद एक द्रोणाचार्य की अनेक कमजोरियाँ उसने उपस्थित जनों के समक्ष गिनाईं... यह बताने के लिए कि द्रोण की जैसी मृत्यु हुई है... वे वास्तव में वैसी ही मृत्यु के पात्र थे... तथा द्रोण का वध कर उसने कोई पाप नहीं किया है।

धृष्टद्युम्न अपने कृत्य को उचित ठहराने हेतु यहाँ अनेक तर्क देता है (इन तर्कों से धृष्टद्युम्न के साथ-साथ गुरु एवं ब्राह्मण-हत्या करने वाले पांडवों का पक्ष भी प्रस्तुत होता है यद्यपि सभी पांडव धृष्टद्युम्न के विचारों को समर्थन नहीं करते हैं।) धृष्टद्युम्न कहता है–

(1) द्रोणाचार्य अपने धर्म से भ्रष्ट हो चुके थे। द्रोण जन्म से ब्राह्मण थे, किंतु उन्होंने अपने धर्म का (ब्राह्मण धर्म) परित्याग कर क्षत्रिय धर्म का आश्रय ले रखा था। अतः वे वस्तुतः ब्राह्मण नहीं क्षत्रिय थे, इसलिए उनका वध पाप नहीं है।

(उल्लेखनीय है कि प्राचीन साहित्य में ब्राह्मण को अवध्य माना गया है। महाभारत में भी अनेक स्थानों पर ब्राह्मण का वध रौरव नरक में डालने वाला पाप कहा गया है,

किंतु महाभारत में ही कुछ स्थान ऐसे भी हैं जहाँ युद्ध-भूमि में हथियार लेकर शत्रु के रूप में उतरे ब्राह्मण के वध को पाप नहीं माना गया है। शांतिपर्व में एक स्थान पर व्यासदेव युधिष्ठिर से कहते हैं– ब्राह्मण कितना ही वेद-वेदांग में पारंगत क्यों न हो, यदि हाथ में हथियार लेकर मारने के लिए आए तो उसे मारने में ब्रह्म-हत्या का पाप नहीं लगता। यहीं पर भीष्म भी युधिष्ठिर से कहते हैं–यद्यपि ब्राह्मण सदा नमस्कार के योग्य होता है, क्योंकि वह इस भूतल पर ब्रह्म है, किंतु यदि वह युद्ध में सामना करने के लिए आ रहा हो तो धर्म का पालन करने वाले राजा को उसे कैद कर मार डालना अधर्म नहीं है।)

(2) द्रोणाचार्य का दूसरा दोष यह था कि वे ब्राह्मण होते हुए भी माया का प्रयोग करते थे। धृष्टद्युम्न कहता है, 'जो स्वयं माया का प्रयोग करता हो, उसे माया से ही मार डाला जाए तो इसमें अनुचित क्या है?'

(उल्लेखनीय है कि द्रोण ने युद्ध के दौरान एक नहीं अनेक बार दिव्यास्त्रों का प्रयोग किया था। जबकि सामान्यतया इनका प्रयोग करना वर्जित था। अर्जुन संभवतः द्रोणाचार्य से भी अधिक दिव्यास्त्रों का ज्ञाता था। शिव द्वारा प्राप्त पाशुपतास्त्र से वह क्षण भर में कौरव सेना को जलाकर भस्म कर सकता था, किंतु उसने इनका प्रयोग कभी नहीं किया। दिव्यास्त्रों का प्रयोग भी उसने गुरु द्रोण के दिव्यास्त्रों की काट करने के लिए नहीं किया था। यहाँ यह भी उल्लेखनीय है कि द्रोणाचार्य द्वारा दिव्यास्त्रों का प्रयोग करने के कारण अनेक ऋषि-मुनियों और देवताओं तक ने उनकी भर्त्सना की थी और उनसे कहा था कि अब तक तो तुमने 'अधर्मतः कृतं युद्धं' अधर्म से युद्ध किया है किंतु अब तुम्हारी मृत्यु का समय आ गया है, अतः अब अपने हथियार डाल दो।)

(3) धृष्टद्युम्न अर्जुन को तीसरा तर्क देता है कि वह गुरु द्रोण का वध करने के लिए ही पवित्र अग्नि-कुंड से पैदा हुआ है। अतः उसे ब्रह्म-हत्या या गुरु-हत्या का पाप नहीं लगेगा। फिर, द्रोणाचार्य ने केवल उसके बंधु-बांधवों (पांचालों) को ढूँढ-ढूँढकर मारा है (यह सत्य भी था) अतः बिना द्रोण का मस्तक काटे उसका संताप और क्रोध कैसे शांत हो सकता था?

(4) आगे धृष्टद्युम्न व्यंग्य करते हुए अर्जुन से कहता है... जब तुमने जयद्रथ का मस्तक काटकर दूर फेंक दिया था, भूरिश्रवा की भुजा काट दी थी... और अपने पितामह की मृत्यु का हेतु बने, तब वह अधर्म नहीं था? फिर हमारे कृत्य को अधर्म क्यों कहते हो?

(5) अंत में धृष्टद्युम्न दुःखी होकर यह भी कहता है कि मैं अपनी बहन कृष्णा और उसके पुत्रों की खातिर ही तुम्हारी उल्टी-सीधी और कड़वी बातें सुन रहा हूं। जैसे हाथी संबंध बन जाने पर लोगों को अपने ऊपर चढ़ने देने के लिए अपने ही शरीर की सीढ़ी बनाकर बैठ जाता है, उसी प्रकार से तुम्हारे साथ संबंध होने की वजह से नतमस्तक हूं, अन्यथा मैं तुम्हें कभी सहन नहीं करता।

धृष्टद्युम्न के इन वचनों से अर्जुन मर्माहत हो उठा किंतु अति दुःख के कारण उसने धृष्टद्युम्न को कोई प्रत्युत्तर नहीं दिया... केवल धिक्-धिक् अर्थात धिक्कार है, धिक्कार है कहते हुए आँसू बहाते बैठा रहा।

धृष्टद्युम्न की बातों को अन्य पांडवों तथा स्वयं श्रीकृष्ण ने भी पसंद नहीं किया ...किंतु फिर भी वे मौन बैठे रहे। किंतु सात्यकि (श्रीकृष्ण का संबंधी) मौन न रह सका। क्रोध में उबलते हुए वह बोल पड़ा, 'कोई है जो इस नराधम गुरु हत्यारे को शीघ्रतापूर्वक मार डाले।'

फिर तो सात्यकि और धृष्टद्युम्न में भयानक वाक्युद्ध हुआ... यह वाक्युद्ध आगे बढ़कर द्वंद्व-युद्ध में बदलकर किसी एक के प्राण लेता, इसके पूर्व ही श्रीकृष्ण तथा अन्य पांडवों ने किसी तरह दोनों वीरों को बलपूर्वक रोका और फिर समझा-बुझाकर शांत किया।

वैसे इसे हम अर्जुन की महानता ही कहेंगे कि उसके मन में अपने गुरु के प्रति तब भी इतना लगाव था... वर्ना ये उसके गुरु द्रोण ही तो थे जिनके द्वारा अपने हृदय पर दिए जख्मों से वह दो दिन पूर्व ही बुरी तरह चीख उठा था। अर्जुन गुरु-विरह में शायद भूल गया था कि उसके आदरणीय गुरु के निर्देशन में ही उसके किशोर बेटे अभिमन्यु को छः-छः महारिथियों ने घेर कर एक साथ मार डाला था। पुत्र की इस निर्मम हत्या का समाचार सुनकर तब वह ऐसा विक्षिप्त हो गया था कि अपने अग्रज बंधुओं तक को खरी-खोटी सुनाने से नहीं चूका था। वस्तुतः वह सोच भी नहीं पा रहा था कि युधिष्ठिर के रहते आखिर उसका प्यारा पुत्र कैसे मारा गया। यह तो उसे बाद में पता चला कि गुरु द्रोण ने चालाकी से उसे दूर भिजवाकर ऐसे चक्रव्यूह की रचना की थी जिसे भेदने और जिससे वापस आने की कला केवल उसे आती थी। तब शेष पांडवों के पास इसके सिवा और कोई चारा नहीं रह गया था कि वे अभिमन्यु को आगे करते, जिसे कम-से-कम चक्रव्यूह भेदना तो आता था। (इस संदर्भ में एक सुंदर कथा प्रसिद्ध है कि अभिमन्यु ने यह कला गर्भावस्था में पिता के मुख से सुनी थी... सुनते-सुनते सुभद्रा माता को नींद आ गई अतः वह चक्रव्यूह भेदने की कला तो सुन पाया किंतु वहाँ से निकलने की नहीं। वैसे यह कथा महाभारत में नहीं है।)

अस्तु... अभिमन्यु घुस तो गया था चक्रव्यूह में किंतु दुर्भाग्य से पांडव-पक्ष का कोई भी अतिरथी अभिमन्यु के पीछे नहीं जा पाया था। वस्तुतः यह जयद्रथ के कारण हुआ था, जिसने कभी महादेव को प्रसन्न कर उनसे वर ले लिया था कि युद्ध में वह एक बार पांडवों पर भारी पड़ते हुए उन्हें अकेला ही रोक लेगा। वैसे वह तो महादेव से किसी पांडव का वध करने का वर चाहता था किंतु महादेव ने यह वर उसे देने से इंकार कर दिया था... और तब उपरोक्त अपेक्षाकृत छोटा वर दिया था। इस तरह अंततः अभिमन्यु पिता सदृश चार-चार पांडवों के होते हुए भी कौरव-वीरों के बीच अकेला रह गया। फिर

भी उस बालक ने वीरों के इतिहास में अपना नाम दर्ज करते हुए बड़ी शूरता से युद्ध किया। अंततः वह अधर्मपूर्वक मारा गया... और इस तरह आचार्य द्रोण उस प्रातः दुर्योधन से की हुई अपनी प्रतिज्ञा की रक्षा कर सके... कि मैं आज किसी-न-किसी अतिरथी पांडव को अवश्य धराशायी करूँगा।

किंतु गुरु ने आखिर ऐसा वचन दिया क्यों था दुष्ट दुर्योधन को?

वस्तुतः द्रोणाचार्य मजबूर हो गए थे ऐसी कोई प्रतिज्ञा करने के लिए। दो दिन के अथक प्रयास के बाद भी वे युधिष्ठिर को जीवित नहीं पकड़ पाए तब कितना कुछ नहीं सुनाया था दुर्योधन ने उन्हें। यहाँ तक कहा था कि हम तो आपके शत्रु हैं, तब आप हमारे लिए अपने वचन की रक्षा क्यों करेंगे? आप मन से तो पांडवों से बँधे हैं। इसीलिए आपने प्रसन्न होकर पहले तो मुझे वर दिया, फिर पीछे उसे पलट दिया। उसे यह कहते भी लाज नहीं आई कि आपकी जीविका हमसे चलती है फिर भी आप हमारा अप्रिय करने में संलग्न है। मैं नहीं जानता था कि आप 'मधुदिग्धमिव क्षुरम्' शहद में डुबाए गये छुरे के समान हैं।

यह सच था कि आचार्य मन से पांडवों से बँधे थे किंतु कहीं भी कोई ढिलाई उन्होंने नहीं की थी पांडवों के विरुद्ध युद्ध करने में... वृद्धावस्था में भी प्राणपण से युद्ध कर रहे थे वे। तब दुर्योधन को आचार्य को इस तरह उपालम्भ्रस देते देख हमेशा से आचार्य का विरोधी रहा कर्ण तक कह उठा था... आचार्य को दोष मत दो सुयोधन ... वे तो अपनी ओर से पूरी शक्ति से युद्ध कर रहे हैं।

किंतु युधिष्ठिर को जीवित पकड़ने की प्रतिज्ञा ही क्यों कर ली थी आचार्य ने?

आइए इसे जानने के लिए कुरुक्षेत्र की युद्ध भूमि में चलते हैं जहाँ लगातार दस दिनों तक पांडव-सेना पर कहर के समान टूटने वाले पितामह के शरशैय्या पर शयन करने के पश्चात् कौरव-पक्ष में सेनापति के प्रश्न पर विचार-विमर्श हो रहा है।

दुर्योधन जानता था कि पितामह भीष्म के समान आचार्य द्रोण भी पांडवों से बँधे हैं तथा उन्होंने भी पांडवों को जय का आशीर्वाद दे रखा है। संभवतः इसीलिए वह सेनापति का पद-भार, अवस्था तथा वीरता में पितामह के बाद के क्रम में आने वाले आचार्य द्रोण को देने में झिझक रहा था। किंतु फिर कर्ण की सलाह पर उसने आचार्य की प्रशंसा तथा सम्मान करते हुए उन्हें ही सेनापति के पद पर अभिषिक्त किया। संभवतः द्रोण दुर्योधन से इसकी उम्मीद नहीं कर रहे थे। इसीलिए सेनापति बनते ही प्रसन्न होकर वे दुर्योधन से बोल पड़े, 'सदृशं कर्मणस्तस्य फलं प्राप्नुहि भारत' अर्थात् अपने इस कार्य के अनुरूप कोई फल प्राप्त कर लो भारत... कहो आज मैं तुम्हारा क्या प्रिय करूं?

तब कर्ण एवं दुःशासन से मंत्रणा कर दुर्योधन ने कहा, यदि आप मुझे वर दे ही रहे हैं तो मैं माँगता हूं– 'रथियों में श्रेष्ठ जेठे पांडव युधिष्ठिर को जीवित पकड़कर मेरे सुपुर्द कीजिए।'

दुर्योधन के यह वचन सुन आचार्य क्षण भर भौचक्क से रह गए। फिर खुशी से बोल पड़े, 'धन्य है युधिष्ठिर जिसे तुम जीवित ही पकड़ना चाहते हो। निश्चय ही तुम्हारा भी उस अजातशत्रु पर स्नेह रहा है। यदि तुम उससे संधि कर यह युद्ध बंद करना चाहते हो तो बड़ी खुशी की बात है।' आगे पांडवों के प्रति अपने प्रेम को न छिपाते हुए उन्होंने यह भी कहा कि यह भी खुशी की बात है कि तुमने धर्मराज के वध का वचन मुझसे नहीं लिया।

किंतु आचार्य की यह खुशी क्षण भर में की काफूर हो गई जब उन्होंने दुर्योधन के मुख से युधिष्ठिर को जीवित पकड़वाने का कारण सुना। बड़े निःसंकोच भाव से दुर्योधन ने कहा, 'मैं युधिष्ठिर को इसलिए नहीं मरवाना चाहता क्योंकि उसका वध होने पर शेष कौंतेय अवश्य ही हम लोगों को मार डालेंगे। यदि किसी तरह हमने कौंतेयों को पराजित कर भी लिया तो भी कृष्ण को पराजित करना मुझे असंभव लगता है। अवश्य ही वासुदेव इस युद्ध में विजयी हो कुरु देश को या तो कुंती को सौंप देंगे या फिर कृष्णा को दे देंगे। मैं युधिष्ठिर को इसलिए जीवित पकड़वाना चाहता हूं ताकि एक बार फिर उन्हें जुए में हराकर पुनः वन भेज सकूँ। शेष पांडव तब निश्चित ही उनका अनुकरण करेंगे... और तब मेरा दीर्घकाल तक राज्य बना रहेगा।'

कितना चालक बन रहा था यहाँ मूर्ख दुर्योधन। वैसे वह हमेशा ऐसे ही रहा है। वासुदेव के महत्त्व को जानने और बखान करने के बाद भी अंत तक वह उनसे दुश्मनी रखते रहा। पर दुर्योधन को हम क्यों दोष दें। हम सब भी तो परमात्मा के सर्वसामर्थ्य को जानते हुए भी प्रायः अपने लाभ के लिए तरह-तरह के दांव-पेंच अपनाने से नहीं चूकते। वस्तुतः हम सबके मन में कहीं-न-कहीं दुर्योधन छिपा होता है।

अस्तु... दुर्योधन के कुटिल वचनों से द्रोण क्षण भर के लिए मर्माहित हो उठे, पर फिर यह सोचकर कि चलो इस दुष्ट ने मुझसे कम-से-कम धर्मराज के वध की प्रतिज्ञा तो नहीं कराई... दुर्योधन को 'एवमस्तु' कह दिया... पर साथ ही एक शर्त भी रखी। अर्जुन के सामने अपने बल को (वृद्धावस्था के कारण) हीन बताते हुए आचार्य ने दुर्योधन को निर्देश दिया कि वह किसी भी तरह अर्जुन को युधिष्ठिर से दूर रखे अन्यथा वे युधिष्ठिर को नहीं पकड़ पाएँगे।

किंतु आचार्य अपनी प्रतिज्ञा पूरी नहीं कर सके। लगातार चार दिन तक... या कहें जीवनपर्यंत... प्रयास करने के बाद भी वे ज्येष्ठ पांडव को पकड़ने में असफल रहे थे... किंतु समूचे आर्यावर्त के श्रेष्ठतम् गुरु द्रोण के लिए यह कोई बहुत बड़ी बात तो नहीं थी? सैकड़ों शिष्यों को सफलता का राजमार्ग दिखलाने वाले गुरु का अपने ही एक शिष्य को पकड़ने में असफल होना क्या आश्चर्यजनक नहीं है? क्या हृदय से पांडवों से बँधे गुरु द्रोण ने युधिष्ठिर को पकड़ने में अपनी ओर से को ढील दी थी? या फिर पांडवों की रक्षा-पंक्ति की मजबूती ने द्रोण को अपने प्रयास में विफल कर दिया था?

उत्तर में हम कहेंगे कि गुरु द्रोण यहाँ बिल्कुल निर्दोष थे। युधिष्ठिर को पकड़ने तथा अन्य पांडवों से लोहा लेने में उन्होंने अपनी ओर से कोई कसर नहीं छोड़ी थी। जहाँ तक पांडवों की रक्षा-पंक्ति का सवाल है, निश्चय ही वह सुदृढ़ थी। गर्भस्थ शिशु के समान सारा-का-सारा पांडव-पक्ष लगातार अपने राजा को सुरक्षित रखे हुए था। वस्तुतः युधिष्ठिर को न पकड़ पाने का मुख्य कारण दुर्योधन ही था। उस मूर्ख को विश्वास नहीं था कि गुरु अपनी प्रतिज्ञा में दृढ़ रहेंगे, अतः 'ततः प्रतिज्ञास्थैयार्थम् स मंत्रो बहुलीकृतः' अर्थात् आचार्य अपनी प्रतिज्ञा में दृढ़ रहे इसलिए उसने यह गुप्त बात अपने बहुत से लोगों में फैला दी। किंतु दुर्योधन यह बात भूल गया कि उसकी सेना में छिपे पांडवों के गुप्तचर यह खबर पांडवों तक पहुँचा देंगे, जिससे पांडव-पक्ष सतर्क हो जाएगा। सचमुच ऐसा ही हुआ... और युधिष्ठिर द्रोणाचार्य के लाख प्रयास करने के बाद भी उनकी गिरफ्त से बचे रहे।

अस्तु... गुरु द्रोण युधिष्ठिर को जीवित पकड़ने की अपनी प्रतिज्ञा पूर्ण अवश्य नहीं कर सके, किंतु इसमें कोई संदेह नहीं कि कौरव-पक्ष में सर्वाधिक वीरता से युद्ध करने वाले गुरु द्रोण ही थे। वैसे कौरवों के पहले सेनापति पितामह भीष्म ने अवश्य अपने दस दिन के युद्ध में पांडव सेना की भीषण तबाही की थी किंतु पांडव-पक्ष के जितने महारथियों का संहार चार दिन के युद्ध में गुरु द्रोण ने किया, व्यास-कथा के अनुसार वह संख्या भीष्म के संहार से कहीं अधिक थी। द्रोणाचार्य द्वारा यमलोक भेजे गए प्रमुख राजाओं में विराट देश के बूढ़े राजा विराट, अनेक पुत्रों सहित पांचाल-राज द्रुपद, पांडवों के वीर मामा पुरुजित एवं कुंतीभोज, पांचाल योद्धा मित्रवर्मा एवं क्षैत्रधर्मा, शिशुपाल का पुत्र रूपकेतु, एक ही नाम के दो भाई रोचमान, सुचित्र एवं चित्रवर्मा नामक पिता-पुत्र आदि महारथी थे। उल्लेखनीय है कि कर्ण (जिसकी वीरता के सहारे ही वास्तव में दुर्योधन ने पांडवों से युद्ध मोल लिया था) के द्वारा पांडव-पक्ष के मारे गए वीरों की संख्या द्रोणाचार्य द्वारा मारे गये वीरों की तुलना में नगण्य थी। तभी तो संजय द्वारा द्रोणाचार्य की मृत्यु का समाचार सुनकर धृतराष्ट्र दुःख से कातर हो बोल उठे थे–

'न नूनं पर दुःखेन म्रियते कोऽपि संजय।
यत्र द्रोणमहं श्रुत्वा हतं जीवामि मन्दधीः ॥' (द्रोणपर्व 9.9)

अर्थात्, संजय! निश्चय ही कोई दूसरे के दुःख से नहीं मरता, तभी तो मैं मंदबुद्धि, आचार्य द्रोण को मारा गया सुनकर भी जी रहा हूं।

'दैवमेव परं मन्ये नन्वनर्थं हि पौरूषम्।
अश्मसारमयं नूनं हृदय युदृढ़ मम ॥
यच्छ्रूत्वा निहितं द्रोणं शतधा न विदीर्यते।' (द्रोणपर्व 9.10)

अर्थात्, मैं तो दैव को ही श्रेष्ठ मानता हूं। पुरुषार्थ तो अनर्थ का ही कारण है। निश्चय ही मेरा यह हृदय लोहे का बना हुआ है, तभी तो आचार्य द्रोण की मृत्यु का समाचार सुनकर भी इसके सौ टुकड़े नहीं हो गये।

आगे धृतराष्ट्र यह भी कहते हैं कि द्रोण का रणभूमि में गिराया जाना समुद्र के सूखने, मेरू पर्वत के चल पड़ने और सूर्य के आकाश से टूटकर गिरने के समान है। मैं इसे किसी भी प्रकार सहन नहीं कर पा रहा हूं।

और सचमुच राजा धृतराष्ट्र संजय के देखते-ही-देखते द्रोणाचार्य के गम में मूर्छित हो गए थे। पता नहीं मूर्छित होते समय अंधे राजा को गुरु द्रोण के वे वचन याद आए या नहीं जब अनेकानेक बार उन्होंने राजा को मना किया था कि अपनी अंधी प्रवृत्ति के अनुसार मत चलो... अपनी शतशः कामनाओं (सौ पुत्रों) को लगाम दो। बुद्धि (विदुर) के निर्देशन में चलो। धर्म (युधिष्ठिर), शक्ति (भीम), धैर्य (अर्जुन), सेवा-भक्ति (नकुल, सहदेव) तुम्हारे अपने हैं (राजा धृतराष्ट्र में ये गुण थे), इन्हें वनवास मत दो।

संधि का प्रस्ताव लेकर आए कृष्ण का भागवत स्वरूप समझाते हुए द्रोण ने धृतराष्ट्र को सलाह दी थी कि वह अब भी अपनी कामनाओं पर अंकुश डालते हुए पांडवों (धर्म, धैर्य आदि) को वापस बुलवाकर उनका अधिकार उन्हें देकर श्रीकृष्ण का सम्मान करें। गुस्से में यहाँ तक द्रोण ने कहा था... कितना प्रलाप करूँ महाराज! आप क्यों नहीं समझते कि 'यतो धर्मस्ततः जयः' जहाँ धर्म है वहीं जय है... किंतु धृतराष्ट्र अंततः एक सामान्य मनुष्य ही थे... बिल्कुल हमारे समान... जिनकी कामनाएँ सद्प्रवृत्तियों पर हावी रहती हैं... जो बुद्धि का निर्देशन ठुकराते हुए अंधों के समान चलते हुए अंततः ऐसी ठोकरें खाते हैं कि फिर अपना सब कुछ गंवा बैठते हैं।

अस्तु... गुरु द्रोण के एक और आरोप की चर्चा रह गई... वह भी कर लें। कहते हैं कि अर्जुन के प्रति तो द्रोण अतिरिक्त प्रेम रखते ही थे किंतु अपने इकलौते पुत्र अश्वत्थामा के प्रति उनकी ममता कुछ ज्यादा ही थी। सचमुच उनका पुत्रमोह अत्याधिक रहा होगा तभी तो उसकी मृत्यु का समाचार सुन उन्हें प्राण-धारण करना मुश्किल हो गया था। युद्ध में कितना कुछ संहार नहीं किया था द्रोण ने। दूर क्यों जाए वीर बालक अभिमन्यु को मारने हेतु अर्जुन की अनुपस्थित को ध्यान में रख चक्रव्यूह रचना और फिर छः-छः अतिरथियों का उस पर उनके ही निर्देशन में टूट पड़ना भी तो एक बालक की हत्या थी... तब उन्हें नहीं लगा कि यह उनके ही प्रिय शिष्य का पुत्र है? युद्ध-भूमि में तो क्षत्रिय मोह से परे होकर ही उतरता है... फिर द्रोण तो ब्राह्मण थे, उन्हें तो और भी मोह से परे होना चाहिए था। इसी अश्वत्थामा के लिए कभी वे सारी लज्जा त्यागकर द्रुपद दरबार में याचक होकर गये... जहाँ मिला अपमान भी इस युद्ध का एक कारण था। (इस पर हम पर्याप्त चर्चा कर चुके हैं।) उल्लेख है कि प्रारंभ में आचार्य उसे अर्जुन से भी अधिक श्रेष्ठ धनुर्धर बनाना चाहते थे... वह भी कपटपूर्वक। कथा मिलती है कि वे सभी शिष्यों को जब वे पानी लाने भेजते थे तब अपने बेटे के हाथ में अधिक परिधि वाला घड़ा थमाते थे ताकि वह जल्दी पानी भरकर आ सके और उसे शिक्षा हेतु अधिक समय मिल सके। वैसे बात कुछ जमती नहीं... भला घड़ा भरने में उसकी परिधि के थोड़े

छोटे या बड़े होने से कितने समय का अंतर पड़ता? अस्तु... पुत्र से हद से अधिक प्रेम द्रोण का दोष तो था किंतु इतना भी बड़ा नहीं था कि इसे बढ़-चढ़कर बताया जाए। अपने पुत्र को योग्यतम बनाना कौन नहीं चाहता है? पर यदि द्रोण इतने पक्षपाती होते तो अर्जुन को आर्यावर्त का सर्वश्रेष्ठ धनुर्धर होने का आशीर्वाद ही क्यों देते? उससे पुत्रवत् प्रेम क्यों करते जिसके कारण जब-तब उन्हें कौरवों की आलोचना सुननी पड़ती थी? लोग प्रायः वह दृष्टांत भूल जाते हैं जब उन्होंने ब्रह्मास्त्र की शिक्षा अर्जुन को तो प्रसन्नतापूर्वक दे दी किंतु अश्वत्थामा ने अर्जुन से स्पर्धा करते हुए जब स्वयं भी उसकी चाहना की तब द्रोण ने स्पष्टतः मना कर दिया... यह कहते हुए कि तुममें वह तप और वह ब्रह्मचर्य नहीं है जो इसकी प्राप्ति की आवश्यक योग्यता है। ब्रह्मास्त्र छोड़ना तो कठिन है ही उसे वापस लेना तो बहुत ही कठिन है। बारम्बार पुत्र के माँगने पर अंततः द्रोण ने वह विद्या तो दी पर एक प्रण भी करवा लिया कि बड़ी-से-बड़ी आपत्ति पड़ने पर भी तुम रणभूमि में मनुष्यों के बीच इस अस्त्र का प्रयोग मत करना... इसके साथ ही द्रोण पुत्र को यह कहना नहीं भूले कि मुझे संदेह है कि 'त्वं जातु सतां मार्गे स्थातेति पुरूषर्षभ' तुम कभी सत्पुरूषों के मार्ग पर स्थिर रह सकोगे।

बात गंभीर है यह अश्वत्थामा समझ गया था। ब्रह्मास्त्र तो उसके पास हुआ न हुआ बराबर ही हो गया। क्या करूँ इसका मैं? एक बार यही सब वह सोच रहा था वासुदेव से भेंट हो गई। कौरवों के साथ रहने के कारण बहुत अधिक श्रद्धा तो नहीं थी उसके मन में कृष्ण के प्रति, पर हाँ, युधिष्ठिर के राजसूय यज्ञ में वह उनका प्रभाव देख चुका था ... विशेषकर उनके भव्य सुदर्शन ने जिस तरह अनायास शिशुपाल के गर्वीले मस्तक को धड़हीन कर दिया था, उससे वह चमत्कृत था। काश उसके पास भी सुदर्शन होता। तब कुछ सोचकर मूर्ख द्रोण-पुत्र ने कहा, 'केशव! देवताओं और गंधर्वों द्वारा सर्वाधिक सम्मानित ब्रह्मास्त्र मेरे पास है... आप इसे ग्रहण कर लीजिए और बदले में अपना सुदर्शन मुझे दे दीजिए।'

अंतर्यामी कृष्ण तत्क्षण समझ गये कि वह क्यों ब्रह्मास्त्र देना चाहता है। प्रगट में मुस्कुराते हुए उन्होंने कहा, सुदर्शन क्या, तुम मेरा कोई भी शस्त्र ले सकते हो बंधु ... यह मेरा धनुष है, यह मेरी गदा है यह मेरी शक्ति है और यह रहा मेरा सुदर्शन। मुझे नहीं चाहिए तुम्हारा ब्रह्मास्त्र, उसे अपने ही पास रखो और इन शस्त्रों में जो चाहे ले लो। तब अश्वत्थामा ने प्रसन्नता छिपाते हुए सुदर्शन की ओर हाथ बढ़ाया... किंतु यह क्या? उठाना तो दूर गुरु-पुत्र उसे थोड़ा हिला भी नहीं सका... मानों अंगद का पाँव हो। तब कृष्ण ने कहा, गुरु-पुत्र! तुम्हारे मन में यह इच्छा आई कैसे?... मेरे अंतरंग बंधु अर्जुन, मेरे प्रिय पुत्र प्रद्युम्न तथा मेरे अग्रज बलराम ने भी जिसे पाने का कभी विचार नहीं किया उसे तुमने क्योंकर पाना चाहा?... और तब लज्जित हुआ द्रोण-पुत्र कृष्ण से क्षमायाचना कर उनसे यह प्रार्थना करते हुए कि 'शिवेनाभिवदस्व माम्' मुझे कल्याण का आशीर्वाद दीजिए, लौट गया।

किंतु कल्याण के सारे रास्ते तो अश्वत्थामा स्वयं बंद कर चुका था जब उसने उस पक्ष का साथ दिया था जहाँ कृष्ण नहीं थे... जो अधर्म का पक्ष था। क्या उसने व्यास, विदुर, संजय, गांधारी, स्वयं अपने पिता या अन्य किसी को यह बोलते नहीं सुना था कि 'यतो धर्मोस्ततो जयः यतो कृष्णः ततो जयः'? न केवल दुराचारी दुर्योधन का उसने पूरे 18 दिन साथ दिया वरन् उसकी मृत्युबेला में उसे प्रसन्न करने हेतु उसने द्रौपदी के भाई धृष्टद्युम्न का और उसके पांचों पुत्रों का निद्रावस्था में वध कर दिया था। इतना ही नहीं, पांडवों द्वारा पीछा किए जाने पर वह पिता के वचन भूल ब्रह्मास्त्र भी छोड़ बैठा था... और किस पर छोड़ा था उसने ब्रह्मास्त्र?... एक निरीह गर्भ पर। ... पांडवों के अंतिम उत्तराधिकारी उत्तरा के गर्भ में पल रहे अभिमन्यु के पुत्र पर। उसे रोष था... अभिमन्यु द्रोण के निर्देशन में अधर्म से मारा जा चुका था... फिर वह रोष कैसा? अस्तु... गुरु-पुत्र ने अपने किए का फल पाया। उसकी अलौकिक मणि मस्तक से निकाली गई... मणि के स्थान पर ऐसा घाव उसे मिला जिसका रिसना कभी बंद नहीं हुआ! फटे-चिथड़े कपड़ों से दुर्गंधयुक्त घाव को ढके, भिखमंगा सा एकाकी घूमने को गुरु-पुत्र अभिशप्त हुआ... वह भी हजारों वर्षों के लिए। पता नहीं वह अभागा आज भी कहीं भटक न रहा हो। द्रोणाचार्य ने यदि स्वर्ग से पुत्र का यह कृत्य देखा होगा तो निश्चय ही वे भी पुत्र के इस अपराध पर लज्जित हुए होंगे।

अस्तु... अब तक हमने गुरु द्रोण के भव्य व्यक्तित्व का (गुण-दोष सहित) दिग्दर्शन किया। किंतु इस विश्लेषण में गुरु द्रोण को प्रणम्य बनाने वाली एक अतिमहत्त्वपूर्ण बात छूट गई... वह यह कि गुरु द्रोण की हत्या जिस धृष्टद्युम्न ने की, उसे रण-कौशल की शिक्षा स्वयं गुरु-द्रोण ने ही दी थी। यहाँ महत्त्वपूर्ण बात यह है कि द्रोणाचार्य यह जानते थे कि द्रुपद ने अपनी बैराग्नि को शांत करने के लिए, स्वयं उनके ही वध के लिए धृष्टद्युम्न को यज्ञ से उत्पन्न किया है। धृष्टद्युम्न के साथ ही द्रुपद-पुत्र शिखंडी को भी उन्होंने अपना शिष्य स्वीकार किया था।

यहाँ प्रश्न उठता है कि गुरु द्रोण ने आखिर ऐसा किया क्यों? जानते-बूझते हुए भी उन्होंने आखिर धृष्टद्युम्न को अपना शिष्य क्यों बनाया? महाभारत में इस प्रश्न का उत्तर यूँ मिलता है—'तत् कृतवान् द्रोण आत्मकीर्त्यनु रक्षणात्' अर्थात् अपनी कीर्ति की रक्षा के लिए उन्होंने वह उदारतापूर्ण कार्य किया।

पर कीर्ति की रक्षा का क्या तात्पर्य हुआ? इसका सुंदर विश्लेषण गुजराती लेखक दिनकर जोशी ने द्रोणाचार्य को नायक बनाकर लिखे गए अपने ग्रंथ 'अमृतयात्रा' में किया है। जोशी जी लिखते हैं, 'धृष्टद्युम्न को अपना शिष्य बनाने की सलाह स्वयं कृष्ण ने द्रोणाचार्य को दी थी, ताकि उनकी मृत्यु गरिमामय बन सके।'

बात स्पष्ट है — गुरु द्रोण को मारने की शक्ति रखने वाला किसी और का शिष्य होता तो उनकी श्रेष्ठता, उनकी गरिमा निश्चय ही कम होती। इस तरह द्रोण ने स्वयं

अपने प्राणों की बलि देकर अपनी कीर्ति की रक्षा की। निश्चय ही इसे मानवजीवन का एक उच्च मूल्य कहा जा सकता है।

आचार्य द्रोण को नायक बनाकर लिखी गई एक और रचना हाल में ही पढ़ने को मिली। द्रोणाचार्य के चरित्र को अत्यंत कुत्सित रूप से प्रस्तुत करने वाली यह किताब, आश्चर्य है कि उत्तर प्रदेश सरकार द्वारा पुरस्कृत है एवं उत्तर प्रदेश के कुछ विद्यालयों में पाठ्यक्रम में शामिल भी है। अर्जुन के प्रति अंध-प्रेम, कर्ण की उपेक्षा, एकलव्य से ली गई निष्ठुर गुरु-दक्षिणा आदि द्रोण के दोषों का तो इसमें बढ़ा-चढ़ाकर वर्णन है ही, यह वर्णन भी पर्याप्त विस्तार से है कि गुरु द्रोण मदिरा पान करने तथा अन्य स्त्रियों से फ्लर्ट करने में भी उस्ताद थे। इनकी प्रेम-लीला की नायिका बताई गई है, विदुर की पत्नी। ईश्वरीय प्रेम में आकंठ डूबी जिस विदुरानी के हाथों कृष्ण ने केले के छिलके, दुर्योधन का छप्पन भोग छोड़कर, बड़े प्रेम से खाए थे, जिस विदुरानी की कृष्ण-भक्ति कृष्ण-भक्तों के लिए सदैव ही एक आदर्श रही है, उसकी ऐसी दुर्गति की है एक लेखक 'मनु शर्मा' ने। उनकी किताब का नाम है 'द्रोणाचार्य की आत्मकथा'। इसकी एक बानगी देखिए—आत्मकथात्मक शैली में लिखी गई इस किताब में द्रोण कहते हैं, 'मैं अक्सर विदुरजी के यहाँ चला जाया करता था जिसका कारण मेरी एक दुर्बलता थी और वह थी विदुर की अनिंद्य सुंदरी पत्नी सुलक्षणा, जिसे मैं भाभी कहा करता था। उम्र चालीस के पार जरूर होगी पर तीस-बत्तीस से अधिक नहीं लगती थी। शरीरयष्टि एकदम तराशी हुई, नाक-नक्श अद्भुत, गुलाबी मक्खन की पुतली'... ऐसी सुलक्षणा को बाग में फूल तोड़ती देख द्रोण झाड़ी में छिपकर किसी मनचले प्रेमी के समान उसके सौंदर्य-रस का पान करते हैं। किसी थर्ड ग्रेड उपन्यास के समान लेखक ने आगे यहाँ जिस तरह विदुरानी के रूप का वर्णन किया है वह यहाँ लिखना ही बेहतर है। (पृ. 134, 135) आश्चर्य तो यह है कि विदुरानी भी द्रोण की इस ताक-झाँक में रस लेती है। तभी तो द्रोण की चोरी पकड़ी जाने पर उन्हें प्रेम से उलाहना देती है इतनी अवस्था हो गई, पर तुम्हारी लुका-छिपी की आदत नहीं गई देवरजी।' (वही)

एक और प्रसंग देखिए—सुलक्षणा बीमार है। कुशल-क्षेम पूछने द्रोण तुरंत पहुँचते हैं ... पूछते हैं कि हुआ क्या है? वह कहती है,... 'क्या बताऊँ, ज्वर ने ऐसा पकड़ा है कि छोड़ता ही नहीं।' इस पर द्रोण यह कहते हुए ठहाका लगाते हैं कि इसमें बेचारे ज्वर का क्या दोष? आपका शरीर ही ऐसा है कि जो पकड़ ले वह छोड़ेगा नहीं। द्रोण के इस ठहाके में सुलक्षणा भी खिलखिलाकर हँस पड़ती है जबकि वहीं बैठे कुंती और विदुर इस बात को मानों अनसुना कर मौन रहते हैं। (वही पृ. 210)

ऐसा नहीं कि द्रोणाचार्य सर्वदा निर्दोष थे या वे महाभारत के श्रेष्ठतम् नायकों में स्थान रखते हैं... अवश्य उनसे भूलें हुई थीं, पर व्यास ने उन्हें कहीं भी, थोड़ा भी, चरित्रहीन नहीं बताया है। अवश्य उनसे, भीष्म से, कृपाचार्य से... यहाँ तक कि समस्त

पांडवों से भी कहीं-न-कहीं चूक हुई थी... और इस चूक का कारण कहीं तो वे स्वयं और कहीं उनकी सामाजिक, ऐतिहासिक परिस्थिति थी। क्या हमें अपनी इस प्राचीन, धार्मिक एवं साहित्यिक धरोहर को इसी परिप्रेक्ष्य में नहीं देखना चाहिए? व्यास इन पात्रों की कमजोरियों को चित्रित कर हमें कुछ संदेश देना चाहते हैं... अच्छा हो कि हम उसे समझें, न कि अपनी ओर से नए-नए दोष इन पर मढ़ें और इस तरह व्यास-कथा को बदरंग करें।

द्रोण-चरित्र को लेकर व्यास-कथा में एक और महत्त्वपूर्ण बिंदु स्पष्ट दिखाई देता है जिसे अनदेखा कर आधुनिक लेखक उनकी मनमानी आलोचना करते हैं... यह बिंदु द्रोण के और पांचाली के भी चरित्र की उत्कृष्टता बताता है। वैसे व्यास ने पांचाली और द्रोण में परस्पर संवाद का लगभग अभाव ही रखा है किंतु दोनों में कोई कटुता रही हो... इसका थोड़ा भी रेशा पूरी व्यास-कथा में कहीं नहीं दिखाई देता। अवश्य पांचाली के चीर-हरण के समय द्रोण मौन धारण किए बैठे रहे, किंतु पांचाली द्रुपद-पुत्री है... शत्रु-कन्या है, इसलिए वे मौन थे, ऐसी बात नहीं थी। फिर वे अकेले ऐसे नहीं थे... और भी बहुत से तथाकथित ज्येष्ठ और श्रेष्ठ लोग वहाँ चुप बैठे थे। पहले दोषी तो यहाँ पितामह थे जिनकी वह कुलवधू थी... इसीलिए पांचाली ने अंत समय में उन्हें उपदेश देते सुन व्यंग्य से पूछा भी था कि द्यूत-सभा में आपकी यह बुद्धि कहाँ थी पितामह? पर द्रोण से उसने कभी इसका हिसाब नहीं माँगा।

वस्तुतः आचार्य के प्रति पिता द्रुपद के मन की कटुता पांचाली के मन में कहीं भी नहीं थी... हो भी नहीं सकती थी। द्रोण उसके पतियों के प्रिय आचार्य थे... अतः निश्चय ही उसके भी आदरणीय थे। ऐसा नहीं होता तो वह अपने पुत्रों के हत्यारे गुरुपुत्र अश्वत्थामा को कभी क्षमा नहीं करती। दूसरी ओर द्रोण का मन भी पांचाली के प्रति थोड़ा भी मैला नहीं था। पांचाली को तो द्रुपद ने द्रोण के संहार के लिए नहीं पाया था? इस हेतु उसने पाया था धृष्टद्युम्न को। आचार्य यह जानते थे। फिर भी उन्होंने धृष्टद्युम्न को धनुर्वेद की शिक्षा दी थी। धृष्टद्युम्न के प्रति यदि आचार्य सरोष या कटु होते तो बात समझ में आती... पांचाली के प्रति भला वे क्यों ऐसी भावना रखते? सच तो यह था कि उन्होंने पांचाली को अपने प्रिय शिष्य सव्यसाची की पत्नी के रूप में स्वीकार करते हुए मन से सौभाग्यवती होने का आशीर्वाद दिया था। उन्होंने उस सभा में बढ़-चढ़कर हिस्सा भी लिया था जो यह तय करने के लिए आयोजित थी कि पांचाली से विवाह के बाद क्या पांडवों का हस्तिनापुर में स्वागत किया जाए? वार्णावत की घटना के बाद सभी ने यह मान लिया था कि माँ सहित पांडव जल मरे हैं... दबे-छिपे स्वर में पूरे हस्तिनापुर में चर्चा थी कि वे मरे नहीं मारे गये हैं... किंतु फिर भी मामला दबा सा था। दुर्योधन मामला दबने से अपनी चांडाल-चौकड़ी के साथ चैन की साँस ले रहा था। कलिंगराज की कन्या के स्वयंवर में कर्ण की सहायता से उसने अपहरण कर अपना दबदबा भी भारतवर्ष के

राजाओं के बीच जमाना प्रारंभ कर दिया था। उसकी बड़ी लालसा थी कि किसी तरह पांचाली को भी हस्तिनापुर के महल में ले जाऊँ... ताकि पांचाल-नरेश भी दबे रहें... किंतु उसका दुर्भाग्य... माया तो नहीं मिली राम भी गये। पांचाली के साथ पांडवों का प्रगट होना उसके लिए कितना क्लेशकारी रहा होगा, समझा जा सकता है। तब कर्ण की सहायता से वह यही तय करता है कि अभी पांचाल देश पर आक्रमण कर पांडवों को समाप्त कर दिया जाए। किंतु धृतराष्ट्र एक अच्छे राजा का परिचय देते हुए सभा बुलवाते हैं... जहाँ भीष्म सबसे पहले बोलते हुए जोर देकर कहते हैं कि उनकी राय में पांडवों को सादर पांचाली सहित हस्तिनापुर बुलवाया जाए तथा उनको कम-से-कम आधा राज्य सौंप दिया जाए। तब द्रोणाचार्य भी कहते हैं कि 'बहुलं रत्नामादाय तेषामर्थाय भारत', हे भारत! बहू के लिए तरह-तरह के अनेक रत्नों के आभूषण भेजे जाएं और उसे सम्मानपूर्वक पांडवों के साथ लाया जाए... और तब दुर्योधन और कर्ण के विरोध के बावजूद धृतराष्ट्र ने यही किया।

इतना ही नहीं व्यास-कथा में उल्लेख है कि पांचाली की अगवानी हेतु द्रोणाचार्य हस्तिनापुर की सीमा पर विकर्ण आदि कौरवों के साथ स्वयं गये थे। इससे भी स्पष्ट है कि अब वह उनके लिए अपने शत्रु द्रुपद की पुत्री नहीं रह गई थी। एक बात और, यदि पांचाली के प्रति शत्रु-पुत्री की भावना आचार्य के मन में होती तो वे अपने पुत्र अश्वत्थामा को क्यों उसके स्वयंवर में जाने देते? कौरवों को न सही, अपने पुत्र को तो वे रोक सकते थे। (व्यास-कथा में अश्वत्थामा आचार्य का प्रिय पुत्र है, साथ ही आचार्य भी पुत्र के प्रिय पिता हैं। वह एक आज्ञाकारी तथा पितृभक्त पुत्र चित्रित हुआ है।)

देखा जाए तो पांचाली के प्रति स्नेह और सम्मान द्रोणाचार्य के चरित्र के अनुरूप ही था... किंतु आधुनिक लेखक द्रोण को यहाँ भी निम्न बनाने से नहीं चूकते हैं। जैसे, मनु शर्मा अपने पूर्व-उद्धृत ग्रंथ में उनके मुख से अर्जुन द्वारा पांचाली को प्राप्त करने का समाचार सुन कहलवाते हैं कि अब मेरा शिष्य मेरा नहीं रह गया। द्रुपद का जामाता बनकर वह उसका बंदी बन गया है। इस समाचार से मेरा मन ऐसा घायल हुआ है कि संसार की किसी औषधि से यह ठीक नहीं हो सकता।

चलो इसे मान भी लें। शत्रु की पुत्री से प्रिय शिष्य का विवाह संभव है द्रोण को न भाया हो, जिसे व्यास ने न चित्रित किया हो... किंतु क्या उनका मन इतना निम्न था कि वह पांचाली के लिए 'चुड़ैल' और 'कलूटी' जैसे शब्दों का प्रयोग करें? उक्त किताब में द्रौपदी के प्रति द्रोण के ऐसे शब्दों और भावों की भरमार है। एक उदाहरण देखिए—एक दासी पुलोमा के कहने पर कि आजकल पांडवों के ज्ञान को अहं की एक पुतली ने अपने प्रेमपाश में ऐसा जकड़ रखा है कि पांडव पांडव नहीं रह गये, उनमें जमीन-आसमान का अंतर आ गया है, द्रोण कह उठते हैं, 'वह तो चुड़ैल है चुड़ैल, पांडवों को बरबाद कर ही दम लेगी। पुत्रेष्टि यज्ञ से उत्पन्न घृणा, द्वेष एवं प्रतिशोध की पुतली।' (पृ. 161)

इस किताब में स्थान-स्थान पर अश्वत्थामा के चरित्र से भी छेड़छाड़ है। ऊपर हमने व्यास-कथानुसार उसके गुण-दोषों का वर्णन किया। अब यहाँ देखिये। यहाँ वह एक बिगड़ैल बेटा है जो प्रारंभ से ही पूरी तरह कौरवों के पक्ष में है... पांडवों के प्रति पिता का झुकाव देख वह उनसे सीधे मुँह बात तक नहीं करता। एक झलक देखिए—युवराज बनने के पूर्व युधिष्ठिर गुरु से जब आशीर्वाद लेने आते हैं तब वह उनसे मिलता है, 'उसकी क्या मजाल जो मुझसे नहीं बोलता।' इस पर द्रोण के कहने पर कि तुम उसके सामने क्या हो, वह युवराज होने जा रहा है... अश्वत्थामा उत्तर देता है, 'होगा युवराज। मैं किसी युवराज से कम थोड़े हूं।' (पृ. 94)

अश्वत्थामा का कौरवों के पक्ष में जाना युद्ध करना कोई विशेष बात नहीं थी ... जब सारे बुजुर्ग उनके साथ थे, वह भी था। किंतु पांडवों के प्रति उनके मन में कभी घृणा नहीं थी। अंत समय में उसने अवश्य पांडवों के पांचों पुत्रों को बेरहमी से मारा और ब्रह्मास्त्र चलाकर उत्तरा के गर्भ को भी मारने का प्रयत्न किया किंतु यह तब हुआ जब उसने अपने राजा दुर्योधन की भीम द्वारा की गई बुरी गति को स्वयं अपनी आँखों से देखा और दुर्योधन के मुख से भीम के छलपूर्वक किए गये युद्ध का समाचार सुना। पिता की उस तरह छल-पूर्वक की गई हत्या से वह पहले ही पांडवों से नाराज था ... किंतु उसके पहले तक कहीं भी व्यास-कथा में वह बुरा नहीं है... जिस तरह कर्ण हर बात में कौरवों के साथ खड़ा रहता है, पांडवों के प्रति आग उगलता है, वैसा यह गुरु-पुत्र नहीं करता, बल्कि पिता, मामा और पितामह के समान उसके भी मन में यही भावना रही है कि पांडव-पक्ष धर्म का पक्ष है। वह भी बड़ों के समान दुर्योधन को समझाता रहा था कि पांडवों को उनका राज्य दे दो... उनसे युद्ध मत करो।

युद्ध के दौरान भी अश्वत्थामा एक बार दुर्योधन से यही कहता है। अवश्य दुर्योधन गुरु-पुत्र की शुभेच्छा को गुरु के समान संदेह से नहीं देखता... शायद देख भी नहीं सकता था क्योंकि अब युद्ध जिस मोड़ पर पहुँच गया था वहाँ उसके पास गुरुपुत्र जैसे कुछेक वीर सहायक ही तो साथ खड़े थे। कौरव राज्य के दो बड़े स्तंभ भीष्म और द्रोण तब धाराशायी हो गये थे। बड़ा मार्मिक संवाद व्यास ने इस समय उन दोनों के बीच कराया है।

संवाद गुरु द्रोण की मृत्यु के बाद कर्ण के सेनापतित्व में चल रहे युद्ध के मैदान का है। कर्ण और अर्जुन में भयावह युद्ध हो रहा था। दोनों ही ओर से एक-से-एक दिव्यास्त्रों की बौछार हो रही थी। अर्जुन पूरी रौ में था। वैसे अभी तक के युद्ध में अर्जुन उतने उत्साह से भाग नहीं ले रहा था... क्योंकि पितामह और गुरु द्रोण दोनों के सामने वह जैसे अपराधबोध से ग्रस्त हो युद्ध करता था... किंतु अब पाला मानो जन्म से शत्रु कर्ण से पड़ा था। माता कुंती ने दोनों को मानों एक ही सी शक्ति-भावना से गर्भ में सींचा था... या फिर दोनों दो समान पराक्रमी पिताओं की संतान थे... एक सूर्यदेव की तो एक

इंद्रदेव की... इसीलिए दोनों में समान बल था। दोनों में कहीं इंच भर झुकने का इरादा नहीं था। क्या होगा इसका परिणाम। परिणाम की भयावहता से चिंतित द्रोण-पुत्र सहसा दुर्योधन को बोल पड़ा–

'प्रसीद दुर्योधन शाम्य पाण्डवैरलं विरोधेन धिगस्तु विग्रहम्।' (कर्णपर्व 88.22)

अर्थात्, 'दुर्योधन! प्रसन्न हो जाओ। पांडवों से संधि कर लो। विरोध से कोई लाभ नहीं। धिक्कार है आपस के इस झगड़े को। ब्रह्मा के समान तुम्हारे गुरु मारे जा चुके हैं... पितामह मृत्युशैय्या पर पड़े हैं... अब तो युद्ध से विरत हो जाओ। मेरे कहने पर अर्जुन शांत हो जाएँगे। वासुदेव भी युद्ध नहीं चाहते। युधिष्ठिर तो सदा सब प्राणियों का कल्याण ही चाहते हैं। दोनों यमज अग्रज के निर्देशन में ही चलते हैं। बच रहे भीम ... तो वह भी वासुदेव और भाइयों के विरुद्ध नहीं जाएँगे। युद्ध-विराम कर सबको राहत दो दुर्योधन! अन्यथा 'ध्रुवं प्रतप्तासि हतोऽरिभिर्युधि' तुम युद्ध में शत्रुओं के हाथ मारे जाओगे... तब तुम्हारे पास पछताने के और कुछ नहीं बचेगा। तुम जीवित रहोगे तभी तुम्हें राज्य और लक्ष्मी की प्राप्ति हो सकती है। 'मृतस्य खलु कौरव्य नैव राज्यं कुतः सुखम्, मरे हुए को राज्य नहीं मिलता, फिर सुख कैसे प्राप्त हो सकता है? किंतु दुर्योधन ने, 'अब कुछ नहीं हो सकता', कहकर अश्वत्थामा की बात टाल दी।

अस्तु... बात द्रोण की चल रही थी। शिवाजी सावंत ने भी 'मृत्युंजय' में पांडवों के साथ साथ द्रोण की बुराई करने में कसर नहीं छोड़ी है। कर्ण के सारे दर्द का कारण वे द्रोण को ही बताते हैं जिन्होंने उसे शिक्षा देने से मना कर दिया था... निषाद-पुत्र एकलव्य के समान। द्रोण ने उसे सेकेंड ग्रेड के गुरु कृपाचार्य के पास शिक्षा हेतु भेजा था। जबकि व्यास-कथा में अनेक ऐसे वाक्य हैं जो सिद्ध करते हैं कि कर्ण ने द्रोणाचार्य से ही शिक्षा पाई थी। जैसे शांतिपर्व में नारद कर्ण के संबंध में कहते हैं कि 'चकारांगिरसां श्रेष्ठाद् धनुर्वेदं गुरोस्दा' (शांतिपर्व 2.85) अर्थात् उसने अंगिरा गोत्रीय गुरु द्रोण से धनुर्वेद की शिक्षा पाई थी। इसी तरह वनपर्व में कर्ण सूर्यदेव के समझाने पर कि तुम इंद्र को कवच-कुंडल का दान मत देना, उनसे कहता है कि मेरे पास भी अस्त्रों का महान् बल है। मैंने परशुराम तथा महात्मा द्रोण से अस्त्र-विद्या सीखी है।' (वनपर्व 302.9) यदि कर्ण उनका शिष्य नहीं होता तो गुरु-दक्षिणा में कौरवों के साथ द्रुपद को पकड़ने क्यों जाता?

ब्रह्मास्त्र की शिक्षा देने से आचार्य ने उसे अवश्य मना कर दिया था, पर उसका विशेष कारण था। इस बात को भी सावंतजी ने बहुत तोड़-मरोड़कर प्रस्तुत किया है। इंद्र को कवच-कुंडल दान कर देने से दुर्योधन के दुःखी होने पर कर्ण उससे प्रतिज्ञा करता है कि वह ब्रह्मास्त्र की प्राप्ति कर उसे युद्ध में विजय दिलाएगा। इस हेतु वह द्रोणाचार्य के पास जाता है। तब 'मृत्युंजय' में द्रोण कर्ण को फटकारते हुए कहते हैं, 'ब्रह्मास्त्र की शिक्षा केवल क्षत्रिय को मिल सकती है तुम जैसे सूत-पुत्र को नहीं।' इस पर कर्ण कहता

है, मैं भी क्षत्रिय हूं, मैं अंग देश का अभिषिक्त राजा हूं... दिग्विजय वीर हूं।' तब आचार्य कहते हैं, 'तुम क्षत्रिय नहीं हो। अंग देश का राजा होने से अपने को क्षत्रिय समझते हो? किंतु व्याघ्र का चर्म पहनने से कोई गर्दभ व्याघ्र नहीं हो जाता।... दुर्योधन की दृष्टि में तुम क्षत्रिय हो सकते हो किंतु जग की दृष्टि में तो सूत-पुत्र ही हो, हीन हो, शूद्र हो। गाँव के परिसर में रहकर भौंकने वाले सारमेय को वनराज की समता कभी नहीं करनी चाहिए। ...तुम्हारे हाथ में ब्रह्मास्त्र देने का मतलब है मर्कट के हाथ में मशाल देना। (मृत्युंजय पृ. 540-41)

अब आइए इसी प्रसंग को व्यास-कथा में देखते हैं। यहाँ यह प्रसंग शांतिपर्व में आया है। नारद युधिष्ठिर से कर्ण की वास्तविकता बताते हुए कहते हैं कि एक बार अर्जुन को शक्तिशाली देख कर्ण ने गुरु द्रोण से एकांत में प्रार्थना की 'ब्रह्मास्त्रं वेत्तुमिच्छामि सरहस्यनिवर्तनम्...' मैं ब्रह्मास्त्र के छोड़ने और लौटाने को रहस्यसहित जानना चाहता हूं। निश्चय ही आपका सभी शिष्यों पर बराबर स्नेह है। कृपया मुझे भी यह विद्या सिखाइये ताकि कोई यह न कहे कि यह कर्ण सभी अस्त्रों का ज्ञाता नहीं है। (शांतिपर्व 2.10) इस पर आचार्य ने उत्तर दिया... ब्रह्मास्त्र को केवल ब्राह्मण या क्षत्रिय ही सीख सकते हैं... ब्राह्मण भी वह जिसने उचित रूप से ब्रह्मचर्य का पालन किया हो और क्षत्रिय वह जिसने समुचित तपस्या की हो। दूसरा कोई इसे नहीं सीख सकता। (ऊपर अश्वत्थामा के प्रसंग में हम देख चुके हैं कि अपने पुत्र तक को कितनी बंदिशें लगाकर द्रोण ने यह शिक्षा दी थी।) किंतु कर्ण तो हर हाल में ब्रह्मास्त्र पाना चाहता था, अतः इस हेतु वह परशुराम के पास जाने का निश्चय करता है... और जाने के पूर्व न केवल द्रोण से आज्ञा लेता है वरन् उनका यथोचित सम्मान भी करता है।

'इत्युक्तोऽगिरसां श्रेष्ठमामन्त्र्य प्रतिपूज्य च।
जगाम सहसा रामं महेंद्र पर्वतं प्रति ॥' (शांतिपर्व 2.14)

अर्थात्, अंगिगोत्रीय ब्राह्मणों में श्रेष्ठ द्रोणाचार्य की आज्ञा लेकर, उनका यथोचित सम्मान कर कर्ण महेन्द्र पर्वत पर परशुराम के पास चला गया।

अस्तु... स्पष्ट है कि कर्ण को लेकर गुरु द्रोण पर अनावश्यक दोषारोपण करना उचित नहीं है।

उल्लेखनीय है कि नरेंद्र कोहली ने भी महासमर में यही भ्रामक तथ्य दिया है कि द्रोणाचार्य ने कर्ण को धनुर्वेद की शिक्षा नहीं दी थी साथ ही उसका तिरस्कार भी किया था। यहाँ भी वे चालाक गुरु चित्रित हुए हैं जो इस बात पर मन-ही-मन प्रसन्न होते हैं कि अच्छा ही हुआ कि उन्होंने समय रहते अपना पाला बदल लिया अन्यथा पांडवों का पक्ष लेने पर द्रौपदी के राज्य में वे टिक नहीं सकते थे। (महासमर, भाग 6, पृ. 126-27)

अवश्य द्रोणाचार्य से कुछ भूलें हुई थी किंतु वे मक्कार नहीं थे। उनकी भूलों में सामाजिक स्थिति की जिम्मेदारी का विश्लेषण नरेश मेहता ने अपने लघु काव्य 'महाप्रस्थान' की निम्नलिखित पंक्तियों में बहुत सुंदर ढंग से किया है—

अभिमन्यु का सामूहिक वध
तथा युद्ध के अनेक अनाचार
द्रोणाचार्य अपनी आँखों से
देखने के लिए
विवश/क्यों?
इसलिए कि राज्य उनका
भरण-पोषण कर रहा था।
कितना बड़ा मूल्य एक विवेकवान
को चुकाना पड़ा
सव्यसाची।

क्या ठीक यही बात भीष्म ने भी द्रौपदी से नहीं कही थी जब उसने शरशैय्या पर लेटे नीति और धर्म की शिक्षा दे रहे भीष्म से पूछा था कि तब आपकी यह नीति और धर्म कहाँ चले गये थे जब द्यूत-सभा में मेरा चीर-हरण हो रहा था और मैंने पूछा था कि क्या मैं धर्मतः हारी गई हूं? इस पर पितामह ने कहा कि विगत छः माह से शरशैया में लेटे रहने के कारण उनकी रगों से वह खून बह गया है जिसमें हस्तिनापुर राज्य द्वारा प्रदत्त नमक मिला था। सच कहा जाए तो भीष्म के लिए तो कौरव-पांडव दोनों ही समान थे और वह हिंसासन उनके भी पिता का था जबकि गुरु द्रोण के लिए तो वास्तव में सिंहासन उन्हें आजीविका देने वाला था, अतः उनका कौरवों के प्रति प्रतिबद्धता दिखाना कहीं गलत नहीं लगता।

अंत में एक सुंदर बात, दुर्गा भागवत के शब्दों में 'महान् जनों से भी हो जाती है कभी-कभी कोई भूल, बिंदु इतनी, उन्हें विरामचिह्न माना जाए ताकि यह सिद्ध हो कि अंततः वे भी मनुष्य ही थे। चूंकि वे अपने को सीधी-सादी दुनियादारी में जकड़ लेते हैं इसी कारण उनके और सीधे-सादे लोगों के बीच अटल सेतु बना रहता है। उन भूलों की वजह से उनका यश कलंकित थोड़े होता है।' (व्यास पर्व पृ. 27)

11

युयुत्सु

व्यास-कथा का एक अत्यंत अल्प-ज्ञात पात्र है, युयुत्सु, किंतु वस्तुतः यह महाभारत का एक महत्वपूर्ण एवं उज्ज्वल चरित्र है।

सामान्यतया कहा जाता है कि धृतराष्ट्र-पुत्र कौरव सौ भाई थे जिनमें दुर्योधन सबसे बड़ा था। शेष भाई आँख मूँदकर दुर्योधन का अनुकरण करते थे तथा उसके प्रति पूर्णतः समर्पित थे। ये दुर्योधन से इतने अधिक जुड़े हुए थे कि द्यूत-सभा में दुर्योधन द्वारा पांचाली का अपमान किए जाने के कारण भीमसेन ने वहीं सबके सामने चारों दिशाओं को थर्राते हुए दुर्योधन सहित पूरे सौ धार्तराष्ट्रों का युद्ध में वध करने की प्रतिज्ञा की थी... और सचमुच अकेले भीम ने कुरुक्षेत्र के मैदान में अतुलित बल का परिचय देते हुए पूरे सौ कौरवों का वध किया था।

कौरव-बंधुओं की इस दुर्दशा की कथा से हर कोई परिचित है किंतु कम लोग यह जानते हैं कि सौ कौरवों का एक भाई और था... यह एक-सौ-एकवां कौरव अवश्य उनकी माता का पुत्र नहीं था, पर यह उनके पिता धृतराष्ट्र की ही संतान था... यही था युयुत्सु। युयुत्सु धृतराष्ट्र की एक दासी से उत्पन्न हुआ था। यह दासी वैश्य-वर्ण की थी, इसलिए युयुत्सु को महाभारत में वैश्या-पुत्र भी कहा गया है।

युयुत्सु के चरित्र को हमने प्रारंभ में महाभारत का उज्जवल चरित्र कहा है, वह इसलिए कि यद्यपि इसकी रंगों में उसी अंधी प्रवृत्ति का खून बह रहा था किंतु फिर भी न तो इसने बचपन में पांडवों के विरुद्ध कौरवों का साथ दिया, न द्यूत-सभा में यह पांडवों के साथ हुए छल एवं अपमान में सहभागी रहा... और न ही इसने कुरुक्षेत्र के मैदान में दुर्योधन के पक्ष में युद्ध किया। महासमर के प्रारंभ होने से पूर्व युयुत्सु कौरवों की सेना में शस्त्रों से लैस खड़ा था... किन्तु शायद वह पांडवों के पितामह भीष्म, गुरु द्रोणाचार्य और कृपाचार्य तथा मामा शल्य की तुलना में पांडवों से (और सत्य से भी) कहीं अधिक गहरे तक बँधा हुआ था... तभी तो एकदम आखिरी मौका... पांडव-पक्ष (धर्म का पक्ष) में चले जाने का मौका... उसकी आत्मा अस्वीकार नहीं कर सकी... और

उसने अंततः पांडवों के साथ मिलकर बड़ी बहादुरी से पूरे अठारह दिन अपने भाइयों के विरुद्ध, असत्य के विरुद्ध, संघर्ष करते हुए विजय की प्राप्ति की।

महाभारत के अनुसार युद्ध प्रारंभ होने के पूर्व युधिष्ठिर ने कौरव और पांडव दोनों ही पक्ष के योद्धाओं से कहा था कि उनमें से जो भी दूसरे पक्ष में शामिल होना चाहे, वह हो सकता है। इस पर यह एक-सौ-एकवां कौरव, वैश्या-पुत्र युयुत्सु, पांडव-पक्ष में शामिल हो गया... और फिर बड़ी बहादुरी से युयुत्सु ने कौरव सेना का संहार करते हुए पांडवों की जय-यात्रा को सफल बनाने में अपना योगदान दिया। (उल्लेखनीय है कि युयुत्सु की गिनती धृतराष्ट्र के सौ पुत्रों में से दस महारथियों दुर्योधन, दुःशासन, दुःसह, दुर्मुर्षण, विकर्ण, चित्रसेन, विविंशति, जय, सतयव्रत, पुरुमित्र के साथ होती थी।)

हाँ, युद्ध के बाद जब हाथ आई मरी तितलियों के समान द्रौपदी अपने पांचों पुत्रों की गुरु-पुत्र के द्वारा पशु के समान हत्या किए जाने के बाद विक्षिप्त सी हो जाती है और दुर्योधन के युद्ध छोड़कर भाग जाने के बाद कौरव शिविर की महिलाएँ पूरी तरह अनाथ हुई कुररी के समान क्रंदन कर आसमान को सिर पर उठा लेती हैं... तब जब सभी की सहानुभूति पांचाल-सुता के साथ होती है... युयुत्सु अपनी उन कुलवधुओं का स्मरण करता है उनके मन के घाव भी पांचाली से कम नहीं थे। कौरव शिविर में अभी भी ऐसी वधुओं का कृंदन गूंज रहा था... और तब धर्मराज से आज्ञा लेकर युयुत्सु चुपचाप उस ओर उनकी सहायता हेतु चल पड़ता है।

समझाने या दिलासा देने का अवसर नहीं था... अभी तो किसी तरह इन्हें सुरक्षित हस्तिनापुर के राजभवन में पहुँचाना था, लुटेरों ने मौके की तलाश में घूमना प्रारंभ कर दिया था... और तब सूर्यास्त के पूर्व कौरवों के अस्त होते सूर्य का यह अकेला दीपक सा युयुत्सु हस्तिनापुर पहुँचता है। सबसे पहले उसे महाज्ञानी विदुर के दर्शन होते हैं। युद्ध-भूमि का समाचार जानकर तथा उसके इस तरह महिलाओं के साथ आने का कारण सुनकरं विदुर उसे गले लगाकर कहते हैं—भरतवंशियों के इस विनाशकाल में यह समयोचित कर्तव्य निभाकर तुमने 'रक्षितः कुलधर्मश्च' कुल धर्म की रक्षा की है।

युयुत्सु को नायक बनाकर कोई रचना किसी ने की हो, यह तो ज्ञात नहीं है, किंतु धर्मवीर भारती की प्रसिद्ध रचना 'अंधायुग' के गिने-चुने कुछ चरित्रों में एक चरित्र यह भी है। किंतु भारतीजी ने युयुत्सु को जिस रूप में चित्रित किया है, वह महाभारत से एकदम भिन्न है। महाभारत का यह बालिश चरित्र अंधायुग में एकदम ओछा हो गया है। वस्तुतः भारतीजी ने एक विशेष उद्देश्य, युद्ध की विभीषिका का दिग्दर्शन कराने हेतु, 'अंधायुग' रचा है। इस हेतु उन्होंने महाभारत के पात्रों को कुछ परिवर्तन के साथ प्रस्तुत किया है... किंतु नई पीढ़ी को यह अवश्य जानना चाहिए कि मूल महाभारत में इन पात्रों का चरित्र कैसा है... क्योंकि इससे हमारी यह प्राचीन धरोहर गहरे तक प्रभावित होती है। (इस रचना में व्यास-कथा की गांधारी को भी ओछी बना दिया गया है। गांधारी के प्रसंग में इस पर हमने चर्चा की है।)

'अंधायुग' में युयुत्सु ऐसा चरित्र है जिसे युद्ध के बाद इस बात की गहरी वेदना एवं पछतावा है कि वह युद्ध में पांडवों के पक्ष में क्यों सम्मिलित हुआ था। दो कारणों से वह ऐसा सोचता है–

1. हस्तिनापुर में वह अपने परिजनों द्वारा इस कृत्य हेतु भर्त्सना पाता है।

2. स्वयं पांडव (विशेषकर भीम) युद्ध के पश्चात् उसकी अवमानना करते हैं।

'अंधायुग' में युयुत्सु युद्ध के पश्चात् पहली बार जब नगर में प्रवेश करता है तब पांडवों का पक्ष लेने के कारण लोग उससे घृणा करते हैं, उससे भय खाते हैं... उसे शिशुभक्षी, मायावी और दैत्य कहने से भी नहीं चूकते हैं... यहाँ तक कि प्यास से मरता हुआ एक सैनिक भी उसके हाथ से पानी पीने से इंकार कर देता है... और तब उसके मन में आता है–

मैं भी/सह लेता यदि/सब उच्छृंखलता दुर्योधन की/आज मुझे इतनी घृणा तो/न मिलती/अपने ही परिवार में/माता खड़ी होती बाँह फैलाए/चाहे पराजित ही मेरा माथा होता।

गांधारी के पास जाने में युयुत्सु डरता है–

पता नहीं/मेरा मुख भी देखेंगी या नहीं।

इस पर विदुर उसे समझाते हुए कहते हैं–

ऐसा मत कहो/पुत्रों की इस कलुषित कथा में/एक तुम हो केवल/जिसका माथा गर्वोन्नत है।

किंतु युयुत्सु की आशंका सच साबित होती है। युयुत्सु द्वारा चरण छुए जाने पर गांधारी दुःख और व्यंग्य से कहती है–

पूछो विदुर इससे/कुशल से है?
बेटा/भुजाएँ ये तुम्हारी/पराक्रम भरी
थकी तो नहीं/अपने बंधुजनों का वध करते-करते?

आगे युयुत्सु के हृदय को भेदती हुई गांधारी निष्ठुर स्वर में कहती है–

चुप क्यों है विदुर यह?/क्या मैं माता हूं इसके शत्रुओं की इसलिए?

इससे भी ज्यादा पीड़ा युयुत्सु को तब होती है जब पांडव-पक्ष, विशेषकर भीम भी लगातार उसका अपमान करता है... उससे अमानुषिक विनोद करता है। भीम का अट्टहास सुन विदुर युधिष्ठिर से कहते हैं–

महाराज!/अब हो चला है असहनीय/कैसे रुकेगा/विद्रुप यह भीम का?

इस तरह घर और बाहर लगातार वर्षों तक अपमान सहते-सहते युयुत्सु गूंगा और पागल हो जाता है। इतना ही नहीं, भीड़ उसे पागल कहते हुए पत्थरों से मारती भी है ...अंततः वह आत्महत्या कर लेता है। किंतु फिर भी उसे मुक्ति नहीं मिलती। आत्महत्या करने के अपराध में उसे अंधलोक में भटकना पड़ता है।

यह तो हुई 'अंधायुग' के युयुत्सु की नियति। अब आइए इसे देखते हैं महाभारत में।

जैसाकि हमने प्रारंभ में लिखा है युयुत्सु महाभारत का एक अत्यंत तेजस्वी एवं उज्ज्वल चरित्र है जो हमेशा सत्य का पक्षधर रहा है। भीम को जहर देने की योजना हो या लाक्षागृह में आग लगाकर पांडवों को जलाकर मारने का वीभत्स षड्यंत्र... या फिर पांचाली के वस्त्र-हरण का कुत्सित प्रयास... कौरवों के इन सारे अधर्मों के विरुद्ध युयुत्सु ने पांडवों का बराबर साथ दिया था। अंत में युद्ध-भूमि में भी पांडवों के पक्ष में बड़ी बहादुरी से लड़ा था। अवश्य एक अन्य कौरव विकर्ण भी महात्मा था... इतना महान् कि द्यूत-सभा में पांचाली ने जब प्रश्न रखा कि क्या मैं धर्मतः हारी गई हूं... तब एकमात्र विकर्ण ही था जिसने पांचाली के पक्ष में आवाज उठाई थी... किंतु महासमर के प्रारंभ होने के पूर्व वह युयुत्सु के समान धर्म के पक्ष में आने की हिम्मत नहीं जुटा पाया था।

प्रश्न उठता है कि ऐसे सत्य के पक्षधर युयुत्सु की नियति क्या आत्महत्या करना या अंधलोक में भटकना हो सकती है? एक बार हस्तिनापुर के लोग... गांधारी आदि भी युयुत्सु की भर्त्सना कर सकते हैं पर भला पांडव-पक्ष ऐसा क्यों करेगा? धर्म के पक्षधर की ऐसी बुरी नियति क्योंकर संभव है? व्यासदेव तो ऐसा सोच भी नहीं सकते थे। फिर, भीम इतना मूर्ख नहीं था कि अच्छे-बुरे की उसे पहचान न हो। हाँ धृतराष्ट्र के प्रति वह अवश्य अंत तक सदय नहीं हो पाया था। यहाँ तक कि उसने अग्रज का इस बात के लिए विरोध भी किया कि वे उन्हें पुत्रों के श्राद्ध के लिए लिए दानपुण्य हेतु मनमाना धन न दें, किंतु युयुत्सु जिसने उनके पक्ष में आकर पूरी ईमानदारी से युद्ध किया, उससे भला भीम क्यों नाराज होता? व्यास-कथा में युद्ध के पश्चात् युयुत्सु का सभी पांडवों ने पर्याप्त सम्मान किया था, जो स्वाभाविक प्रतीत होता है। युयुत्सु भी बराबर धृतराष्ट्र और गांधारी की सेवा में लगा रहा। महाभारत के शांतिपर्व में युधिष्ठिर के राज्याभिषेक के समय युयुत्सु का अनेक स्थानों पर नामोल्लेख है। राज्याभिषेक के समंय युयुत्सु संजय और गांधारी के साथ उस ओर बैठा था जहाँ धृतराष्ट्र बैठे थे (शांतिपर्व 40.6)। इस अवसर पर युधिष्ठिर ने चारों पांडवों को पृथक्-पृथक् काम सौंपा, साथ ही विदुर, संजय और युयुत्सु के लिए भी काम निर्धारित किया था। उनका काम बतलाते हुए युधिष्ठिर कहते हैं, आप लोग सदा सावधान रहकर प्रतिदिन उठकर मेरे ताऊ महाराज धृतराष्ट्र की सेवा करें। (वही 41.17) इसी समय युधिष्ठिर अपने आश्रितों को धन भी बाँटते हैं। यहाँ भी युयुत्सु का उल्लेख है। 'युयुत्सोर्धार्तराष्ट्रस्य पूजा चर्कमहायशः' अर्थात् युधिष्ठिर ने युयुत्सु और धृतराष्ट्र का विशेष सत्कार किया। (वही 45.10)

महाभारत में कृष्ण भी युयुत्सु का सत्कार करते हैं। हस्तिनापुर से द्वारका लौटते समय वे प्रत्येक से यथायोग्य मिलते हैं। इसी संदर्भ में आश्वमेधिक पर्व में एक पंक्ति है— 'परिष्वज्य महात्मानं वैश्यापुत्रं महारथं' अर्थात् उन्होंने वैश्या-पुत्र युयुत्सु को भी हृदय से लगाया।

यह तो हुई युद्ध के तुरंत बाद की स्थिति। अब युद्ध के वर्षों बाद युयुत्सु की स्थिति देखिए।

महाभारत के अनुसार युद्ध के छत्तीस वर्ष पश्चात् युधिष्ठिर ने राजपाट का त्याग कर शेष पांडवों एवं द्रौपदी के साथ अंतिम यात्रा हेतु हिमालय की ओर महाप्रस्थान किया था। जाते समय उन्होंने सबसे पहले युयुत्सु को अपने पास बुलवाया और फिर 'राज्यं परिददौ सर्वे वैश्यापुत्रे युधिष्ठिरः' अर्थात् उन्होंने संपूर्ण राज्य की देखभाल की जिम्मेदारी वैश्या-पुत्र युयुत्सु को सौंप दी। यह सत्य है कि युधिष्ठिर ने अर्जुन के पौत्र परीक्षित को कुरु देश के अपने खाली हुए राजसिंहासन पर बैठाया था, किंतु सबसे पहले युयुत्सु को बुलाकर उसे राज्य की जिम्मेदारी सौंपने से स्पष्ट है कि युयुत्सु पांडवों का विश्वसनीय था, प्रिय था।

अंत में एक बात युयुत्सु की माँ के संबंध में। व्यास इस संबंध में केवल इतना कहकर मौन हैं कि वह वैश्य-वर्ण की दासी थी जो धृतराष्ट्र की सेवा में नियुक्त थी। नरेंद्र कोहली ने अपने ग्रंथ 'महासमर' में अनावश्यक ही उसकी माँ को अत्यंत स्वार्थी बतलाया है जो उसे प्रारंभ से ही बार-बार इस बात के लिए फटकारती रहती थी कि दुर्योधन के विरुद्ध क्यों रहते हो। यदि माता से ऐसे संस्कार पाता तो निश्चय ही युयुत्सु अंतिम समय में पांडवों का साथ नहीं देता। सच तो यह है कि व्यास-कथा की एक भी नारी पात्र अधर्म की पक्षधर नहीं है।

12

संजय

हस्तिनापुर के राजा धृतराष्ट्र का मंत्री संजय महाभारत का कोई विशेष महत्त्वपूर्ण चरित्र नहीं है किंतु फिर भी संपूर्ण इतिहास-पुराण में एक खरा-खरा बोलने वाले मंत्री के रूप में संजय का स्थान अलग ही है। निःसंदेह विदुर संजय से अधिक बुद्धिमान थे, स्पष्ट वक्ता भी संजय से कम नहीं थे, किंतु अंततः वे धृतराष्ट्र के भ्राता थे, अतः उनका खरा बोलना उतना महत्त्वपूर्ण नहीं था जितना एक सूत-पुत्र सामान्य सारथी संजय का।

महाभारत की इस कथा से हम सभी परिचित हैं कि अंधे राजा धृतराष्ट्र को युद्ध का आँखों देखा हाल सुनाने के लिए व्यासदेव ने संजय को आदेश दिया था... साथ ही इस हेतु उसे दिव्य-दृष्टि भी दी थी। इस दिव्य-दृष्टि का विस्तार से वर्णन करते हुए संजय स्वयं कहता है, 'इसके कारण मैं इंद्रियातीत विषय को भी प्रत्यक्ष देख पाता हूं, दूर से सब कुछ सुन पाता हूं तथा इससे दूसरों के मनों को पढ़ लेने का सामर्थ्य भी मुझे मिला है। इसके अतिरिक्त वर्तमान, भूत और भविष्य का ज्ञान भी मुझे इससे होता है। इसके कारण मैं शास्त्र के विपरीत चलने वाले मनुष्यों को समझ जाता हूं और आकाश में चलने की शक्ति मुझे इससे मिली है। युद्ध के समय अस्त्र मेरे शरीर को छूकर निकल जाते हैं।' स्पष्ट है कि यह सारी विशेषताएँ संजय को इसलिए मिली थीं कि वह 18 दिन के पूरे युद्ध में जीवित रहे, साथ ही पांडव-पक्ष में जो कुछ चल रहा है उसे भी कौरव सेना में रहते-रहते जान ले ताकि धृतराष्ट्र से युद्ध का सही-सही वर्णन कर सके।

इसी आधार पर संजय धृतराष्ट्र से कुरुक्षेत्र के मैदान में हुए पूरे 18 दिन के युद्ध का अत्यंत विस्तार से ठीक-ठीक वर्णन कर पाता है। वस्तुतः महाभारत के युद्ध का वर्णन इसी तरह हमें संजय के द्वारा ही मिलता है।

वैसे महाभारत युद्ध का सबसे पहला वर्णन संजय धृतराष्ट्र को युद्ध के दस दिन बाद ही सुना पाता है... जब भीष्म धराशायी हो चुके होते हैं। दस दिन बाद इसलिए कि इन दस दिनों में संजय स्वयं भी कौरव-पक्ष की ओर से युद्ध में भाग ले रहा था। यद्यपि वह मन से पांडवों से बँधा था क्योंकि वह जानता था कि पांडवों का पक्ष धर्म का पक्ष

है, किंतु भीष्म आदि के समान वह पांडवों की विजय की कामना नहीं करता। उसने पूरे मन से युद्ध-भूमि में कौरवों के पक्ष में बहादुरी से युद्ध किया था... अंतिम दिन तो उसका सारा शरीर इस तरह लहूलुहान था कि स्वयं दुर्योधन उसे देख दुःखी होता है और युद्ध की निंदा करता है।

उल्लेखनीय है कि युद्ध के दस दिन बाद प्रारंभ हुए युद्ध के 18 दिनों के वर्णन में सैकड़ों (सचमुच सैकड़ों) ऐसे प्रसंग हैं जहाँ संजय धृतराष्ट्र की निडर होकर भर्त्सना करता है कि संपूर्ण युद्ध की जड़ आप ही हैं। कौरव पक्ष के प्रत्येक वीर के धराशाई होने पर धृतराष्ट्र आँसू बहाते हुए जब-जब अपने पुत्र को युद्ध हेतु दोष देते हैं तब-तब संजय उन्हें टोकता है कि वास्तविक दोष आपका ही है... आपने जानबूझकर दुर्योधन को ढील दी थी। महावीर भीष्म के मृत्युशैय्या पर जाने का दुःखद समाचार देते हुए संजय धृतराष्ट्र से कहता है 'तव दुर्मन्त्रिते राजन यथानार्ह स भारत' अर्थात् यह सब आपकी कुमंत्रणा का ही फल है, अन्यथा भीष्म इस दुर्दशा के योग्य नहीं थे। तब आह भरते हुए धृतराष्ट्र संजय से युद्ध का विस्तृत समाचार पूछते हुए कहते हैं कि मैं मूर्ख दुर्योधन के द्वारा प्रगट किए गये सब दुःखों को सुनूँगा। इस पर पुनः संजय कड़े शब्दों में धृतराष्ट्र से कहता है, 'आपको यह सारा दोष दुर्योधन पर नहीं मढ़ना चाहिए'। आगे संजय यह भी कहता है, जो मनुष्य अपने दुष्कर्मों के कारण अशुभ फल भोग रहा हो उसे उस पाप की आशंका दूसरों पर नहीं करना चाहिए। संभवतः दस दिन में युद्ध की त्रासदी देखकर संजय इतना विचलित हो गया था कि वह आगे यह कहने में भी नहीं चूका कि जो मनुष्य सर्वथा निंदनीय आचरण करता है वह अपने दुष्कर्मों के कारण सब लोगों के लिए मार डालने योग्य है। (भीष्मपर्व 15.3) धृतराष्ट्र के प्रति यह रोष संजय दुर्योधन की मृत्यु पर भी प्रगट करता हैं धृतराष्ट्र के अश्रुप्रवाहित करने पर वह कहता है, महाराज! मनुष्य को पहले ही यथायोग्य बर्ताव करना चाहिए ताकि उसे बीती हुई बातों के लिए पश्चाताप न करना पड़े।

जो ऊँचे स्थान पर लगे हुए मधु को देखकर वहाँ से गिरने की संभावना से आंख बंद कर लेता है वह उस मधु के लालच से नीचे गिरकर इसी तरह शोक करता है जैसे आप कर रहे हैं।

जो मनुष्य स्वयं आग जलाकर उसे कपड़े में लपेट लेता है और जलने पर मन ही मन संताप का अनुभव करता है, वह बुद्धिमान नहीं कहा जा सकता।

शोक करने वाला मनुष्य अपने अभीष्ट पदार्थों को नहीं पाता। शोकपरायण मनुष्य किसी फल को हस्तगत नहीं कर पाता। शोक करने वाले को न तो लक्ष्मी की प्राप्ति होती है और न उसे परमात्मा मिलता है। अतः अब आप शोक का त्याग कर दीजिए।

किंतु महाभारत में संजय की भूमिका केवल इतनी ही नहीं है। पांडवों के वनवास के तेरह वर्ष पूर्ण होने पर वह धृतराष्ट्र की ओर शांति का प्रस्ताव लेकर उप्पलव्यनगर

भी गया था। धृतराष्ट्र की ओर से वह युधिष्ठिर से शांति बनाए रखने तो कहता ही है, अपनी ओर से यह भी कहता है कि युधिष्ठिर किसी भी तरह युद्ध न होने दे। युद्ध का परिणाम कितना भयानक होगा, यह सोचकर संजय अपनी ओर से पांडवों को यह सलाह भी दे बैठता है कि भले ही पांडवों को भिक्षावृत्ति करनी पड़े, पर वे युद्ध किसी भी तरह न करें। किंतु फिर युधिष्ठिर और कृष्ण के मुख से यह सुनकर कि वे केवल अपना राज्य चाहते हैं, युद्ध नहीं, संजय लज्जित हो लौट आता है। किंतु हस्तिनापुर लौटकर वह धृतराष्ट्र को खरी-खोटी सुनाने में कमी नहीं करता। वह कहता है, 'आप ही भरत-वंश में निंदा फैलाते हैं, इस हेतु मैं आपकी निंदा करता हूं। (उद्योगपर्व 32.28) 'समस्त संसार में एकमात्र आप ही हैं जो अपने स्वेच्छाचारी पुत्र के वश में रहे हैं। (उद्योगपर्व 32.29)

धृतराष्ट्र से इतनी कठोर बात करते-करते संजय आवेश में आ जाता है... और तब उप्पलव्यनगर में पांडवों से उसकी क्या बातचीत हुई, इस विषय में कुछ न कहकर वह धृतराष्ट्र से यह कहते हुए घर जाने की आज्ञा माँगता है कि रथ के वेग के कारण वह बहुत थक गया है... कल वह कौरव-सभा में सबके सामने बताएगा कि पांडवों ने क्या उत्तर दिया है।

राजा धृतराष्ट्र अंधे जरूर थे किंतु संजय शरीर की उपेक्षा मन से अधिक थका है, यह समझते उन्हें देर नहीं लगी। उस रात भविष्य की भयावहता से आशंकित हो वे सारी रात सो नहीं सके। तब अत्यंत अशांत हो उन्होंने विदुर को बुलवाया और विदुर के आते ही उन्हें स्पष्टतः बता भी दिया कि संजय से बिना कुछ बताए चले जाने के कारण मैं चिंता से जलता हुआ अभी तक जाग रहा हूं... मेरी संपूर्ण इंद्रियाँ विकल हो रही है इसलिए तुम्हें मैंने इतनी रात को बुलवाया है। इस पर विदुर नींद नहीं आने के कारणों का बहुत सुंदर विश्लेषण करते हैं। वे कहते हैं—

'अभियुक्तं बलवतां दुर्बलं हीनसाधना।
द्वतस्वं का मिनं चोमाविशन्झिागराः ॥' (उद्योगपर्व, 33.13)

अर्थात्, जिसका बलवान के साथ विरोध हो गया हो उस दुर्बल मनुष्य को, जिसका सब कुछ लुट गया है उस साधनहीन मनुष्य को, कामी को तथा चोर को रात में नींद नहीं आती।

अस्तु... बात संजय की चल रही थी। दूसरे दिन कौरवों की सभा में संजय बड़ी निर्भयता से पांडवों का पक्ष लेते हुए उनकी शक्ति को कौरवों से कहीं अधिक बढ़ी-चढ़ी बताते हुए कहता है कि युद्ध में पांडवों को किसी भी प्रकार जीता नहीं जा सकता। दुर्योधन के क्रोध की परवाह किए बिना संजय धृतराष्ट्र से यहाँ तक कहता है, 'महाराज! आपने प्रारंभ से ही कुंती-पुत्रों के साथ कपटपूर्ण व्यवहार किया है। आप जिस पृथ्वी पर शासन करते हैं वह कुंती-पुत्रों के बाहुबल से ही जीती गई है। युद्ध में जय तो उन्हीं की होगी जिस ओर पराक्रमी भीम और अर्जुन रहेंगे... इनसे युद्ध करने पर आपके पुत्र अवश्य मारे जाएँगे।'

तो यह थी महाभारत के संजय की स्पष्टवादिता। जहाँ भीष्म, द्रोण, कृपा आदि तक दुर्योधन के सामने मुँह खोलने में कई बार झिझकते थे वहाँ संजय का यह गुण उसे महान् बनाता है।

अब आइए इसी चरित्र को भैरप्पा के महाभारत कथा पर आधारित प्रसिद्ध ग्रंथ 'पर्व' में देखते हैं। यहाँ यह अत्यंत टुच्चे किस्म का व्यक्ति है जो धृतराष्ट्र एवं गांधारी को युद्ध की घटनाएँ सुनाते समय कौरव-पक्ष का यशोगान और पांडव-पक्ष की निंदा इसलिए करता जाता है ताकि उनसे कुछ ईनाम ऐंठ सके। उसके इस वर्णन की बानगी देखिए, 'महाराज सागर के सामने रेत के कण कैसे टिक सकते हैं? आँधी के सामने सूखे पत्ते कैसे टिक सकते हैं? युद्ध के लिए चुनौती देने वाले कौंतेय तो अविवेकी हैं। ऐसे मूर्ख इस धरा पर तो क्या, स्वर्ग, मृत्यु और पाताल, तीनों लोकों में कहीं नहीं मिलेंगे।' ...इस पर प्रसन्न होकर धृतराष्ट्र उसे सिंधु देश के दो घोड़े ईनाम में देते हैं। किंतु लालची संजय की इतने से संतुष्टि नहीं होती। वह अपनी पत्नी के लिए गांधारी के हाथ के कंगन उतरवाकर ही आगे बढ़ता है। (पृ. 508)

भैरप्पा ने अपने उपन्यास 'पर्व' में महाभारत के चरित्रों को किस प्रकार पतित रूप में चित्रित किया है यह हम द्रौपदी के प्रसंग में पूर्व में उल्लेख कर चुके हैं। पूर्व में हमने यह भी उल्लेख किया है कि 'पर्व' के समान और भी अन्य ग्रंथों की इस प्रकार की हमारी आलोचना का उद्देश्य महाभारत के चरित्रों को मूल रूप में अर्थात् उसके वास्तविक रूप में समझना है क्योंकि यह महान् धर्मग्रंथ एक विशिष्ट उद्देश्य हेतु प्रस्तुत हुआ है, मात्र रोचक किस्सागोई के लिए नहीं।

महाभारत में संजय की भूमिका का छोटा सा किंतु अत्यंत सुंदर विश्लेषण श्रीकृष्ण प्रेम (पूर्व नाम रौनाल्ड निक्सन) ने अपने अत्यंत विद्वतापूर्ण ग्रंथ 'द योग ऑफ भगवत्गीता' (हिंदी अनुवाद भगवत्गीता का योग) में किया है। भगवत्गीता पर टीका होते हुए भी यह ग्रंथ अपने आप में एक श्रेष्ठ कृति है। अध्यात्मपथ के राही के लिए, चाहे वह किसी भी धर्म का अनुयायी क्यों न हो, यह ग्रंथ निश्चित रूप से प्रेरणादायी है। अस्तु... संजय के विषय में श्रीकृष्ण प्रेम लिखते हैं, 'अंधे राजा का सारथी एवं मंत्री संजय शुद्ध मनस् एवं अशुद्ध मनस् के बीच की कड़ी है। हिंदू दर्शनशास्त्र में मन को उभयात्मक माना गया है— शुद्ध मनस् और अशुद्ध मनस्। कामना से युक्त होने पर वही अशुद्ध कहलाता है और कामना से पूर्ण मुक्त होने पर शुद्ध। अशुद्ध मनस् ही धृतराष्ट्र है, स्वार्थी अहंभाव जिस पर कामना (दुर्योधन) हावी है। शुद्ध मनस् अर्जुन है, संजय (जीव) इन दोनों के बीच की कड़ी बन जाता है।' आगे श्री प्रेम लिखते हैं, 'संजय धृतराष्ट्र का सेवक होते हुए भी कृष्ण में श्रद्धा रख पाता है और सदैव अपने स्वामी को निर्बल अहंकार छोड़कर कृष्ण की शरण में जाने की मंत्रणा देता है। इसीलिए व्यास-प्रदत्त प्रेरणा की सहायता से वह कृष्ण-अर्जुन संवाद सुन पाता है और जीव के आंतरिक ज्ञान एवं क्षुद्र व्यक्तित्व के अँधेरे ज्ञान के बीच कड़ी बन जाता है।'

अस्तु... संक्षेप में हम कह सकते हैं कि संजय हमारे मन की उस वृत्ति का प्रतीक है जो हमें अंधकार से प्रकाश की ओर जाने को उत्प्रेरित करती है। किंतु हमारा दुर्भाग्य, हम सब अंधे राजा धृतराष्ट्र के समान होते हैं जो सुनते तो अपने मन में स्थित संजय की बातें ध्यान से हैं किंतु उसके बताए रास्ते पर चलते नहीं हैं... और अंततः लगातार ठोकरें खाते हैं। अंधे राजा के पुत्र दुर्योधन को हम बुरा कहने से नहीं चूकते किंतु हमारी हालत भी उसके ही समान होती है... कभी-कभी उससे भी बुरी क्योंकि वह कम-से-कम जानता तो है कि 'जानामि धर्मं न च मे प्रवृति जानामि अधर्मं न च मे निवृति' अर्थात् धर्म क्या है यह मैं जानता हूं पर मेरी उस ओर प्रवृत्ति नहीं है तथा अधर्म क्या है यह भी मैं जानता हूं किंतु उस ओर मेरी निवृति नहीं है... पर हम तो अधर्म को ही धर्म कहकर उस रास्ते पर मजे से चलते हैं... और लगातार ठोकरें खाने पर भी नहीं सुधरते. .. अंततः सारा दोष भाग्य पर अथवा ईश्वरेच्छा पर डाल कुछ राहत पाना चाहते हैं।

संजय का अंत कठोर था... शायद ऐसा होना ही था। वह कोई व्यास या कृष्ण तो था नहीं जो युद्ध की विभीषिका का पूर्व-दर्शी होता... न वह उनके समान स्थितप्रज्ञ था। उसने तो 18 दिन प्रतिदिन प्रतिक्षण दोनों पक्षों द्वारा एक-दूसरे पर किए जाने वाले समस्त प्रहारों को देखा था... किसी की भी छोटी-से-छोटी कर्राह भी उसकी अनसुनी नहीं थी। संभवतः दिव्य-दृष्टि के कारण ही वह यह सब देखने के बाद भी पागल नहीं हुआ... अन्यथा हो जाता।

अस्तु... युद्ध के बाद वह निरंतर धृतराष्ट्र के साथ ही रहा... विदुर तो उनसे कभी-कभी अलग होते थे पर वह साए के समान स्वामी के साथ चिपका रहा। अंत समय में जब धृतराष्ट्र ने गांधारी के साथ वनवास की आज्ञा माँगी तब कुंती भी उनके साथ हो ली... और यही संजय ने भी किया। पर एकदम अंतिम काल में दावानल में जब धृतराष्ट्र, गांधारी और कुंती घिर गये तब उन्होंने अंतिम आदेश देकर संजय को दावानल से दूर जाने का आदेश दिया। धृतराष्ट्र ने कहा कि हम तो वृद्ध होने के कारण दौड़कर इस दावानल से नहीं निकल सकते किंतु तुम निकल सकते हो, अतः जितनी जल्दी हो सके यहाँ से निकल भागो। तब संजय के पास अपने स्वामी को छोड़कर जाने के सिवा और कोई चारा नहीं था। अपने स्वामी को जलने से वह नहीं बचा पाया ...शायद इसी दुःख में वह फिर पता नहीं कहाँ निकल गया... सर्वदर्शी व्यास भी नहीं जान पाए कि उसका अंत कैसे हुआ। युधिष्ठिर को धृतराष्ट्र, गांधारी और कुंती के जलकर मरने का समाचार देने आने का भी संजय का मन नहीं हुआ... दो वर्ष बाद नारद से कहीं उसकी भेंट हुई तब उसने भारी मन से उन्हें यह समाचार दिया जिसे नारद ने युधिष्ठिर को बतलाया।

संजय की एक विशेषता और थी। अवश्य वह धृतराष्ट को प्रतिदिन कहता था कि वह आप ही हो जिसके कारण युद्ध हो रहा है किंतु युद्ध-भूमि हो या सलाह-मशविरा के लिए बैठी बैठक, संजय हमेशा कौरवों के पक्ष में ही रहा। उसका अपना वजूद था।

दुर्योधन उसकी बात सुनता था। अर्जुन-वध हेतु वह कर्ण को बराबर कहता रहा कि अपनी शक्ति का दुरुपयोग मत करना, इसे अर्जुन के लिए ही बचाकर रखना। कर्ण को यहाँ तक कहता है कि तुम तो पांडवों की मूल जड़ कृष्ण का ही खात्मा करो क्योंकि उसी के आसरे सारे पांडव है। (पर कर्ण बेचारा करता भी तो क्या... वह कहता है जब भी मैं वासुदेव के समक्ष जाता हूं पता नहीं कैसे मुझ पर मोह सा छा जाता है।)

अस्तु... इसे हम संजय की स्वामी-भक्ति कहेंगे। किंतु इस स्वामी-भक्ति की सीमा संजय जानता था इसीलिए व्यास से मिली दिव्य-दृष्टि का उसने कभी दुरुपयोग नहीं किया... पांडवों की कोई बात, कोई छिद्र, उसने दुर्योधन को कभी नहीं बताया। इस दृष्टि से हम कह सकते हैं कि संजय महाभारत का एक निष्ठावान पात्र है। संभवतः उसकी इस निष्ठा से पूर्व-परिचित होने के कारण ही व्यास ने उसे दिव्य-दृष्टि दी थी।

13

कर्ण और युधिष्ठिर

सूर्य के समान तेजस्वी सूर्य-पुत्र कर्ण व्यासकथा का एक ऐसा पात्र है जिसकी दुःखती रगों पर पूरी नजर रखते हुए भी व्यास उससे सहानुभूति नहीं रखते हैं... क्या इसलिए कि वह दुर्योधन का सहायक था? पर सहायक तो और भी थे, भीष्म थे, द्रोण थे, कृपा थे, अश्वत्थामा थे, कृतवर्मा और शल्य जैसे प्रतापी राजा थे... किंतु किसी को भी तो व्यास ने इतना नहीं झिड़का जितना सूर्य-पुत्र को झिड़का है... हर कोई जैसे उसका बैरी है। भीष्म तो उसे डाँटते नहीं थकते... द्रोण और कृपाचार्य को भी वह सदा खटकता रहा... और अंत में सारी भड़ास जैसे सारथ्य कर रहे शल्य को ही निकालनी थी। क्या-क्या नहीं सुनाया था शल्य ने कर्ण को जब वह उत्साहपूर्वक अर्जुन से युद्ध के लिए जा रहा था। कर्ण की हार का एक यह भी कारण था।

सचमुच सहानुभूति होती है कर्ण से। माँ ने जन्मते ही उसे मरने के लिए छोड़ दिया... भले ही उसने अपने कुल की मर्यादा को देखकर ऐसा किया था किंतु इसमें उस शिशु का क्या दोष था? दोषी तो माँ ही हुई ना। ऐसे बच्चे को जिसने पाला-पोसा हो, उसका वर्ण यदि समाज में निम्न माना जाता हो तो क्या तमाम योग्यता के होते हुए भी वह अपने पालक के वर्ण की निम्नता का कलंक सर-माथे पर लिए घूमेगा? उसकी सारी वीरता, सारा तेज क्या इसीलिए व्यर्थ होना चाहिए? और उसका वह दान... जन्मजात कवच एवं कुंडलों का दान? ठीक है, दानवीर कर्ण के रूप में प्रतिष्ठा दी इतिहास ने... पर व्यास ने तो अंततः अर्जुन से मरवाकर उसे छोटा तो बना ही दिया ना? और मरवाया भी कैसे छल से... वह भी छल अर्जुन से नहीं कृष्ण से करवाया... अब युगपुरुष हैं कृष्ण... साक्षात् परमात्मा हैं... तो सब कुछ उनकी लीला हुई... उन्हें क्या दोष! पूर्व में अनेक बार अनेक पात्रों के संदर्भ में हमने कर्ण का चरित्र विस्तार से देखा है। उसे नायक बनाकर लिखी गई मृत्युंजय की भी चर्चा की है... अब उसे दोहराने की आवश्यकता नहीं है। एक शिवाजी सावंत का 'मृत्युंजय' ही नहीं, मराठी में तो अनेकों शिवाजी सावंत उत्पन्न हुए हैं जिन्होंने तरह-तरह से अपने लेखन में कर्ण-भक्ति प्रकट

की है। जैसे एक नई महाभारत ही वे कर्ण को लेकर लिखने को उद्यत हैं। कर्ण अच्छा है तो उसका आश्रयदाता दुर्योधन भी अच्छा है... बुरे हैं तो पांडव तथा वे सब जो प्रत्यक्ष या परोक्ष उनसे बँधे हैं, उनसे स्नेह रखते हैं, जैसे, द्रोण, भीष्म आदि। (मराठी के इन लेखकों में श्री आनंद साधले की 'हा जय नावाचा इतिहास आहे' तथा श्री शं. के. पेंडसे की 'महाभारतातील व्यक्तिदर्शन' किताबों का नाम उल्लेखनीय है। इन लेखकों ने दिल दिल खोलकर अपने ग्रंथों में कर्ण की प्रशंसा की और पांडवों की स्थान-स्थान पर निंदा की है। किंतु मराठी के ही एक विद्वान् श्री अनंत दामोदर आठवले ने 'महाभारताचे वास्तव दर्शन' नामक ग्रंथ में उपरोक्त दोनों ग्रंथों की आलोचना करते हुए कर्ण की कमजोरियाँ व्यास को उद्धृत करते हुए बतलाई हैं।)

वैसे स्वयं व्यास ने कर्ण की वीरता का बखान करने में कटौती की हो, ऐसा नहीं है, न ही उसके रूप और दानवीरता के बखान में व्यास की लेखनी संकुचित हुई है। उसकी वीरता अर्जुन से कम नहीं है। अर्जुन ने तो तीन भाइयों के साथ दिग्विजय की थी... कर्ण ने अकेले ही की थी... वह भी स्वयं के लिए नहीं, मित्र दुर्योधन के लिए। व्यास ने कहीं कुछ नहीं छिपाया। पांडवों में सुंदरतम् नकुल से भी ज्यादा उसे रूपवान बताया है। रूप के साथ उसमें शक्ति की आभा भी मिली हुई है... तभी तो वह जब प्रातः हस्तिनापुर से सूर्योपासना हेतु गुजरता है तो वहाँ की नारियाँ झरोखे में उसकी एक झलक पाने को प्रतीक्षारत रहती हैं। व्यास के परम-पूज्य कृष्ण के प्रति भी उसें पर्याप्त आदर है... जो उसकी चौकड़ी के बाकी तीनों में रत्ती भर नहीं है वीरता तो ऐसी है उसमें कि युधिष्ठिर केवल उस एक के कारण प्रतिक्षण मानों भयभीत रहते हैं... वासुदेव का सहारा भी उन्हें कर्ण के भय से मुक्त नहीं करता। जैसे दुर्योधन को हर ओर अर्जुन नजर आता था वैसे ही इस ज्येष्ठ पांडव को भी हर ओर कर्ण ही कर्ण दिखता है... पर हाँ अर्जुन और भीम जरूर बराबरी की टक्कर के हैं। सूत-पुत्र को वे कुछ नहीं गिनते। पर शायद युद्ध-भूमि में भीम को कर्ण के बाणों की तीक्ष्णता का स्वाद मिला होगा... उस समय चाहता तो कर्ण उसका वध कर सकता था... किंतु जननी को दिया वचन सामने था... कुंती इस महासमर में पाँच पुत्रों की माता बनी रहेगी, कर्ण सहित चार पांडवों के साथ अथवा अर्जुन सहित चार पांडवों के साथ... यह कर्ण का माता को दिया वचन था (जिसके कारण कर्ण-प्रशंसक कर्ण को मातृ-भक्त और कुंती को दुष्ट माता कहने से नहीं चूकते हैं।)

सचमुच नियति का यह क्रूर मजाक था कर्ण के साथ। वैसे नियति ने कब मजाक नहीं किया था उसके साथ? सूर्य-पुत्र होते हुए भी सदा सूत-पुत्र कहकर दुत्कारा जाना ...पांचाली के स्वयंवर में इसी कारण लक्ष्य-बेध से वंचित रहना... हस्तिनापुर के क्रीडांगन में आयोजित प्रतियोगिताओ में हिस्सा लेने से वंचित रहना... और युद्ध-भूमि में पितामह के कारण अपमानित होकर दस दिन तक युद्ध करने से वंचित रहना... वह सूतपुत्र न

होकर किसी क्षत्रिय का पुत्र होता तो क्या पितामह उसका तब भी उतना ही अपमान करते? सचमुच कर्ण की कथा दारुण लगती है... किंतु फिर भी व्यास पर पक्षपात का आरोप लगाना उचित नहीं है।

मुख्य बात यह है कि इस संसार में अधिकांश मनुष्यों को कुछ-न-कुछ विडंबना में जीना पड़ता है... व्यास के सभी पात्र किसी-न-किसी विडंबना से बँधे हैं, कोई अधिक तो कोई कम। किंतु हीरा बनकर वही निखरता है जो अधिक विडंबना में रहता है... बशर्ते कि वह विडंबना पर पूरे समय कुढ़ता न रहे। स्वयं व्यास का ही उदाहरण लीजिए। उन्हें भी तो माँ ने पैदा होते ही एक द्वीप में अकेले छोड़ दिया था ...उन्होंने तो फिर माँ का प्यार क्या होता है, किसी तरह भी नहीं जाना था। कर्ण को कम-से-कम राधा का प्यार तो मिला था... जिसके आगे उसे कुंती के प्यार न मिलने का अफसोस कभी नहीं हुआ। किंतु व्यास को तो वह भी नहीं मिला। पर व्यास ने किसी भी कारण से कभी भी माता सत्यवती की भर्त्सना नहीं की। माँ को उनके कारण कभी आँसू बहाना पड़ा हो... यह भी व्यास-कथा में कहीं नहीं है। यहाँ कुंती के समान सत्यवती भी स्वार्थवश ही उन्हें याद करती है... और वे सादर उनके पास पहुँचते हैं। एक अत्यंत कठिन कार्य का दायित्व (नियोग द्वारा कुरु-वंश का वारिस उत्पन्न करना) माँ उन्हें सौंपती हैं, जिसे वे मातृाज्ञा समझकर शिरोधार्य करते हैं। जननी की इस आज्ञा-पालन को वे इस हद तक स्वीकार करते हैं कि यह जानते हुए भी कि माँ उनके निर्देशों का पालन नहीं कर रही है, वह मौन रहते हैं। उल्लेख है कि जब माँ ने कहा कि नियोग द्वारा उनकी विधवा बहुओं को पुत्रवती होने का सौभाग्य प्रदान करो, तो व्यास ने माँ को कहा था कि अपनी पुत्रवधुओं को पहले वर्षभर तपस्या के द्वारा इस हेतु तैयार करो... किंतु सत्यवती को जल्दी थी, हस्तिनापुर के उत्तराधिकारी को वह जल्दी-से-जल्दी पाना चाहती थी इसीलिए उसने न तो अपनी वधुओं, अंबिका, अंबालिका से तपस्या करवाई, न ही दोनों को इस हेतु समझाकर तैयार किया। परिणाम वही होना था जो हुआ। किंतु इसलिए भी व्यास ने कभी माँ की भर्त्सना नहीं की।

वस्तुतः सत्यवती की बहुएँ इतनी परिपक्व नहीं थी कि व्यास को समझ पाती या उनके भीतर झाँक पाती। उन्होंने तो उनके बाह्य रूप को देखा... और भरत-वंश में अयोग्य संतानों को जन्म दिया। इस कुपरिणाम के कारण जाने कितनी ही बार व्यास को अपनी तपस्या छोड़ एक साधारण गृहस्थ की भाँति कुरु-वंश पर आई मुसीबत की घड़ियों में आना पड़ा। कितनी बार व्यास स्वयं कौरव-पांडवों में संधि कराने हेतु आए... किंतु व्यर्थ! सच कहा जाए तो बेमेल संबंधों का परिणाम था कुरु-वंश का विस्तार... किंतु व्यास ने नियति को सर्वोपरि माना... नियति नटी किसे छोड़ती है जो उन्हें छोड़ती? पर हाँ, इसका मतलब यह नहीं कि वे भाग्यवादी थे। महाभारत में स्थान-स्थान पर वे अनेकानेक उपकथाओं के माध्यम से वे यह भी कहना नहीं भूलते कि दुनिया कर्मों की खेती है... पुरुषार्थ की उपेक्षा नहीं की जा सकती।

व्यास-कथा में व्यास और कर्ण के समान एक और पात्र है जिसका जन्म एक अंश में विडंबना ही है किंतु वह कर्ण के समान कभी अपने भाग्य पर नहीं रोता... न ही वह अपनी जननी के प्रति रोष पालता है। वह है विदुर। माँ शूद्रा दासी थी, अतः अंबिका ने स्वयं के स्थान पर उसे व्यास के पास भेज दिया... राजरानी के लिए ऋषिवर को सहना कठिन था, किंतु वह बेचारी तो रानी की अनुगत दासी थी। रानी के आदेशानुसार उसे चलना ही था। किंतु इससे वह नुकसान में नहीं रही। संभवतः पूर्व-जन्म के उसके खाते के कुछ पुण्य बकाया थे सो कुरु-वंश की बेलवृद्धि के लिए वह भी अचानक बुला ली गई। उसने व्यास को पूरी श्रद्धा और भक्ति से प्रणाम किया। पूरे मन से वह उनके वरदान हेतु प्रस्तुत हुई... तभी तो उसने जिस बच्चे को जन्म दिया वह तन से ही नहीं मन, बुद्धि और आत्मा सबसे पूरी तरह स्वस्थ था। पता नहीं फिर उस दासी को कुरु-महलों में क्या दर्जा मिला, किंतु उसके पुत्र को निश्चय ही राजमहल में सम्मानजनक स्थान मिला। सभी का वह प्रिय था। भीष्म को इस ज्ञानी बालक से बात करना हमेशा रुचता था। अंधे धृतराष्ट्र का भी उसके प्रति प्रेम था, अन्यथा दासी-पुत्र की क्या मजाल जो उन्हें बात-बात पर टोके। धृतराष्ट्र राजा बने तो विदुर महामंत्री बने। धृतराष्ट्र विदुर की बात माने या न माने किंतु मुसीबत की घड़ी हो या कोई बहुत महत्त्वपूर्ण निर्णय, वे विदुर से मंत्रणा अवश्य लेते थे। विदुर के पांडव-प्रेम से धृतराष्ट्र परिचित थे, अतः कभी-कभी उन्हें इस हेतु बुरा-भला भी कहने से नहीं चूकते थे किंतु विदुर के बिना वे स्वयं को असहाय महसूस करते थे। एक बार किसी बात पर नाराज होकर धृतराष्ट्र ने उन्हें पांडवों के पास वन चले जाने को कह दिया था, किंतु विदुर के चले जाने पर जैसे जल बिना मछली से तड़पने लगे... और जब तक विदुर आ नहीं गए वे तड़पते ही रहे। विदुर के लौटने पर उन्हें गले लगाया और जब दोनों ने खूब आँसू बहा लिए तब कहीं धृतराष्ट्र के दिल को शांति मिली। तभी तो अंत समय में धृतराष्ट्र के वनगमन करने पर विदुर ने भी उनके साथ वन जाने की युधिष्ठिर से अनुमति ली थी।

अस्तु... कुंती को भी राजमहल में यदि किसी पर पूरा विश्वास था तो वे विदुर ही थे। पितामह से कहीं अधिक विदुर उसके सहायक थे। और व्यास... उनके तो विदुर मानस-पुत्र ही थे। सारा ज्ञान मानों वे विदुर के साथ ही मिल-बैठकर बांटते थे। धर्मविज्ञ विदुर का दिल से पांडवों से बँधना स्वाभाविक था किंतु भीष्मादि के समान वे भी अंत तक कौरवों के साथ हस्तिनापुर में ही रहे। इंद्रप्रस्थ बनने के बाद वे चाहते तो पांडवों के साथ रह सकते थे, पांडव उन्हें सिर-माथे पर लेते किंतु वे धृतराष्ट्र के पास ही रहे... शायद यह सोचकर की अंधे राजा को सही राह पर चलने की मंत्रणा देने का अपना प्रयास जारी रख सकें। किंतु अंत में उन्होंने स्वयं को युद्ध से दूर रखा। अन्न तो भीष्मादि के समान वे भी कौरवों का ही खाते थे... भीष्म से उनका दर्जा भी बहुत छोटा था, किंतु उन्होंने कभी धृतराष्ट्र और उसके पुत्रों के सामने विवशता नहीं दिखाई।

द्यूत-सभा में भी उन्होंने दुर्योधन को कठोर शब्दों में फटकारा... धृतराष्ट्र से वे वहाँ सबके सामने यहाँ तक कहने से नहीं चूके, 'मैंने तो इसके जन्म पर ही इस कुलघातक को अशुभ लक्षणों से पहचान लिया था और कहा था कि इसे त्याग दो, पर आपने नहीं सुना।' विदुर के लिए यह कहना बड़ी बात थी क्योंकि वे जानते थे कि पितामह या आचार्य कुछ कहें तो दुर्योधन उन्हें जवाब नहीं देगा जबकि उनकी स्थिति ऐसी नहीं है। सचमुच तब दुर्योधन ने दासी-पुत्र कहकर उन्हें सबके सामने अपमानित करने में कमी नहीं की थी... पर सत्यभाषण और सत्याचरण यदि लाभ-हानि को देखकर किया जाए तो उसका क्या मूल्य, यह विदुर जानते थे। महाभारत में विदुर-नीति पर एक बड़ा अध्याय व्यास ने लिखा है जिसका भारतीय मानस को गढ़ने में निश्चय ही एक बड़ा योगदान है। कहने का तात्पर्य यह कि जन्मना दोष पर पूरे समय खीझने वाले कर्ण को कम-से-कम इन व्यक्तियों से तो कुछ सीख लेनी थी। पर नहीं, आजन्म वह अपने अन्याय के प्रति कलपते ही रहा... तभी अंतकाल में युद्धभूमि में धर्म की दुहाई देकर अर्जुन से बाण न चलाने का अनुरोध करने पर स्वयं कृष्ण को उसे उसका अधर्म, उसकी भूलें, बतलानी पड़ी थीं।

महाभारत के एक और पात्र युयुत्सु के साथ भी जन्म की विडंबना थी। उसकी माँ धृतराष्ट्र की सेवा में नियुक्ति एक वैश्य-वर्ण की युवती थी। 100 कौरव उसकी उपेक्षा करते हों ऐसा तो व्यास ने नहीं दर्शाया किंतु दासी-पुत्र होते हुए भी वह बचपन से ही हमेशा पांडवों के साथ हुए अन्याय में कौरवों से विरोध में तथा पांडवों के पक्ष में रहता था। निश्चय ही यह उसके लिए कठिन रहा होगा। किंतु चाहे भीम को ज़हर देकर मारने का विचार हो या पांचाली के चीर-हरण का निम्न कृत्य, युयुत्सु ने हमेशा विरोध में आवाज उठाई... और अंत में, एकदम अंत में, युद्ध-भूमि में युधिष्ठिर के प्रस्ताव को... कि इस क्षण भी यदि कोई हमारी ओर आना चाहे उसका स्वागत है, युयुत्सु ने स्वीकार किया क्योंकि वह जानता था कि वहाँ धर्म है। सोचा जाए तो युयुत्सु को तो स्वयं अपने भाइयों के विरुद्ध जाना था जबकि कृष्ण ने कितनी ही बार कर्ण को पांडवों के, उसके अपने सहोदरों के, पक्ष में आने का निमंत्रण दिया था... किंतु उसने कभी क्षण-भर भी कृष्ण की बातों पर विचार नहीं किया।

अस्तु... 'मृत्युंजय' में सावंतजी ने कर्ण के अंतिम समय में कर्ण के प्रति कृष्ण को अत्यंत भावुक बतलाया है जबकि व्यास-कथा में कृष्ण ही अर्जुन को उस पर तब वार करने को कहते हैं जब वह अपने रथ के भूमि में धंसे पहिए को उठा रहा था। तब कर्ण ने धर्म की दुहाई देते हुए अर्जुन से कुछ देर रुकने की प्रार्थना की... अर्जुन संभवतः यही करता... किंतु तभी कृष्ण के द्वारा फटकारे जाने पर कि तुम लापरवाही क्यों कर रहे हो पार्थ, वह कर्ण पर तीर चलाने हेतु उद्यत हुआ था। तभी कृष्ण सरोष कर्ण से उस समय का हिसाब माँगते हैं जब उसने धर्म को अनदेखा किया था। वे कहते हैं—

- राधानंदन! सौभाग्य की बात है कि अब तुम्हें धर्म की याद आ रही है पर 'क्व ते धर्मस्तदा गतः' (तुम्हारा वह धर्म कहाँ चला गया था?) जब तुमने, दुर्योधन, दुःशासन और शकुनि ने एकवस्त्रा राजस्वला द्रौपदी को भरी सभा में बुलवाया था?
- जब कौरव-सभा में जुए का ज्ञान न रखने वाले युधिष्ठिर को तुमने हराया था तब 'क्व ते धर्मस्तदा गतः'?
- जब दुर्योधन ने तुम्हारी सलाह से भीम को ज़हर खिलाया, साँपों से डँसवाया तब 'क्व ते धर्मस्तदा गतः'?
- जब शर्तानुसार तेरह वर्ष बीत जाने पर भी तुमने पांडवों का राज्य उन्हें वापस नहीं किया तब 'क्व ते धर्मस्तदा गतः'?
- जब लाक्षागृह में तुमने कुंती सहित कुंती-पुत्रों को जलाने की कोशिश की तब 'क्व ते धर्मस्तदा गतः',
- जब कौरवों द्वारा क्लेश पाती द्रौपदी को तुम निकट से देख रहे थे तब तुमने द्रौपदी से कहा था कि पांडव सदा के लिए नष्ट हो गए हैं, अब तू अन्य पति का वरण कर ले, तब 'क्व ते धर्मस्तदा गतः'?
- आगे वासुदेव कर्ण से कहते हैं 'जब उन अवसरों पर धर्म नहीं था तब आज धर्म की दुहाई देकर अपना तालू सुखाने से क्या लाभ? सूत! अब यहाँ धर्म के चाहे जितने कार्य कर डालो, जीते-जी तुम्हारा छुटकारा नहीं हो सकता।' (कर्णपर्व 91/1 से 12)

अस्तु... तो ये थे कृष्ण के प्रश्न, जिनका कर्ण के पास कोई उत्तर नहीं था, तभी वह अपने ऊपर लगे आरोपों को सुन युद्ध-भूमि में लज्जावनत हो गया था। किंतु इनके अतिरिक्त भी कर्ण के खाते में अधर्म कम नहीं थे। सच कहा जाए तो कर्ण ने अधर्म तब भी किया था जब परशुराम से झूठ बोलकर अर्जुन की स्पर्हा में ब्रह्मास्त्र की शिक्षा ली थी। क्षत्रियों के शत्रु परशुराम से कर्ण ने कहा था कि वह ब्राह्मण है क्योंकि परशुराम केवल ब्राह्मणों को ही शिक्षा देते थे। हाँ, उसकी गुरु-भक्ति की प्रशंसा करनी होगी कि एक बार गुरु जब अपना सिर उसकी गोद में रखकर निद्रामग्न थे तब अचानक ही अलर्क नामक एक भयानक कीट ने उसकी जंघा पर डंक मारा और वह उसमें छेद करता गया... जंघा से खून की धार बहने लगी। तब उसे मरणांतक पीड़ा हो रही थी पर उसने बिना उफ् किये वह पीड़ा चुपचाप सही... यह सोचकर कि कहीं उसके हिलने-डुलने से गुरु की नींद न भंग हो जाए... किंतु इस गुरु-भक्ति के बदले उसे ऐसा शाप मिला कि उसका इतनी साधना और तपस्या से ग्रहण किया गया ब्रह्मास्त्र व्यर्थ हो गया। हुआ यूं कि उसका खून रिसते हुए जब परशुराम के सिर को भिगोने लगा तब अचानक उनकी निद्रा टूटी... कर्ण की जाँघ का खून उनके मस्तक पर! ब्रह्मर्षि के क्रोध का पारावार नहीं रहा... इस तरह उन्हें अपवित्र करने की कर्ण की हिम्मत कैसे हुई। सारी बातें

सुन-समझकर तो उनका क्रोध और प्रचंड हो गया... क्योंकि उन्हें क्षण भर भी देर नहीं लगी यह समझने में कि कर्ण ने उनसे झूठ बोलकर ब्रह्मास्त्र प्राप्त किया है। किंतु कैसे समझा था परशुराम ने यह? क्या दिव्य-दृष्टि से? नहीं, दिव्य-दृष्टि से देखते तो शिष्यत्व हेतु आए कर्ण को पहले ही भगा देते। उन्होंने समझा था उस भयानक कीड़े द्वारा जंघा को छेदे जाने के बाद भी कर्ण के चुपचाप उसी अवस्था में बैठे रहने से। वस्तुतः परशुराम जानते थे कि अलर्क का काटना इतना भयानक पीड़ादायक रहता है कि कोई भी ब्राह्मण नहीं सह सकता... एक क्षत्रिय ही उसे सह सकता है। इस तरह कर्ण के एक झूठ ने उसके ब्रह्मास्त्र को व्यर्थ कर दिया... यद्यपि उसने तर्क दिया कि आप भार्गव मेरे गुरु हैं और शिष्य के लिए गुरु ही पिता होता है, अतः मैं भी इस नाते से ब्राह्मण ही हुआ, किंतु गुरू पर इस चालाकी का कोई असर नहीं हुआ।

यहीं कर्ण से एक प्रमाद और हुआ... दशरथ के समान उसने भी जंगली पशु को मारने के लिए कुछ असावधानी में तीर छोड़ा जो एक ब्राह्मण की होमधेनु को चीरकर उसके प्राण ले बैठा। यहाँ भी ब्राह्मण ने उसकी एक न सुनी और उसे श्राप दे बैठा कि तू जिससे ईर्ष्या रखता है और जिसे परास्त करने की निरंतर चेष्टा करता है, उस शत्रु के हाथों इसी तरह असावधानी की अवस्था में तू मारा जाएगा। युद्ध-भूमि में जब तेरे रथ का पहिया धरती में धँसेगा तो वह तेरा शत्रु तुझे मार डालेगा।

कुल मिलाकर कर्ण का परशुराम के पास से लौटना एक तरह से अपमानित होकर खाली हाथ लौटना था... हाँ यदि हाथ में उसके कुछ था तो दो-दो ब्राह्मणों का शाप था... ऐसी स्थिति में किसी भी सद्पुरूष के मन में ग्लानि होती किंतु आश्चर्य कर्ण के मन में यह नहीं थी... परशुराम ने तो सूत-पुत्र कहकर उसका अपमान नहीं किया था... उसे उसके झूठ की ही सजा दी थी किंतु इस पर भी कर्ण को चेत नहीं हुआ... उसने फिर एक झूठ बोला... अपने परम मित्र दुर्योधन को कहा 'कृतास्त्रोऽस्मीति' अर्थात् मैं अपने काम में सफल होकर लौटा हूं। संभवतः यदि वह सत्य बोल देता तो दुर्योधन महासमर करने की हिम्मत नहीं करता।

अस्तु... महासमर में कर्ण का ओछापन तब भी प्रगट होता है जब छः-छः अतिरथियों के साथ वह अभिमन्यु की हत्या में भाग लेता है। कुंती से उसने चारों पांडवों को न मारने का वचन दिया था, पांडव-पुत्रों के वध का तो नहीं दिया था। इतना ही वीर था वह तो उसने क्यों नहीं अन्य अतिरथियों को रोककर अकेले ही अभिमन्यु से युद्ध किया? अभिमन्यु तो क्या, पांडव-पक्ष के अन्य किसी अतिरथी को भी कर्ण धराशाई नहीं कर पाया था... न सात्यकि को, न धृतष्टद्युम्न को, न ही पांचाली के पाँच पुत्रों में से किसी एक पुत्र को।

कर्ण वीर था किंतु अपनी वीरता का उसे घमंड बहुत था, और इस कारण उसमें ऐंठ भी बहुत थी। केवल पांडवों से ही नहीं, वह भीष्म, द्रोण आदि बड़ों से भी स्पृहा

करता था और अनेक बार अविनीत हो उनसे बात करता था। यदि व्यास इस कुंती-पुत्र की भी अन्य पांडवों के साथ अंतिम विदाई दिखाते तो मैं सोचती हूं स्वर्ग पहुँचने के पूर्व वह भी हिमालय में ही देह त्याग करता... तब धर्मराज युधिष्ठिर उसके गिरने का कारण यही बताते कि कर्ण बहुत वीर था किंतु वह अपनी वीरता के कारण रस्सी के बलों समान ऐंठा रहता था।

पांडवों के बल को हमेशा कर्ण कमतर ही आँकते रहा जबकि एक नहीं अनेक बार उसे इसके विपरीत प्रमाण मिले। विराट-युद्ध में अर्जुन ने सभी महारथियों को और उसे अकेले ही धूल चटाई थी। उसका नीला उत्तरीय उत्तरा की गुड़िया के वस्त्र बनाने को ले गया था... और उसके देखते-ही-देखते उसके भाई का मुंड धड़ से अलग कर दिया था। तब कहाँ गया था उसका पौरुष?

इसके पूर्व पांचाली स्वयंवर में अर्जुन के हाथों उसने हार पाई थी। (पूर्व में हम इन दोनों प्रसंगों पर विस्तार से चर्चा कर चुके हैं।)... और घोष-यात्रा का प्रसंग... वह तो अत्यंत लज्जाजनक था। वैसे पूरी कथा कुछ बड़ी है, पर सुंदर है, अतः प्रसंग से हटकर होने पर भी उल्लेखनीय है। इसमें कर्ण और युधिष्ठिर के चरित्र का अंतर भी स्पष्ट होता है।

वनवास के दिनों में एक बार पांडवों की दुर्दशा देखकर आया एक ब्राह्मण जब उनकी आंखों-देखी स्थिति धृतराष्ट्र को बतलाता है, तब धृतराष्ट्र का मन अपने भतीजों के लिए सचमुच करुणा एवं दुःख से भर जाता है। मन-ही-मन वे बड़बड़ाने लगते हैं... युधिष्ठिर ने कभी किसी के साथ कोई अन्याय नहीं किया, मेरे पुत्रों की तुलना में वह सत्यवादी पवित्र और सदाचारी है... ऐसा वह अजातशत्रु कैसे भूमि पर सोता होगा? और भीमसेन!... वन की हवा और धूप उसको कितना कष्ट देती होगी ...उसका तो अंग-अंग क्रोध से फड़कता और काँपता होगा। कृष्णा के सामने वह धरती पर सोता कैसे होगा?... जरूर रात भर वह करवटें बदलता होगा। उसका शरीर ऐसे कष्ट के भोगने योग्य नहीं है।... और अर्जुन! ज्येष्ठ भ्राता के अधीन रहने के कारण वह सारा संताप मन-ही-मन सहन करता होगा पर क्या उसे अपने दोनों अग्रजों और दोनों सुकुमार अनुजों तथा प्रिया पांचाली के दुःख को देख रात में नींद आती होगी?

पांडवों के इस दुःख में दुःखी राजा के मन में यह भय भी व्यापता है कि पांडव अवश्य की किसी-न-किसी दिन अपने अपमान और दुःख का बदला लेंगे। अंधे धृतराष्ट्र की बड़बड़ाती यह आवाज अचानक वहाँ से गुजरते शकुनि के कानों में पड़ी ... उसने ध्यान से सब कुछ सुनने का प्रयास किया किंतु विशेष ध्यान गया उसका पांडवों को होने वाले वनवास के कष्टों पर... और तब पांडवों के दुःख पर मन-ही-मन सुखी हो उसने तुरंत कर्ण को अपने इस सुख में भागी बनाया तथा उसे ले दुर्योधन के पास यह सुखद समाचार सुनाने पहुँचा... साथ ही उसने और कर्ण ने यह प्रस्ताव भी रखा कि चलो

चलकर पांडवों का यह दुःख देख नयनसुख प्राप्त करते हैं क्योंकि 'प्रीतिं नृपतिशार्दूल याममित्राघदर्शनात्' जो प्रसन्नता अपने शत्रु की दुर्दशा देखकर होती है वह धन, पुत्र तथा राज्य मिलने से भी नहीं होती। अपनी रानियों से कहो कि वे सज-धजकर हमारे साथ चलें ताकि वल्कलवसना पांचाली उन्हें देख बार-बार संताप करे।

दुर्योधन को यह योजना तो बड़ी अच्छी लगी... क्षण भर उसने भी इस कल्पना में रस लिया पर दूसरे ही क्षण वह उदास हो गया कि धृतराष्ट्र उसे पांडवों के सामने जाने की आज्ञा कभी नहीं देंगे, न भीष्मादि इसका समर्थन करेंगे।

तब कर्ण ने योजना बनाई कि हम अपनी गायों को देखने तथा गिनती करवाने के बहाने द्वैतवन जाएँगे। योजना इतनी अच्छी थी कि सबके सब 'ततः प्रहसिताः तेऽन्योन्यस्य तलान् ददुः' वे सब एक-दूसरे के हाथ पर ताली देते हुए हँसने लगे।

यद्यपि धृतराष्ट्र को इसमें किसी षडयंत्र की बू आ गई थी इसीलिए उन्होंने चेताया भी कि तुम लोग किसी भी तरह मद में चूर होकर पांडवों का अपमान मत करना वरना तुम्हारी गति बहुत बुरी होगी... पांडव वीर हैं और अभी अमर्ष से भरे हैं, अतः तुम पर भारी पड़ेंगे... किंतु राजा की बातों पर ध्यान न दे वे सब सज-धजकर लाव-लश्कर के साथ खुशी-खुशी द्वैतवन पहुँचे। पर उनका सारा उत्सव-उन्माद सारी सुखद कल्पना भयानक दुःस्वप्न में बदल गई जब गंधर्वराज चित्रसेन से अचानक उनका सामना हो गया... चित्रसेन के तीखे बाणों के सामने न कर्ण का पौरुष काम आया न दुर्योधन, दुःशासन की वीरता... बड़बोला कर्ण तो मैदान छोड़कर भाग ही गया। (शिवाजी सावंत का वीर कर्ण गंधर्वों से युद्ध करते समय इसलिए भागा था कि कहीं गंधर्व उसे कैद न कर लें... तब भला वह अर्जुन का कण्ठच्छेद कैसे कर पाता जो कि उसकी पूर्व-प्रतिज्ञा थी। इधर दुर्योधन का कहीं अता-पता नहीं था। चित्रसेन के सामने पहुँचकर कर्ण दुर्योधन का पता भी नहीं लगा सकता था... न बिना राजा के वह हस्तिनापुर जा सकता था... भारी चिंता में था वह कि थोड़ी देर बाद लताओं से बँधे हाथ लिए दुर्योधन को आते देख वह प्रसन्नता से उसके पास पहुँचा... तब अत्यंत दुःखी दुर्योधन बताता है कि अर्जुन ने उसे चित्रसेन से छुड़ाया है पर छुड़ाने के बाद उसका भरपूर अपमान भी किया है। अर्जुन ने मिथ्या विजय के अहंकार में कहा, मानों द्वैतवन उसके पिता का राज्य हो कि भैया के आदेश से मैंने तुमको मुक्त किया है। फिर कभी द्वैतवन मत आना... आगे दुर्योधन यह भी कहता है... मुझको मुक्त कराने वाले अर्जुन ने मुझको अपमानित करने के लिए इन लताओं में यूँ ही रहने दिया था। (पृ. 470)

अस्तु... महाभारत के दुर्योधन की यहाँ थोड़ी प्रशंसा करनी होगी कि कर्ण के पलायन करने के बाद भी वह डटा रहा... भले ही वह अंततः चित्रसेन द्वारा कैद कर लिया गया। तब असहाय दुर्योधन के सैनिक पांडवों के पास सहायता हेतु गए। प्रारंभ में भीम ने दुर्योधन की दुष्टता का स्मरण कर स्पष्ट शब्दों में सहायता करने हेतु इंकार

कर दिया किंतु धर्मराज ने उसे इस हेतु प्रेरित किया। इस समय कहे गए उनके कुछ सुंदर वाक्य दृष्टव्य है–

'भीमसेन! भाई-बंधुओं में मतभेद और लड़ाई-झगड़े तो होते ही रहते हैं किंतु इससे कुल-धर्म अर्थात् अपनापन नष्ट नहीं हो जाता।'

'आपस में भले हम पाँच और वे एक सौ अलग-अलग हैं किंतु बाहरी आक्रमण होने पर हम एक सौ पाँच हैं।'

'फिर, न केवल कुलपुरुष का वरन् कुल-वधुओं का भी अपहरण हो रहा है। यह तो हमारे लिए मृत्युतुल्य है।'

'साधारण क्षत्रिय को भी शरणागत की रक्षा करनी चाहिए फिर तुम तो वीर पुरुष हो। भला कौन वीर किसी के "बचाओ-बचाओ" कहने पर शांत खड़ा रह सकता है?'

इसी समय स्वयं दुर्योधन की सहायता की आवाज सुन धर्मराज एकदम बेचैन हो गए... भाइयों से उन्होंने कहा कि मैंने यज्ञ प्रारंभ कर दिया है अतः मैं उसे छोड़कर नहीं जा सकता, अन्यथा मैं स्वयं दुर्योधन को बचाने जाता... तब अग्रज की आज्ञा शिरोधार्य कर भीम और अर्जुन तथा दोनों यमज गए और गंधर्वों से बहादुरी से युद्ध कर उन्होंने दुर्योधन को उनसे छुड़वाया। इतना ही नहीं, जाते समय प्रणाम करने आए दुर्योधन से युधिष्ठिर ने इस हेतु कोई उपकार नहीं जताया... केवल इतना कहा, 'तात् अब कभी ऐसा दुःसाहस नहीं करना क्योंकि दुःसाहस करने वाले सुखी नहीं होते। अब तुम घर जाओ... और हमारे प्रति 'वैमनस्य च मा कृथाः' मन में बैर मत लाना। 'इस समय न तो किसी ने दुर्योधन को अपमानित करने के लिए लताओं से उसके हाथ बाँधे और न ही किसी पांडव ने, यहाँ तक कि भीम तक ने एक भी शब्द व्यंग्य का दुर्योधन के प्रति नहीं कहा। इसी समय चित्रसेन द्वारा दुर्योधन के द्वैतवन आने का मकसद कहे जाने पर भी कोई कुछ न बोला... हाँ, दुर्योधन अवश्य शर्म् से पानी-पानी हो गया था।

अस्तु... जो कुछ हुआ वह सब दुर्योधन सच-सच कर्णादि को बताता भी है... किंतु पांडवों के सद्व्यवहार पर वह कोई टिप्पणी नहीं करता। हाँ, अपने ही व्यवहार पर वह इतना अपमानित महसूस करता है कि वापस हस्तिनापुर नहीं लौटना चाहता। वह वहीं कुशा बिछाकर प्रायोपवेशन द्वारा आत्महत्या करना चाहता है... किंतु फिर दैव-इच्छा से तथा कर्ण के कहने पर कि पांडवों ने तुम्हारी सहायता की तो कौन बड़ा उपकार किया... तुम राजा हो और वह प्रजा है, तुम्हारी सहायता करना उनका कर्त्तव्य है, अतः ग्लानि मत करो... किसी तरह वह आत्महत्या से विरत होता है।

अस्तु... धर्मराज की बात कहें तो सचमुच बौना है उनके सामने यह कौंतेय कर्ण। वह युधिष्ठिर जिसने केवल माँ के पैरों से कर्ण के पैरों का साम्य देख कर्ण के प्रति अपना क्रोध द्यूत-सभा में बार-बार रोका था, वह भला यदि जानते कि यह मेरा सहोदर है तो क्या कभी उसके विरुद्ध युद्ध के मैदान में खड़े हो सकते थे? कृष्ण ने कर्ण को पांडवों

के पक्ष में आने के लिए लालच दिया था कि मेरे कहने से युधिष्ठिर तुम्हें राजसिंहासन पर बैठा कर चंवर डुलाएँगे... बात सच थी। किंतु वासुदेव को यह युधिष्ठिर से कहने की आवश्यकता भी नहीं पड़ती... यदि किसी तरह युधिष्ठिर को वास्तविकता पता चलती तो वह स्वयं पैर पकड़कर कर्ण को राजसिंहासन पर बैठने को मनाते। उल्लेखनीय है कि युद्धोपरांत युधिष्ठिर पर जब यह रहस्य खुलता है तो कर्ण के प्रति उनका विलाप जो प्रारंभ होता है मानों थमने का नाम ही नहीं लेता। फिर वे उसे कभी नहीं भूलते... यहाँ तक कि स्वर्ग जाने पर भी अन्य भाइयों के पहले उन्हें कर्ण को देखने की लालसा रहती है... वहाँ भी उनके मन में यही विचार आता है कि हाय मैं हतभाग्य! मैंने अर्जुन से उसका वध करवा दिया। कितना मूर्ख था मैं 'यन्मातुः सदृशौ पादौ... दृष्टैव तौ नानुगतः'... जिसने माता के सदृश उसके पाँव देखकर भी उसका अनुगमन नहीं किया।

यहाँ हम कर्ण की तारीफ जरूर करेंगे कि उसने अर्जुन को छोड़ शेष पांडवों के मौका रहने पर भी प्राण नहीं लिए... किंतु कहीं तो उसके मन में शेष के प्रति थोड़ा भी स्नेह और प्रेम का रेशा रहता। कुंती को अवश्य उसने अर्जुन को छोड़ शेष पांडवों को न मारने का वचन दिया था पर इस वचन-दान में दया नहीं थी, एक तरह से घमंड था... तुमने तो मुझे मारने के लिए फेंक दिया था... जाओ, ऐसी हत्यारी माता को भी यह दानवीर कर्ण खाली हाथ नहीं जाने देगा! यहाँ भी ऐंठ थी। हाँ, युधिष्ठिर के विषय में वह अवश्य अच्छी भावना रखता था, तभी तो कृष्ण द्वारा उसके कुंती-पुत्र होने के रहस्य बताए जाने पर वह दुर्योधन का पक्ष छोड़ने से इंकार करता है पर कृष्ण से यह वायदा अवश्य लेता है कि यह रहस्य आप युधिष्ठिर को कभी मत बताइएगा वर्ना वह धर्मात्मा इंद्रियजित यह जानकर कि मैं 'कुन्त्याः प्रथमपुत्रं न स राज्यं ग्रहीष्यति' कुंती का प्रथम पुत्र हूं, कभी राज्य नहीं ग्रहण करेंगे... उस दशा में वे मुझे राजा बनने को कहेंगे... तब मैं उस विशाल राज्य को पाकर फिर अपने मित्र दुर्योधन को सौंप दूँगा... किंतु मैं यह नहीं चाहता... मैं भी यही चाहता हूँ कि 'स एव राजा धर्मात्मा शाश्वतोऽस्तु युधिष्ठिरः' वे धर्मात्मा युधिष्ठिर ही सर्वदा राजा बने रहें।

बात सचमुच ठीक थी। युधिष्ठिर पहले यदि कर्णविषयक रहस्य जानते तो निश्चय ही यही करते। जब जाना तब उनके दुःख का ठिकाना न था...माँ से नाराज हुए कि तुमने इतनी बड़ी बात हमसे क्यों छिपाई? मुझे ज्ञात होता तो कभी युद्ध नहीं करता... वनवास ले लेता... कहीं भी मुँह छिपा लेता... पर भ्रातृ-हत्या नहीं होने देता... किंतु माँ से इतनी नाराजगी के बाद भी वे उनसे कोई कटु वचन नहीं कहते हैं... उसे कौमार्य में पुत्रवती होने की मलामत भी नहीं भेजते हैं... सारी नारी जाति को श्राप अवश्य देते हैं... पर श्राप क्या देते हैं उनका भला ही करते हैं... मन में हर बात मत छिपाओ वर्ना रोना पड़ेगा... 'यतो मनसि यद् गुह्यं स्त्रीणां तन्न भविष्यति' आज से स्त्रियों के मन में कोई रहस्य छिपा नहीं रह सकेगा।

और फिर सारी उम्र यह ज्येष्ठ पांडव कर्ण की हत्या के लिए स्वयं को दोषी मानते हुए दुःखी होते रहे। तत्क्षण ही विजय का सुख मातम में बदल गया... राज्याभिषेक की इच्छा जाती रही... सन्यास और विराग में ऐसे डूबे कि किस-किस को किन-किन तर्कों से कब तक नहीं समझाना पड़ा उन्हें! नारद ने समझाया... कर्ण के दोष बताए... युद्ध की अनिवार्यता बतलाई... पर नहीं... मुझे नहीं चाहिए यह रक्तरंजित सिंहासन... बस एक ही टेक थी उनकी। सारे भाई बार-बार समझा-समझाकर थक गए। नाराज भी कम नहीं हुए। कभी विवाद में पीछे न रहने वाले भीमसेन भी कहते-कहते परेशान हो गए कि राज्य ग्रहण करो। गुस्सा भी किया कि यदि ऐसा ही करना था तो क्यों हमें इतने भयानक युद्ध में झोंका। अंततः निराश होकर वे कह पड़ते हैं, 'क्या करूँ चाहता हूं कि कुछ न बोलूँ किंतु दुःख के कारण बोलना ही पड़ रहा है। आपके कारण हमने और द्रुपद-नंदिनी ने कितने कष्ट उठाए हैं वह तो आप भूल गए हैं किंतु युद्ध में जो शत्रुओं की स्थिति हुई वह आपको मथे जा रही है। आज आप मानों पुनः युद्ध-भूमि में स्थित हैं... किंतु खेद है कि इसमें हम आपकी कोई सहायता नहीं कर सकते। यह आपके मन का युद्ध है जिसे आपको स्वयं लड़ना है। 'अर्जुन ने भी कठोर होकर कहा कि आपका यह मोह हम सबको निर्बल बना रहा है... आप कम-से-कम राजा जनक से ही सीखिए जो वीतरागी होने के कारण संसार का त्याग करना चाहते थे किंतु महारानी के कहने पर फिर उन्होंने मिथिला का त्याग नहीं किया। उन्होंने कैसे निर्लिप्त होकर राज्य किया? आप क्यों हमारे इतना कहने पर भी हस्तिनापुर का त्याग करना चाह रहे हैं? नकुल ने बुद्धिमानी की बात समझाई कि सभी आश्रमों में गृहस्थ सर्वश्रेष्ठ आश्रम है... वेद भी यही कहते हैं किंतु आप इसे छोड़ असमय सन्यास आश्रम ग्रहण कर नास्तिकता का परिचय दे रहे हैं। सहदेव ने समझाया कि जब स्वयंभू मनु से लेकर अनेकानेक राजाओं ने राज्य किया है तब क्या उन्होंने कुछ गलत किया है जो आप उनकी राह पर नहीं चलना चाहते? सारे भाइयों को इस तरह मनुहार करते देख पांचाली अत्यंत कटु होते हुए यहाँ तक कहती है कि लगता है राजा उन्मत्त हो गए हैं। मैं सब स्त्रियों में अधम हूं जो सारे पुत्रों को खोने के बाद भी जीवित रहना चाहती हूं और राज्य की इच्छा करती हूं?

पर युधिष्ठिर फिर भी अपनी बात पर अड़े रहे। और तो और समूचे युद्ध का असली नेतृत्व करने वाले सदा-सहायक वासुदेव और परम-पूज्य महर्षि व्यास तक ने समझाकर देख लिया। युधिष्ठिर कभी क्षत्रिय धर्म को कोसते तो कभी अपने बल, पुरुषार्थ और अमर्ष को, जिसके कारण ऐसी विपत्ति आई... जैसे माँस के लोभी कुत्ते आपस में माँस के टुकड़े के लिए लड़ते हैं वैसे ही मैंने भी तो तुच्छ राज्य के लिए युद्ध किया है।... मुझ लोभी ने धन के लोभ से अपने बूढ़े पितामह को मरवाया, झूठ बोलकर गुरु को मरवाया... मैंने परिग्रह की इच्छा से पाप बटोरा है... अब मुझे ही इसके शमन का उपाय करने दो... मुझे सन्यास ले प्रायश्चित करने दो... बस यही उनकी टेक चलती।

अंततः व्यास के द्वारा काल की प्रबलता बतलाने पर वे कुछ शांत हुए। व्यासदेव ने कहा कि युद्ध तुमने नहीं करवाया, काल ने करवाया है... कालं फलप्रदम् है... काल, पुरुष के पाप और पुण्य का साक्षी है। कर्म की डोरी का सहारा ले भविष्य में होने वाले सुख-दुःख का वही उत्पादक है। जिस तरह प्राणी किसी व्यक्त कारण के बिना ही दैववशात् उत्पन्न होता है उसी तरह दैवेच्छा से ही उसका अकस्मात विनाश हो जाता है। तथापि तुम्हारे मन में यदि अपने बांधवों और गुरुजनों की हत्या करवाने की पीड़ा है तो उसका प्रायश्चित करो। अश्वमेध यज्ञ का आयोजन करो। जो राजागण युद्ध में मारे गए हैं उनके राज्यों में जाओ वहाँ की प्रजा की देख-भाल के लिए उत्तराधिकारी की व्यवस्था करो। आगे व्यास एक सुंदर बात कहते हैं जिससे स्पष्ट होता है कि प्राचीन भारत में आवश्यकता पड़ने पर स्त्रियों को भी राजभार सौंपा जाता था। व्यास कहते हैं – कुमारो नास्ति येषां च कन्यास्तत्राभिषेचय 'कामाशयों हि स्त्रीवर्गः शोकमेवं प्रहास्यसि ॥' (शांतिपर्व 33.45) अर्थात् जिन राजाओं के कोई पुत्र नहीं हो उनकी कन्याओं को ही राज्य पर अभिषिक्त कर दो। ऐसा करने से उनकी स्त्रियों की मनःकामना पूरी होगी और वे शोक त्याग देंगी।

तब व्यास की बातों से युधिष्ठिर कुछ ढीले पड़ते हैं और हाथ जोड़कर विनय करते हैं कि उनके मन में धर्म और राजधर्म को लेकर बड़ी चिंता है... क्या धर्म का पालन करते हुए राजकार्य किया जा सकता है? इस पर व्यास उन्हें सलाह देते हैं कि इस संबंध में तुम सर्व धर्मों के ज्ञाता अपने पितामह भीष्म के पास जाओ। जब तक वह धर्मज्ञ महात्मा प्राण धारण किए हुए है तब तक तुम उनसे धर्म और राजधर्म का उपदेश ग्रहण करो।

किंतु किसी तरह अपने आपको तैयार करते युधिष्ठिर व्यास की सलाह सुन पुनः पशोपेश में पड़ गए... जिस पितामह को मरवाने के दुःख से वे अब तक उबर नहीं पा रहे हैं उनके सामने वे किस मुँह से जाकर उपदेश की याचना करें? यह तो वही बात हुई कि वधिक गाय को मारे और उससे पूछे कि गौ माता आपने किस पुण्यबल से यह शरीर पाया था, जरा मुझे भी बताना।

युधिष्ठिर को पुनः दुःख के सागर में डूबते देख कृष्ण ने उन्हें समझाया कि आप हठपूर्वक शोक को पकड़े मत बैठिए। उठिए, वर्षाकाल में जैसे लोग मेघ की ओर टकटकी लगाए देखते हैं वैसे ही आपके भाई-बंधु और प्रजागण आपकी ओर देख रहे हैं। पहले आप अपना राज्याभिषेक करवाइए और फिर पितामह से उपदेश ग्रहण कीजिए।

और फिर अत्यंत संकोच से राज्य ग्रहण कर युधिष्ठिर ने कृष्ण को आगे कर पितामह भीष्म से क्षमा-याचना करते हुए उनसे उपदेश ग्रहण किया... जो केवल युधिष्ठिर को दिया उपदेश नहीं था... उस समय धर्म और राजधर्म की शाश्वत गंगा जो

भीष्म के मुख से प्रवाहित हुई थी उसमें अवगाहन कर आज भी एक शासन जहाँ राज्य-शासन हेतु श्रेष्ठ नीति पा सकता है, वहाँ एक सामान्य मनुष्य अपने समाज के प्रति कर्त्तव्य जान सकता है। साथ ही वह अपने जीवन पर स्वयं अपना शासन किस प्रकार श्रेष्ठ रूप में किया जाए, यह भी जान सकता है। भीष्म-नीति तरह-तरह की कथाओं के माध्यम से देश और काल की बाधाओं को पार कर हर स्थान के हर काल के व्यक्ति के लिए लाभप्रद है। यद्यपि कुछ अर्थों में वर्णधर्म, दंडनीति आदि आज की स्थिति में प्रासंगिक नहीं है किंतु फिर भी भीष्म द्वारा दिए गए अधिकांश उपदेश निश्चय ही आज भी अपना महत्त्व रखते हैं।

यहाँ एक प्रश्न उठता है क्या युधिष्ठिर युद्ध का परिणाम पहले नहीं जानते थे? उनके इतने अधिक विषाद का कारण क्या था? सचमुच इतने अधिक लोगों के इतने तर्क के बाद भी युधिष्ठिर को सिंहासन पर बैठने से बार-बार इंकार करते देख आश्चर्य होता है कि यह कैसा क्षत्रिय राजा है ...या तो युद्ध करना नहीं था, जैसाकि भीमादि ने कहा... और किया है तो फिर रक्तरंजित सही, सिंहासन पर बैठने के लिए इतनी मनुहार क्यों करवा रहा हैं?

पर यही तो इस धर्म-पुत्र की विशेषता है। व्यास यहाँ बताना चाहते हैं कि युद्ध अंततः वीभत्स ही होता है। उसकी विभिषिका को हमें विस्मृत नहीं करना है। यदि युधिष्ठिर युद्ध होते ही खुशी-खुशी सिंहासन पर बैठ जाते तो उनमें और साधारण विजेता में अंतर ही क्या रह जाता? वस्तुतः उनका दुःख उनका अपना नहीं है। वे हर मनुष्य के लिए चिंतित हैं। उनका दुःख मानवता के विनाश का दुःख है। निश्चय ही कभी-कभी मन में दुःख का होना ही आवश्यक होता है। दुःखी मनुष्य ही दूसरे के दर्द को समझ सकता है। युधिष्ठिर के सामने जो विशाल आर्यावर्त के राज्यों को सँभालने का कार्य था, उसे वे विजय़ के उन्माद में कदापि नहीं कर पाते, अतः युधिष्ठिर के दुःख का निश्चय ही अपना महत्त्व है।

युधिष्ठिर के चरित्र का सुंदर विश्लेषण करते हुए विद्यानिवास मिश्र लिखते हैं, 'युधिष्ठिर में न अर्जुन का पराक्रम है, न भीम का बल है, न कर्ण की दानशीलता है न भीष्म का त्याग है, पर वह नायक है क्योंकि वह सब की कमजोरी समझ सकते हैं, सबका दुःख समझ सकते हैं और यह भी समझ सकते हैं कि प्राप्य की माँग न करना कायरता है, पर दूसरे के प्राप्य पर लोभ मनुष्य के सत्य के साथ घात है। (महाभारत का काव्यार्थ, पृ. 57)

अंत में युधिष्ठिर के सहानुभूतिशील मनस् को सिद्ध करने वाली एक और घटना प्रस्तुत है। जीवन भर के साथी चारों भाई और प्रिया पांचाली... सब स्वर्ग की राह पर हैं। अब कोई मोह नहीं है। कठिन डगर हैं एक-एक कर सब साथ छोड़ रहे हैं। कोई मलाल नहीं है। मानों स्थितप्रज्ञ हो गए हैं। सबसे पहले पांचाली गिरी। पांडवों की

प्रियतमा पांचाली मानों कोई ठूँठ हो जिसके गिरने का कोई अर्थ नहीं था धर्मराज के लिए। कितना तो रोए थे पांचाली के गंधमादन पर्वत पर गिरने पर... पर अब नहीं। भीम परेशान है। इधर जाए कि उधर! सभी भाई क्यों प्रिय की मृतदेह छोड़ आगे बढ़ रहे हैं? पागलों के समान वे दौड़कर अग्रज के पास जाकर पूछते हैं कि क्यों नहीं चल रही है पांचाली हमारे साथ?... कितने दुःख उसने हमारे साथ उठाए हैं? ... क्या वह यहीं अकेली मरेगी? हमारे साथ स्वर्ग नहीं चलेगी? क्या दोष है उसका भ्राता... कुछ तो बोलो? पर युधिष्ठिर हैं कि केवल उसका एक दोष बताकर आगे बढ़ते जा रहे हैं ... 'पक्षपातो महानस्या विशेषेण धनंजये' सबकी पत्नी होते हुए भी उसने अर्जुन को अधिक चाहा।

पता नहीं कब कहाँ यह मन पढ़ा था युधिष्ठिर ने उसका वर्ना उन्हें तो पांचाली के प्रेम में अर्जुन से कहीं भी कमतर हिस्सा नहीं मिला था। पर अग्रज ही क्यों... अन्य अनुज भी तो पांचाली को छोड़ निःस्पृह से बढ़े जा रहे हैं... जिसके प्रेम के आधिक्य का कारण पांचाली का मरण बना यह फाल्गुन भी तो मौन भाव से आगे बढ़ा जा रहा है... मानों पांचाली नहीं कोई कठपुतली गिरी हो।... आखिर भीम भी प्राणप्रिया को छोड़ आगे बढ़े।

पर चंद कदम भी नहीं चल पाए थे वे कि सहदेव और नकुल भी धड़ाम से गिर पड़े। माद्री-पुत्रों के प्रति जो अग्रज हमेशा ही पितृवत् कोमल रहे हैं... पर अब कैसे चुपचाप चले जा रहे हैं? और भीम है कि चल ही नहीं पा रहे हैं। सदा से रठ्ठ बुद्धि के भीम विकल हैं माद्री-पुत्रों को गिरते देखकर... क्या ये हमारे साथ सदेह स्वर्ग नहीं जा पाएँगे भ्राता? ... ये तो हमारे प्रति श्रद्धा और सेवा की मूर्ति समझे जाते थे... माँ कुंती के हमसे भी अधिक दुलारे थे... इनका क्या अपराध था? इस पर स्थितप्रज्ञ से युधिष्ठिर ने नपे-तुले शब्दों में केवल यही कहा—नकुल को अपने सौंदर्य का अभिमान था तो सहदेव को अपने पंडित होने का... यही उनका अपराध था। 'यस्य यद् विहितं वीर सो अवश्यं तदनुपाश्यते' ... वीर! जैसे जिसके कृत्य होते हैं वैसा वह फल पाता है। तुम उन्हें छोड़ आगे बढ़ो।

भीम से उत्तर देते न बना। मन मसोसकर रह गए वे... किसी तरह अग्रज के पीछे-पीछे घिसटने लगे। एक-एक कदम भारी पड़ रहा था। क्या पांचाली और दोनों यमजों के बिना कहीं उन्हें चैन मिलेगा? आज क्या हो गया है धर्मराज को और स्वयं भीम भी अपने आप पर चकित थे... आज भाई के इस तरह निःस्पृह से चलते रहने पर वे स्वयं नाराज क्यों नहीं हो रहे हैं उन पर? वर्ना इसके पहले जाने कितनी बार कितना कुछ सुना चुके हैं उन्हें! द्यूत-सभा में सहदेव को आज्ञा तक दे डाली थी कि अग्नि लाओ... आज मैं इस जुआरी के हाथ जला डालता हूँ। वनवास में भी कितनी ही बार युधिष्ठिर को युद्ध हेतु उकसाने को क्या-क्या नहीं कहा था उनको... युद्ध के दौरान भी

उसी ने सबसे ज्यादा उन्हें 'अश्वत्थामा हतो नरो वा'... बोलने के लिए बाध्य किया था... पर अब जैसे कुछ बोला ही नहीं जा रहा है!

भीम की आँखों के सामने चलचित्र या सब घूम ही रहा था कि अचानक फिर धड़ाम से आवाज आई... कहीं अब सव्यसाची तो नहीं गिरा?... भीम ने डरते-डरते पीछे मुड़कर देखा। उसका संदेह ठीक था... दौड़कर वह अर्जुन के पास गया... पर कहाँ था वहाँ उसका प्रिय बाहुबली गांडीवधारी? स्पंदनहीन उसकी देह दोनों हाथों से झझकोरते हुए भीम चिल्ला उठा... भैया देखो तो हमारे प्यारे कीरीट को?... क्या इस तरह इसे भी मरना था? यह भी तो आपके समान ही सत्यवादी था। मुझे नहीं लगता कि कभी परिहास में भी इसने झूठ बोला हो। क्या अपराध था भैया इसका?... रोते हुए भीम ने पूछा।

भीम को लगा शायद अब तो भ्राता पीछे मुड़कर देखें... दौड़कर आएँगे! महासमर में जिसके भरोसे उनकी नैया पार हुई थी... क्या उसे भी अंतिम समय में नहीं देखेंगे? पर अग्रज तो उसी गति से आगे बढ़े जा रहे थे! बस इतना उन्होंने कहा... अर्जुन ने प्रतिज्ञा की थी कि आज महासमर में मैं सारे शत्रुओं को मार गिराऊँगा... पर यह उसका अभिमान था, झूठी प्रतिज्ञा थी... इसी से आज उसे इस निर्जन में देह त्याग करना पड़ा है।

सन्न रह गए भीम भ्राता की बात सुन। समर में तो सभी इस तरह की बात करते हैं... जाने इस तरह की कितनी ही प्रतिज्ञाएँ उन्होंने स्वयं समर में की होंगी! तो क्या अब उन्हें भी... शायद अब उनकी बारी है... तभी लगा मानों पैर मनों भारी होने लगे ... एक-एक कदम उठाना दूभर होने लगा... किसी तरह भ्राता को आवाज देकर पुकारा ... भाई!... मैं भी चला... पर मेरा भी दोष बताते जाओ!

इस पर गिरते हुए भीम के कानों में भ्राता के शब्द पड़े... वृकोदर! तुम्हारा अपराध यह था कि तुम अतिभुक्त थे... बहुत खाते थे... और अपने सामने दूसरों को कुछ भी नहीं समझते थे 'तेनासि पतितः क्षितौ' इसीलिए तुम्हें भूमि पर गिरना पड़ा।

पता नहीं वृकोदर पूरी तरह धर्मराज के वचन सुन पाए... या उसके पहले ही उसके प्राण-पखेरू उड़ गए!

अस्तु... धर्मपुत्र की यात्रा चलती रही... चलती रही। अब उनके साथ केवल उनका पालतू कुत्ता बच गया था जो हस्तिनापुर से निकलते समय ही उनके साथ चल पड़ा था... इतने दिनों की यात्रा में वह उनके बराबर साथ चल रहा था।

तब उस निर्जन श्वेत हिमालय पर अचानक उन्हें सामने एक दिव्य रथ पर कोई देवपुरुष आता दिखाई दिया। वे अभी सोच ही रहे थे कि कौन हो सकता है यह ... वह रथ उनके सामने आ रुका। रथ पर विराजमान देवपुरुष स्वयं देवराज इंद्र थे। उनका परिचय जानकर युधिष्ठिर ने उन्हें प्रणाम करते हुए उनके इस तरह वहाँ आगमन

का कारण पूछा। इस पर इंद्र ने रथ से उतरकर उन्हें सादर आमंत्रित किया कि वे रथ में बैठकर स्वर्ग चलें।

किंतु अब तक चुपचाप आगे बढ़ने वाले धर्मराज के पैरों में जैसे मनों का बोझ आ लिपटा... पर यह बोझ निश्चय ही तन का नहीं मन का था। मानों भीम की आत्मा उनमें आ गई। उनकी इस अंतिम यात्रा में जीवन भर साथ निभाने वाले सभी अनुजों और प्रिया पांचाली का चेहरा उनके सामने घूमने लगा। पांचाली ने उनके कारण कितने दुःख नहीं उठाए... पाँचों पुत्र तक गंवा बैठी बेचारी... उसे छोड़कर भला वे कैसे स्वर्ग जा सकते हैं? और दोनों यमज... माद्री माता ने चिता में चढ़ने के पहले उन्हीं के हाथों में तो दोनों की नन्हीं अँगुलियाँ थमाई थी... अब से ये ही तुम्हारे पिता हैं, यह कहकर! ... उन दोनों को छोड़कर भला वे कैसे स्वर्ग जा सकते हैं?... और भीम व अर्जुन! लाख नाराज रहता हो उनसे... पर वृकोदर ने कभी उनकी अवज्ञा नहीं की। महासमर में सिंहनाद कर केवल अपनी गर्जन से ही शत्रुओं के छक्के छुड़ाने वाला उनका प्यारा भीम आज इस हिमालय में अकेला पड़ा है!... उसे छोड़ वे भला कैसे स्वर्ग में रह सकते हैं? और अर्जुन... उनके लिए कैसे-कैसे शस्त्रों का अर्जन नहीं किया था इस मँझले ने! कैसे कठोर तपस्या की थी उसने दिव्यास्त्रों को पाने के लिए! और कुरुक्षेत्र के मैदान में... कैसा भयानक युद्ध किया था उसने! एक उसी से तो डरता था दुर्योधन। पर उसे क्या मिला इस युद्ध से? इस महासमर में अपने लाड़ले अभिमन्यु के वध पर कितना रोया था वह। बहुत बरसा भी था उनके ऊपर तब वह... सचमुच, उन्हीं के अपराध से मारा गया था उस दिन अभिमन्यु... अभिमन्यु ही क्यों, सारा महायुद्ध उन्हीं के अपराध से हुआ था! न वे जुआ खेलते, न हारते। न वनवास होता न युद्ध होता। नियति का विरोध करने का दंड था क्या यह? राजसूय यज्ञ के बाद व्यासदेव ने जब तेरह वर्षों बाद का भविष्य बताकर कहा था कि तुम्हारे कारण कुरु-कुल में ऐसा भयानक युद्ध होगा कि न केवल कुरु-कुल के वरन पूरे आर्यावर्त के क्षत्रियों के खून की नदियाँ कुरुक्षेत्र में बह जाएंगी... तब वे उसी दम आत्महत्या करना चाहते थे, किंतु व्यास के हने पर कि आत्महत्या पाप है, उन्होंने प्रतिज्ञा की थी कि मुझसे जो भी, जिस भी चीज की याचना करेगा... मैं उसे दूँगा, मना नहीं करूँगा। इसीलिए उन्होंने दुष्ट दुर्योधन की इंद्रप्रस्थ पर गड़ी नजरें पहचान कर जुआ हारकर उसे राज्य दे दिया था... यहाँ तक कि पांचाली को भी उन्होंने दाँव पर लगा दिया था।

तब द्यूत हारकर उन्होंने अपने भाइयों और पांचाली को वनवास का कितना घोर कष्ट दिया। वनवास के समय पांचाली उन्हें कितना कुछ कहती... क्या आपको अपने देवोपम वीर भाइयों को इस तरन वन में जमीन में सोते देख दुःख नहीं होता? जिन्होंने अश्वमेघ यज्ञ कर पूरी वसुधा को आपके चरणों में डाल दिया था उन्हें जंगलियों के समान शिकार कर जीवन-यापन करते देख आपका दिल फटता कैसे नहीं है?... तब

पांचाली की बातों से उनका दिल जैसे चाक-चाक हो जाता। पर वे थोड़े भी क्रोधित नहीं होते... शांति और क्षमा की ही बात करते। विराट महल में पांचाली को दासी का तथा अन्य भाइयों को सेवक का काम करते देख उनका हृदय छलनी होता रहता... पर वे चुप रहते... यही सोचकर की किसी तरह तेरह साल बीत जाएं तो दुर्योधन शर्तानुसार उनका राज्य उन्हें सौंप देगा... तब वे सबके सुख से अपने हृदय के घावों पर मरहम लगाएंगे। तब इतना भी नहीं समझे धर्मराज कि वे नियति को बदलने की कितनी बड़ी बात सोच रहे हैं! उनकी सत्यवादिता ने उनके रथ को पृथ्वी से हमेशा चार अँगुल ऊँचा रखा था, पर उम्र भर की धार्मिकता, कष्ट, क्षमा भी उनकी नियति को नहीं बदल सकती थी।

अस्तु... कृष्ण ने कहा था अपनी ओर से प्रयत्न करने के बाद भी सफलता न मिले तो नियति के सामने सिर झुका लेना चाहिए। शांति की इच्छा करने पर भी शांति न मिले, युद्ध मिले, तो 'ना अधर्मं तत्र लप्स्यते' हम अधर्म के भागी नहीं होते।

कृष्ण के स्मरण ने युधिष्ठिर को वास्तविकता से रूबरू कराया अन्यथा वे तो पता नहीं कहाँ-कहाँ भूत में घूम रहे थे। देवराज उन्हें झकझोरते हुए जाने कब से कह रहे थे कि, रथ में बैठिए धर्मराज!

नहीं... युधिष्ठिर खड़े ही रहे। मैं अपने भाइयों के बिना स्वर्ग नहीं जाऊंगा... मुझे नहीं चाहिए आपका रथ... मैं पैदल ही चलूँगा... तब तक चलूँगा जब तक दम है... फिर मैं भी पांचाली और शेष पांडवों को साथ हिमालय की श्वेत चादर के भीतर दफन हो जाऊँगा... कहते हुए युधिष्ठिर आगे बढ़े।

तब देवराज भी उनके पीछे आने लगे... विनीत भाव से कह रहे थे वह... धर्मराज! आपके भाई और पत्नी पहले ही स्वर्ग जा चुके हैं... आप चलिए तो... आपके स्वागत में आप उन्हें खड़ा पाएँगे। आपको यह सौभाग्य मिला है कि आप सशरीर स्वर्ग जा रहे हैं।

धर्मराज ने गहरी दृष्टि से देवराज को देखा... अविश्वास का कोई कारण नहीं था ... अतः उन्होंने रथ में चढ़ने के लिए कदम बढ़ाया... पर रथ में चढ़ने के पूर्व अपने साथ चल रहे कुत्ते को इशारा किया कि पहले वह रथ में बैठे! बेचारा कुत्ता... इतनी देर से स्वामी के पीछे-पीछे बर्फीले पहाड़ों में चलते-चलते वह भी थक गया था... प्रसन्तापूर्वक वह अभी आरामदायक रथ में चढ़ने के देख ही रहा था कि देवराज ने उसे चढ़ने से रोक दिया... यह कहते हुए कि कुत्ता भला सदेह कैसे जा सकता है... वह भी इस दिव्य रथ पर चढ़कर? जिस प्राणी की दृष्टि पड़ने मात्र से यज्ञ-हवन आदि अपवित्र हो जाते हैं उसे स्वर्ग में कैसे ले जाया जा सकता है?

तब धर्मराज ने भी रथ की ओर बढ़ते अपने कदम रोक दिए... 'यह कुत्ता नहीं तो मैं नहीं। यह मेरा भक्त है मेरा अनुगामी है... और मेरा प्रण सर्वविदित है कि अपने भक्त या शरणागत की रक्षा करूँगा... सो इसके बिना मैं नहीं जा सकता।' युधिष्ठिर ने दृढ़ता से कहा।

'पर धर्मराज! तुमने अपने भाइयों और प्यारी पत्नी को त्याग दिया तब कुत्ते के लिए इतना मोह क्यों?'

'देवराज! मैंने उन्हें तब त्यागा जब उनके प्राण उनका शरीर छोड़ चुके थे। मरे हुए मनुष्यों के साथ न किसी का मेल होता है न विरोध।... उन्हें जीवित करना मेरे बस की बात नहीं थी। पर यह श्वान तो जीवित है। कब से मेरा अनुगामी है। इसे मैं इस निर्जन हिमालय में कदापि नहीं छोड़ सकता। यह तो पाप होगा।'

अबकी बार देवराज मुस्कुरा उठे... चलो अपने श्वान को साथ ले लो... पर कहाँ था श्वान वहाँ... वहाँ तो एक और दिव्य देव खड़े थे। तब युधिष्ठिर को आशीर्वाद दे उन्होंने स्वयं का परिचय दिया—मैं धर्मदेव हूँ। तुम्हारा पिता। मैंने ही कुत्ते का रूप धारण कर तुम्हारा अनुगमन किया था पुत्र... ताकि तुम्हारी धर्मबुद्धि की परीक्षा ले सकूँ। मुझे प्रसन्नता है कि तुम इसमें खरे उतरे। तुम्हारा यह आनृशंस, सभी प्राणियों से अबैर तथा सबके प्रति दया और करुणा का भाव तुम्हें श्रेष्ठता दिलाने वाला है। तुम्हें अक्षय कीर्ति की प्राप्ति हो।

उल्लेखनीय है कि इसके पूर्व भी धर्मदेव युधिष्ठिर की परीक्षा द्वैतवन में ले चुके थे। तब उन्होंने एक सरोवर में पानी लेने आए चारों पांडवों के एक-एककर प्राण लिए थे... क्योंकि उन्होंने उनके प्रश्नों के उत्तर दिए बिना सरोवर का जल लेने की हिमाकत की थी। युधिष्ठिर ने तब धैर्यपूर्वक यक्षरूपधारी धर्मदेव के सभी प्रश्नों के उत्तर दिए थे। पर बात केवल उत्तर देने की नहीं थी। मुख्य बात थी, युधिष्ठिर के मन की करुणा। यह यक्ष से उनके हुए अगले संवाद से स्पष्ट होती है। हुआ यह कि युधिष्ठिर पर प्रसन्न होकर जब यक्ष ने किसी एक पांडव को जीवित करने का उन्हें वर दिया तब युधिष्ठिर ने नकुल को जीवित करने की माँग की। नकुल की तुलना में भीम और अर्जुन कहीं बहुत अधिक वीर थे। उस कठिन वन में तथा आने वाले कठिन दिनों में उनमें से किसी एक का साथ उनके लिए अत्यावश्यक था। फिर, सबसे बड़ी बात भीम और अर्जुन उनके सहोदर थे... उनके प्रति ममता का आधिक्य युधिष्ठिर के मन में होना स्वाभाविक था... तब उन्होंने नकुल को क्यों जीवित करने का कहा?... केवल इसलिए क्योंकि जैसे वे कुंती-पुत्र जीवित हैं, उसी तरह एक माद्री-पुत्र भी जीवित रहे। यह युधिष्ठिर का श्रेष्ठ धर्म था जिसकी तब द्वैतवन में धर्मदेव ने प्रशंसा की थी और प्रसन्न होकर शेष पांडवों को भी जीवित कर दिया था।

इस तरह यह ज्येष्ठ एवं श्रेष्ठ पांडव अपने पुण्य कर्मी के बल पर सदेह स्वर्ग पहुँचा था। किंतु यहाँ भी उनकी करुणा समाप्त नहीं हुई। महाभारत में उल्लेख है कि स्वर्ग में वे रहने से इंकार कर देते हैं क्योंकि सब तरह का सुख होते हुए भी उनके भ्रातागण वहाँ नहीं होते। जब उन्हें पता चलता है कि सब नर्क में है तब वे देवदूत से उन्हें भी वहाँ ले चलने की प्रार्थना करते हैं। पर नर्क तो नर्क था। भयानक कष्टकारी... हर तरह के

ताप और और दुर्गंध से युक्त... एकदम असह्य! आखिर नहीं सहा जाता तो वे देवदूत से वापस लौटा ले जाने की प्रार्थना करते हैं। देवदूत तो देख ही रहा था लौटने को... किंतु उनके पलटते ही उन्हें भाइयों की आवाज सुनाई देती है कि आप कृपया यहीं ठहरिए भ्राता... आपके आने से मानों शुद्ध ठंडी हवा के झोंके आ रहे हैं!... तब युधिष्ठिर देवदूत को विदा करते हुए कहते हैं कि आप जाइये मैं इसी नर्क में रहूँगा... भले ही मुझे कष्ट हो पर मेरे प्रियजनों को यदि इससे थोड़ी भी राहत मिलती है तो मैं नर्क के सारे कष्ट सहूँगा।

पर युधिष्ठिर को नर्क का ताप और अन्य कष्ट सहना नहीं पड़ा। क्षण भर में देवदूत धर्मदेव बन जाते हैं और कहते हैं मैं तो तुम्हारी परीक्षा ले रहा था... और दूसरे ही क्षण नर्क स्वर्ग में बदल जाता है जहाँ उनका पूरा परिवार उन्हें सुखी-स्वस्थ मिलता है।

तो यह थी पांडवों की अंतिम यात्रा। यद्यपि इस अंतिम यात्रा का स्वर्ग में पहुँचने के पूर्व का युधिष्ठिर का अंतिम पड़ाव क्षण भर का था... और वह भी उनकी परीक्षा ही थी किंतु महाभारतकार यहाँ अंत में यह बताना नहीं भूलते कि इस ज्येष्ठ एवं श्रेष्ठ पांडव को क्षण भर के लिए ही सही, नर्क-यात्रा क्यों करनी पड़ी थी... वह इसलिए कि सत्यवादी के रूप में प्रतिष्ठित होते हुए भी उन्होंने युद्ध-भूमि में 'अश्वत्थामा हतो नरो व कुंजरो वा' कहकर अर्ध-पसत्य कहा था... और इस तरह अपने गुरु की हत्या में सहभागी हुए थे। धर्मदेव यह भी कहते हैं कि श्रेष्ठ व्यक्ति को भी अपने दुष्कर्म का दंड नर्कवास के रूप में भुगतना पड़ता है भले ही वह अल्प समय का हो।

अस्तु... व्यास-कथा में पांडवों की यह अंतिम यात्रा हमें अपनी जीवन-यात्रा पर दृष्टिपात करने को प्रेरित करती है जो हमारे लिए स्वर्ग या नर्क का मार्ग प्रशस्त करती है। सत्य तो यह है कि यह स्वर्ग और नर्क हम अपनी जीवन-यात्रा के हर पड़ाव पर स्वयं सृष्ट करते चलते हैं। दुनियां तो कर्मों की खेती है जिसकी फसल इसी रूप में मानव को मिलती है।

यहाँ प्रश्न उठता है कि जब युधिष्ठिर अपने पुण्यों के बल पर सदेह स्वर्ग जा ही रहे थे तब पाप-पुण्य का यह हिसाब-किताब किसलिए? संभवतः व्यास यहाँ यह सीख देना चाहते हैं कि अंतिम साँस तक मनुष्य के कर्म उसके व्यक्तित्व को प्रभावित करते हैं।

अंत में युधिष्ठिर के इस बालिश व्यक्तित्व को ओछा बनाने वाले आधुनिक लेखकों को उद्धृत करना चाहूँगी जिन्होंने इस ज्येष्ठ एवं श्रेष्ठ कौंतेय की आलोचना करने में अपनी लेखनी में कहीं कमी नहीं रखी है... कर्ण के पक्षधर तो युधिष्ठिर की आलोचना करते ही हैं, जो पांडवों के समर्थक हैं उन्हें भी उनमें खोट-ही-खोट नजर आता है। उन्हें जुआरी, भाइयों पर रौब गांठने वाला, निवीर्य, डरपोक, कामी तथा द्रौपदी के सारे दुःखों

की जड़ तथा और भी जाने क्या-क्या नहीं कहते हैं यहाँ तक कि पांचाली से भी उन्हें गालियाँ दिलवाते हैं किंतु पांचाली के प्रसंग में हम विस्तार से इस बात का उल्लेख कर चुके हैं कि पांचाली के विवाह का प्रसंग हो या द्यूत-सभा का प्रसंग... व्यास की पांचाली ने कभी इस हेतु धर्मराज की भर्त्सना नहीं की। उसने द्यूत-सभा में अपनी इज्जत को तार-तार होते देखने का दर्द सहा किंतु यह युधिष्ठिर ही थे जिसको उसने धृतराष्ट्र के वरदान से सबसे पहले दासत्व से मुक्त किया था।... हाँ तेरह वर्षों का धैर्य उसके लिए कठिन था, अतः वह धर्मराज को तरह-तरह से सचेत करती थी तथा अपने अपमान का स्मरण कराती रहती थी किंतु उनसे घृणा करती हो, ऐसा व्यास ने कहीं नहीं लिखा है।

चित्रा चतुर्वेदी ने अपने ग्रंथ 'महाभारती' में पांचाली को युधिष्ठिर के प्रति अत्यंत कटु बतलाया है। चित्राजी लिखती हैं 'वह भीम और अर्जुन से प्रभावित थी, किंतु धर्मराज युधिष्ठिर का व्यक्तित्व उसे प्रभावित नहीं कर पाता... दुर्बल व्यक्तित्व... निर्णय शक्ति का नितांत अभाव। उसे अचंभा था कि किसी राजा ने अब तक इन्हें कोई पुत्री क्यों नहीं समर्पित की... न ही अपने शौर्य से वे किसी रमणी का हृदय आकृष्ट कर पाए। कई बार उसे लगता कि युधिष्ठिर ने जान-बूझकर पाँचों भ्राताओं का उससे विवाह उचित ठहराया क्योंकि वे स्वयं अविवाहित थे और उनके विवाह की कोई संभावना नहीं दिखती थी।' (पृ. 57) नारी हृदय से देखें तो सचमुच द्रौपदी के प्रति सहानुभूति होती है किंतु व्यास-कथा में स्पष्ट है कि उसका पाँचों से विवाह पांचाली की स्वीकृति के बाद ही हुआ था... जहाँ तक युधिष्ठिर के तब तक अविवाहित रहने की बात है... पूर्व-कथा सभी जानते हैं कि युवराज घोषित होने के तुरंत बाद ही वार्णावत की घटना हो गई थी जिसके कारण पांडव ब्राह्मण वेश में भटक रहे थे... अतः उस समय तक युधिष्ठिर के अविवाहित रहने का कारण उनका शौर्यहीन होना नहीं था। उस समय तक दुर्योधन का भी विवाह नहीं हुआ था।

स्पष्ट है कि युधिष्ठिर महाभारत के एक श्रेष्ठ पात्र हैं... पांडु ने उनकी उत्पत्ति हेतु कुंती से धर्मदेव का अह्वान करने के लिए इसीलिए कहा था ताकि वे ऐसे पुत्र की प्राप्ति कर सकें जो धर्म की राह पर चले। युधिष्ठिर ऐसे ही थे।

14

युगपुरुष कृष्ण

महाभारत कथा के साथ जितना नाम कौरव-पांडव का जुड़ा है उतना ही वासुदेव कृष्ण का भी है। किंतु भारतीय जनमानस में कृष्ण का जो रूप विशेष रूप से छाया हुआ है, वह यहाँ नहीं है... न यहाँ यशोदा माँ उन्हें पालने में झुला रही है, न वह नंद बाबा के आँगन में खेलते दिखते हैं। न मैया से शिकायत है कि 'दाउ बहुत खिजायो', न ही 'मैं नहीं माखन खायो' की सफाई देते दिखते हैं। न पूतना का वध करते हैं और न ही कालिंदी के तट पर शेषनाग के सौ फनों पर नृत्य करते हैं। न वह गोकुल की गलियों में ग्वालों के साथ माखन चुराते नजर आते हैं, न ही गोपियों के साथ मुरली बजाते हुए रास रचाते दिखते हैं। राधा तो बेचारी कहीं है ही नहीं यहाँ... न ही उनका प्रिय बृंदावन ही है यहाँ... और यह सब नहीं है तो उनके मथुरागमन पर राधा-गोपियों और यशोदा का विरह भी नहीं होगा! मथुरा का उल्लेख अवश्य है, पर वह भी इसलिए कि कंस को मारने के बाद जरासंध के द्वारा आक्रमण के भय से उन्हें वहाँ से भागना पड़ा। हाँ, द्वारका अवश्य भव्यता में विद्यमान है... और उतनी ही उसकी करुण उत्तर-गाथा भी है जहाँ वह समुद्र में डूब जाती है। किंतु यहाँ द्वारका इसलिए आती है क्योंकि पार्थ यहाँ आता है... पहले कृष्ण की बहन सुभद्रा का हरण करने और फिर कृष्ण की महासमर में सहायता प्राप्त करने... और अंत में अपने प्रिय सखा के बिना श्रीहत द्वारका को देखने तथा वहाँ के बचे-खुचे लोगों को बटोरकर हस्तिनापुर ले जाने!

सच कहा जाए तो इस महागाथा में कृष्ण हैं केवल पार्थसारथी... अर्जुन के रथ को हाँकने वाले सूत! कर्ण जिस अपमान में सारी उम्र जला... शल्य ने जिस कर्म के लिए कर्ण को पानी पी-पीकर कोसा, उसी सारथ्य कर्म को कृष्ण ने स्वेच्छा से स्वीकार किया। इच्छामात्र से क्षण भर में उपस्थित सुदर्शन से शिशुपाल जैसे राजा का शिरच्छेद करने वाले कृष्ण ने युद्ध में घोड़ों की वल्गलाएँ थामने का प्रस्ताव स्वयं ही रखा था... दूसरी ओर थी उनकी विशाल नारायणी सेना! तब खूब निभाया था अर्जुन ने सखा-धर्म! नहीं चाहिए मुझे आपकी सेना... मुझे तो बस आप चाहिए। मत उठाइए शस्त्र... आपकी कृपा

से उसकी कमी नहीं है... मैं तो इतना ही जानता हूं कि त्वया नाथेन गोविंद ध्रुव एव जयो मम्'... आपके नाथ होने पर मेरी जय तो निश्चित है गोंविद। सुंदर प्रतीकात्मक अर्थ है इसका कि हमारा जीवन महासमर के समान अतीव कोलाहलपूर्ण हो अथवा सीधी-सपाट राहों से गुजरती हो हमारी संसार-यात्रा... यदि हम अपने जीवन की बागडोर उसके हाथ में सौंप दें, तो पराजय और तत्जन्य दुःख, अपमान, तनाव का भय, आदि कहीं नहीं है। भक्ति का सीधा सरल मार्ग इससे अच्छा और क्या हो सकता है?

वैसे कृष्ण की नारायणी सेना तो बहुत छोटी थी अर्जुन के लिए कृष्ण के सामने... अर्जुन तो साक्षात् इंद्र को भी कृष्ण के लिए त्याग सकता था। पूर्व में एक बार उसके पास पहुँचे एक ब्राह्मण ने उससे यही प्रश्न किया था... पार्थ! युद्ध में यदि एक ओर उच्चैःश्रवा अश्व पर विराजमान इंद्र अपने वज्र से शत्रुओं का संहार करने पहुँचे और दूसरी ओर निःशस्त्र कृष्ण तुम्हारी रक्षा का आश्वासन लेकर पहुँचे तो तुम किसका सहारा लेना चाहोगे?... तब उसने निःसंकोच कहा था, मुझे तो कृष्ण ही चाहिए... अन्य कुछ नहीं।

अस्तु... महाभारत में बलराम दाउ तो हैं किंतु यहाँ दाउ अग्रज हैं, एक तरह से द्वारका के राजा हैं। हालाकि कृष्ण का उन पर दबदबा है, पर इतना भी नहीं है कि बहन सुभद्रा से पार्थ का विवाह कराते... तभी तो दाउ के भय से ही उन्हें स्वयं अपनी ही बहन का अपहरण करवाना पड़ा... अन्यथा दाउ के लिए तो गदाधारी दुर्योधन ही योग्य बहनोई था! क्या पता कब दुर्योधन से बहना का विवाह रचा देते! शायद यही सोचकर माधव ने स्वयं ही अपनी बहन का अपने सखा से अपहरण करवाया था। चलो किसी तरह सुभद्रा-अपहरण हेतु बलराम ने अर्जुन को क्षमा कर दिया पर दुर्योधन के प्रति उनका प्रेम कम नहीं हुआ। दुर्योधन की भीम द्वारा हत्या पर तो उनके क्रोध की सीमा नहीं थी। था तो भीम भी उनका शिष्य, पर उनका स्पष्ट झुकाव दुर्योधन की ओर था। किंतु जो हो... अनुज जहाँ नहीं वहाँ मैं नहीं, यह उनका अंतर्मन था, जो उजागर था। वे कहते हैं, 'मैं कृष्ण के बिना संपूर्ण जगत् को आँख उठाकर भी नहीं देख सकता, अतः केशव जो कुछ करना चाहते हैं मैं उसी का अनुसरण करूँगा।' इसलिए वे दुर्योधन के निमंत्रण के पूर्व ही घोष कर देते हैं कि इस युद्ध में मैं किसी का साथ नहीं दूँगा।

बलराम का कौरवों के प्रति झुकाव तभी स्पष्ट हो गया था जब उप्पलव्यनगर में पांडवों के अज्ञातवास के बाद प्रगट होने पर बैठक हुई थी कि आगे की क्या रणनीति बनाई जाए। युद्ध की तैयारी की जाए अथवा नम्रतापूर्वक कौरवों से राज्य वापसी हेतु विनती की जाए? सब अपना-अपना मत रखते हैं। सबका विचार था कि कौरव दुष्ट हैं, सीधे से न मानें तो युद्ध करना ही है, किंतु जब बलराम के बोलने की बारी आती है तो वे पांडवों की विपत्ति की जड़ कौरवों को न कहकर स्वयं युधिष्ठिर को ही कहते हैं!... जब उन्हें जुआ खेलना ही नहीं आता था तब उन्होंने खेला ही क्यों? कौरवों ने

बलवान होकर उनके राज्य पर अधिकार जमाया है... इसमें शकुनि का भी कोई अपराध नहीं है। अतः पांडवों को अब नम्रतापूर्वक ही कौरवों से अपना राज्य माँगना चाहिए।

बलराम की बात सुन सभी लोग एकदम चुप हो जाते हैं। यहाँ तक कि कृष्ण भी मौन रहते हैं। वस्तुतः किसी की हिम्मत बलराम के विरुद्ध बोलने की नहीं होती... तब सहसा खड़े होकर सात्यकि एक बड़ी सुंदर बात कहते हैं... बलराम! मनुष्य का जैसा हृदय होता है वैसी ही बात उसके मुख से निकलती है। आपका भी जैसा मन है वैसा ही आप बोल रहे हैं। पर मैं आपको दोष नहीं देता। मैं तो उन्हें दोष देता हूँ 'ये तु श्रुणवन्ति ते वाक्यं' जो आपकी बात चुपचाप सुन रहे हैं। भला कोई भी मनुष्य भरी सभा में धर्मात्मा युधिष्ठिर का अपमान कर सकता है? क्या जुए का निमंत्रण स्वीकार करना क्षत्रिय का धर्म नहीं है? और शकुनि ने जो छलपूर्वक पासे फेंके, वह क्या धर्म था? फिर, अब जब वे शर्तानुसार वनवास पूरा कर चुके हैं, तब क्या वे अपना राज्य भीख में हाथ जोड़कर प्राप्त करें?'

सात्यकि की बात में वजन था, इसीलिए बलराम के प्रति उसकी इतनी तीखी वाणी का किसी ने प्रतिकार नहीं किया... संभवतः स्वयं बलराम को अपनी भूल का अहसास हुआ था, अन्यथा क्रोधी बलराम उसी दम अपने हल से उसके चार टुकड़े कर देते!

अस्तु... अंततः बलराम दोनों पक्षों से दूर रहने हेतु तीर्थाटन के लिए निकल जाते हैं।

वैसे महाभारत में कृष्ण की ख्याति एक विजेता की है... कृष्ण की वीरता एवं विजय के किस्से महाभारत में यत्र-तत्र दिखाई देते हैं—कभी वे कंस के दरबार में उसके पालित अरिष्टासुर, धेनुक, चाणूर आदि मल्लों को पछाड़कर कंस का वध करते दिखते हैं तो कभी दंतवक्र, बाणासुर जैसे राक्षसों का वध करते हैं। कभी वे राजा नग्नजित् के समस्त पुत्रों को पराजित कर राजा सुदर्शन को मुक्त करते दिखते हैं, तो कभी पाण्ड्य-नरेश को किवाड़ से कुचलकर मारते दिखते हैं। इतना ही नहीं वरुण, इंद्र, अग्नि, आदि देवताओं तक को वे पराजित करते हैं। जरासंध को भीम के द्वारा द्वंद्व-युद्ध में मरवाते हैं। सौभ विमान के धारक शाल्व से युद्धरत रहते हैं। किंतु यह सब वे कभी भी अपने राज्य के विस्तार के लिए नहीं करते। यही तो उनकी धर्म-रक्षा थी जिसके लिए उनका अवतार हुआ था।

उल्लेखनीय है कि मगध-नरेश जरासंध एक नरमेध यज्ञ करने जा रहा था। इसमें उसने 100 राजाओं की बलि का संकल्प लिया था। पूरे देश के राजागण उससे संत्रस्त थे। 85 राजाओं को वह कैद कर चुका था। कुल 15 राजाओं की तलाश में था वह। तब उसका पुत्र और पौत्र तक इतने भयभीत थे कि यह सोचकर काँपते रहते थे कि संख्या पूरी न होने पर जरासंध कहीं हमारी ही बलि न कर दे! ऐसे नरपिशाच को मारना एक धर्मकृत्य ही था। और फिर पांडवों के राजसूय यज्ञ के पूर्व उसका खात्मा यूँ भी आवश्यक था। इसीलिए कृष्ण ने भीम से उसे मरवाया।

अपने मामा मथुरापति कंस को कृष्ण ने स्वयं मारा किंतु वह भी तब, जब उसके अत्याचार से धरती काँप रही थी। स्वयं अपने पिता तथा कृष्ण के माता-पिता को कैद कर रखा था उसने। किंतु कंस को मारकर उन्होंने स्वयं राज्यभार ग्रहण नहीं किया वरन् अपने नाना उग्रसेन को राजगद्दी सौंपी जो वस्तुतः उन्हीं की थी। इसी तरह शिशुपाल और जरासंध को मारकर उन्होंने उनके राज्यों पर अधिकार नहीं किया वरन् उनके पुत्रों का राज्याभिषेक किया। प्राग्ज्योतिषपुर में नरकासुर का भी उन्होंने वध किया था। वहाँ नरकासुर ने सहस्रों राजकन्याओं को कैद कर रखा था। इन कन्याओं को नरकासुर से मुक्त कराने के बाद अवश्य उन्होंने अपने हरम में द्वारका पहुँचाया था और उन सबसे विवाह भी किया था... इस हेतु उनके आलोचक उन्हें लंपट तक कहने से नहीं चूकते हैं... किंतु ये ऐसी बालाएं थी जिन्हें कोई राजा... यहाँ तक कि उनके माता-पिता तक स्वीकारने की हिम्मत नहीं कर पा रहे थे... वस्तुतः उन्हें सामाजिक मान्यता दिलाने के लिए माधव उनसे विवाह करते हैं।

कुल मिलाकर यहाँ कृष्ण एक ऐसे योद्धा की भूमिका में नजर आते हैं जो स्वयं के लिए कोई चाहना नहीं करता... वह तो जैसे धर्म की रक्षा के लिए ही सब कुछ करते हैं। महासमर में भी इनकी वही भूमिका है... धर्म को सही दिशा देने के लिए ही तो वे पार्थसारथी बने थे।

व्यास की महाभारत वैसे कुरु-वंश की इतिहास-गाथा है। मुख्य कथा यहाँ कुरु-वंश के ही पांडु-पुत्रों और धृतराष्ट्र-पुत्रों के इर्द-गिर्द ही बुनी हुई है। वासुदेव कृष्ण इस महागाथा के नायक नहीं है। व्यास-कथा में तो उनका प्रवेश बहुत देर बाद... कौरवों और पांडवों के जन्म... उनके आपसी द्वेष... वार्णावत में अग्निदाह आदि के बाद होता है। द्रौपदी के स्वयंवर में हम उन्हें पहली बार देखते हैं। पांचालों की राजधानी कांपिल्य में आयोजित श्यामसुंदरी याज्ञसेन के स्वयंवर में भारत भर के नामी-गिरामी राजाओं की प्रतिष्ठा दाँव पर लगी थी। लक्ष्य-बेध में आर्यावर्त के राजाओं के असफल रहने पर द्रुपद के कहने पर कि क्या धरा पर कोई वीर क्षत्रिय नहीं बचा है जो मेरी पुत्री का स्वयंवर-प्रण पूरा करे... कृष्ण मौन रहते हैं... एकदम शांत। मिथिला में जानकी के स्वयंबर में राम भी प्रारंभ में मौन थे जब जनक ने यही बात कही थी... किंतु लक्ष्मण के क्रोधित होने पर गुरु के आदेश से राम वीरत्व को सिद्ध करते हैं। पर यहाँ न कृष्ण के अग्रज कुछ कहते हैं न ही अन्य संबंधी उन्हें लक्ष्य-बेध हेतु प्रेरित करते हैं... पूरे स्वयंवर में वे रहस्यमय ढंग से मुस्कुराते रहते हैं, जैसे कोई नाटक देख रहे हों। अंततः ब्राह्मण वेशधारी अर्जुन द्रौपदी को जीतता है। उल्लेखनीय है कि जब अन्य राजागण द्रौपदी के विजेता से युद्धरत होते हैं, तब भी वे खामोश रहते हैं। यद्यपि वे पांडवों को पहचान लेते हैं और धीरे से दाउ को मन की बता भी देते हैं, किंतु प्रगट में वे न तो अर्जुन के लक्ष्य-बेध करने पर प्रसन्नता अभिव्यक्त करते हैं और न ही उसके विरोध में तलवार

ताने खड़े राजाओं का साथ देते हैं... चुपचाप एक कोने में खड़े अपने परिवार के साथ पूरा तमाशा देखते हैं... मानों परख रहे हो कि देखें पांचाली को ले जाने वालों में कितना दम है।

इस तरह महाभारत में कृष्ण का पदार्पण कहें तो कुछ फीका है। किंतु एक बार प्रविष्ट हो जाने के बाद फिर कृष्ण व्यास-कथा में हर मोड़ पर, हर मंच पर, उपस्थित रहते हैं... भले प्रगट रूप से हों या अदृश्य रूप से ही हो।

अस्तु... पांचाली-स्वयंबर के बाद कृष्ण पांडवों के पीछे-पीछे उनके गुप्तवास पर जाकर अपनी दुःखयारी बुआ से मिलते हैं... उनके जीवित होने पर प्रसन्नता प्रगट करते हैं क्योंकि उस समय सभी जगह यही हल्ला था कि पांचों पांडव कुंती सहित जल मरे हैं। दुर्योधन के दुष्कृत्य सुन वासुदेव पांडवों को दिलासा और आश्वासन देते हैं कि मैं पूरी तरह तुम्हारे साथ हूं... तुम्हें उस दुष्ट से भयभीत होने की आवश्यकता नहीं है। कुंती और उसके पुत्रों के लिए यह बहुत बड़ा संबल था। दरअसल यहीं से पांडवों को वासुदेव की सक्रिय सहायता मिलना प्रारंभ होती है। पांचाली के विवाह के समय भी वे पांचाल में ही रहते हैं। प्रारंभ में द्रुपद अपनी कन्या को पांचों पांडवों से ब्याहने के लिए तैयार नहीं थे किंतु व्यास जब इस हेतु पांडवों और पांचाली के पूर्व-जन्म की कथा सुनाते हैं तब कृष्ण भी इस हेतु सहमति प्रदान करते हैं... और इस तरह यह विवाह होता है। किंतु विवाह के बाद पांडवों की स्थिति आसानी से नहीं सुधरेगी, यह वे जानते थे, इसीलिए वे तब तक पांचाल देश में रहते हैं जब तक कि कौरवों की ओर से विदुर उन्हें हस्तिनापुर लेने नहीं आ जाते। इतना ही नहीं वे पांडवों के साथ हस्तिनापुर भी जाते हैं और वहाँ भी तब तक रहते हैं जब तक कि पांडवों को अपना स्वतंत्र राज्य नहीं मिल जाता।

और फिर जब-जब पांडव उनका सहारा चाहते हैं, वे अडिग चट्टान के समान उनके साथ खड़े रहते हैं। सबसे पहले पांडवों के सहायक बनते हैं वे खांडववन दहन के समय। खांडववन का दहन उन्हीं की सहायता से अर्जुन कर पाता है। इस तरह भयानक पशुओं से भरे दूभर खांडववन को इंद्रसभा के समान अनुपम स्थान बनाने में कृष्ण की भूमिका महत्त्वपूर्ण थी। फिर उन्हीं के समर्थन, सहयोग और निर्देशन से पांडव दिग्विजय करते हैं। पांडवों के राजसूय यज्ञ की तैयारी में मन-प्राण से वे सहायक बनते हैं। वे जानते थे कि जरासंध को मारे बिना यह संभव नहीं है अतः पहले भीम से उसे मरवाकर उनका रास्ता अकंटक करते हैं। यज्ञ में शिशुपाल का वध कर वे एक और बड़ा रोड़ा पांडवों के रास्ते से हटाते हैं... यद्यपि शिशुपाल का वध प्रत्यक्ष रूप में वे स्वयं के प्रति उसके द्वारा किए गये विरोध के कारण करते हैं। बताने की आवश्यकता नहीं कि पांडवों ने पितामह भीष्म तथा व्यासदेव की सहमति से ही कृष्ण की अग्रपूजा निश्चित की थी, किंतु रुक्मिणी पर फिदा शिशुपाल कृष्ण से तब से रार पाले हुए था जब से कृष्ण ने रुक्मिणी का अपहरण कर उससे विवाह रचाया था। किंतु यह अपहरण स्वयं रुक्मिणी के आग्रह

पर, उसकी प्रेमपाती मिलने पर कृष्ण ने किया था। शिशुपाल तभी से सबके सामने कृष्ण को अपमानित करने का अवसर देख रहा था... सो वह रंग में भंग डालते हुए कृष्ण को लगातार अपशब्द कहता गया... पांडवों और पितामह को भी नहीं छोड़ा उसने... इस तुच्छ कलूटे ग्वाले के अतिरिक्त और कोई श्रेष्ठ पुरुष अग्रपूजा हेतु नहीं मिला तुम्हें बूढ़े भीष्म?... अत्यंत घृणा से उसने कहा।

तब सदा शांत रहने वाला बुद्धिमान सहदेव भी अत्यंत क्रोध में आ गया था। बिना अग्रजों की अनुमति के ही अत्यंत क्रोधपूर्वक उसने घोषणा कर दी कि मैं तो कृष्ण की ही अग्रपूजा करूँगा... जो राजा इसका विरोध करेगा उसके मस्तक पर मैं यह पैर रखता हूं... कहते हुए सचमुच सहदेव ने अपना पैर उठा लिया... तब सारी सभा में सन्नाटा छा गया। किंतु पूजा प्रारंभ होते ही मूर्ख शिशुपाल ने फिर कृष्ण को अपशब्द कहना प्रारंभ किया। उधर कृष्ण ने गिनती प्रारंभ की... एक, दो, तीन... जैसे-जैसे शिशुपाल के अपशब्द बढ़ते गए कृष्ण का रौद्र रूप भी बढ़ता गया... और सौ की गिनती होते ही कृष्ण के हाथों में यकायक भयानक सुदर्शन चक्र आ विराजमान हुआ जो शिशुपाल की दिशा में लगातार बढ़ता गया... जो थोड़े बहुत उसके अनुगामी थे... काँपते रह गये... और सबके देखते-देखते शिशुपाल की सारी वीरता, सारा पौरुष उस चक्र के सामने धुएँ की लकीर सा अदृश्य हो गया... घूमता हुआ वह देदिप्यमान चक्र शिशुपाल का सिर धड़ से अलग कर पुनः कृष्ण की अँगुली में आ विराजमान हुआ।

100 गालियाँ!... सचमुच हद होती है... कह भी चुके थे वासुदेव कि ध्यान रखना शिशुपाल... तुम्हारे केवल 100 अपशब्द सुनूँगा... क्योंकि मैंने तुम्हारे इतने अपराध क्षमा करने का वचन तुम्हारी माता, अपनी मौसी को दिया है... पर इसके बाद यदि तुमने जिह्वा खोली तो जिह्वा रखने वाला तुम्हारा मुंड धरती पर लोटेगा... तुम देख भी नहीं पाओगे उसे! पर शिशुपाल था कि जला-मरा जा रहा था। पांडवों द्वारा क़ी जाने वाली कृष्ण की अग्रणी पूजा जैसे छुरी बन उसके हृदय में चल रही थी... और तब सबके देखते-ही-देखते कृष्ण ने यज्ञ-मंडप में ही शिशुपाल का वध कर दिया था... किसी की हिम्मत कुछ कहने की नहीं हुई।

अस्तु... बाद का काम शांति से निपटा। युधिष्ठिर चक्रवर्ती सम्राट बने... आर्यावर्त के राजाओं ने इतनी भेंट दी कि बेचारे दुर्योधन की भुजाएँ उन्हें लेते-लेते थक गई!

इस तरह कृष्ण की सहायता से पांडव पूरे आर्यावर्त पर छा गये। किंतु पांडवों का यह सौभाग्य-सूर्य अधिक समय नहीं टिक पाया। एक बार क्या केशव उनकी सहायता के लिए नहीं आए, पांडव राजा से रंक बन गये! मुश्किलों से जुटाई गई सारी प्रतिष्ठा, सारा राजपाट मानों सपना हो गया। बस एक सहायता नहीं कर सके वे पांडवों की... शकुनि और दुर्योधन के जाल से उन्हें नहीं मुक्त कर सके। काश पांडवों ने द्यूत के पूर्व कृष्ण से चर्चा की होती... जब दूर-दूर देश के लोगों का कौरवों ने जमावड़ा कर रखा था

तो पांडवों को कम-से-कम अपने सदा-हितैषी वासुदेव को तो निमंत्रित करना था! पांडवों से बुद्धिमति तो पांचाली थी जिसने संकट की घड़ी में उन्हीं का सहारा लिया... और मानों पांचाली के मन के तंतुओं से बँधे माधव ने दूरभाष से पांचाली की पुकार सुनी... तुरंत नहीं पहुँच सकते थे वे वहाँ, क्योंकि उस समय शाल्व से युद्ध में उलझे हुए थे, किंतु अपनी अलैकिक शक्ति से उन्होंने पांचाल-सुता की लाज रखी। सहस्त्र हाथियों का बल रखने का दंभ भरने वाले दुःशासन की भुजाएँ थककर चूर हो गई किंतु कृष्ण के सहारे टिकी द्रुपद-नंदिनी का एक रेशमी वस्त्र वह नहीं हटा पाया।

अस्तु... फिर कन्हैया वनवास के समय भी पांडवों की खोज-खबर लेने वन पहुँचे ...केवल खोज-खबर ही नहीं ली उन्होंने, चालाक दुर्योधन के द्वारा दुर्वासा के भाध्यम से पैदा हुए खतरे को भी टाला। इस सुंदर कथा से सभी परिचित हैं कि क्रोधी दुर्वासा को दुर्योधन ने अपने राजसी वैभव से इतना संतुष्ट किया कि वे प्रसन्न होकर बोल पड़े... आज जो चाहे वह वर माँग ले दुर्योधन!... किंतु इसे दुर्योधन की चालाकी कहें या उसकी मूर्खता... उसने वर माँगा कि कृपया आप वनवासी पांडवों का भी आतिथ्य ग्रहण करें। और हाँ... आप स्नान-ध्यान कर आराम से उनके पास जाइयेगा।

वस्तुतः दुर्योधन को पता चल गया था कि सूर्यदेव ने पांडवों को एक ऐसा पात्र दिया है जिसमें पांचाली तब तक असीमित भोजन बना सकती है जब तक कि वह अंत में स्वयं खाकर उसे माँज-धोकर न रख दे... यदि ऐसे समय दुर्वासा उनके पास पहुँचे तब तो पांडव किसी तरह उस क्रोधी दुर्वासा के शाप से नहीं बच सकते।... दुर्योधन की बाँछे खिल उठीं अपनी ही योजना पर।

वैसे दुर्योधन का दाँव सही पड़ा था! सचमुच अपनी पल्टन के साथ पहुँचे दुर्वासा की आवभगत करने का पांडवों के पास कोई उपाय नहीं था... बर्तन धो-माँजकर पांचाली ने रखा ही था कि दुर्वासा ने खबर भेजी कि भोजन तैयार रखना... हम आ रहे हैं। भारी चिंता में पड़ गये थे वे... तभी वहाँ कृष्ण पहुंच गये। आते ही उन्होंने पांचाली से भोजन माँगा... बेचारी शर्म से पानी-पानी हो गई... दुर्वासा का भय अभी बना ही हुआ था कि ये आ गये! कैसे इनका वह आतिथ्य करे! फिर माधव उसके लिए कोई अतिथि तो थे नहीं... भला अपने भी कभी अतिथि होते हैं? उनकी भूख मानों पांचाली का पेट मरोड़ने लगी। तब उसने सारी बात किसी तरह माधव को कह सुनाई... और उपाय पूछा कि कम-से-कम आपके लिए क्या व्यवस्था करूँ, यह तो बता दीजिए। इस पर वासुदेव ने कहा, 'अच्छा वह पात्र तो लाओ, देखूँ तो मैं भी उसे।' पात्र लाया गया। माधव ने उसे उलटा-पुलटा... और वहाँ तिनके से चिपके एक साग के पत्ते को झट उठाकर मुंह में रख लिया! बेचारी द्रौपदी... राजरानी ने अब तक जाने कितने ही लोगों को छप्पन पकवान खिलाए होंगे... और आज उसका सर्वप्रिय सखा, उसकी लाज बचाने वाला... साग का पत्ता खा रहा है... वह भी उनका जूठा! धरती फटकर उसे आज अपने भीतर समाती तो शायद वह सुखी होती!

किंतु यह क्या! उस पत्ते को खाते ही माधव जैसे पूर्ण परितृप्त हो गये!... कहीं दिखाने के लिए उन्होंने नाटक नहीं किया? पर नहीं... वास्तव में स्वादिष्ट अन्न खाने की परितृप्ति कृष्णा को उनके चेहरे पर दिखी... सखा के चेहरे की बारीकियों को समझने की इतनी क्षमता तो थी पांचली में।

और फिर कृष्ण पांडवों की मंगल-कामना करते हुए मानों वायु से समान आए-गए हो गये। किंतु दुर्वासा का संकट कैसे दूर हो? पांचाली अभी चिंतित खड़ी ही थी कि पता चला कि दुर्वासा और उनके शिष्यों को पता नहीं क्या हो गया कि स्नान-ध्यान के बाद सब-के-सब यह कहते हुए चले गये कि उन सबके पेट में अन्न का एक दाना रखने की जगह नहीं है... पता नहीं कैसे उनका उदर एकदम भर गया है... और तब तक पांचाली के समझ में सखा के आने, साग का पत्ता खाने और पूर्ण परितृप्त होने का रहस्य समझ में आया... मन-ही-मन उसने उन्हें श्रद्धापूर्वक प्रणाम किया।

ऐसा नहीं कि वासुदेव पक्षपाती थे, केवल पांडवों के ही हितैषी थे। कौरवों की सहायता करने में उन्होंने कहीं कमी नहीं की थी। कौरवों और पांडवों में संधि हेतु स्वयं दूत बनकर गये थे वे... अन्यथा दूत-कर्म कहाँ अच्छा माना जाता था। अपनी ओर से क्या पूरी कोशिश नहीं की थी कृष्ण ने युद्ध रोकने की? मूर्ख दुर्योधन ने पहले तो तरह-तरह से उन्हें प्रलोभित करना चाहा। उनके आने का समाचार सुन पूरे हस्तिनापुर में उत्सव जैसा माहौल बनाया, तरह-तरह से उसे सजवाया, सारी प्रजा को आदेश दिया कि कृष्ण की अगुवाई में सज-धजकर खड़े रहें, पूरा माहौल रंगीन रहे... यद्यपि कम-से-कम यह आदेश देने की उसे आवश्यकता नहीं थी क्योंकि वैसे भी हस्तिनापुर की प्रजा स्वयं भी कृष्ण की महिमा का यशोगान सुन अति उत्सुकता से उनके दर्शन हेतु व्याकुल थी।

अस्तु... दुर्योधन का रास्ते-रास्ते में माधव के स्वागत-सत्कार हेतु अतिथिशाला बनवाना व्यर्थ गया... कृष्ण ने दुर्योधन के महलनुमा अतिथिगृह के स्थान पर प्रेमी ब्राह्मणों के साथ उनकी कुटिया में रात्रि बिताई। क्या-क्या भेंट नहीं सजाकर रखी थी पिता-पुत्र ने उन्हें देने के लिए... उत्तम जाति के अश्वों से युक्त सोलह सुवर्णमय रथ, आठ मतवाले हाथी, सौ दास और सौ दासियाँ, पर्वतीय देश से भेंट में प्राप्त ऊन के सौ कंबल, चीन देश के मृगचर्म, एक ऐसी मणि जो रात में तथा दिन में भी प्रकाशित होता था! तब विदुर ने टोका भी कि आप केवल पाँच गाँव पांडवों को दे दीजिए... कृष्ण को आपकी कोई भेंट नहीं चाहिए... आप दरअसल यह सब देकर उन्हें पांडवों से फोड़ना चाहते हैं किंतु 'न च वित्तेन शक्योऽसो उद्यमेन न गर्हया,'... उन्हें न तो धन से, न अन्य उद्योग से और न ही निंदा करके अर्जुन से पृथक् कर सकते हैं। इस पर दुर्योधन संभवतः पहली बार विदुर के प्रति आदर प्रगट करते हुए कहता है (वस्तुतः विदुर के प्रति यह

उसकी ब्याज स्तुति थी)... महात्मा विदुर जो बोल रहे हैं ठीक है... हम क्यों व्यर्थ में ही कुछ दें उस ग्वाले को!... जब पांडवों से युद्ध करना ही है तो यह धन क्यों बर्बाद करें!

अभी कुछ दिन पूर्व ही युद्ध की संभावना देख दुर्योधन द्वारका इसी कृष्ण के पास उनकी सहायता पाने हेतु गया था। तब वह निद्रित कृष्ण के सिरहाने बड़ी देर तक जागता बैठा रहा था... और उनकी एक अक्षौहिणी नारायणी सेना पाकर फूला नहीं समा रहा था... उसी कृष्ण के प्रति ऐसे विचार रखने वाले दुर्योधन की गति जो हुई, उसकी भूमिका क्या उसने इस तरह स्वयं नहीं रची थी? मूर्ख दुर्योधन द्वारका का वैभव देखकर भी समझ नहीं पाया कि उसकी सारी भेंट कितनी तुच्छ थी उस द्वारकापति के लिए!

अस्तु... विदुर के अपमान और कृष्ण के प्रति अनादर प्रदर्शित करने के बाद भी दुर्योधन ने पिता के आदेश पर कृष्ण के स्वागत-सत्कार में कोई कमी नहीं की। किंतु दुर्योधन की चतुराई कोई काम नहीं आई... कृष्ण ने उसके सारे स्वागत-सत्कार की ओर तिरछी निगाहों से भी नहीं देखा! यहाँ तक कि उन्होंने दुर्योधन के महल में भोजन करना भी अस्वीकार कर दिया था।

कृष्ण द्वारा भोजन न करने का दुर्योधन द्वारा करण पूछने पर कृष्ण सुंदर बात कहते हैं—किसी के घर या तो प्रेम के कारण भोजन किया जाता है, या आपत्ति पड़ने पर। राजा दुर्योधन! प्रेम तो तुम रखते नहीं ओर किसी आपत्ति में मैं अभी हूँ नहीं, अतः मैं तुम्हारे घर भोजन नहीं करूँगा।

आगे कृष्ण यह भी कहते हैं, 'जो द्वेष रखता हो उसका अन्न नहीं खाना चाहिए। तुम्हारा अन्न दुर्भावना से दूषित है, अतः मेरे भोजन करने योग्य नहीं है। मेरे लिए तो केवल विदुर का अन्न ही खाने योग्य है।'

और सचमुच फिर कृष्ण ने दुर्योधन के महलों का त्याग कर विदुर की कुटिया में भोजन किया।

तो इस तरह कृष्ण हस्तिनापुर पहुँचते हैं। यद्यपि अब वे प्रौढ़ हो चुके हैं... सारा चांचल्य नदारद है... किंतु अद्‌भुत आकर्षण है उनका। उतना ही उनका मान-सम्मान भी है। वैसे कृष्ण के रूप की सुंदर झांकी व्यास ने कौरव-सभा में जिन शब्दों में प्रस्तुत की है, मुझे लगता है वह अतुलनीय है। कौरवों से संधि हेतु पांडवों का दूत बनकर गए स्वर्ण-सिंहासन पर बैठे उनका रूप व्यास ने इन पंक्तियों में मानों साकार कर दिया है, देखिए—

'अतसीपुष्पसंकाशः पीतवासा जनार्दनः।
व्यभ्राजत सभामध्ये हेम्नीवोपहितो मणिः ॥'

अलसी के फूल की भाँति मनोहर श्याम कांति वाले पीतांबरधारी श्रीकृष्ण उस सभा के मध्य में स्वर्णपात्र में रखी हुई नीलमणि के समान शोभा पा रहे थे।

कौरव-सभा में माधव के इस रूप का पान करते सज्जन अघा नहीं रहे थे... मानो अमृत का स्वाद ले रहे हों! ऋषिगण भी आ गये उनका यह रूप देखने उस सभा में ... पर दुष्ट दुर्योधन और उसके सहयोगियों के लिए मानो वे कोई कंटक हों... या भयावह विषधर हों... माधुर्य भाव का लेश नहीं था किसी के मन में। हस्तिनापुर पहुंचने पर पहले तो खूब स्वागत-सत्कार किया, दामी तोहफे भेंट किए, किंतु जब बस में नहीं आए तो अंतिम रास्ता यही निकाला कि किसी तरह उन्हें बंदी बना लें। जनक-सभा में तुलसी के राम के समान यहाँ भी 'जाकि रही भावना जैसी हरिमूरत तिन्ह देखी तैसी'... कृष्ण के तेज व बल को खूब जानते थे। इसीलिए जैसे ही उन्हें भान हुआ कि उनका अड़ियल पुत्र न केवल वासुदेव की बातों की उपेक्षा करेगा वरन् उन्हें बंदी बनाने का भी प्रयास करेगा, वह चीख उठते हैं, 'इंद्रसहित सारे देवता भी जिन्हें बलपूर्वक अपने वश में नहीं रख सकते, उन्हीं को तू बंदी बनाना चाहता है मूर्ख! जैसे वायु को पकड़ना चंद्रमा को छूना, पृथ्वी को सिर पर धारण करना दुष्कर है... उसी तरह वासुदेव को बंदी बनाना दुष्कर है... क्या कोई जलती आग को कपड़े में बाँध सकता है? बालहठ मत कर अभागे!'

सचमुच वासुदेव ऐसे ही थे। किंतु दुर्योधन के लिए पिता की बातें निरर्थक थी ... वह तो इसी सोच में डूबा था कि इस ग्वाले को कैसे बंदी बनाऊँ... जब तक ये अकेले हैं तब तक यह कार्य किया जा सकता है, अन्यथा पांडवों के साथ मुश्किल होगी।

और तब वासुदेव, जो अभी तक प्रेम से दुर्योधन को शांति और संधि का उपदेश दे रहे थे, अचानक भड़क उठते हैं। भला मुझे बंदी बनाओगे? क्रोध से रक्तवर्णी हुए नेत्रों से कौरवों की ओर देख वे धृतराष्ट्र को संबोधित कर कह उठते हैं... महाराज! आपके पुत्र मुझे बलपूर्वक पकड़ सकते हों तो उन्हें आप आज्ञा दीजिए 'एते वा मामहं वैनाननुजानीहि पार्थिव' या तो ये मुझे बंदी बना लें या मैं इन्हें कैद करता हूं। मैं इन सबको अभी बांधने की शक्ति रखता हूँ... इन्हें बंदी अवस्था में पांडवों को सौंप सकता हूं। किंतु मैं किसी भी प्रकार कोई निंदित कर्म करना नहीं चाहता... मैं पांडवों की ओर से न्याय एवं शांति स्थापना के लिए दूत बनाकर आया था, पर तुम्हारा मूर्ख पुत्र काल के गाल में जाने के आतुर है... अब तो 'एष दुर्योधनो राजन् यथेच्छति तथास्तु तत्' जैसा दुर्योधन चाहता है वैसा ही हो।

फिर कृष्ण अपना विश्व-रूप प्रगट करते हैं जिसमें पाँचो पांडव तो क्या, सारा ब्रह्मांड ही समाया हुआ था... उद्देश्य था दुर्योधन को यह बतलाना कि तुम जो मुझे अकेला समझ कर बंदी बनाना चाहते हो... देखो मैं क्या हूं!... और तब सारी सभा, जो अभी तक उनके सौंदर्यपान में डूबी थी सहसा भयभीत हो उठी... और उस दिव्य-रूप से निकलते प्रकाश से अधिकांश लोगों की आँखें स्वयमेव बंद हो गईं... केवल भीष्म, द्रोण, विदुर, संजय और ऋषियों ने उस रूप का दर्शन किया... और तब गिड़गिड़ाते हुए

धृतराष्ट्र ने प्रार्थना की कि उसे भी वासुदेव अपने दिव्य-रूप का दर्शन दें... जनार्दन! मुझ जन्माँध ने आज तक किसी को नहीं देखा... न देखने की चाहना है, किंतु कृपा कर मुझे दिव्य नेत्र दो... बस केवल आपके इस रूप को देखना चाहता हूं... और कुछ नहीं देखूँगा।

सचमुच तब वासुदेव ने उनकी इच्छा पूरी की। किंतु दुर्योधन उस समय शायद अंधे के साथ साथ बहरा भी हो गया था... तभी तो उसे पिता और वासुदेव के संवाद सुनाई नहीं दिए... अन्यथा वह कभी कृष्ण से संरक्षित पांडवों से युद्ध करने का खतरा मोल नहीं लेता।

वैसे विदुर ने कृष्ण को पहले ही मना किया था कि वे संधि हेतु प्रयास करने कौरवों की सभा में न जाए क्योंकि जहाँ अच्छी और बुरी बातों का एक-सा ही परिणाम हो वहाँ विद्वान् पुरुष को कुछ नहीं कहना चाहिए, यह तो बहरों के आगे राग अलापने जैसा होगा। आपका प्रयत्न व्यर्थ होगा।... बात ठीक थी किंतु कृष्ण का कहना था कि अपनी ओर से प्रयत्न तो करना चाहिए। मनुष्य यदि शक्ति भर धर्म-कार्य को करते हुए भी सफलता न प्राप्त कर सके तो भी उसे उसका पुण्य तो मिल ही जाता है। (कितने लौकिक स्तर पर कह रहे थे वासुदेव... भला उन्हें पुण्य की जरूरत होगी?... पर अवतार लिया है तो यह भी कहना, करना पड़ेगा ही!)

आगे वे कहते हैं... जो अपने मित्र को उसकी चोटी पकड़कर भी बुरे काम से हटाने हेतु यथाशक्ति प्रयत्न करता है, वह निंदा का पात्र नहीं होता है।

संसार के पापी और मूढ़ लोग यह न कहें कि 'शक्तो नावारयत् कृष्णः संरब्धान् कुरुपाण्डवान्' अर्थात् कृष्ण ने समर्थ होते हुए भी कौरव-पांडवों को युद्ध से नहीं रोका।

अस्तु... दूसरे दिन केशव ने कौरव-सभा में धृतराष्ट्र से इसी वाक्य से वार्ता प्रारंभ की कि मैं आपके कुल में शांति-स्थापना हेतु आपसे प्रार्थना कर रहा हूँ। पांडवों ने शर्तानुसार वनवास भुगता है... अब आप शर्तानुसार उन्हें उनका राज्य लौटा दीजिए ...वे भी आपकी ही संतान हैं। अधर्मपूर्वक भेद-भाव मत कीजिए।

कृष्ण की बातों का समर्थन सभा में उपस्थित सभी सभासदों ने किया... किंतु जिसे करना चाहिए था, अथवा कहें कि जिसे शांति हेतु आदेश देना चाहिए था उस अंधे राजा ने दुर्योधन के सामने अपनी लाचारी प्रगट कर सारा भार दुर्योधन पर डाल दिया... यह दुष्ट मेरी तो सुनता नहीं, आप ही समझाइए, संधि हेतु आप ही राजी कर सकते हैं इसे माधव!

और तब माधव दुर्योधन को समझाते हैं कि जरा यह तो सोचो कि तुम किस कुल के हो सुयोधन!... अपने कुल को देखो और अपने आचरण को देखो... क्या यह तुम्हारे कुल के अनुरूप है... मेरी न सही पिता की बात मानो, पिता हमेशा अच्छी शिक्षा ही देते हैं। पितामह, गुरुजन और सभी मंत्री भी यही चाहते हैं।

जो मोहवश अपने हित की बात नहीं मानता वह दीर्घसूत्री अपने स्वार्थ से भ्रष्ट हो केवल पश्चाताप का भागी होता है।

जो अपने हितैषी के वचनों को नहीं सुनता वह शत्रुओं के अधीन हो जाता है।

जो अर्थ और काम की प्राप्ति चाहता हो उसे पहले धर्म का आचरण करना चाहिए क्योंकि अर्थ और काम धर्म से कभी पृथक् नहीं होते।

मनुष्य को चाहिए कि वह तीनों लोकों में किसी प्राकृत पुरुष का अपमान न करे, फिर ये पाण्डव तो धर्मात्मा हैं, तुम्हारे भाई हैं, इस राज्य के वैसे ही अधिकारी हैं जैसे कि तुम हो।

किंतु सारे उपदेश, सारी शिक्षा व्यर्थ गई। केवल कृष्ण ने ही नहीं, भीष्म, द्रोण और नारद आदि मुनियों ने तथा स्वयं व्यास ने भी समझाया... किंतु सब कुछ उल्टे घड़े पर पानी डालने के समान सिद्ध हुआ।

कृष्ण का यह कहना कि केवल पाँच गाँव ही पांडवों को दे दो, भी काम नहीं आया... तब कृष्ण युद्ध हेतु कमर कस लेते हैं... सारी तैयारी फिर उन्हीं के निर्देशन में होती है।

और फिर वह घड़ी भी आ जाती है जब कुरुक्षेत्र के मैदान में दोनों ओर की सेनाएँ आमने-सामने खड़ी हो जाती हैं... एक ओर का सेनापतित्व पितामह भीष्म करने खड़े होते हैं तो दूसरी ओर का द्रुपद-कुमार धृष्टद्युम्न। दोनों ओर कोलाहल मचा हुआ है। कृष्ण ने सव्यसाची के नंदिघोष रथ के श्वेत-घोड़ों की बागडोर सँभाल रखी है। उधर दुर्योधन अपने आचार्य के समीप जा उन्हें बताता है कि पांडु-पुत्रों की इस महान् सेना को देखिए जिसे आपके शिष्य धृष्टद्युम्न ने व्यूहाकार में खड़ा किया है। आगे वह पांडव सेना के महारथियों के नाम लेता है कि भीम और अर्जुन के समान वहाँ युयुधान, विराट, द्रुपद, धृष्टकेतु, काशीराज, पुरुजित, कुंतिभोज, शैव्य, युधामन्यु, उत्तमौजा, अभिमन्यु, द्रौपदी के पांचों पुत्र आदि अनेकानेक महारथी हैं। दूसरी ओर वह भीष्म द्वारा रक्षित अपनी सेना के महारथियों का भी नाम लेता है जिनमें द्रोणाचार्य, भीष्म, कर्ण, कृपाचार्य, अश्वत्थामा, विकर्ण और भूरिश्रवा जैसे शूरवीर हैं, जिन्होंने अपना जीवन उसके लिए समर्पित कर दिया है। किंतु वह शत्रु-पक्ष को कम नहीं आँकता और कहता है कि आप सभी लोग सभी मोर्चों पर अपने-अपने स्थान पर डटे रहकर पितामह भीष्म की रक्षा करें।

तब उसे प्रसन्न करने के लिए भीष्म सिंहनाद सा करते हुए अपना शंख बजाते हैं ... और इसी के साथ ही अठारह दिनों तक चलने वाले युद्ध की रणभेरियाँ दोनों ओर से बज उठती हैं। भीष्म के सिंहनाद का उत्तर कृष्ण अपना दिव्य पांचजन्य बजाकर देते हैं, जिनके स्वर में मिलाते हुए अर्जुन अपना देवदत्त नामक महाशंख बजाता है ...और शेष पांडव भी अपने-अपने शंख बजाकर अपनी सेना में उत्साह भरते हैं तथा धृतराष्ट्र-पुत्रों के हृदयों को विदीर्ण करते हैं।

इसी समय अर्जुन कृष्ण से आग्रह करता है मुझे कृपया शत्रु सेना के सामने ले चलिए ताकि मैं यह अच्छी तरह देख सकूँ कि इस रणक्षेत्र में मुझे किनके साथ युद्ध करना है... और पार्थसारथी ऐसा ही करते हैं।

तब अर्जुन ने मानों एक नई दृष्टि से विपक्ष में खड़े योद्धाओं को देखा... अभी तक दुर्योधन का साथ देने वाले शत्रुओं में उसे अचानक अपने ताऊ, चाचा, दादा, परदादा, गुरु, मामा, भाई-बंधु, पुत्र-पौत्र तथा मित्र और सुहृदजन नजर आने लगे।

और अचानक उसके अंग शिथिल होने लगे... मुख सूखने लगा तथा शरीर में कंप और रोमाँच होने लगा। जिस गांडीव के भरोसे सारा युद्ध पांडव लड़ रहे थे वह हाथ से खिसकने लगा... सारी त्वचा जलने लगी... मन भ्रमित होने लगा तथा खड़े रहना भी कठिन हो गया।

तब सहसा ही अर्जुन को युद्ध की विभीषिका, उसका परिणाम मानों साक्षात् दृष्टिगोचर होने लगा। क्या होगा युद्ध में... और युद्ध के बाद? फिर, ये सब तो मेरे अपने हैं... अवश्य दुष्ट हैं धृतराष्ट्र-पुत्र, किंतु अंततः कुटुम्बी-जन ही तो हैं। इनके नाश से कुल का ही नाश होगा... कुल की स्त्रियाँ दूषित होंगी जिससे हमारा कुल-धर्म और जाति-धर्म दोनों ही नष्ट हो जाएगा... और अचानक अर्जुन का विषाद बढ़ जाता है... नहीं गोविंद नहीं! मैं स्वजनों से युद्ध नहीं करूँगा... ये धृतराष्ट्र-पुत्र भले ही मुझ निःशस्त्र को मार डालें, पर मैं स्वजनों को मारकर राज्य और सुख का उपभोग नहीं कर सकता। मैं इनसे युद्ध नहीं करूँगा... और सचमुच शोकाकुल अर्जुन धनुष-बाण का त्याग कर रथ के पिछले भाग में बैठ गया।

अर्जुन का यह विषाद देख पार्थसारथी चमत्कृत रह गये। बोल पड़े वे... इस असमय में यह मोह तुम्हें कैसे हो रहा है पार्थ?... यह तो श्रेष्ठ पुरुष का आचरण नहीं है? ...न स्वर्ग देने वाला है और न ही कीर्ति प्रदान करने वाला है... और आगे कृष्ण सखा को डाँटते हुए कहते हैं—

'क्लैब्यं मा स्म गमः पार्थ नैतत् त्वय्युपपद्यते।
क्षुद्रं हृदयदौर्बल्यं त्यक्त्वोत्तिष्ठ परंतप ॥' (भगवत्गीता, 2.3)

हे अर्जुन! नपुंसकता को प्राप्त मत हो, तुम्हारे लिए यह उचित नहीं है। तुम तो दूसरे को ताप देने वाले हो... परंतप हो... हृदय की तुच्छ दुर्बलता का त्याग कर तुम युद्ध के लिए खड़े हो जाओ।

कितनी विचित्र बात थी कि जो परंतप कृष्ण के एक इशारे पर जो वे चाहे करने का दम भरता था जिसने युद्ध हेतु कृष्ण की एक अक्षौहणी नारायणी सेना का त्याग केवल इसलिए किया था कि कृष्ण के शब्द भगवत्शब्द हैं... युद्ध में उसे केवल वही चाहिए... वह कृष्ण के द्वारा इतना कहे जाने पर भी युद्ध हेतु तैयार नहीं होता है! नए-नए संदेह उसे घेर लेते हैं... एक तो द्रोण जैसे गुरु और पिता जैसे भीष्म से युद्ध

करना... फिर युद्ध के परिणाम की अनिश्चितता... पता नहीं युद्ध में कौन जीतेगा? ... और जिन्हें मारकर मैं जीना नहीं चाहता वे ही धृतराष्ट्र-पुत्र मेरे सामने खड़े हैं... भला कहो तो मैं कैसे युद्ध करूँ?... और फिर अर्जुन दोनों हाथ जोड़कर कृष्ण की शरण लेता है...

'कार्पण्यदोषोपहतस्वभावः पृच्छामि त्वां धर्मसंमूढचेताः।

यच्छ्रेयः स्यान्निश्चितं ब्रूहि तन्मे शिष्येस्तेऽहं शाधि माँ त्वां प्रपन्नम् ॥' (भगवत्गीता 2.7)

हे कृष्ण! करुणा के दोष से मेरा स्वभाव दब गया है और मेरा चित्त धर्म के विषय में मोहित हो गया है। मैं आपसे पूछता हूँ, मेरे लिए क्या कल्याणकारी है, कृपया मुझे बताइये।

और तब कृष्ण अर्जुन को उसके विषाद से उबारते हुए सबसे पहले तो यही बताते हैं कि तुम जो कह रहे हो कि अपने इन प्रियजनों को मैं कैसे मारूँ, तो यही गलत है, क्योंकि तुम्हारे सामने जो खड़े हैं वह मात्र शरीर हैं। इनका नाश तो होना ही है किंतु इनके भीतर जो स्थिर है वह अजन्मा, अमरणशील आत्मा है जिसे न तुम शस्त्र से काट सकते हो न किसी अग्नि से जला सकते हो न किसी जल से गला सकते हो, न ही किसी पवन से सुखा सकते हो... यह तो, 'अच्छेद्योऽयमदाह्योऽयमक्लेद्योऽशोष्य एव च,' अछेद्‌य, अदाह्‌य, अक्लेद्य एवं अशोष्य है। फिर भी यदि तुम अपनों की मृत्यु की बात सोचते हो तो भी गलत सोचते हो क्योंकि 'जातस्य हि ध्रुवो मृत्युर्ध्रुवं जन्म मृतस्य च' जन्मे हुए की मृत्यु निश्चित है और मरे हुए का जन्म निश्चित है।

मृत्यु बेला पर गीता का पाठ कर एक आम भारतीय जहाँ आत्मा की अमरता और जीवन की नश्वरता का दर्शन कर प्रियजन को विदाई देते समय सांत्वना पाता है वहाँ दुःख और शोक से भरे इस संसाररूपी सागर में तैरते मनुष्यों को कितनी सांत्वना प्रदान करते हैं ये शब्द यह वही समझ सकता है जो इनका मन से उच्चारण करता है। सदियों से गीता के ये अमर शब्द देश और काल की सीमा पारकर अब तक जाने कितने लोगों को चिंतामुक्त करते आए हैं।

अर्जुन का सौभाग्य था कि कृष्ण उसे उसके विषाद से उबारते हुए जो प्रोत्साहन देते हैं वह अमर वाणी बन जाती है... दुनिया भर के लोगों के लिए संसार-सागर को पार करने का सुंदर पतवार थमाती है। अध्यात्म के ग्रंथ तो पूरी दुनिया में सैकड़ों होंगे किंतु युद्ध-भूमि में कहा गया यह अध्यात्म-ज्ञान पूरे संसार में अनोखा है। इसीसे सिद्ध होता है कि कृष्ण के वचन कर्मयोग की शिक्षा देने के लिए हैं, इसलिए यह एक अनूठा, अद्वितीय ग्रंथ है। यही भगवत्गीता है।

कुछ लोग सोचते हैं कि युद्ध के मैदान में इस तरह का उपदेश देना कहाँ तक संभव है? उस कोलाहल में अध्यात्म की बात भला सुनना भी कैसे संभव है? पर यही तो गीता

की विशेषता है। यद्यपि कुछ लोग कहते हैं कि उस समय कृष्ण ने संक्षेप में अर्जुन को प्रबोधन दिया होगा... बाद में इसे महाभारत में डाला गया होगा... संभव है यही सत्य हो ...किंतु गीताकार यदि कहते हैं कि अर्जुन को युद्ध-भूमि के कोलाहल में ही यह उपदेश कृष्ण ने दिया था तो हम इसके समर्थन में कुछ तर्क ढूँढ सकते हैं। जैसे, रजनीश इस विषय में लिखते हैं कि अर्जुन और कृष्ण के मध्य हुए संवाद वस्तुतः साधारण बोलचाल में हुए संवाद नहीं थे। प्रस्तुत तो वे युद्ध के कोलाहल के बीच ही हुए थे किंतु यह कोई बाहर से हुई चर्चा नहीं थी... यह गहरी, बहुत गहरी चर्चा थी। वस्तुतः यहाँ टेलिफोनिक कम्यूनिकेशन हुआ था। यह एक ऐसा अंतर्संवाद था जिसमें शब्दों का प्रयोग नहीं हुआ था। वह संवाद न केवल शब्दों के परे था वरन् समय की परिधि के भी बाहर था। रजनीश अपनी बात पर बल देते हुए कहते हैं कि यह कोई बिल्कुल अनोखी बात नहीं थी। बुद्ध और महावीर जब मौन रहते थे तब भी उनके योग्य शिष्य उनकी शिक्षाओं को ग्रहण करते थे अर्थात् कृष्ण ने जो कहा मौन भाव से कहा और अर्जुन ने जो सुना मौन भाव से सुना।

यहाँ जिज्ञासा भरा एक प्रश्न यह भी उठता है कि कृष्ण ने युधिष्ठिर को क्यों नहीं दिया गीता का उपदेश... अर्जुन को ही क्यों दिया? युधिष्ठिर ज्येष्ठ थे, धर्म-पुत्र थे, धर्मराज कहलाते भी थे। इस संबंध में हम पुनः रजनीश को ही उद्धृत करना चाहेंगे। रजनीश लिखते हैं कि यह विशिष्ट उपदेश उसे ही दिया जा सकता था जो युद्ध-भूमि में विषाद-ग्रस्त हो सके। युधिष्ठिर ऐसा नहीं हो सकता था क्योंकि वह तथाकथित धार्मिक व्यक्ति था... जिससे बुरा आदमी कहीं बेहतर होता है क्योंकि बुरे आदमी को आज नहीं तो कल बुरे होने का काँटा चुभने लगता है लेकिन तथाकथित धार्मिक व्यक्ति को वह पीड़ा भी नहीं होती क्योंकि वह मानकर चलता है कि वह धार्मिक है उसे विषाद कैसे हो सकता है। युधिष्ठिर अपने धार्मिक होने में आश्वस्त हैं... इसके विपरीत अर्जुन आंतरिक क्रांति के द्वार पर खड़ा हुआ आदमी है... उस पीड़ा से गुजर रहा है जिससे धर्म पैदा होता है... यही पीड़ा उसका विकास बनती है।

किंतु मुझे नहीं लगता कि कृष्ण ने युधिष्ठिर के कमजोर होने के कारण उसे गीता का उपदेश नहीं दिया था या अर्जुन को युधिष्ठिर की तुलना में महान् होने के कारण उसे ही यह उपदेश दिया था। बात यही थी कि कृष्ण उस समय पार्थसारथी थे... अर्जुन के सारथी थे... अर्जुन उन्हें लेकर ही दोनों सेनाओं के मध्य गया था और युद्ध हेतु वही पीछे हट रहा था अतः उसे ही उपदेश की आवश्यकता थी। हाँ, यदि कुछ विशेष कारण से यह उपदेश युधिष्ठिर को न देकर अर्जुन को दिया गया हो तो इसे बतलाने के लिए युधिष्ठिर को ओछा बनाने की आवश्यकता नहीं है, अर्जुन की विशेषता बतलाना ही पर्याप्त है, जैसाकि विद्यानिवास मिश्र कहते हैं, 'अर्जुन नर के सुहृद हैं, वह इंद्र के अंश के प्रति इसलिए सदय हैं कि इंद्र नरत्व या पौरुष या पराक्रम के देवता हैं, साथ ही

अंतरिक्ष के देवता हैं, भीतरी उथल-पुथल के देवता हैं। ऐसे सक्रिय चित्र में ही पात्रता आ सकती है विपुल का भाव प्राप्त करने की। युधिष्ठिर नर की भूमिका से ऊपर उठे हुए हैं, वह विपुल-भाव प्राप्त कर चुके हैं।' (महाभारत का काव्यार्थ, पृ. 67)

अस्तु... इस सुंदर उपदेश का लक्ष्य अवश्य युद्ध से विरत होते अर्जुन को युद्ध हेतु प्रेरित करना था किंतु वस्तुतः देश, काल और धर्म की बाधाओं को पार कर यह ग्रंथ संसार के किसी भी व्यक्ति को उसके कर्तव्य में प्रेरित करने वाला ग्रंथ है... ऐसे कर्तव्य, जिसे निभाना उसके लिए कष्टप्रद हो... जहाँ कर्तव्य से ऊंचा खून का संबंध उभरता हो, जहाँ कर्त्तापन का अभिमान हो, जहाँ कर्म के साथ तरह-तरह की चिंता, परेशानी किंकर्त्तव्यविमूढ़ता की स्थिति हो... वहाँ गीता के उपदेश मानों अंधेरे में मशाल बनकर हमारे आगे-आगे रास्ता दिखाते चलते हैं। 20 वीं सदी के सबसे महान् कर्मयोगी महात्मा गाँधी गीता को गीत माता कहते थे। वे कहते थे, जब भी मैं किसी दुविधा में होता हूँ और मुझे मार्ग नहीं दिखता तब मैं गीता माता की शरण लेता हूं। यहाँ मुझे एक-न-एक ऐसा श्लोक दिख जाता है जो मेरे अँधेरे मार्ग को रौशन करता है।

अस्तु... व्यास ने गीता का पहला श्लोक धृतराष्ट्र से कहलवाया है जो संजय से पूछते हैं कि

'धर्मक्षेत्र कुरुक्षेत्रे समवेता युयुत्सुवः।
मामकाः पांडवाश्चैव किमकुर्वत संजयः ॥' (भगवत्गीता 1.1)

अर्थात्, धर्मक्षेत्र कुरुक्षेत्र में युद्ध की इच्छा से एकत्रित हुए मेरे और पांडवों के पुत्रों ने क्या किया?

गीता का अंतिम श्लोक भी दोनों के मध्य संवाद है जहाँ अर्जुन के साथ-साथ गीता का उपदेश सुन रहे संजय की भी वही स्थिति होती है जो अर्जुन की हुई थी ... उसका रोम-रोम हर्ष से भर जाता है... मानों सारा संवाद उसकी स्मृति के द्वार पर दृश्यमान होकर बैठ गया हो... धृतराष्ट्र से वह कहता है—

'यत्र योगेश्वरः कृष्णो यत्र पार्थो धनुर्धरः।
तत्र श्रीर्विजयो भूतिर्ध्रुवा नीतिर्मतिर्मम ॥' (वही, 18.78)

अर्थात्, मेरी सम्मति है कि जहाँ योगेश्वर कृष्ण हैं और जहाँ धनुर्धर अर्जुन हैं, वहीं श्री, विजय, विभूति और अचल नीति है।

तो ऐसे कृष्ण के प्रति हम सब कुछ समर्पित कर निश्चित क्यों नहीं हो जाते?

'सर्व धर्मान्परित्यज्य मामेकं शरणं व्रज।
अहं त्वां सर्वपापेभ्योः मोक्षयिष्यामि मा शुचः ॥' (वही, 18.66)

यहाँ कृष्ण अर्जुन के बहाने सारी मानव जाति को आश्वासन देते हैं कि सारी चिंताएं त्यागकर मेरी शरण में आ जा। मैं तुझे तेरे सारे पापों से मुक्ति प्रदान करूँगा, चिंता मत कर।

ऐसे थे वासुदेव कृष्ण! अभागा दुर्योधन कभी उन्हें समझ नहीं पाया, उसका फल भी पाया... पर भारतीय जनमानस ने उन्हें खूब पहचाना।

हमने प्रारंभ में प्रश्न उठाया था कि महाभारत के असली नायक कौन हैं? निश्चय ही महासमर में शौर्य प्रगट करने वाले महारथियों की कमी नहीं थी... भीष्म कहें या द्रोण ...भीम कहें या अर्जुन या कर्ण... धृष्टद्युम्न, भगदत्त, अश्वत्थामा, शल्य ये सब भी तो एक-से-एक महारथी थे... सबने महासमर-रूपी यज्ञ में नरमुंडों की आहुति डाली थी। इन सभी को व्यास ने क्षत्रिय धर्म का पालक बतलाया है... यहाँ तक कि दुरात्मा दुर्योधन के वध पर उसे भी धर्म-युद्ध में मृत्यु को प्राप्त क्षत्रिय को प्राप्त होने वाला पद दिया... किंतु इस पूरे युद्ध में जिसने अपनी आहुति का कोई भी हिस्सा नहीं दिया... न एक नरमुंड, न एक बूंद खून ...न धनुष उठाया न तलवार उठाई... उसे ही भारतीय मानस ने एक स्वर से नायक कहा।

तो ऐसे थे व्यास-कथा के महानायक युगपुरुष वासुदेव कृष्ण।

15

व्यास-कथा के कुछ अन्य पात्र

अब तक की इस व्यास-कथा में हमने महाभारत के बहुत सारे पात्रों के चरित्र देखे... प्रयत्न यही रहा है कि इन्हें वैसे ही प्रस्तुत किया जाए जैसा व्यास ने उन्हें किया था... यद्यपि यह कहना छोटे मुँह बड़ी बात होगी क्योंकि व्यास के अनुसार उन्हें प्रस्तुत करना अतल एवं गूढ़ महासागर से महाभारत में पैठे बिना संभव नहीं है और मुझमें तो सागर की लहरों से गीली हुई रेत तक ही कदम रखने का साहस था। वैसे सागर में पैठना यूँ भी मामूली नहीं होता। कबीर जब डूबने के भय से बाहर बैठे रहे... किनारे बैठ कहकर पछताते रहे... तो मेरा सामर्थ्य भला कितना है! पर हाँ, भगवत्कृपा से महाभारतरूपी समुद्र में झाँकने का थोड़ा प्रयास जरूर हो पाया है। कई-कई बार महाभारत को पढ़ा, तब कहीं व्यास की लेखनी के अनेक पात्रों के धुँधले से चित्र नक्श बनकर उभरने लगे... उन्हीं को पकड़ने की कोशिश की है मैंने उपर्युक्त चरित्रों के चित्रण में... जानती हूँ कि चित्र फिर भी स्पष्ट नहीं बने... और अनेकानेक पात्र छूट भी गये हैं। कथा के मुख्य नायक बेचारे पांडव तो अलग से स्थान पाने से ही रह गये। डरती हूँ! माद्री-पुत्र तो बेचारे सीधे-सीधे हैं वे कुछ नहीं कहेंगे पर शेष बलशाली पांडव! धर्मराज को लिया तो वह भी कर्ण के साथ ले लिया है... जैसे वे यहाँ कर्ण के साथ तुलना करने के लिए ही हैं। क्या सफाई दूँ इसकी? यही कह सकती हूँ कि जहाँ पांचाली और कुंती है... तो वहाँ ये पांचों अवश्य हैं। इनके बिना वह दोनों कहाँ खड़ी हो पाती... इसलिए अलग से इन पर नहीं लिख पाई। जैसे केवल ताने से कपड़ा नहीं बुना जाता, बाना चाहिए ही, वैसे ही इस व्यास-कथा में जगह-जगह इन पांचों पांडवों का होना जरूरी है। पांचाली और कुंती के अतिरिक्त भीष्म, द्रोण या स्वयं वासुदेव कृष्ण की कथा क्या इनके बिना पूर्ण होती है? इसलिए इन पर अलग से नहीं लिखा। हाँ कुछ पात्रों पर अलग से लिखा जा सकता था... जैसे दुर्योधन, कृपाचार्य, विदुर और स्वयं व्यासदेव... सो इनका भी चरित्र देखें।

दुर्योधन

पर अलग से दुर्योधन पर क्या लिखूँ... वह भी तो इधर-उधर घूम रहा है पूरी व्यास-कथा में! कहाँ नहीं है वह दुष्ट? एक वही तो महाकाल की इस नृत्यभूमि महासमर का कारण है... भले ही स्वयं में कोई दम नहीं है। पूरे युद्ध में कहीं तो कोई वीरोचित कमाल दिखाता वह! पांडव-पक्ष के किसी एक महारथी से तो लोहा लिया होता उसने! सामना सभी पांडवों से हुआ उसका, युधिष्ठिर से, अर्जुन से, नकुल से, सहदेव से पर कहीं तो वह विजयी होता... हर बार उसे पीठ दिखाकर भागना पड़ा। भीम से युद्ध में पराजय पर तो उसे कर्ण का आश्रय लेकर जान बचानी पड़ी थी। अंतिम लड़ाई में भीम से गदा-युद्ध में अवश्य उसने बहादुरी दिखाई थी किंतु पूरे युद्ध में वह केवल भीष्म, द्रोण आदि को डपटता ही रहा... साथ ही स्वयं बिसूरता भी रहा कि मेरी सेना का विनाश हो रहा है... आप लोग कुछ नहीं कर रहे हैं। उल्लेखनीय है कि अभिमन्यु के वध के पश्चात् अर्जुन ने दूसरे दिन जयद्रथ-वध की प्रतिज्ञा की थी... तब जयद्रथ युद्ध छोड़ अपने सिंधु देश भागने की सोचने लगा किंतु द्रोणाचार्य के आश्वासन पर कि मैं अर्जुन को व्यूह के भीतर नहीं जाने दूँगा... जयद्रथ रुक गया था। पर बूढ़े द्रोणाचार्य अपने वचनों की रक्षा नहीं कर सके। अर्जुन उन्हें लाघकर आगे बढ़ गया... तब दुर्योधन ने आचार्य को खरी-खोटी सुनाने में कोई कमी नहीं की। यहाँ तक कहा, 'न हि अयं त्वां विजानामि मधुदिग्धमिव क्षुरम् अर्थात् मैं नहीं जानता था कि आप शहद में डुबाई हुई छुरी हो!... हम आप में भक्ति रखते हैं, हमसे आपकी जीविका चलती है तो भी आप हमारा ही अप्रिय करने में लगे रहते हैं? आप तो पांडवों को ही निरंतर प्रसन्न करने में लगे रहते हैं।' तब मारे क्रोध के द्रोण ने भी दुर्योधन से कह दिया कि तुम क्या कर रहे हो? तुम तो राजा हो, बड़े वीर ही... क्यों नहीं अर्जुन से युद्ध करते? इस पर रुआँसे हो चले दुर्योधन के मुख से सच बात निकल गई... आप जानते हैं आचार्य कि मैं अर्जुन को नहीं जीत सकता... उसके बाणों का सामना करने की मुझमें हिम्मत नहीं है... आप मेरे कठोर वचनों के लिए मुझे क्षमा कीजिए और किसी तरह अर्जुन को जयद्रथ तक पहुँचने से रोकिए। 'तब द्रोणाचार्य उसकी छाती पर विशेष अभिमंत्रित स्वर्ण-कवच पहनाकर अर्जुन का सामना करने भेजते हैं... कवच से पूरा शरीर ढका था दुर्योधन का अतः बड़ी वीरता दिखाते हुए वह अर्जुन को ललकारते हुए पुनः उसके समक्ष पहुँचा... अर्जुन चमत्कृत था कि अभी कुछ देर पहले ही तो मुँह की खाकर यह उसके बाणों से तस्त्र हो पीठ दिखाकर भाग गया था... अब कैसे अतिरिक्त बल पा ऐंठा चला आ रहा है? राम से बल पाए सुग्रीव के समान वह गर्जन-तर्जन कर तरह-तरह से पार्थ को बिद्ध करने लगा... पर पार्थसारथी को माजरा समझते देर नहीं लगी... इसलिए थोड़ी देर ही बाद स्वयं अर्जुन के बाणों से त्रस्त दुर्योधन को पीछे हटना पड़ा। पर यह कैसे संभव हुआ? क्या आचार्य का कवच पार्थसारथी ने व्यर्थ कर दिया? नहीं, कवच तो व्यर्थ नहीं किया किंतु उनकी

तीक्ष्ण दृष्टि ने उसमें कुछ छेद अवश्य ढूँढ लिए। वस्तुतः आचार्य ने दुर्योधन के पूरे शरीर को सिर से लेकर पाँव तक अभेद्य कवच से ढँक तो रखा था किंतु कुछ अंग अभी भी इस कवच से अछूते थे... वह थे उसके हाथों की हथेलियां और हाथ-पैर की अँगुलियों के पोर! कृष्ण के इशारे पर अर्जुन इन्हीं स्थानों को अपने तीखे बाणों से बेध देता है... तब अत्यधिक पीड़ा से त्रस्त्र दुर्योधन के पास पुनः पीठ दिखाकर भागने के कोई चारा नहीं रहता है।

पता नहीं क्यों व्यासदेव ने राजसूय यज्ञ के बाद युधिष्ठिर को कहा था कि 13 वर्षों बाद एक भयानक युद्ध होगा जिसके बायस तुम बनोगे। इस भविष्य-दर्शन ने बेचारे धर्मराज के मन में इतना भय भर दिया कि वे सब कुछ लुटाने को तैयार हो गये... काश मुनिवर दुर्योधन को उसका भविष्य दिखाते... बताते कि कैसे उसकी राज्य-लिप्सा उसके सभी 99 भाइयों की जान लेगी... कोई पानी देने वाला भी नहीं रहेगा वंश में! जिस दुःशासन की भुजा पर उसे इतना घमंड है उसे रणभूमि में भीम मूल से उखाड़कर उसी से उसकी पिटाई करेगा... और उसके कलुषित हृदय को फाड़कर रक्तपान करेगा ... और उसका स्वयं का अंत तो ऐसा बुरा होगा कि आज उसके जिस मस्तक पर स्वर्णमुकुट विराजता है... जिस मस्तक के इशारे पर पूरा हस्तिनापुर उठता-बैठता है, उस मस्तक पर चील-कौवे बैठेंगे... और वह उन्हें उड़ा भी नहीं पाएगा। जिन जंघाओं के बल पर वह यूँ अकड़ते हुए चलता है, वे जंघाए ऐसी तोड़ी जाएंगी कि उससे उठते भी नहीं बनेगा।

दुर्योधन ने अपना यह चरित्र स्वयं चुना था। यह कहकर वह नहीं बच सकता कि वासुदेव के पास मैं भी तो सहायता हेतु गया था... पर वे तो जैसे जन्म के बैरी थे मेरे! बड़ी चालाकी से उन्होंने स्वयं को मेरे शत्रु के पक्ष में कर लिया था... पर दुर्योधन सचमुच मूर्ख ही था। कृष्ण के प्रति उसके मन में कभी श्रद्धा रही ही नहीं। कृष्ण न सही, किसी विश्वनियंता ईश्वर पर ही श्रद्धा-भक्ति रखता तो जानता कि कितने कृपालु हैं वह... तभी तो उन्होंने कितने-कितने मौके नहीं दिए उसे सुखपूर्वक राज्य करने के। सौ भाइयों में ज्येष्ठ बनाया... भारत का श्रेष्ठतम् गदाधारी बनाया, हस्तिनापुर का राजा बनाया... और फिर स्वयं कृष्ण उससे विनय कर रहे हैं कि युद्ध न करो, चलो केवल पाँच गाँव ही पांडवों को दे दो... पर नहीं, सूई के, वह भी तीखी सूई के, अग्रभाग के बराबर भी भूमि नहीं दूँगा... कितने अकड़ते हुए उसने कहा था वासुदेव से।

हाँ, एक-दो प्रसंग अवश्य उसके चरित्र के भी कुछ उज्जवल हैं... उसे अप्रगट रखकर हम उसके साथ अन्याय क्यों करें? इन घटनाओं से लगता है कि दुर्योधन में कर्ण के समान ऐंठन नहीं थी... अपने मन को वह पहचानता था। कभी-कभी ही सही, पर उसे अपनी निर्बलता का बोध होता था... और तब वह सोचता था कि मैं मर क्यों नहीं जाता... मरने का वह प्रयास भी करता है। राजसूय-यज्ञ में पांडवों की संपदा देखकर वह

शकुनि को स्पष्ट कहता है... मैंने इस यज्ञ में पांडवों का अतीव वैभव और प्रभाव देखा है, उसके बाद मेरी जीने की जरा भी इच्छा नहीं रही। ईर्ष्यावश मैं जला जा रहा हूँ 'अमर्षवशमापन्नो दह्यामि न तथोचितः' यद्यपि मैं जानता हूँ कि यह उचित नहीं है। क्या करूँ यह ईर्ष्या मेरे मन से जाती ही नहीं। मैं अब लौटकर हस्तिनापुर नहीं जाना चाहता... मैं आग में प्रवेश कर लूँगा, विष खा लूँगा या जल में डूब मरूँगा। मैं तो अब 'दैवमेव परं मन्ये पौरुषं च निरर्थकम्' दैव को ही प्रबल मानता हूँ, पुरुषार्थ निरर्थक जान पड़ता है। हमने पांडवों को नष्ट करने हेतु क्या-क्या नहीं किया पर वे तो जल में कमल के समान लगातार बढ़ते गये। तब उसे उसके सदा सहायक मामा ने उबारा... यह कहकर कि मैं छल से, द्यूत से, तुम्हें पांडवों की संपदा दिलवाऊँगा तुम आत्महत्या का विचार त्याग घर चलो।

ठीक इसी तरह की ग्लानि उसे तब भी हुई थी जब पांडवों को जलाने हेतु दल-बल के साथ वह द्वैतवन पहुँचा था... पर खुद ही वहाँ अपमान की आग में जल बैठा था। युधिष्ठिर के प्रसंग में हम देख चुके हैं कि चित्रसेन गंधर्व से पराजित हो कर्ण तो पहले ही मैदान छोड़कर भाग गया था, तब दुर्योधन ने भाइयों के साथ उससे युद्ध का प्रयास किया, किंतु शीघ्र ही उसे हथियार डालने पड़े। तब चित्रसेन ने उसे उसके भाइयों के साथ कैद कर लिया... इतना ही नहीं परिवार की जिन स्त्रियों को वह सजा-धजाकर पांचाली को जलाने ले गया था, वे भी गंधर्व की कैद में आ गई। तब हर ओर भारी कोहराम मच गया... ऐसे समय उसे पांडवों की याद आई और वह उन्हें सहायता के लिए पुकारने लगा। कुछ सैनिक जो किसी तरह छूटे थे... वे भी दौड़कर पांडवों के पास पहुँचे... और उनसे दुर्योधन को बचाने का निवेदन करने लगे। तब उसे पांडवों ने ही मुक्ति दिलाई। पांडवों का यह उपकार था किंतु इस उपकार ने उसे प्रसन्न नहीं किया। वस्तुतः जो अपकार अब तक दुर्योधन् ने उनके साथ किया था उसके स्मरण ने उसे भयानक संताप में डाल दिया... जीवन बचाने के लिए पांडवों से सहायता लेना दुर्योधन के लिए संताप का कारण होता ही... और तब उसने स्नान कर राजसी वस्त्र को त्याग वल्कल पहना, पानी का आचमन कर वहीं कुशा बिछाई और अपना संकल्प सबके सामने प्रगट किया कि मैं हस्तिनापुर नहीं जाऊँगा... यहीं प्रायोपवेशन कर प्राण त्याग दूँगा... फिर अपना मुकुट दुःशासन के सिर रखते हुए भरे गले से वह बोला कि अब तुम्हें ही माता-पिता की सेवा करनी है, हस्तिना का ध्यान रखना है... मुझे मरण का वरण करने दो।

यह सब कुछ इतना अप्रत्याशित था कि कोई कुछ समझ नहीं पाया... हमेशा भ्राता के अनुगत रहने वाले दुःशासन ने तो साफ इंकार कर दिया कि आपके बिना मैं किसी तरह वापस नहीं जाऊंगा... मैं भी आपके साथ प्राण त्याग करूँगा... नहीं चाहिए मुझे हस्तिना का राज्य। तब कर्ण ने समझाया... तुम लोग कैसे बचपने की बात कर रहे हो!

अरे पांडव आपकी प्रजा हैं और प्रजा का कर्त्तव्य विपत्तिग्रस्त राजा की रक्षा करना होता है... पांडवों ने अपना कर्त्तव्य पूरा किया है आप पर कोई उपकार नहीं किया है ... और फिर आप जैसे पराक्रमी को क्या इस तरह की मृत्यु की इच्छा करना शोभा देता है? पांडवों को देखो... कैसे-कैसे दुःख वे देख रहे हैं किंतु उन्होंने तो कभी आत्मघात का प्रयत्न नहीं किया। मरा मनुष्य कभी शत्रुओं पर विजय प्राप्त नहीं करता। जो जीवित रहता है वह कभी सुख के दिन भी देखता है। 'मृतस्य भद्राणि कुतः कौरवेय कुतो जयः' मृतक को कहाँ सुख और कहाँ विजय। अतः यह पागलपन छोड़ो... चलो वापस चलें।

दुर्योधन जैसा था, उसके लिए कर्ण के ये तर्क काफी थे... किंतु नहीं... वह अड़ा रहा कि मैं तो प्राण-त्याग करूँगा ही... और तब शकुनि उससे एक बहुत अच्छी बात कहता है... गांधारराज के कलुषित चरित्र में उसके ये वाक्य क्षण भर ही सही, टिमटिमाते दीये से चमकते हैं। वह कहता है... सुयोधन! पांडवों ने तुम्हारी रक्षा कर तुम्हारा सत्कार किया है, मरने के बजाय तुम भी उनका सत्कार करो... सोचो, यदि आज उन्होंने तुम्हारा तिरस्कार किया होता तो तुम कहाँ होते? परिवार की स्त्रियों की क्या गति होती? अतः उनका सत्कार करते हुए उनका राज्य लौटा दो। 'क्रियामेतां समाज्ञाय कृतज्ञस्त्वं भविष्यसि', मेरे इस प्रस्ताव को मानकर तुम ऐसा ही करो, इससे तुम कृतज्ञ माने जाओगे।

बात उचित थी... दिल-दिमाग दोनों की छूने वाली थी... पर दुर्योधन पर तो जैसे मरने का भूत ही सवार हो गया था... वह अंततः जल से आचमन कर कुशा पर मौन हो मानो समाधि की अवस्था में बैठ गया।

पर वह मरा नहीं। काश वह मर ही जाता! किंतु ऐसा होता तो कालभैरव का वह 18 दिन चलने वाला महासमर का मृत्युनृत्य कैसे होता? पर दुर्योधन तो संकल्प का दृढ़ था... आखिर कैसे वह संकल्प का त्याग कर कुश के आसन से उठा... और फिर अपनी पुरानी चाल में, पांडवों से बैर की चाल में, आ गया? व्यास के अनुसार तब नियति-नटि ने कृत्या के बहाने उसके मन को फेर दिया। रात भर वह कुशा पर बैठा रहा किंतु दूसरे दिन प्रातः उसे लगा मानो किसी ने स्वप्न में उसे बार-बार कहा कि वह कायरों के समान आत्महत्या कर रहा है इससे उसकी आत्मा की अधोगति होगी... पता नहीं कब तक वह इस मृत्युलोक में भटकती रहेगी... और तब रात भर उसके सामने जागते बैठे अश्रुमुखी अपने सहृदों को आनंदित करता हुआ वह उठ बैठा... सबको अपने मन की बात बताई और सबके साथ हस्तिनापुर पहुँचा।

इस संदर्भ में उसकी बात उचित लगती है कि 'जानामि धर्मं न मे प्रवृत्तिः जानाम्यधर्मं न च मे निवृत्तिः। केनापि देवेन हृदि संस्थितेन यथा नियुक्तोस्मि तथा करोमि ॥' अर्थात्, मैं धर्म को जानता हूँ किंतु उस ओर मेरी प्रवृत्ति नहीं है, मैं अधर्म को भी जानता हूँ किंतु अधर्म से मेरा मन निवृत्त नहीं होता... मैं क्या करूँ? कोई देव है जो मेरे हृदय में बैठा हुआ है, वह जैसे मेरे मन को नियुक्त करता है वैसा ही मैं करता हूँ।

शायद बात ठीक थी... या फिर ठीक नहीं भी थी। ठीक इसलिए कि धर्म को जानने पर उसमें प्रवृत्त होना और अधर्म को जानकर उससे निवृत्त न होना सामान्यतया मनुष्यों की फितरत होती है, दुर्योधन इसकी स्वीकृति कर रहा है यह उसकी ईमानदारी है... किंतु एक दृष्टि से यह ठीक इसलिए नहीं कि पुरूषार्थ का प्रशंसक होकर क्यों वह दैव को दोष दे रहा है कि अधर्म मैं नहीं, मेरे हृदय में बैठा दैव करवा रहा है, यह उसकी चालाकी थी या मूर्खता?

युद्ध शुरू होने के ऐन पूर्व भी दुर्योधन ऐसी ही चालाकी, या कहें मूर्खता, तब भी करता है जब वह शकुनि-पुत्र उलूक को दूत बनाकर पांडवों के शिविर में अपना संदेश लेकर भेजता है। 11 अक्षौहिणी सेना का पति दुर्योधन क्या अति उत्साहित था जब वह उलूक से कहलवाता है कि पाँचों पांडवों, 'पुरुष भव' अर्थात् मर्द बनो... मैंने तुम्हारी पत्नी का अपमान किया, तुम्हें 12 वर्ष वन्य जीवन बिताने को बाध्य किया... पूरे वर्ष भर तुम भाइयों ने राजा विराट की चाकरी की... इन सब बातों को भूल मत जाना! इन सारे वर्षों में तुम्हारी माता कुंती ने जो खून के आँसू बहाए हैं, माँ का दूध पिया है, तो उन्हें मत भूलना। जो उत्तम कुल में उत्पन्न हुआ शूरवीर हो उसके राज्य को यदि कोई दबा दे तो 'कोपं कस्य न दीपयेत्' कौन क्रोध से उद्दीप्त नहीं होगा? हमने बार-बार तुम लोगों को अप्रिय वचन कहे हैं, अब समय आ गया है कि तुम उनका स्मरण कर अपना अमर्ष दिखाओ।... अंतिम समय में पांडवों को यह संदेश भेजने की दुर्योधन की मंशा क्या हो सकती थी? शायद 11 अक्षौहिणी सेना को अपने पक्ष में और केवल 7 अक्षौहिणी को पांडवों के पक्ष में खड़े देखकर दुर्योधन अति उत्साह में था और सोचता था कि कहीं पांडव युद्ध टाल न दें।

अस्तु... दुर्योधन अधर्मी था और उसे उसके अधर्म का बोध विदुर ने जाने कितनी ही बार कराया था... किंतु उसके लिए विदुर एक तुच्छ दासी-पुत्र था... कभी पितृव्य नहीं था। हाँ, अंतिम समय में अवश्य उसे विदुर का स्मरण होता है किंतु तब तक पानी सिर से पूरी तरह जा चुका होता है। 11 अक्षौहिणी सेना के अधिपति ने अंतिम दिन जब युद्ध-भूमि में गदा लिए प्रवेश किया तो उसे दूसरे छोर पर पांचों पांडव अपने सैनिकों के साथ द्रुपद-पुत्र के नेतृत्व में गरजते दिखे... और तब उसे युद्ध-भूमि छोड़ भागने के सिवाय कोई चारा नहीं दिखा... और तब उसे चेत हुआ—

'इदं नूनं महाप्रज्ञो विदुरो दृष्टवान् पुरा।
महद् वैशसमस्माकं क्षत्रियाणां च संयुगे ॥' (शल्यपर्व 29.29)

अर्थात्, हमारा और इन क्षत्रियों का जो महान् संहार हुआ है उसे महाज्ञानी विदुर ने पहले ही देख और समझ लिया था।

काश यह चेत दुर्योधन को पहले होता... तो वह भयानक महासमर नहीं होता ... पर यदि यह महासमर नहीं होता तो हमें महाभारत जैसा दिव्य ग्रंथ कैसे मिलता।

कृपाचार्य

कौरवों के एक अन्य गुरु कृपाचार्य के विषय में भी हमने अलग से नहीं लिखा है। यद्यपि वे द्रोणाचार्य के पूर्व से ही हस्तिनापुर में कौरवों के कुलगुरु के रूप में रह रहे थे किंतु महाभारत का यह वृद्ध गुरु मानों द्रोणाचार्य की छाया में ही रहता रहा है पर इसका उसे मलाल नहीं है।

उल्लेखनीय है कि कृपाचार्य अपनी बहन कृपी के साथ हस्तिनापुर के ही राजमहल में रहकर बड़े हुए थे। उनके राजमहल पहुँचने की कथा भी दिलचस्प है। हुआ यह कि एक बार महाराज शांतनु ने दो जुड़वां नवजात बच्चों को एक सरकंडे की झाड़ी में बिलखते पाया... एक लड़का था एक लड़की। पता चला कि ये महर्षि शरानंद के वीर्य से उत्पन्न हुए हैं। तब राजा ने उन दोनों को सरकंडे की झाड़ी से उठाया और अपने साथ राजमहल ले आए... और यहीं उनका लालन-पालन हुआ। संभवतः राजा की कृपा पर जीवनदान पाने के कारण बच्चों का नाम कृपा और कृपी रखा गया। अस्तु... कृपा ने धनुर्विद्या की शिक्षा पाई और फिर वह समय भी आया कि वे कौरवों के आचार्य बन कृपा से कृपाचार्य बन गये। कृपी का विवाह राजा ने द्रोणाचार्य से कराया जिसका पुत्र हुआ अश्वत्थामा। कहते हैं पैदा होते ही यह घोड़े के समान हिनहिनाया था हसीलिए यह अश्वत्थामा कहा गया।

अस्तु कृपाचार्य ने बहन को बिदा किया तो उसके बाद संभवतः वे अपने कार्य में इतने मशगूल हो गये कि उन्हें बहन और उसका परिवार विस्मृत हो गया था तभी तो बहन का निपट-दारिद्रय... भांजे के दूध तक के लिए तरसने तक की बात से वे अनभिज्ञ थे... अन्यथा राजगुरु कृपाचार्य अपने बहनोई की कुछ सहायता तो कर ही सकते थे। द्रोणाचार्य के प्रसंग में हम देख चुके हैं कि कैसे पुत्र को दुग्ध पीने के लिए आतुर होते देख द्रोण अपने बाल्यकाल के मित्र राजा द्रुपद के पास पहुँचे थे जहाँ से अपमानित होने के बाद द्रुपद से बदला लेने का संकल्प लेकर वे हस्तिनापुर पहुँचे थे ... किंतु यहाँ पहुँचकर वे अपने साले के घर ठहरे हों, उन्होंने कृपाचार्य से राजवंश का शिक्षक बनने की कोई चर्चा की हो, ऐसा कोई संकेत व्यास ने नहीं दिया है। व्यास-कथा के अनुसार उन्होंने तो यह मौका अचानक ही पाया था... कुरु-कुल के कुमारों की गिल्ली को उन्होंने अभिमंत्रित सींकों की सहायता से निकालकर उन्हें चमत्कृत किया था... और इस तरह बालकों के मन में स्थान बनाकर वे हस्तिनापुर के राजगुरु नियुक्त हुए थे... (द्रोणाचार्य के प्रसंग में हम इस पर विस्तार से चर्चा कर चुके हैं)। किंतु इसके कारण कृपाचार्य का महत्त्व कम हो गया हो ऐसा नहीं लगता। महाभारत में व्यास ने कहीं भी कृपाचार्य को द्रोणाचार्य से निम्न नहीं बताया न ही पद को लेकर दोनों में कहीं कटुता बताई। कुछ आधुनिक लेखकों ने यहाँ भी मनगढ़ंत कल्पना करते हुए कृपाचार्य को छोटा बनाने की कोशिश की है। अवश्य परशुराम शिष्य द्रोण कृपाचार्य से अधिक ख्यात धनुर्धर थे...

तभी तो महासमर में दुर्योधन ने भीष्म पितामह के बाद उन्हें ही अपने सेना का सेनापति बनाया था... यह जानने के बावजूद कि पितामह के समान ही द्रोण भी दिल से पांडवों से विशेषकर उसके जन्मजात बैरी अर्जुन से बँधे हुए हैं... यहाँ तक कि अपने वध का राज भी उन्हें बता चुके हैं!

कृपाचार्य भी भीष्म, द्रोण, आदि के समान दिल से पांडवों से ही बँधे थे क्योंकि वे जानते थे कि पांडवों का पक्ष धर्म का पक्ष है। किंतु कौरवों के पक्ष में लड़ना उनकी भी मजबूरी थी... कहा जाए तो भीष्म और द्रोण की तुलना में उनकी मजबूरी कहीं अधिक थी क्योंकि हस्तिनापुर राज्य ने ही उन्हें और उनकी बहन को जीवनदान दिया था... न केवल जीवनदान वरन आश्रय भी दिया था। किंतु संधि के प्रयास में अपनी ओर से उन्होंने कमी नहीं की थी। वे बराबर दुर्योधन को समझाते रहे, डांटते-डपटते भी रहे कि पांडवों को उनका राज्य लौटा दे। किंतु जब युद्ध अनिवार्य हो गया तब वे हस्तिनापुर के नमक से बँधे होने के कारण कौरवों के पक्ष में जी-जान से लड़े। अवश्य 18 दिनों के युद्ध में कई बार उन्होंने दुर्योधन से निर्भीक होकर कहा कि तुम्हारा पक्ष अधर्म का पक्ष है 'अकारणकृतान्येव तेषां वः फलमागतम्' अर्थात् अकारण तुम लोगों ने पांडवों के साथ जो अनुचित व्यवहार किया है उसी का यह फल तुम्हें मिला है। युद्ध के दौरान उन्होंने दोनों पक्षों में संधि का प्रयास भी अनेक बार किया। कर्ण की मृत्यु के बाद वे दुर्योधन से कहते हैं... राजन्! हम हीन हो रहे हैं... तुम्हारे सभी बंधु-बांधव चले गये हैं... पितामह नहीं रहे, आचार्य द्रोण चले गये, कर्ण चला गया और तुम्हारा पुत्र युवराज लक्ष्मण भी नहीं रहा... अब किसलिए व्यर्थ खून बहा रहे हो? मेरी मानों तो अभी भी समय है... पांडवों से संधि कर लो। जैसे पात्र फूट जाने पर उसमें रखा पानी चारों ओर व्यर्थ बह जाता है उसी तरह मृत्यु होने पर सारे सुख व्यर्थ हो जाते हैं, युधिष्ठिर साधु पुरुष हैं वे अवश्य तुम्हें क्षमा कर देंगे। महाराज धृतराष्ट्र के कहने पर कृष्ण भी संधि हेतु तैयार हो जाएँगे, अतः युद्ध से निवृत्त हो जाओ। इस पर लंबी साँस लेते हुए दुर्योधन कहता है, आपने एक सुहृद हितैषी के समान मेरा हित-चिंतन करते हुए बात की है किंतु मेरे मन को आपकी बातें वैसे ही नहीं रुचती जैसे मरणासन्न रोगी को औषधि नहीं पसंद आती। फिर, मुझे नहीं लगता कि पांडव और माधव मुझे क्षमा कर पाएँगे... कृष्ण को द्रौपदी अत्यंत प्रिय है तभी तो उनकी बहन सुभद्रा दासी के समान जिस द्रौपदी की सेवा करती है, ऐसी द्रौपदी का अपमान क्या कृष्ण कभी भूल सकते हैं... न पांडव उसे भूलेंगे। कृष्णा पूरे बारह वर्ष मिट्टी की वेदी पर प्रति रात मेरे विनाश का संकल्प लेकर सोई है, उसे उसके पति कैसे पूरा नहीं करेंगे? फिर भीम! वह तो सूखे काठ के समान है, भले ही टूट जाएगा किंतु झुकेगा नहीं। न ही अर्जुन, नकुल, सहदेव मुझे क्षमा करेंगे। फिर, मैं ही कैसे उनकी क्षमा-दान को स्वीकार कर पाऊँगा। मेरे लिए पांडवों की दया पर जीवित रहना

मृत्यु से भी ज्यादा कष्टकर होगा... अतः मुझे क्षमा करें गुरुदेव... मुझे तो आप उसी पथ पर जाने दें जिस पथ पर मेरे लिए प्राण न्यौछावर करने वाले पितामह आदि गये हैं।

और तब कृपाचार्य द्वारा चुपचाप युद्ध को आगे बढ़ाने के सिवाय कोई चारा नहीं रह गया।

किंतु अंत में अश्वत्थामा के साथ द्रौपदी के पुत्रों की हत्या में भाग लेना अवश्य उन्हें निर्दयी साबित करता है। वैसे उन्होंने अश्वत्थामा को मना किया था। युद्ध के अठारहवें दिन जब कुल तीन नायक, कृपाचार्य स्वयं, अश्वत्थामा और कृतवर्मा ही बच रहे थे, तब अश्वत्थामा पांडवों का छल से विनाश का संकल्प लेता है। उस भयानक रात्रि में वह जंगल में एक विशाल उल्लू को सोए हुए कौवों पर आक्रमण करते देख इसी तरह पांडवों को नष्ट करने की बात करता है। किंतु कृपाचार्य इस हेतु सहमत नहीं होते। इस कायर एवं अधर्मयुक्त कृत्य के लिए वे अश्वत्थामा को मना करते हैं। पर इस युद्ध में धर्म के इतने बंधन दोनों ही पक्षों द्वारा तोड़े जा चुके थे कि अब धर्म की बात करना व्यर्थ था। इसलिए वे उसे दैव की विपरीत गति की बात करते हुए समझाते हैं कि किसी भी कर्म में विजय हेतु पुरुषार्थ के साथ दैव भी आवश्यक है। पुरुषार्थ कार्य की सिद्धि हेतु निश्चय ही आवश्यक है, बिना उसके कार्य-सिद्धि असंभव है किंतु दैव साथ न दे तो पुरुषार्थ व्यर्थ हो जाता है। हमने पुरुषार्थ तो किया किंतु दैव हमारे साथ नहीं था। फिर, होता भी कैसे क्योंकि हमारा राजा दुर्योधन लोभी और अदूरदर्शी था। उसने इस युद्ध हेतु न तो किसी का समर्थन प्राप्त किया और न ही अधिक सोच-विचार किया। उसने अपना हित चाहने वालों की अवहेलना की और दुष्टों से सलाह कर अपने से श्रेष्ठ पांडवों से बैर बांध लिया। हम लोग भी उसी पापी का अनुसरण करते हैं इसलिए 'प्राप्तोऽयं दारुणं महान्' हमें भी यह दारुण दुःख प्राप्त हुआ है। अच्छा हो कि हम राजा धृतराष्ट्र, देवी गांधारी एवं महात्मा विदुर की सलाह लेकर आगे का कार्य करें।... किंतु कृपाचार्य की बातों से अश्वत्थामा सहमत नहीं होता। अपने आदरणीय मामा से वह कठोर शब्द भी नहीं कह सकता था इसलिए वह एक सुंदर व्यावहारिक बात कहता है–

'पुरुषे पुरुषे बुद्धिर्या या भवति शोभना।
तुष्यन्ति च पृथक् सर्वे प्रज्ञया ते स्वया स्वया ॥' (सौप्तिक पर्व 3.3)

अर्थात्, प्रत्येक मनुष्य में जो बुद्धि होती है वही उसे सुंदर जान पड़ती है। अपनी-अपनी उसी बुद्धि से सब लोग अलग-अलग संतुष्ट रहते हैं।

'सर्वो हि मन्यते लोक आत्मानं बुद्धिमत्तरम्।
सर्वस्यात्मा बहुमतः सर्वात्मानं प्रशंसति ॥' (सौप्तिक पर्व 3.4)

अर्थात्, सभी लोग अपने को अधिक बुद्धिमान समझते हैं। सबको अपनी ही बुद्धि अधिक महत्त्वपूर्ण जान पड़ती है और सब लोग अपनी ही बुद्धि की प्रशंसा करते हैं।

आगे वह कहता है... सब लोग जहाँ स्वयं की बुद्धि की प्रशंसा करते हैं वहाँ दूसरे

की बुद्धि की निंदा करते हैं। फिर, मनुष्य की बुद्धि जवानी में कुछ और होती है, मध्यम अवस्था में वह अन्य ही बुद्धि से प्रभावित होता है और वृद्धावस्था में उसे अन्य प्रकार की बुद्धि अच्छी लगने लगती है। आज मेरी और आपकी बुद्धि बिल्कुल अलग-अलग जा रही है। आज मैं अपने ही हिसाब से काम करूँगा। मैं सोते हुए पांचालों और पांडवों को अवश्य ही मार डालूँगा। आज वे विजय के नशे में चूर बेखटके सो रहे होंगे, अतः उन्हें मारना कठिन नहीं होगा। आप लोग मेरे साथ चलिए।

इसके बाद कृपाचार्य के पास कुछ और कहने को नहीं रह गया था। उन्हें चुपचाप अश्वत्थामा के अधर्म युद्ध में भाग लेना पड़ा।

यहाँ प्रश्न उठता है कि जब राजा दुर्योधन ही नहीं रहा था तब कृपाचार्य अश्वत्थामा का कहना मानने को क्यों बाध्य हुए थे? वे बड़े थे, वे इस निंदनीय कृत्य में सहभागी होने से इंकार कर सकते थे। उत्तर में हम कह सकते हैं कि अश्वत्थामा सेनापति था। भीम की गदा से घायल पड़े दुर्योधन ने अश्वत्थामा को स्वयं कृपाचार्य से जल मंगवाकर अपनी शेष बची सेना का सेनापति बनाया था। अतः सेनापति के निर्देशन में चलना कृपाचार्य का धर्म हो गया था। हालांकि अंतिम सलाह के रूप में उन्होंने अपनी ओर से अश्वत्थामा को कहा था कि अभी तुम कवच उतारकर सो जाओ, प्रातः हम तुम्हारे नेतृत्व में युद्ध-भूमि में चलेंगे और पांचालों को बलपूर्वक मार डालेंगे... किंतु हठी अश्वत्थामा भला सो सकता था! वह कहता है—

'आतुरस्य कुतो निद्रा नरस्यामर्षितस्य च।
अर्थांश्चिन्तयश्चापि कामयानस्य बा पुनः ॥' (वही, 4.22)

अर्थात्, जो शोक से आतुर हो, अमर्ष से भरा हुआ हो, नाना प्रकार के कार्यों की चिंता कर रहा हो अथवा किसी कामना में आसक्त हो, उसे नींद कैसे आ सकती है? ये चारों बातें मेरे ऊपर एक साथ आ गई हैं, अतः मैं कैसे सो सकता हूँ?

अस्तु... इस महासमर के बाद अश्वत्थामा का क्या हुआ यह हम पूर्व में देख चुके हैं। उससा बुरा अंत पूरे महासमर में संभवतः किसी का नहीं हुआ होगा। इसके विपरीत कृपाचार्य का अंत सुखद रहा। यद्यपि पांडव-पुत्रों की हत्या में कृपाचार्य ने पूरा सहयोग दिया था किंतु युद्ध के अंत में पांडवों ने उन्हें इस हेतु कोई उलाहना नहीं दिया बल्कि इस पूरे महासमर के महारथियों में एक वही थे जो अपने पुराने पद, प्रतिष्ठा और सम्मान के साथ हस्तिनापुर में युधिष्ठिर के राज्य में कुलगुरु बने रहे।

विदुर

महाभारत के पात्रों में विदुर, अश्वत्थामा, धृतराष्ट्र आदि पर भी हमने अलग से नहीं लिखा है किंतु ये सब कहीं-न-कहीं पूरे पात्रों के साथ छाए हुए हैं। विदुर भी पूरे महाभारत में छाए हुए हैं। कर्ण के प्रसंग में हमने इन पर कुछ विस्तार से चर्चा की है

कि कैसे दासी-पुत्र होते हुए भी उन्होंने अपने मन में कहीं मलाल नहीं पाला। पांचाली के प्रसंग में भी हमने देखा कि किस तरह उस अंधी और बहरी द्यूत-सभा में उन्होंने पांचाली का पक्ष लेते हुए दुर्योधन और धृतराष्ट्र को फटकारा था। पांडवों के हित के लिए वे हमेशा मुखर रहे। सच कहा जाए तो भीष्म, द्रोण, आदि से भी कहीं अधिक उन्हें पांडवों की चिंता थी और वह इसलिए कि उनका पक्ष धर्म का पक्ष था। धर्म के पक्ष में वे बिना लाग-लपेट के धृतराष्ट से भी खरा-खरा बोलने में नहीं चूकते थे। दुर्योधन तो अक्सर उनका अपमान करता था, धृतराष्ट्र भी कभी-कभी उन पर नाराज हो जाते थे किंतु फिर भी इस अंधे राजा को अपने इस भाई से एक प्रकार का मोह सा था। एक बार पांडवों के वनवास के समय किसी बात पर वे विदुर से नाराज हो गुस्से में कह उठे कि ठीक है तुम भी वहीं चले जाओ जहाँ पांडव हैं, तुम तो पांडवों के ही सदा-हितैषी हो... किंतु विदुर के जाते ही वे बेचैन हो गये... रात भर सो नहीं सके... अंततः दूसरे दिन दूत भेजकर उन्हें वापस बुलवाया... और भाई को गले लगाकर बकायदा आँसू बहाते हुए क्षमा-याचना की। फिर उन्हें नीति-वचन कहने को कहा जिसे सुन धृतराष्ट्र अघाते नहीं थे।

यहाँ एक बात मन में आती है कि क्या यह धृतराष्ट्र का छल था? किंतु विदुर कोई विशेष प्रभावशाली तो थे नहीं जिनके बिना हस्तिनापुर पर कोई संकट आता। अवश्य भीष्म और द्रोण का उनके दरबार में, और हस्तिनापुर में भी दबदबा था किंतु विदुर तो बेचारे यूँ भी दासी-पुत्र होने के कारण कोई विशेष हैसियत नहीं रखते थे। तब धृतराष्ट्र क्यों उनसे बँधे थे? संजय के प्रसंग में हमने देखा कि संजय भी खरा-खरा बोलता था किंतु संजय की बात सुनना, विशेषकर युद्ध के दौरान, धृतराष्ट्र की मजबूरी कही जा सकती है किंतु विदुर से तो वे पल्ला छुड़ा सकते थे। यहाँ एक ही बात समझ में आती है कि अंधे राजा उतने बुरे नहीं थे। वे मानव् मात्र की अंधी प्रवृत्ति के द्योतक हैं जो मनुष्य को निम्नगामी बनाती है। यह हम सबके भीतर है, किंतु हम सबसे भीतर एक उच्च्व आत्मा भी होती है जो सत्य की प्रशंसक होती है... जो भले ही अंधवत् कार्य करती है किंतु उसे सत्यवचन सुनना अच्छा लगता है। धृतराष्ट्र एक ऐसे ही सामान्य व्यक्ति हैं इसलिए वे विदुर को अपने पास रखना चाहते हैं, उनकी बातें सुनना चाहते हैं, भले ही अंत में चलते अपने मन की अंधप्रवृत्ति के निर्देशन में ही है।

कुंती के प्रसंग में हमने देखा कि धृतराष्ट्र का साथ विदुर अंत तक देते हैं। युद्ध के बाद धृतराष्ट्र के सन्यास लेने पर वे भी उनके साथ वनगमन करते हैं और अंततः वहीं शरीर का त्याग करते हैं। व्यास-कथा के अनुसार अंत में उनकी आत्मा का तेज धर्म-पुत्र युधिष्ठिर की आत्मा में समाहित हो जाता है।

अस्तु... विदुर-नीति का व्यास-कथा में अत्यंत महत्त्व है। कौरवों और पांडवों के आपसी बैर तथा अंतिम भयावह महासमर के बीच-बीच में प्रस्तुत यह विदुर-नीति

धृतराष्ट्र के साथ-साथ मानों हमें भी एक दूसरे ही लोक में ले जाती है किंतु यह कोई काल्पनिक लोक नहीं है... विदुर-नीति पूरी तरह व्यावहारिक धरातल पर ही प्रस्तुत हुई है ... देश और काल की बाधा को पार कर आज भी यह हमारे लिए, हम सब मनुष्यों के लिए लाभप्रद है। इसके कुछ सुंदर सुभाषित प्रस्तुत हैं।

'यस्य कृत्यं न जानन्ति मन्त्रं वा मन्त्रितं परे।
कृतमेवास्य जानन्ति स वै पंडित उच्यते ॥' (उद्योगपर्व 33.18)

दूसरे लोग जिसके कर्त्तव्य, सलाह और पहले से किए हुए विचार को नहीं जानते बल्कि काम पूरा होने पर ही जानते हैं, वही पंडित है। बुद्धिमान मनुष्य दुर्लभ वस्तु की कामना नहीं करते, खोई हुई वस्तु के विषय में शोक नहीं करते तथा विपत्ति में पड़कर घबराते नहीं।

'षडेते ह्यवमन्यन्ते नित्यं पूर्वोपकारिणम्।
आचार्यं शिक्षिताः शिष्याः कृतदाराश्च मातरम् ॥' (वही 33.87)
'नारीं विगतकामास्तु कृतार्थाश्च प्रयोजकम्।
नावं निस्तीर्णकान्तारा आतुराश्च चिकित्सकम् ॥' (वही 33.88)

ये छः प्रायः अपने पूर्व उपकारी का सम्मान नहीं करते—शिक्षा समाप्त होने पर शिष्य आचार्य का, विवाहित बेटे माँ का, काम की तृप्ति होने पर पुरूष नारी का, कृतकार्य मनुष्य सहायक का, नदी की दुर्गम धारा पार करने वाला पुरुष नाव का तथा रोग से छूटने के बाद रोगी वैद्य का।

'प्राप्यापदं न व्यथते कदाचिदुद्योगमन्विच्छति चाप्रमत्तः।
दुखं च काले सहते महात्मा धुरन्धरस्तस्य जिताः सपत्नाः ॥' (वही 33.170)

जो पुरुष आपत्ति पड़ने पर कभी दुःखी नहीं होता बल्कि सावधानी के साथ उद्योग का आश्रय लेता है तथा समय पर दुःख सहता है, उसके शत्रु तो पराजित हैं ही।

'तथैव योगविहितं यत् तु कर्म न सिध्यति।
उपाययुक्तं मेधावी न तत्र ग्लपयेन्मनः ॥' (वही 34.7)

अच्छे उपायों का उपयोग करके सावधानी के साथ किया गया कोई कर्म यदि सफल न हो तो बुद्धिमान् पुरुष को उसके लिए मन में ग्लानि नहीं करनी चाहिए।

'अनुबन्धानपेक्षेत सानुबंधेषु कर्मसु।
सम्प्रधार्य च कुर्वीत न वेगेन समाचरेत् ॥' (वही 34.8)

किसी प्रयोजन से किये गये कर्म के प्रयोजन को पहले ठीक से समझ लेना चाहिए। खूब सोच-विचारकर काम करना चाहिए, जल्दबाजी से किसी काम का प्रारंभ नहीं करना चाहिए।

'किन्नु मे स्यादिदं कृत्वा किन्नु मे स्यादकुर्वतः।
इति कर्माणि संचिन्त्य कुर्याद् वा पुरूषो न वा ॥' (वही 34.19)

इसे करने से मेरा क्या लाभ होगा और न करने से क्या हानि होगी—इस प्रकार कर्मों के विषय में भली-भांति विचार करके ही मनुष्य कर्म करे या न करे।

'भूयांसं लभते क्लेशं या गौर्भवति दुर्दहा।

अथ या सुदुहा राजन् नैव तां वितुदन्यपि ॥' (वही 34.35)

जो गाय कठिनाई से दूध देती है वह बहुत क्लेश उठाती है, किंतु जो आसानी से दूध देती है उसे लोग कष्ट नहीं देते।

'प्रायेण श्रीमतां लोके भोक्तुं शक्तिर्न विद्यते।

जीर्यन्त्यपि हि काष्ठानि दरिद्राणां महीपते ॥' (वही 34.51)

संसार में धनियों को प्रायः भोजन पचाने की शक्ति नहीं होती, किंतु दरिद्रों के पेट में काठ भी पच जाते हैं।

'अव्याहृतं व्याहृताच्छ्रेय आहुः सत्यं वदेद् व्याहृतं तद् द्वितीयम्।

सत्यं वदेद् व्याहृतं तत् तृतीयं धर्मं वदेद् व्याहृतं तच्चतुर्थम् ॥' (वही 36.12)

बोलने से न बोलना ही अच्छा बताया गया है, सत्य बोलना वाणी की दूसरी विशेषता है। मौन की अपेक्षा भी यह अधिक लाभप्रद है। प्रिय बोलना वाणी की तीसरी विशेषता है। यदि सत्य और प्रिय के साथ धर्म-सम्मत भी कहा जाए तो यह वचन की चौथी विशेषता है।

'संतापाद् भ्रश्यते रूपं संतापाद् भ्रश्यते बलम्।

संतापाद् भ्रश्यते ज्ञानं संतापाद् व्याधिमृच्छति ॥' (वही 36 दृ 44)

संताप से रूप नष्ट होता है, संताप से बल नष्ट होता है, संताप से ज्ञान नष्ट होता है और संताप से मनुष्य रोग को प्राप्त होता है।

'अनवाप्यं च शोकेन शरीरं चोपतप्यते।

अमित्राश्च प्रहृष्यन्ति मा स्म शोके मनः कृथाः ॥' (वही 36.45)

अभीष्ट वस्तु शोक करने से नहीं मिलती, उससे तो केवल शरीर संतप्त होता है और शत्रु प्रसन्न होते हैं। इसलिए आप मन में शोक न करें।

'न विश्वसेदविश्वस्ते विश्वस्ते नातिविश्वसेत्।

विश्वासाद् भयमुत्पन्नं मूलान्यापि निकृन्तति ॥' (वही 38.9)

जो विश्वास का पात्र नहीं है, उस पर तो विश्वास करें ही नहीं, किंतु जो विश्वास का पात्र है, उस पर भी अधिक विश्वास न करें। विश्वास से जो भय उत्पन्न होता है वह मूल का भी नाश कर देता है।

'नासुहृत् परमं मन्त्रं भारतार्हति वेदितुम्।

अपण्डितो वापि सुहृत् पण्डितो वाप्यनात्मवान् ॥' (वही 38.18)

जो मित्र न हो, मित्र होने पर भी पंडित न हो, पंडित होने पर भी जिसका मन वश में न हो, वह आपकी गुप्त मन्त्रणा जानने के योग्य नहीं है।

व्यासदेव

महाभारत के रचयिता कृष्ण-द्वैपायन व्यास के जन्मादि की घटना तथा उनके द्वारा महाभारत की रचना का उल्लेख हम पूर्व में सत्यवती के प्रसंग में तथा और भी स्थानों पर कर चुके हैं। यहाँ कुछ अन्य बिंदु पर चर्चा करते हुए हम उनके मन को पढ़ने का प्रयास करेंगे।

व्यास-कथा की मुख्य गाथा अर्थात् कौरव-पांडवों की गाथा सोचा जाए तो व्यास की संतति की ही गाथा है। स्वयं कुरुवंशी न होते हुए भी कौरव कुल के दीपक की ज्योति जलाए रखने का दायित्व उन्होंने लिया था... पर पता नहीं क्यों कुछ निर्मोही से हैं व्यास पूरी कथा कहते वक्त। यद्यपि पूरी कथा में वे हर मोड़ पर उपस्थित होते हैं... कुरु-कुल का वारिस उत्पन्न करने के लिए नियोग हेतु तो माता सत्यवती के चिंतन करने पर वे पहुँचे थे, किंतु शेष समय वे कुरु-वंश पर पड़े किसी भी संकट के समय किसी आत्मीयस्वजन के समान उनके पास पहुँचते हैं... किंतु एकदम पक्षपातहीन हैं वे। पक्ष लिया है तो केवल सत्य का, धर्म का। पितामह भीष्म तो कहीं कहीं पक्षपाती हैं... मन से पांडवों से बँधें हैं किंतु युद्ध में साथ दे रहे हैं दुर्योधन का यानी अधर्म का! यद्यपि जिनका पक्ष लेते हैं वही दुर्योधन उनके प्रति कोई बहुत अच्छी भावना नहीं रखता. .. उन्हें अनेक बार इस हेतु फटकारता है कि वे मन से पांडवों से बँधे हैं ...किंतु व्यासदेव को कुछ कहने की हिम्मत दुर्योधन को नहीं होती भले ही अनेकानेक बार वे पांडवों के सहायक बनते हैं तथा उसे अधर्म के मार्ग पर चलने से रोकते हैं। पांचाली का विवाह उन्हीं के द्वारा पूर्व-जन्म की कथा बताने पर होता है... राजसूय यज्ञ उन्हीं के निर्देशन में होता है, यहाँ कृष्ण की अग्रणी पूजा में वे ही सहायक होते हैं किंतु यज्ञ समाप्ति के बाद युधिष्ठिर को सावधान करना भी नहीं भूलते कि आने वाला समय कितना कष्टकारी है कुरु-वंशियों के लिए... फिर पांडवों के वनगमन के समय भी आते हैं... कृष्ण शांतिदूत बनकर जब हस्तिनापुर आते हैं तब वे भी संधि हेतु प्रयास करते हैं... किंतु उनकी भविष्य-दृष्टि तो पहले ही देख चुकी थी कि युद्ध होगा ही। युद्ध के दौरान भी वे अनेक बार पांडवों को ढाँढस बँधाने पहुँचते हैं। अभिमन्यु का वध हो या घटोत्कच का, भीम और अर्जुन को पुत्र-शोक से बाहर निकालने वे बराबर जाते हैं। पांडवों के अंतिम वारिस उत्तरा के गर्भ में पल रहे अभिमन्यु के पुत्र परीक्षित को गर्भावस्था में ही मार डालने के लिए अश्वत्थामा जब ब्रह्मास्त्र चलाना चाहता है तब भी व्यास आकर उसे रोकते हैं।

ऐसा नहीं कि उन्हें केवल पांडवों की चिंता थी। युद्ध में अपने सौ पुत्रों को खोने वाली गांधारी के आँसू पोंछने भी व्यास आते हैं। इस सुबल-पुत्री के प्रति व्यास प्रारंभ से सदय रहे हैं। उसने तो गर्भावस्था में अपने सौ पुत्रों को एक प्रहार से जैसे मार ही दिया था किंतु यह व्यास ही थे जिन्होंने उसके गर्भ से निकले माँस के लोंदे से सौ कुरुओं

के अंकुर निकालकर शिव के सौ पुत्रों की माता के आर्शीवाद को सत्य किया था। युद्ध के बाद क्रोधित हो कृष्ण को शाप देने उद्धत हुई गांधारी के क्रोध को व्यास ही शांत करते हैं... किंतु स्वयं कहीं शोक नहीं है मुनि को सारी घटनाओं से। मानों वे केवल कथाकार हैं... पर वैसे एकदम स्थितप्रज्ञ वे भी नहीं हैं। उनके पुत्र शुकदेव की कथा यह उजागर करती है... शुकदेव को उन्होंने स्वयं ज्ञान दिया, फिर राजा जनक के पास मोक्ष-विषयक ज्ञान के लिए भेजा, फिर देवर्षि नारद से भी आत्मतत्त्व का उपदेश दिलवाया... और जब बेटा इस ज्ञानामृत से अमर हो मोक्षधाम में चला गया तो लगे व्यासजी आँसू बहाने... लगता है कहीं व्यास ने इस पूरी महाभारत में भी मन-ही-मन आंसू बहाए हैं तभी तो यह शोकान्तिका है। जो हारा वह तो रोया ही, जो जीता, वह भी रोया है यहाँ। युधिष्ठिर की आँखें तो विजय के बाद पल भर को भी खुशी से नहीं चमक पाई, वहाँ तो जो गंगा-जमुना बही कि बहती ही रही।

वैसे शुकदेव और कुरु-वंश के इन प्रतापी व्यास-संततियों की कहीं तुलना नहीं थी। शुकदेव तो व्यास से भी ज्यादा महान् तपस्वी थे। कथा है कि मोक्ष-प्राप्ति हेतु शुकदेव अनेक लोकों से गुजर रहे थे। रास्ते में मंदाकिनी पड़ी जहाँ अप्सराएं नग्न हो जलक्रीड़ा करते हुए स्नान कर रही थीं। उन्होंने शुकदेव को देखा... किंतु उस तपस्वी के तेज और आत्मनिष्ठता को देख उन्हें ऐसा भान ही नहीं हुआ कि यह अन्य पुरुषों के समान कोई पुरुष है अतः उन्होंने अपने शरीर को ढाँपने या छिपाने का कोई प्रयास नहीं किया और पुनः स्नान करने लगी किंतु थोड़ी ही देर बाद जब व्यास पुत्र की खोज में रोते हुए मंदाकिनी के तट पर पहुँचे तो उन्हीं अप्सराओं में भगदड़ मच गई, कोई झाड़ियों के झुरमुट में छिप गई तो कोई जल में छिप गई और कोई जल्दी-जल्दी वस्त्र पहनने लगी। व्यास समझ गये कि यह उनकी आसक्ति का परिणाम है कि इन अप्सराओं को शरीर ढाँपना पड़ रहा है। योगबल से उन्हें यह जानकर प्रसन्नता हुई कि थोड़ी देर पूर्व यहाँ से गुजरे उनके पुत्र शुकदेव को देख इनकी क्या स्थिति थी... तब अपनी आसक्ति का विचार कर वे लज्जित हुए किंतु उन्हें इस बात की प्रसन्नता भी हुई कि उनका पुत्र पूरी तरह अनासक्त हो चुका है... और तब पुत्र से बिछड़ने का उनका दुःख जाता रहा और उन्होंने भी शंकर की कृपा से पूर्ण अनासक्ति की प्राप्ति की।

भारतीय मेधा के यह उज्ज्वलतम् नक्षत्र अद्वितीय हैं, प्रणम्य हैं।

16

महासमर की कुछ झलकियाँ

सेनापति की नियुक्ति

किसी भी युद्ध में जितना आवश्यक सशस्त्र एवं समर्पित सेना का होना होता है उतना ही आवश्यक योग्य एवं विश्वस्त सेनापति का होना भी है। बहुत सोच-विचार के बाद ही सेनापति नियुक्त किए जाते हैं। कुरुक्षेत्र के महासमर में भी सबसे पहले सेनापति कौन बने, इस पर दोनों ही पक्ष को सोचना पड़ा। आश्चर्य कि दुर्योधन ने क्षण भर में यह सोच लिया कि किसे सेनापति बनाया जाए। यह शुभ निर्णय उसने बिना किसी के सलाह के लिया। बड़ी विनम्रतापूर्वक वह पितामह के पास पहुँचा और बोला पितामह! कितनी भी बड़ी सेना क्यों न हो, किसी योग्य सेनापति के बिना युद्ध में जाकर चींटियों की पंक्ति के समान बिखर जाती है। फिर, दो पुरुषों की बुद्धि कभी समान नहीं होती... यदि दोनों योग्य हों तो दोनों का शौर्य एक-दूसरे की होड़ करता है, अतः किसी हितैषी, पाप-रहित और युद्ध-कुशल शूरवीर को सेनापति बनाना आवश्यक है। आप में ये सब गुण हैं... जैसे कार्तिकेय देवताओं के आगे-आगे चलते हैं वैसे ही आप हमारे अगुआ हों, जैसे बछड़े सांड का अनुसरण करते हैं वैसे ही हम आपका अनुसरण करेंगे।

तब भीष्म ने कहा, तुम ठीक कहते हो किंतु 'यथैव ही भवन्तों मे तथैव मम पांडवाः' अर्थात् मेरे लिए लिए जैसे तुम हो वैसे ही पांडव हैं। किंतु एक बात मैं और स्पष्ट कर दूँ ... मैं पांडवों के पूछने पर उन्हें उनका हित अवश्य बताउँगा। इसके साथ ही मैं पांडु-पुत्रों में से किसी की हत्या नहीं करूँगा... हाँ तुम्हारे लिए प्राणपण से युद्ध करूँगा। मैं प्रतिदिन उनके पक्ष के दस हजार योद्धाओं का वध करने की प्रतिज्ञा करता हूँ।... इसके साथ ही एक और शर्त रखी पितामह ने सेनापतित्व स्वीकार करने की... कि 'कर्णो वा युध्यतां पूर्वमहं वा पृथिवीपते' अर्थात् या तो कर्ण ही पहले युद्ध कर ले या फिर मैं ही पहले युद्ध करूँ... वह सूत-पुत्र मुझसे हमेशा स्पर्धा करता है अतः उसके साथ मैं युद्ध नहीं करूँगा।

पितामह की सारी शर्तें कठिन थी किंतु फिर भी दुर्योधन ने बिना अधिक विचार किए उन्हें ही सेनापति के रूप में अभिषिक्त किया।

इसके विपरीत पांडव-पक्ष को सेनापति के चुनाव में खूब सोच-विचार करना पड़ा। युधिष्ठिर ने चारों भाइयों से पूछा कि किसे प्रधान सेनापति नियुक्त किया जाए, तब चारों ने अलग-अलग उत्तर दिया। सहदेव ने मत्स्य-नरेश विराट को सेनापति बनाने का सुझाव दिया। उसका तर्क था... एक तो वे हमारे संबंधी हैं, दूसरे दुःख में उन्होंने हमारा साथ दिया है, तीसरे वे महान् योद्धा भी हैं, अतः सेनापति बनने योग्य हैं। नकुल ने राजा द्रुपद को महासेनापति बनाने का सुझाव यह कहते हुए दिया कि वे हमारे पिता के समान हैं, द्रोण एवं पितामह से स्पर्धा रखते हैं तथा बहुत से वीर पुत्रों और पौत्रों से घिरे वे एक विशाल वृक्ष के समान हैं, अतः उन्हें ही महासेनापति बनाया जाना चाहिए। फिर अर्जुन से पूछा गया तो उसका उत्तर था कि राजा द्रुपद की अपेक्षा उनके युवा पुत्र, अग्निकुंड से उत्पन्न राजकुमार धृष्टद्युम्न महासेनापति बनने के अधिक योग्य हैं। वज्र सी उसकी छाती पितामह के बाण सहने के योग्य है। यह द्रुपद-कुमार शीघ्रतापूर्णक हस्तसंचालन करने वाला तथा विचित्र पद्धति करने वाला है। अब भीम की बारी थी। भीमसेन ने भी द्रुपद के बजाय उनके कुमार को प्रधान सेनापति बनाने की सलाह दी किंतु धृष्टद्युम्न की अपेक्षा भीम को शिखंडी इस हेतु अधिक उचित दिखाई दिया। भीम ने तर्क दिया, 'एक तो उसका जन्म ही पितामह के नाश के लिए हुआ है... और फिर वह ऐसे दिव्यास्त्रों का ज्ञाता है कि युद्ध में कोई उसे नहीं मार सकता। अतः मेरे मत में तो शिखंडी ही अधिक योग्य प्रधान सेनापति है।'

चारों भाइयों के चार अलग-अलग मत सुनकर युधिष्ठिर का परेशान होना स्वाभाविक था। अभी तक जो भ्राता उनका आँख मूँद कर अनुमोदन और अनुकरण करते आये थे उन्हें प्रधान सेनापति पर अपने अलग-अलग तर्क देते देख युधिष्ठिर दुविधा में पड़ गये। तब उन्होंने अपने सदा-सहायक पर दृष्टि डालकर कहा, 'कृष्ण! आप संपूर्ण जगत् के समस्त सारासार और बलाबल को जानते हैं, अतः आप निश्चित कीजिए कि हमारे प्रधान सेनापति कौन होंगे... फिर वह चाहे अस्त्र-विद्या में निपुण हो या न हो, वृद्ध हो या युवा हो, उसे ही हम प्रधान सेनापति नियुक्त करेंगे।'

तब श्रीकृष्ण ने द्रुपद-पुत्र धृष्टद्युम्न का नाम प्रस्तावित किया जिसका सभी पांडवों ने एक स्वर से अनुमोदन किया और इस तरह धृष्टद्युम्न पांडवों के प्रधान सेनापति नियुक्त हुए जिनके सेनापतित्व में पांडवों ने पूरे अठारह दिन युद्ध किया और विजय प्राप्त की। पर धृष्टद्युम्न का दुर्भाग्य! पांडवों का यह वीर सेनापति अपनी विजय का उल्लास नहीं मना पाया। युद्ध के बाद जब सभी मदहोश से सो रहे थे तब अश्वत्थामा ने धोखे से उसकी हत्या कर दी थी।

उल्लेखनीय है कि कौरव-पक्ष में अनेक प्रधान सेनापति नियुक्त हुए थे। दसवें दिन पितामह के युद्ध-भूमि में गिरने के साथ ही उस दिन का युद्ध समाप्त हो गया था। तब दूसरे दिन युद्ध हेतु सेनापति पद पर आचार्य द्रोण का नाम प्रस्तावित हुआ था। उन्होंने चार दिन तक अत्यंत वीरतापूर्वक युद्ध किया और धृष्टद्युम्न द्वारा मारे गये थे। तब कर्ण को प्रधान सेनापति बनाया गया। कर्ण ने दो दिन तक पांडव सेना में आतंक मचाते हुए युद्ध किया। किंतु अंततः वह अर्जुन के द्वारा ही मारा गया। युद्ध के सत्रहवें दिन मत्स्य नरेश शल्य का दुर्योधन ने सेनापति के रूप में अभिषेक किया किंतु शाम होते-होते शल्य युधिष्ठिर के द्वारा मार डाले गये। युद्ध का अंतिम अठारहवाँ दिन दुर्योधन पर बहुत भारी पड़ा। प्रायः सभी महारथियों के मारे जाने के कारण मानसिक रूप से वह टूट चुका था फिर स्वयं भी वह इतना घायल हो चुका था कि युद्ध करने की हिम्मत नहीं थी, अतः वह एक सरोवर में जा छिपा था। अंततः भीम के द्वारा वह पराजित हुआ। किंतु मरते समय भी उसने शत्रुओं को पराजित करने का अवसर नहीं खोया। उसकी दुर्गति पर विलाप करते अश्वत्थामा, कृपाचार्य और कृतवर्मा के स्वर में उसे वे शब्द सबसे अच्छे लगे जो अश्वत्थामा ने कहे कि मैं उन दुष्ट पांचालों और पांडवों से जरूर बदला लूँगा जिसने आपकी यह हालात की है। दुर्योधन ने उसी दम कृपाचार्य को आदेश दे जल भरा कलश मँगवाया और अपनी कमजोर भुजाओं से अश्वत्थामा का सेनापति के रूप में अभिषेक किया... और तब तक वह मरणांतक पीड़ा सहते हुए प्राण धारण किए रहा जब तक कि अश्वत्थामा ने उसे पांडवों के कुल के द्रौपदी के पांचों पुत्रों की हत्या का सुखद समाचार नहीं सुना दिया।

कौरवों के इस अंतिम सेनापति अश्वत्थामा की क्या दुर्गति हुई यह हम अन्य स्थान पर पूर्व में देख चुके हैं।

महायुद्ध से दूर दो वीर

हम सब जानते हैं कि 18 दिनों तक चलने वाला महाभारत का युद्ध अत्यंत विशाल पैमाने पर लड़ा गया था। आर्यावर्त के तत्कालीन प्रायः सभी राजाओं ने इस युद्ध में या तो कौरवों के पक्ष में अथवा पांडवों के पक्ष में भाग लिया था। महाभारत के अनुसार इस युद्ध से तत्कालीन दो अत्यंत वीर योद्धा अलग रहे थे– एक कृष्ण के बड़े भ्राता बलराम और दूसरे कृष्ण के साले, रुक्मी, जो उनकी पटरानी के भाई थे।

इस युद्ध में भाग न लेने हेतु बलराम का तर्क था कि भीम और दुर्योधन, दोनों ही उसके शिष्य हैं... दोनों पर उसका समान स्नेह है... अतः वह किसी एक का पक्ष लेकर युद्ध नहीं करना चाहते हैं। इसीलिए बलराम युद्ध प्रारंभ होने के पूर्व ही तीर्थाटन हेतु चले गये थे। किंतु रुक्मी की स्थिति दूसरी थी। दोनों ओर की सेनाएँ युद्ध भूमि में जमा हो चुकी थी तब वह कौरवों और पांडवों, दोनों के पास अपनी विशाल वाहिनी लेकर

सहायता हेतु गया था, किंतु दोनों ने ही उसकी सहायता लेने से इंकार कर दिया... पर क्यों? महाभारत युद्ध-पूर्व का यह प्रसंग दिलचस्प है। अपनी एक अक्षौहिणी सेना के साथ रुक्मी सबसे पहले पांडवों के पास पहुँचा। पांडवों ने विधिपूर्वक उसका सत्कार कर उसकी प्रशंसा की। इस पर अत्यंत दर्प से भरा रुक्मी बोल पड़ा, 'पांडु-नंदन! यदि तुम डरे हुए हो तो मैं तुम्हारी सहायता के लिए आ पहुँचा हूँ। मैं तुम्हारी वह सहायता करूँगा कि तुम शत्रुओं के लिए असह्य हो जाओगे, 'न हि मे विक्रमे तुल्यः पुमानस्तीह कश्चन्' इस जगत् में मेरे समान पराक्रमी और वीर कोई दूसरा नहीं है। यहाँ पधारे ये सब राजा चुपचाप खड़े रहें, मैं अकेला ही समर-भूमि में तुम्हारे सारे शत्रुओं का वध करके तुम्हें यह सारी पृथ्वी अर्पित कर दूँगा।'

स्पष्ट है, ऐसे घमंड भरे वचन पांडु-पुत्र कभी नहीं सह सकते थे। फिर उनका नायक था कृष्ण... जिसके समक्ष कभी इसी रुक्मी ने घुटने टेके थे! अतः रोष से भरा अर्जुन बोल उठा, 'महाबाहो! न तो मैं डरा हुआ हूँ, न मुझे तुम जैसे सहायक की आवश्यकता है। आप अपनी इच्छानुसार जैसा उचित समझें करें – 'गच्छ वा अन्यत्र तिष्ठ वा' अन्यत्र चले जाइए अथवा यहीं रहिए।''

घमंडी रुक्मी अर्जुन का यह तिरस्कार न सह सका, अतः उसी दम वह अपनी पूरी वाहिनी से कौरव खेमे की ओर रवाना हुआ। यहाँ पहुँचकर भी उसने वही बातें दोहराई जो पांडवों से कही थी। पर गर्वीला दुर्योधन भी भला क्यों उसके अभिमान भरे वचन सहता? उसने भी वही उत्तर दिया जो अर्जुन ने दिया था। अंततः रुक्मी दोनों ओर से अस्वीकृत हो अपने देश लौट गया।

वैसे रुक्मी घमंडी था और कृष्ण से पराजित हो चुका था किंतु वीर था इसमें संदेह नहीं है। वह गंधमादन निवासी द्रुम का शिष्य था तथा उनसे धनुर्विद्या सीखी थी। उस समय द्युलोक में विचरने वाले तीन देवताओं के पास श्रेष्ठ धनुष प्रसिद्ध थे, गाण्डीव धनुष वरुण के पास था, शारंग धनुष विष्णु की सेवा में था तथा विजय नामक धनुष देवराज इंद्र की शोभा बढ़ाता था। इनमें से एक को अर्जुन ने प्राप्त किया था दूसरे को कृष्ण ने तथा तीसरा 'विजय' रुक्मी ने प्राप्त किया था... इसी विजय धनुष से उसने शारंगपाणि कृष्ण को टक्कर दी थी। अतः स्पष्ट है कि वीरता में वह कम नहीं था। अपनी बहन रुक्मणि के अपहरण के बाद कृष्ण का पीछा करने जाते समय उसने कह रखा था कि कृष्ण को मारकर ही अपने राज्य में लौटूँगा, यदि नहीं मार सका तो अपने राज्य में पैर नहीं रखूँगा... और बड़ी बहादुरी से ही वह कृष्ण से लड़ा था किंतु कृष्ण को हरा नहीं पाया था... तब वह प्रतिज्ञानुसार अपने देश कुंडलिनीपुर नहीं लौटा था वरन जहाँ कृष्ण से हारा था वहीं उसने एक नया देश बना लिया था।

अस्तु... अपने घमंडी स्वभाव के कारण रुक्मी को इस महासमर से दूर रहना पड़ा था।

दुर्योधन द्वारा युद्ध हेतु सहायता की याचना

रुक्मी को अवश्य दुर्योधन ने लौटा दिया था किंतु ग्यारह अक्षौहिणी सेना उसने बड़े योजनाबद्ध ढंग से एकत्रित की थी। वस्तुतः युद्ध की तैयारी वह बहुत पहले ही प्रारंभ कर चुका था। पांडवों के वनवास के लंबे समय में दुर्योधन ने राजनीतिक समीकरण ऐसे बना लिए थे कि अनेक राजागण उसके पक्ष में स्वयं ही युद्ध हेतु पहुँचे थे पर इतने से वह संतुष्ट नहीं था। सच तो यह है कि दुर्योधन ने अपने स्वभाव के विपरीत जाकर बड़ी विनम्रतापूर्वक ग्यारह अक्षौहिणी की विशाल सेना अपने पक्ष में एकत्रित की थी। विशेषकर पांडवों के मामा शल्य की एक अक्षौहिणी सेना तथा कृष्ण की विशाल नारायणी सेना को तो उसने अत्यंत नम्र होकर ही पाया था। किंतु कृष्ण के पास सहायता की याचना हेतु पहुँचकर वह अपनी मूर्खता के कारण वस्तुतः ठगा ही गया था!

इस संदर्भ में महाभारत की इस प्रसिद्ध कथा से हम सभी सुपरिचित हैं कि अर्जुन और दुर्योधन दोनों कृष्ण के पास सहायता हेतु साथ-साथ पहुँचे थे। उस समय कृष्ण शयन कर रहे थे। अपने स्वभाव के अनुरूप दुर्योधन कृष्ण के सिरहाने जा बैठा और अर्जुन कृष्ण के पायताने में बैठा। (इसी से कृष्ण के प्रति दोनों के मन की भक्ति स्पष्ट होती है) नींद खुलने पर कृष्ण की निगाहें सर्वप्रथम पायताने पर बैठे अर्जुन की ओर पड़ी किंतु अर्जुन कृष्ण से कुछ कहता इसके पूर्व ही दुर्योधन अपने शब्दों को यथासंभव नम्र बनाते हुए बोल पड़ा, 'वासुदेव! आप इस समय संसार के सत्पुरुषों में सर्वश्रेष्ठ हैं। सभी सर्वदा आपको सम्मान की दृष्टि से देखते हैं। अतः आप सत्पुरुषों के आचरण का पालन करते हुए मेरी सहायता करें।'

दुर्योधन इससे आगे कुछ और कहता उसके पूर्व ही कृष्ण ने कहा, "सुयोधन! इसमें संदेह नहीं कि मुझसे सहायता की याचना तुम पहले कर रहे हो किंतु मैंने देखा तो पहले अर्जुन को है! निश्चय ही अर्जुन भी इसी निमित्त से आया है, अतः मेरा कर्तव्य दोनों की सहायता करना है। शास्त्र की आज्ञा है कि 'बालानां पूर्वं कार्यम्' अर्थात् छोटों को पहले उनका अभीष्ट देना चाहिए। पार्थ तुमसे छोटा है, अतः मैं पहले अर्जुन को अवसर दूँगा।"

आगे कृष्ण कहते हैं कि उनके पास दस करोड़ अत्यंत बलशाली गोपों की विशाल नारायणी सेना है। एक तरफ यह विशाल सेना है और दूसरी ओर वे अकेले हैं... तुम चाहे जिसे चुन लो। कृष्ण यह भी घोषणा करते हैं कि युद्धभूमि में रहते हुए भी वे कोई शस्त्र धारण नहीं करेंगे अर्थात् युद्ध नहीं करेंगे... और फिर वे धर्म के अनुसार अर्जुन को दोनों विकल्पों में से एक चुनने का अधिकार देते हैं।

कृष्ण अर्जुन के प्राण थे... भला अपने प्राणों को छोड़ अर्जुन कहीं युद्ध-भूमि में जा सकता था? अतः उसने बड़ी विनम्रतापूर्वक कृष्ण को चुना। उधर अर्जुन की माँग सुन दुर्योधन ने भी चैन की साँस ली। कृष्ण की प्रसिद्ध 'नारायणी सेना' के स्थान पर निहत्थे

कृष्ण को लेने वाले अर्जुन की बुद्धि पर तरस खाते हुए मूर्ख दुर्योधन खुशी-खुशी अपने हिस्से का प्राप्तव्य लेकर अपने देश हस्तिनापुर रवाना हो गया।

इस कथा का एक प्रतीकात्मक अर्थ भी स्पष्ट है—हम उसके पास जैसी सहायता लेने जाएँगे वह देगा... अर्जुन के समान यदि हम स्वयं उसे लेना चाहें तो वह हमारे साथ रहेगा... और यदि दुर्योधन के समान भौतिक लाभ चाहें तो वह भी देगा पर अंततः पलड़ा किसका भारी होगा... यह भी युद्ध का अंत स्पष्ट कर देता है। जैसाकि अर्जुन कहता है कृष्ण के बिना युद्ध करना अथाह सागर को दोनों बाँहों से तैरने अथवा भयावह प्रज्ज्वलित अग्नि को दोनों हाथों से बुझाने के समान है।

अस्तु, नकुल और सहदेव के मामा शल्य के मामले में दुर्योधन ने अवश्य चतुराई का परिचय दिया। अपने भांजों (पांडवों) के पक्ष में युद्ध करने हेतु रवाना हुए मद्र देश के राजा शल्य और उनकी विशाल वाहिनी हेतु दुर्योधन ने सारे रास्ते में स्थान-स्थान पर अत्यंत सुख-सुविधाओं से सम्पन्न स्वागत-स्थल बना दिए थे। उससे अत्यंत प्रसन्न हो शल्य अचानक ही वरदान दे बैठा कि जिसने भी मेरा इतना स्वागत—सत्कार किया है, वह सामने आए, उसे मैं मुँह—माँगा पारितोषिक दूँगा। बस फिर क्या था, दुर्योधन ने तुरंत सामने आकर शल्य से वरदान ले लिया कि वे पांडवों के नहीं, उसके ही पक्ष में युद्ध करें। आखिर वह भी तो रिश्ते में उनका भांजा लगता है! तब अपने वचनों की रक्षा के लिए शल्य को दुर्योधन की बात माननी पड़ी!

कर्ण और पांडवों का युद्ध

महाभारत का यह प्रसंग बहुत प्रसिद्ध है कि युद्ध के पूर्व कुंती ने कर्ण पर उसके जन्म का रहस्य खोलकर उससे विनती की थी कि वह अपने भाइयों के विरोध में कौरवों के पक्ष में युद्ध न करे। किंतु कर्ण ने दुर्योधन की मित्रता एवं उसके अनुग्रहों के कारण कुंती के निवेदन को ठुकरा दिया था पर दुःख से अवसन्न होती कुंती को यह वचन अवश्य दिया कि अर्जुन के अतिरिक्त वह अन्य किसी भी पांडव का वध नहीं करेगा। इस तरह उसने कुंती को आश्वासन दिया कि उसके पांचों पुत्र युद्ध के बाद भी बने रहेंगे-निरर्जुना सकर्णा वा सार्जुना वा हते मयि-अर्थात् बिना अर्जुन के कर्ण सहित अथवा मेरे मारे जाने पर अर्जुन सहित। (कुंती के प्रसंग में हम यह कथा देख चुके हैं।)

कर्ण के पक्षधर प्रायः कर्ण को उसके इस वचन के कारण गौरवान्वित करते हैं तथा यह कहने से नहीं चूकते कि कुंती ने यदि कर्ण से यह प्रतिज्ञा नहीं कराई होती तो महाभारत युद्ध का परिणाम ही कुछ और होता। शेष पांडव यदि कर्ण द्वारा मार डाले गए होते तो अर्जुन निश्चय ही हथियार डाल देता... और इस तरह युद्ध में कौरव विजयी होते।

इसमें संदेह नहीं कि कर्ण ने शेष पांडवों को कुंती को दिए वचन के कारण ही

अभयदान दिया था। निश्चय ही महाभारत में इस बात का स्पष्ट उल्लेख है कि चारों पांडव एक-एक बार कर्ण का शिकार बनते-बनते इसी कारण बचे थे। किंतु महाभारत में इस बात का भी तो उल्लेख है कि शेष पांडवों ने भी तो कर्ण को केवल इसीलिए जीवित छोड़ दिया था क्योंकि कर्ण अर्जुन का वध्य था... अर्जुन कर्ण के वध की प्रतिज्ञा कर चुका था।

'श्क्तोअपि नानधीत कर्ण समर्थ पांडुनंदनः।
रक्षमाणः प्रतिज्ञां तां या कृता सव्यसाचिनः ॥' (कर्णपर्व 139.90)

अर्थात्, सव्यसाची अर्जुन ने पहले जो प्रतिज्ञा की थी, उसकी रक्षा करते हुए पांडु-पुत्र भीम ने समर्थ और शक्तिशाली होते हुए भी उस समय कर्ण का वध नहीं किया।

इसी तरह कर्णपर्व में ही उल्लेख है कि युधिष्ठिर ने भी एक बार इसी कारण से कर्ण पर मारक हमला नहीं किया था कि वह अर्जुन का वध्य है। 'राजापि भूयो नाजघ्ने कर्णं पार्थहितेप्सया' अर्थात् कर्ण के अचेत होकर गिर जाने पर राजा युधिष्ठिर ने अर्जुन के हित के की इच्छा से कर्ण पर पुनः प्रहार नहीं किया। (वही, 49.22)

उल्लेखनीय है कि पांडवों ने ही नहीं, सात्यकि तक ने युद्ध के दौरान एक बार अवसर रहते भी कर्ण का वध इसीलिए नहीं किया था कि वह अर्जुन का वध्य था। (वही 148.10)

वैसे सच तो यह है कि अपने छः दिन के युद्ध में कर्ण किसी भी महारथी का वध नहीं कर पाया था। कर्ण की मृत्यु के पश्चात् धृष्टद्युम्न, सात्यकि और द्रौपदी के पांचों वीर पुत्र जीवित बचे हुए थे। कर्ण ने कुंती से इनका वध न करने की प्रतिज्ञा तो नहीं की थी, तब कर्ण ने इनमें से किसी का वध क्यों नहीं किया था? इनके अतिरिक्त बालक अभिमन्यु तो अकेले ही कर्ण के समक्ष चक्रव्यूह में पहुँचा था। महाभारत के अनुसार उसने अपने तीक्ष्ण बाणों से कर्ण को मैदान छोड़कर भागने पर मजबूर कर दिया था। पर वीर कर्ण एकदम ही भाग नहीं खड़ा हुआ था... कुछ देर बाद वह अभिमन्यु का सामना करने लौटा था। किंतु इस बार उसके साथ पाँच और महारथी थे द्रोणाचार्य, कृपाचार्य, अश्वत्थामा, कृतवर्मा और वृहद्बल। इन सबने मिलकर अकेले अभिमन्यु को किस निदर्यतापूर्वक हत्या की थी, इस कथा से हम सभी सुपरिचित हैं।

पर हाँ, वीर अर्जुन से वह अवश्य पूरी बहादुरी से लड़ा था... सच कहा जाए तो एक वही था जो इस पार्थ का सामना कर सकता था। उसे युद्ध-भूमि में अर्जुन से युद्ध करते देख लगता है जैसे सारा युद्ध दुर्योधन का नहीं, उसका अपना हो... और केवल अर्जुन के साथ हो। क्या पता यदि उसे परशुराम और ब्राह्मण का श्राप नहीं मिला होता तो शायद वह अर्जुन पर भारी पड़ता!

कर्ण द्वारा शल्य का सारथ्य

इस महासमर की कुछ दिलचस्प झलकियों में कर्ण से संबंधित एक वह भी है जब उसमें और शल्य में समरभूमि पर ही भयानक आक्षेपों और प्रत्याक्षेपों का प्रवाह चलता है। उल्लेखनीय है कि कर्ण-अर्जुन युद्ध के समय कर्ण का सारथ्य पांडवों के मामा राजा शल्य ने किया था... किंतु इस हेतु वे बड़ी मुश्किल से तैयार हुए थे। कर्ण के कुशल सारथी के अचानक ही मर जाने पर कर्ण के समक्ष बड़ी भारी समस्या आ पड़ी थी कि अब कौन उसका सारथ्य करेगा। उसके प्रतिद्वंदी अर्जुन के सारथी कृष्ण की कुशलता एक तो पहले से ही सिद्ध थी, फिर अब तक वे चौदह दिनों के युद्ध में भी वासुदेव की सहायता से ही अर्जुन लगातार विजय-पथ पर अग्रसर हो रहा है, यह सभी जानते-समझते थे। अतः कर्ण के लिए यह बहुत आवश्यक था कि कृष्ण के समान ही कुशल सारथी के हाथों अपने रथ की बागडोर सौंपे। उस वक्त केवल राजा शल्य ही एकमात्र ऐसे व्यक्ति थे जो कर्ण के रथ को कृष्ण के रथ के सामने खड़े रखने की सामर्थ्य रखते थे। किंतु सूत-पुत्र कर्ण का सारथ्य भला मद्र-नरेश क्यों करने लगे? दुर्योधन के मुख से यह प्रस्ताव सुनकर भड़क उठे थे। ऐसा अपमान सहने की अपेक्षा तो भला यह होगा कि वे अपने मद्र देश वापस चले जाएँ... उन्होंने तुरंत वापसी की तैयारी कर ली। पर फिर दुर्योधन द्वारा अत्यंत अनुनय-विनय किए जाने पर, 'द्वितीय कृष्ण' कहकर सम्मानित किए जाने पर, शल्य किसी प्रकार इस हेतु राजी हो गए... किंतु साथ में शर्त भी रखी... कर्ण का सारथ्य करते वक्त मेरे मन में जो भी आएगा, मैं कर्ण को कहता रहूँगा। दुर्योधन के पास शल्य की शर्त स्वीकार करने के सिवाय कोई चारा नहीं था... तब कर्ण ने भी दुर्योधन को वचन दिया कि शल्य चाहे जो कहे, वह शल्य पर हथियार नहीं उठाएगा।

कर्ण के पक्षधर यहाँ प्रायः कहते हैं कि यह तो कर्ण के साथ घोर अन्याय था। किसी भी योद्धा का सारथी ही यदि उसे निरंतर हतोत्साहित करता रहे तो वह भला कैसे युद्ध में विजय प्राप्त कर सकता है?

बात ठीक है। सारथी को अपने योद्धा का उत्साह भंग करने वाला नहीं होना चाहिए। किंतु यह महाभारत के अध्ययन से स्पष्ट होता है कि जब कर्ण ने आत्म-प्रशंसा तथा अर्जुन और कृष्ण की निंदा करना प्रारंभ की, तभी शल्य ने कर्ण को अपमानित करना प्रारंभ किया था। इस पर कर्ण ने दुर्योधन को दिए वचनानुसार शल्य पर प्रहार तो नहीं किया... किंतु शल्य को तथा उसके मद्र देश को तरह-तरह से गालियाँ वह देता रहा। दोनों के मध्य हुए संवाद की झलक देखिए—युद्ध-भूमि में आत्म-प्रशंसा करने के अनंतर रथ में बैठे-बैठे जब कर्ण पांडवों के सैनिकों से कहता है, "आज जो मुझे श्वेतवाहन अर्जुन को दिखा देगा, उसे मैं उसका अभीष्ट धन दूँगा... यदि फिर भी उसे कमी लगे तो मैं रत्नों से भरा हुआ छकड़ा दूँगा, यदि यह भी पर्याप्त न लगे तो प्रतिदिन दूध देने वाली सौ गायें और कांसे के दुग्ध-पात्र दूँगा... साथ ही बड़े-बड़े गाँव और

खच्चरियों से जुता हुआ एक श्वेत रथ भी भेंट दूँगा, जिस पर काले केश वाली युवतियाँ बैठी होंगी।" इसी तरह और भी पारितोषिकों की मात्रा बढ़ाते हुए कर्ण जब यह भी कह बैठता है कि "जो आज मुझे श्रीकृष्ण और अर्जुन का पता बताएगा उसे मैं उन दोनों को मारकर उनका सारा वैभव दे दूँगा... " तब शल्य गुस्से में कर्ण से कहते हैं, "सूत-पुत्र! तुम व्यर्थ ही मूर्खों के समान यहाँ कुबेर का-सा धन लुटा रहे हो... यह सब किसी को देने की आवश्यकता नहीं, आज तुम अवश्य ही अर्जुन को बिना यत्न के ही देख लोगे। कृष्ण और अर्जुन को मारने की तुम्हारी घोषणा तो वैसी ही है जैसे कोई गीदड़ दो सिंहों को मारने को कहे। जैसे कोई गले में पत्थर बाँधकर दोनों हाथों से समुद्र पार करना चाहे, वैसी तुम्हारी अभिलाषा और चेष्टा है!"

इस पर कर्ण अत्यंत कुपित हो शल्य के साथ-साथ उसके मद्र देश की, समस्त मद्र देश के निवासियों की निंदा करते हुए कहता है, "नीच मद्र देश में उत्पन्न शल्य, चुप रहो! मैं अकेला ही सहस्रों अर्जुन और सहस्रों कृष्ण को मारने में समर्थ हूँ। मद्र देश के लोग सदा ही मित्रद्रोही होते हैं... यहाँ की स्त्रियाँ अत्यंत निर्लज्ज होती हैं।" इस पर शल्य ने कर्ण को धृतराष्ट्र की जूठन पर पलने वाला कौआ कहते हुए कर्ण की निंदा की। जाहिर है कि कर्ण भी इस पर खामोश नहीं रहा होगा। इस तरह शल्य के सारथ्य में दो दिन के अपने अंतिम युद्ध में कर्ण ने शल्य से बहुत कुछ सुना और उसे भी बहुत कुछ सुनाया। किंतु ऐसी बात नहीं है कि शल्य अंत तक ही ऐसा करते रहे। कर्ण को अत्यंत वीरतापूर्वक पांडव-पक्ष का सामना करते देख अंतिम समय में उन्होंने कर्ण का बराबर उत्साह-वर्धन किया था। अंतिम समय में कृष्ण-अर्जुन के समक्ष कर्ण को भयभीत होते देख शल्य ने कर्ण से कहा था—'मा व्यथां कुरु राधेय नैनं त्वय्युपपद्यते' अर्थात् राधेय! तुम खेद न करो, तुम्हें यह शोभा नहीं देता। आगे शल्य कहते हैं, "दुर्योधन ने अपना सारा भार तुम्हीं पर रख छोड़ा है। तुम अपने बल और शक्ति के अनुसार उस भार का वहन करो। यदि विजयी हुए तो तुम्हारी बहुत बड़ी कीर्ति फैलेगी और पराजय होने पर अक्षय स्वर्ग की प्राप्ति निश्चित है।" इसी समय कर्ण ने शल्य से एक बड़ा मार्मिक प्रश्न किया—"शल्य! सच बताना, यदि आज अर्जुन युद्ध-भूमि में मुझे मार डाले तो तुम क्या करोगे?" इस पर शल्य ने तुरंत उत्तर दिया, 'उभावेकरथेनाहं हन्यां माधवपाण्डवौ' (कर्ण पर्व 87.103) अर्थात् तब मैं एकमात्र रथ के द्वारा कृष्ण और अर्जुन दोनों को मार डालूँगा!

उल्लेखनीय है कि ठीक यही प्रश्न इसी समय दूसरी ओर अर्जुन ने भी कृष्ण से किया था। इस पर कृष्ण का जवाब था... एक तो ऐसा होगा नहीं... और यदि होगा तो 'लोकपर्यासनं भवेत्' संसार उलट जाएगा मैं अपनी दोनों भुजाओं से ही शल्य और कर्ण को मसल डालूंगा।

पांडव खेमे में वाक्-युद्ध

कौरवों और पांडवों के बीच चले 18 दिनों के युद्ध के दौरान कई बार ऐसे मौके भी आए थे, जब दोनों पक्ष के लोग किन्हीं कारणों से आपस में लड़ पड़े थे! ऐसा ही एक रोचक प्रसंग पांडव खेमे का है। कौरव-पक्ष में तो प्रायः ऐसा होता ही था... कभी भीष्म की बात से कर्ण नाराज होता था तो कभी द्रोण या फिर कभी शल्य की बातों से। किंतु पांडव-पक्ष में ऐसा कभी-कभी होता था। बात युद्ध के 16वें दिन की है। उस दिन कर्ण के भीषण आक्रमण से युधिष्ठिर अत्यंत त्रस्त हो गए थे। कर्ण के समक्ष यदि वे थोड़ी देर और खड़े रहते तो अवश्य होश खो बैठते। अतः नकुल व सहदेव उन्हें किसी तरह युद्ध-भूमि से निकालकर विश्राम हेतु शिविर में ले गए। यह समाचार जब भीम और अर्जुन को मिला तो दोनों ही अत्यंत विचलित हो गए क्योंकि युधिष्ठिर ने अभी तक कभी भी रणभूमि का इस तरह त्याग नहीं किया था (युधिष्ठिर शब्द का अर्थ ही है युद्ध में स्थिर रहने वाला)। तब भीम के कहने पर अर्जुन युधिष्ठिर का हाल जानने कृष्ण के साथ रणभूमि का त्याग कर शिविर में पहुँचे। अर्जुन व कृष्ण को अचानक युद्ध-भूमि का त्याग कर अपने समक्ष उपस्थित देख युधिष्ठिर को लगा कि अवश्य ही अर्जुन ने कर्ण का वध कर दिया है, तभी कृष्ण के साथ यह मुझे शुभ समाचार देने आया है अतः अर्जुन कुछ कहता, इसके पूर्व ही युधिष्ठिर ने उल्लसित हो अर्जुन को कर्ण-वध के लिए बधाई देते हुए यह बताना प्रारंभ किया कि किस प्रकार आज कर्ण ने उनके शरीर को अपने कठोर बाणों से और उनके हृदय को अपने व्यंग्य-बाणों से छलनी कर दिया। आगे उन्होंने अर्जुन से कहा कि वह कर्ण की मृत्यु का विस्तार से वर्णन करे... किंतु जैसे ही उन्होंने सुना कि कर्ण अब तक जीवित है और अर्जुन केवल उनका कुशलक्षेम जानने युद्ध-भूमि छोड़कर आया है, वे एकदम भड़क उठे। कठिन-से-कठिन स्थिति में भी धैर्य न खोने वाले ज्येष्ठ पांडव ने न कहने योग्य अनेक बातें अनुज को कह सुनाईं, जेसे, तुम डरपोक हो, कर्ण को जीत नहीं सके तो मेरे बहाने भीम के भरोसे युद्ध को त्याग कर भाग आए हो... तुम्हारे द्वारा कर्ण-वध की प्रतिज्ञा करने पर ही हमने यह युद्ध मोल लिया था... अधिक फूलों वाला वृक्ष फल न देकर अपने स्वामी को जैसे निराश करता है, वैसे ही तुमने आज मुझे किया है... धिक्कार है तुम्हें, तुम्हारे अग्नि-प्रदत्त रथ को, तुम्हारी भुजाओं के पराक्रम को, हनुमानजी द्वारा उपलक्षित तुम्हारी ध्वजा को... और धिक्कार है तुम्हारे गांडीव धनुष को! अब तुम अपना गांडीव किसी अन्य को सौंप दो ताकि वह युद्ध-भूमि में कर्ण का सामना कर सके!

अब तक अर्जुन अग्रज के दुवर्चन चुपचाप सुन रहा था किंतु जैसे ही उन्होंने गांडीव को धिक्कारा, किसी अन्य को गांडीव सौंप देने की बात कही, अर्जुन अग्नि में पड़े घृत के समान अचानक भभक उठा। तुरंत उसके हाथों ने म्यान से तलवार निकाल ली। पर अभी वह कुछ अनर्थ कर पाता उसके पूर्व ही कृष्ण ने उसे रोक दिया। तब अर्जुन महान्

धर्म संकट में पड़ गया... अब उसकी प्रतिज्ञा का क्या होगा जो उसने पूर्व में की थी, कि जो भी उसके गांडीव का इस प्रकार अपमान करेगा उसका सिर वह तुरंत काट लेगा! क्या अपनी प्रतिज्ञा को पूरा न करना अधर्म न होगा?

इस पर कृष्ण अर्जुन की दुविधा का सुंदर समाधान करते हुए (उसे और उसके बहाने हम सबको भी) बताते हैं कि धर्म वास्तव में है क्या?

वैसे धर्म और अधर्म का प्रश्न बड़ा गूढ़ है। इस विषय में सामान्य जन तो दुविधाग्रस्त रहते ही हैं, विद्वानों में भी इस संबंध में प्रायः मतवैभिन्य रहता है। विशेषकर दुनिया के इस सर्वाधिक विशाल ग्रंथ महाभारत को लेकर तो आज तक लोगों में बराबर विवाद होता रहा है कि यहाँ धर्म का वास्तव में क्या लक्षण बताया गया है? महाभारत में वर्णित अनेक ऐसी घटनाएँ एवं प्रसंग हैं जिन्हें लेकर लोग प्रायः प्रश्न करते हैं कि क्या इन्हें धर्म कहा जा सकता है? वैसे महाभारतकार स्वयं स्थान-स्थान पर धर्म की सूक्ष्म व्याख्या करते चले हैं। वस्तुतः इस विशाल ग्रंथ को विस्तार से न पढ़ पाने एवं इसकी घटनाओं को सही परिप्रेक्ष्य में न देख पाने के कारण ही हम इसे लेकर इतने दुविधाग्रस्त हैं।

अस्तु... सबसे पहले कृष्ण बताते हैं कि धर्म का निर्णय होता कैसे है? वे कहते हैं, निःसंदेह शास्त्र ही धर्म का अर्थात् कर्त्तव्य और अकर्त्तव्य का ज्ञान हमें देते हैं। किंतु शास्त्र का ज्ञान हमें यूँ ही नहीं हो जाता। शास्त्र वास्तव में क्या कहते हैं, यह बोध तो हमें उन गुरुओं से होता है, जो स्पष्टतः धर्म का अनुसरण एवं आचरण करते हैं तथा शिष्यों द्वारा उपस्थित होकर उन्हें धर्म का उपदेश देते हैं। उन गुरुजनों के निर्णय ही धर्म के विषय में महत्त्वपूर्ण होते हैं। इस संदर्भ में कृष्ण कहते हैं, 'सत्यस्य वचनं साधु, न सत्याद् विद्यते परम्' अर्थात् सत्य बोलना उत्तम है, सत्य से बढ़कर दूसरा कुछ नहीं है, यह सभी नीति के ग्रंथ कहते हैं। किंतु व्यावहारिक जीवन में सत्य बोलने से बढ़कर सत्याचरण महत्त्वपूर्ण होता है... भले ही इस हेतु मुख से असत्य क्यों न बोलना पड़े! वस्तुतः धर्म यही है। इस बात को अधिक स्पष्ट करने के लिए महाभारत के उपरोक्त प्रसंग में कृष्ण एक सुंदर उदाहरण देते हैं—प्राचीनकाल में एक कौशिक नामक मुनि थे। उन्होंने प्रतिज्ञा कर रखी थी, 'सत्यं मया सदा वाच्याम्' अर्थात् मेरे द्वारा सदा सत्य ही बोला जाएगा। सचमुच वे सदा सत्य ही बोलते थे... और चारों ओर इस हेतु प्रसिद्ध भी हो गए थे। एक दिन उनके सामने ही कुछ व्यक्ति लुटेरों के भय से वन में छिप गए। पीछे-पीछे लुटेरे भी पहुँचे। लुटेरे सत्यवादी कौशिक मुनि को पहचानते थे, अतः उन्होंने उन्हीं से उन भयभीत व्यक्तियों का पता पूछा... और तब सत्यवादी ने उन्हें यह बताने में कोई देर नहीं की कि वे व्यक्ति वन में छिपे हैं। परिणामस्वरूप वे व्यक्ति लुटेरों द्वारा मार डाले गए। किंतु स्वयं कौशिक मुनि को अपनी सत्यवादिता का क्या फल मिला? कृष्ण बताते हैं—'गतः स कष्टं नरकं' अर्थात् उन्हें नरक का कष्ट भोगना पड़ा।

यह छोटी सी सुंदर कथा बतलाती है कि धर्म का तात्पर्य किन्हीं विशेष आदेशों का कठोरतापूर्वक पालन करना नहीं है। यदि परमार्थ हेतु इन आदेशों के विपरीत आचरण करना पड़े तो उसे करना ही धर्म है।

हम सब जानते हैं कि कुरुक्षेत्र के मैदान में 18 दिनों तक चले युद्ध के दौरान कई ऐसे अवसर आए जब स्वयं युगपुरुष कृष्ण ने झूठ का सहारा लेते हुए पांडवों के विजय-रथ को आगे बढ़ाया था। भीष्म, द्रोण, जयद्रथ, कर्ण जैसे सेनानायकों के अतिरिक्त स्वयं दुर्योधन का वध भी पांडवों ने कृष्ण के इशारे पर ही छलपूर्वक किया था। किंतु सदियों पर सदियाँ बीत गई, न भारतीय मनीषा ने, न ही किसी भारतीय अनपढ़ समाज ने, कभी भी कृष्ण पर अधर्माचरण का दोष नहीं लगाया (वैसे आधुनिक बुद्धिवादियों और लेखकों की बात दूसरी है) क्योंकि ये धर्म के सूक्ष्म तत्त्व से परिचित थे। कौरव-पक्ष के इन सेनानायकों के वधों पर हम आगे विचार करेंगे, यहाँ हम उस प्रसंग पर फिर आते हैं जब अपने गांडीव धनुष की युधिष्ठिर द्वारा निंदा किए जाने पर अर्जुन अपनी प्रतिज्ञा की पूर्ति हेतु युधिष्ठिर के प्राण लेने को उद्यत हो गया था। वस्तुतः तभी कृष्ण ने अर्जुन को धर्म का सूक्ष्म तात्पर्य समझाया था, जिसकी चर्चा हमने ऊपर की है।

और तब अर्जुन ने दोनों हाथ जोड़कर कृष्ण के प्रति 'त्वमेव माता च पिता त्वमेव', का भाव रखते हुए उनकी शरण ली तथा उनसे इस भारी विपत्ति से निकलने का मार्ग पूछा।

इस पर चतुर कृष्ण ने अर्जुन को बड़ा सुंदर मार्ग बताया कि वह युधिष्ठिर को आदरसूचक 'आप' शब्द के बजाय अपमानजनक 'तू' शब्द से संबोधित करे। निश्चय ही यह ज्येष्ठ पांडव के लिए मरण-तुल्य ही था। समस्त आर्यावर्त का सर्वश्रेष्ठ धनुर्धर होते हुए भी जो अनुज सदा हर स्थिति में अपने अग्रज का चरणानुगामी रहा, उसी के मुख से अपने लिए ऐसा कोई शब्द या अपमानजनक वाक्य सुनना धर्मराज के लिए सचमुच मृत्यु-तुल्य ही था... और तब अर्जुन बड़ी मुश्किल से उन्हें कह पाया, 'शत्रुओं से लगातार जूझ रहे भीमसेन भले ही मेरी निंदा कर लें, पर शत्रुओं के भय से युद्ध छोड़कर शिविर में आ बैठा तू कौन होता है मेरी निंदा करने वाला?'

युधिष्ठिर बेचारे क्या जवाब देते! यह जानते हुए भी कि यह सब अर्जुन की प्रतिज्ञा की रक्षा के लिए कहा गया है, वे सचमुच एकदम श्रीहत हो गए। तब फिर अनुज द्वारा बारम्बार चरण पकड़कर क्षमा माँगने पर वे प्रकृतिस्थ हो पाए।

भीष्म और कर्ण में वाक्-युद्ध

जैसा कि हमने पूर्व में उल्लेख किया है, कौरवों के खेमे में कई बार आपसी मन-मुटाव और वाक्-बाणों की स्थिति निर्मित हुई थी। सबसे पहले तो युद्ध की शुरुआत में ही

भीष्म और कर्ण में भयानक वाक्-युद्ध हो गया था। हुआ यूँ की भीष्म को सेनापति नियुक्त करने के पश्चात् दुर्योधन ने उनसे अपने और पांडव-पक्ष के रथियों और अतिरथियों के नाम जानने चाहे। तब भीष्म ने दुर्योधन के पक्ष से प्रारंभ करते हुए क्रमशः इनका उल्लेख करना प्रारंभ किया। अतिरथियों में मद्र-नरेश शल्य, भूरिश्रवा, जयद्रथ स्वयं दुर्योधन और उसके भ्रताओं और पुत्र लक्ष्मण आदि का उल्लेख करने के पश्चात् उन्होंने रथियों के नाम लेना शुरू किया। किंतु इनमें कहीं भी कर्ण का नाम नहीं था। सबका उल्लेख करने के बाद अंततः कर्ण का नाम लेते हुए पितामह ने जैसे ही कहा कि तुम्हारे इस बड़बोले मित्र को मैं अतिरथी तो क्या, रथी कहलाने योग्य भी नहीं समझता, अपने कवच कुंडल से हीन तथा परशुराम के शाप से ग्रस्त यह सूत-पुत्र कदापि अर्जुन से युद्ध में नहीं जीत सकता... तब तो कर्ण मानों भभकती ज्वाला बन गया! आग में घी डालते हुए द्रोणाचार्य ने भी पितामह की हाँ में हाँ मिलाते हुए जब कहा कि एवमेतद् त्वं न मिथ्यास्ति कदाचन अर्थात् ऐसा ही है, आप कभी मिथ्या नहीं कहते... यह सूतपुत्र प्रत्येक युद्ध में घमंड तो बहुत दिखाता है किंतु वहाँ से हमेशा भागते ही दिखता है... तब तो कर्ण एकदम अनियंत्रित हो गया। वाक्-चाबुक घुमाते हुए वह बोला, 'पितामह! मैंने तो तुम्हारा कोई अपराध नहीं किया, फिर भी तुम हमेशा मेरी निंदा ही करते हो। दुर्योधन के कारण मैं तुम्हें सहता रहता हूँ और तुम हो कि मुझे मूर्ख और कायर समझते हो। 'आगे वह दुर्योधन को भी सावधान करता है... यह पितामह तुम्हारे हितैषी नहीं है, ये जान-बूझकर तुम्हारी सेना में फूट डाल रहे हैं, ये तुम्हारे तेज और बल को कमजोर कर रहे हैं। यह अल्पबुद्धि भीष्म, जो मुझे अर्धरथी से भी कम आँक रहे हैं, क्या नहीं जानते कि मैं अकेला ही सारी पांडव सेना को रोकने में समर्थ हूँ? मेरे सामने ये पांडव और पांचाल तो वैसे ही भाग जाएँगे जैसे सिंह के सामने बैल भाग जाते हैं। किंतु अब मैं पितामह के नेतृत्व में युद्ध नहीं करना चाहता। युद्ध में मैं पांडवों का विनाश करूँगा और सारा श्रेय पितामह ले जाएँगे क्योंकि युद्ध में ऐसा ही होता है सेनापति को ही श्रेय मिलता है, अतः मैं तब तक अस्त्र ग्रहण नहीं करूँगा जब तक कि ये जीवित हैं। इसके साथ ही कर्ण पितामह के विषय में एक अभद्र बात कहता है कि कालप्रेरित भीष्म मृत्यु के द्वार पर खड़े हैं तथा उनकी आयु भी अत्यधिक हो चुकी है और शास्त्रों का कहना है कि वृद्धों की बात सुननी चाहिए किंतु जो अत्यधिक वृद्ध हो गये हैं उनकी बात श्रवण करने योग्य नहीं है क्योंकि 'पुनर्बाला हि ते मता' अर्थात् वे पुनः बालक माने गये हैं... अतः इनकी बात मन सुनो।

कर्ण की इस बात पर भीष्म का भड़कना स्वाभाविक था। गरजते हुए वे बोले ...इस समय मैंने दुर्योधन का समुद्र के समान गुरुतर भार उठाया है और ऐसे अवसर पर पारस्परिक विभेद करना उचित नहीं है अन्यथा तू आज मुझ परशुराम-शिष्य के हाथों अभी मार डाला जाता! तेरे ही कारण आज यह कुरुकुल को नष्ट करने वाला

विनाशकारी युद्ध उपस्थित हुआ है। जिस अर्जुन से तू स्पृहा करता है, जा उससे युद्ध कर। मैं भी देखता हूँ कि तू कैसे उसके हाथों जीवित बच पाता है।

तब बात को बढ़ते देख दुर्योधन ने पितामह को ही विनम्रतापूर्वक शांत करना उचित समझा। दोनों हाथ जोड़कर वह बोला, 'मां समीक्षस्व गांगेय कार्यं हि महदुद्यतम्' हे गंगापुत्र! आप मेरी ओर देखकर शांत हो जाइये। इस समय महान् कार्य उपस्थित हुआ है। आप एकाग्रचित्त होकर मेरे कल्याण की बात सोचिए। आप और कर्ण दोनों ही मेरा महान् कार्य सिद्ध करेंगे। कृपया अब मुझे शत्रु-पक्ष के महारथियों और रथियों का परिचय दीजिए।

अस्तु... किसी तरह भीष्म शांत हुए। आगे उन्होंने उत्साहपूर्वक पांडवों के वीरों का बखान किया किंतु कर्ण किसी तरह शांत नहीं हो पाया। भीष्म के जीते जी उसने दस दिन युद्ध-भूमि में कदम नहीं रखा। निश्चय ही यह दुर्योधन के लिए बहुत बड़ी हानि थी।

कर्ण का कृपाचार्य और अश्वत्थामा से वाक्-युद्ध

कर्ण का महासमर के दौरान अश्वत्थामा से भी भयानक वाक्-युद्ध हुआ था। वस्तुतः कर्ण की लड़ाई कृपाचार्य से प्रारंभ हुई थी। बात उस समय की है जब जयद्रथ वध के पश्चात् दुर्योधन अत्यंत व्याकुल एवं दुःखी था। कहाँ तो वह अर्जुन को प्रतिज्ञानुसार चिता में भस्म होते देखने की कल्पना कर बल्लियों उछलते मन को किसी तरह सँभाल रहा था और कहाँ जयद्रथ का बिना मुंड का विशाल धड़ उसकी सारी आशाओं पर तुषारापात करते हुए उसे मुँह चिढ़ा रहा था। अपनी एकमात्र बहन दुःशला के लिए भी उसके दुःख की सीमा नहीं थी। उसी ने अपनी बहन को विधवा बनाया था! पर द्रोणाचार्य के उस आश्वासन का क्या हुआ जो उन्होंने जयद्रथ को दिया था? जयद्रथ बेचारा तो अर्जुन की प्रतिज्ञा सुन अपने सिंधु देश लौटा जा रहा था... यह आचार्य के कहने पर ही उसने उसे रोका था... पर आचार्य की सारी व्यूह-रचना व्यर्थ गई। वे चाहते तो सव्यसाची को व्यूह में घुसने ही नहीं देते पर उनके लिए तो अर्जुन अश्वत्थामा से भी बढ़कर था ना?... तब खूब-खूब सुनाया था दुर्योधन ने आचार्य को। यहाँ तक कहा था कि मैं ही मूर्ख हूँ जो व्यक्ति की परख नहीं कर पाया और लोभ के वशीभूत होकर आप लोगों के भरोसे युद्ध मोल ले बैठा। पितामह ने तो जान-बूझकर पहले ही युद्ध-भूमि का त्याग कर दिया और आप हैं कि अर्जुन-मोह में हमारी उपेक्षा किए जा रहे हैं। इस समय दुर्योधन ज्ञानी के समान एक उक्ति भी कहता है–**जो मूर्ख मनुष्य मित्र को ठीक-ठीक पहचाने बिना ही उसे मित्र के कार्य में नियुक्त कर देता है, उसका वह काम बिगड़ जाता है।** ठुनकते हुए वह आगे आचार्य से कहता है, आप तो **'आचार्यः पांडुपुत्राणां'** पांडवों के आचार्य हैं फिर मैं युद्ध क्यों करूँ? जिस पथ पर मेरे मित्रगण और संबंधी गये हैं, मुझे भी उसी पथ (मृत्यु-पथ) पर जाने की आज्ञा दीजिए।

इस समय द्रोणाचार्य के सदा आलोचक कर्ण ने आचार्य का पक्ष लेकर दुर्योधन को समझाया—आचार्य ने पूरे उत्साह और बल से अपने प्राणों का मोह छोड़कर अपनी ओर से पूरी कोशिश की थी उन्हें दोष मत दो मित्र! दैव हमारे अनुकूल नहीं है इसीलिए सिंधुराज मारे गये अन्यथा हमने पुरुषार्थ में कोई कसर नहीं छोड़ी थी।... किंतु कृपाचार्य के प्रति वह कोमल नहीं हो सका जब उन्होंने उसे उसकी शेखी के लिए फटकारा। वस्तुतः जयद्रथ वध के बाद जब बार-बार कर्ण गर्जना करने लगा कि आज मैं अर्जुन को अवश्य ही मार डालूँगा और जैसे कार्तिकेय ने तारकासुर का वध कर इंद्र को विजय दिलाई थी वैसे ही अर्जुन का नाश कर मैं सारे पांडवों को तुम्हारे अधीन कर दूँगा, मैं आज समस्त पांचालों, केकयों और पांडव-पक्ष के अन्य सभी योद्धाओं के टुकड़े-टुकड़े कर सारी पृथ्वी तुम्हें दे दूँगा, तब कृपाचार्य से मौन रहते न बना और कर्ण को देख मुस्कुराते हुए उन्होंने कहा—बहुत अच्छा, बहुत अच्छा! राधेय, यदि बात बनाने से ही कार्य की सिद्धि हो जाती तब तो तुम जैसे सहायकों को पाकर राजा दुर्योधन कब के युद्ध जीत चुके होते। युद्ध में अब तक तुमने भला कौन-सा तीर मार लिया है जो अब पूरे युद्ध को जीतने की बात कर रहे हो? शरद ऋतु के बादल के समान तुम बिन बरसे ही गर्जना करने वाले हो। तुम केवल मनोरथ दौड़ाने में कुशल हो। अर्जुन को देख नहीं लेते तब तक खूब बातें बना लो।... कृपाचार्य के इन व्यंग्य-बाणों से कर्ण का आहत होना स्वाभाविक था, अतः वह भी क्रोध में आ गया। कृपाचार्य पर पांडवों के पक्षपाती होने का आरोप लगाते हुए वह बोला... कुंती-पुत्रों पर विशेष स्नेह रखने के कारण ही आप मेरा अपमान कर रहे हो। यदि मैं शत्रुओं को मारने की गर्जना कर रहा हूँ तो क्या बुरा कर रहा हूँ? युद्ध-भूमि में सभी वीर ऐसी आत्म-प्रशंसा करते हैं। फिर, राजा दुर्योधन की खातिर ही तो मैं कोई कार्य-संपन्न करने की प्रतिज्ञा कर रहा हूँ, इसमें आपको क्या आपत्ति हो रही है? यहाँ कर्ण एक सुंदर बात कहता है —

'यं भारं पुरुषो वोढं मनसा हि व्यवस्यति।
दैवमस्य ध्रुवं तत्र साहाय्यायोपपद्यते ॥' (द्रोणपर्व 158.27)

अर्थात् पुरुष अपने मन में जिस भार को ढोने का निश्चय करता है, उसमें दैव अवश्य ही उसकी सहायता करता है।

किंतु इसके बाद कृपाचार्य के प्रति वह एक अत्यंत कड़वी और अभद्र बात कहता है... 'हे दुर्बुद्धि ब्राह्मण! यदि आगे तुम मुझे अप्रिय लगने वाली एक भी बात बोलोगे तो मैं अपनी तलवार उठाकर तुम्हारी जीभ काट लूँगा।'... यह सुनना था कि कृपाचार्य एक तरफ रह गये, अश्वत्थामा तुरंत म्यान से तलवार निकाल क्रोधित हो कर्ण के सामने आ खड़ा हो गया... मेरे मामा की जीभ खींचने वाले सूत-पुत्र! अभी मैं तेरा सिर धड़ से अलग किए देता हूँ! इतना ही शूरवीर था तो क्यों नहीं अब तक अर्जुन को मार सका? जिसका स्वयं वासुदेव सारथ्य कर रहे हों, उसे तू तो क्या, स्वयं देवराज इंद्र भी देवताओं

की सेना सहित नहीं मार सकते!... किंतु बात आगे बढ़ती इसके पहले ही दुर्योधन और स्वयं कृपाचार्य ने द्रोण-पुत्र को किसी तरह रोका।

उल्लेखनीय है कि विराट-युद्ध में अर्जुन के हाथों शर्मनाक पराजय के बाद ठीक इसी तरह अपने मामा और पिता को अपशब्द कहने वाले कर्ण की जान लेने को अश्वत्थामा उद्यत हो गया था। ये घटनाएँ बताती हैं कि द्रोण-पुत्र पिता के समान दुर्योधन के पक्ष में अवश्य था और राजा होने के कारण दुर्योधन के प्रति उसके मन में श्रद्धा-भक्ति भी थी किंतु कर्ण के प्रति उसके मन में कहीं सहृदयता या मित्रता की भावना नहीं थी जैसा कि शिवाजी सावंत ने 'मृत्युंजय' में अनेक स्थानों पर दर्शाया है।

जयद्रथ वध और मशाल युद्ध

महाभारत युद्ध के प्रसिद्ध योद्धाओं, जैसे भीष्म, द्रोणाचार्य, दुर्योधन, दुःशासन, आदि के वधों पर हम यथास्थान चर्चा कर चुके हैं। एक दुष्टात्मा जयद्रथ रह गया है। गांधारी की एकमात्र पुत्री दुःशला का पति... जिसकी कामना सौ पुत्रों की जननी होने के बाद गांधारी ने विशेष रूप से व्यास से की थी। जयद्रथ सिंधु देश का राजा था। वह वीर था, किंतु अर्जुन और भीम के सामने अपने बल का उसे पूरा अंदाजा था। पांडवों के वनवास के समय उनकी अनुपस्थिति में पांचाली के अपहरण के समय पांडवों की ताकत वह देख चुका था। उस समय भीम ने उसके प्राण युधिष्ठिर के कहने पर बख्श दिए थे किंतु इस हेतु वह थोड़ा भी पांडवों का ऋणी नहीं था... बल्कि यदि वे उसे मार डालते तो उसे अधिक संतोष होता क्योंकि उन्होंने उसे जो दंड दिया था वह मौत से भी भयानक था। उन्होंने उसके सिर के बाल मूंड़ दिए थे... और मूंड़ते समय इस बात का ध्यान रखा था कि पांच स्थानों पर उसकी चोटी बने रहे। वस्तुतः उस काल में यह दासत्व का प्रतीक था। ऐसी स्थिति में जयद्रथ के लिए अपने देश लौटना असंभव हो गया था। तब उसने वहीं शिव की आराधना प्रारंभ की... और तब तक तपस्या करता रहा जब तक कि स्वयं महादेव ने प्रगट हो उससे वरदान माँगने को नहीं कहा। तप और संयम क्रोध को कम करते हैं किंतु इतनी तपस्या के बाद भी जयद्रथ का पांडवों से बैर समाप्त नहीं हुआ था, सो उसने महादेव से कहा कि आप मुझे पांडवों को मारने का वर दीजिए। किंतु किसी को भी मनचाहा वर देने वाले आशुतोष शिव ने यहाँ उदारता नहीं दिखाई... स्पष्ट कहा कि जिनके सखा स्वयं वासुदेव हैं उनके वध का वरदान मैं तुम्हें किसी तरह नहीं दे सकता। हाँ पांडवों पर अपना प्रभुत्व दिखाने की ही मंशा हो तो वर देता हूँ कि युद्ध-भूमि में किसी एक समय तुम अर्जुन को छोड़ शेष पांडवों पर भारी पड़ोगे।

अस्तु... जयद्रथ इससे प्रसन्न तो नहीं हुआ किंतु महादेव से वह बहस नहीं कर सकता था तो इसी वर का लाभ उठाकर उसने चक्रव्यूह भेदते समय अभिमन्यु के पीछे-पीछे चलते हुए पांडवों को थोड़ी देर रोक लिया था... किंतु यह थोड़ी देरी पांडवों

को बहुत भारी पड़ी। अभिमन्यु चक्रव्यूह में अकेला घिर गया और छः-छः महारथियों ने मिलकर अत्यंत अधर्मपूर्वक उस एक अकेले वीर बालक के प्राण ले लिए। अर्जुन के लिए अभिमन्यु का वध अत्यंत दुःखदायी था। उस समय दुःख के आवेग में उसने अपने चारों भ्राताओं को बुरा-भला भी कहा था कि आप लोगों के रहते मेरा बेटा मारा गया। तब युधिष्ठिर ने जैसे ही जयद्रथ की करतूत बतलाई अर्जुन आगबबूला हो गया... और अपना सारा क्रोध उस पर छोड़ते हुए वह प्रतिज्ञा कर बैठा कि कल का सूर्यास्त या तो जयद्रथ के लिए अंतिम होगा... या फिर मेरे लिए! यदि कल मैं सूर्यास्त के पूर्व उसका वध न कर सकूँ तो जीवित अग्निदाह कर लूँगा!

प्रतिज्ञा भयानक थी... यद्यपि यह केवल अपनों के सामने की गई थी... किंतु एक तो गांडीव की टंकार के साथ की गई थी... और फिर दुर्योधन के जासूस अभिमन्यु वध की प्रतिक्रिया सूंघने पांडव-शिविर के आसपास घूम रहे थे, सो यह सूचना उस खेमे तक पहुँचने में देर नहीं लगी। कृष्ण सखा पर रुष्ट हुए कि बिना मेरे या अनुज के पूछे तुमने इतनी बड़ी प्रतिज्ञा कर ली... पर जो हो चुका था उसे पलटा तो नहीं जा सकता था। कौरव-पक्ष प्रसन्न था कि कल अवश्य पार्थ का अंतिम दिन होगा। जयद्रथ को हम किसी न किसी तरह अर्जुन के सामने पहुँचने ही नहीं देंगे। इधर अर्जुन मरा उधर युद्ध समाप्त ...एक वही तो पांडव-पक्ष का सबसे बड़ा आधार था। किंतु जयद्रथ को चैन नहीं था। पार्थ अपनी प्रतिज्ञा को अवश्य पूरी करेगा... इससे अच्छा तो यह होगा कि वह अपना बोरिया-बिस्तर समेटकर अपने सिंधु देश चला जाए... किंतु अर्जुन की समाप्ति के इस सुनहरे मौके को भला दुर्योधन यूँ कैसे हाथ से जाने देता? तब उसने तरह-तरह से सिंधुराज को समझाया कि हम सब तुम्हारी प्राणपण से रक्षा करेंगे... आचार्य से भी उसने आश्वासन लिया कि वे कल ऐसा व्यूह बनाएँगे और उसमें जयद्रथ को ऐसे स्थान पर रखेंगे कि अर्जुन जयद्रथ तक किसी तरह नहीं पहुँच पाएगा।

सचमुच आचार्य ने बड़ी सूझ-बूझ से दूसरे दिन ऐसा महाव्यूह बनाया था जिसका अगला भाग शटक के आकार का था और पिछला भाग कमल के आकार का था। कमल-व्यूह की मध्य कर्णिका के बीच सूची-व्यूह बना था जिसके पार्श्व भाग में जयद्रथ का स्थान था और उसके सामने उसकी रक्षा हेतु छः महारथी कर्ण, भूरिश्रवा, अश्वत्थामा, कृपाचार्य, शल्य और कर्ण-पुत्र वृषसेन को तैनात किया था। स्वयं वे एक महाव्यूह के मुहाने पर खड़े रहने वाले थे... किंतु अर्जुन अर्जुन था। फिर लाख रुष्ट हो ... भक्त की रक्षा का प्रण प्रभु तो नहीं छोड़ते, सो अंततः सारे दिन के युद्ध के बाद सूर्यास्त के कुछ पहले प्रभु ने लीला रची... लगा मानों सूर्यदेव अचानक तेजी से अस्ताचलगामी हो गये... युद्ध-स्थल पर अँधेरा सा छा गया... और मारे खुशी के कौरव सेना जयकार करने लगी... पांडव निष्प्रभ हो गये... पार्थ का गला सूख गया, गांडीव हाथ से छूटने लगा, क्षण भर में मानों ब्रह्मांड आँखों के आगे घूमने लगा... हाय मेरे भ्राता! कैसे युद्ध करोगे मेरे

बिना तुम! सखा की ओर उदास दृष्टि से देखने लगा पार्थ। बिना सखा के पूछे उसे इतनी बड़ी प्रतिज्ञा नहीं करनी थी... अब न द्रौपदी के अपमान का बदला पूरा होगा और न ही उसके ज्येष्ठ भ्राता अपना राज्य पा सकेंगे। पर तभी कृष्ण ने इशारे से पार्थ को जयद्रथ की उचकी गर्दन दिखाई जो अब तक छः-छः महारथियों से घिरा दुबका बैठा था। अचानक कौरवों की जयकार सुन वह भी सूर्यदेव को आसमान से गायब देख प्रसन्नवदन था।... पर अब क्या हो सकता है? सारे दिन युद्ध-भूमि में क्षण-क्षण जूझते हुए उसने सूर्यास्त के बाद जयद्रथ को देखा भी तो क्या देखा... शत्रु का प्रसन्नवदन भला किसे सुहाता है... किंतु तभी कृष्ण ने अर्जुन को आकाश में देखने को कहा... अर्जुन चमत्कृत था... अर्जुन ही क्यों इस क्षणिक चमत्कार ने क्षण भर में पासा पलट दिया... सबने देखा, सूर्यदेव विहँसते हुए से आकाश में चमक रहे हैं... और सखा के मनोभावों को ताड़ अर्जुन ने अपने हाथों छूटते गांडीव को सँभालाा, सबको दहलाते हुए भयानक टंकार लगाई... जयद्रथ को सावधान किया और तब ऐसा अभिमंत्रित बाण चलाया जिसे जयद्रथ का मुंड आसमान में ले उड़ा... सारे योद्धा युद्ध छोड़ यह अद्‌भुत नजारा देखने लगे। पर कहाँ उड़ा जा रहा था वह मुंड? पता नहीं वहाँ स्थित योद्धाओं में से किसी ने यह मर्म जाना या नहीं पर सर्वज्ञानी कृष्ण ने यह बात पहले ही पार्थ को बता रखी थी कि जयद्रथ का मुंड भूमि पर मत गिरने देना... जैसे ही वह भूमि पर गिरेगा उसे गिराने वाले का मस्तक सौ टुकड़ों में फट पड़ेगा... इसे तो तुम समंतपचंक के बाहर संध्या-उपासना कर रहे इसी के जनक राजा वृद्धक्षत्र की गोद में गिराना... घबराहट में वह उठ खड़ा होगा और उसकी गोद से गिरने के कारण उसके मस्तक के सौ टुकड़े हो जाएँ... और सचमुच ऐसा ही हुआ! दरअसल जयद्रथ के तपस्वी पिता ने महादेव की तपस्या कर उनसे वर ले लिया था कि मेरे पुत्र का मुंड जो गिराएगा वह अपने मस्तक को खोएगा... किंतु अर्जुन की दक्षता के कारण मीलों दूर बैठे पिता अपने ही वरदान से पुत्र के साथ स्वर्गस्थ हुए।

जाहिर है जयद्रथ को खोना दुर्योधन के भारी संताप का कारण रहा होगा। आदतन गुरु द्रोण को बुरा-भला कहने से वह नहीं चूका... तब गुरु ने भी फटकार लगाई कि तुम और कर्ण मर तो नहीं गये थे! कृपाचार्य, शल्य और अश्वत्थामा भी तो जीवित थे! तुम्हीं लोगों ने क्यों नहीं रक्षा कर ली सिंधु-नरेश की?... और तब मारे गुस्से के दुर्योधन अकेला ही पांडवों के खात्मे का संकल्प कर पांडवों के दल पर कूद पड़ा। किसी बड़े योद्धा की मृत्यु के बाद प्रायः दोनों पक्ष युद्ध बंद कर देते थे... एक पक्ष गम में तो दूसरा खुशी में या फिर मृतक के सम्मान में... और वैसे भी सूर्यास्त हो चुका था जो युद्ध-समाप्ति का संकेत था। किंतु क्रोधित दुर्योधन को इस तरह हमला करते देख पांडव पक्ष सजग हो गया। वह भी पलटवार हेतु तैयार हो गया... तब, राजा को अकेले युद्ध-भूमि में नहीं जाना चाहिए, यह सोचकर द्रोणाचार्य सारा अपमान भूल सबको अपने साथ आने का संकेत दे उसके पीछे हो लिए... और पुनः युद्ध प्रारंभ हुआ। यहाँ

उल्लेखनीय है कि पूरे युद्ध में पहली बार प्रचंड क्रोध में दुर्योधन शत्रुओं का भयानक संहार करते हुए कुछ देर ही सही, उन पर भारी पड़ा था। अब तक के युद्ध में पहली बार संजय ने धृतराष्ट्र से दुर्योधन की वीरता की खुले दिल से प्रशंसा की... वह कहता है, पांडव सेना में वह ऐसा घुसा जैसे कोई विशाल मगर समुद्र में प्रवेश करता है... जैसे हाथी खिले हुए कमल के पोखर को तहस-नहस करता है वैसे ही वह पांडव सेना को सहस्रों बाणों से व्याकुल करने लगा, जैसे उदयकाल का सूर्य रात्रि को नष्ट करता है वैसे ही दुर्योधन भी पांडव सेना को नष्ट करने लगा। उसकी ओर देखना पांडवों के लिए वैसे ही असह्य होने लगा जैसे अपनी किरणों से तपते हुए दोपहर के सूर्य को कोई नहीं देख पाता है... अस्तु, यह तो उपमा थी पर अब तक अँधेरा घिर आया था और अँधेरे में कौन शत्रु है कौन मित्र पहचानना कठिन था। केवल स्वर्ण-कवच और रत्न-भूषणों की चमक से कुछ अंधकार दूर हो रहा था। सो कौरवों ने पदाति सैनिकों के हाथों में स्वर्ण दंडों के ऊपर बने महाप्रदीप (मशाल) थमाए... पाँच-पाँच प्रदीप रथियों के साथ तो तीन-तीन हाथियों और एक-एक घुड़सवारों के साथ थे। तब पांडवों ने भी शीघ्र ही ऐसी ही व्यवस्था की। दशों दिशाओं की अधिष्ठात्री देवियाँ भी हाथों में दिव्य प्रदीप लिए मानों युद्ध देखने पहुँचे देवताओं की सहायतार्थ वहाँ पहुँची। इन प्रदीपों के प्रतिबिंब योद्धाओं के हथियारों, कवचों और आभूषणों पर पड़ने से अद्‌भुत दृश्य उपस्थित हो गया था। सारी रात यह विचित्र युद्ध चलता रहा जब तक कि सैनिक नींद के कारण निःचेष्ट नहीं होने लगे... जब अत्यंत थकान के कारण नींद से बोझिल वे जहाँ, तहाँ गिरने लगे, अपने हथियारों से स्वयं को या मित्रों को ही मारने लगे... तब अर्जुन ने अपने सैनिकों को युद्ध से निवृत्त हो जहाँ जिसे स्थान मिले युद्ध-स्थल में ही सोने का आदेश दिया... गुडाकेश (निद्रा पर विजय प्राप्त कर लेने वाला होने के कारण अर्जुन का एक नाम) संभवतः अकेला ही कौरव-सेना से भिड़ने की सोच रहा था किंतु यह देख कौरवों के सेनापति द्रोणाचार्य ने भी अपनी सेना को निवृत्त होने का आदेश दिया... इसलिए नहीं कि उनके सैनिक भी थके थे, निद्रित थे... इसलिए की सोते हुए शत्रुओं पर वार करना अधर्म था. .. यद्यपि इस हेतु दुर्योधन ने उन्हें फटकार भी लगाई थी कि आप हर समय पांडवों के हित में ही निर्णय लेते हैं... अस्तु, किसी तरह वह रात्रि-युद्ध समाप्त हुआ।

यहाँ मन में एक जिज्ञासा होती है कि अर्जुन ने जयद्रथ के ही वध का संकल्प क्यों लिया? जिन छः रथियों ने मिलकर उसके पुत्र की हत्या कर अधर्म किया था, उचित तो यह होता कि इनमें से किसी एक की या सबकी हत्या का संकल्प वह लेता। जयद्रथ ने तो पांडवों को चक्रव्यूह के मुहाने पर रोककर अपना धर्म निभाया था। उत्तर में हम कह सकते हैं कि पहली बात तो एक साथ छः की हत्या का संकल्प वह नहीं ले सकता था। दूसरी बात, इन छः में से यदि किसी एक को मारने का संकल्प करता तो वह होते उसके प्रिय आचार्य, क्योंकि उन्हीं के इशारे पर ही तो उसका पुत्र मारा गया था। फिर, द्रोण

उस समय सेनापति थे और स्वयं उन छः महारथियों में एक थे जिन्होंने एक बालक को मिलकर मारने की वीरता दिखाई थी, अतः पहले दोषी वे ही थे। किंतु पितामह को मृत्युशैय्या पर सुलाने की व्यथा से पार्थ अभी उबरा नहीं था, आचार्य की हत्या की बात वह सपने में भी नहीं सोच सकता था। तब उसे एकमात्र जयद्रथ ही दिखा होगा जिस पर वह अपना गुस्सा उंड़ेलता। फिर, जयद्रथ को वह वनवास के समय पहले ही प्राण-दान दे उपकृत कर चुका था वर्ना उसकी प्रिया का वह अपमान उसके खून को खौलाने के लिए पर्याप्त था। जहाँ तक दास का चिह्न उसके सिर में छोड़ने की बात है... उसे उसकी निम्न हरकत की कुछ सजा तो देनी ही चाहिए थी अन्यथा वह पांचाली को क्या मुँह दिखाता... अतः महादेव से पांडवों को युद्ध में रोकने का वरदान लेने वाला जयद्रथ अर्जुन का प्रथम कोपभाजन हुआ तो कुछ अधिक गलत नहीं था।

अस्तु... तर्क चाहे जो दिए जाए पर केवल जयद्रथ को मारने का अर्जुन का संकल्प कहीं-न-कहीं अनौचित्यपूर्ण लगता है तभी तो व्यास ज्येष्ठ पांडव धर्मराज के मुख से कहलवाते हैं कि **'अल्पे च कारणे कृष्ण हतो गाण्डीववधन्वना। सैन्धवो यादवश्रेष्ठ तच्च नातिप्रियं मभ।'** (द्रोणपर्व 183.45) हे कृष्ण! अभिमन्यु के वध में जयद्रथ का बहुत कम अपराध था तो भी उस छोटे से कारण को लेकर ही गाण्डीवधारी ने जयद्रथ को मार गिराया। यह कार्य मुझे अधिक प्रिय नहीं लगा।

अस्तु... पांडवों के पक्षधर होते हुए भी व्यास अपनी महागाथा में सूक्ष्म-से-सूक्ष्म अधर्म को चाहे वह किसी भी पक्ष से क्यों न हुआ हो... किसी-न-किसी बहाने सामने लाने से नहीं चूके हैं। किंतु दिलचस्प बात यह है कि पांडव-पक्ष के ये सारे अधर्म (जैसे उपरोक्त जयद्रथ वध में सूर्य को छिपाना) व्यास ने स्वयं कृष्ण के सिर-माथे रखे हैं, उसी कृष्ण के, जिन्हें उन्होंने महाभारत में धर्मसंस्थापनार्थाय अवतार लेने वाला कहा है। इस युद्ध में कृष्ण का कोई स्वार्थ नहीं था। पांडव अवश्य रिश्ते में उनके भाई थे किंतु इसीलिए वे पांडवों के पक्षधर नहीं थे। वे वस्तुतः धर्म के पक्षधर थे। जैसाकि हमने ऊपर अनेक स्थानों पर कहा है, महाभारत के सभी समझदार पात्र जानते थे कि 'यतो धर्मः ततो जयः' तथा 'यतो कृष्णः ततो जयः'। निश्चय ही भारतीय मनीषा ने भी इस मंत्र को समझा था, गुना था और इस पर विश्वास किया था, इसीलिए उन्होंने इसे कृष्ण के माथे पर चन्द्रमा के दाग के समान सौंदर्यवर्धक ही माना और रस लेकर कृष्ण की लीला का तरह-तरह से वर्णन किया है।